文心雕龍

論作家作品

王佑夫 等 編著

學苑出版社

图书在版编目（CIP）数据

《文心雕龙》论作家作品 / 王佑夫等编著. --北京：学苑出版社，2020.3
 ISBN 978-7-5077-5912-9

Ⅰ.①文… Ⅱ.①王… Ⅲ.①文学理论—中国—南朝时代②《文心雕龙》—古典文学研究 Ⅳ.①I206.2

中国版本图书馆CIP数据核字(2020)第040252号

责任编辑：魏　桦　张敏娜
出版发行：学苑出版社
社　　址：北京市丰台区南方庄2号院1号楼
邮政编码：100079
网　　址：www.book001.com
电子邮箱：xueyuanpress@163.com
经销电话：010-67601101（营销部）　010-67603091（总编室）
印　刷　厂：北京建宏印刷有限公司
开本尺寸：710mm×1000mm　1/16
印　　张：23.5
字　　数：601千字
版　　次：2020年5月第1版
印　　次：2020年5月第1次印刷
定　　价：65.00元

新疆师范大学"中国语言文学"重点学科资助出版

编著者
（以姓氏笔画为序）

马煦增　王佑夫　李志忠

刘振伟　朱思信　杜道明

宋晓云　张佩玉　钟兴麒

前 言

鲁迅先生《论诗题记》谈及我国早期文学研究时说："篇章既富，评骘遂生。东则有刘彦和之《文心》，西则有亚里士多德之《诗学》，解析神质，包举洪纤，开源发流，为世楷式。"刘勰《文心雕龙》不仅在中国古代文论史上体大思精，空前绝后，而且同古希腊亚里士多德《诗学》并肩矗立，"为世楷式"，影响千秋。自然，《文心雕龙》研究成为一门享誉中外的热学。

20世纪80年代，新中国学术史上的一个铭刻在心的春天里，身处西北边陲的我们几位中青年学人，窥视"龙"门，跃跃欲试，在《文心雕龙》研究专家马宏山先生鼓动下，合作编著一书，即：将《文心雕龙》中论作家作品的文字摘出，分别置于相关作者名下，按作者简介、原文、注释、评说排列成体，名曰《〈文心雕龙〉论作家作品》，这是未见当时学界有人在做的一个基础课题。不负春光的我们，忙完各自的教学、科研，同心共力，几经切磋，形成初稿。由于多种原因，付梓有碍。光阴荏苒，物换星移，我们之中有的负笈远游，有的养年山水，各从其志，不此之图也。还作息在边城三尺台上的我，每当讲授《文心雕龙》时，诸友心血结晶的她常来眉睫之前，似有诉说。终于在我承担国家重大社科研究项目无力独自将她推出示人的情况下，邀约常在身边走动的几位同道，以范文澜《文心雕龙注》为底本，主要参考周振甫《文心雕龙注释》，陆侃如、牟世金《文心雕龙译注》等权威著作，检阅学界研究新成果、新发现，对原稿做了全面修订，充实了内容。通览一遍，虽未尽如人意，毕竟事成，迄今仍未见有此类专书问世，具有一定学术价值和现实意义。今年春天，我告别讲台，文学院院长周珊教授欣然同意我的请求，资助她走向读者，青年书画家李晓峰先生慨允设计封面并题写书名，经学苑出版社精心编辑，她翩然而至。在此，一并致谢！

眼观当下"龙学"研究式微，但愿这一著述能给学界增添一点气息，也了却漫漫日月中众人含辛笔耕的一桩心事，如刘勰所谓：文果载心，余心有寄！至于书中注评，亦如刘勰所谓：有同乎旧谈者，非雷同也，势自不可异也；有异乎前论者，非苟异也，理自不可同也。

先后参加本书编著者，按其现在所属单位列名如下：

新疆师范大学王佑夫、李志忠、宋晓云；

新疆大学张佩玉；

新疆教育学院马煦增；

新疆地方志编委会钟兴麒；

北京语言大学杜道明；

烟台大学朱思信、刘振伟。

本书编著经历了前后两个时段，无论前期与后期，参与者都是既有分工，又互修互改，未能亦难以在篇目末尾具体署名。张佩玉先生做了本书前期的联络工作和初稿的整齐划一。遗憾的是，马宏山先生生前代请"龙学"大家牟世金先生为本书所撰之序，历年既久，不知所终。面对马先生所赠《文心雕龙散记》的泛黄封面，和牟先生驾鹤前夕惠寄其《刘勰年谱汇考》毛笔签名的刚健字迹，不禁感慨系之：吾生也有涯，而知也无涯，以有涯随无涯，殆已！养生主如是说。

王佑夫
2018 年 7 月

目 录

史前

- 庖牺 / 001
- 黄帝 / 003
- 仓颉 / 005
- 风后 / 007
- 力牧 / 008
- 葛天氏 / 009
- 尧 / 010
- 舜 / 013
- 伯益 / 017
- 夔 / 019

夏

- 禹 / 020

商

- 商汤 / 023
- 伊尹 / 024

西周

- 周文王 / 026
- 周公 / 028

东周（春秋）

- 孔子 / 031

- 老子 / 042
- 文子 / 044
- 子产 / 046
- 子夏 / 048
- 子贡 / 049
- 管仲 / 051
- 季札 / 054
- 孙子 / 055
- 晏婴 / 056
- 师旷 / 057
- 优孟 / 059
- 墨子 / 060
- 左丘明 / 064

东周（战国）

- 庄子 / 067
- 鬼谷子 / 071
- 列御寇 / 072
- 公孙龙 / 074
- 慎到 / 075
- 淳于髡 / 076
- 驺奭 / 077
- 驺衍 / 078
- 商鞅 / 079
- 优旃 / 082
- 公羊高 / 083
- 尸佼 / 084
- 青史 / 085
- 孟子 / 086

- 苏秦 / 090
- 张仪 / 092
- 屈原 / 093
- 宋玉 / 099
- 吕不韦 / 102
- 荀子 / 104
- 韩非 / 107

秦

- 秦始皇 / 110
- 李斯 / 112

西汉

- 汉高祖 / 114
- 韦孟 / 116
- 陆贾 / 116
- 邹阳 / 119
- 贾谊 / 120
- 晁错 / 125
- 毛亨 / 128
- 司马谈 / 129
- 汉武帝 / 130
- 枚乘 / 134
- 严忌 / 139
- 严助 / 140
- 董仲舒 / 141
- 司马相如 / 144
- 刘安 / 152

- 朱买臣 / 156
- 孔安国 / 157
- 东方朔 / 158
- 枚皋 / 161
- 司马迁 / 163
- 李延年 / 170
- 李陵 / 171
- 王褒 / 172
- 杨恽 / 176
- 刘向 / 177
- 扬雄 / 180
- 班婕妤 / 195
- 桓谭 / 196

东汉

- 冯衍 / 200
- 班彪 / 201
- 王充 / 204
- 贾逵 / 206
- 班固 / 208
- 崔骃 / 217
- 傅毅 / 219
- 班昭 / 222
- 崔瑗 / 223
- 张衡 / 226
- 马融 / 235
- 王逸 / 237
- 胡广 / 239
- 崔寔 / 241
- 王延寿 / 242
- 郑玄 / 244

- 蔡邕 / 246
- 赵壹 / 250
- 应劭 / 251
- 孔融 / 252
- 祢衡 / 255
- 仲长统 / 258

三国

- 曹操 / 260
- 曹丕 / 263
- 曹植 / 269
- 刘桢 / 278
- 陈琳 / 281
- 应玚 / 284
- 徐幹 / 287
- 王粲 / 290
- 邯郸淳 / 295
- 刘劭 / 297
- 路粹 / 299
- 繁钦 / 301
- 诸葛亮 / 302
- 阮瑀 / 303
- 应璩 / 306
- 何晏 / 308
- 阮籍 / 310
- 傅玄 / 313
- 嵇康 / 315
- 钟会 / 318
- 王弼 / 319
- 向秀 / 321

西晋

- 荀勖 / 322
- 张华 / 324
- 陈寿 / 327
- 傅咸 / 328
- 阮咸 / 329
- 司马彪 / 330
- 潘岳 / 331
- 张载 / 336
- 左思 / 338
- 潘尼 / 341
- 张协 / 342
- 挚虞 / 344
- 郭象 / 346
- 陆机 / 347
- 陆云 / 354
- 刘琨 / 356

东晋

- 郭璞 / 358
- 干宝 / 360
- 李充 / 361
- 孙绰 / 363

南北朝

- 颜延之 / 364
- 谢灵运 / 366

·庖牺

庖牺，即伏羲，传说中的古代帝王，姓风氏，是中华民族的人文始祖，早于炎帝、黄帝，为"三皇之首"，相传他始画八卦，造书契，教民渔猎，以牺牲充庖厨，故名庖牺。《帝王世纪》："太皞帝庖牺氏，风姓也，燧人之世有巨人迹出于雷泽，华胥以足履之，有娠，生庖牺于成纪。"东晋《拾遗记》："春皇者，庖牺之别号。所都之国有华胥之州，神母游其上，有青虹绕神母，久而方灭，即觉有娠，历十二年而生庖牺。"

人文之元⁽¹⁾，肇自太极⁽²⁾。幽赞神明⁽³⁾，《易》象⁽⁴⁾惟先。庖牺画其始⁽⁵⁾，仲尼翼其终⁽⁶⁾；而《乾》《坤》⁽⁷⁾两位，独制《文言》⁽⁸⁾。言之文也，天地之心⁽⁹⁾哉！（《原道》）

自鸟迹代绳⁽¹⁰⁾，文字始炳⁽¹¹⁾；炎、皞⁽¹²⁾遗事，纪在《三坟》⁽¹³⁾；而年世渺邈⁽¹⁴⁾，声采靡追⁽¹⁵⁾。（《原道》）

爰自风姓⁽¹⁶⁾，暨于孔氏⁽¹⁷⁾，玄圣创典⁽¹⁸⁾，素王述训⁽¹⁹⁾；莫不原道心以敷章⁽²⁰⁾，研神理而设教⁽²¹⁾。取象乎河洛⁽²²⁾，问数乎蓍龟⁽²³⁾，观天文以极⁽²⁴⁾变，察人文以成化⁽²⁵⁾；然后能经纬区宇⁽²⁶⁾，弥纶彝宪⁽²⁷⁾，发挥事业，彪炳⁽²⁸⁾辞义。（《原道》）

注　释

（1）人文：人类文化，与天文相对而言。元：开始。

（2）肇：开端。太极：天地未分之时的元气。《易·系辞上》："是故《易》有太极，是生两仪（天和地）。"

（3）幽：深。赞：明，阐明。神明：即神祇，天地之神。《易·说卦》："昔者圣人之作《易》也，幽赞于神明而生蓍。"

（4）《易》象：《易经》的卦象，即说明每卦吉凶的言辞。

（5）画其始：《易·系辞上》："古者庖牺氏之王天下也，仰则观象于天，俯则观法于地，观鸟兽之文，与地之宜。近取诸身，远取诸物，于是始作八卦，以通神明之德，以类万物之情。"

（6）仲尼：孔子的字。翼其终：用《十翼》来完成对《易》象的解释。《周易正义》序六："十翼之辞，以为孔子所作，先儒更无异论。但数十翼亦有多家，……一家数十翼云：《上象》一，《下象》二，《上象》三，《下象》四，《上系》五，《下系》六，《文言》七，《说卦》八，《序卦》九，《杂卦》十。"其实，十翼可能是孔子以后儒者所作。

（7）《乾》《坤》：《易经》的两个卦名。

（8）《文言》：十翼之一，是对《乾》《坤》两卦的解释。《周易音义》："《文言》，文饰卦下之言也。"《周易正义》："文谓文饰，以乾坤德大，故特文饰以为文言。"

（9）天地之心：《易·复卦》："复其见天地之心乎？"心：本性。这两句说：言有文就像天地有文一样，乃其本性。

（10）鸟迹：鸟兽之足迹。绳：指上古以结绳记事。相传仓颉见鸟兽足迹，受到启发，模仿以造文字，代替了结绳记事。

（11）炳：明，此指文字的作用日益显著。

（12）炎：炎帝神农氏。皞：太皞帝庖牺氏。

（13）《三坟》：传说中我国最古的书籍。孔安国《尚书序》："伏羲、神农、黄帝之书，谓之《三坟》，言大道也。"

（14）渺邈：久远，渺茫。

（15）声采：文章的音节文采，此指文章本身。靡追：无法追寻。

（16）爰：句首助词，无义。风姓：即庖牺，《礼记·月令》正义引《帝王世纪》："太皞帝庖牺氏，风姓也。"

（17）暨：到，至。孔氏：孔子。

（18）玄圣：有道而无位的圣人，未详所指，一说即庖牺。创典：创立经典。

（19）素王：有帝王之道无帝王之位的人，指孔子。素：空。《论衡·超奇》："孔子之《春秋》，素王之业也。"述训：发挥、解释。

（20）道心：自然之道的本质。敷章：敷采摛文，指作文章。

（21）神理：和自然之道意同。设教：建立教化。

（22）取象：取法。河：河图。洛：洛书。相传古时黄河有龙献图，洛水有龟呈书。《易·系辞上》："河出图，洛出书，圣人则之。"《汉书·五行志》："刘歆以为虙（伏）羲氏继天而王，受《河图》，则而画之，八卦是也；禹治洪水，赐《雒（洛）书》，法而陈之，《洪范》是也。"

（23）问数：占卜吉凶。乎：于。数：定数、命运。蓍龟：上古占卜用的蓍草和龟甲。蓍：蓍草，古代常以其茎用作占卜。

（24）极：追究到底。

（25）成化：形成教化。

（26）经纬：经线和纬线交织，这里指治理。区宇：犹言天下。

（27）弥纶：包举，统括。《易·系辞上》："《易》与天地准，故能弥纶天地之道。"《疏》："弥谓弥缝补合，纶谓经纶牵引。"彝：经常、永久。宪：道，法度。《尚书·诰命》："永弼乃后于彝宪。"孔安国《传》解释此句曰："当常辅汝君于常法。"

（28）彪炳：文采焕发。

评　说

庖牺是传说中的上古帝王，的确是"年世渺邈，声采靡追"。有史学家认为庖牺就出生在渭水流域的成纪（今甘肃天水秦安）。庖牺是中华民族心智的先启者，是人类从原始状态步入文明时代的探路人。以庖牺为代表的集团部落，有着自渭水流域（黄河上游支流）向黄河中游迁徙的艰辛过程。当然，这些看法由于缺少史料的支持，只能看作是"大胆的假设"。在秦汉以后，民间也有女娲、庖牺创制婚姻的传说。《世本》篇云："伏羲制以俪皮嫁娶为之礼。"可见汉代以来，庖牺、女娲兄妹创制婚姻或创造、生育人类的故事曾经广泛流传，只是在传说的种种异文当中，一说创造人类发生于天地开辟之初，一说发生于共工洪水之祸之后，这两种故事的异文都曾见诸记载。唐李冗《独异志》记载了前者，《开天辟地巳（以）来帝王记（纪）》记载了后者。

  刘勰把"人文之元"追溯到八卦，并说是庖牺画其始，这就说明他认为庖牺是人类文化的创始人。这种认识显然是不正确的。且不说庖牺是否实有其人，人类光辉灿烂的文化岂能是一人所创呢？刘勰又说，从庖牺到孔子这段时期，"玄圣创典，素王述训；莫不原道心以敷章，研神理而设教。取象乎河洛，问数乎蓍龟，观天文以极变，察人文以成化"，这也表现了刘勰对"人文之元"的认识具有浓厚的神秘色彩。但他强调"观天文以极变，察人文以成化"，乃是唯物观点。

·黄帝·

  黄帝是传说中中华民族的始祖。本姓公孙，居轩辕之丘，故号轩辕氏。因长于姬水，又姓姬。国于有熊，亦称有熊氏。黄帝生性灵活，能说会道，道德情操高尚，被拥为西北方游牧部族的首领。他联合炎帝，打败由蚩尤率领的九黎族的入侵，代神农而成为部落联盟的首领，成为"黄帝"。历史上的尧、舜、夏、商、周，都是黄帝的后裔，统称"轩辕后裔"。

  黄帝《云门》[1]，理不空弦[2]。（《明诗》）

  钧天九奏[3]，既其上帝；葛天八阕[4]，爰乃皇时。自《咸》《英》[5]以降，亦无得而论矣。（《乐府》）

  至如黄帝有祝邪之文[6]，东方朔有骂鬼之书，于是后之谴咒，务于善骂。（《祝盟》）

  昔帝轩刻舆、几以弼违[7]；……则先圣鉴戒，其来久矣。（《铭箴》）

  轩辕之世，史有仓颉[8]，主文之职，其来久矣。（《史传》）

史肇轩黄,体备周孔。(《史传》)

昔轩辕唐虞,同称为"命"⁽⁹⁾。"命"之为义,制性之本也。(《诏策》)

昔黄帝神灵,克膺鸿瑞⁽¹⁰⁾,勒功乔岳⁽¹¹⁾,铸鼎荆山。……固知玉牒金镂,专在帝皇也。(《封禅》)

昔管仲称"轩辕有明台之议"⁽¹²⁾,则其来远矣。(《议对》)

夫爻象列而结绳移⁽¹³⁾,鸟迹明而书契作⁽¹⁴⁾,斯乃言语之体貌,而文章之宅宇⁽¹⁵⁾也。苍颉造之,鬼哭粟飞⁽¹⁶⁾;黄帝用之,官治民察。(《练字》)

注 释

(1)《云门》:周代乐舞之一。相传为黄帝所作,原本用于祭祀天神,周代用来教贵族子弟。

(2)空弦:空有乐声而无乐词。

(3)钧天:天的中央。古代神话传说中天帝住的地方。《史记·赵世家》云:"我之帝所甚乐,与百神游于钧天,广乐九奏万舞,不类三代之乐,其声动人心。"九奏:多次演奏。

(4)葛天八阕:葛天,即葛天氏,传说中的远古帝名。《吕氏春秋·古乐》:"昔葛天氏之乐,三人操牛尾,投足以歌八阕:一曰《载民》,二曰《玄鸟》,三曰《遂草木》,四曰《奋五谷》,五曰《敬天常》,六曰《达帝功》,七曰《依地德》,八曰《总万物之极》。古代的八种乐歌。阕:音确,指乐曲告一段落。一首歌也称一阕。

(5)《咸》《英》:两种乐名,即《咸池》《五英》。《汉书·礼乐志》记载:"昔黄帝作《咸池》,……帝喾作《五英》。"

(6)祝邪:诅咒邪恶之意。据张君房《云笈七签·轩辕本纪》记载看,祝邪之文是黄帝对一种通万物之情而能说白话的白泽兽的祝文。

(7)弼违:纠正过失。弼,音必。

(8)史:古代史官,担任祭祀、星历、卜筮、记事等职。仓颉:相传为黄帝史官,有创制文字之功。

(9)命:帝王的诏令。

(10)克膺鸿瑞:能够承受大吉祥。

(11)勒功乔岳:把功勋刻在泰山上。乔岳:这里指泰山。乔:高。

(12)《管子·桓公问》:"皇帝立明台(议政处)之议者,上观于贤也。"

(13)结绳移:指结绳记事。

(14)鸟迹明而书契作:根据鸟兽蹄迹造文字。

(15)文章之宅宇:这是说文章寄居于文字。

(16)《淮南子·本经训》:"昔者苍颉作书而天雨粟,鬼夜哭。"

评 说

黄帝是中华民族传说中的始祖,亦是中华文化的开创者之一。他以武力统一了远古三大部落,成为中华民族第一个共主。传说中,他与臣民一起播百谷,植草木,务农桑,做衣冠,制弓箭,造舟楫,创医学,大力发展生产,物质文化生活发生了一系列历史性的变化;他与臣民一起造书契(文字),绘图画,作甲子(历法),定算数,制音律,在精神文化方面贡献甚巨;黄帝还别尊卑,定礼乐,创官制、财产、嫁娶和丧葬等制度,在制度文化方面把我们的先民带入了文明的门槛。因此,他被尊为中华民族的共同祖先,人们把古代的许多发明创造都附会到他身上,在中国许多地方,都有着关于他的传说和踪迹。依据于右任先生的《黄帝功德纪》一书介绍,黄帝一生的发明创造包括衣、食、住、行、农、工、矿、商、货币、文字、图画、弓箭、音乐、医药、婚姻、丧葬、历数、阴阳五行、伞、镜,共20个方面。所以,历史上把他作为开创中华民族古代文明的先祖,这就是今天所说的"人文初祖"的意思。当然,《黄帝功德纪》毕竟只是前人记载黄帝功德的资料汇编,多数记载有后人附会的成分,以讹传讹的记载也所在多有,要加以有鉴别地肯定。刘勰把文字和文章的起源,上推至黄帝传说时代,有其历史的合理性。但黄帝时代,文字未备,不可能有书面文章传承后世。刘勰此举,旨在向远古寻求依据,此乃古人作书惯用手法,但客观上,幽邈久远的传说给了文章以厚重的历史感。

· 仓颉

仓颉,又作苍颉,传为黄帝史官,传说中文字的创始者。相传仓颉"始作书契,以代结绳"。在此以前,人们结绳记事,即大事打一大结,小事打一小结,后又发展到用刀子在木竹上刻以符号作为记事。随着历史的发展,文明渐进,事情繁杂,名物繁多,用结和刻木的方法,远不能适应需要,这就有创造文字的迫切要求。《淮南子·本经训》说:"昔日苍颉作书而天雨粟,鬼夜哭。"许慎《说文解字·序》说:"黄帝之史仓颉,见鸟兽蹄迒之迹,知分理之可相别异也,初造书契。"故称其为造书之祖。

· 仓颉 ·

开辟草昧⁽¹⁾，岁纪绵邈⁽²⁾，居今识古，其载籍乎！轩辕之世，史有仓颉，主文之职，其来久矣。(《史传》)

夫爻象列而结绳移，鸟迹明而书契⁽³⁾作，斯乃言语之体貌，而文章之宅宇也。苍颉造之，鬼哭粟飞；黄帝用之，官治民察。(《练字》)

夫《尔雅》⁽⁴⁾者，孔徒之所纂，而《诗》《书》之襟带⁽⁵⁾也；《仓颉》⁽⁶⁾者，李斯之所辑，而《鸟籀》⁽⁷⁾之遗体也；《雅》以渊源诂训，《颉》以苑囿奇文：异体相资，如左右肩股。(《练字》)

篆隶相熔⁽⁸⁾，《苍》《雅》品训⁽⁹⁾。(《练字》)

注 释

（1）草昧：天地初开时的混沌状态，称之为草昧。故"草昧"又有开创之义。
（2）绵邈：辽远、长久、悠远之义。
（3）书契：指文字。
（4）《尔雅》：我国最早分类解释字义的专著。
（5）襟带：衣襟和腰带的合称。此处为切实而适用之义，比喻切于实用、不可暂离之物。
（6）《苍颉》：这里指《仓颉篇》，相传为李斯所辑。
（7）《鸟籀》：指鸟篆与籀书，古之遗文。
（8）篆隶：指篆书（大篆、小篆）和隶书。
（9）《苍》《雅》品训：指《仓颉》和《尔雅》，这两部书是解字训诂、相互为用的著作。

评 说

除《淮南子》《说文解字》外，《荀子》《韩非子》等古代典籍也多有关于仓颉造字的记载。到了秦汉时代，这种传说流传更广，影响更深。过去的历史学家们曾考证过仓颉是否实有其人，如果有，大约在哪个时代，由于缺乏确凿的史料，很难得出结论。《荀子·解蔽篇》说："故好书者众矣，而仓颉独传者，壹也。"有人解释说，这里的"壹"指正道，也就是正确的规律。荀子认为，仓颉是一个因为集中使用文字而摸着它的规律从而整理了文字的专家。因此，一般认为，在汉字从原始的文字过渡到较为规范的文字的过程中，他起到了独特的作用。由此推断，这样的一个人，在汉字起源阶段的晚期，一定会存在的。但"仓颉造字"的说法只是传说而已。因为文字绝对不是仓颉一个人所能独创，而是在社会文化发展到一定阶段，需要有文字记事的时候，人们在集体生产劳动过程中经过观察自然的事物，并根据所要表达的思想内容而创制出来的。汉字是个庞大繁复的体系，不经过很长的时间是不能创制成功的。

·风后

　　风后，黄帝之臣。相传黄帝尝梦大风，吹天下尘垢，土去而后在。梦醒之后他寻思：风似发号施令之人，垢刮去土就剩后了。难道天下有叫风后的人吗？于是，黄帝用蓍草占卜，终于在海隅找到风后，封风后为相。《辞海》引《山西通志》云："风后，解州人。黄帝得六相而天下治，风后其一也。"《汉书·艺文志》著录有《风后》13篇，属兵阴阳家。

　　《诸子》者，入道见志之书。太上[1]立德，其次立言。百姓之群居，苦纷杂而莫显；君子之处世，疾名德之不章[2]，唯英才特达[3]，则炳曜垂文[4]，腾其姓氏，悬诸日月[5]焉。昔风后、力牧、伊尹，咸其流也。篇述[6]者，盖上古遗语[7]，而战伐所记者也。（《诸子》）

注　释

　　（1）太上：最高、最上之义，相对于其次而言。
　　（2）不章：即"不彰"，不显露之义。
　　（3）英才特达：英才，指杰出的才智。特达，原谓行聘时，圭璋不用束帛，故称特达，亦为"特出""突出"之义。
　　（4）炳曜垂文：炳曜：又写作"炳耀"，显示光芒之义，。又释为"文采焕发"，。垂文：，留下文章。
　　（5）日月：此处作"天地"解。
　　（6）篇述：作品著述。
　　（7）遗语：此处为"流传下来的文章"之意，或作"古训"解。

评　说

　　相传风后、力牧、常先、大鸿皆为黄帝之臣。黄帝于海隅得风后，初为侍中，后拜为相。他有《风后》一书传世，应是后人根据传说整理而成。刘勰将其当作古代名声显赫的著作家。

·力牧

　　力牧，黄帝之臣。相传黄帝曾梦一人手执千钧之弩，驱羊万群。梦醒之后，黄帝对梦中情景感到疑惑不解：难道天下真有那种力拔千钧的人吗？真有放牧万只羊群的人吗？真有一个叫力牧的人吗？于是，黄帝下令四处寻觅，终于在一个大泽边找到了力牧。黄帝找到力牧之后，拜力牧为将。果然，力牧不负所望，在涿鹿之战中，力牧为黄帝战胜蚩尤立了大功。《汉书·艺文志》诸子略有《力牧》22篇，兵书略有阴阳家《力牧》15篇，都是依托之作。

　　《诸子》者，入道见志之书。太上(1)立德，其次立言。百姓之群居，苦纷杂而莫显；君子之处世，疾名德之不章(2)，唯英才特达(3)，则炳曜垂文(4)，腾其姓氏，悬诸日月(5)焉。昔风后、力牧、伊尹，咸其流也。篇述(6)者，盖上古遗语(7)，而战伐所记者也。（《诸子》）

注　释

（1）太上：最高、最上之义，相对于其次而言。
（2）不章：即"不彰"，不显露之义。
（3）英才特达：英才，指杰出的才智。特达，原谓行聘时，圭璋不用束帛，故称特达，亦为"特出""突出"之义。
（4）炳曜：又写作"炳耀"，显示光芒之义，又释为"文采焕发"。垂文：留下文章。
（5）日月：此处作"天地"解。
（6）篇述：作品著述。
（7）遗语：此处为"流传下来的文章"之意，或作"古训"解。

评　说

　　黄帝得力牧于大泽，用以为将。所谓《力牧》之书，虽为依托之作，可能应有传说为基础。刘勰将其当作古代炳曜垂文的范例，以此宣扬其"立言"以"不朽"的思想。

• 葛天氏

葛天氏，传说中的氏族首领，有的史家也称他为上古帝王。其治之世也，乃不言而信，不化而行。葛天氏教民自治，各有分工。在葛天氏治理下的和谐部落，被古人称为"理想中的自然、淳朴之世"，即"熙熙自治"的社会，原始的"和谐社会"。刘勰所言葛天氏之乐歌，皆非他本人所作，乃是当时社会上已流行的作品，作者已无可考，但刘勰是把它们作为葛天氏自己的作品来看待的。

昔葛天乐辞[1]云，《玄鸟》[2]在曲；黄帝《云门》[3]，理不空弦[4]。（《明诗》）

乐府者……钧天九奏[5]，既其上帝[6]；葛天八阕[7]，爰乃皇时[8]。（《乐府》）

陈思[9]，群才之英也，……按葛天之歌，唱和三人而已。（《事类》）

注　释

（1）乐辞：歌词。
（2）《玄鸟》：本指"燕子"，或以为指"鹤""乌鸦""八哥"。均以其黑色得名。此处为传说中古代葛天氏乐八篇之一的篇名。
（3）《云门》：为古代舞乐的篇名。《同礼》云："大司乐奏黄钟，歌大吕，舞云门，以祀天神。"
（4）理不空弦：不是徒然发出空泛的声响，而有其实在的内容。
（5）钧天：天的中央。钧天九奏：上天多次演奏乐曲。又称"钧天广乐"。
（6）上帝：此处指天帝。
（7）八阕：古代的八阕乐歌。
（8）皇时：传说中的远古三皇时代。
（9）陈思：陈思王曹植。

评　说

"葛天氏"部族属于传说的远古部族，《吕氏春秋·古乐》记载了葛天氏部落的乐舞："昔葛天氏之乐，三人操牛尾，投足以歌八阕：一曰《载民》，二曰《玄鸟》，三曰《遂草木》，四曰《奋五谷》，五曰《敬天常》，六曰《达帝功》，七曰《依地德》，八曰《总万物之极》。"这种"三人操牛尾歌八阕"的舞蹈，是具有原始母题意味的歌曲，是最古老的音乐文化艺术，也是世界上最为原始的歌舞艺术，当时是在原始祭坛上所唱的。"葛天氏"的舞蹈和歌唱被后世艺术史家们称为"歌舞之祖"。这组原始乐舞实际上是"丰收祭"或者是"祈年祭"，是与农业生产有关的祭礼上表演的歌曲。"昔葛天氏之乐，三人操牛尾，投足以歌八阕"这是在尊祖先、敬天地的同时，表达对农耕、畜牧等农业活动的重视与祈愿心理。刘勰把乐舞当作人文的重要内容。《隋书·音乐志》把伊耆苇龠之音、伏羲网罟之咏、葛天八阕、神农五弦并列，称其"事与功偕，其来已尚"。也视其为远古的文化遗产。从中我们不难看到，对于上古诗、乐、舞合一的文学现象，刘勰是有所认知的。正因如此，刘勰在《文心雕龙》中对文体的区分，显得格外有意义。

·尧

尧，史称唐尧，姓伊耆（亦作伊祁），名放勋，帝喾次子。初封陶，后徙唐，故又称陶唐氏。继其兄挚为天子，有德政，民兴《康衢》《击壤》之歌，在位98年，有德政，常征求四岳的意见，而且设立谤木，让平民可以发表意见，设立多项政权组织，要求荐举贤人，加以任用。因其子丹朱不肖，乃举舜于畎亩之中，使之摄政，后即传位于舜。《史记·五帝本纪》："帝尧者，放勋。其仁如天，其知如神。"

....

至尧有《大唐》[1]之歌，舜造《南风》[2]之诗；观其二文，辞达而已。（《明诗》）

昔轩辕唐虞[3]，同称为"命"[4]。"命"之为义，制性[5]之本也。（《诏策》）

夫设官分职，高卑联事[6]。天子垂珠以听[7]，诸侯鸣玉以朝[8]。敷奏以言[9]，明试以功[10]。故尧咨四岳[11]，舜命八元[12]；固辞再让[13]之请，俞往钦哉之授[14]，并陈辞帝庭，匪假书翰[15]。（《章表》）

洪水之难[16]，尧咨四岳，宅揆之举[17]，舜畴五人[18]；三代所兴[19]，

询及刍荛[20]。(《议对》)

注　释

（1）《大唐》：相传是关于尧帝禅让的颂歌。《尚书·大传》："谘然乃作《大唐》之歌。"《南齐书·高帝纪上》云："所以大唐逊位，谘然兴歌。……《大唐之歌》，美尧之禅也。"

（2）《南风》：相传是舜所作歌诗。《礼记·乐记》："昔者舜作五弦之琴，以歌《南风》。"郑玄注："《南风》，长养之风也，以言父母之长养已，其辞未闻也。"《孔子家语·辨乐解》所载《南风》歌云："南风之熏兮，可以解吾民之愠兮；南风之时兮，可以阜吾民之财兮。"此《南风》歌，实为后人拟作。

（3）轩辕唐虞：指黄帝、尧、舜。

（4）命：最高统治者发布政令的文告，在轩辕唐虞之世，都称之为"命"，它是一种文体的名称。

（5）制性："性"当作"姓"，"制性"即赐给姓氏。

（6）高卑联事：官位有高下，联合起来处理政事。《周礼·天官冢宰·太宰》："官联以会官治。"郑玄注："官联，谓国有大事，一官不能独共，则六官共举之。……联，谓连事通职以相佐助也。"

（7）垂珠：古代帝王礼冠上垂十二条丝绳，下端垂白玉珠。《礼记·玉藻》："天子玉藻，十有二旒。"蔡邕《独断》："（汉）冕制：皆广七寸，长尺二寸，系白玉珠于其端，十二旒。"听：听政，临朝受理政事。

（8）鸣玉：古代诸侯朝见天子，身上佩玉，铿锵作声。《礼记·玉藻》："朝则结佩。天子佩白玉而玄组绶（黑带），公侯佩山玄（黑青色）玉而朱组绶，大夫佩水苍（苍绿）玉而纯（白）组绶。"朝：朝见天子。

（9）敷：陈述。奏：诸侯大臣对天子进言。

（10）试：检验。功：功绩。《尚书·舜典》："敷奏以言，明试以功，车服以庸。"王肃注曰："敷，陈；奏，进也。诸侯四朝，各使陈进治理之言；明试其言以要其功，功成则赐车服以表显其能用。"

（11）咨：询问。四岳：尧臣。《尚书·尧典》："帝曰：'咨四岳。'"孔安国传曰："四岳，即上羲和之四子，分掌四岳之诸侯，故称焉。"明代杨慎认为四岳是一人，见《升庵经说·四岳为一人》。

（12）八元：传为高辛氏的八个儿子。《左传·文公十八年》："高辛氏有才子八人：伯备、仲堪、叔献、季仲、伯虎、仲熊、叔豹、季狸……天下之民，谓之八元。"杜预注："元，善也。"

（13）固辞再让：臣下对君上的任命，再三表示推让。

（14）俞往钦哉之授：帝王用肯定和信任的话授以重任。《尚书·舜典》："帝（舜）曰：'俞（是）。咨禹！汝平水土，惟时懋（勉）哉！'禹拜稽首，让于稷契暨皋陶。帝曰：'俞。汝往哉！'"孔安国《传》曰："然其所推之贤，不许其让，故使往宅百揆（做总领国政的长官）。"

（15）匪：通"非"。假：借用。书翰：指书面文件。

（16）洪水之难：尧时发生的洪水灾难。

· 尧 ·

（17）宅揆：即宅百揆，做总领国政的长官。《尚书·舜典》："纳于百揆。"孔安国传曰："揆，度也，度百事，总百官。"举：推举。

（18）舜畴五人：据《尚书·舜典》记载：舜问朝臣，谁能任百揆及其他各种官职，朝臣推荐共二十二人，舜择优任用五人。依范文澜说：即列在前面的禹、弃（后稷）、契、皋陶、垂。《论语·泰伯》："舜有臣五人而天下治。"诸家旧注均引孔安国的话："禹、稷、契、皋陶、伯益也。"《论语正义》："《舜典》言命禹宅百揆，弃为稷（农官），契为司徒（教化官），皋陶作士（司法官），伯作虞（管山泽之官）。此五人才最盛也。"与范说略有出入。畴：谁，这里指问谁。

（19）三代：夏、商、周。兴：做、行事，盛行之义。

（20）刍荛：割草、打柴的人。刍：割草。荛：打柴。《诗经·大雅·板》："先民有言，询于刍荛。"毛传："刍荛，薪采者。"引申为乡野小民。

评　说

刘勰称《大唐》之歌"辞达而已"，说明上古时代的诗歌是质朴无文的。郑玄《六艺论·论诗》说："诗者，弦歌讽谕之声也。自书契之兴，朴略尚质。面称不为谄，目谏不为谤。君臣之接，如朋友然，在于诚恳而已。"此论和刘勰的看法可以互参。说明诗歌的"顺美匡恶，其来久矣"。虽有附会之嫌，但其重视诗歌的社会作用，还是应予以肯定的。

章表议对这类文体属封建时代特有的应用文体，与我们今天所说的文学关系不大，但从探讨古代文体的写作特点来讲，还是有它的普遍意义。刘勰在《章表》《议对》两篇，均提及"尧咨四岳"，并认为是这类文体的雏形，未免有些牵强。

先秦两汉时代对于"文学"的这种理解是中国人一系列文学观念产生的基础，由此而推出就是以善为美的美学观。强调作文的条件首先是做人，只有道德人格完善，才能做出天下之至文。即便是无意为文，也照样文采焕发。故孔子曰："大哉尧之为君也，巍巍乎唯天为大，唯尧则之。荡荡乎民无能名焉，巍巍乎其有成功也，焕乎其有文章。"（《论语·泰伯》）因此，作文的途径只有从"原道""征圣""宗经"入手（刘勰《文心雕龙》），"入门须正，立意须高"（严羽《沧浪诗话》）。

· 舜

舜，史称虞舜，是尧之后古帝王，姓姚，名重华，其先国于虞，故称有虞氏。舜帝是我国上古时期的一位圣君，以贤德孝行著称，与黄帝、颛顼、帝喾、尧帝并称"五帝"。唐尧时，举其摄政，因有功，受禅即帝位，在位39年。《尚书·舜典》载："德自舜明。"《史记·五帝本纪》云："天下明德皆自虞舜始。"后南巡，崩于苍梧之野。舜禅位于禹。舜待继母以孝，待弟以仁，儒家视他为理想人物，是仁孝的典范。

唐、虞(1)文章，则焕(2)乎始盛。元首载歌(3)，既发吟咏之志。(《原道》)

大舜云："诗言志，歌永言。"(4)圣谟(5)所析，义已明矣。是以"在心为志，发言为诗"(6)；舒文载实(7)，其在兹乎？(《明诗》)

至尧有《大唐》(8)之歌，舜造《南风》(9)之诗；观其二文，辞达而已。(《明诗》)

舜之祠(10)田云："荷此长耜(11)，耕彼南亩(12)，四海俱有(13)"。利民之志，颇形于言矣。(《祝盟》)

昔轩辕唐虞(14)，同称为"命"。"命"之为义，制性(15)之本也。(《诏策》)

兵先乎声(16)，其来已久。昔有虞始戒于国(17)，夏后初誓于军(18)，殷誓军门之外(19)，周将交刃而誓之(20)。故知帝世戒兵(21)，三王(22)誓师，宣训我众(23)，未及敌人也。(《檄移》)

昔黄帝神灵(24)，克膺鸿瑞(25)，勒功乔岳(26)，铸鼎荆山(27)。大舜(28)巡岳，显乎《虞典》(29)。成康(30)封禅，闻之《乐纬》(31)。及齐桓(32)之霸，爰窥王迹(33)，夷吾谲陈(34)，拒以怪物(35)。固知玉牒金镂(36)，专在帝皇也。(《封禅》)

夫设官分职，高卑联事(37)。天子垂珠以听(38)，诸侯鸣玉以朝(39)。敷奏以言(40)，明试以功(41)。故尧咨四岳(42)，舜命八元(43)；固辞再让(44)之请，俞往钦哉之授(45)，并陈辞帝庭，匪假书翰(46)。(《章表》)

洪水之难(47)，尧咨四岳，宅揆之举(48)，舜畴五人(49)，三代所兴(50)，询及刍荛(51)。(《议对》)

大舜云，"书用识哉"(52)，所以记时事也。盖圣贤言辞，总为之书：书(53)之为体，主言(54)者也。(《书记》)

三言兴于虞时(55)，《元首》之诗(56)是也。(《章句》)

·舜·

寻"兮"字成句，乃语助余声。舜咏《南风》(57)，用之久矣；而魏武弗好(58)，岂不以无益文义(59)耶！(《章句》)

时运交移(60)，质文代变(61)；古今情理，如可言乎？昔在陶唐(62)，德盛化钧(63)；野老吐"何力"之谈(64)，郊童含"不识"之歌(65)。有虞继作(66)，政阜民暇(67)；"熏风"诗于元后(68)，"烂云"(69)歌于列臣。尽其美者何(70)？乃心乐而声泰也(71)。(《时序》)

注 释

（1）唐、虞：即尧、舜。

（2）焕：光亮、鲜明，此指文章兴盛。《论语·泰伯》："子曰：'大哉，尧之为君也！……焕乎其有文章。'"何晏集解曰："焕，明也，其立文垂制又著明。"

（3）元首：君主，这里指舜。载：助字。《尚书·益稷》："帝（舜）乃歌曰：'股肱（指大臣）喜哉！元首起哉！百工（百官）熙（明）哉！'"

（4）"诗言志，歌永言"：语出《尚书·尧典》。意思是：诗是用来表达人的意志的，歌是延长诗的语言，徐徐咏唱，以突出诗的意义。永：长也。

（5）谟：谋划。这里指一种文体的名称，古代记述君臣谋议国事的文章称为"谟"。圣谟：指《舜典》。

（6）"在心为志，发言为诗"：语见《毛诗序》。意思是：在作者内心时是情志，用语言表达出来就是诗。

（7）舒文载实：诗歌创作是通过文辞来表达情志。文：文辞。实：指情志。

（8）《大唐》：相传为赞美尧禅让的颂歌。非尧所作。

（9）《南风》：传为舜作的歌诗。

（10）祠：春祭。《尸子》："舜兼爱百姓，务利天下。其田历山也，荷彼耒耜，耕彼南亩，与四海俱有其利。"（载《困学纪闻》卷10引《太平御览》卷81）。又，《路史·后纪·疏仡纪》："（舜）故祠于田曰：'荷此长耜，耕彼南亩，四海俱有。'志利民也。"

（11）荷：扛、担。耜：古代一种类似锹的翻土农具。

（12）南亩：南亩向阳，利于农作物生长，古人田土多向南开辟。后泛指农田为南亩。

（13）四海俱有："四海俱有其利"之义。

（14）轩辕唐虞：即黄帝、尧、舜。

（15）制性："性"当作"姓"，当为"制姓"，即赐给姓氏。

（16）兵先乎声：打仗之前，先进行动员、宣誓。

（17）有虞：有虞氏，即舜。戒于国：为使国内百姓实现其命令而预先警戒。《司马法·天子之义》："有虞氏戒于国中，欲民体其命也。"

（18）夏后：夏后氏，即禹。誓于军：为使军内士兵和民众早有考虑而进行宣誓。《司马法·天子之义》："夏后氏誓于军中，欲民先成其虑也。"

（19）殷：即商代。誓军门之外：在军门外誓师，使大家有精神准备，以便行动。《司马法·天子之义》："殷誓于军门之外，欲民先意以待事也。"

（20）周：周代。交刃而誓之：临战宣誓，以鼓励斗志。《司马法·天子之义》："周将交刃而誓之，以致民志也。"

（21）帝世：五帝时代，这里指虞舜之时。戒兵：警诫士兵。

（22）三王：夏、商、周三代帝王。

（23）宣训我众：对己方部众的宣誓、训诫。

（24）黄帝神灵：谓黄帝生而神异，与众不同。

（25）克：能够。膺：承受。鸿瑞：鸿大的符瑞。

（26）勒：刻。乔岳：高山，此指泰山。

（27）铸鼎荆山：在荆山上铸铜鼎。

（28）巡：帝王外出视察。

（29）《虞典》：即《尚书·舜典》。

（30）成康：西周时的成王和康王。

（31）《乐纬》：即纬书《乐·动声仪》。

（32）齐桓：齐桓公，春秋五霸之一。

（33）爰：于是。窥：窥探。王迹：王者封禅之事。

（34）夷吾：春秋时齐国政治家管仲的字。谲：诡诈。陈：陈述，此指谏阻。

（35）距：通"拒"。怪物：指《管子·封禅》篇中管夷吾谏阻齐桓公封禅时谈到的鸱鸮、蓬蒿等物。

（36）玉牒金镂：指帝王刻石封禅。

（37）高卑联事：官位有高下，此指各级官员联合起来处理政事。

（38）垂珠：古代帝王礼冠上有十二条丝绳，下端系白玉珠。听：听政，临朝处理政事。

（39）鸣玉：古代诸侯朝见天子时身佩玉饰，其随人进退有声。朝：朝见天子。

（40）敷：陈述。奏：朝臣对天子进言。

（41）试：检验。功：功绩。

（42）咨：询问。四岳：尧臣，传为古代四方诸侯之长，一说为一人。

（43）八元：元，即善。传为高辛氏的八个好儿子。

（44）固辞再让：臣下对国君的任命表示再三推让。

（45）俞往钦哉之授：俞，表应允之词，如"是"。此指帝王用肯定和信任的话授以重任。

（46）匪：通"非"。假：借用。书翰：指书面文件。

（47）洪水之难：尧时发生的洪水灾难。

（48）宅揆：即宅百揆，做总领国政的长官。举：推举。

（49）舜畴五人：舜询问朝臣谁能任百揆等职，并从朝臣推荐的人中择优任用了五人。畴：谁，这里是指问谁。

（50）三代：夏、商、周三代。兴：做，行事。

（51）刍荛：割草打柴，这里指草野之人。刍：割草。荛：打柴。

（52）"书用识哉"：书写是用来记载的。《尚书·益稷》："帝（舜）曰：'书用识哉！'"孔安国传曰："书识其非。"原意是书写用以记录过失。识：通"志"，记载。

（53）书："书"是一种文体的名称。此处指圣贤文辞的总称。

（54）主言：主管记言。

（55）三言：三言诗。这句说：三言诗产生于大舜之时。

（56）《元首》之诗：即《原道》篇所说："元首载歌。"其辞见注（3），除语气助词

"哉"字外，均为三字句。

（57）《南风》：传为大舜所作歌诗。

（58）魏武：魏武帝曹操。弗好：不爱好使用"兮"字。

（59）无益文义：这句话是对魏武文章不用"兮"字的反问，他认为"兮"字对作品的内容没有什么益处。

（60）时运：时代、气运，指列朝的治乱、盛衰。交移：指朝代的交替，气运的推移。

（61）质：质朴。文：富于文采。代变：替代、变化。

（62）陶唐：尧，因尧初居陶（今山东定陶县西南），后迁于唐（今河北唐县），故名陶唐氏。

（63）化：教化。钧：通"均"，指教化普遍，均衡，有不教而化之意。

（64）野老：田野老人，此指老百姓。吐"何力"之谈：指作《击壤歌》。《论衡·艺增》："（尧时）有年五十击壤于路者。观者曰：'大哉，尧德乎！'击壤者曰：'吾日出而作，日入而息，凿井而饮，耕田而食，尧何等力？'"击壤：古代一种投掷游戏。周处《风土记》："击壤者，以木作之，前广后锐，长四尺三寸，其形如履。将戏，先侧一壤于地，遥于三四十步，以手中壤击之，中者为止。"

（65）郊童：郊外儿童，此指一般的儿童。含"不识"之歌：指唱《康衢谣》。《列子·仲尼》："尧微服游于康衢（大道），闻儿童谣曰：'立我蒸（众）民，莫匪（非）尔极（尽其自然）。不识不知，顺帝（天）之则（法则）。'"言当时人民生活顺其自然，不知尧的功德，以显示尧不教而化，无为而治。

（66）有虞继作：指舜继尧为帝。

（67）政阜：政治盛明。民暇：人民有空闲时间。

（68）"熏风"：指《南风歌》，其中有"南风之熏兮"一句。诗：范文澜注：疑当作咏。按"诗"此处作动词用，即作诗，与下文"歌"相对。元后：即元首，指舜。

（69）"烂云"：指《卿云歌》，其中有"卿云烂兮"一句。《尚书大传·虞夏传》："维十有五祀（年），卿云（祥云）聚，俊（俊杰）集，百工（百官）相和而歌《卿云》。帝（舜）乃倡之曰：'卿云烂（灿烂）兮，糺（聚）缦缦（广远貌）兮。日月光华，旦复旦兮。'"

（70）尽其美者何：意为那些作品为什么那么完美呢？尽：完全。

（71）心乐而声泰：心里高兴而声调和畅。泰：即安。

评 说

舜帝是我国古代传说中的贤明之君，相传虞舜执政时，天下太平，风调雨顺，五谷丰登。尽管幼年受尽继母及弟弟的折磨，舜依然对母亲礼数周到，对弟弟爱护有加，因而也被后人给予很高的评价，被誉为孝之典范，君子楷模。因而，舜的时代，成为儒家理想社会的黄金时代，并以造二十三弦之琴，正六律，和五音，创《九韶》《六列》《六英》之歌以颂舜德。刘勰通过对舜的赞美和颂扬，表现了自己的文艺思想。他在《原道》篇中把"人文之元"神秘化，认为人文是玄而又玄的"神理"制定的,但他又说舜的"载歌"是"发吟咏之志",即有了人的情思之后才产生的"人文",其矛盾是十分明显的。在《明诗》篇又说:"大舜云:'诗言志,歌永言',圣谟所析,义已明矣。"这显然是以儒家传统的诗教观点来解释诗歌意义的。但刘勰在这一认识的基础上也有新的发展。他强调诗歌要"应物斯感""舒文载实"等诗歌本身的艺术特点,这就把"言志"与"缘情"两说糅为一体了。

刘勰还认为,文学是时代的反映,他在《时序》篇中明确地指出:尧舜时期,由于"政阜民暇",所以才出现了"心乐而声泰"的政治局面。这说明他已认识到了文学与时代政治的密切关系。但他又囿于阶级的偏见及时代的局限,只是以儒家的"教化"论来对这种关系加以解释,认为政治仅仅是时代的治乱和统治者的教化,这就使他对此问题不可能做出科学的解释。

刘勰在《章句》篇中还专门论述了虚词的作用及运用问题,指出"据事似闲,在用实切",即对于说明事理,这些虚词本身似乎没有实际意义,但在句子中的作用却是很必要的。

·伯益

伯益,亦作伯翳、柏翳,亦称大费,传说是东夷族部落首领,皋陶之子,舜的臣子。相传伯益善于畜牧和狩猎,被帝舜任为虞(古时掌管山林的官),辅舜调驯鸟兽,还发明了凿井。赐姓嬴。后又辅禹治水,有功。禹本选皋陶为继承人,皋陶早亡,伯益被选为禹的继承人。禹去世后,禹子启即继王位,伯益与启发生争夺,为启所杀。一说由于伯益推让,到箕山之阳隐居,于是启继帝位。

元首载歌(1),既发吟咏之志;益、稷陈谟(2),亦垂敷奏之风。(《原道》)

昔虞舜之祀,乐正(3)重赞,盖唱发之辞(4)也。及益赞于禹,伊陟赞于巫咸(5),并飏言以明事,嗟叹以助辞也。(《颂赞》)

益陈谟云:"满招损,谦受益。"岂营丽辞,率然对耳。(《丽辞》)

虞夏文章,则有皋陶六德(5),夔序八音,益则有赞。五子作歌(6),辞义温雅,万代之仪表也。(《才略》)

注 释

（1）元首：君主之义。元首本指"头"，或一年之始。今为国家最高官职者。

（2）陈谟：陈献谋划，指益稷的奏言。

（3）乐正：古代乐官之长。整理音乐，亦称乐正。"乐正重赞"，《尚书·大传》曰："舜为宾客，禹为主人。乐正进赞曰：'尚考大室之义，唐为虞宾，至今衍于四海，成禹之变，垂于万世之后，于是俊乂百工，相和而歌庆云。'"

（4）唱发之辞：阐明"赞"这一文体，就是歌颂功德的文辞。

（5）伊陟：殷商时人。《尚书·咸有一德》云："伊陟赞于巫咸，作《咸乂》四篇。"巫咸：古代传说人物，一说是黄帝时人，一说是唐尧时人。

（6）皋陶：舜时司法官。六德：为人的六种美德。《尚书·皋陶谟》："日严祗敬六德，亮采有邦。""六德"即"宽而栗，柔而立，愿而恭，乱而敬，扰而毅，直而温，简而廉，刚而塞，强而义"中的六种。

（7）五子作歌：五子，即夏太康兄弟五人。韩愈《送孟东野序》："夏之时，五子以其歌鸣。"

评 说

伯益是虞夏时期的一位著名氏族联盟领袖，在历史上曾立下了不朽功勋，与尧、舜、禹、皋陶一样是彪炳千秋的古代英雄。据《史记》载，伯益是我国最早驯化牛马等大牲畜的专家，是调驯和豢养家畜家禽的开山鼻祖。史载伯益又是井发明者，对农田灌溉和人们的生活饮食起居发挥了重要的作用，开启了四千年农业王国的文明。《山海经》传为伯益所作。

所谓"益赞于禹"，就是禹治水大功，伯益称赞"都帝德广运，乃圣乃神，乃武乃文，皇天眷命，奄有四海，为天下君"，同时提出"国失法度，罔游于逸，罔淫于乐，任贤勿贰，去邪勿疑，疑谋勿成。百志惟熙，罔违道以干百姓之誉，罔口弗百姓以从己之欲。无怠无荒，四夷来王"的告诫。"赞"作为一种文体，就是劝喻导戒为主旨。刘勰把伯益看作是这一文体的创始者。"皋陶六德，夔序八音"应该说还不是什么文学作品，"五子作歌"更属于后人伪作，刘勰不能跳出历史的局限，评价失当。

夔

夔，传说为舜时大臣，具有非凡的音乐才能，后受到舜的赏识提拔为乐官，主理乐舞之事。《吕氏春秋·察传》载，鲁哀公问孔子，舜时的乐官夔是否只有一足，孔子说："昔者舜欲以乐传教于天下，乃令重黎举夔于草莽之中而进之，舜以为乐正。夔于是正六律和五声，以通八风，而天下大服。重黎又欲益求人，舜曰：'若夔者，一而足矣。'故曰夔一足，非一足也。"意谓一夔已足，不必多求，而误传夔只有一足。

暨后郊庙⁽¹⁾，惟杂雅章⁽²⁾；辞虽典文⁽³⁾，而律非夔、旷⁽⁴⁾。（《乐府》）

虞夏文章，则有皋陶六德⁽⁵⁾，夔序八音⁽⁶⁾，益则有赞⁽⁷⁾。五子作歌⁽⁸⁾，辞义温雅，万代之仪表⁽⁹⁾也。（《才略》）

赞曰：洪钟万钧⁽¹⁰⁾，夔、旷所定。良书盈箧⁽¹¹⁾，妙鉴⁽¹²⁾乃订。流郑淫人⁽¹³⁾，无或失听⁽¹⁴⁾。独有此律⁽¹⁵⁾，不谬蹊⁽¹⁸⁾径。（《知音》）

注 释

（1）后：据唐写本当为"后汉"。郊庙：此指祭祀祖庙所用的乐歌。

（2）杂：唐写本作"新"。杂雅章：指东平王刘苍的《武德舞歌》。

（3）典文：典雅。

（4）律：乐律。夔、旷：代指古乐。旷，师旷，春秋时晋国乐师，字子野，目盲，善弹琴，精于辨音。

（5）皋陶六德：指皋陶提出诸侯必须具有的六种美德。详见"伯益"条注（6）。

（6）序：通叙。八音：其说有二。《尚书·舜典》蔡沈注说，八音是十二律中任何律吕"隔八相生而得之"，犹如音符1、2、3、4、5、6、7，每隔七音而循环。孔安国《传》则说："八音，谓金，钟也；石，磬也；丝，琴瑟也；竹，笛也；匏，笙也；土，埙也；革，鼓也；木，木祝也。"

（7）益则有赞：益对舜的赞辞。益，舜的臣子。

（8）五子：夏后的五个儿子，亦即太康兄弟五人。《尚书》有《五子之歌》篇，乃晋人伪作。

（9）仪表：典范。

（10）洪钟：大钟。钧：三十斤。

（11）盈箧：满箱。

（12）妙鉴：指高明的评论家。

（13）流郑：郑国的靡靡之音。淫人：使人误入迷途。

（14）无或失听：不要为它迷惑听觉。

·禹·

（15）律：尺度，准则。
（16）蹊：路。

评 说

《尚书》记载舜帝让夔掌管乐舞，教导年轻人。夔就敲起石磬，让大家扮成百兽边歌边舞。夔不但是氏族乐舞的组织者和指挥者，而且有高超的音乐演奏才能，编导了当时最高水平的乐舞《箫韶》。相传这部乐舞一直流传到一千多年后春秋战国时期的齐国，孔子听后赞叹曰："韶，尽美矣，又尽善也。"由此可见，夔的音乐才华非比寻常。刘勰多次提到夔，看来他是把夔当作我国最早的音乐家的。他在《知音》篇中还说："凡操千曲而后晓声，观千剑而后识器。"亦以见出他对音乐的爱好和重视。这也提醒我们，音乐在文学形成的过程中，起过重大的作用，早期诗、乐、舞合一的形态姑且不论，至少在魏晋南北朝，诗的传播形态是歌咏、诵读，因而，对音律要求的提高，是必然的事。

·禹

禹，即夏禹，颛顼之孙，姓姒氏，名文命，号禹，又称大禹，夏代开国之君。尧时，其父鲧治水无功，被舜所诛，命禹继父之位，水患得平。大禹治水"导河积石，至于龙门，南至于华阴，东至于底柱，又东至于孟津。东过洛汭，至于大伾，北过降水，至于大陆，又北播为九河，同为逆河，入于海"（《尚书·禹贡》）。《史记·夏本纪》说："禹伤先人父鲧功之不成受诛，乃劳身焦思，居外十三年，过家门不敢入。"《韩非子·五蠹》记载："禹之王天下也，身执耒臿，以为民先，股无胈，胫不生毛，虽臣虏之劳，不苦于此矣。"因有此大功，不久受舜禅让为天子，都安邑（今山西运城市境内），在位8年。南巡，崩于会稽。大禹开君主世袭之制。

夏后氏[1]兴，业峻鸿绩[2]；九序惟歌[3]，勋德弥缛[4]。（《原道》）
及大禹成功，九序惟歌；太康败德[5]，五子咸怨[6]：顺美匡恶[7]，其来久矣。（《明诗》）

昔帝轩刻舆、几以弼违⁽⁸⁾；大禹勒笋簴而招谏⁽⁹⁾；成汤盘盂⁽¹⁰⁾，著"日新"之规⁽¹¹⁾；武王《户》《席》⁽¹²⁾，题必戒之训⁽¹³⁾；周公"慎言"于《金人》⁽¹⁴⁾；仲尼"革容"于欹器⁽¹⁵⁾；则先圣⁽¹⁶⁾鉴戒，其来久矣。(《铭箴》)

"戒"者，慎也，禹称："戒之用休。"⁽¹⁷⁾(《诏策》)

兵先乎声，其来已久。昔有虞始戒于国⁽¹⁸⁾，夏后初誓于⁽¹⁹⁾，殷誓军门之外⁽²⁰⁾，周将交刃而誓之⁽²¹⁾。故知帝世戒兵⁽²²⁾，三王⁽²³⁾誓师，宣训我众，未及敌人⁽²⁴⁾也。(《檄移》)

至大禹敷土⁽²⁵⁾，九序咏功⁽²⁶⁾。(《时序》)

注 释

（1）夏后氏：即禹，禹即君位后国号夏后。

（2）业：事业。峻：高。鸿：大。绩：功绩。这句说禹事业宏伟，功绩巨大。

（3）九序惟歌：指治理天下的各种工作各有次序，加以歌颂。《尚书·大禹谟》："于，帝念哉！德惟善政，政在养民。……九功惟叙，九叙惟歌。"九功，古代六府三事为九功。水、火、金、木、土、谷，谓之六府。正德、利用、厚生，谓之三事。

（4）勋德弥缛：功德更加显著。勋：功。缛：繁盛，引申为显著《说苑·修文》："德弥盛者，文弥缛。"

（5）太康：夏禹的孙子，因荒淫而失国。败德：道德败坏。

（6）五子咸怨：指太康兄弟五人曾作《五子之歌》以发怨气。

（7）顺美匡恶：歌颂好的，讽刺坏的。《孝经》："将顺其美，匡救其恶。"匡：纠正。

（8）帝轩：黄帝。舆：车子。几：小桌案。弼违：纠正过失。

（9）勒：刻。笋簴：即簨簴，钟磬架子，横木曰簨，竖木曰簴。招谏：招来别人规劝自己的过失。《鬻子》载大禹为铭于簨簴曰："教寡人以道者击鼓；教以义者击钟；教以奉者振铎；语以忧者击磬。"

（10）成汤：商王朝的第一个帝王。盘盂：盘指沐浴器，盂指饮食器，此指相传为汤的《盘铭》。

（11）"日新"：据《礼记·大学》载，汤的《盘铭》中有"苟日新，日日新，又日新"之语。规：规诫。

（12）武王：周王朝的开国帝王姬发。《户》《席》：传为武王所作的《户铭》和《席四端铭》。《大戴礼记·武王践阼》载："尚父道丹书之言，武王闻之惕若恐惧，退而为戒，书于席四端，于机于鉴于盥盘，于楹，于杖，于带，于履屦，于觞豆于户于牖于剑于弓于矛，尽为铭焉，以戒后世子孙。"

（13）必戒之训：必须引以为戒的教训。

（14）周公：武王之弟周公旦。《金人》：传为周公所作的六铭之一的《金人铭》。《家语》："孔子观周人后稷之庙，有金人焉，三缄其口，而铭其背曰：'古之慎言人也，无多言，多言多败。'"

（15）仲尼：孔子的字。革容：变脸色，含有警惕之意。欹器：古代贵族宗庙中所设用以警戒之器。《荀子》载孔子观于鲁威公之庙，有欹器焉，问于守庙者，知为宥坐之器。

其器虚则欹，中则正，满则覆。孔子喟然叹曰：乌有满而不覆者哉。

（16）先圣：前代圣人，指上述黄帝、夏禹、商汤、周武王、周公、孔子等。

（17）"戒之用休"：语出《尚书·大禹谟》，即用赞美之辞来进行警戒。休：美。

（18）有虞：有虞氏，即舜。戒于国：为使国内百姓实现其命令而预先警戒。

（19）夏后：夏后氏，即禹。誓于军：为使士兵和民众早有考虑而事先进行宣誓。

（20）殷：即商代。誓军门之外：即在军门之外誓师，训示百姓早行。

（21）周：即周代。交刃而誓之：临战宣誓，以激励斗志。

（22）帝世：五帝时代，这里指虞舜之时。戒兵：警戒士兵。

（23）三王：夏、商、周三代开国之王。

（24）未及敌人：以上宣誓以及训诫己方部众，都在尚未接触敌方之前，进一步论述"兵先乎声"的道理。

（25）敷土：把国土分为九州。敷：分布。这里有治理国土之意。《尚书·禹贡》："禹敷土。"

（26）九序咏功：《原道》《明诗》两篇均有"九序惟歌"之语，与其意义相同。参见注（3）。

评 说

禹在神话传说中为夏人的祖神、宗神，大概与最早在华夏文化中心区域建立中央王朝的夏人首先利用该神话为自己的政治统治提供合法性证明有关。正如顾颉刚所言：我们从《诗经》里，知道商、周两族都以禹为古人——比他们自己种族还古的人；禹又是一个极伟大的人，做成许多大工程，使得他们可以安定地居住在这个世界上。在古籍和传说中，夏禹的治水事迹十分动人。《尚书·益稷》称：禹娶涂山氏女，结婚后生子启，"启呱呱而泣"，禹顾不得照抚幼子，径自治水而去。历代诗人写下了许多吟咏夏禹治水的诗篇。夏禹公而忘私、不畏艰险驯服洪水的业绩，成为中华民族精神的象征。

刘勰以"大禹成功，九序惟歌；太康败德，五子咸怨"为例，说明诗歌一开始就有"顺美匡恶"的作用。他重视诗歌的社会作用固然应予肯定，但也不免流于附会之说。事实上，最初的诗（包括文字产生之前的谣谚、咒辞等）是产生于"饥者歌其食，劳者歌其事"这种与人们生活有直接联系的社会生活的。如葛天氏之乐辞、伊耆氏之蜡辞、诗经中的民歌等都是如此。大禹的"勒笋簴而招谏"，虽系后人伪托，但刘勰说铭箴这种文体"盛于三代"，大体还是可以信的。这从大量史料及出土文物可以得到证明。《文心雕龙》一书中有几次提到大禹"九序惟歌"，极力称颂其功德。可见，儒家崇拜的"圣人"大禹，影响之深。

商汤

商汤,即成汤,子姓,契之后,名履,商王朝开国之君。初居亳,为夏方伯,专主征伐。他任用仲虺和伊尹为相,逐渐强大起来。夏桀无道,民怨沸腾,汤兴兵伐之,大败夏军,放桀于南巢,遂有天下,国号商。商汤即位17年践天子位,为天子13年崩。

至于商履,圣敬日跻(1),玄牡告天(2),以万方罪己(3),即郊禋(4)之词也;素车祷旱(5),以六事责躬(6),则雩禜(7)之文。(《祝盟》)

昔帝轩刻舆、几以弼违(8);大禹勒笋簴而招谏(9);成汤盘盂(10),著"日新"之规(11);武王《户》《席》(12),题必戒之训(13);周公"慎言"于《金人》(14);仲尼"革容"于欹器(15);则先圣(16)鉴戒,其来久矣。(《铭箴》)

成汤圣敬,"猗欤"作颂(17)。(《时序》)

注 释

(1) 圣敬:圣明严慎。日跻:指商汤的德行一天天高起来。跻:升、登。《诗·商颂·长发》:"汤降不迟,圣敬日跻。"郑玄云:"汤之下士尊贤甚疾,其圣敬之德日进。"

(2) 玄牡:黑色的公牛。告天:祭天。

(3) 以万方罪己:把四面八方人的罪过都归到自己身上。据《论语·尧曰》记载,商汤用黑色公牛祭天说:"朕躬有罪,无以万方;万方有罪,罪在朕躬。"意为:我有什么罪过,与万方民众没有什么关系;如果万方民众有什么罪过,罪过都在我的身上。

(4) 郊禋:祭天。

(5) 素车祷旱:乘着没有文饰的车子祷求免于旱灾。《艺文类聚》卷八十二引《尸子》:"汤之救旱也,乘素车白马,着布衣,身婴(围绕)白茅,以身为牲(祭品),祷于桑林之野。"

(6) 六事责躬:以六件事责备自己。《荀子·大略》引汤的祷辞说:"政不节(节制)与?使民疾(过分)与?何以不雨至斯极也?宫室荣(宫廷太豪华)与?妇谒盛(内宠干求过甚)与?何以不雨至斯极也?苞苴行(贿赂公行)与?谗夫(敬献谗言的人太多)兴与?何以不雨至斯极也?"

(7) 雩:祈求甘雨的祭祀。禜:祈禳风雨霜雪水旱瘴疫的祭祀。这里单指求雨除旱。

(8) 帝轩:黄帝。舆:车子。几:小桌案。弼违:纠正过失。

(9) 勒:刻。笋簴:钟磬架子,横木为笋,竖木为簴。招谏:招来别人劝谏自己的过失。

(10) 盘盂:指传为商汤作的《盘铭》。盘:沐浴器。盂:饮食器。

(11) 日新:《礼记·大学》载,汤的《盘铭》有"苟日新,日日新,又日新"之语。

"日新",即一天比一天新。规:规诫。

（12）武王:周王朝的开国之君姬发。《户》《席》:传为武王所作的《户铭》《席四端铭》,载《大戴礼记·武王践阼》,系后人伪托。

（13）必戒之训:必须引以为戒的教训。

（14）周公:周代开国功臣,周武王之弟周公旦。《金人》:即《金人铭》,传为周公所作的六铭之一。

（15）仲尼:孔子的字。革容:改变脸色,有警惕之意。欹器:古代贵族宗庙中用作警戒之器,因置于右,又称宥坐之器。"宥"通"右"。

（16）先圣:前代圣人,指上述黄帝、大禹、商汤、周武王、周公、孔子等。

（17）"猗欤":《诗经·商颂·那》这首诗,第一句是:"猗欤那欤",猗:叹词。那:多。作颂:指这首诗对商汤的颂扬。

评 说

商汤开以武力夺得天下的先河,使中华帝国以后的历史变得多姿多采,打破了天子不可变的定律,是中国政治史上的第一次改革。立国后他又修《汤刑》《明居》等法,关心民命。作为"三代之王"之一的商汤,被历代儒士奉若神明,刘勰在《文心雕龙》中也竭尽赞誉之辞,对商汤的推崇敬佩十分明显。在讨论"祝"文的发展过程时,他盛赞商汤"圣敬日跻"。在"玄牡告天"时,赞美商汤"万方罪己",在"素车祷旱"时,则誉以"六事责躬",可见,商汤已是一个"为国为民,鞠躬尽瘁"的君主了。在讨论文学发展史时,刘勰又一次提出由于成汤的"圣敬",反映在文学上自然就形成"猗欤作颂"。这一些论述,一方面显示了刘勰在政治上的保守性和儒家思想对他的深刻影响,另一方面也说明他对社会政治与文学现象的密切关系是有一定认识的。

·伊尹

伊尹,名挚,商初贤臣。原系夏朝莘国（今山东菏泽市曹县莘冢集大集乡殷庙村）人,出身奴隶,曾辅佐商汤起兵伐桀,建立了商朝,成为我国奴隶社会唯一的一个奴隶出身的圣人宰相。商汤死后,伊尹又先后辅佐汤的三个子孙外丙、仲壬、太甲继任商王。据说,太甲继位,不遵祖法,伊尹放逐太甲于桐宫,摄行天子事。3年后,太甲悔过,伊尹复迎太甲而授之政,作《太甲训》三篇，褒帝太甲，称为太宗。伊尹卒于商王沃丁时，帝沃丁葬以天子之礼。一说伊尹篡太甲之位而自立，被太甲所杀。伊尹当了三代商朝相国，为商王朝延续600年的统治奠定了坚实的基础，伊尹活了100多岁，成为我国历史上第一个贤能相国圣人，史称元圣人。

　　唯英才特达，则炳曜垂文，腾其姓氏，悬诸日月焉。昔风后、力牧、伊尹⁽¹⁾，咸其流也。篇述者，盖上古遗语，而战伐所记者也。(《诸子》)

　　说之善者，伊尹以论味⁽²⁾隆殷……亦其美也。(《论说》)

　　至太甲既立，伊尹书诫；思庸归亳⁽³⁾，又作书以赞。文翰献替⁽⁴⁾，事斯见矣。(《章表》)

　　商周之世，则仲虺垂诰⁽⁵⁾，伊尹敷训⁽⁶⁾，吉甫⁽⁷⁾之徒，并述诗颂，义固为经，文亦足师矣。(《才略》)

注　释

　　(1)伊尹：相传生于伊水，故名。他是汤妻陪嫁的奴隶，后助汤伐夏桀，被尊为阿衡。汤去世后，历佐卜丙(外丙)、仲壬二帝。后太甲即位，因荒淫失度，被伊尹放逐到桐宫，三年后迎之复位。一说，伊尹借故放逐太甲，自立七年，后太甲还，被杀。《文选·陆机〈豪士赋序〉》："伊生抱明元以婴戮。"伊生即伊尹。

　　(2)论味：论说如何得到美味。《吕氏春秋·本味》：(伊尹)说汤以至味曰："凡味之本，水最为始，五味三材，九沸九变。火之为纪，时疾时徐，灭腥去臊除膻，必以其胜，无失其理。调和之事，必以甘酸苦辛咸，先后多少，其齐甚微，皆有自起。"

　　(3)归亳：语出《尚书·太甲》："三年复归于亳，思庸，伊尹作《太甲》三篇。"亳，商汤都城。亳有北亳(河南商丘市北)、南亳(在商丘市南)、西亳(在偃师县西)等几种说法。

　　(4)献替：献可替否的简略。

　　(5)仲虺垂诰：垂示告诫。仲虺为周代八士之一。葛洪《抱朴子·行品》有"愿闻垂诰"之句。

　　(6)伊尹敷训：《书序》云："成汤既殁，太甲元年，伊尹作伊。"敷，此处作"陈述"解。敷训，为陈述训诫之意。

　　(7)吉甫：即周宣王贤臣尹吉甫。《诗·小雅·六月》："文武吉甫，万邦为宪。"

评　说

　　伊尹陪嫁有莘氏之女至商，以调和五味为喻，向商汤陈说取天下之道，深得商汤赏识，被委以辅政重任。时夏桀暴虐荒淫，民心积怨；商族崛起，欲向西发展。伊尹深知人心向背关系国家兴亡,辅佐商汤以"修德"为首务,对内清政和民,争取广大民众支持,对外施仁伐暴,促使方国、部落归心于商。又采取由近及远、先弱后强各个击破的方略,剪除夏朝羽翼,使夏处于正背受敌的地位。在此期间,曾奉命两次入夏都探察政情、军情、民情,并离间夏统治集团内部关系,以削弱其实力。为把握有利的决战时机,出谋停止对夏朝的贡纳,以试探夏桀及各方国、部落的反应。在鸣条之战中,趁夏桀孤立无援之时,佐商汤率军与夏桀决战,一举灭夏。伊尹是我国古代最为著名的政治人物之一。他敢于放逐和训诫帝王,并使之悔改,这是历史上绝无仅有之事。有关他的结局,虽有两种传说,不论哪一种为实,都无损于这位敢作敢为的先觉者。后世人们以伊尹与孔子并举,称伊尹为元圣,称孔子为至圣。刘勰把论说、诰诫之类文体,归之于伊尹等人所首创。

·周文王

周文王,姓姬,名昌,其父季历被商王文丁杀死后即位。殷纣时为西方诸侯之长,故又称西伯,也称伯昌。建国于岐山之下,在位时发展生产,增强国力。解决虞、芮两国纷争,使之归附。先后攻灭黎(今山西长治西南)、邘(今河南沁阳西北)、崇(今河南嵩县北)等国。并建都丰邑(今陕西长安沣河西)。在位50年,积善施仁,德化大行,受到其他诸侯的拥护,为灭商奠定了基础。曾因崇侯虎进谗言被纣王囚于羑里。西伯之臣闳夭等献纣以美女珍奇之物,得以放回。昌获释后,益施仁政,诸侯多归之,后7年而卒。武王起兵伐纣,灭殷,遂有天下,追尊为文王。

文王患忧[1],《繇辞》炳曜[2];符采复隐[3],精义坚深[4]。(《原道》)

至鬻熊知道[5],而文王咨询[6]。(《诸子》)

昔文王繇《易》[7],剖判爻位[8],《既济》九三[9],远引高宗之伐[10];《明夷》六五[11],近书箕子之贞[12]:斯略举人事,以征义[13]者也。至若《胤征》羲和[14],陈《政典》之训[15];《盘庚》诰[16]民,叙迟任之言[17]:此全引成辞[18],以明理者也。然则明理引乎成辞,征义举乎人事,乃圣贤之鸿谟[19],经籍之通矩[20]也。(《事类》)

逮姬文(21)之德盛，《周南》勤而不怨(22)。(《时序》)

注　释

（1）文王患忧：周文王为西伯时曾被殷纣王拘于羑里。《周易正义序》："作《易》者其有患忧乎？"文王在忧患之时，著作彖辞，发展《易》的理论。

（2）《繇辞》：指《易经》中的《卦辞》《爻辞》，传为文王拘羑里时作。炳曜：发出光彩，这里指《繇辞》写成。

（3）符采：《文选·七启》："符采照烂。"李善注引刘渊林《蜀都赋》注曰："符采，玉之横文（纹）也。"这里指作品的文采。复隐：内容丰富，表达含蓄。复：多，指内容丰富深刻。张戒《岁寒堂诗话》卷上引《文心雕龙·隐秀》："情在词外曰隐。"

（4）坚深：犹艰深之义。

（5）鬻熊：楚国的祖先。《汉书·艺文志》说鬻熊"为周师"，并著录有《鬻子》《鬻子说》两书，但均为后人伪托。《子略》云：鬻子年九十见文王，王曰老矣，鬻子曰，使臣捕兽逐麋，已老矣；使臣坐策国事，尚少也。文王师焉。著书二十二篇，名曰《鬻子》。

（6）咨询：请教，询问。

（7）文王繇《易》：周文王解释易卦的意义，指作《卦辞》《爻辞》。繇：抽，抽出吉凶，这里引申为解释，阐发。《周易正义》："《卦辞》《爻辞》并是文王所作。"

（8）剖判：分析、判定。爻位：爻的位置。爻：《易》有六十四卦，每卦六爻。说明卦的文字叫《卦辞》，说明爻的文字叫爻辞。

（9）《既济》：六十四卦之一。九三：爻位的标志。爻分阳爻和阴爻两处，以"九"表示阳爻，"六"表示阴爻。阳爻又分初九、九二、九三、九四、九五、上九；阴爻又分初六、六二、六三、六四、六五、上六。"九三"表示阳爻的第三位。其卦象居衰末而能济，具中兴之义。

（10）高宗之伐："九三"爻辞是："高宗伐鬼方，三年克之。"孔颖达疏曰："高宗者殷王武丁之号也。九三'既济'之时，居文明之终，履得其位，是居衰末而能济者也。高宗伐鬼方以中兴殷道，事同此爻，故取譬焉。"鬼：古代北方部族名。

（11）《明夷》：六十四卦之一。六五：爻位的标志，详见注（9）。

（12）箕子之贞：箕子的贞操。箕子：殷纣王诸父。纣王无道，箕子劝谏不听，便佯狂，以全其贞。"六五"的《象辞》是"箕子之贞，明不可息也"。孔颖达疏曰："息，灭也。《象》称明不可息者，明箕子能保全其贞，卒以全身为武王师也。"

（13）征义：以上两例是简要地举出前人事例，用以证明含义的例子。征：验证，证明。

（14）《胤征》：《尚书》中篇名，系后人伪造。羲和：羲氏、和氏，唐虞时掌管天地四时的官，后成为官名。伪《胤征》："羲和湎淫，废时乱日。胤往征之，作《胤征》。"

（15）《政典》之训：伪《胤征》："《政典》曰：'先时者杀无赦，不及时者杀无赦。'"伪孔传："《政典》，夏后为政之典籍，若《周官》六卿之治典。"

（16）《盘庚》：《尚书》篇名，系殷帝盘庚告谕国民的文诰。诰：告诫。

（17）迟任之言：《尚书·盘庚上》："迟任有言曰：'人惟求旧，器非求旧，惟新。'"迟任：殷之贤者。

（18）余引成辞：引用权威言论来说明事理。

（19）鸿谟："谟"当为"模"，"鸿模"即大的模式，与下"通矩"对。
（20）矩：工木所用画方形的工具，喻为法度。
（21）逮：及，到。姬文：即周文王，姓姬。
（22）《周南》：《诗经》中《国风》之一，凡十一首。勤而不怨：指《周南》中的诗歌表现了百姓勤劳而无怨言。《左传·襄公二十九年》："吴公子札来聘，……请观于周乐。使工为之歌《周南》《召南》。曰：'美哉！始基之矣，犹未也。然勤而不怨矣。'"杜豫注曰："周南、召南，王化之基。犹有商纣，未尽善也。未能安乐，然其音不怨怒。"

评 说

周文王是儒家心目中的圣人，被孔子称为"三代之英"，作为人们对清明之君的向往，后世把文王当作"内圣外王"的典型，他的"天命"思想影响了中国历史3000多年。《史记》说文王暗中修德行善，使得诸侯背叛商纣王来归依文王。文王也被认为是《周易》的解说者，刘勰对此也深信不疑。他认为《周易》的《繇辞》是周文王拘羑里时所作，和司马迁的"盖西伯拘而演《周易》"是一致的，但事实上周文王作《繇辞》并不可靠。虽然如此，刘勰在《事类》篇举《周易》中"举乎人事"和"引乎成辞"两个例子来说明这一修辞学上的手法，已超出狭义的用典范围，还是有一定意义的。

如果说《物色》篇着重谈了文学与自然界的关系，那么《时序》篇中则着重谈了文学与人类社会的关系。刘勰明确提出了"风动于上，而波震于下"的观点，其中"姬文之德盛，《周南》勤而不怨"就是一例。这一观点虽还不够全面，但在当时已经很难得了。

·周公

周公，中国周代初年政治家，姓姬，名旦，周文王之子，周武王之弟，因采邑在周（今陕西宝鸡东北），称为周公。文王死后二年，周公佐武王东伐殷至孟津。四年，他和太公望、召公奭佐武王灭殷杀纣，三分商王畿地。合称三监，以监殷民。武王死，周公为应付危难，立武王年幼之子诵为周成王，又自己执政称王，以致引起内部争权斗争。管叔、蔡叔，并殷后代武庚作乱，周公奉命东征，杀武庚，奠定东南。周公改定官制，创制礼法，为周王朝典章制度的确立与完备，做出了重要贡献。

文王患忧⁽¹⁾，《繇辞》炳曜⁽²⁾；符采复隐⁽³⁾，精义坚深。重以公旦多材，振其徽烈⁽⁴⁾，剬《诗》缉《颂》⁽⁵⁾，斧藻群言⁽⁶⁾。(《原道》)

征之周、孔⁽⁷⁾，则文有师矣。(《征圣》)

鲁国以公旦次编⁽⁸⁾，商人以前王追录⁽⁹⁾，斯乃宗庙之正歌⁽¹⁰⁾，非宴飨之常咏⁽¹¹⁾也。《时迈》⁽¹²⁾一篇，周公所制⁽¹³⁾；哲人⁽¹⁴⁾之颂，规式⁽¹⁵⁾存焉。(《颂赞》)

昔帝轩刻舆、几以弼违⁽¹⁶⁾；大禹勒笋虡而招谏⁽¹⁷⁾；成汤盘盂⁽¹⁸⁾，著"日新"之规⁽¹⁹⁾；武王《户》《席》⁽²⁰⁾，题必戒之训⁽²¹⁾，周公"慎言"于《金人》⁽²²⁾；仲尼"革容"于欹器⁽²³⁾；则先圣鉴戒⁽²⁴⁾，其来久矣。(《铭箴》)

自周命维新⁽²⁵⁾，姬公定法⁽²⁶⁾；䌷三正以班历⁽²⁷⁾，贯四时以联事⁽²⁸⁾。(《史传》)

史肇轩黄⁽²⁹⁾，体备周孔⁽³⁰⁾。(《史传》)

注　释

（1）文王患忧：指周文王为西伯时曾被殷纣王拘于羑里事。

（2）《繇辞》：指《易经》中的《卦辞》《爻辞》，传为文王所作。炳曜：发出光彩，这里是指《繇辞》的写成。

（3）符采：玉的横纹，这里指作品的文采。复隐：内容丰富，表达含蓄。

（4）振：振兴。徽：美。烈：功业。

（5）剬：即"制"字，有创作之意。缉：通"辑"，辑录。

（6）斧藻：原指梁楹上刻画的纹饰图案，后来引申为斧削藻饰，指修改润色。群言：谓各家著述。

（7）征：此处证验之义。周、孔：周公、孔子。

（8）鲁国："国"字为衍文。鲁指《鲁颂》。以：因为。次编：编排。郑玄《鲁颂谱》："初，成王以周公有太平制典法之勋，命鲁郊祭天三望，如天子之礼。故孔子录其诗之颂，同于王者之后。"

（9）商人："人"字为衍文。商指《商颂》。郑玄《商颂谱》："宋大夫正考以商之名颂十二篇于周之太史，以《那》为首，归以祀其先王。孔子录诗之时，唯得此五篇而已。"以上两句说：《鲁颂》因周公得以编成，《商颂》因追记先王得以辑录。

（10）宗庙：祭祖先之庙。正歌：雅正之歌，即纯正、严肃的颂歌。

（11）宴飨：以酒宴待客，此指宴会。常咏：平凡的歌咏。

（12）《时迈》：《诗经·周颂》中的一篇。

（13）周公所制：《国语·周语上》说《时迈》为周公所作。

（14）哲人：智慧卓越的人，指周公。

·周公·

(15) 规式：规则模式。

(16) 帝轩：即黄帝。舆：车子。几：小桌案。弼违：匡正过失。

(17) 大禹：夏代开国之君。勒：刻。笱虡：钟磬架子，横木曰笱，竖木曰虡。招谏：招来别人劝谏自己的过失。

(18) 成汤：商代开国之君。盘盂：盘指沐浴器，盂指饮食器，此传为汤的《盘铭》。

(19) 日新：汤的《盘铭》中有"苟日新，日日新，又日新"之语。规：规诫。

(20) 武王：周代开国之君。《户》《席》：指《大戴礼记·武王践阼》所载的《户铭》和《席四端铭》，传为武王作，实为后人伪托。

(21) 必戒之训：必须引以为戒的教训。

(22)《金人》：即传为周公所作的六铭之一的《金人铭》，刘勰以为是周公所作，实为后人伪托。

(23) 仲尼：孔子的字。革容：变脸色，有引起警惕之意。欹器：古代贵族宗庙中用以警戒之器。

(24) 先圣：指上述黄帝、夏禹、商汤、周武王、周公、孔子等。

(25) 周命维新：周代国运从文王时开始转新。《诗经·大雅·文王》："周虽旧邦，其命维新。"

(26) 姬公：即周公。定法：制定史书记事之法。杜预在《春秋左氏传序》中说：《春秋》的体例是"周公之垂法"。

(27) 紬：紬绎即抽绎，这里引申为考察。三正：夏、商、周三代的正月。三代历法不同，夏建寅，以阴历正月为正；商建丑，以十二月为正；周建子，以十一月为正。班：同颁，颁布。历：历法，此专指周代历法。

(28) 贯四时：周代历史为贯穿春夏秋冬四时来记事的编年史，简称《春秋》。联事：连缀史事，即记载史事。杜预《左传序》："因其历数，附其行事。"即指此而言。

(29) 史肇轩黄：史官开始于轩辕黄帝，即《史传》篇首："轩辕之世，史有仓颉。"

(30) 体备周孔：史书体例完备于周公、孔子。

评　说

周公历来被孔子的儒家学派视为圣人，把他的人格典范作为最高典范，孔子终生倡导的是周公的礼乐制度，并因久未梦见周公而以为憾事。深受儒家思想影响的刘勰，自然也是把周公当作先圣、哲人而顶礼膜拜的。他不仅认为周公有安邦定国之功，而且，也像孔子那样是写文章的祖师爷。他的根据是：周公曾"制《诗》缉《颂》，斧藻群言"，其中"《时迈》一篇……规式存焉"。在历史散文的写作上，我国最早的编年体史书《春秋》，也认为是"姬公定法"，史书的体例也完备于周公、孔子之时。因此，刘勰说"征之周、孔，则文有师矣"。刘勰这些说法，并未尽合事实。由此可见，刘勰对儒家圣人的崇拜，是有自己的偏见的。

黄帝至周公，这些传说、历史中的人物，刘勰认为他们在文学上做出了贡献,并把一些文体的始创之功,追溯至彼,体现了其"原始以表末"的强烈的文学史意识,虽然他的一些看法由于其历史的局限性,有不恰当的地方,但是这种探本求末的执着,却是令人感动的。此外,就"论文叙笔"方面来说,每种文体皆有一定的适用范围,由合乎身份的人来"创始"自是理所当然,我们不必拘泥于历史的真真假假,但我们应注意,刘勰对各类文体的区分,是相当到位的。

·孔子

孔子(前551—前479),名丘,字仲尼,春秋末期鲁国陬邑(今山东曲阜)人。我国著名的思想家、教育家,儒家学派的创始人,相传有弟子三千,贤弟子七十二人。曾由鲁国中都宰升任司寇,摄行相事,由于不得志。离开鲁国,周游卫、宋、郑、陈、蔡、楚诸国,均未被用。晚年归鲁,专心从事著述和讲学,相传《诗》《书》《春秋》等古代典籍都经过他的整理。他的学说对后世的政治、哲学思想和道德伦理观念产生了极其深远的影响。在历史上,对华夏民族的性格、气质产生最大影响的人,就数孔子了。现存《论语》一书,主要记述他的言论及事迹,为其门人及后学辑录而成。

人文之元[1],肇自太极[2]。幽赞神明[3],《易》象[4]惟先。庖牺画其始[5],仲尼翼其终[6];而《乾》《坤》两位,独制《文言》[7]。言之文也,天地之心[8]哉!(《原道》)

至夫子继圣,独秀前哲[9];熔钧《六经》[10],必金声而玉振[11];雕琢[12]情性,组织辞令;木铎起而千里应[13],席珍流而万世响[14];写天地之辉光,晓生民之耳目矣[15]。爰自风姓[16],暨于孔氏[17],玄圣创典[18],素王述训[19],莫不原道心以敷章[20],研神理而设教[21]。取象乎河洛[22],问数乎蓍龟[23],观天文以极变[24],察人文以成化[25];然后能经纬区宇[26],弥纶彝宪[27],发挥事业,彪炳[28]辞义。故知:道沿圣以垂文,圣因文而明道[29];旁通而无滞[30],日用而不匮[31]。(《原道》)

赞曰:道心惟微[32],神理设教。光采玄圣[33],炳耀仁孝[34]。(《原道》)

夫作者曰"圣",述者曰"明"[35]。陶铸[36]性情,功在上哲[37]。"夫子文章，可得而闻"⁽³⁸⁾；则圣人之情⁽³⁹⁾，见乎文辞矣。先王圣化，布在方册⁽⁴⁰⁾；夫子风采，溢于格言⁽⁴¹⁾。是以远称唐世，则焕乎为盛⁽⁴²⁾；近褒周代，则郁哉可从⁽⁴³⁾。此政化贵文之征也⁽⁴⁴⁾。郑伯入陈，以文辞为功⁽⁴⁵⁾；宋置折俎，以多文举礼⁽⁴⁶⁾。此事迹⁽⁴⁷⁾贵文之征也。褒美子产，则云："言以足志，文以足言。"⁽⁴⁸⁾泛论君子，则云："情欲信，辞欲巧。"⁽⁴⁹⁾此修身⁽⁵⁰⁾贵文之征也。然则志足而言文，情信而辞巧，乃含章之玉牒⁽⁵¹⁾，秉文之金科矣。⁽⁵²⁾（《征圣》）

夫鉴周日月⁽⁵³⁾，妙极机神⁽⁵⁴⁾；文成规矩⁽⁵⁵⁾，思合符契⁽⁵⁶⁾。或简言以达旨⁽⁵⁷⁾，或博文以该⁽⁵⁸⁾情；或明理以立体⁽⁵⁹⁾，或隐义以藏用⁽⁶⁰⁾。故《春秋》一字以褒贬⁽⁶¹⁾，"丧服"举轻以包重⁽⁶²⁾：此简言以达旨也。……故知繁略殊形，隐显异术⁽⁶³⁾；抑引⁽⁶⁴⁾随时，变通会适⁽⁶⁵⁾。征之周、孔⁽⁶⁶⁾，则文有师矣。（《征圣》）

是以子政⁽⁶⁷⁾论文，必征于圣；稚圭劝学，必宗于经⁽⁶⁸⁾。……体要与微辞偕通⁽⁶⁹⁾，正言共精义并用⁽⁷⁰⁾；圣人之文章，亦可见也。颜阖以为："仲尼饰羽而画，徒事华辞。"⁽⁷¹⁾虽欲訾圣，弗可得已⁽⁷²⁾。然则圣文之雅丽，固衔华而佩实者也⁽⁷³⁾。天道⁽⁷⁴⁾难闻，犹或钻仰⁽⁷⁵⁾；文章可见，胡宁⁽⁷⁶⁾勿思？若征圣立言，则文其庶矣⁽⁷⁷⁾。（《征圣》）

赞曰：妙极生知⁽⁷⁸⁾，睿哲惟宰⁽⁷⁹⁾。精理为文，秀气成采⁽⁸⁰⁾。鉴悬日月，辞富山海⁽⁸¹⁾。百龄影徂⁽⁸²⁾，千载心在⁽⁸³⁾。（《征圣》）

三极彝训，其书言"经"⁽⁸⁴⁾。"经"也者，恒久之至道，不刊之鸿教也⁽⁸⁵⁾。……自夫子删述，而大宝咸耀⁽⁸⁶⁾。于是《易》张《十翼》⁽⁸⁷⁾，《书》标"七观"⁽⁸⁸⁾，《诗》列"四始"⁽⁸⁹⁾，《礼》正"五经"⁽⁹⁰⁾，《春秋》"五例"⁽⁹¹⁾，义既极乎性情⁽⁹²⁾，辞亦匠于文理⁽⁹³⁾；故能开学养正，昭明有融⁽⁹⁴⁾。然而道心惟微⁽⁹⁵⁾，圣谟卓绝⁽⁹⁶⁾，墙宇重峻⁽⁹⁷⁾，而吐纳自深⁽⁹⁸⁾。譬万钧之洪钟，无铮铮之细响矣。⁽⁹⁹⁾（《宗经》）

韦编三绝⁽¹⁰⁰⁾，固哲人之骊渊也⁽¹⁰¹⁾。（《宗经》）

《尚书》则览文如诡⁽¹⁰²⁾，而寻理即畅；《春秋》则观辞立晓，而访义方隐。此圣人之殊致⁽¹⁰³⁾，表里⁽¹⁰⁴⁾之异体者也。（《宗经》）

夫文以行立，行以文传⁽¹⁰⁵⁾；四教所先⁽¹⁰⁶⁾，符采相济⁽¹⁰⁷⁾。励德树声⁽¹⁰⁸⁾，莫不师圣；而建言修辞，鲜克宗经⁽¹⁰⁹⁾。（《宗经》）

有命自天，乃称符谶⁽¹¹⁰⁾，而八十一篇，皆托于孔子。⁽¹¹¹⁾（《正纬》）

原夫图箓之见⁽¹¹²⁾，乃昊天休命⁽¹¹³⁾，事以瑞圣⁽¹¹⁴⁾，义非配经。故河不出图，夫子有叹⁽¹¹⁵⁾，如或可造⁽¹¹⁶⁾，无劳喟⁽¹¹⁷⁾然。昔康王河图，陈于东序⁽¹¹⁸⁾，故知前世符命⁽¹¹⁹⁾，历代宝传，仲尼所撰，序录而已⁽¹²⁰⁾。于是伎数⁽¹²¹⁾之士，附以诡术：或说阴阳⁽¹²²⁾，或序灾异⁽¹²³⁾；若鸟鸣似语⁽¹²⁴⁾，虫叶成字⁽¹²⁵⁾，篇条⁽¹²⁶⁾滋蔓，必假孔氏⁽¹²⁷⁾。(《正纬》)

诗者，持⁽¹²⁸⁾也，持人情性。三百之蔽，义归"无邪"⁽¹²⁹⁾；持之为训，有符焉尔⁽¹³⁰⁾。(《明诗》)

子夏监"绚素"之章⁽¹³¹⁾，子贡悟"琢磨"之句⁽¹³²⁾；故商、赐二子，可与言诗⁽¹³³⁾。(《明诗》)

昔帝轩刻舆、几以弼违⁽¹³⁴⁾；……仲尼"革容"于欹器⁽¹³⁵⁾；则先圣⁽¹³⁶⁾鉴戒，其来久矣。(《铭箴》)

逮尼父卒⁽¹³⁷⁾，哀公⁽¹³⁸⁾作诔。观其"憖遗"⁽¹³⁹⁾之切，"呜呼"之叹，虽非睿作⁽¹⁴⁰⁾，古式⁽¹⁴¹⁾存焉。(《诔碑》)

自平王微弱⁽¹⁴²⁾，政不及雅⁽¹⁴³⁾，宪章散紊⁽¹⁴⁴⁾，彝伦攸斁⁽¹⁴⁵⁾。昔者夫子闵王道之缺⁽¹⁴⁶⁾，伤斯文⁽¹⁴⁷⁾之坠，静居以叹凤⁽¹⁴⁸⁾，临衢而泣麟⁽¹⁴⁹⁾，于是就太师以正《雅》《颂》⁽¹⁵⁰⁾，因鲁史以修《春秋》⁽¹⁵¹⁾，举得失以表黜陟⁽¹⁵²⁾，征存亡以标劝戒⁽¹⁵³⁾；褒见一字，贵逾轩冕⁽¹⁵⁴⁾；贬在片言，诛深斧钺⁽¹⁵⁵⁾。然睿旨存亡幽隐⁽¹⁵⁶⁾，经文婉约⁽¹⁵⁷⁾；丘明同时⁽¹⁵⁸⁾，实得微言⁽¹⁵⁹⁾，乃原始要终⁽¹⁶⁰⁾，创为传体⁽¹⁶¹⁾。(《史传》)

至于记编同时，时同多诡⁽¹⁶²⁾；虽定、哀微辞⁽¹⁶³⁾，而世情利害⁽¹⁶⁴⁾。……若乃尊贤隐讳，固尼父之圣旨⁽¹⁶⁵⁾，盖纤瑕不能玷瑾瑜也⁽¹⁶⁶⁾……赞曰：史肇轩黄⁽¹⁶⁷⁾，体备周孔⁽¹⁶⁸⁾。(《史传》)

及伯阳识礼⁽¹⁶⁹⁾，而仲尼访问。(《诸子》)

圣哲彝训⁽¹⁷⁰⁾曰经，述经叙理曰论。论者，伦⁽¹⁷¹⁾也；伦理无爽，则圣意不坠⁽¹⁷²⁾。昔仲尼微言，门人追记，故仰其经目⁽¹⁷³⁾，称为《论语》；盖群论立名，始于兹矣。自《论语》已前，经无"论"字⁽¹⁷⁴⁾；《六韬》二论⁽¹⁷⁵⁾，后人追题乎！(《论说》)

迄至正始⁽¹⁷⁶⁾，务欲守文⁽¹⁷⁷⁾；何晏⁽¹⁷⁸⁾之徒，始盛玄论。于是聃、周当路⁽¹⁷⁹⁾，与尼父争涂矣⁽¹⁸⁰⁾。(《论说》)

夫《尔雅》者⁽¹⁸¹⁾，孔徒之所纂，而《诗》《书》之襟带也。(《练字》)

固知爱奇之心，古今一也。史之阙文⁽¹⁸²⁾，圣人所慎⁽¹⁸³⁾，若依义弃奇，则可与正文字矣⁽¹⁸⁴⁾。(《练字》)

予生七龄⁽¹⁸⁵⁾，乃梦彩云若锦，则攀而采之。齿在逾立⁽¹⁸⁶⁾，则尝夜梦执丹漆之礼器⁽¹⁸⁷⁾，随仲尼而南行⁽¹⁸⁸⁾；旦而寤⁽¹⁸⁹⁾，乃怡然⁽¹⁹⁰⁾而喜。大哉，圣人之难见也，乃小子之垂梦⁽¹⁹¹⁾欤！自生人以来，未有如夫子者也。(《序志》)

盖《周书》论辞，贵乎体要⁽¹⁹²⁾；尼父陈训，恶乎异端⁽¹⁹³⁾；辞训⁽¹⁹⁴⁾之异，宜体⁽¹⁹⁵⁾于要。(《序志》)

注 释

（1）人文：人类文化。元：始。

（2）肇：开始。太极：指天地混沌、形气未分的境界。

（3）幽：深。赞：说明。神明：指天地之神，实即天地间客观存在的道。

（4）《易》象：《易经》的卦象，即各卦所象征的意义。

（5）庖牺：即伏羲，传说中的三皇之一。《周易·系辞下》说庖牺氏"始作八卦"。

（6）翼其终：用《十翼》来完成对《易》象的解释。翼：辅佐。《十翼》又称《易传》，计有《彖辞》上下、《象辞》上下、《系辞》上下、《文言》《说卦》《序卦》和《杂卦》共十篇，旧传为孔子所作，实际是我国秦汉儒者所作。

（7）《乾》《坤》：《易经》的前二卦，古人认为这两卦在八卦中占有特别重要的地位。是自然界和人类社会一切现象的最初根源。独制《文言》：是说孔子特别地单独写了《文言》来解释《乾》《坤》二卦。

（8）言之文也，天地之心：可见语言之有文采，乃是用来表达天地之心——道的载体。

（9）夫子：指孔子。继圣：继承前代的圣哲贤人，与下句的"前哲"意同。独秀：超群出众。

（10）熔钧：指对古书的整理。熔：铸器的模子。钧：制陶器的转轮。《六经》：《诗》《书》《礼》《乐》《易》《春秋》六部儒家经典。

（11）金声而玉振：《孟子·万章下》说："孔子之谓集大成。集大成也者，金声而玉振也。"金声：钟的声音。玉振：玉磬的声音。这里以音乐上集钟磬声音的大成，来比喻孔子能集一切圣贤的大成。

（12）雕琢：此处作"砥砺""磨炼"解。

（13）木铎：金属的大铃，以木为舌，古代施政教时用的器具。《论语·八佾》："天将以夫子为木铎。"这里借指孔子所施的教化，其影响可以远及千里之外。

（14）席珍：席位上的珍宝，指儒家的道德学问。《礼记·儒行》载孔子的话"儒有席上之珍以待聘"，意为儒者坐在讲席之上，有珍贵的道德学问来供别人请教。流：流传。全句意为：他的道德学问可以流传到万代以后。

（15）写天地之辉光，晓生民之耳目矣：说孔子写下天地间的光辉事物，启发了世人的聪明才智。

（16）爰：虚字，置于句首或句中，起调节语气的作用。风姓：指神话中人类的始祖伏羲。

（17）暨：及。孔氏：孔子。

（18）玄圣：指伏羲。玄：幽远。典：基本法则，指传为伏羲所做的八卦。

（19）素王：孔子。古代称有帝王之道而无帝王之位的人为素王。述训：指阐述八卦的意义。

（20）原：此处作"推究""考究"解，它与下句的"研"，均为动词。道心：指自然之道的基本精神。敷章：陈述、著作。

（21）研：钻研。神理：与"道心"意同。设教：进行教育。

（22）取象：取法。乎：于。河洛：指《河图》《洛书》。相传黄河黑龙献图，洛水黑龟献书，夏禹便根据这《河图》《洛书》制定"九畴"。"九畴"是治理天下的各类大法。

（23）问数：求知定数，指占卜命运的吉凶。蓍龟：蓍草龟甲，占卜用具。

（24）观天文以极变：观察天文以穷究各种变化。

（25）察人文以成化：人文，指礼乐教化。人事：习俗，亦称人文。学习和考察礼乐和人间实情以完成教化。

（26）经纬：本指经线和纬线，这里指治理。区宇：疆域，这里指国家。

（27）弥纶：包括，统摄。彝：常。宪：法。

（28）彪炳：光彩鲜明。彪：虎纹。

（29）道沿圣以垂文，圣因文而明道：自然之道依靠圣人留存在文章里，圣人通过文章来阐明自然之道。

（30）旁通：广通。滞：停留，阻碍。

（31）匮：穷，乏。

（32）微：精妙。

（33）光采：指自然之道的光彩。玄圣：指阐明自然之道古代圣贤，主要是孔子。

（34）仁孝：指古代圣贤提出的伦理道德。

（35）作者：创始者。述者：继承者。这两句本于《礼记·乐记》："作者之谓'圣'，述者之谓'明'。"

（36）陶铸：制作陶范，并用以铸造金属器物。此处作"造就""培育"解。

（37）上哲：古代圣贤。

（38）夫子文章，可得而闻：这是孔子的学生子贡说的，语见《论语·公冶长》。

（39）情：感情，这里指思想、主张。

（40）圣化：最好的教化。方：木板。册：编联的竹简。方册：简牍，典籍。

（41）风采：风度神采。这里指言论行为。溢：满。格言：可以示人以法则的话。格：法则。

（42）远称唐世，则焕乎为盛：对于远古，孔子称赞过唐尧之世，说那时文化兴盛焕发。《论语·泰伯》载孔子赞美唐尧的话："大哉尧之为君也！……焕乎其有文章。"

（43）近褒周代，则郁哉可从：对较近的，孔子赞美过周代，说那时的文化丰富多彩，值得效法。《论语·八佾》载孔子称赞周代的话："郁郁乎文哉！吾从周。"郁：文采丰盛。

（44）政化：政治和教化。这些都是政治教化方以文为贵的例证。征：证明。

（45）郑伯：郑简公。入陈：据《左传·襄公二十五年》载，郑简公攻入陈国，向当时的盟主晋国去告捷。晋人责问郑人为何伐陈，郑子产指斥陈背恩联楚伐郑，郑国向晋国报告了，晋国不管，所以要去伐陈。孔子称赞子产说得好："言以足志，文以足言。……言之无文，行而不远。晋为伯（霸主），郑入陈，非文辞不为功，慎辞也。"

（46）折俎：把煮熟的牛羊肉放在俎（盛肉器具）上。多文举礼：据《左传·襄公二十七年》载，宋平公招待晋国贵宾越文子，礼节隆重，宾主谈话富于文采。孔子使学生记下这次宴会的礼节辞令。多文：富于文采。举：记录。

（47）事迹：历史事实。

（48）子产：郑国执政者公孙侨，字子产。"言以足志"二句见注（45）。足：成。

（49）"情欲信"二句：意为感情要真实，文章要美丽。见《礼记·表记》。

（50）修身：陶冶身心，涵养德性。

（51）含章：蕴藏着文采，指写作。玉牒：语出左思《吴都赋》，指典策类文章。

（52）秉文：指写作。秉：掌握。金科：金科玉条，指法令。科：条文。

（53）鉴：考察。周：全面。日月：借以概括整个自然界。
（54）妙极机神：奇妙到极点，能看到自然万物的奥秘。机神：作"规律""奥秘"解。
（55）规矩：为校正圆形和方形的两种工具，此处指"体式""规范"之意。
（56）符契：犹符节，古代符信的一种。思合符契，为思虑所得与事实相符，如古代符节那样相合。另外，符券契约统称为符契。符：古代的一种凭信之物。契：契合之意。
（57）达旨：表达主旨。
（58）该：兼备。
（59）立体：刘勰论文的一个重要概念，指文章结构。
（60）隐义以藏用：用文辞曲折地表达其思想，使之具有潜在的功能。
（61）一字以褒贬：是说《春秋》有时用一个字来进行褒或贬。
（62）丧服：居丧之服。古代丧礼，根据与死者关系不同而着轻重不同的丧服。举轻以包重：《礼记》中的《曾子问》和《檀弓》两篇，都讲到以轻的丧服概括重的丧服的用法。如"举緦不察，则重于緦之服，其不祭下，言可知"；"举小功不税，则垂于小功者其税可知，皆语约而义该也"。
（63）繁略殊形，隐显异术：可和文章的表现手法，有详细和简略的不同，也有显豁和含蓄的区别。术：方法，这里指表示手术。
（64）抑：压缩，这里指精减字句。引：引申，这里指加详描述。
（65）会适：唐写本作"适会"，即适应时机。
（66）征：验。周、孔：周公、孔子。
（67）是以：因此。子政：两汉学者刘向的字，所作论文今不存。
（68）稚圭：西汉匡衡的字，他曾向汉成帝建议重视学习经书。宗：宗法，效法。
（69）体要与微辞偕通：表达要义和文辞奥妙可以统一。
（70）正言共精义并用：规范化的语言和义理的精深可以并行。
（71）颜阖：战国时人。他的话见于《庄子·列御寇》，原文为："仲尼方有饰羽而画，从事华辞。"意思是：孔子好比在已有自然文采的羽毛上，为了装饰再涂上彩色，只追求华丽的辞藻。
（72）訾：说别人坏话。已：语助词。
（73）衔：含在口中。佩：系在身上。这里均有"具有"之意。全句意为：圣人的文章雅正华丽，本来说兼有美丽的文采和充实的内容的。
（74）天道：指自然之道。
（75）钻：深入研究。仰：仰而求之。
（76）胡宁：何乃，为什么。
（77）征圣立言，则文其庶矣：如果能以圣人的著作为标准进行写作，那么写成的文章也就差不多了。庶：近乎。
（78）妙：妙理。极：追究到底。生知：生而知之的人，指圣人。这句意为：生而知之的圣人能够穷究妙理。
（79）睿哲：智慧、明达。宰：主宰，掌握。此处作名词"主宰者"解。
（80）精理为文，秀气成采：他们把精妙的道理写成文章，以自己灵秀的气质构成文采。
（81）鉴悬日月，辞富山海：他们的见解犹如日月之明，辞藻就像高山大海那样丰富。

鉴：察看。这里指观察事物而形成的见解。

（82）百龄：百岁，指圣人的一生。影徂：形体已成过去。徂：往。

（83）心：精神。

（84）三极：即三才，指天、地、人。彝训：常理。全句意为：说明天、地、人常理的，这种书叫作"经"。

（85）至道：推究到极点的道理。不刊：不可改动，不可磨灭。鸿教：伟大教训。

（86）夫子删述：这里指孔子删削《诗经》，编著《春秋》。其中删诗的说法不可靠。大宝：比喻最有价值的东西，这里指经书。全句意为：自从经过孔子的删改整理，经书的瑰宝都大放光芒。

（87）张：发挥。《十翼》：见注（6），这句意为：于是《易》的意义有《十翼》来发挥。

（88）标：指明。七观：据《尚书大传》载孔子的说法，认为《尚书》的《六誓》可以观义、《五诰》可以观仁、《甫刑》可以观诚、《洪范》可以观度、《禹贡》可以观事、《皋陶》可以观治、《尧典》可以观美，统称"七观"。

（89）列：排列。四始：《毛诗序》说《诗经》中的《国风》《小雅》《大雅》和《颂》四个部分，叫作"四始"。

（90）五经：《礼记·祭统》："礼有五经。"郑玄注："谓吉礼（祭礼）、凶礼（丧礼）、宾礼（朝觐礼）、军礼（阅兵礼）、嘉礼（婚、冠等礼）也。"

（91）五例：指《春秋》的五种记事条例："一曰微而显，二曰志而晦，三曰婉而成章，四曰尽而不污，五曰惩恶而劝善。"（杜预《春秋左氏传序》）

（92）极：《太平御览》卷六百零八引作"埏"，"埏"是用模型制造陶器。这里是比喻经书的陶冶、教育作用。

（93）匠：熟练地掌握技巧的人。这里指善于掌握写作的规律。

（94）开学养正，昭明有融：所以能启发学者，培养正气，使文明绵绵不绝地传承。昭明：光明。有：语助词。融：长。

（95）道心惟微：语出《大禹谟》："人心惟危，道心惟微。"道心：指天理、义理。微：精深奥妙。

（96）圣谟卓绝："圣谟"语出《尚书·伊训》："圣谟洋洋，嘉言孔彰。"本谓圣人治天下的宏图大略，后亦为称颂帝王谋略之词。

（97）墙宇重峻：比喻经书的内容深而持论高。《论语·子张》记孔子的学生子贡的话说："夫子之墙数仞，不得其门而入。"

（98）吐纳自深：言论自然深刻。

（99）钧：古代三十斤为一钧。洪：大。铮铮：金属声。

（100）韦：熟牛皮。韦编：用熟牛皮把竹简编联起来。绝：断。事见《史记·孔子世家》："孔子晚而喜《易》，读《易》韦编三绝。"

（101）哲人：有智慧的人，这里指圣人。骊：骊龙。渊：深水。《庄子·列御寇》："夫千金之珠，必在九重之渊而骊（黑）龙颔下。"这里用来比喻《周易》中深藏着精妙的道理。

（102）诡：奇异，深奥。

（103）圣人：唐写本作"圣文"。此句意为：这是圣人的文章相异的风致。

（104）表：外表，指文辞。里：内容。

（105）文：文辞。行：德行。

（106）四教：《论语·述而》："子以四教：文、行、忠、信。"所先：指"文"在四教中占首位。

（107）符采：玉的花纹。济：帮助。这里以玉与花纹的关系比喻"行、忠、信"与"文"的关系。

（108）声：名声。

（109）鲜：少。克：能。

（110）符谶：符图谶纬的统称。

（111）八十一篇：指《河图》九篇、《洛书》六篇、"七经纬"三十六篇，还有"自黄帝至周文王所受本文"三十篇，共八十一篇。《隋书·经籍志》说："说者……并云孔子所作。"刘勰认为这只是毫无根据的传说及伪托。

（112）图篆：即图谶，指《河图》《洛书》等。见：通"现"。

（113）昊天：即天。休命：美善的命令。

（114）瑞圣：作为圣人的祥瑞。

（115）夫子有叹：《论语·子罕》："子曰：凤鸟不至，河不出图，吾已矣夫！"

（116）造：指伪造祥瑞。

（117）喟：叹息。

（118）康王河图：周成王之子康王时的河图。东序：厅堂的东厢。《尚书·顾命》中说，周康王把河图等物陈放在东厢。

（119）符命：古时所谓祥瑞的征兆附会成君主得到天命的凭证，叫作符命。

（120）仲尼所撰：相传《尚书》是孔子编订的。序录：即叙录，这里指对"前世符命"的记叙。

（121）伎数：同技术，指医、卜、占候等方技数术。

（122）阴阳：古代思想家用以概括自然万物两种对立的基本物质属性。这里是指根据四时、节气、方位、星象等来讲人事吉凶的迷信说法。

（123）序：叙，说。灾异：指方术之士根据某些自然现象来预言人事的吉凶。

（124）鸟鸣似语：《左传·襄公三十年》："鸟鸣于亳社，如曰嘻嘻！甲午，宋大灾（火），宋伯姬卒。"

（125）虫叶成字：《汉书·五行志》："昭帝时，上林苑中大柳树断，仆地，一朝起立生枝叶。有虫食其叶成文字，曰：'公孙病已立。'""公"指汉昭帝，"孙"指汉宣帝，宣帝原名"病已"。

（126）篇条：指名目繁多的纬书。

（127）必假孔氏：都一定要假托为孔子所作。

（128）持：扶。这里引申为培养教育。"持"，或释为"把握""把持""持人性情"，就是表达人的性情。

（129）三百之蔽：《论语·为政》："子曰：《诗》三百，一言以蔽之，曰：思无邪。"

（130）训：训诂，解释。符：符合。焉尔：于是。"是"指孔子的话。全句意为：用扶持情性来解释诗歌，是符合孔子说的道理的。

（131）子夏：孔子的弟子。监：察看，明白。绚素：《论语·八佾》中说子夏从"素以为绚兮"这句诗中，理解到必须先有好的本质，然后才学礼节。"素以为绚兮"的意思是说绘画先有素（白）地，然后加彩饰。绚：彩色。这句话是《诗经》中没有的逸诗。

（132）子贡：孔子的弟子。琢磨：《论语·学而》中说，子贡《诗经·卫风·淇奥》的诗句"如琢如磨"中，领悟到孔子勉励他不要自满的意思。琢、磨是说治玉石的人精益求精。

（133）商：子夏姓卜名商。赐：子贡姓端木名赐。可与言诗：在《论语·八佾》和《学而》中，孔子曾夸奖子夏、子贡"始可与言诗已矣"。

（134）帝轩：指黄帝。舆：车。几：案，相传黄帝在舆、几上刻有铭文。弼：辅正。违：过失。

（135）革容：脸色因激动而变化。据《荀子·宥坐》和《淮南子·道应训》记载，孔子在鲁桓公庙见到欹器而变色感慨。欹器：本为古代盛酒用的一种祭器，因其满则倾欹易覆，故名。后来有人放在座右以为警戒之物。

（136）先圣：指上述黄帝、孔子等人。

（137）逮：及。尼父：仲尼的尊称。

（138）哀公：指鲁哀公，和孔子同时的鲁国国君。他为孔子作的诔文见《左传·哀公十六年》。

（139）愁遗：愿意遗留。鲁哀公的诔文说："昊天不吊，不愁遗一老，俾屏余一人以在位。"

（140）睿作：明智的作品。

（141）古式：鲁哀公所作《孔子诔》是古代留传下来的最早的诔文，所以称为"古式"。

（142）平王：周平王，周幽王之子。周代自平王起迁都洛邑（今洛阳）进入东周，开始走上衰落时期。

（143）雅：《诗经》中有《大雅》《小雅》。这里是以《雅》诗中反映太平盛世的作品来指西周兴盛时期。东周走向衰微，所以说"政不及雅"。

（144）宪章：法度。紊：乱。

（145）彝伦：常理。攸：语助词。语出《尚书·洪范》："帝乃震怒，不畀洪范九畴，彝伦攸斁。"

（146）夫子：孔子。闵：同"悯"，忧伤。王道之缺：指帝王的圣明政治被废弃。

（147）斯文：此文，指西周盛世的文化。

（148）静居：闲居，指孔子周游列国后，晚年闲居鲁国。叹凤：《论语·子罕》中说：孔子叹息"凤鸟不至，……吾已矣夫！"传说凤凰出现，表示天下太平。

（149）衢：大路。这里指五父衢，在今山东曲阜东南。《孔丛子·记问》说，鲁人"樵于野而获兽焉，众莫之识，以为不详，弃之五父之衢"。孔子听说后，前往认出是麒麟，便哭泣说："麟出而死，吾道穷矣！"麒麟：古代传说中的瑞兽。

（150）太师：乐官的首领。《论语·八佾》中有孔子和鲁国太师论乐的记载。《雅》《颂》：指雅乐和颂乐的乐曲。《论语·子罕》说孔子回到鲁国后，校正了雅、颂乐曲。

（151）《春秋》：我国最早的一部编年史，是孔子根据鲁国的史书编写成的。

（152）黜陟：人才的进退升降。

（153）征：验证。标：表明。

（154）褒：称赞。逾：超过。轩：有帷幕的车。冕：礼帽。这里指高级官位。全句意为：有谁受到《春秋》中一个字的赞扬，比高官厚禄的价值还珍贵。

（155）斧钺：圆刃大斧。全句意为：遭到《春秋》片言只语的批评，比斧钺砍杀还要严重。

（156）睿旨：深远明智的意旨。存亡：有的版本无此二字，当是衍文。

（157）婉约：这里指婉转，简练。

（158）丘明：左丘明，与孔子同时的人，相传是《左传》的作者，但唐宋以来很多人有怀疑。

（159）微言：精微之言，要旨。

（160）原始要终：指全面探究事物的始终本来。原：追溯。要：此处作"探求""研讨"解。

（161）传体：解释经书的叫传。汉代以来的人认为《左传》是解释《春秋》的，所以刘勰也说《左传》开创了为经作传的体例。

（162）记编同时，时同多诡：至于编写当代的历史，都正因为同时而往往是虚假的。

（163）定、哀微辞：《公羊传·定公元年》："定、哀多微辞。"定、哀：即鲁定公、鲁哀公，鲁国国君。孔子写《春秋》，因与他们是同时代的君臣关系，所以多有"微辞"，即对他们的过失不明言，采取隐讳委婉的说法。

（164）世情利害：指一般的世态人情，就很难超脱当时的利害。

（165）尼父：孔子字仲尼，尼父是尊称。圣旨：《公羊传·闵公元年》说："《春秋》为尊者讳，为亲者讳，为贤者讳。"

（166）纤瑕：指尊亲者的小缺点。瑕：玉的斑点。玷：玉的斑点，这里用作动词。瑾瑜：均为美玉，这里指尊者亲者的美德。孔子为尊贤隐讳的理论，是为统治阶级服务的。

（167）肇：始。轩黄：指黄帝，姬姓，号轩辕氏。

（168）体：指史书的体例。周孔：指周公、孔子。

（169）及伯阳识礼：伯阳即老子，姓李氏，名耳，字伯阳。孔子适周，问礼于老子。

（170）彝训：永久的道理。

（171）伦：此处作"条理"，"顺序"解。顺其理，谓之伦。

（172）爽：差错。坠：失。全句意为：道理没有差错，就不会违背圣人的意思。

（173）仰其经目：《太平御览》卷五九五作"抑其经目"。抑：贬低。经目：经的名称。这是《论语》的编者自谦，不敢称经。

（174）经无"论"字：指经书没有以"论"字为篇名或书名。

（175）《六韬》：兵书名。传为周代吕望著，大概是汉人采掇旧说而成。二论：指《六韬》中的《霸典文论》《文师武论》。

（176）迄：到。正始：三国魏齐王曹芳的年号。

（177）守文：坚持文治。

（178）何晏：字平叔，三国魏国玄学家。

（179）聃：即老子。周：即庄子。老聃、庄周是先秦老庄学派的创始人，后世尊为道家之始。当路：指魏晋时期老庄思想在学术思想界占了主要地位。

（180）涂：通"途"，道路。这句意为：和儒家思想争夺阵地。

（181）《尔雅》：郑玄《驳五经异义》："《尔雅》者，孔子门人所作，以释六艺之旨，盖不误也。"《尔雅》是古代分类释义的辞典，当是汉朝学者搜集各种解释编成的，孔徒所作之说不可靠。

（182）阙文：缺疑之文，即有疑问暂置不论，不作主观臆测。《论语·卫灵公》："子曰:'吾犹及史之阙文也。'"

(183) 圣人所慎:指孔子的多闻阙疑是慎重态度。《论语·为政》:"子曰:'多闻阙疑,慎言其余,则寡尤。'"

(184) 全句意为:如能依据文章本身的意义,抛弃对于新奇的癖好,那就可以订正文字的错误了。

(185) 予生七龄:指刘勰七岁时。

(186) 齿:指年龄。逾立:过了三十岁。《论语·为政》:"三十而立。"立,有所成就。

(187) 丹:红。礼器:亦称祭器,指笾豆。笾是竹制的,豆是木制的。

(188) 南行:捧着祭器随孔子向南走,表示成了孔子的学生,协助孔子完成某种典礼。

(189) 旦:天亮。寤:醒。

(190) 怡然:快乐的样子。

(191) 垂:这里作散辞,含有"俯""给予"之意。因此可将垂梦理解为托梦。

(192) 《周书》:指《尚书》中的《周书》。体要:《周书·毕命》:"辞尚体要,不唯好异。"体:体现。要:要点。异:奇异的文辞。

(193) 异端:《论语·为政》:"子曰:'攻乎异端,斯害也已!'"攻:钻研。异端:违反儒家思想的观点学说。

(194) 辞:指上引《尚书·毕命》中的说法。训:指上引孔子的说法。

(195) 体:体会、体察。

评 说

孔子面对春秋末期急剧变革的社会现实,汲取夏商的文化营养,继承周代的文化传统,创造了以"礼""仁""中庸""教""学"为主要内容,包括哲学、政治、伦理、道德、教育等思想在内的完整学说,他的文学思想主要围绕《诗经》展开,其核心是"诗教",即强调诗歌与政治教化的关系。孔子曰:"入其国,其教可知也。其为人也温柔敦厚,诗教也。"他的思想在中国历史上产生了深远的影响。这种影响主要通过读书人对《论语》的学习来实现。《论语》多数是个人独白式的语录或二人问答式的对话,以当时通俗平易、明白畅晓的口头语言为基础,而又吸收了古代书面语言精确洗练、典雅严谨的长处,形成了言简意赅、深入浅出、意味隽永的独特风格。尤其善于把深邃的哲理凝聚于具体的形象之中,使独特的理论表达同时具有盎然的诗意。宋朝宰相赵普有"半部《论语》治天下"之说。刘勰对儒家的创始人孔子极为敬仰,他提出的"征圣""宗经",主要就是提倡向孔子这个最大的圣人及其著作学习。在我们今天看来,孔子作为我国伟大的教育家和思想家,他所创立的儒家学派及其思想主张,确实有其进步的意义。孔子及后儒编辑、整理、保存古代文献资料的功绩也是不可磨灭的。况且,他们的著作及其思想,客观上一直是后世作家们模仿、因袭的主流。因此，刘勰的"征圣""宗经"思想有其合理性。但是，他把孔子及经书夸大到不应有的程度，也是不适当的。这样，就给他的文学理论观点带来了很大的局限性。司马迁说："孔子晚而喜《易》，《系》《象》《说卦》《文言》。读《易》，韦编三绝。"从这个意义上讲，孔子就是在中国系统从事先秦文学研究的第一人，是中国历史上第一个民间史学家。孔子整理编辑过的六经从此也就成为中国文化史上最重要的经典，成为中国人的"恒久之至道，不刊之鸿教"（刘勰《文心雕龙·宗经》）。

·老子

老子（约前571—约前471），也称老聃，姓李，名耳，字伯阳，楚国苦县（今河南鹿邑县东）人。春秋时著名思想家，道家学派的创始人，曾做过周朝的守藏史。晚年在陈国居住，后出关赴秦讲学，不知所踪。著有《老子》（又名《道德经》）五千余言。这是老子用韵文写成的一部哲学著作，它是道家的主要经典，也是研究老子哲学思想的直接材料。《老子》被俄、日、德、英等国视为古代哲学中的奇葩而翻译出版，深受各国读者喜爱。后世道教将老子尊奉为祖师。

及伯阳识礼⁽¹⁾，而仲尼访问⁽²⁾；爰序《道德》⁽³⁾，以冠百氏⁽⁴⁾。然则鬻惟文友⁽⁵⁾，李实孔师⁽⁶⁾；圣贤并世⁽⁷⁾，而经子异流矣⁽⁸⁾。（《诸子》）

老子疾伪⁽⁹⁾，故称"美言不信"⁽¹⁰⁾；而五千精妙⁽¹¹⁾，则非弃美矣。……研味《李》《老》⁽¹²⁾，则知文质附乎性情⁽¹³⁾；详览《庄》《韩》⁽¹⁴⁾，则见华实过乎淫侈⁽¹⁵⁾。若择源于泾渭⁽¹⁶⁾之流，按辔于邪正⁽¹⁷⁾之路，亦可以驭文采矣。（《情采》）

注 释

（1）伯阳：相传老子字伯阳。识礼：懂得古代礼制。
（2）仲尼：孔子字仲尼。《礼记·曾子问》中说，孔子曾问礼于老子。
（3）爰：于是。序：即"叙"，写。《道德》：指老子《道德经》。
（4）以冠百氏：成为诸子百家中较早的著作。

（5）鬻：指鬻熊，楚国的祖先。惟：是。文：指周文王。

（6）李：指老子。实：实在是。孔：指孔子。

（7）圣：指周文王和孔子。贤：指鬻熊和老子。并世：同时在世。

（8）经子：刘勰在这里称圣人的著作为"经"，称贤人的著作为"子"。异流：不同的流派。

（9）疾：憎恶。伪：虚伪。

（10）美言不信:《老子》最后一章说："信言不美，美言不信。"信：真实。

（11）五千精妙：指老子《道德经》五千言。

（12）《李》：当作《孝》，指《孝经》。《老》：指《老子》。

（13）文质：指文章的形式与内容。这里是复词偏义，只指形式。这句意为：研究《孝经》《老子》中的话，便可知道文章的形式是依附于作者的感情的。

（14）《庄》：指《庄子》。《韩》：指《韩非子》。

（15）华实：即文章的"华"与"实"。华：指文采。实：指内容。这里也是复词偏义，只指华。这句意为：细读《庄子》《韩非子》中的话，便可看出作品的华丽是过分淫侈了。

（16）择源于泾渭：指分清清浊的根源。泾渭：即泾水和渭水，在陕西省。泾水清，渭水浊。古人以为，泾浊渭清，实为泾清渭浊。《诗·风·谷风》云："泾以渭浊，湜湜其止。"

（17）辔：马缰绳。邪正：偏斜为邪，执中为正。或云星体偏离正常轨道为邪，不偏为正。此处指两种不同的文体风格。

评　说

　　老子是我国人民熟知的一位古代伟大的思想家，他所撰写的《老子》，开创了我国古代哲学思想的先河，他的哲学思想和他所创立的道家学派，不但对我国古代思想文化的发展做出了重要贡献，而且对其后 2500 多年的思想文化发展产生了深远的影响。"道"是道家哲学的核心。老子认为它"独立而不改，周行而不殆，可以天为地母"。道是万物之本，又有其自身的规律，人应当服从它，而不是用主观力量去改变它。"人法地，地法天，天法道，道法自然。""自然"遂成为道家思想的精髓。在此基础上，老子提出其最高审美境界，即"大音希声，大象无形"。《老子》一书创造了一种散韵结合的文体，类似近代所谓散文诗，它善于从具体的事物和现象中概括出深奥的哲理，赋予理论以形象色彩，而且它还开创了一种与《论语》不同的思维表达方式。《论语》主要是对形而下的实践经验的提炼和归纳，而《老子》则主要是形而上的抽象哲理的思辨与体悟。《老子》《庄子》，杳冥深远，旨远义隐，纵而后反，寓实于虚，肆以荒唐之词，茫乎其不可测；它们往往摆脱对事物的一项项理性分析与对个别事物的辩驳，力求从视、听、味、嗅、触诸方面对客观事物有个浑通而完整的体悟。

可以说《老子》在中国哲学史上是一部非常重要的书，思辨性极强，影响甚巨。

由于刘勰的尊儒思想，他称孔子为"圣"，而称诸子为"贤"；把儒家的著作称为"经"，而把诸子的著作称为"子"。这种分法当然不一定妥当，但刘勰说"老子疾伪，故称'美言不信'；而五千精妙，则非弃美矣"则是正确的评价。

·文子

文子，北魏李暹谓文子姓辛名妍（一作"钘"），即范蠡之师，号曰计然。其说不可考。葵丘濮上人（今河南兰考一带）。相传为老子弟子，与孔子同时，属道家。《汉书·艺文志》著录有《文子》9篇，实为汉人依托之作。在唐代《文子》与《老子》《庄子》并重，唐玄宗天宝元年诏封文子为同玄真人，诏改《文子》名为《通玄真经》，列为道教经典"四子"之一。

研夫孟、荀所述，理懿而辞雅(1)；管晏属篇，事核而言练(2)；列御寇(3)之书，气伟而采奇；邹子(4)之说，心奢而辞壮；墨翟、随巢，(5)意显而语质；尸佼、尉缭，(6)术通而文钝；鹖冠(7)绵绵，亟发深言；鬼谷(8)眇眇，每环奥义；情辨以泽(9)，文子(10)擅其能；辞约而精，尹文(11)得其要；慎到析密理之巧(12)，韩非(13)著博喻之富；吕氏(14)鉴远而体周，淮南(15)泛采而文丽。斯则得百氏之华采(16)，而辞气文(17)之大略也。（《诸子》）

注　释

（1）理懿而辞雅：懿，此处为宏大博深之义。道理博深而文辞雅致。
（2）事核而言练：事实精要而言辞简练。
（3）列御寇：相传为先秦早期道家。他的著作气势雄伟而辞采奇特。
（4）邹子：战国齐人邹衍。后人以"邹衍谈天"比喻善辩。他的著作思路广宽而辞采壮丽。
（5）墨翟、随巢：墨翟及其弟子随巢，他们的著作立意明显而语词质朴。
（6）尸佼：战国时法家。相传为商鞅之师。尉缭：一为战国中期军事家，一为战国末期秦国大臣，为杂家代表。他们精通道术而文风平板。
（7）鹖冠：楚国人，姓氏不详。隐居深山，以鹖羽为冠，因以为号。据传其初本黄老，后人刑名。鹖：本义鹖鸡，今名褐马鸡。

（8）鬼谷：战国时楚人，为张仪、苏秦的老师。

（9）辨：不惑。泽：丰润。

（10）擅：专有、擅长。此句意思是：情感明朗而丰富，是文子散文的特长。

（11）尹文：尹文子，学本庄老，其书自道以至名，自名以至法，以名为根，以法为柄。他的文章，辞采简约而精彩。

（12）慎到：战国时人，尚法重势，其文章把精微道理分析得十分透彻，刘勰称其"析密理之巧"。

（13）韩非：韩国的公子，喜刑名法术之学，其著作以比喻论理，富有说服力。

（14）吕氏：吕不韦，战国末年卫国人，曾任秦国相，门下有宾客三千，命其编著《吕氏春秋》，汇合先秦各家学说："兼儒墨，合名法。"刘勰称其著作"鉴远而体周"，鉴识深远而体例完备。

（15）淮南：《淮南子》亦称《淮南鸿烈》，西汉淮南王刘安及其门客苏非、李尚、伍被等著。以道家思想为主，糅合了儒法、阴阳五行等家思想，一般认为它是杂家著作，故刘勰称其"泛采而文丽"，广征博采而文辞亮丽。

（16）百氏：诸子百家。华采：精华。

（17）辞气文："文"字是衍文。辞气：指文辞特点。刘勰详点百家，分区指出其文辞风格特点，开比较研究的先河。

评　说

《文子》其书，古人多以为伪。1973年在河北定县（今定州市）西汉墓中发现竹简本《文子》9章，2700余字，与今本相同者6章。学者据此认为，此书当为战国时已有，但汉人做了补充串改。其基本思想以道家为主，也吸收了法家、名家、阴阳家等思想。今本《文子》与《隋书·经籍志》《旧唐书·经籍志》《新唐书·艺文志》均作12卷（篇）。每篇皆以"老子曰"开头，然后作者加以发挥。大旨是阐释《老子》大义，以老子之言为教，特别强调以老子之道德论治国。其文章不是简短的片段，而是有中心、有层次的哲理论文，大部分是散句，少数有韵。该书据说"平王信其言而用之，时天下治"，道教对《文子》一书评价颇高。曾被柳宗元称为"驳杂书"。因此，刘勰说它"辞约而精"，是仅就其文辞而言。

· 子产 ·

· 子产

子产（？—前522），中国春秋时期政治家，思想家。姓公孙，名侨，字子产，号成子。出身于郑国奴隶主贵族，春秋时郑国大夫，郑简公十二年（前554）为卿。公元前543年执政，晋楚不敢加兵。对内实行改革，曾平定贵族叛乱，整顿贵族田亩和农民编制，创立按"丘"征赋制度，把"刑书"铸在鼎上公布。继后，各国效法，子产成了当时著名的政治家。

郑伯入陈[1]，以文辞为功[2]；宋置折俎[3]，以多文举礼[4]。此事迹贵文之征也[5]。褒美子产[6]，则云："言以足志，文以足言。"[7]泛论君子，则云："情欲信，辞欲巧。"[8]此修身贵文之征[9]也。（《征圣》）

春秋聘繁[10]，书介弥盛[11]：绕朝赠士会以策[12]，子家与赵宣以书[13]，巫臣之遗子反[14]，子产之谏范宣[15]：详观四书，辞若对面[16]。（《书记》）

辞[17]者，舌端之文[18]，通己于人。子产有辞[19]，诸侯所赖，不可已[20]也。（《书记》）

及乎春秋大夫，则修辞聘会[21]，磊落如琅玕之圃[22]，焜耀似缛锦之肆[23]。蓬敖择楚国之令典[24]，随会讲晋国之礼法[25]，赵衰以文胜从飨[26]，国侨以修辞捍郑[27]，子太叔美秀而文[28]，公孙挥善于辞令[29]：皆文名之标者也[30]。（《才略》）

注 释

（1）郑伯：郑简公。入陈：《左传·襄公二十五年》载，郑简公率军攻入陈国。当晋人质问郑人为何攻入陈国时，郑子产指斥陈国背恩弃义联楚伐郑，郑告之于晋，晋不管，所以要去讨伐陈国。

（2）以文辞为功：因善于辞令而立下功劳。

（3）置：办置。折俎：即把蒸熟的牛羊切开放在俎上，这是当时招待贵宾的隆重礼节。俎：盛肉器。

（4）以多文举礼：据《左传·襄公二十七年》载，宋平公招待晋国宾客赵文子，宴会上宾主发言都很有文采，孔子特使弟子记下这次宴会的情况。举：记录。亦可作"成就"解，以多文成就大礼。

（5）事迹贵文之征：在历史事实方面以文为贵的例证。

（6）褒美子产：指孔子赞扬子产。

（7）"言以足志，文以足言"：《左传·襄公二十五年》载，孔子称子产曰："志有之，言以足志，文以足言。"杜预注曰："足，犹成也。"这两句是说，子产不仅用语言很好地表达了意志,而且用文采把语言修饰得很漂亮。

(8)情欲信,辞欲巧:《礼记·表记》:"子曰:'情欲信,辞欲巧'。"意思是情感要真实,文辞要工巧。

(9)修身贵文之征:个人修养方面以文为贵的例证。

(10)聘繁:各国间聘问之事纷繁。

(11)书介:传递书信的使者。介:个,一个使者。弥:更加。

(12)绕朝:春秋时秦国大夫。士会:一名范会、随会,春秋时晋国大夫。策:当指马鞭。

(13)子产:春秋时郑国公子归生,执政大夫。赵宣:晋国大夫赵盾,谥"宣"。

(14)巫臣:姓屈,亦称屈巫,字子灵,春秋时楚国大夫。遗:送给。子反:楚公子侧,任大夫。

(15)范宣:士会之孙士匄,春秋时晋国大夫,以范地为食邑,又称范鞅,字宣子。

(16)辞若对面:书辞就像相对面谈。

(17)辞:《说文》:"辞,讼也。"本指诉讼辞,这里指辩说辞。

(18)舌端之文:口头言辞。《韩诗外传》卷七:"君子避三端:避文士之笔端,避武士之锋端,避辩士之舌端。"

(19)子产有辞:《左传·襄公三十一年》载:子产相郑伯入晋,住在晋国极简陋的宾馆中,子产拆掉墙以容车马。晋人责问他,他说:怕损坏了献给晋国的财物,不得已而为之。又指出当年晋文公宫室简陋而宾馆高大,现在与那时相反是不应该的。于是晋道歉且重修宾馆。有辞:善于言辞。

(20)不可已:不可止,即不可没有言辞。

(21)聘会:聘问会盟。

(22)磊落:众多的样子。琅玕:似珠的玉石。

(23)焜耀:辉煌。缛锦:文采繁盛的锦绣。肆:店铺。

(24)蒍敖:春秋时楚人。令典:最好的法典。《左传·宣公十二年》"蒍敖为宰,择楚国之令典。"择:选择,当指选用。

(25)随会:即士会,春秋时晋国大夫。晋国之礼法:事见《左传·宣公十六年》:"随武子归而讲求礼典,以修晋国之法。"

(26)赵衰:字子余,春秋时晋国大夫。文胜:富有文采。从飨:随从赴宴。

(27)国侨:子产名侨,他在郑国掌国政四十余年,故称国侨。修辞捍郑:即善于运用辞令,捍卫了郑国。

(28)子太叔:即游吉,春秋时郑国卿大夫。美秀而文:貌美才秀,而有文采。

(29)公孙挥:字子羽,春秋时郑国行人(掌朝见聘问)。善于辞令:《左传·襄公三十一年》载:"公孙挥能知四国之为(即在诸侯之欲为),而辨于其大夫之族姓、班位(即官职、爵位),贵贱、能否(即才能的高低)、而又善于辞令。"挥以文辞著名。

(30)文名:以文辞著名。标:引申为树木末梢突出的意思。

评 说

子产没有著述传世,他的言行事迹,主要载于《左传》《史记》等书。子产对后世法学最重要的贡献莫过于铸刑书,公布成文法。子产铸刑书及其争论,在中国乃至世界的法律思想史上有着重要的意义:他开创了古代公布成文法的先例,可以说是世界历史上的首创;其次,它冲破了秘密刑思想的束缚,第一次肯定了公布成文刑法的"合礼合法";最后,它打破了"刑不上大夫"的传统,明确肯定了法律对于限制贵族特权的重要作用,为后来法家"一断于法"的理论创造了前提。

刘勰论文是主张文质并重的,并不因为要反对当时文辞靡丽的文风而否定"文"的重要性。在《征圣》篇他推崇子产的志足言文,在《书记》篇指出子产义正言辞的《告范宣子轻币》是"辞若对面",肯定子产对晋人气势充沛、措辞精当的答词,在《才略》篇赞扬子产"修辞捍郑"是"文名之标者",都体现了刘勰的这一文质观。这一观点不仅对纠正六朝文坛的靡丽文风有重要意义,而且也是对孔子以来提倡的"文质彬彬"文风的继承和发展。

子夏

子夏(约前507—前420),姓卜名商,字子夏,孔子的弟子,春秋时期晋国著名的教育家。公元前476年,受晋国卿大夫魏驹(桓子)及其子魏斯(后来的魏文侯)之邀,来到龙门西河(今山西河津一带)创立学堂,终身讲学,设教长达55年,培养了一大批著名人物,如魏文侯、李悝、田子方、段干木、吴起等,对战国时期政治、思想、军事各方面都产生了深远影响。主张国君要学习《春秋》,吸取历史教训,防止臣民叛乱。相传儒家的经典是由他传下来的。

故子夏叹《书》:"昭昭若日月之明,离离如星辰之行。"言昭灼也。(1)(《宗经》)

自商暨周,《雅》《颂》圆备;四始彪炳,六义环深。(2)子夏监"绚素"之章,子贡悟"琢磨"之句;故商、赐二子,可与言诗。(3)(《明诗》)

注　释

（1）《尚书大传》："子夏读《书》毕，见于夫子。夫子问焉：'子何为于《书》？'子夏对曰：'《书》之论事也，昭昭如日月之代明，离离若参辰之错行……'"昭昭：明白。离离：清楚。亦作"繁盛""茂盛"解。灼：明亮。

（2）暨：及，到。圆备：完备。四始：解释有二，《毛诗序》以风，大小雅和颂为四始。郑玄笺注说："始者，谓王道兴衰之所由也。"这是说可以从风、大雅、小雅和颂中看出政治兴衰的原因。环深：周密而深厚。

（3）监：鉴，指读诗有所启发。据《论语·八佾》记载，子夏读诗，读到"素以为绚兮"时理解到人必须先有忠信，然后才能学习礼仪。孔子对此感叹道："起予者商也，始可与言诗已矣。"又《论语·学而》章载，子贡读到《诗经》"如琢如磨"时，领会到孔子在勉励他不自满。孔子对此也深有感触地说："赐也，始可与言诗已矣，告诸往而知来者。"

评　说

人类社会在不断地发展、前进，一切事物无不由低级向高级发展，由简单趋于复杂，儒家的经典也不例外。今天我们研究《尚书》《诗经》，感到不少地方表达含混，说法不够精确，但在子夏、子贡和刘勰看来，这已非常"圆备""彪炳""环深""昭昭若日月之明，离离如星辰之行"，也就是很自然的事了。

·子贡

子贡，姓端木，名赐，春秋卫国黎（今河南浚县）人，是孔子的杰出弟子。博学强记，巧口利辞，能言善辩，周敬王三十三年（前487），子贡出使四国，出色地完成了使命。史书称赞他"故子贡一出，存鲁、乱齐、破吴、强晋而霸越。子贡一使，使势相破，十年之中，五国各有变"。赐经商致富，"家累千金"，"结驷连骑，束帛之币以诸侯"。他是孔子周游列国经济上的资助者和政治上的支持者。东汉后，先后被历代皇帝追封为黎侯、黎阳公、先哲、先贤。清代皇帝封其后裔世袭翰林院五经博士。

子夏监"绚素"之章(1)，子贡悟"琢磨"之句(2)；故商、赐二子(3)，可

·子贡·

与言诗。(《明诗》)

说之善者,伊尹以论味隆殷⁽⁴⁾,太公以辨钓兴周⁽⁵⁾;及烛武行而纾郑⁽⁶⁾,端木出而存鲁⁽⁷⁾,亦其美也。(《论说》)

子贡云:"心以制之,言以结之。"⁽⁸⁾盖一辞意⁽⁹⁾也。荀卿以为⁽¹⁰⁾,"观人美辞,丽于黼黻⁽¹¹⁾文章",亦可以喻于斯乎⁽¹²⁾!(《章表》)

注 释

(1)"绚素"之章:此诗今已亡佚。监:察看,指读诗有所启发。"绚素":据《论语·八佾》章记载,子夏读诗,读到"素以为绚兮"时理解到:人必须先有忠信,然后才能学习礼仪。孔子对此感叹道:"起予者商也,始可与言诗已矣。"

(2)"琢磨"之句:据《论语·学而》载,子贡读《诗经·卫风·淇奥》中"如琢如磨"句时,领会到孔子在勉励他不要自满。孔子说:"赐也,始可与言诗已矣,告诸往而知来者。"

(3)商:卜商,即子夏。赐:端木赐,即子贡。

(4)论味:指伊尹以烹调法为喻,启发商汤治理好国家。事见《吕氏春秋·本味》。隆殷:使商朝兴隆。

(5)辨钓兴周:谓姜太公以钓鱼为喻向周文王讲述治国之法。事见《六韬·文韬·文师》。

(6)烛武:即烛之武,春秋晋国大夫。纾郑:解救郑国。此指烛之武退秦师事,载《左传·僖公三十年》。纾:解除。

(7)存鲁:保存鲁国。《史记·仲尼弟子列传》载:春秋时齐国田常伐鲁,孔子使子贡说田常,说明鲁国弱小,伐鲁会加强齐国,对田常在齐专政不利,若转攻吴国,则有利于田常在齐专政。同时,子贡又说吴救鲁,不仅保存了鲁国,又使吴军大败齐军。

(8)"心以制之,言以结之":制,此处宜作"裁制""思考"解,与《易·系词上》"制而用之谓之法"的"制"的词性相近。结,作"结构""表达"解。用心意造就言辞,用言辞表达心意。《左传·哀公十二年》所载子贡的原话是:"盟,所以周(固)信也,故心以制之,玉帛以奉之(奉献神明),言以结之(缔结信约),明神以要(约)之。"刘勰借以说明心与言的关系。

(9)一辞意:使言辞与心意一致。一:一致,这里用作动词。

(10)荀卿:即荀子,一名孙卿,战国后期杰出思想家。

(11)黼黻:古代礼服上绘绣的花纹。《荀子·非相》载荀子的原话是:"观人以言,美于黼黻文章。"刘勰所引,文字有出入,用意亦略异。

(12)喻:引申为说明。斯:这,指言心一致。

评 说

刘勰在《明诗》篇追溯了诗歌的发展情况,说明利用诗歌来"顺美匡恶",

由来已久。到子夏、子贡时对《诗经》的理解已经达到了新的深度。子贡能运用《诗经》作譬，说明道德和学问要精益求精的道理，孔子对他十分赞赏，认为他能举一反三。整个《明诗》篇可以看作自上古至南北朝的诗歌发展简史。刘勰在其中提及子夏、子贡二人悟诗之事，于"史"事似乎无关紧要，却能给人以启迪，从中我们不难看出，注重诗歌的言外之意，是自古以来就有的传统。子贡使齐存鲁一事虽未必可信，但在刘勰看来却是真的，认为它是说之美者。战国时期游说之辞已达到高潮，其特点是铺张扬厉，"言咨悦怿"。子贡既然因说辞而达到"存鲁"的目的，其辞令当亦具有此特点。至于子贡所言"心以制之，言以结之"，系针对缔结盟约而言的。刘勰借以说明"言""意"一致的道理，体现了他的一个重要的文学观点，这对后世文学创作及理论建设均有较大的影响。

·管仲

管仲（？—前645）名夷吾，齐国颍上（今安徽颍上）人，春秋前期的大政治家。出身于没落贵族家庭，少年家贫，"常与鲍叔牙游，鲍叔深知其贤"（《史记·管晏列传》），公元前685年齐桓公即位，经鲍叔牙推荐被任为卿。管仲辅佐齐桓公40年，对齐国进行了大力改革，齐国国力大振，齐桓公因此"九合诸侯，一匡天下"（《史记·管晏列传》），成为春秋时期第一个霸主，颇有政绩。据《汉书·艺文志》载，有《管子》86篇，今仅存76篇，其他10篇有录无文。

研夫孟、荀所述(1)，理懿(2)而辞雅；管、晏(3)属篇，事核而言练(4)；……斯则得百氏之华采(5)，而辞气文(6)之大略也。(《诸子》)

齐桓征楚，诘苞茅之阙。(7)晋厉伐秦，责箕郜之焚。(8)管仲吕相，奉辞先路(9)，详其意义，即今之檄文。(《檄移》)

及齐桓之霸，爰窥王迹(10)，夷吾谲陈，距以怪物(11)。固知玉牒金镂(12)，专在帝皇也(13)。然则西鹣东鲽(14)，南茅北黍(15)，空谈非征(16)，勋德(17)而已。(《封禅》)

昔管仲称"轩辕有明台之议"(18)，则其来远矣(19)。(《议对》)

令者,命也。出命申(20)禁,有若自天(21);管仲下命如流水,使民从也(22)。(《书记》)

管仲有言:"无翼而飞者声也,无根而固者情也。"(23)然则声不假翼,其飞甚易;情不待根,其固匪难(24),以之(25)垂文,可不慎欤!(《指瑕》)

文既有之,武亦宜然(26)。古之将相,疵咎(27)实多:至如管仲之盗窃(28),吴起之贪淫(29),陈平之污点(30),绛、灌之谗嫉(31);沿兹以下,不可胜数。(《程器》)

注　释

（1）研:研究,考查。孟:孟轲。荀:荀况。
（2）懿:美。
（3）管:管仲。晏:晏婴,春秋时齐国大夫。《汉书·艺文志》载《晏子》八篇,属儒家。
（4）核:查考,这里意为经得起查考,即可信。练:简练。
（5）这句意为:这些书可说已经包括了诸子百家的精华。
（6）辞气文:"文"字疑为衍文。辞气:指文辞风格特点。
（7）齐桓:齐桓公。诘:责问。苞茅:即包束的茅草,用以滤酒去滓。阙:即缺,指过失。据《左传·僖公四年》载,齐国进攻楚国时,齐国的管仲责问楚成王,曾说:"尔贡苞茅不入,王祭不共(供),无以缩(滤)酒,寡人是征(问)。"
（8）晋厉:指春秋时晋国厉公。箕郜:均为当时晋地。箕在今山西蒲县。郜在今山西祁县。据《左传·成公十三年》载,晋厉公伐秦时,命吕相责问秦国的罪过,其中说秦国"入我河县,焚我箕郜,芟夷我农功,虔刘我边陲"。
（9）吕相:晋臣。奉辞先路:指管仲、吕相奉命,在出兵之前对敌国的指责。
（10）齐桓:齐桓公。爰:于是。窥:探视。王迹:帝王的事迹,指齐桓公打算举行帝王的封禅典礼。
（11）夷吾:管仲的字。谲:诡诈。距:即拒。据《史记·封禅书》载,齐桓公认为自己的功德和古代帝王一样,想要封禅。管仲不同意他这样做,就骗他说:古代封禅都有很多祥瑞吉兆出现,如东海的比目鱼,西海的比翼鸟等。但是现在不但这些祥瑞没有出现,而且鸱鸮等怪物却屡次出现,因此你不能举行封禅。
（12）玉牒金镂:据《后汉书·祭祀志》,封禅书用玉牒书写,在玉牒上还有题签,用金线绑着,藏在石匣里。
（13）专在帝皇:这里指只有皇帝才能封禅。
（14）西鹣:即西海的比翼鸟。东鲽:即东海的比目鱼。
（15）南茅北黍:古代的祥瑞之物。《史记·封禅》载,管仲列举古代封禅的祥瑞有南方的茅草和北方的黍(黄米)。黍用来酿酒,茅用来滤酒。
（16）空谈非征:征,验。指管仲所说的四种祥瑞都是没有根据空谈,不是封禅所要的经验。
（17）勋德:功德。指封禅所要的只是帝王的功德。

（18）轩辕：即黄帝，相传他生于轩辕之丘，称轩辕氏。明台之议：明台，传为黄帝的听政之所。据《管子·桓公问》中说：黄帝曾在明台与贤人们议论政事。

（19）其来远矣："议"的来源已经很久远了。

（20）申：表明。

（21）有若自天：有如由上天颁布下来的。

（22）下命：一作"下令"。如流水：《管子·牧民·士经》说："下令于流水之原者，令顺民心也。"刘勰这里是说：管仲说下令如流水，意思是使百姓顺从。

（23）此二句见《管子·戒》。尹知章注："出言门庭，千里必应，故曰无翼而飞；同舟而济，胡越不患异心，知其情也，故曰无根而固。"

（24）假：借，凭借。匪：非。

（25）之：指上述"无翼而飞，无根而固"的道理。

（26）宜然：自然也是这样。

（27）咎：过失。

（28）管仲之盗窃：《说苑·尊贤》："邹子说梁王曰：'管仲，故成阴之狗盗也，天下之庸夫也，齐桓公得之，以为仲父。'"

（29）吴起：春秋时著名军事家。据《史记·孙子吴起列传》载，魏文侯曾向李克曰："吴起何如人哉？"李克曰："起贪而好色，然用兵，司马穰苴不能过也。"

（30）陈平：西汉开国功臣。污点：相传陈平与其嫂有不正当关系。《史记·陈丞相世家》："绛侯、灌婴等，咸谗陈平曰：'臣闻平居家时，盗其嫂。'"

（31）绛：指绛侯周勃。灌：指灌婴。二人均为汉文帝时丞相。谗：诽谤好人的坏话。嫉：妒忌。这里指周勃、灌婴曾排挤陈平、贾谊等人。

评 说

《管子》是管仲学派的著作汇编，属于法家，多数文章可能出自战国后期齐国稷下学者之手，他们或搜集管仲逸闻趣事，或采取齐国官私记闻，或假托管仲名义立说，或兼取各派讲学资料，混合编辑成这部规模巨大的文献集。《管子》的文体，大部分是议论文和说明文，有一部分记叙而兼议论，或故事与对话相混合。但体例驳杂，语言风格和文字水平很不一致，显然没有经过统一加工。《管子》的议论文不乏佳作。如《牧民》篇提出："礼义廉耻，国之四维。四维不张，国乃灭亡。""仓廪实而知礼节，衣食足则知荣辱。"对后世深有启迪。有些哲理文散韵结合，富于文采，如《白心》《内业》《心术》等。刘勰将此书的特点概括为"事核而言练"，的确是法家著作的共同特征。在《程器》篇里，刘勰在指出司马相如等"文士之疵"之后，接着又指出管仲等古代将相，疵咎实多。普通文士的疵瑕往往为世人所诟病，而身居高位的将相的疵咎却不被人们注意，刘勰对于这种不公正的社会现象表示了不满，进行了揭露。从文学的角度看《管子》中令人感兴趣的是历史传说和寓言故事。

·季札·

季札（前588—前507），吴王寿梦第四子，春秋晚期政治家和外交家。他德才兼备，三次辞让王位，以美德著称于世。馀祭元年（前547）封于延陵，称"延陵季子"。后又封州来，又称"延州来季子"。历聘各国，遍交天下贤士大夫。曾受聘鲁国观周乐，过徐（今江苏泗洪县北），徐君爱其剑，口不敢言，季札心知之，为出使他国而未献。及还至徐，徐君已死，札解其剑系徐君冢树而去。

是以师旷觇风于盛衰⁽¹⁾，季札鉴微于兴废⁽²⁾，精之至也。（《乐府》）

"好乐无荒"⁽³⁾，晋风所以称远；"伊其相谑"⁽⁴⁾，郑国所以云亡。故知季札观辞⁽⁵⁾，不直听声而已。（《乐府》）

注 释

（1）师旷：晋乐师。《左传·襄公十八年》师旷曰："不害，吾骤歌北风，又歌南风，南风不竞，多死声，楚必无功。"刘勰据以称"师旷觇风于盛衰"。觇风：观察民情风俗。

（2）季札：吴公子。《左传·襄公二十九年》：吴公子札来聘，请观周乐，为之歌郑，曰"美哉，其细已甚，民弗堪也；是其先亡乎？"为之歌齐，曰"美哉泱泱乎大风也哉！表东海者，其太公乎，国未可量也"。故刘勰说："季札鉴微于兴废。"鉴微：照见细微的东西。

（3）好乐无荒：爱好音乐但不过分。语出《诗·唐风·蟋蟀》："好乐无荒，良士瞿瞿。"

（4）伊其相谑：语出《诗·郑风·溱洧》："维士与女，伊其相谑，赠之以芍药。"

（5）季札观辞：季札欣赏音乐。乐工先后为之歌，他都能品味出其中政教信息，故刘勰称其"不直听声而已"。

评 说

季札观察事物，能透视其细微之处，审听乐府也不仅欣赏其声音，而且能透视其蕴含的社会兴废的信息。馀祭四年，季札以使者身份出使北方，历访鲁、齐、郑、卫、晋、徐等国。到鲁国时，欣赏到周代传统音乐、诗歌、舞蹈，季札不仅深谙各种乐曲，且心领神会，分析了周与诸侯列国的盛衰大势；出访齐、郑国时，季札忠告晏婴、子产，早日隐退和以礼让为先，使他们免于一难；当他到晋国时，一路见到田地荒芜，便知君主残暴，三分晋国势所必然，劝叔向好自为之。经历史验证，季札的预测都是准确的。后人评论："晏子、子产、叔向皆春秋之良也，而札皆有以规之，则札之人物当在晏子、子产、叔向之上。"

·孙子·

孙子，名武，字长卿，春秋末期齐国乐安（今山东惠民县）人。生卒年代不详，大约与儒学创始人孔子（前551—前479）属于同时代而略晚。孙子是齐国贵族和名将的后裔，著名军事学家，尝避乱离开齐国，著有《孙子兵法》13篇，经后人编辑整理，流传至今。

文武之术，左右惟宜(1)。郤縠敦书，故举为元帅(2)，岂以好文而不练武(3)哉？孙武《兵经》(4)，辞如珠玉(5)，岂以习武而不晓文(6)也？（《程器》）

注 释

（1）文武之术：即文才武术。左右惟宜：亦文亦武才是合适的。《诗经·小雅·裳裳者华》："左之左之，君子宜之；右之右之，君子有之。"

（2）郤縠：春秋时晋国将领。敦书：勉力读书。敦：勉。《左传·僖公二十七年》："（晋）作三军，谋元帅。赵衰曰：'郤縠可。臣亟（屡次）闻其言矣，说（悦）礼乐而敦《诗》《书》。'"举：推举。

（3）岂有好文而不练武：难道因为爱好文学就不学习武艺吗？赵衰阐述："诗书义之府也，礼乐德之则也，德义利之本也。"说明道德文化素养是武将的必备条件。

（4）《兵经》：指《孙子兵法》。

（5）珠玉：形容文辞如珠圆玉润，流畅而有文采。

（6）岂以习武而不晓文：怎能通晓军事就不懂文学吗？以：因为。晓：通晓。

评 说

刘勰举郤縠读诗书得为元帅、孙子《兵经》文辞圆润为例，认为爱好文学的人亦需锻炼武艺，学习武艺的人也要兼通文墨，这是有积极意义的。刘永济指出："此以文事武备并重，初观之甚异，实亦深中时弊之论也。"在《颜氏家训》中就有这样的记述：南朝文士偏安江左，生活腐化，体羸气弱，不谙世事。可见，刘勰提出文武并重的主张是有他的目的的。这对挽救当时的颓势风气，显然是有积极意义的。所以刘永济说："舍人此论，不特有斯文将丧之惧，实怀神州陆沉之忧矣。"《孙子兵法》是春秋末期著名军事理论家孙武的著作，曾有人怀疑为其后代孙膑所著。1972年临沂汉墓出土孙武、孙膑两种兵法，疑团遂冰释。从《孙子兵法》上来看，确如刘勰所说"辞如珠玉"，非不通文理者所能为。

• 晏婴

晏婴，字平仲，谥平，夷维（今山东高密）人，春秋时齐国大夫，史称晏平仲。齐灵公二十六年（前556），其父晏弱死后，继任齐卿，历仕灵、庄、景三朝正卿，前后50余年，以节俭力行、谦恭下士著称于时。关心民事，注意改革政治。《汉书·艺文志》著录有《晏子》8篇，列为儒家。今存《晏子春秋集释》，中华书局1962年版，全二册。

研夫孟、荀所述，……；管、晏属篇，事核而言练。……而辞气文之大略也。（《诸子》）

评 说

晏子从现实生活出发，举音乐、饮食为例，表述了"相反相济"的观点。曾预言齐国政权终将为田氏取代。至战国中叶，有人收集其言行，编成《晏子春秋》内外篇，凡8卷250章。《晏子春秋》以短小的故事形式，通过记载晏子言行事迹，体现晏子的思想和人物风貌、性格特征，颇多戏剧性情节。语言或简单明快，或幽默风趣，全力塑造晏婴的形象。通过重大历史事件及生活琐事，显示出晏婴是一位忧国忧民的社稷重臣，他大义凛然、宁死不参与崔杼弑君的盟誓，但也不肯为昏君死节。身为三朝元老，自奉其薄，居室简陋，衣粗食粝，不嫌妻老，不受非分之赏。国君的赏赐，分之亲戚宗族之贫者，其克己奉公的高风亮节,垂范万世。晏婴又是一位充满智能的诤臣,而且他还是当时出色的外交家,曾多次出使,维护国体,不辱君命。《晏子春秋》常常用精练的语言说明一些精辟的道理。如用"石"和"水"两个形象,说明既要有原则性,又要有灵活性的道理,即其一例。因此,刘勰说《晏子春秋》"事核而言练"并不是过誉。可惜他对《晏子春秋》在文学上的成就却没有真正认识。

· 师旷

师旷,字子野,冀州南和(今河北南部)人。春秋时晋国乐师(当时地位最高的音乐家名字前常冠以"师"字),春秋晚期晋国著名的政治家、教育家、音乐家。生而目盲,善辨声乐,活动时期在公元前572至前532年晋悼公、晋平公执政时期。相传晋平公铸大钟,众乐工听后都认为钟的音调符合六律要求,独师旷不以为然,他的判断,后为师涓所证实。昔有《禽经》一卷传于世,但后人以为是伪托。

匹夫庶妇(1),讴吟土风(2);诗官采言(3),乐盲被律(4),志感丝篁(5),气变金石(6)。是以师旷觇风于盛衰(7),季札(8)鉴微于兴废,精之至也。(《乐府》)

暨后郊庙(9),惟新雅章(10);辞虽典文,而律非夔、旷(11)。(《乐府》)

洪钟万钧(12),夔、旷所定。(《知音》)

注 释

(1)匹夫:普通男子。庶妇:民间妇女。这里泛指一般百姓。

(2)讴吟:歌唱。土风:地方民歌,此指《诗经》中《国风》等各地民歌。《公羊传·宣公十五年》何休注曰:"男女有所怨恨,相从而歌,饥者歌其食,劳者歌其事。"

(3)诗官:采诗之官。采言:即采诗。《汉书·食货志》上:"孟春之月,……行人振木铎徇于路以采诗,献之大师(乐官),比其音律以闻于天子。"

(4)乐盲:乐师,古代乐师一般均由盲人担任。被律:加上音律,即配上音乐。

(5)丝:琴瑟一类弦乐器。篁:笛箫一类管乐器。

(6)气:诗歌的辞气,这里指诗的感染力。变:音乐随人的情志与诗歌内容的变化而变化。金:钟。石:磬。均为古代乐器。

(7)觇(音掺):观察。师旷觇风于盛衰:据《左传·襄公十八年》载,晋公为预测战争的胜败,曾让师旷奏北方和南方的乐曲,结果南曲不和谐,预示南方的楚年不利。此句意为:从南方的歌曲里,看到了楚军士气的盛衰。

(8)季札:春秋时吴国公子。《左传·襄公二十九年》记载:季札出使鲁国,听奏《诗经》音乐,能从音乐中推断各国的兴废。如听郑乐,说:"其细已甚,民弗堪也,是其先亡乎?"又听齐乐,说:"泱泱乎大风也哉!表东海者,其太公乎!国未可量也!"

(9)暨:到。唐写本"后"字下有"汉"字。郊:祭天。庙:祭祖。这里指郊庙乐歌。

(10)新:新乐歌,指东平王刘苍所作的《武德舞歌》。《南齐书·乐志》:"南郊乐舞歌辞,二汉同用。"刘苍所作,异乎前乐,故曰"新"。

(11)典文:典丽文雅。夔:虞舜时的乐官。这两句说:刘苍的《武德舞歌》,文辞虽然文雅,但音律却不合夔、旷时的古乐。

(12)洪:大。钧:三十斤为一钧。

评 说

师旷最早提出"其少而好学,如日出之阳;壮而好学,如日中之光;老而好学,如炳烛之明"的劝学思想,千百年来给后人以极大的启迪和激励,成为学无止境、永远进取的箴言。师旷天生眼盲,常自称"暝臣""盲臣",音乐知识非常丰富,不仅熟悉琴曲,并善用琴声表现自然界的音响,描绘飞鸟飞行的优美姿态和鸣叫。师旷有非凡的音乐才华,但却比较保守,晋平公喜欢新声,曾听师涓演奏新曲,师旷当场攻击是"靡靡之音""亡国之音"。师旷认为可以通过音乐来传播德行。

早期的乐府诗和音乐有紧密的联系,作者的思想感情,气质禀赋往往在音乐上表现出来,因此可以通过音乐进而了解社会风俗及邦国兴废,刘勰举"师旷觇风于盛衰,季札鉴微于兴废"两例加以说明,强调音乐的作用,指出乐府起源于民间,这些是应该肯定的。但他并未指出民间文学在文学史上的重要地位(如对汉以后民间的许多优秀乐府诗只字未提),而仅仅重视"觇风于盛衰,鉴微于兴废"的古乐,这就很不够了。另外,刘勰认为夔、旷时的音乐是雅乐,以后各代的音乐都难以追步,不登大雅,可见其在音乐方面直接继承了孔子的理论,表现了明显的复古保守倾向。

·优孟

优孟（生卒年待考），春秋时期楚国宫廷艺人。以优伶为业，名孟，故得名。荆州人。从小善辩，擅长表演，常谈笑讽谏时事。楚相孙叔敖知其贤，善待之。敖死，其子困穷负薪，优孟穿戴孙叔敖衣冠，模仿其声音笑貌为王拜寿。王大惊，以为敖复生，欲以为相。孟曰："叔敖尽忠于楚，王得以霸，今死，其子无立锥之地，贫困负薪以自饮食，必如叔敖，不如自杀。"于是庄王乃谢优孟，封叔敖之子寝丘（今河南属地）。

"谐"之言，皆也[1]；辞浅会俗[2]，皆悦笑也。昔齐威酣乐，而淳于说甘酒[3]；楚襄宴集，而宋玉赋《好色》[4]；意在微讽，有足观者[5]。及优旃之讽漆城[6]，优孟之谏葬马[7]，并谲辞饰说[8]，抑止昏暴[9]。（《谐隐》）

然文辞之有谐隐[10]，譬九流之有小说[11]。盖稗官所采，以广视听[12]。若效而不已，则髡、朔而入室，旃、孟之石交乎[13]！（《谐隐》）

注　释

（1）皆：这里用"皆"释"谐"，是因谐谈具有普遍性，而"皆"字也有共同、普遍意义。
（2）会：适合。俗：指一般人。
（3）齐威：指齐威王。淳于：指淳于髡。据《史记·滑稽列传》载，淳于髡以自己喝酒为例，说出"酒极则乱，乐极则悲，万事尽然"的道理，来劝谏齐威王。
（4）楚襄：指楚襄王。《好色》：指宋玉的《登徒子好色赋》。这篇赋用守德、守礼来规劝襄王。
（5）微讽：婉转而巧妙的讽刺、劝诫。足观：可观，值得一观。
（6）优旃：秦代乐人。《史记·滑稽列传》说秦二世打算油漆城墙，优旃说这很好看，但找不到那样大的房子罩住城墙，以便阴干。二世听了就取消了漆城的想法。
（7）优孟之谏葬马：《史记·滑稽列传》说楚庄王的爱马死了，打算用大夫的礼仪来葬马，群臣谏不能止，优孟说用大夫礼太薄了，应以国君之礼来葬它。使楚庄王感到自己的打算不合理。后改以六畜葬之。
（8）谲：诡诈，虚假。谲辞：为离奇怪异之辞。
（9）抑止昏暴：阻止昏君暴主的倒行逆施。
（10）谐隐：有诙谐隐伏费猜内容的循词笑话诡词。
（11）九流：《汉书·艺文志》把先秦学说分为十派，其中前九派都被重视，称为"九流"。第十派是"小说"，不在"九流"之内。
（12）稗官：小官。广：扩大。稗官采集街谈巷议以扩大君王视听。

（13）效：效法。效而不已：不断学习。髡：淳于髡。祖：纪昀认为当系"朔"之误。朔：指东方朔。此说未必准确。从全篇来看，髡祖当指淳于髡、宋玉、优旃、优孟等人。入室：入室弟子，比喻精通道艺。旃、孟：优旃和优孟。石交：金石之交，知心朋友。

评 说

谐辞隐语主要来自民间，古代文人常常认为是不能登大雅之堂的，因而很少论及。刘勰专门对《谐隐》篇，做了较为全面的论述，因此是古代文论中难得的材料。他指出好的谐隐作品"意在微讽，有足观者"。甚至认为优孟等人的谐隐之语，还起了"抑昏暴"的作用，对谐隐作品的社会意义给予了肯定的评价。同时，他对那些"虽抃（推）笑衽席，而无益时用"的谐隐之作则表示反对，认为谐隐之作不能只供玩乐，而在于"兴治济身"和"弼违晓惑"。这些看法基本上也是正确的。还应指出，刘勰对于民间文学的重视是很不够的，对于民间文学他多次流露出轻视的口吻，如说"'蚕蟹'鄙谚""'狸首'淫哇"。又说"若效而不已，则髡、祖入室，旃、孟之石交乎"，这又具有明显的局限性。

• 墨子

墨子（约前468—约前376），名翟，春秋末鲁国人，是春秋战国之际思想家、教育家、学者，墨家学派创始人。春秋末战国初鲁国人（今山东滕州）。墨子出身低贱，一生中除著书立说和教授门徒外，还参加过一些政治活动。他曾仕于宋，为大夫，又到过卫、齐、楚、越诸国。楚惠王时，公输般作攻战之具，打算为楚攻宋。墨子闻讯，行走十昼夜，到楚加以阻止。楚惠王晚年，墨子曾向惠王上书。他和楚贵族鲁阳文君相友善。目前所知墨子事迹仅此。《汉书·艺文志》著录有《墨子》71篇，今存53篇。

逮及七国力政⁽¹⁾，俊乂⁽²⁾蜂起。孟轲膺儒以磬折⁽³⁾，庄周述道以翱翔⁽⁴⁾，墨翟执俭确⁽⁵⁾之教，尹文课名实之符⁽⁶⁾，野老⁽⁷⁾治国于地利，驺子养政于天文⁽⁸⁾，申、商刀锯以制理⁽⁹⁾，鬼谷唇吻以策勋⁽¹⁰⁾，尸佼兼总于杂

术⁽¹¹⁾，青史曲缀以街谈⁽¹²⁾。承流而枝附者⁽¹³⁾，不可胜算⁽¹⁴⁾；并飞辩以驰术⁽¹⁵⁾，屡禄而余荣矣⁽¹⁶⁾。(《诸子》)

研夫孟、荀所述⁽¹⁷⁾，理懿而辞雅⁽¹⁸⁾；管、晏属篇⁽¹⁹⁾，事核而言练⁽²⁰⁾；列御寇之书⁽²¹⁾，气伟而采奇⁽²²⁾；邹子之说⁽²³⁾，心奢而辞壮⁽²⁴⁾；墨翟随巢，意显而语质⁽²⁵⁾；尸佼、尉缭⁽²⁶⁾，术通而文钝⁽²⁷⁾；鹖冠绵绵⁽²⁸⁾，亟发深言⁽²⁹⁾；鬼谷眇眇⁽³⁰⁾，每环奥义⁽³¹⁾；情辨以泽⁽³²⁾，文子擅其能⁽³³⁾；辞约而精⁽³⁴⁾，尹文得其要⁽³⁵⁾；慎到析密理之巧⁽³⁶⁾，韩非著博喻之富⁽³⁷⁾；吕氏鉴远而体周⁽³⁸⁾；淮南⁽³⁹⁾泛采而文丽。斯则得百氏之华采⁽⁴⁰⁾，而辞气文⁽⁴¹⁾之大略也。(《诸子》)

然函人欲全⁽⁴²⁾，矢人欲伤⁽⁴³⁾；术在纠恶⁽⁴⁴⁾，势必深峭⁽⁴⁵⁾。《诗》刺谗人，投畀豺虎⁽⁴⁶⁾；《礼》疾⁽⁴⁷⁾无礼，方之鹦猩⁽⁴⁸⁾；墨翟非儒⁽⁴⁹⁾，目以豕彘⁽⁵⁰⁾；孟轲讥墨，比诸禽兽⁽⁵¹⁾；《诗》《礼》、儒、墨，既其如兹，奏劾严文，孰云能免。是以世人为文，竞于诋诃⁽⁵²⁾，吹毛取瑕⁽⁵³⁾，次骨为戾⁽⁵⁴⁾，复似善骂，多失折衷⁽⁵⁵⁾。(《奏启》)

注　释

（1）逮：到。七国：战国时七个国家，即秦、楚、齐、燕、韩、赵、魏。力政：即力征，以武力征伐。
（2）俊乂：杰出人才。
（3）膺儒：钦佩、崇拜儒术。磬折：如磬的折角，犹鞠躬，这里是形容孟子恭守儒礼。
（4）庄周：即庄子。述道：阐述道家的思想。翱翔：本指鸟飞，《庄子》首篇《逍遥游》用翱翔来说明他追求绝对自由的思想。
（5）俭确：节俭。
（6）课：考核。名实之符：名称和实际实质符合。《管子·九守》云："修名而督实，核实而定名。名实相生，相反为情。"
（7）野老：我国古时隐士。此句意为野老主张以尽地利来治理国家。《汉书·艺文志》有《野老》十七篇，应劭注曰："年老居田野相民之耕种故曰野老。"
（8）驺子：即驺衍。天文：阴阳五行。这句意为：驺衍以阴阳五行的变化来说明政治。
（9）申：指申不害。商：指商鞅。刀锯：指刑具、刑罚。制理：安定秩序。
（10）鬼谷：指鬼谷子。唇吻：嘴唇，指口才。策勋：谋划、取得功业。
（11）尸佼：战国时人，曾参与商鞅变法，商鞅被杀后，逃亡入蜀。兼总：综合。杂术：指各家的学说。
（12）青史：古代以竹简记事，谓之青史。《汉书·艺文志》有《青史子》五十七篇。或以"青史"泛称史官。曲缀：详细记录。街谈：街谈巷议。
（13）承流：继承流波。枝附：如枝之附干。

（14）胜：尽。全句意思是：以后继承他们的流波而如枝之附干者，不知道有多少。

（15）飞辩：雄辩。驰术：宣扬学术。

（16）餍：满足。这句意为：饱享了厚禄和荣耀。

（17）研：研究、考查。孟、荀：孟轲和荀况。

（18）理懿而辞雅：理论完美，词语雅正。

（19）管：管仲。晏：晏婴。属篇：作文。

（20）事核而言练：事实可信，语言简练。

（21）列御寇之书：指《列子》，《汉书·艺文志》列为道家。原书已佚，今本可能是魏间人所为伪托。

（22）气伟：气势雄伟。采奇：文采奇艳。

（23）邹子之说：指驺衍的议论。

（24）心奢：指内容夸张。辞壮：文辞有力。

（25）意显：意义明显。语质：语言质朴。

（26）尸佼：战国时楚人。《汉书·艺文志》著录有《尸子》二十篇，属杂家。尉缭：战国时尉氏人。《汉书·艺文志》著录有《尉缭子》二十九篇，属杂家。

（27）术通：杂家理论兼采各家之长，所以刘勰谓之为术通。文钝：文辞笨拙。

（28）鹖冠：指《鹖冠子》。绵绵：意趣幽远。

（29）亟：屡次。深言：深刻的言论。

（30）鬼谷：指鬼谷子。眇眇：深远。

（31）环：包含。奥义：深奥之理。

（32）情辨以泽：情理明辨而文辞光彩。泽：丰润。

（33）文子：老子的弟子。《汉书·艺文志》载《文子》九篇，属道家。擅：专有。

（34）约：简洁。精：精炼。

（35）要：要点、奥妙、规律。

（36）析密理之巧：巧于分析精密的道理。

（37）博喻之富：比喻广博而丰富。

（38）吕氏：指《吕氏春秋》。鉴远：见识远大。体周：体例周密。

（39）淮南：汉淮南王刘安。

（40）百氏之华采：这些可说已经包括了诸子百家的精华。

（41）文：疑为衍字。辞气：文辞风格特点。

（42）函人：制甲的人。欲全：总想把人保全。

（43）矢人：制箭的人。欲伤：总想把人杀伤。

（44）术：方法。这里指写弹奏文章的方法。纠恶：纠正偏差，揭露邪恶。

（45）深：深刻。峭：原指山又高又陡，这里引申为严厉。

（46）《诗》：指《诗经·小雅·巷伯》篇，其中说："取彼谮人，投畀豺虎。"谗人：即谮人，用恶言毁谤好人的人。畀：给。

（47）《礼》：《礼记·曲礼上》，其中说："鹦鹉能言，不离飞鸟，猩猩能言，不离禽兽；今人而无礼，虽能言，不亦禽兽之心乎！"疾：痛恨。

（48）方：比。方之鹦猩：比喻为鸟兽。

（49）非儒：批评、反对儒家学派。

（50）目以：看作。豕彘：都是猪。依据《墨子·非儒下》的原文，是骂儒家。为"羝羊"和"贲豕",即公羊和大猪。

（51）讥墨：讥讽墨家。《孟子·滕文公下》："杨氏为我，是无君也。墨氏兼爱，是无父也。无君无父，是禽兽也。"

（52）竞于诋诃：竞相谩骂。诋诃：辱骂呵斥。

（53）吹毛取瑕：吹毛求疵的意思。

（54）次骨为戾：尖刻得深入骨髓之中。次骨：深入骨髓。戾：猛烈，引申为尖刻。

（55）复似善骂，多失折衷：以善骂为能，大都不够公允。

评 说

墨子有著作传世。《汉书·艺文志》录有《墨子》71篇，后亡佚18篇，故今本《墨子》仅53篇。其中较能代表墨子学说和思想者有《尚贤》《尚同》《兼爱》《非攻》《节用》《节葬》《天志》《明鬼》《非乐》《非命》等，其余大都为墨家后学所作。《墨子》的文章都有标题以概括中心思想，虽然可以看出缀合语录的痕迹，但是结构完整，首尾贯通，不再是《论语》《孟子》时的零散片段状态，表现出从语录到专论体的过渡。其语言通俗平易，质朴无华。论证讲究逻辑的严密和说理的充分，对每一个问题总要反复申述，不厌其烦，直到把道理讲清楚，讲透彻，把论敌驳倒为止。《墨子》的作者已能熟练运用形式逻辑，使文章层次分明，井然有序。《墨子》中最有文学价值的是《公输》篇。据《墨子》可知，墨子的学说思想主要包括以下几点：1.兼爱非攻。所谓兼爱是要求君臣、父子、兄弟都要兼相爱，"爱人若爱其身"，并认为社会上出现强执弱、富侮贫、贵傲贱的现象，是因天下人不相爱所致。2.天志明鬼。宣扬天命鬼神的迷信思想是墨学的一大特点。墨子认为天是有意志的，它不仅决定自然界星辰、四时、寒暑等的运动变化，还对人世的政治起支配作用。因"天之爱民之厚"，君主若违天意就要受天之罚，反之，则会得天之赏。对于鬼神，墨子不仅坚信其有，而且认为它们对于人间君主或贵族也会赏善罚暴。3.尚同尚贤。尚同是要求百姓上同于天子。墨子认为，国君是国中贤者，百姓应以君上之是非为是非。他还认为上面了解下情也很重要，因为只有这样才能赏善罚暴。尚贤是要求君上能尚贤使能，即任用贤者而废抑不肖者。墨子把尚贤看得很重，以为是政事之本。他特别反对君主用骨肉之亲，对于贤者则不拘出身，提出"官无常贵，民无终贱"的主张。4.节用。节用是墨家非常强调的一种观点，他们抨击君主、贵族的奢侈浪费，尤其反对儒家看重的久丧厚葬之俗。认为君主、贵族都应像古代大禹一样，过着极为俭朴的生活，而且要求墨徒在这方面也能身体力行。

墨子的文学思想呈现出鲜明的功利主义倾向，墨子所论代表当时下层小生产者的利益,考虑到物质经济的匮乏,其文学观念多从狭隘的功利主义出发。

刘勰指出"墨翟执俭确之教",也就是说墨家以节约、俭朴为其学说,这是确切之论。他又说墨家的文章"意显而语质",这也符合墨子散文的实际。尤其重要的是,刘勰还对诸子各家间的攻击、责难做了评论。不过他不是评论各家论文是非优劣,而是看到"术在纠恶,势必深峭",攻击、责难势在难免。但如果因此而形成一种文风,"是以世人为文,竞于诋诃,吹毛取瑕,次骨为戾,复以善骂,多失折衷",那就是"躁言丑句"了!

·左丘明

左丘明,春秋末鲁国史官。曾为《春秋》作传,书成,称为《春秋左氏传》,又简称《左传》。据《史记·太史公自序》说:"左丘失明,厥有《国语》。"故有人又称他为盲左,作《国语》21卷。

夫民各有心,勿壅⁽¹⁾惟口。晋舆之称"原田"⁽²⁾,鲁民之刺"裘鞸"⁽³⁾,直言不咏,短辞以讽⁽⁴⁾,邱明、子高⁽⁵⁾,并谍为诵⁽⁶⁾。斯则野诵之变体,浸被乎人事矣⁽⁷⁾。(《颂赞》)

昔者夫子闵王道之缺⁽⁸⁾,伤斯文⁽⁹⁾之坠,静居以叹凤⁽¹⁰⁾,临衢而泣麟⁽¹¹⁾,于是就太师以正《雅》《颂》⁽¹²⁾,因鲁史以修《春秋》⁽¹³⁾,举得失以表黜陟⁽¹⁴⁾,征存亡以标劝戒⁽¹⁵⁾;褒⁽¹⁶⁾见一字,贵逾轩冕⁽¹⁷⁾;贬在片言,诛深斧钺⁽¹⁸⁾。然睿旨幽隐⁽¹⁹⁾,经文婉约⁽²⁰⁾;丘明同时⁽²¹⁾,实得微言⁽²²⁾,乃原始要终⁽²³⁾,创为传体⁽²⁴⁾。(《史传》)

观乎左氏⁽²⁵⁾缀事,附经间出⁽²⁶⁾,于文为约,而氏族难明⁽²⁷⁾。(《史传》)

至于纪编同时,时同多诡⁽²⁸⁾,虽定、哀微辞⁽²⁹⁾,而世情利害。勋荣之家,虽庸夫而尽饰⁽³⁰⁾;迍败之士⁽³¹⁾,虽令德而常嗤⁽³²⁾,理欲吹霜煦露⁽³³⁾,寒暑笔端⁽³⁴⁾,此又同时之枉⁽³⁵⁾,可为叹息者也!故述远则诬矫如彼⁽³⁶⁾,记近则回邪⁽³⁷⁾如此,析理居正,唯素臣⁽³⁸⁾乎!(《史传》)

史肇轩黄⁽³⁹⁾,体备周孔⁽⁴⁰⁾。世历斯编,善恶偕总⁽⁴¹⁾。腾褒裁贬,万古魂动⁽⁴²⁾。辞宗丘明,直归南、董⁽⁴³⁾。(《史传》)

注 释

（1）壅：堵塞。《国语·周语上》："邵公曰：防民之口，甚于防川。……夫民虑之于心，而宣之于口，成而行之，胡可壅也？"

（2）舆：众人。原田：《左传·僖公二十八年》记载：晋文公与楚子玉在城濮作战，听舆人之诵曰："原田每每（即莓莓，草盛貌），舍其旧而新是谋（要舍弃旧的而谋立新功）。"意在赞美晋军。

（3）刺"裘鞸"：《吕氏春秋·乐成》中说，孔子初仕鲁国，无功，鲁人作诗讽刺他说："麛裘而韨，投之无戾。韨之麛裘，投之无邮（同尤，罪过）。"意即孔子无功而穿朝服，赶走他是没有罪过的。鞸，同韨。

（4）直言不咏，短辞以讽：正直的言论，不像诗歌那样曼声长咏。简短的言辞，用之于讽刺。

（5）邱明：即左丘明。子高：孔子六世孙孔穿的字。《孔丛子·陈士义》记载，子顺曾讲到过"裘鞸"之诵，刘勰误作子高。子顺，即孔顺，字子慎。

（6）谍：通牒，本指简册文书，这里引申为记录。并谍为颂：把颂这类文体特征，推广到其他文体。

（7）浸：逐渐。颂的意体被广泛运用于人事的各方面。

（8）夫子：孔子。闵：同悯，忧伤。王道之缺：指帝王的圣明政治被废弃。

（9）斯文：指礼乐教化，典章制度，这里指西周盛世的文化。

（10）静居：闲居，孔子周游列国后，晚年闲居鲁国。叹凤：《论语·子罕》中说，孔子叹息："凤鸟不至，河不出图，吾已矣夫！"传说凤凰出现，表示天下太平。

（11）衢：大路。这里指五父衢，在今山东曲阜东南。《孔丛子·孔问》说，鲁人"樵于野而获兽焉，众莫之识，以为不祥，弃之五父之衢"。孔子听说后，前往认出是麒麟，便哭泣说："麟出而死，吾道穷矣！"

（12）太师：乐官的首领。正《雅》《颂》：《论语·子罕》云："子曰：'吾自卫反鲁，然后乐正，雅颂各得其所。'"

（13）《春秋》：我国最早的一部编年史。传说是孔子根据鲁国的史书编写成的。

（14）黜陟：人才的进退升降。

（15）征：此处作"收集""汇集"解。标：树立，显示，收集生存与灭亡的史料（或称兴衰的史料），树立以劝诫世人。

（16）褒：称赞。

（17）轩：有帷幕的车。冕：礼帽。轩冕：这里指尊贵的官位。

（18）钺：似斧的圆刃兵器。全句意为：遭到《春秋》片言只语的批评，比斧钺砍杀还要严重。

（19）睿旨：深远明智的意旨。

（20）婉约：这里指婉转，简练。

（21）丘明同时：谓孔子同时的左丘明。相传是《左传》的作者，但唐宋以来很多人对此有怀疑。

（22）微言：精微之言，要旨。

（23）原始要终：指全面探究事物的始终本末。原：追溯。要：约会，此处作"探求"解。

（24）传体：解释经书的叫传。汉代以来的人认为《左传》是解释《春秋》的，所以刘勰也说《左传》开创了为经作传的体例。

（25）左氏：即左丘明。

（26）附经间出：《左传》记事附在《春秋》经的后面，和经文交替迭出。《史记·十二诸侯年表序》："鲁君子左丘明惧弟子人人异端，各安其意，其真，故因孔子史记《春秋》具论其语，成《左氏春秋》。"

（27）氏族难明：人物的氏族关系难以弄清楚。因《左传》文辞简约，其中人物的氏族渊源不加说明，故言"氏族难明"。

（28）记编同时：编写当代历史。时同多诡：因是同时代的，反而往往有不少虚假。诡：欺诈。

（29）定、哀微辞：《公羊传·定公元年》："定、哀多微辞。"定、哀：鲁定公、鲁哀公。微辞：隐微不明之辞。因定公、哀公与孔子同时，孔子写《春秋》对他们不便明言，多所隐讳，这和当时的人情利害有关系。

（30）勋荣之家，虽廉夫而尽饰：对功勋荣显的华贵之家，即使是平庸之辈也尽力粉饰。

（31）迍：困苦。迍败之士：困苦衰败的人。

（32）令德：美德。嗤：讥笑。

（33）理欲：此二字为衍文。吹霜煦露：指任意褒贬。《老子》第二十九章："或煦或吹。"河上公注曰："煦，温也；吹，寒也。有所温，必有所寒也。"

（34）寒暑笔端：或贬或褒，形之于笔端。寒：即上文"吹霜"，暑：即上文"煦露"。

（35）枉：歪曲。同时之枉：记述同时代的人事而容易出现的错误。

（36）诬：妄加。矫：捏造。诬矫：虚伪做作，虚假不实。

（37）回邪：邪曲不正。《礼记·乐记》云："倡和有应，回邪曲直，各归其分，而万物之理，各以类相动也。"孔颖达疏："回谓乖违，雅谓邪辟。"

（38）素臣：指左丘明。汉人称孔子为素王，左丘明为素臣。杜预《春秋左氏传序》："说者以仲尼自卫反鲁，修春秋，立素王，丘明为素臣。"按范、杨诸家以"素臣"为"素心"，即心地纯洁，本心。只有素臣分析事理能够秉公执正。

（39）肇：发端。轩黄：轩辕、黄帝。

（40）体：体制。周孔：周公、孔子。

（41）世历斯编，善要偕总：把世代经历的事编成历史，无论好的坏的都加以总结。偕：共同。

（42）腾：宣扬。裁：裁断，有贬抑意。魂动：神魂为之震动。

（43）宗：效法。直：正直，此指史书的直书笔法。南：春秋时齐国的南史氏。《左传·襄公二十五年》载，齐国大夫崔杼杀了庄公，"太史书曰：'崔杼弑其君。'崔子杀之。其弟嗣书，而死者二人；其弟又书，乃舍之。南史氏闻太史尽死，执简以往。闻既书矣，乃还"。董：春秋时晋国史官董狐。《左传·宣公二年》载，晋灵公欲杀赵盾，赵盾尚未逃出国境，赵穿就杀了灵公。"太史（董狐）书曰：'赵盾弑其君'，以示于朝。宣子（赵盾）曰：'不然。'对曰：'子为正卿，亡不越竟（境），反不讨贼，非子而谁？'……孔子曰：'董狐，古之良史也，书法不隐。'"

评 说

左丘明是与孔子同时代的鲁国史官,为解孔子《春秋》而作《左传》。从天道观、政治观、人生观、历史观分析,左丘明的思想与孔子思想有显著的一致性。这与二人同受鲁文化影响、二人同好恶及《左传》的写作动机都有很大的关系。《左传》是我国古代一部宝贵的文化典籍,被钱穆先生称为"一部研究中国古代史的基准观点所在"。人们在读《左传》这部名著时只注重其历史价值,而往往忽略了其作者左丘明的儒家思想属性。左丘明是一个大儒,他的著书《左传》宣扬了"尊礼""敬德""保民""慎罚"等思想,发扬了儒家思想的经义,从而奠定了后世儒学的理论根基。他对于阐释孔子思想,传承儒家文化有着不可磨灭的功绩。

《左传》其书,有人以为是战国时人所作,不一定出自左丘明之手。但刘勰对左作深信不疑,认为左丘明与孔子同时,深得其微言,称它"原始要终,创为传体",肯定了《左传》在创体传经上的功绩。《左传》确实有它的特点:极善记事,尤以记战事为最,记言辞令亦佳。其记事已初具纪事本末的雏形,且精练生动,文辞简约严谨,是先秦历史散文的佼佼者。刘勰对《左传》评价虽较公允,但作为论文之书的《文心雕龙》,没有着重从文学角度阐明其文学特点,而较多地强调了写历史散文需像左丘明那样"析理居正",并学习他的直书笔法,另外,《左传》虽有"氏族难明"的缺陷,但其成就仍超出《尚书》《春秋》,刘勰对此估价不足,表现了宗经的局限性。

·庄子

庄子(约前375—约前295),名周,宋之蒙人(今河南商丘东北),宋在战国时属魏,魏都大梁,因又称梁。曾为漆园吏,后隐居不仕。他是战国道家学派的代表人物,崇尚自然,反对礼教,逃避现实斗争,追求人格独立和绝对自由。《汉书·艺文志》著录有《庄子》52篇,今存33篇。《史记》说他与梁惠王、齐宣王同时。《庄子》中《田子方》《徐无鬼》两篇于魏文侯、武侯称谥;而《则阳篇》《秋水篇》迳称惠王的名字,又称公子;《山木篇》又称为王;《养生主》称文惠君。看来他大概生于魏武侯末叶,现在姑且定为周烈王元年(前375),他的卒年,马叙论定为赧王二十年(前295),大致是不错的。

· 庄子 ·

逮及七国力政⁽¹⁾，俊乂⁽²⁾蜂起。孟轲膺儒以磬折⁽³⁾，庄周述道以翱翔⁽⁴⁾，墨翟执俭确⁽⁵⁾之教，尹文课名实之符⁽⁶⁾，野老治国于地利⁽⁷⁾，驺子养政于天文⁽⁸⁾，申、商刀锯以制理⁽⁹⁾，鬼谷唇吻以策勋⁽¹⁰⁾，尸佼兼总于杂术⁽¹¹⁾，青史曲缀以街谈⁽¹²⁾。承流而枝附者⁽¹³⁾，不可胜算⁽¹⁴⁾；并飞辩以驰术⁽¹⁵⁾，餍禄而余荣矣⁽¹⁶⁾。(《诸子》)

若乃汤之问棘⁽¹⁷⁾，云：蚊睫有雷霆之声⁽¹⁸⁾；惠施对梁王⁽¹⁹⁾，云：蜗角有伏尸之战⁽²⁰⁾；《列子》有移山、跨海之谈⁽²¹⁾，《淮南》有倾天、折地之说⁽²²⁾：此踳驳⁽²³⁾之类也。(《诸子》)

论也者，弥纶⁽²⁴⁾群言，而研精一理者也。是以庄周《齐物》⁽²⁵⁾，以论为名。(《论说》)

迄至正始⁽²⁶⁾，务欲守文⁽²⁷⁾；何晏之徒，始盛玄论⁽²⁸⁾。于是聃、周当路⁽²⁹⁾，与尼父争涂矣⁽³⁰⁾。(《论说》)

庄周云"辩雕万物"⁽³¹⁾，谓藻⁽³²⁾饰也。韩非云"艳采辩说"⁽³³⁾，谓绮⁽³⁴⁾丽也。绮丽以艳说，藻饰以辩雕，文辞之变，于斯极矣。研味《李》《老》⁽³⁵⁾，则知文质附乎性情⁽³⁶⁾；详览《庄》《韩》⁽³⁷⁾，则见华实过乎淫侈⁽³⁸⁾。若择源于泾渭⁽³⁹⁾之流，按辔⁽⁴⁰⁾于邪正之路，亦可以驭文采矣。(《情采》)

是以联辞结采，将欲明经⁽⁴¹⁾；采滥辞诡⁽⁴²⁾，则心理愈翳⁽⁴³⁾。固知翠纶桂饵⁽⁴⁴⁾，反所以失鱼。"言隐荣华"⁽⁴⁵⁾，殆⁽⁴⁶⁾谓此也。(《情采》)

故心之照理，譬目之照形：目瞭⁽⁴⁷⁾则形无不分，心敏则理无不达⁽⁴⁸⁾。然而俗监之迷者⁽⁴⁹⁾，深废浅售⁽⁵⁰⁾。此庄周所以笑《折杨》⁽⁵¹⁾，宋玉所以伤《白雪》⁽⁵²⁾也。(《知音》)

注　释

（1）逮：及，到。力政：即力征，用武力征伐。
（2）俊乂：杰出人才。
（3）膺儒：崇拜儒术。磬折：如磬之折角，犹言鞠躬，这里是形容孟子恭守儒礼。
（4）述道：阐述道家思想。翱翔：本指鸟飞，《庄子》首篇《逍遥游》用翱翔来说明他追求绝对自由的思想。
（5）俭确：节俭。
（6）课：考核。名实之符：名义和实际是否符合。
（7）这句话意思是：野老主张以尽地利来治理国家。
（8）驺子：即邹衍。天文：阴阳五行。这句意为：邹衍以阴阳五行的变化来说明政治。
（9）申、商：申不害和商鞅。刀锯：指刑具、刑罚。制理：安定秩序。
（10）唇吻：指口才。策勋：谋划、取得功业。
（11）兼总：综合。杂术：指各家的学说。

（12）曲缀：详细记录。街谈：街谈巷议。
（13）承流：继承流波。枝附：如枝之附干。
（14）胜：尽。全句意为：以后继承他们的流波的就像枝附于干，不知道有多少。
（15）飞辩：雄辩。驰术：宣扬学术。
（16）餍：满足。这句意为：饱享了厚禄和荣耀。
（17）汤：商汤，商代开国之君。棘：传为商汤时贤臣。《庄子·逍遥游》作"汤之问棘"；《列子·汤问》作夏革，"棘"与"革"相通。
（18）蚊睫有雷霆之声：据《列子·汤问》篇说，夏革说："黄帝能听到蚊子眼睫毛上的小虫发出的声音，像雷霆一样。"
（19）惠施：战国时魏相。梁王：战国时魏惠王，因迁都大梁，又称梁惠王。
（20）蜗角有伏尸之战：据《庄子·则阳》中说，戴晋人（传为魏国贤士）向魏惠王说：蜗牛左角上有触氏国，右角上有蛮氏国，两国相战半月，死者数万。
（21）《列子》：传为战国时列御寇作，但今本为魏晋间人伪托。移山、跨海之谈：指《列子·汤问》所载北山愚公移山及神仙负山跨海之事。
（22）《淮南》：即《淮南子》，西汉淮南王刘安及其门客所编。倾天、折地之说：指《淮南子·天文训》所载共工与颛顼争帝之事。
（23）踳驳：色杂不同，此指杂乱，有荒诞不经之意。
（24）弥纶：包罗，统括。一说为遍知。
（25）《齐物》：即《齐物论》，《庄子》中的一篇。
（26）迄：到。正始：三国魏齐王曹芳的年号。
（27）务欲：杨明照疑当作"无务"。守文：拘泥成说。
（28）何晏：字平叔，三国时魏国玄学家。玄论：玄学之论，魏晋南北朝的社会各族中的主流理论。
（29）聃：老子名李聃。周：庄周。
（30）尼父：孔子，字仲尼。涂：通"途"，道路。这句说，老庄学说得势，和孔子的儒家学派争胜了。
（31）辩：巧言。雕：藻饰。《庄子·天道》："辩虽雕万物，不自说（悦）也。"
（32）藻：辞藻。
（33）韩非：战国时大思想家，法家思想集大成者，著有《韩非子》。采：当作乎。《韩非子·外储说左上》："夫不谋自强之功，而艳乎辩说文丽之声，是却有术之士，而任坏屋折弓也。"
（34）绮：有花纹的丝织品，此指华丽的文辞。
（35）《李》：当作《孝》，指《孝经》。《老》：《老子》。
（36）文质附乎性情：文华和质朴与人的性情相一致。
（37）《庄》：《庄子》。《韩》：《韩非子》。
（38）言《庄子》《韩非子》在先秦诸子散文中是最富文采的。
（39）泾渭：泾水和渭水，一清一浊，这里代表华丽、质朴两种倾向。
（40）辔：马缰绳。
（41）联辞结采：撰著辞采，撰写文章。经：当作"理"，指作品的思想内容。
（42）采滥辞诡：文采艳侈，言辞诡谲。
（43）心理：作者的思想感情及作品的内容。翳：隐蔽不明。

（44）翠纶：装饰着翡翠鸟羽毛的钓丝。桂饵：以珍贵食物肉桂做的钓饵。

（45）言隐荣华：《庄子·齐物论》："言隐于荣华。"意思是言辞的含义被过分的文饰掩盖了。

（46）殆：大概。

（47）瞭：目明。

（48）敏：聪慧。达：通晓。

（49）监：通"鉴"。

（50）深废浅售：深刻的作品反被抛弃，浅薄的作品反而有市场，被欣赏。

（51）《折杨》：一种民间乐曲。《庄子·天地》："大声（古乐）不入于里耳；《折杨》《皇华》则嗑然（笑貌）而笑。"这里是说庄子嘲笑这种俗乐。

（52）宋玉：战国时稍后于屈原的楚国辞赋家。《白雪》：一种高雅的歌曲。宋玉《对楚王问》："客有歌于郢中者，其始曰《下里》《巴人》，国中属而和者数千人。其为《阳春》《白雪》，国中属而和者数十人。是以其曲弥高，其和弥寡。"

评 说

　　庄子的思想主要渊源于道家创始人老子。他看一切都处在"无时而不移"之中，否认事物质的稳定性和差别性，追求无条件的绝对自由——逍遥游的精神境界。他理想的社会是"同与禽兽居，族与万物并"的"至德之世"。其人生哲学充满厌世色彩，不肯与统治者合作，对社会种种黑暗和腐败现象进行了辛辣的讽刺和批判，他那种鄙夷一切世俗的态度和嬉笑怒骂的语言，让后世某些具有叛逆性格的文人产生强烈共鸣，在特定条件下甚至成为反抗黑暗现实的思想武器。他同老子一样强调天道的自然无为，明确提出"无以人灭天，无以故灭命"。他反对用人的主观意志任意作为，因为这违背自然的内在规律。庄子用诗意的语言描绘艺术的至境，"无乐之乐""解衣盘礴""言意之表"即成为我国古代音乐、绘画、文学最高艺术境界的代名词。

　　《庄子》一书为文生动活泼，自然流畅，想象丰富奇特，具有强烈的感情色彩，是先秦诸子散文中文学价值最高，特别富于浪漫主义文学色彩的。它的浪漫主义的艺术特色对后世文学影响极大。主要体现在众多而奇特的寓言故事方面。这些寓言都是为阐明哲学思想服务的，可是形象的客观意义往往超出作者的主观意图。他们不仅有教育价值，而且具有美学价值。对于庄子在文学方面的巨大成就，刘勰是认识不足的，在《诸子》篇中只是说他"述道以翱翔"。"翱翔"一词多少接触了一点《庄子》自由驰骋、汪洋恣肆的风格实质，但在下文又说《庄子》书中的艺术夸张是"踳驳之类"，《情采》篇也说《庄子》"华实过乎淫侈"。联系到刘勰对屈原作品艺术表现手法的某些贬词，可见他对浪漫主义文学是缺乏认识的。

·鬼谷子

鬼谷子，姓王名诩，战国时楚人。常入云梦山采药修道。因隐居清溪之鬼谷，故自称鬼谷先生，相传为纵横家之祖，张仪、苏秦皆师事之。著有《鬼谷子》一卷，共有14篇，其中第十三、十四篇已失传。《鬼谷子》的版本，常见者有道藏本及嘉庆十年（1805）江都秦氏刊本。

逮及七国力政，俊乂蜂起[1]。孟轲膺儒以磬折，庄周述道以翱翔，墨翟执俭确之教，尹文课名实之符，野老治国于地利，驺子养政于天文，申、商刀锯以制理，鬼谷唇吻以策勋[2]，尸佼兼总于杂术，青史曲缀以街谈。承流而枝附[3]者，不可胜算；并飞辩以驰术[4]，餍禄而余荣[5]矣。（《诸子》）

鬼谷眇眇，每环奥义。[6]（《诸子》）

暨[7]战国争雄，辨士云踊[8]；从横参谋[9]，长短角势[10]；《转丸》[11]骋其巧辞，《飞钳》[12]伏其精术；一人之辨，重于九鼎之宝，三寸之舌，强于百万之师[13]；六印磊落[14]以佩，五都隐赈[15]而封。（《论说》）

注　释

（1）逮：及，到。七国：指战国时七强，即秦、楚、齐、燕、韩、赵、魏。力政：力征，以武力相征伐。俊乂蜂起：指有德才的人大量涌现，即下文提到的孟轲、庄周、墨翟、鬼谷子等人。

（2）唇吻：嘴唇，此指口才。策勋：谋划、取得功勋。策：记录。此句说鬼谷子靠口才来立功。

（3）承流：继承流波。枝附：说以上诸子各家犹如枝叶附之于树干一样。

（4）飞辩：雄辩。驰术：宣扬学术。

（5）餍禄而余荣：饱享了厚禄和荣耀。餍：满足。

（6）眇眇：玄远的意思。环：围绕。奥义：深微奥妙之意。

（7）暨：及，到。

（8）辨士：战国时游说各国的策士。云踊：即云涌。

（9）从横：合纵和连横，战国时两种对立的斗争策略。参谋：参与谋划。

（10）长短：《战国策》又称《短长》，这里是众说纷纭的意思。角：竞争。

（11）《转丸》：《鬼谷子》中的一篇，已佚。

（12）《飞钳》：《鬼谷子》中的一篇。《转丸》和《飞钳》在这里指辩说的方法技巧。

（13）九鼎：传为夏禹所铸之鼎。《史记·平原君列传》载：平原君赵胜说："毛先生（遂）一至楚，而使赵（国）重于九鼎大吕（大钟），毛先生以三寸之舌，强于百万之师。"

（14）六印磊落：指苏秦佩六国相印事。磊落：指相印众多的样子。
（15）五都：《史记·张仪列传》载，秦惠王曾封张仪五邑。隐赈：殷赈、富足。

评说

纵横家所崇尚的是权谋策略及言谈辩论之技巧，其指导思想与儒家所推崇之仁义道德大相径庭。因此，历来学者对《鬼谷子》一书推崇者甚少，而讥诋者极多。其实外交战术之得益与否，关系国家之安危兴衰；而生意谈判与竞争之策略是否得当，则关系到经济上之成败得失。即使在日常生活中，言谈技巧也关系到一人之处世为人之得体与否。潜谋于无形，常胜于不争不费，此为《鬼谷子》之精髓所在。《孙子兵法》侧重于总体战略，而《鬼谷子》则专于具体技巧，两者可说是相辅相成。

今本《鬼谷子》的内容多言"知性寡累"和揣摩、捭阖等术，文颇奇诡。从其注者陶弘景（456—535）与刘勰同为齐梁时人来看，陶、刘所见应为一书。因此，刘勰说"鬼谷眇眇，每环奥义"等，是符合该书的内容与文辞特点的。

·列御寇

列御寇，一作列圉寇，东周威烈王时期郑国圃田人。战国早期著名的思想家和寓言文学家。属道家。主张虚无，一切听任自然。那时，由于人们习惯在有学问的人姓氏后面加一个"子"字，表示尊敬，所以列御寇又称为"列子"。列子一生安于贫寒，不求名利，不进官场，隐居郑地40年，潜心著述20篇，约10万字。现在流传的《列子》一书，其中《愚公移山》《纪昌学射》等脍炙人口的寓言故事，可谓家喻户晓，广为流传。《汉书·艺文志》著录有《列子》8篇，已亡佚。今传《列子》一书，疑为魏晋间人所伪托。

若乃汤之问棘(1)，云：蚊睫有雷霆之声(2)；惠施对梁王(3)，云：蜗角有伏尸之战(4)；《列子》有移山、跨海之谈(5)，《淮南》有倾天、折地之说(6)：此踌驳(7)之类也。（《诸子》）

列御寇之书(8)，气(9)伟而采奇。（《诸子》）

注 释

（1）汤：商汤。棘：传为商汤时贤人。《庄子·逍遥游》作"汤之问棘"；《列子·汤问》作夏革。

（2）蚊睫有雷霆之声：据《列子·汤问》篇说：夏革说："黄帝能听到蚊子眼毛上的小虫发出的声音，像雷霆一样。"

（3）惠施：战国时魏相。梁王：战国时魏惠王，因迁都大梁，又称梁惠王。

（4）蜗角有伏尸之战：据《庄子·则阳》中说，戴晋人（传为魏国贤士）对魏惠王说：蜗牛左角上有触氏国，右角上有蛮氏国，两国相战半月，死者数万。与争地而战，伏尸数万，逐北（败）旬有五日。

（5）《列子》：传为战国时列御寇作，但今本实为魏晋间人伪托。移山、跨海之谈：据《列子·汤问》所载北山愚公移山及神仙负山跨海之事。

（6）《淮南》：即《淮南子》，西汉淮南王刘安及其门客集体所编。倾天、折地之说：《淮南子·天文训》："昔者共工与颛顼争为帝，怒而触不周之山，天柱折，地维（系地绳子）绝。"

（7）踳驳：色杂不同，此指杂乱，有荒诞不经意。

（8）列御寇之书：指《列子》。

（9）气：气魄。

评 说

列子青年时代求道十分执着认真，起初从师壶丘子，后又问道于老子亲传弟子关尹子，还曾拜商氏为师。他继承了老子的学说，又加以发扬光大。传说当他潜心修道时，能够"御风而行"。他常在立春之日"乘风游八荒"；在立秋之日返回住所"风穴"。这些记载虽然夸张，但也间接反映了列子道家学问的精深和列子超然物外的道家风范。

《列子》一书，可能是魏晋间人伪托，书中记载了一些神话、寓言之类的故事。刘勰对它毁誉参半，一方面说它"气伟采奇"，一方面又说其中内容杂驳。这里"踳驳"一词不仅限于杂乱，更重要的是指"夸诞"。刘勰把诸子之文分为纯粹的和杂驳的两类，认为不合儒家经典的即属"踳驳"之类。戴上这种"有色眼镜"自然就难以正确评价诸子散文的思想内容和艺术技巧了，所以他对《列子》中的神话和寓言就加以贬斥。事实上，这类神话和寓言有不少都充满大胆夸张、瑰丽奇幻的浪漫主义色彩，对后世浪漫主义文学的发展产生了深远影响。刘勰对此认识不足，也表现了他囿于儒家思想的偏见给他的文学思想所带来的严重局限。或者刘勰注重于文章写作的一般规律，而忽略对文学理论的阐发。

·公孙龙

公孙龙（约前320—约前250），字子秉，战国时赵国人，思想家，名家代表人物之一。他的生平事迹已经无从详知。公孙龙的主要思想，保存在《公孙龙子》一书中。《汉书·艺文志》名家有《公孙龙子》14篇，今存6篇。《迹府》，是后人汇集公孙龙的生平言行写成的传略。其余5篇是：《白马论》《指物论》《通变论》《坚白论》《名实论》。其中以《白马论》最著名。

公孙之白马、孤犊⁽¹⁾，辞巧理拙，魏牟比之鸮鸟⁽²⁾，非妄贬也。（《诸子》）

注 释

（1）白马、孤犊：《列子·仲尼》："（公孙）龙诳魏王曰'……白马非马；孤犊未尝有母。'"

（2）魏牟：战国时魏国的公子牟。鸮鸟：猫头鹰一类的鸟，一向被视为恶鸟。《庄子·秋水》："公孙龙问于魏牟曰：'……吾自以为至达已。今吾闻庄子之言……今吾无所开吾喙（嘴），敢问其方。'公子牟……仰天而笑曰：'子独不闻夫浅井之蛙乎？'"黄叔琳注认为刘勰所说"鸮鸟"当作"井蛙"。然彦和是否别有他据，不得而知。杨明照校注谓"鸮鸟"当作"枭鸣"，"厌其詹多言，不切实用，而方以鸮鸣之可恶也"。可备一说。

评 说

公孙龙是战国时期的名家，是以辩论名实问题为中心的一个学派。《公孙龙子》是他所著，今本共6篇。第一篇《迹府》为门人所记公孙龙事迹。其余5篇《白马论》《指物论》《通变论》《坚白论》《名实论》为公孙龙自著，他就某些哲学概念和命题反复论证，发微探赜，思辨性极强。公孙龙提出了"白马非马，孤犊未尝有母"的著名论点。他认为"白马"与"马"是两个不同的概念，其实"马"是一个大概念，"白马"作为小概念是包含其中的；他把抽象的马概念，当作独自存在，认为只有抽象的马才是真正的马，而白马、黄马、青马都不是马，否认共性存在于个性之中。"孤犊"是无母小牛，"孤犊"与"有母"相矛盾，于是公孙龙就说："孤犊未尝有母。"其实"孤犊"原是有母的，只是后来失去的。公孙龙的《坚白论》主张"坚白离"，他认为，眼只能见白而不能见坚,坚就不存在;手只能摸到坚而不觉其白,白就不存在。因此,坚与白是分离的。公孙龙的似是而非的诡辩,从哲学上看是以差异性代替同一性,以个别否定一般。他的理论对我国逻辑思维学说的发展是有贡献的,应给予客观的、历史的评价。胡适在《先秦名学史》中,除对公孙龙的"白马""孤犊"这两个观点进行了分析外,还论列了公孙龙的其他论点,如"飞鸟之影,未尝动也""一尺之棰,日取其半,万世不竭"等,认为他的这些论点包含有关于时间和空间无限性的学说,关于潜在性和现实性的学说等。胡适认为公孙龙的学说之所以历来被视为诡辩,一是由于其表达方式的晦涩难懂,二是由于这个学派的反对者的曲解,"思想史上这种事实已不乏其例,即一个伟大的真理往往因创始者所表达的方式而被歪曲"。

慎到

慎到(约前395—约前315),又称慎子,赵国人。齐宣王时,曾经在稷下(齐国都城临淄稷门附近)讲学,与田骈等人齐名,一度当过太子傅(辅相)。战国时期的思想家,法家代表人物之一。他重法治不重人治,并讲"势"治,认为"贤智未足以服众,而势位足以诎贤者"。据《汉书·艺文志》载,有《慎子》42篇,属法家。现存《慎子》7篇,已不全。

慎到析密理之巧(1),……斯则得百氏之华采(2),而辞气文之大略也(3)。(《诸子》)

注 释

(1)慎到析密理之巧:慎子巧于分析精密的道理。
(2)斯则得百氏之华采:这些可以说包括了诸子百家的精华。
(3)辞气文:"文"字疑为衍文。辞气:文辞风格特点。这句意为:也包括了他们作品文辞的主要特点。

· 淳于髡 ·

> 评　说

　　慎到本学黄老道德之术，注重"以道变法"，因法重势，认为"法之所以加，各以其分"，使事无大小，一概断于法。如果君王不能"以道变法"，也就不能要求臣民"以死守法""以力役法"。慎到强调势治，认为"贤知未足以服众，而势位足以诎贤者"，他把君主的权势看作行法的力量。他是早期法家的代表人物之一。他的法治思想的重要之点是提出了重势的原则。他论证说："尧为匹夫不能治三人，而桀为天子能乱天下。吾以知势位之足恃而贤智之不足慕也。"因此他为了阐明自己重"势"的理由，就必须巧于说理，道理讲得精深和细致。刘勰称他善于"析密理之巧"，正抓住了他文章风格的特点。

·淳于髡

　　淳于髡，战国时齐国人。长不满七尺，滑稽多辩，数使诸侯，未尝屈辱。齐威王好说隐语（即谜语），又好为长夜之饮，百官荒乱，诸侯并侵，髡以隐语说之，乃罢长夜之饮，以髡为诸侯主客（接待诸侯宾客的交际官）。

　　"谐"之言，"皆"也⁽¹⁾；辞浅会俗，皆悦笑也⁽²⁾。昔齐威酣乐，而淳于说甘酒⁽³⁾；楚襄宴集，而宋玉赋《好色》：意在微讽，有足观者。及优旃之讽漆城⁽⁴⁾，优孟之谏葬马，并谲辞饰说⁽⁵⁾，抑止昏暴。……然文辞之有谐隐……则髡袒而入室，旃、孟之石交乎！（《谐隐》）

注　释

　　（1）皆：这里用"皆"释"谐"，则因谐谈具有普遍性，而"皆"字也有共同、普遍之义。
　　（2）会：适合。俗：指一般人。皆悦笑：大家听了都会发笑。
　　（3）淳于说甘酒：指淳于髡以自己喝酒为例，劝谏齐威王"酒极则乱"的故事。《史记·滑稽列传》："齐威王之时，好为淫乐长夜之饮，沈湎不治。置酒后宫，召髡赐之酒，问曰：'先生能饮几何而醉？'对曰：'臣饮一斗亦醉，一石亦醉。'威王曰：'先生饮一斗而醉，恶（怎）能饮一石哉？'髡曰：'赐酒大王之前，执法在傍，御史在后，髡恐惧俯伏而饮，不过一斗径醉矣。日暮酒阑（酒席将散），合尊促坐，男女同席，履舄（复底鞋）交错,杯盘狼籍,堂上烛灭,主人留髡而送客。罗襦襟解,微闻香泽。当此之时,髡心最欢,能饮一石。故曰:酒极则乱,乐极则悲,万事尽然,言不可极,极之而衰',以讽谏焉。齐王曰:'善!'乃罢长夜之饮。"

（4）优旃:战国秦国,优人身材短小,善戏谑笑谈,曾讽谏秦始皇修苑囿和秦二世修漆城。

（5）并:都,一并。谲辞饰说:由折加以修饰的话。谲辞:谲诈之辞,指讽喻。

评 说

淳于髡位列《史记·滑稽列传》之首,他可以被称为我国古代第一位滑稽幽默大师。他的说辞曾经在政治、军事上起过很大作用,使齐威王成为强盛之国君。因而司马迁赞曰:"淳于髡仰天大笑,(使)齐威王横行(强盛)。……岂不亦伟哉!"

驺奭

驺奭,一作邹奭,战国时齐国人,稷下学者之一。相传他善于修饰语言,写文章如雕刻龙纹,所以齐人都称颂他为"雕龙驺奭"。《汉书·艺文志》著录有《邹奭子》12篇,已佚。

春秋以后……邹子(1)以谈天飞誉,驺奭以雕龙(2)驰响;屈平联藻于日月(3),宋玉交彩于风云(4)。观其艳说,则笼罩《雅》《颂》;故知晔烨(5)之奇意,出乎纵横之诡俗(6)也。（《时序》）

古来文章,以雕缛(7)成体,岂取驺奭之群言"雕龙"也。（《序志》）

注 释

（1）邹子:齐有三邹,此为邹衍。

（2）驺奭:又写作邹奭,齐国三邹之一。雕龙:雕镂龙纹,比喻善于修饰允辞或刻意雕琢文字。

（3）屈平联藻于日月:此句指屈原代表作之一的《天问》。联藻:连缀辞藻。

（4）宋玉交彩于风云：此句指宋玉创作《风赋》等作品。交彩，组织辞彩。
（5）昈：为光盛之义。烨：为明亮之义。昈烨：光彩夺目之意。
（6）纵横之诡俗：纵横家奇异的风格。
（7）雕缛：雕缕彩饰。《文心雕龙·通变篇》有"夏歌雕墙，缛于虞代"。

评 说

"才可雕龙，文能立待"，用来形容长于写作的人。刘勰将自己的论文著作标为"文心雕龙"，其"雕龙"二字，蕴含文章写作基本规律。刘勰把驺奭尊为注重写作技巧的人。

·驺衍

驺衍，亦作邹衍，春秋战国时期齐国著名的思想家，阴阳五行家的代表人物，活动年代比孟子稍晚。由于文献缺略，邹衍的生平行事，只能从《史记》的《孟子荀卿列传》《平原君列传》《封禅书》《吕氏春秋》以及刘向《别录》等书的引述中去探寻。《汉书·艺文志》著录有《邹子》49篇和《邹子终始》56篇，均已亡佚。

逮及七国力政，俊乂蜂起(1)。孟轲膺儒以磬折，庄周述道以翱翔，墨翟执俭确之教，尹文课名实之符，野老治国于地利，驺子养政于天文(2)，申、商刀锯以制理，鬼谷唇吻以策勋，尸佼兼总于杂术，青史曲缀以街谈。承流而枝附者(3)，不可胜算；并飞辩以驰术(4)，餍禄而余荣(5)矣。（《诸子》）

邹子之说，心奢而辞壮(6)。（《诸子》）

邹子以谈天飞誉(7)，驺奭以雕龙驰响(8)；屈平联藻于日月，宋玉交彩于风云(9)。观其艳说，则笼罩(10)《雅》《颂》；故知昈烨之奇意(11)，出乎纵横之诡(12)俗也。（《时序》）

注　释

（1）逮：及，到。七国：指战国七强，即秦、楚、齐、燕、韩、赵、魏。力政：力征，以武力征伐。俊乂蜂起：谓有德才的人大量涌现，即下文提到的孟轲、庄周、墨翟等人。

（2）养政：谓配合政治。天文：指阴阳五行学说。

（3）承流：继承流波。枝附：说以上诸子之书犹如枝叶附之于树干一样，继续得到了发展。

（4）飞辩：雄辩。驰术：宣扬学术。

（5）餍禄而余荣：饱享了厚禄和荣耀。餍：满足。

（6）心奢：指作者构思夸张。辞壮：词语有力。

（7）谈天：邹衍别号谈天衍，其深观阴阳消息而作怪迂之类。《史记·孟子荀卿列传》："邹衍之术迂大而闳辩，也文具难施。故齐人颂曰：'谈天衍，雕龙奭。'"飞誉：名声飞扬。

（8）驺奭：战国时齐国人，稷下学者之一。雕龙：《史记·孟子荀卿列传》集解引刘向《别录》："驺奭修（驺）衍之文，饰若雕镂龙文，故谓之雕龙奭。"驰响：传名。

（9）宋玉：稍后于屈原的楚国文学家。交彩：即交织文采，同上文"联藻"义近。风云：宋玉有《风赋》和《高唐赋》等作品，其中多处写到风、云和雨。

（10）笼罩：掩盖，引申为超过。

（11）昕烨：光彩焕发。奇意：奇幻的文意。

（12）诡：诡异、不寻常。

评　说

邹衍的著作很多，皆已散佚。但可知他属阴阳家，喜欢谈天说地，常常通过自然界的阴阳变化来说明当时的政治问题。所以刘勰说他"养政于天文"。刘勰虽特别推崇儒家，但对诸子之道并不一概排斥，而是择其所长。从文章的特点来看，刘勰认为邹子之书内容"心奢"，文辞"辞壮"，有不同于其他子书的特点和风格，对我们是有启发作用的。《史记·孟子荀卿列传》说邹衍著有"十余万言"。

·商鞅

商鞅（约前390—前338），姓公孙，名鞅，亦称卫鞅，战国时卫国人，卫国国君的后裔，后因功封于商（今陕西商县东南商洛镇），称商鞅，战国中期著

· 商鞅 ·

名法家代表人物、思想家、政治家、军事家、改革家。少好刑名之学，后入秦。辅政秦国19年，实行变法成绩卓著，佐孝公变法，奠定了秦国富强的基础。公元前338年，秦孝公死，秦惠王立，秦国的旧贵族诬告商鞅谋反，被秦惠王派兵杀害，并"车裂"以殉，灭其家。著有《商君》29篇，今存24篇。另有《公孙鞅》27篇，已佚。

逮及七国力政⁽¹⁾，俊乂蜂起⁽²⁾。孟轲膺儒以磬折，庄周述道以翱翔，墨翟执俭确之教，尹文课名实之符，野老治国于地利，驺子养政于天文，申、商刀锯以制理⁽³⁾，鬼谷唇吻以策勋，尸佼兼总于杂术，青史曲缀以街谈。承流而枝附者⁽⁴⁾，不可胜算；并飞辩以驰术⁽⁵⁾，餍禄而余荣⁽⁶⁾矣。（《诸子》）

至如《商》《韩》⁽⁷⁾，"六虱""五蠹"⁽⁸⁾，弃孝废仁⁽⁹⁾；辗药⁽¹⁰⁾之祸，非虚至也。（《诸子》）

及赵灵胡服⁽¹¹⁾，而季父⁽¹²⁾争论；商鞅变法，而甘龙交辨⁽¹³⁾：虽宪章无算，而同异足观⁽¹⁴⁾。（《议对》）

注　释

（1）逮：及，到。七国：指战国七强，即秦、楚、齐、燕、韩、赵、魏。力政：力征，以武力相征伐。

（2）俊乂蜂起：有德才的人大量涌现，即下文提到的孟轲、庄周、墨翟等人。

（3）申：申不害。商：商鞅。刀锯以制理：用刑罚来安定秩序。刀锯：刑具。理：条理，秩序。

（4）承流：继承流波。枝附：说以上诸子犹如枝叶附之于树干一样。

（5）飞辩：雄辩。驰术：宣扬学术。

（6）餍禄而余荣：饱享了厚禄和荣耀。餍：满足。

（7）《商》：指《商君书》。《韩》：《韩非子》。

（8）六虱：指《商君书·靳令》中所说的六种害虫。即："曰礼、乐；曰诗、书；曰修善、孝弟；曰诚信、贞廉；曰仁、义；曰非兵、羞战。"五蠹：《韩非子·五蠹》篇中说，学者（儒生），言谈者（纵横家）、患御者（害怕服役的）、带剑者（游侠刺客）和工商之民是五种害国的蛀虫。

（9）弃孝废仁：《五蠹》中批判儒家借仁义来欺骗人主。

（10）辗：用车分裂人体的酷刑，指商鞅被秦惠王处以车裂。药：指李斯把毒药交给韩非，迫他自杀。

（11）赵灵胡服：据《史记·赵世家》赵武灵王欲胡服，公子成曰："中国者贤圣之所教也，今王舍此而袭远方之服，变古之教，逆人之心。"王曰："儒者一师而俗异，中国同礼而教离，今叔之所言者俗也，吾所言者，所以制俗也。公子成曰：王将继简襄之意，以顺先王之志，臣民不听命乎！赵国因之强盛。"

（12）季父：即公子成。

（13）甘龙交辨：据《史记·商君列传》记载，商鞅变法，甘龙反对，曾进行过激烈辩论。

（14）宪章：法则，此处指写"议"的法则。无算：无数。同异：议论其同异，这里指辩论。同异足观：辩论颇为可观。

评 说

商鞅是先秦法家的主要代表，是战国中期著名改革家。他主张排儒术，重农战，厚刑赏，善用兵，其著作正是这种思想的表现。他曾协助秦孝公变法，使秦国迅速富强，为后来秦始皇统一中国奠定了坚实的基础。他以"重法"著称，在法家中自成一派。现存《商君书》（亦称《商子》）是战国中后期商鞅及其后学的代表作，是研究商鞅一派法律思想的主要依据。书中提出了"定分""立禁"的法律起源论和"内行刀锯（刑具），外用甲兵"的暴力说；极力主张封建国君实行"垂法而治"的"法治"，并以反对复古保守的进步历史观和"好利恶害"的人性论作为实行"法治"的理论根据；要求建立封建专制主义中央集权制政体，通过奖励耕战（或农战）达到富国强兵的目的。书中还提出了"刑无等级""信赏必罚""厚赏重罚""以刑去刑"等观点，主张用严刑峻法打击旧贵族的势力，加强对广大劳动人民的镇压，以巩固封建地主阶级的统治。《商君书》的文章，除《更法》《定法》两篇为对话体，其余都是专题议论文。有些题目摘自首句二字，有些篇用"臣闻"开头，而称对方为"王"，像商鞅向秦孝公言事口气。各篇文章大都简短，语句紧凑，风格峭拔。有时剧谈雄辩，展开争论，如《更法》。有的文章句子短促有力，论述果断干脆，口气斩钉截铁，似乎不容置疑，如《去强》。作者从极其平常的事实中发现极普通的规律，表现出作者敏锐的观察力。商鞅的变法革新措施和"法治"思想，为后来秦朝统一中国奠定了比较牢固的基础，正是通过商鞅实行变法，才使秦国走上富强之道的这一历史功绩是应当肯定的。他后来被保守派贵族诬陷惨死，也是应当同情的。刘勰认为商鞅被车裂的原因，是由于他所反对的"六虱"都是儒家的主张，是"弃孝废仁"，这样认识就不正确了。这表明刘勰是站在儒家的立场上来看待问题的，所以他对商鞅之死连一点同情心也没有。

・优旃

优旃，秦朝歌舞艺人。《史记·滑稽列传》为其列传，称其"善为笑言，然合于大道"。汉兴，优旃归汉，数年而卒。

及优旃之讽漆城⁽¹⁾，优孟之谏葬马⁽²⁾，并谲⁽³⁾辞饰说，抑止昏暴。（《谐隐》）

然文辞之有谐隐⁽⁴⁾，譬九流之有小说⁽⁵⁾。盖稗官⁽⁶⁾所采，以广视听。若效而不已，则髡、袒而入室⁽⁷⁾，旃、孟之石交⁽⁸⁾乎！（《谐隐》）

注　释

（1）讽漆城：《史记·滑稽列传》说，秦二世欲漆其城，优旃说，很好！虽然百姓将为此愁费，但很好看。只是找不到那样大的房子罩住城墙，以便阴干。二世听后取消了漆城的打算。

（2）优孟：春秋时楚国乐人，善于谈笑讽谏。谏葬马：《史记·滑稽列传》载，楚庄王的爱马死了，打算用大夫的礼仪来葬马，群臣劝谏不能止，优孟则讽刺说以大夫之礼太薄，应以国君之礼葬之。使楚庄王有所醒悟，改正了自己的错误。

（3）谲：诡诈、虚假。

（4）谐隐：谐辞、隐语。

（5）九流：《汉书·艺文志》把先秦学派分为十家，其中前九家受到重视，师派传授，称为"九流"，第十家是"小说"，不在"九流"之内而合称"九流十家"。小说：当时指街谈巷语，道听途说的琐细之言。

（6）稗官：小官。《汉书·艺文志》说："小说家者流，盖出于稗官。"

（7）髡：指淳于髡，战国时齐国的滑稽家。袒：此字有误，有人疑为"朔"字，指东方朔。入室：比喻精通某项学术、技艺。此喻淳于髡等人是精通道义的人。

（8）旃：优旃。孟：优孟。石交：金石之交，比喻坚不可破的友谊。

评　说

谐辞隐语主要来自民间，古代文人常常认为它们是不能登大雅之堂的，因而很少论述，刘勰专门写了《谐隐》篇，说明他对这类作品还是给予承认和重视的。

· 公羊高

公羊高，旧题《春秋公羊传》的作者，战国时齐国人，相传为子夏弟子。曾作《春秋传》，世称《春秋公羊传》。但据后人考证，初为公羊高口说传述，汉初才成书。据唐徐彦《公羊传疏》引戴宏序，由景帝时公羊高玄孙公羊寿其弟子胡母生（子都）才"著于竹帛"。

若夫追述远代，代远多伪[1]。公羊高云："传闻异辞。"[2]荀况称："录远略近。"[3]盖文疑则阙，贵信史也[4]。然俗皆爱奇，莫顾实理。传闻而欲伟其事[5]，录远而欲详其迹[6]；于是弃同即异，穿凿傍说[7]，旧史所无，我书则传[8]，此讹滥[9]之本源，而述远之巨蠹[10]也。（《史传》）

注　释

（1）代远多伪：年代久远的追述，多有失实成伪的弊端。
（2）传闻异辞：这是《公羊传·隐公元年》有"所见异辞，所闻异辞，所传闻又异辞"之句。保留诸多异辞，虽有失实之处，亦存学术价值，《公羊传》是今文学派的重要著作。
（3）录远略近：据《荀子·非相》原文："传者久则论略，近则论详。"这四字应为"录近略远"。
（4）全句意为：凡是有疑问的地方则暂缺不写，这是由于史书以真实可信为贵。文疑则阙，成为做学问的一条原则。
（5）传闻而欲伟其事：对传闻加以夸大，使其更加奇伟。
（6）录远而欲详其迹：记录远古的史事，而想详加描述其细节。
（7）穿凿：牵强附会。傍说："傍"通"旁"，邪说、偏见。
（8）旧史所无，我书则传：原有史书没有记述，我修史时又凭空添加。
（9）讹滥：错误混乱。
（10）蠹：蛀虫。

评　说

《春秋公羊传》，亦称《公羊春秋》或《公羊传》，是今文经学的重要典籍，是研究战国秦汉间儒家思想的重要资料，其起讫年代与《春秋》一致，即起于鲁隐公元年（前722），终于鲁哀公十四年（前481），其释史十分简略，而着重阐释《春秋》所谓的"微言大义"，用问答的方式解经。历代今文经学家以

《公羊传》作为议论政治的工具。它的重要特点表现为对政治的亲和,以学术干政。因此在历史上曾产生过特殊的作用。具有代表性的一次是在汉代,即以董仲舒为代表的公羊学者对政治与思想的进言。

公羊高在讲授《春秋》时创立自己的学派,并逐渐形成自己学派的特点,他认为传闻的东西往往是不可靠的,所以他说"传闻异辞"。刘勰显然同意公羊高的看法,进而提出了"代远多伪"的论点。为解决历史撰著的正确写法,刘勰赞同荀况的观点,认为应当"远的从略,近的从详"。但是,一般的撰写者却不是这样:听到一点传闻就大写特写,对遥远的事情却想做详尽的描绘。这样就违背了"撰写历史,贵在真实"的原则。

· 尸佼

尸佼(约前390—前330),魏国曲沃(今山西曲沃)人,亦有鲁人、楚人之说,世尊称为尸子,是战国时期著名的政治家、思想家,先秦三晋思想文化杰出代表人物之一,他一生中对于社会改革、哲学思想都有重大的贡献。据《史记·孟子荀卿列传》说,为秦相商鞅门客。商鞅相秦,谋事画计,立法理民,常与佼规(谋划)。商君被刑,佼恐并诛,乃逃亡入蜀。《汉书·艺文志》著录有《尸子》20篇,属杂家,已亡佚。

逮及七国力政,俊乂蜂起[1]。孟轲膺儒以磬折,庄周述道以翱翔,墨翟执俭确之教,尹文课名实之符,野老治国于地利,驺子养政于天文,申、商刀锯以制理,鬼谷唇吻以策勋,尸佼兼总于杂术[2],青史曲缀以街谈。承流而枝附者,不可胜算[3];并飞辩以驰术,餍禄而余荣[4]矣。(《诸子》)

尸佼、尉缭,术通而文钝[5]。(《诸子》)

注 释

(1)逮:及,到。七国:指战国七强,即秦、楚、齐、燕、韩、赵、魏。力政:力征,以武力征伐。俊乂蜂起:有德才的人大量涌现,即下文提到的孟轲、庄周、墨翟等人。

(2)兼总:兼容并包,综合。杂术:《汉书·艺文志》载《尸子》二十篇,属杂家。

（3）承流：继承流波。枝附：说以上诸子犹如枝叶附之于树干一样。
（4）飞辩：雄辩。驰术：宣扬学术。餍：满足。餍禄而余荣：饱享了厚禄和荣耀。
（5）术通：《尸子》《尉缭子》都属杂家，杂家的理论兼采各家，所以称术通。文钝：文辞笨拙。

评 说

《尸子》作者尸佼，曾为商鞅门客，后逃入蜀，著《尸子》20篇，今存12篇及佚文数十则。其书思想倾向类似杂家。尊重孔子，以仁义忠信为主调，也宣扬墨家、名家、法家的观点。以文章而论，其中嘉言卓论，往往散见，如《劝学》篇，连用譬喻，叠举例证，恳切笃实，形象屡现，可与《荀子·劝学》媲美。有些文章中的历史故事和民间传说，意蕴深切，很能发人深思，如《贵言》的"范献子游于河""医句治背"等。

刘勰所见到的《尸子》大概尚未残缺，因而篇幅较多，内容较丰，故称之为"兼总于杂术"。从"术通而文钝"的评语来看，《尸子》的文辞大概较为平板。先秦、两汉文籍，至今多已亡佚，而南朝时期尚存者可能要比现在多得多，因此刘勰对于这些失传作品的论述，就是很宝贵的文献资料了。

·青史

青史，汉代人，事迹不详。相传是晋国史官董狐的后裔。《汉书·艺文志》著录有《青史子》57篇，属小说家。

逮及七国力政，俊乂蜂起。孟轲膺儒以磬折，庄周述道以翱翔，墨翟执俭确之教，尹文课名实之符，野老治国于地利，驺子养政于天文，申、商刀锯以制理，鬼谷唇吻以策勋，尸佼兼总于杂术，青史曲缀以街谈(1)。承流而枝附者，不可胜算，并飞辩以驰术，餍禄而余荣矣。（《诸子》）

注 释

（1）曲缀街谈：细琐地连缀街谈巷语。小说是"街谈巷语，道听途说者之所造也"。

评　说

刘勰认为不但圣人认识道，而且诸子也认识道，故"鬻熊知道，而文王咨询，伯阳识礼，而仲尼访问"；诸子不但认识道，而且圣人还要通过诸子来认识道。他把儒家的孟轲，道家的庄周，墨家的墨翟，名家的尹文子，农家的野老，阴阳家的驺子，法家的申子、商君，纵横家的鬼谷子，杂家的尸佼，小说家的青史子等人的著作，都看作是"入道见志之书"。可是，既然同样是入道，又怎么分圣贤和诸子呢？刘勰却没有说。

・孟子

孟子，名轲，字子舆，战国时期邹（今山东邹城）人。他是鲁国贵族孟孙氏的后裔，著名的思想家、政治家和教育家。孟轲继承孔丘和子思的思想，提出了"仁政""性善""尽心、知性、知天"等学说，把儒家思想向前推进了一步，对后世产生了很大的影响。孟轲的地位也越来越高，被封建统治者封为"亚圣"，成为仅次于孔丘的"大圣人"。

逮及七国力政[1]，俊乂[2]蜂起。孟轲膺儒以磬折[3]，庄周述道以翱翔[4]，墨翟执俭确[5]之教，尹文课名实之符[6]，野老治国于地利[7]，驺子养政于天文[8]，申、商刀锯以制理[9]，鬼谷唇吻以策勋[10]，尸佼兼总于杂术[11]，青史曲缀以街谈[12]。承流而枝附者[13]，不可胜算[14]；并飞辩以驰术[15]，餍禄而余荣矣[16]。（《诸子》）

研夫孟、荀所述，理懿而辞雅[17]；管、晏属篇，事核而言练[18]；列御寇之书，气伟而采奇[19]；邹子之说，心奢[20]而辞壮；墨翟、随巢，意显而语质[21]；尸佼、尉缭，术通而文钝[22]；鹖冠绵绵，亟发深言[23]；鬼谷眇眇，每环奥义[24]；情辨以泽，文子擅其能[25]；辞约而精[26]，尹文得其要；慎到析密理之巧[27]，韩非著博喻之富[28]；吕氏鉴远而体周[29]；淮南泛采[30]而文丽。斯则得百氏之华采[31]，而辞气文[32]之大略也。（《诸子》）

然函人欲全[33]，矢人欲伤[34]；术在纠恶[35]，势必深峭[36]。《诗》刺谗人，投畀豺虎[37]；《礼》疾无礼，方之鹦猩[38]；墨翟非儒，目以豕彘[39]；孟轲讥墨⁽⁴⁰⁾，比诸禽兽；《诗》《礼》、儒、墨，既其如兹，奏劾严文⁽⁴¹⁾，孰云能免。（《奏启》）

且夫鸮音之丑，岂有泮林而变好？⁽⁴²⁾荼味之苦，宁以周原而成饴？⁽⁴³⁾并意深褒赞，故义成矫饰。⁽⁴⁴⁾大圣所录，以垂宪章⁽⁴⁵⁾。孟轲所云："说《诗》者不以文害辞，不以辞害意也。"⁽⁴⁶⁾（《夸饰》）

春秋以后，角战英雄⁽⁴⁷⁾；六经泥蟠⁽⁴⁸⁾，百家飙骇⁽⁴⁹⁾。方是时也，韩、魏力政，燕、赵任权⁽⁵⁰⁾；五蠹、六虱⁽⁵¹⁾，严于秦令。唯齐、楚两国，颇有文学：齐开庄衢之第⁽⁵²⁾，楚广兰台之宫⁽⁵³⁾。孟轲宾馆⁽⁵⁴⁾，荀卿宰邑⁽⁵⁵⁾；故稷下扇其清风⁽⁵⁶⁾，兰陵郁其茂俗⁽⁵⁷⁾。邹子以谈天飞誉，驺奭以雕龙驰响⁽⁵⁸⁾；屈平联藻于日月⁽⁵⁹⁾，宋玉交彩于风云⁽⁶⁰⁾。观其艳说，则笼罩《雅》《颂》⁽⁶¹⁾；故知晔烨之奇意，出乎纵横之诡俗也⁽⁶²⁾。（《时序》）

注　释

（1）逮：及，到。力政：力征，用武力征伐。

（2）俊乂：杰出人才。

（3）膺儒：服膺儒术，服膺犹钦佩崇拜。磬折：如磬的折角，犹鞠躬，这里是形容孟子恭守儒礼。

（4）庄周：即庄子。述道：阐述道家的思想。翱翔：本指鸟飞，《庄子》首篇《逍遥游》用翱翔来说明他追求绝对自由的思想。

（5）墨翟：即墨子。俭确：节俭。

（6）课：考核。名实之符：名义和实际是否符合。

（7）野老：战国时隐士，著书言农家事，属农家。此句意为：野老主张以尽地利来治理国家。

（8）驺子：即驺衍。天文：阴阳五行。这句意为：驺衍以阴阳五行的变化来说明政治。

（9）申：指申不害。商：指商鞅。刀锯：指刑具、刑罚。制理：安定秩序。

（10）鬼谷：指鬼谷子。唇吻：嘴唇，指口才。策勋：谋划、取得功业。

（11）兼总：综合。杂术：指各家的学说。

（12）曲缀：详细记录。街谈：街谈巷议。

（13）承流：继承流波。枝附：如枝之附干。

（14）胜：尽。全句意为：以后继承他们的流波而如枝之附干者，不知道有多少。

（15）飞辩：雄辩。驰术：宣扬学术。

（16）餍：满足。这句意为：饱享了厚禄和荣耀。

（17）研：研究、考查。孟：孟轲。荀：荀况。懿：美。

（18）管：管仲。晏：晏婴。属篇：作文。核：查考，这里意为经得起查考，即可信。练：简练。

（19）列御寇之书：指《列子》，《汉书·艺文志》列为道家。原书已佚，今本可能是魏晋间人所伪托。气伟：气势雄伟。采奇：文采奇艳。

（20）心奢：指内容夸张。

（21）意显：意义明显。语质：语言质朴。

（22）术通：学说通达，《尸子》《尉缭子》都属杂家，杂家的理论兼采各家，所以说"术通"。文钝：文辞笨拙。

（23）鹖冠：指《鹖冠子》。绵绵：意趣幽远。亟：屡次。深言：深刻的言论。

（24）鬼谷：指《鬼谷子》。眇眇：深远。环：包含。奥义：奥妙的道理。

（25）情辨以泽：情理明辨而文辞光彩。泽：丰润。

（26）约：简洁。精：精炼。

（27）慎到：战国时赵国人，属法家。此句意为：慎到分析精密的道理十分巧妙。

（28）博喻之富：比喻广博、丰富。

（29）吕氏：指《吕氏春秋》。鉴远：见识远大。体周：体例严密。

（30）淮南：指《淮南子》。泛采：取材广泛。

（31）此句意为：这些可说已经包括了诸子百家的精华。

（32）辞气文："文"字疑衍。辞气：指文辞风格特点。

（33）函人：制甲的人。欲全：总想把人保全。

（34）矢人：制箭的人。欲伤：总想把人杀伤。

（35）术：指写弹奏文章的方法。

（36）深：深刻。峭：峻峭，严厉。

（37）《诗》：指《诗经·小雅·巷伯》，其中说："取彼谮人，投畀豺虎。"谮：即谮人，用恶言毁谤好人的人。畀：给。

（38）《礼》：指《礼记·曲礼上》，其中说："鹦鹉能言，不离飞鸟；猩猩能言，不离禽兽；今人而无礼，虽能言，不亦禽兽之心乎！"方：比。

（39）非儒：批评、反对儒家。目以：看作。豕、彘：都是猪。但据《墨子·非儒下》的原文，是骂儒家为"羭羊"和"贲猪"，即公羊和大猪。

（40）讥墨：讥讽墨家。《孟子·滕文公下》说："杨氏为我，是无君也；墨氏兼爱，是无父也。无君无父，是禽兽也。"

（41）如兹：如此。奏劾严文：严峻的弹奏文章。

（42）鸮：猫头鹰。其叫声难听，古人认为是不祥之音。泮：指春秋时鲁国的泮宫（学校）。泮林：泮宫中的树林。见《诗经·鲁颂·泮水》："翩彼飞鸮，集于泮林。食我桑葚（通'葚'），怀（归）我好音。"

（43）荼：苦菜。宁：难道，岂。周原：周族的发祥地之一，在今陕西省扶风县境内。

（44）矫饰：即夸饰。这句意为：这些诗歌的作者都有着深加赞扬的用意，所以在文义上就形成了过分的夸饰。

（45）大圣：指孔子。所录：刘勰在这里说《诗经》是孔子采录的，这不符合事实。垂：留传。宪章：法度。

（46）说：解说。文：文字。辞：语句。意：意志。《孟子·万章上》的原文是："故说《诗》者，不以文害辞，不以辞害志，以意逆志，是为得之。"

（47）角战英雄：七雄角逐，战事连年。

（48）六经：指《诗》《书》《礼》《乐》《易》《春秋》六部儒家经典。泥蟠：以龙伏泥中比喻六经不为世人所重视。

（49）飙：暴风。飙骇：犹风起云涌。

（50）方：正在。任权：任用权谋。

（51）五蠹：指《韩非子·五蠹》中讲的"学者"（儒家）、"言谈者"（纵横家）、"带剑者"（游侠）、"患御者"（害怕兵役的人）和"工商之民"。蠹：蛀虫。韩非认为这五种人是有害的蛀虫。六虱：六种有害的虱子。指《商君书·靳令》中说的"礼、乐""诗、书""修善、孝弟""诚信、贞廉""仁、义""非兵、羞战"。严于秦令：指秦国法令严禁五蠹六虱。

（52）齐开庄衢之第：据《史记·孟子荀卿列传》说，齐国封诸子为列大夫，"为开第（设置宅第）康庄之衢（四通八达的大道），高门大屋尊宠之。览天下诸侯宾客，言齐能敌天下贤士也"。

（53）楚广兰台之宫：兰台宫是楚襄王与宋玉等文人活动的场所。广：扩大。见《文选》宋玉《风赋》："楚襄王游于兰台之宫，宋玉、景差侍。"

（54）宾馆：宾师之馆。据《孟子·公孙丑下》赵岐注："孟子虽仕于齐，处宾师之位，以道见敬。"

（55）荀卿宰邑：指荀子在楚国任兰陵令。宰：管理。邑：城。

（56）稷下：齐都稷门之下，是齐国召聚学者研究、讨论学问的场所。扇：扇扬。清风：良好的学术空气。

（57）郁：积。茂：美。刘向《荀子叙》："兰陵多善为学，盖以孙（荀）卿也。"

（58）邹子：即邹衍。驺奭和邹衍都是稷下学者。"飞誉"和"驰响"：意同，都是飞扬名声。

（59）联藻：辞藻联翩，这里指屈原的作品。日月：《史记·屈原列传》："推此志也，虽与日月争光可也。"

（60）交采：即交织的文采，与上文"联藻"义近。风云：宋玉《风赋》写风；《高唐赋》写云。这里是说宋玉的文采绚烂，如风云变幻。

（61）观其艳说：观察以上所述各项的美好言论和著作。笼罩《雅》《颂》：意即超过了《诗经》。

（62）晔烨：光彩照耀。奇意：奇异的文思。纵横：即纵横捭阖。诡俗：诡异的风尚。

评　说

《孟子》现存共7篇，是儒家第二位大师孟子和弟子共同编辑的，虽然还是以语录体为主，但是三言五语式的独白越来越少，对话较长，已有不少篇章向专论过渡了。孟子是当时有名的"好辩"者，他面对现实，循循善诱，以理辩驳，议论风发，所以《孟子》一书具有论战性强、言辞机敏、气势雄健、感情充沛、锋芒毕露的特色。而且孟子长于比喻，浅近平易而生动活泼，轻快自如而又准确贴切，其文取材大多是人们身边的生活现象和直接经验。《孟子》有些寓言，是扩大了比喻。他没有《庄子》式的神话幻想，也不用《战国策》那样的动物故事，而是取材于社会现实，包含着明显的讽刺和教诲意义。《孟子》

文章富于气势。孟子在文学批评史上也有着相当高的地位，这源于他的"养气""知人论世"以及"以意逆志"说。"养气"说是针对人的修养而提出的。"知人论事"说也是就人格修养而言的，但却因此指出了文艺批评鉴赏的途径。"以意逆志"则是针对解读过程而言的，"故说诗者，不以文害辞，不以辞害志，以意逆志，是为得之"（《孟子·万章上》）。

刘勰的时代，孟子还没有被颂扬到"亚圣"的地位，因而他只是把孟子作为诸子中的一家来论述，这是符合事实的。他基本上没有采取宗经而排斥诸子的观点，一一肯定了诸子散文的成就；而且他能看到先秦诸子不依傍门户，敢于自立学说，成就远在依傍因循的汉代。这些看法，都是比较远大、深刻的。

刘勰关于诸子的论述也有不够正确的地方。如他把先秦诸子散文归纳为两大类：一是纯粹的，一是驳杂的。这两类的划分，主要是以是否符合儒家经典为准则的。这样，就使刘勰对某些优秀的神话或寓言作品做出了一些不正确的评价。他对孟子散文的特点，概括得也不够准确。如他说："研夫孟、荀所述，理懿而辞雅。"孟、荀散文风格并不一致，孟文犀利，荀文深厚，把它们相提并论，显然不太合适。说荀文"理懿而辞雅"还可以，但对孟文就不能这样说了。孟子的文章则应看到气势充沛，善于论辩，巧于譬喻的特点。

苏秦

苏秦，战国时人，字季子，战国时东周洛阳（今河南洛阳东）人。学纵横之术游说各国，初至秦说惠王，不用。乃东至赵、燕、韩、魏、齐、楚，游说六国合纵御秦。他出任纵约长，并相六国，归居于赵，被赵封为武安君。其后秦使人诳齐、魏伐赵，六国不能合作，合纵瓦解。他入燕转入齐，为齐客卿。与齐大夫争宠，被人杀死。一说他自燕入齐从事反间活动，使燕得以破齐，后反间活动暴露，被齐车裂而死。《汉书·艺文志》纵横家有《苏子》31篇，今佚。马王堆汉墓出土帛书《战国纵横家书》保存有苏秦的书信和游说辞16章，与《史记·苏秦列传》有所不同。

及晋筑虒台[1]，齐袭燕城[2]，史赵[3]、苏秦，翻贺为吊[4]；虐民搆敌[5]，亦亡之道[6]。（《哀吊》）

战代任武,而文士不绝⁽⁷⁾。诸子以道术取资⁽⁸⁾,屈、宋以《楚辞》发采⁽⁹⁾,乐毅《报书》辨以义,范雎《上书》密而至,苏秦历说壮而中⁽¹⁰⁾,李斯《自奏》丽而动:若在文世⁽¹¹⁾,则扬、班俦矣⁽¹²⁾。(《才略》)

注 释

(1)虒台:即虒祁宫,晋国宫名,故址在今山西曲沃境内。
(2)齐袭燕城:《战国策·燕策一》:"燕易王初立,齐宣王因燕丧而攻之,取十城。"
(3)史赵:春秋时晋国太史,事迹不详。
(4)翻贺为吊:变祝贺为哀吊。《战国策·燕策一》:"苏秦为燕说齐王,再拜而贺,因仰而吊……曰:'燕虽弱小,秦王之少婿也。大王利其十城,而深与强秦为仇。……是食乌喙(头)之类也。'"齐王大悦乃归燕城。
(5)虐民:指晋修虒祁宫,是劳民伤财。搆敌:指齐国攻打燕国结下仇敌。搆:同构,有"结"之意。
(6)亡之道:即亡国之道。
(7)战代任武:指战国时代任用军事人才。文士不绝:谓文人不断涌现。
(8)道术:谓学术思想。取资:取得被任用的资格。
(9)屈、宋:屈原和宋玉。发采:发扬文采。
(10)历说:指苏秦游说六国事。壮而中:指苏秦的说辞雄壮有力又切中时事。
(11)文世:谓崇尚文治的时代。
(12)扬、班:扬雄和班固。俦:同辈。

评 说

《汉书·艺文志》肯定了纵横家"权事制宜"的这一长处。但过分的灵活性也易流于欺诈,《史记》说六国时"谋诈用而从衡长短之说起",《汉书》也称其"上诈谖而弃其信"。尽管如此,纵横家在战国晚期仍受到各国君主的重视,故韩非说:"山东言纵横,未尝一日而止也。"在公元前3世纪初的历史舞台上,他有极其重要的地位。他一生为了燕国的强大而进行频繁的外交活动,同时又大大影响齐、赵、魏等国的政治决策,为燕伐齐做了准备。他取法之于百家的学说加以融汇,游说诸侯国君,讲究机谋权变,被推为当时纵横家的代表人物。苏秦是战国纵横家的代表人物,能言善辩,纵横捭阖。《史记·苏秦列传》载有他游说六国的长篇说辞,都能针对各国情况进行说服工作,刘勰说他"历说壮而中"是颇为恰当的。

·张仪

张仪（—前310），战国时著名的纵横家。张仪为魏人，于魏惠王时入秦。秦惠文君以为客卿。惠文君于公元前337年即位为秦君，秦使张仪、公子华伐魏，魏割上郡（今陕西东部）于秦。当年，张仪为秦相。惠文君于前325年改元为更元元年。更元二年，张仪与齐、楚之执政大臣在啮桑相会。次年，张仪相于魏，更元八年，又相于秦。十二年，张仪相于楚，后又归秦。惠文王卒，武王立，武王素与张仪有隙，仪于武王元年（魏襄王九年，前310）离秦去魏。据《竹书纪年》，张仪于此年五月卒于魏。

暨乎战国⁽¹⁾，始称为檄⁽²⁾。檄者，皦也⁽³⁾；宣露于外，皦然明白也。张仪《檄楚》⁽⁴⁾，书以尺二⁽⁵⁾；明白之文，或称露布⁽⁶⁾，播诸视听也。（《檄移》）

注 释

（1）暨：及。
（2）檄：古代用于晓喻、征召、声讨等的文书，特指声讨敌人或叛逆的文章。
（3）皦：纯白、明亮、清晰之义。
（4）《檄楚》：指张仪的《为文檄告楚相》，载《史记·张仪列传》。
（5）尺二：一尺二寸，古代木简的长度。
（6）露布：古代露而不封以布告众人的文告。

评 说

张仪以贫家子师从鬼谷子学习游说之术，以其"连横"之策，破苏秦"合纵"之约，以才华说六国事秦，其词锋势压山岳，无隙可击，使列国宾服，这对秦统一中国起到不可磨灭的作用。他与苏秦同为战国纵横家中最著名的代表人物，都是为了个人的功名利禄而朝秦暮楚、反复无常的政客，不过一个主要是搞连横，一个主要是搞合纵罢了。《史记·张仪列传》载有张仪的长篇说辞，与苏秦的说辞一样，都是了解战国纵横家的一些主要特点的好材料。

·屈原

屈原（约前340—约前278），战国时楚国政治家，伟大的浪漫主义诗人。名平，字原，又自云名正则，字灵均，出身楚国贵族。初辅佐怀王，做过左徒、三闾大夫。主张彰明法度，举贤授能，东联齐国，西抗强秦。因遭贵族子兰（怀王幼弟）、南后郑袖谗害去职。顷襄王时被放逐，后因楚国政治腐败，国都郢为秦兵攻破，遂投汨罗江而死。所作《离骚》《九章》等篇，反复陈述他的政治主张，揭露反动贵族昏庸腐朽、排除贤能的种种罪行。他在吸收民间文学艺术营养的基础上，创造出骚体这一新形式，以优美的语言，丰富的想象，溶化神话传说，塑造出鲜明的形象，富有积极的浪漫主义精神，对后世影响很大。《汉书·艺文志》著录《屈原赋》25篇，其书久佚，后代所见屈原作品，皆出自刘向所辑的《楚辞》。

自《风》《雅》寝声[1]，莫或抽绪[2]；奇文郁起[3]，其《离骚》哉！固已轩翥[4]诗人之后，奋飞[5]辞家之前；岂去圣之未远，而楚人之多才[6]乎！昔汉武爱《骚》，而淮南作《传》[7]，以为："《国风》好色而不淫，《小雅》怨诽而不乱，若《离骚》者，可谓兼之；蝉蜕[8]秽浊之中，浮游尘埃之外[9]，皭然[10]涅而不缁，虽与日月争光可也。"班固以为：露才扬己，忿怼[11]沉江；羿、浇、二姚[12]，与《左氏》不合；昆仑、悬圃[13]，非经义所载。然其文辞丽雅，为词赋之宗，虽非明哲，可谓妙才。王逸以为：诗人提耳[14]，屈原婉顺[15]。《离骚》之文，依经立义；驷虬、乘鹥，则时乘六龙[16]；昆仑、流沙[17]，则《禹贡》敷土；名儒辞赋，莫不拟其仪表[18]；所谓"金相玉质，百世无匹"者也。及汉宣嗟叹，以为皆合经术；扬雄讽味，亦言体同《诗·雅》。四家举以方经，而孟坚谓不合传。褒贬任声，抑扬过实，可谓鉴而弗精，玩而未核者也。

将核其论，必征言焉。故其陈尧、舜之耿介[19]，称汤、禹之祗敬[20]：典诰之体也。讥桀、纣[21]之猖披，伤羿、浇之颠陨：规讽之旨也。虬龙[22]以喻君子，云霓[23]以譬谗邪：比兴之义也。每一顾而掩涕[24]，叹君门之九重[25]：忠怨之辞也。观兹四事，同于《风》《雅》者也。至于托云龙[26]，说迂怪，丰隆求宓妃[27]，鸩鸟媒娀女[28]：诡异之辞也。康回倾地[29]，夷羿彃日[30]，木夫九首，土伯三目[31]：谲怪之谈也。依彭咸之遗则[32]，从子胥以自适[33]：狷狭之志也。士女杂坐，乱而不分[34]，指以为乐；娱酒不废，沉湎日夜⁽³⁵⁾，举以为欢：荒淫之意也。摘此四事，异乎经典者也。故论其典诰则如彼，语其夸诞则如此。固知《楚辞》者，体慢于三代⁽³⁶⁾，而风雅于战国；乃《雅》《颂》之博徒⁽³⁷⁾，而词赋之英杰也。观其骨鲠⁽³⁸⁾所树，肌肤⁽³⁹⁾所附，虽取熔经意，亦自铸伟辞。故《骚经》《九章》⁽⁴⁰⁾，朗丽以哀志；《九歌》《九辩》⁽⁴¹⁾，绮靡以伤情；《远游》《天问》⁽⁴²⁾，瑰诡⁽⁴³⁾而慧巧；《招魂》《招隐》⁽⁴⁴⁾，耀艳而深华；《卜居》标放言⁽⁴⁵⁾之致，《渔父》寄独往⁽⁴⁷⁾之才。故能气往轹古，辞来切今，惊采绝艳，难与并能矣。

自《九怀》⁽⁴⁸⁾以下，遽蹑其迹；而屈、宋逸步，莫之能追。故其叙情怨，则郁伊而易感；述离居，则怆怏而难怀；论山水，则循声而得貌；言节候，则披文而见时。是以枚、贾追风以入丽，马、扬沿波而得奇⁽⁴⁹⁾；其衣被词人，非一代也。故才高者菀其鸿裁⁽⁵⁰⁾，中巧者猎其艳辞，吟讽者衔其山川，童蒙者拾其香草。若能凭轼以倚《雅》《颂》，悬辔以驭楚篇，酌奇而不失其真，玩华而不坠其实，则顾盼可以驱辞力，咳唾⁽⁵¹⁾可以穷文致，亦不复乞灵于长卿⁽⁵²⁾，假宠于子渊⁽⁵³⁾矣。

赞曰：不有屈原，岂见《离骚》？惊才风逸，壮志烟高⁽⁵⁴⁾。山川无极，情理实劳。金相玉式⁽⁵⁵⁾，艳溢锱毫。（《辨骚》）

逮楚国讽怨，则《离骚》为刺。（《明诗》）

及灵均唱《骚》，始广声貌。（《诠赋》）

及三闾《橘颂》，情采芬芳，比类寓意，又覃及⁽⁵⁶⁾细物矣。（《颂赞》）

是以模经⁽⁵⁷⁾为式，……效《骚》命篇者，必归艳逸之华；……自然之势也。（《定势》）

又《诗》人综韵，率多清切。《楚辞》辞楚，故讹韵实繁。及张华论韵，谓士衡多楚；《文赋》亦称知楚不易，可谓衔灵均之声余，失黄钟之正响也⁽⁵⁸⁾。（《声律》）

至于《诗》人偶章，大夫联辞，奇偶适变，不劳经营。⁽⁵⁹⁾（《丽辞》）

楚襄信谗，而三闾忠烈⁽⁶⁰⁾，依《诗》制《骚》，讽兼"比"、"兴"。（《比兴》）

观夫屈、宋属篇，号依《诗》人，虽引古事而莫取旧辞⁽⁶¹⁾。（《事类》）

重出者，同字相犯者也。《诗》《骚》适会，而近世忌同；若两字俱要，则宁在相犯。⁽⁶²⁾（《练字》）

屈平联藻于日月，宋玉交彩于风云。观其艳说，则笼罩《雅》《颂》；故知炜烨之奇意，出乎纵横之诡俗也。（《时序》）

爰自汉室，迄至成、哀；虽世渐百龄，辞人九变，而大抵所归，祖述《楚辞》；灵均余影，于是乎在。⁽⁶³⁾（《时序》）

及《离骚》代兴……岌蒉⁽⁶⁴⁾之群积矣。(《物色》)

且《诗》《骚》所标，……然屈平所以能洞监"风"、"骚"之情者，抑亦江山之助乎！(《物色》)

战代任武，而文士不绝。诸子以道术取资，屈、宋以《楚辞》发采，……若在文世，则扬、班俦矣⁽⁶⁵⁾。(《才略》)

相如好书，师范屈、宋，洞入夸艳，致名辞宗。然覆取精意，理不胜辞⁽⁶⁶⁾，故扬子以为："文丽用寡者，长卿"，诚哉是言也。(《才略》)

昔屈平有言："文质疏内，众不知余之异采。"见异，唯知音耳。(《知音》)

若夫屈、贾之忠贞，……岂曰文士，必其玷⁽⁶⁷⁾欤？(《程器》)

注 释

（1）寝声：湮没不彰。

（2）抽绪：收业、成事之义。抽引丝头，或引申为发挥。

（3）郁起：蓬勃兴起。

（4）轩翥：飞举，《楚辞·远游》有"鸾鸟轩翥而翔飞"之句。

（5）奋飞：振翼高飞。比喻不受束缚，奋发有为。

（6）楚人之多才：《左传》云："惟楚有材，晋实用之。"

（7）淮南作《传》：《汉书》云："淮南王安好书，武帝使为《离骚传》，旦受诏，日食时止。"

（8）蝉蜕：《淮南子》云："蝉饮而不食，三十日而蜕。"比喻洁身高蹈，不同流合污。

（9）浮游：语出《史记·屈原贾生列传》："自疏濯淖污泥之中，蝉脱于浊秽，以浮游尘埃之外。"浮游尘埃之外：比喻出尘超俗。

（10）皭然：洁白貌。

（11）忿怼：怨恨。

（12）羿、浇，古代传说中勇士羿和浇的并称。《离骚》有"羿淫游以佚田兮，又好射夫封狐；浇身服强圉兮，纵欲而不忍"之句，淮固评其与《左传》不合。二姚：指古代有虞氏的两个女儿，有虞氏姓姚，故称。《离骚》有"及少康之未家兮，留有虞之二姚"。有虞国名姚姓，舜之后裔，昔寒浞使浇杀夏后，相少康逃奔有虞，虞因妻以二女。

（13）昆仑：山名，在西方，今新疆西藏之间有昆仑山。悬圃：昆仑之巅名悬圃。《天问》有"昆仑悬圃，其尻安在"之句。

（14）提耳：恳切教导之义。语出《诗·大雅·抑》："于乎小子，未知臧否，匪手携之，言示之事，匪面命之，言提其耳。"

（15）屈原婉顺：王逸对屈原的总体评价。

（16）驷虬：《离骚》云："驷玉虬以乘鹥兮，溘埃风余上征。"驷虬为传说中玉虬所驾的车。时乘六龙：语出《易·乾》："时乘六龙以御天。"此处指太阳，神话传说日神乘车，驾以六龙，羲和为御者。

（17）昆仑、流沙：《禹贡》有"昆仑析支渠搜""馀波入于流沙"等记述，《离骚》亦有"忽吾行此流沙兮"的描述。

（18）仪表：人的外表。此处当准则、法式、楷模解。

（19）陈尧、舜之耿介：《离骚》云："彼尧舜之耿介兮，既遵道而得路。"

（20）称汤、禹之祗敬：《离骚》云："汤禹俨而祗敬兮，周论道而莫差。"刘勰认为屈原这类词句是典诰之文体。

（21）讥桀、纣：《离骚》云："何桀纣之昌披兮，夫惟捷径以窘步。"

（22）虬龙：《涉江》云："驾青虬兮骖白螭。"虬螭神兽，宜于驾乘，以喻贤人清白，可以修任。

（23）云霓：《离骚》云："飘风屯其相离兮，帅云霓而来御。"飘风，无常之风，以兴邪恶；云霓恶气，以喻佞人。这是比兴于法。

（24）掩涕：《离骚》云："长太息以掩涕兮。"

（25）君门九重：《九辩》云："岂不郁陶而思君兮，君之门以九重。"刘勰认为这是忠怨之词。

（26）云龙：《离骚》云："驾八龙之婉婉兮，载云旗之委蛇。"屈原自言己德如龙可制御八方，己德如云雨，能润施万物也。

（27）丰隆求宓妃：《离骚》云："吾令丰隆乘云兮，求宓妃之所在。"丰隆：云师。

（28）娀女：《离骚》云："望瑶台之偃蹇兮，见有娀之佚女。吾令鸩为媒兮，鸩告余以不好。"娀女又称娀妃，即简狄，旧传为有娀氏之女，帝喾之妃，殷始祖契之母。或曰雷师、宓妃、神女，以喻隐士。

（29）康回倾地：古代传说中的人物，即共工。怒触不周山，地柱折，故倾。《楚辞·天问》有"康回凭怒，地何故以东南倾"之句。

（30）夷羿彃日：夷羿指后羿，夏代有穷之君，名羿。因居东夷，故称。彃，射。此处指尧时善射者羿，仰射十日，中其九日，日中九乌皆死，堕其羽翼。故云"夷羿彃日"。《天问》有"羿焉彃日？乌焉解羽"之句。

（31）木夫：古神话中拔树的巨人。《楚辞·招魂》有"一夫九首，拔木九千些"之句。土伯：后土之侯伯。《招魂》有"土伯九约，……参目虎首"。

（32）彭咸：殷时贤大夫，谏其君，不听，投水而死。遗则：遗法。

（33）子胥：春秋楚大夫伍员的字。《橘颂》有"浮江淮而入海兮，从子胥而自适"之句。

（34）士女杂坐，乱而不分：语出《招魂》，言恣意调戏，乱而不分别。

（35）娱酒不废，沈湎日夜：语出《招魂》，言昼夜以酒相乐。

（36）体慢于三代：指《楚辞》这种体制起源于三代。

（37）博徒：赌徒。此处为"低下"之义。

（38）骨鲠：此处作"骨干""骨骼""风格""体势"解。

（39）肌肤：本指肌肉与皮肤，此处比喻文采。

（40）《骚经》：指《离骚》。《九章》：屈原放于江南之野，复作《九章》。

（41）《九歌》：昔楚南郢之邑，其俗信鬼而好祀其祠，必作歌乐鼓舞，屈原因作九歌之曲，托以讽谏。《九辩》：宋玉悯其师屈原忠而放逐，故作《九辩》以述其志。

（42）《远游》：屈原所作。他行为端直而不见容于世，就将妙思托配仙人，与俱游戏。《天问》：屈原放逐，忧心愁悴，彷徨山泽，经历陵陆，见楚有先王之庙及公卿祠堂，图画天地山川神灵，及古贤圣怪物行事，因书其壁，呵而问之，以泄愤懑，抒写愁思。

（43）瑰诡：奇异之义。

（44）《招魂》：宋玉怜哀屈原生命不保，作招魂，欲以复其精神，延其年寿。江南一带收本命的习俗，即沿于此。《招隐》：又作《大招》，一说为屈原作，一说为景差作。屈原放流，恐命将终，所行不遂，故愤然大招其魂。又淮南小山之徒，悯伤屈原虽身沈没，名德显闻，与隐处山泽无异，故作招隐士之赋，以彰其志。

（45）《卜居》：屈原因已独忠直而身放弃，心迷意惑，不知所为，乃往至太卜之家，稽问神明，决之蓍龟，卜已居世，何所宜行，故曰《卜居》。放言：放纵而言，不受拘束。

（46）《渔父》：屈原放逐在汉湘之间，忧愁叹吟，仪容变易，而渔父避世隐身，钓鱼江滨，欣然自乐。两人遂相应答。独往：超脱万物，独行己志之义。

（48）《九怀》：《九怀》为王褒作。褒读屈原之文，追而愍之，故作《九怀》。

（49）枚、贾、马、扬：指汉代枚乘、贾谊、司马相如、扬子云等辞赋家。

（50）菀其鸿裁：菀，通苑，苑囿，此处当"师法""借鉴"解。鸿裁：鸿篇巨制之义。

（51）咳唾：赞誉之词，《庄子·秋水》："子不见夫唾者乎？喷则大者如珠，小者如雾。"后以"咳唾成珠"比喻言不凡或诗文优美。

（52）长卿：即司马相如。

（53）子渊：即王褒。

（54）烟高：烟，指烟状云，即高空淡云。壮志烟高：言具情志直比云霄之高。

（55）金相玉式：与金相玉质同义。形容人或物的外表与内在均美。刘勰金相玉式，所言情辞兼备，有如以金为质，玉为饰。

（56）覃及：作"延及""遍及"解。

（57）模经：效法经典，以经典为法式。

（58）《楚辞》辞楚：《楚辞》的词语具有"跌宕怪神"的特点，刘勰称之为"辞楚"，即具有鲜明的地方特点。灵均之声余：即屈原词语的影响。正响：雅正的音乐。

（59）偶章：指偶句形式为主的诗章。大夫联辞：指《左传》《国语》所记列国大夫朝聘应对之辞。联辞：即连缀词语。经营：此处指艺术构思。

（60）楚襄：战国时楚襄王。三闾：即三闾大夫屈原。

（61）莫取旧辞：不直接引用古人古文的词语。

（62）适会：适应，融洽。相犯：前后重复。若两字都重要，不能舍弃，就宁可前后重复。

（63）成、哀：汉成帝刘骜，汉哀帝刘欣，从汉高祖于公元前206年建立汉朝，至成、哀二帝，已有100多年历史，故称"世渐百龄"。九变：复杂多变。大抵：此处当"大要""要旨"解。

（64）葳蕤：草木茂盛，枝叶下垂之状。

（65）俦矣："俦"为"同伴"之义。这句话的意思是在文化昌盛之世，杨、班这样的人就相继出现。

（66）理不胜辞：义理与文辞不相匹配。

（67）玷：污点。

评　说

屈原是中国文学史上第一位伟大的爱国诗人，是浪漫主义诗人的杰出代表，是"楚辞"的创立者和代表作家。他出身于楚国贵族，是一位贵族政治家。他生于社会大变革的战国后期，企图以自己的"美政"理想来拯救楚国，但却遭到楚王和一伙掌权的贵族势力的迫害。屈原又是一位追求个体完美的圣者，他不愿意抛弃高尚的个人节操而与他人同流合污。屈原又是一位哲人，在个体理想和社会理想都得不到实现的时候，对自然、历史和人生进行了深刻的思考。他把所有的这一切付诸诗章，写出了惊天动地的伟大诗篇《离骚》，以及《九歌》《九章》《天问》《招魂》等一系列作品，抒发自己的崇高理想，表达了对人生价值的高尚追求和对历史文化的反思拷问。屈原把丰富的情感和强烈的理性精神相结合，把美妙的神话与瑰丽的语言相结合，把中国诗歌创作推向了浪漫主义的高峰。屈原作为一位杰出的政治家和爱国志士，他爱祖国、爱人民、坚持真理、宁死不屈的精神和他"可与日月争光"的巍巍人格，千百年来感召和哺育着无数中华儿女，尤其是当国家民族处于危难之际，这种精神的感召作用就更加明显。在中国历史上，屈原是一位最受人民敬仰和热爱的诗人。1953年，屈原被推举为世界文化名人而受到广泛纪念。

屈原思想上整体是以儒家为主的，主张积极入世，倡民本，重仁政。"举贤而授能兮，循绳墨而不颇。""长太息以掩涕兮，哀民生之多艰。"然而现实生活中君王昏庸，诗人满腔忧愤无从泻导，便转而借文学一吐心曲，"发愤以抒情"成为其创作的根本动因。屈原反复在作品中强调才能、志向不得舒展，因此要"陈志"，且永不变志。诗中深沉悲壮激越的情感已经突破了儒家温柔敦厚的原则。在文学的思维方式和审美趣味上，屈作又显示了浓重的楚地文化风味。

刘勰对奇文郁起的《离骚》评价甚高：兼具国风和小雅的艺术特色。而对特立独行的屈原人格，更赞扬其"虽与日月争光可也"。屈原在中华民族文化史上有其突出的地位，具有深远的影响，《辨骚》篇不仅是对屈宋为代表的离骚文体的深入分析，而且是把"取熔经意""自铸伟辞"所表现出来的"变"当作一个重要的写作原则。因而"变乎骚"与"本乎道、师乎圣、体乎经、酌乎纬"一起组成"文之枢纽"。

刘勰在《文心雕龙·宗经》中说："《诗》主言志，诂训同《书》，摘《风》裁'兴'，辞藻谲喻；温柔在诵，故最附深衷矣。"他在评价屈原作品时指出其值得肯定的四点，"典诰之体""规讽之旨""比兴之义""忠怨之词"，就因为它是"同于《风》《雅》者也"（《文心雕龙·辨骚》）。

·宋玉

宋玉（约前290—约前222），字子渊，号鹿溪子，战国时楚国人，著名辞赋家，稍晚于屈原，世人以"屈宋"并称。他是屈原的学生，始事屈原，后经景差介绍，任顷襄王的文学侍从。《史记·屈原贾生列传》云："屈原既死之后，楚有宋玉、唐勒、景差之徒者，皆好辞而以赋见称。然皆祖屈原之从容辞令，终莫敢直谏。"又，班固《汉书·艺文志》云："宋玉赋十六篇，楚人，与唐勒并时，在屈原后也。"又，《汉书·地理志》曰："始楚贤臣屈原被谗放流，作《离骚》诸赋以自伤悼。后有宋玉、唐勒之属慕而述之，皆以显名。"《汉书·艺文志》著录宋玉赋16篇，多已亡佚。《隋书·经籍志》著录《宋玉集》3卷，已失传。现存作品中，《九辩》最为可信。

自《九怀》[1]以下，遽蹑其迹；而屈、宋逸步[2]，莫之能追。故其叙情怨，则郁伊[3]而易感；述离居，则怆怏[4]而难怀；论山水，则循声[5]而得貌；言节候，则披文[6]而见时。是以枚、贾追风[7]以入丽，马、扬沿波[8]而得奇；其衣被词人，非一代也。（《辨骚》）

于是荀况《礼》《智》[9]，宋玉《风》《钓》[10]；爰锡名号，与"诗"画境。[11]（《诠赋》）

观夫荀结隐语，事数自环；[12]宋发巧谈，实始淫丽；……并辞赋之英杰也[13]。（《诠赋》）

宋玉含才，颇亦负俗[14]，始造《对问》，以申其志[15]；放怀寥廓，气实使之[16]。（《杂文》）

楚襄宴集[17]，而宋玉赋《好色》：意在微讽，有足观者[18]。（《谐隐》）

宋玉《神女赋》[19]云："毛嫱鄣袂，不足程式[20]；西施掩面，比之无色[21]"，此事对[22]之类也；……事对所以为难也。（《丽辞》）

宋玉《高唐》[23]云："纤条悲鸣，声似竽籁。"[24]此比声之类[25]也。（《比兴》）

自宋玉、景差，夸饰始盛。[26]（《夸饰》）

观夫屈、宋属篇，号依诗人[27]，虽引古事而莫取旧辞[28]。（《事类》）

春秋以后，……屈平联藻于日月[29]，宋玉交彩于风云[30]。观其艳说，则笼罩[31]《雅》《颂》；故知暐烨之奇意，出乎纵横之诡俗也[32]。（《时序》）

战代任武，而文士不绝。[33]暐诸子以道术取资[34]，屈、宋以《楚辞》发

采⁽³⁵⁾,……若在文世,则扬、班俦矣⁽³⁶⁾。(《才略》)

故心之照理……宋玉所以伤《白雪》⁽³⁷⁾也。(《知音》)

相如好书⁽³⁸⁾,师范屈、宋,洞入夸艳,致名辞宗⁽³⁹⁾。(《才略》)

注 释

(1)九怀:王褒作《九怀》,追思屈原。

(2)逸步:犹快步。

(3)郁伊:忧忧郁结。

(4)怆怏:悲伤失意。

(5)循声:顺着声律或声音之义。

(6)披文:披阅文章。

(7)枚、贾追风:枚乘、贾谊追随屈宋的风格。

(8)马、扬沿波:司马相如、扬雄,承继屈宋的创作方法。沿波:即顺着水流,比喻承继。

(9)荀况《礼》《智》:荀况著有《礼赋》《智赋》。

(10)《风》《钓》:《文选》载宋玉《风赋》,《古文苑》载宋玉《钓赋》。近人多疑非宋玉作品。

(11)爰:于是。锡:通"赐",赐予。画境:划了一个界限。

(12)荀:荀况。结:构成,制作。隐语:谜语。《赋篇》五部分都类似谜语。事数自环:对事物反复描绘,自问自答。

(13)此句:谓以上都是辞赋的杰出作家。

(14)含才:含有才华。负俗:为世俗讥议。语出《汉武帝纪》"士或有负俗之累而立功行"。

(15)《对问》:即《对楚王问》。宋玉《对楚王问》:"楚襄王问于宋玉曰:'先生其有遗行与?何士民众庶不誉之甚也?'对曰:'唯,然有之,愿大王宽其罪,使得毕其辞。'"以申其志:用以表达自己的志向。

(16)寥廓:辽阔。在《对楚王问》中,宋玉以凤凰翱翔自比,任情放纵。气实使之:唐写本作"气实使文",意思是以气势支配文辞。

(17)楚襄:战国时楚国顷襄王。宴集:召集宴会。

(18)《好色》:指宋玉的《登徒子好色赋》。意在微讽:用意在于从旁委婉地讽喻。足观:值得一看。

(19)《神女赋》:见《文选》卷十九。

(20)毛嫱:古美女名。鄣袂:遮上衣袖。鄣:同"障"。程式:法式。此句说:毛嫱以袖遮面,自认比不上神女美。

(21)西施:古美女名,传为吴王夫差的妃子。比之无色:谓西施和神女相比也显得没有美色,自愧不如。

(22)事对:用典故的对偶。

(23)《高唐》:宋玉的《高唐赋》,见《文选》卷十九。

(24)纤条:细小的枝条。竽:古代一种簧管乐器,形似笙而略大。籁:古代管乐器,三孔大者谓之笙，其中谓之籁，小者谓之箹。

（25）比声之类：比声音一类的例子。

（26）景差：与宋玉同时的楚辞作家，作品大都亡佚。夸饰始盛：夸张的手法开始盛行起来。

（27）屈、宋：屈原、宋玉。属：缀辑，写作。号依诗人：王逸《楚辞章句序》："屈原履忠被谮，忧悲愁思，独依《诗》人之义而作《离骚》。"

（28）此句：谓屈原的作品，虽引用了不少古事，但不采用原来的词句。

（29）联藻：连缀辞藻。日月：《史记·屈原贾生列传》："推此志也，虽与日月争光可也。"

（30）交彩：与"联藻"义近。风云：指宋玉在《风赋》《高唐赋》中写到的风和云等。

（31）笼罩：掩盖，引申为超过。

（32）㷆烨：光彩焕发。奇意：奇幻的文意。诡：诡诞。指屈、宋的作品明显地受到了纵横家辞令的影响。

（33）战代：战国时代。任武：任用军事人才。文士不绝：文人不断涌现。

（34）道术：学说、才干。取资：取得被任用的资格。

（35）发采：发扬文采。

（36）文世：崇文之世。扬、班：汉代作家扬雄、班固。俦：同类。曹丕《典论·论文》："及其所善，扬、班俦也。"

（37）《白雪》：一种高雅的歌曲。宋玉《对楚王问》："客有歌于郢（楚都）中者，其始曰《下里》《巴人》（皆俗曲），国中属而和者数千人……。其为《阳春》《白雪》，国中属而和者数十人……。其曲弥高，其和弥寡。"

（38）相如：即司马相如。好书：好读书。《汉书·司马相如传》："（司马相如）少时好读书，学击剑。"师范：学习。

（39）洞：深。致名辞宗：得到了辞人宗匠的名声。

评 说

宋玉是战国时期的辞赋家，是屈原的弟子。他好辞而能赋、通晓音律，是继屈原之后卓有建树的为后人所尊崇的楚辞作家。他直接继承了屈原文学的传统而有所创造和发展。在刻意学习《离骚》的基础上创造了抒写文人怀才不遇为主题的《九辩》，并创造了《风赋》《高唐赋》《登徒子好色赋》《钓赋》《对楚王问》等一系列作品，开了中国文学赋体之先河。如果说屈原是先秦贵族诗人，那么宋玉就是中国文学史上第一位平民诗人，他的生平身世和思想情感与后世文人有更多的相近之处。他在追求社会理想和个体人格诸方面虽然不如屈原那样伟大，但是他的作品中所表达的思想情感和他所开拓的写景抒情之境界，在某些方面却更容易与后世文人发生共鸣。杜甫云："摇落深知宋玉悲，风流儒雅亦吾师。"可见宋玉对后世文学的巨大影响。汉司马相如的《子虚》《上林》等赋,都是仿《高唐赋》的作品。宋玉的作品在楚辞与汉赋之间,起着承前启后的作用。后人多以屈宋并称,可见宋玉在文学史上的地位。鲁迅曾肯定他的作品:"虽驰神逞想不如《离骚》,而凄怨之情,实为独绝。"(《汉文学史纲要》)

刘勰对他在文学史上的地位给予了应有的重视,认为在辞赋写作上,"屈、宋逸步,莫之能追",宋玉的《风赋》《钓赋》和荀子的《赋篇》一样,是汉赋的直接源头;在杂文的写作上,宋玉也"始造《对问》";对宋玉的艺术表现手法,刘勰也多有肯定,并指出屈原、宋玉的"艳说","笼罩《雅》《颂》",是对《诗经》的演化与发展。这些认识,都是值得肯定的。不过宋玉作品辞多夸饰,形成后世"辞人之赋丽以淫"之风,所以刘勰也如实地指出:"宋发巧(夸)谈,实始淫丽。"

·吕不韦

吕不韦(? —前235),战国末期卫国濮阳(今河南濮阳)人。原为阳翟(今河南禹县)富商,因拥立秦庄襄王,封文信侯。嬴政刚继位时,尊母庄襄王后为太后,尊吕不韦为相国,号称"仲父"。因政年幼初立,一切国事皆委于不韦。不韦用政,大赦罪人,修先王功臣,施德骨肉,布惠于民,广交宾客,招贤纳士,收李斯为舍人,收郑国以修水利,用蒙骜为将军,出兵攻打韩、赵、魏,灭东周,取韩之成皋、荥阳,置三川郡;收魏二十城,置东郡,迁卫君角于野王(今河南沁阳市),作为附庸。拓地数千里,为秦统一六国奠定了基础。后嬴政亲政,免其职,忧惧自杀。曾令宾客集体编著《吕氏春秋》,又称《吕览》,全书26卷,160篇,为杂家代表作。

吕氏鉴远而体周[1]。(《诸子》)

论也者,弥纶[2]群言,而研精一理者也。是以庄周《齐物》[3],以论为名;不韦《春秋》[4],六论昭列[5]。(《论说》)

注 释

(1)吕氏:指《吕氏春秋》,秦国相吕不韦邀集门客集体编著。鉴远:见识远大。体周：体制严密。

（2）弥纶：包罗、统括，一说为遍知。

（3）庄周：庄子。《齐物》：即《齐物论》，《庄子》中的一篇。

（4）《春秋》：即《吕氏春秋》。

（5）六论：《吕氏春秋》中有《开春论》《慎行论》《贵直论》《不苟论》《似顺论》《士容论》，合称"六论"。昭列：明白地排列着。

评 说

《吕氏春秋》是战国末期由吕不韦的门客集体撰写的一部论说性散文著作，又称《吕览》。是为秦统一天下提供统治思想武器的，故具融会百家之气势。它虽出于众人之手，却构建了一个最为系统的文章结构模式，是中国第一部有严密体系的著作。全书分十二纪、八览、六论。十二纪中每纪分为5篇，八览中每览分为8篇，六论中每论分为6篇，可见全书是精心结撰之作，也显示出了汇总百家之说的用心良苦。《吕览》的内容以儒、道思想为主，涉及当时所有的学术领域，其思想资料兼取儒、道、墨、法、兵、名、农、纵横、阴阳、所谓"九流十家"无所不取，并试图加以统一。但可惜的是综合多而创新少，有折中主义倾向，没有达到融会贯通的程度，所以被后世称为杂家。但是从文学史的角度来看，《吕览》的文章属于夹叙夹议。每篇只讲一个问题，然后提出例论，语言简练朴实，平易畅达，富于形象性，论点突出，在阐明事理时，不做繁密的概念辨析和抽象的理论概括，只求明白晓畅地把道理说清楚。其所引用的例证，所属于寓言故事。而且这些寓言故事都简练生动，富于哲理，能发人深省。全书结构宏大，组织严密，文章逻辑性强，颇具有说服力，具有较高的文学价值。在《文心雕龙》一书中，刘勰虽然明显地表现了他的"宗经"思想，但在一些具体问题上也能突破这一局限，对诸子百家中一些有利于统治的思想他也并不排斥。《吕氏春秋》是以儒家思想为主，兼采各家之长的"杂家"著作，等于是对先秦诸子的一个总结，在某些方面较之诸子更具识力。全书由十二纪、八览、六论组成，体例较为严密。所以刘勰谓之"鉴远而体周"，是有道理的。

荀子

荀子（约前313—前238），战国时重要的唯物主义哲学家，名况，字卿，又称孙卿，赵国（今山西南部）人。他曾游学于齐国，三度为稷下（在齐国都城临淄稷门外）学宫祭酒（学术活动负责人），后赴楚国任兰陵（在今山东苍山县西南）令。他一生中大部分时间从事教授、著述。曾于公元前264年左右应聘入秦，从儒家立场出发，提出用"节威反文"的和缓方式实现统一的建议，没有被秦国统治者采用。后游学赵国、楚国，受春申君委任作兰陵令。晚年，他积极从事教学和著述，总结百家争鸣的理论成果，创立了先秦时期完备的朴素唯物主义哲学体系。其思想反映在《荀子》一书中，比较全面地总结了先秦百家争鸣中提出的一些重要哲学问题。他是战国时儒学大师，有多方面的学术成就，李斯、韩非皆出其门下。著有《荀子》32篇。

然则"赋"也者，受命于《诗》人[1]，拓宇[2]于《楚辞》也。于是荀况《礼》《智》[3]，宋玉《风》《钓》[4]；爰锡名号，与"诗"画境[5]。（《诠赋》）

观夫荀结隐语，事数自环[6]；宋发巧谈，实始淫丽[7]；……。凡此十家，并辞赋之英杰也[8]。（《诠赋》）

"谜"也者，回互其辞，使昏迷也。[9]或体目文字，或图象品物[10]；纤巧以寻思，浅察以炫辞[11]；义欲婉而正，辞欲隐而显[12]。荀卿《蚕赋》[13]，已兆其体。（《谐隐》）

若夫追述远代，代远多伪[14]。公羊高云："传闻异辞。"[15]荀况称："录远略近。"[16]盖文疑则阙，贵信史也[17]。（《史传》）

研夫孟、荀所述，理懿而辞雅[18]。……斯则得百氏之华采，而辞气文之大略也[19]。（《诸子》）

子贡[20]云："心以制之，言以结之。"[21]盖一辞意也[22]。荀卿以为，"观人美辞，丽于黼黻文章"[23]，亦可以喻于斯乎[24]！（《章表》）

春秋以后，……唯齐、楚两国，颇有文学[25]：齐开庄衢之第[26]，楚广兰台之宫[27]。孟轲宾馆[28]，荀卿宰邑[29]；故稷下扇其清风[30]，兰陵郁其茂俗[31]。（《时序》）

荀况学宗而象物名赋[32]，文质相称，固巨儒之情也[33]。（《才略》）

注　释

（1）《诗》人：指《诗经》的作者。
（2）拓宇：扩展范围，体制。
（3）《礼》《智》：《荀子·赋篇》包括《礼》《智》《云》《蚕》《箴》等五个部分及《佹诗》二章。
（4）宋玉：战国时稍后于屈原的楚国辞赋家。《风》《钓》：指宋玉作品《风赋》《钓赋》，分别载《文选》和《古文苑》，近人多疑非宋玉作。
（5）爰：于是。锡：通"赐"，赐予。画境：划一个界限。
（6）结：构成。隐语：即谜语。《荀子·礼赋》，言礼之功用甚大，时人莫知，故假为隐语，问之先王。事数自环：事数为佛家用语，指一切事物的名相。自环：自营，此处作自问自答。
（7）宋：宋玉。巧：唐写本作"夸"，是。宋玉赋喜夸饰，如《夸饰》所言："自宋玉、景差，夸饰始盛。"实始淫丽：实为淫靡艳丽的开始。
（8）此句：谓以上十家，都是杰出的辞赋家。
（9）回互：转交，替换，这里是指用迂回错综的词句来迷糊对方。
（10）体目文字：打文字谜语。如《世说新语·捷悟》记三国时杨修释曹娥碑背上："黄绢幼妇，外孙齑臼"。八字是："黄绢，色丝也，于字为绝。幼妇，少女也，于字为妙。外孙，女子也，于字为好。齑臼，受辛也，于字为辞（受辛）。所谓绝妙好辞也。"图象品物：描绘事物的形状。
（11）纤巧：小聪明。寻思：卖弄文思。浅察：肤浅的见解。炫辞：炫耀文辞。
（12）此句意为：内容应当婉转而正确，文辞应当含蓄而确切。
（13）《蚕赋》：《荀子·赋篇》有五部分，《蚕赋》是其中之一。通篇皆形似之言，至末语始云，夫是之谓蚕理。
（14）代远：远去的时代（历史）。代远多伪：时代愈远就愈不可信。
（15）公羊高：战国时齐国人，传为《公羊传》作者。传闻异辞：传说的东西往往各异真辞。《公羊传·隐公元年》："公子益师卒。何以不日（《春秋》为什么不记日期）？远也。所见异辞，所闻异辞，所传闻异辞。"
（16）录远略近：当作"录近略远"，意思是近的从详，远的从略。《荀子·非相》原文是："传者久则论略，近则详矣；略则举大，详则举小。"
（17）阙：同缺。此句意为：有疑问的地方宁可暂缺不写，史书应以真实可信为贵。
（18）孟、荀：即孟子、荀子。理懿而辞雅：内容应美而文辞雅正。懿：美。
（19）百氏：指诸子百家。华采：精华。辞气：文辞特点。文：为衍文。
（20）子贡：姓端木，名赐，字子贡，春秋时卫国人，孔子弟子。
（21）心以制之，言以结之：谓心意生发言辞，用言辞表达心意。
（22）一辞：使言辞与心意一致。一：一致，这里用作动词。
（23）观人美辞：《荀子·非相》："观人以言，美于黼黻文章。"据王念孙《读书杂志》卷八，"观"应为"劝"。因此，这里的"观人美辞"，应为"劝人美辞"。黼黻：古代礼服上刺绣的花纹。此句意为：用美言劝励他人，比礼服上刺绣的花纹还美。
（24）喻：引申为说明。斯：比，指言心一致。
（25）文学：含义比今之"文学"意义为广，泛指一切文化学术。

(26)齐开庄衢之第：齐国在四通八达的大路上开设了大公馆。据《史记·孟子荀卿列传》载，说齐国封诸子为列大夫："为开第康庄之衢，高门大屋尊宠之。"第：宅第。康庄之衢：四通八达的大道。

(27)兰台之宫：相传在今湖北省钟祥市。宋玉《风赋》："楚襄王游于兰台之宫，宋玉、景差侍。"

(28)孟轲：孟子。宾馆：宾师之馆。孟子在齐，不居官而位甚尊，时人称为宾师。《孟子·公孙丑下》："孟子将朝王，王使人来曰：'寡人如就见者也。'"赵岐注曰："孟子虽仕于齐，处宾师之位，以道见敬。……王欲见之，先朝，使人往谓孟子云。寡人如就见者，若言就孟子之馆相见也。"

(29)宰：主宰。邑：城邑，指兰陵，荀子曾做兰陵令。

(30)稷下：在今山东临淄，是当时齐国召集学者讨论问题之地。扇其清风：宣扬诸子学说之风。

(31)郁：积。茂：美。刘向《孙（荀）卿书录》："兰陵多善为学，盖以孙卿也。长老至今称之，曰：'兰陵人喜字为卿，盖以法孙卿也。'"

(32)学宗：学术上的一代宗师，荀子是当时儒学大师。象物名赋：描写物象以赋名篇，荀子写了《赋篇》。

(33)文质相称：谓语言形式和思想内容结合得好。固：本来，当然。巨儒：大儒。《汉书·艺文志》："大儒孙卿。"情：才情。

评　说

荀子是先秦非常重要的儒学家、大学者，在中国封建社会前期，其地位比较高。他是我国古代伟大的思想家和杰出的文学家、教育家。荀子是唯物主义者，不同意孟子的性本善，而主张性本恶，认为性善是后天人为的结果。所以他特别重视教育，提倡礼治和法制结合。他还主张"法后王"，反对"法先王"的复古调论。《荀子》远虑深谋，缜密推理，深厚渊博，平心而论。《荀子》共32篇。最后6篇是问对体，疑为门人所记。其余26篇属于荀子自著。《荀子》的议论散文已经脱离了语录体，是成熟的专题论文。每篇都有明确的中心，并用概括性的标题点明论旨。如"天论""礼论""乐论""劝学"等结构完整，论述系统，逻辑严密，不再是零散的片言只语，而多为体格宏博的鸿篇巨制。荀子已有意讲究论说文的修辞艺术，他不再停留于随便拈取个别事例作为比附，往往引类连篇，一举就是一串，不但用于解释，而且据以说理，比喻同时就是论据，喻议结合，寓意于喻。有些文章历来备受推重，其中不少警句后世凝为成语。有些比喻还演化为寓言。荀子虽为儒学大师，但有人说他是儒表法里。刘勰在《诸子》篇把荀子和孟子并提，说他们的著作"理懿而辞雅"，可见他并未把荀子当作杂儒，这和《才略》篇承认荀子是"巨儒"相一致。再进一步说，刘勰除对法家的"弃孝废仁"和名家的诡辩表示反对外，对其余诸子百家大都认为"入道",可见他并未坚执儒家一端,这不能不说是他的通达之处。

刘勰也多次提及荀子的《赋篇》,《赋篇》包括"礼""知""云""蚕""针"五篇和"诡诗""小歌"共七部分。五篇赋的形式基本相同,都是先问后答,前半段以四字句形容描绘,后半段用反诘或陈句解释说明。这种体裁非诗非文,通篇用韵而略有变化,句子整齐而间杂摹写,处处采用拟人化加以描状,事事紧扣"针"的特征,句句妙语双关,逗人揣测,饶有意趣,最后点破题面,有如后世之灯谜。荀卿被认为是赋体开创者之一,对汉赋有一定影响。它是汉赋的本源,虽不免牵强,但《赋篇》对后世咏物、说理之赋的影响,却是不容忽视的。

荀子是先秦儒家最后一位大师,他对文学批评的贡献集中体现在他对艺术情感本质的揭示上。《乐论》篇说:"夫乐者,乐也,人情之所必不免也,故人不能无乐。"指出音乐是人的感情的自然流露。这里强调"情",无疑是对前人"言志"说的重大突破。正因为音乐源于人情,它才能感动人情,其对人的作用不是强力制约,而是潜移默化,熏陶感染。"夫声乐之入人也深,其化人也速",由此荀子进一步推及社会,揭示音乐对于社会安定、纯正之风俗的重要作用:"乐中平则民和而不流,乐肃庄则民齐而不乱。""乐中平"思想进一步阐发了孔子的"中和"观念,使之成为儒家传统美学思想的核心。

·韩非

韩非(约前280—前233),战国末期的思想家、哲学家,法家学派的主要代表人物,法家思想的集大成者。他出身韩国贵族,是荀况的学生,曾建议韩国变法,不为韩王采纳,乃著书十余万言。秦始皇读其书大为赞赏,逼韩王遣非入秦。不久因李斯、姚贾等人陷害,被治罪下狱,毒杀于狱中。他的著作有《韩非子》55篇。

至如《商》《韩》[1],"六虱"、"五蠹"[2],弃孝废仁[3];辗药之祸[4],非虚至也。(《诸子》)

慎到析密理之巧[5],韩非著博喻之富[6];……斯则得百氏之华采,而辞气文之大略也[7]。(《诸子》)

关者⁽⁸⁾，闭也。出入由门，关闭当审⁽⁹⁾，庶务⁽¹⁰⁾在政，通塞应详⁽¹¹⁾。《韩非》云，"孙亶回，圣相也⁽¹²⁾，而关于州部⁽¹³⁾"，盖谓此也。(《书记》)

庄周云"辩雕万物"⁽¹⁴⁾，谓藻饰⁽¹⁵⁾也。韩非云"艳采辩说"⁽¹⁶⁾，谓绮丽⁽¹⁷⁾也。绮丽以艳说，藻饰以辩雕，文辞之变，于斯极矣。研味《李》《老》⁽¹⁸⁾，则知文质附乎性情⁽¹⁹⁾；详览《庄》《韩》⁽²⁰⁾，则见华实⁽²¹⁾过乎淫侈。若择源于泾渭⁽²³⁾之流，按辔⁽²³⁾于邪正之路，亦可以驭文采矣。(《情采》)

注　释

（1）《商》：指战国时商鞅的《商君书》。《韩》：指战国时韩非的《韩非子》。《汉书·艺文志》将此二书均列为法家。

（2）六虱：六种害虫：高亨《商君书注译》认为：六虱指《靳令》篇的"曰礼、乐；曰诗、书；曰修善、孝弟；曰诚信、贞廉；曰仁、义；曰非兵、羞战"。五蠹：五种蛀虫。韩非认为学者（儒生）、言谈者（纵横家）、患御者（害怕服役者）、带剑者（游侠刺客）和工商之民是五种害国蛀虫。

（3）弃孝废仁：抛弃仁义孝道。

（4）轘：用车分裂人体的酷刑。商鞅受此刑而死。药：药杀。李斯曾迫韩非服药而死。

（5）慎到：战国时赵国人。《汉书·艺文志》载有《慎子》四十二篇，属法家。析密理之巧：巧于分析精密的道理。

（6）博喻之富：指《韩非子》中的比喻广博而丰富。按：《韩非子》中《内外储说》《说林》等篇中常设事以喻。

（7）百氏：指诸子百家。华采：精华。辞气：文辞特点。文：为衍文。

（8）关：古代一种文体，多用于平行机构之间相互质询。

（9）审：审慎，慎重。

（10）庶务：各种政务。

（11）通塞：处理政事的顺利与不顺利。《周易·节卦·象辞》："不出户庭，知通塞也。"孔疏曰："知通塞者，识时通塞，所以不出也。"详：详审。

（12）孙亶回：人名。圣相：圣明的宰相。

（13）关于州部：此"关"字训为"由"。《汉书·董仲舒传》："太学者，贤士之所关也。"颜师古注曰："关，由也。"即经由之意。州部：地方官吏。《韩非子》徐渠问田鸠曰："阳城义渠，名将也，而指于毛伯（指中下级军官）；公孙亶回，圣相也，而关于州部，何哉？"田鸠曰："此无他，主有度，上有术之故也。"意即名将应先在低级职位上受考验，圣相应由地方官位上提拔起来。《韩非子·显学》："宰相必起于州部，猛将必发于卒伍。"即此意。

（14）庄周：即庄子。辩：巧言。雕：雕饰。辩雕万物：即用巧妙的言辞来描写万物。语见《庄子·天道》："辩虽雕万物，不自说（悦）也。"

（15）藻饰：用辞藻修饰文采。

（16）艳采：当作"艳乎"。《韩非子·外储说左》上："夫不谋治强之功，而艳乎辩说文丽之声。"即不去谋划治强的功绩，而去赞美那些巧辩艳辞的议论。

（17）绮丽：即文辞的华丽。

（18）《李》：当作《孝》，指《孝经》。《老》：即《老子》。

（19）文质：本指形式和内容，这里是复词偏义，单指形式。性情：指作家的情感。

（20）《庄》：即《庄子》。《韩》：即《韩非子》。

（21）华实：也是复词偏义，这里单指文辞的华丽。

（22）泾渭：泾水和渭水，一清一浊，此指华丽与质朴两种创作倾向。

（23）辔：马缰绳，言其掌握之意。

评 说

韩非批判吸收了春秋以来儒、道、墨各家的思想，特别是总结了前期法家的思想，综合了商鞅重法、申不害重术、慎到重势的不同倾向，提出了以法为核心，把法、术、势三者合一的法治学说，作为封建地主阶级的统治术，对后世产生了重要影响。韩非主张进化的社会历史观，反对儒家的政治伦理思想，认为人人有"自为心"（自私自利之心），提出极端功利主义的伦理观。《史记》称他的学说本于黄老而主刑名。韩非的学说为秦始皇所赞赏，成为秦统一天下的理论基础。

以韩非为代表的法家文学思想与墨家相比，眼界要宽阔长远得多。他认为："儒以文乱法，使以武犯禁，而人主兼礼之，此所以乱也。"他反对儒家仁义学说，反对重用文学之士，但是他并不一概反对文艺，而是提出要以法治和功用为衡量标准，"夫言行者，以功用为之的者也"。

韩非是先秦法家的集大成者，他的政论散文，具有峭拔严峻、犀利明快、剖析入微、尖锐激切的特色。他吸收各家思想，提出以"法"为中心的"法、术、势"相结合的完整法治理论成为法家思想的集成大者，他主张进化的历史观，其思想对后世影响很大。《韩非子》一书中最引人注目的是寓言故事，它不只是把寓言故事个别举引来充当说理的工具，而是视为一种文学体裁，有目的地收集整理或创作，而后分门别类编辑成为寓言故事专集，如内外《储说》《说林》《十过》等，其中最精彩的是那些带有警戒性、讽刺性的社会寓言。《韩非子》有大量的历史故事，实际上也是寓言。它们并非真实可靠的信史，而是经过艺术加工的文学创作。

刘勰在《诸子》篇里，对诸子散文的不同风格都一一做了评述，说"韩非著博喻之富"，确实抓住了《韩非子》一书的突出特点。在《韩非子》里，作者以大量的比喻来说明事理，有些寓言故事已初具小说体制，内容确实是丰富多彩的,很具有文学意味。但是,由于刘勰具有儒家严格的"仁孝"观念,对商鞅和韩非的"弃孝废仁"都进行了诅咒,并用佛家的因果报应说加以评论,这就不正确了。

·秦始皇

秦始皇(前259—前210),中国统一的秦王朝的开国皇帝。姓嬴,名政,秦庄襄王之子。13岁即王位,39岁称帝。战国末年,秦国实力最强,已具备统一东方六国的条件。秦王政初即位时国政为相国吕不韦所把持。公元前238年,他亲理国事,免除吕不韦的相职,并任用尉缭、李斯等人。自公元前230年至前221年,先后灭韩、魏、楚、燕、赵、齐六国,终于建立了中国历史上第一个统一的、多民族的、专制主义中央集权制国家——秦朝。秦始皇为人刚愎自用,统一天下后,修驰道,治骊山,车同轨,书同文,击匈奴,并南越,筑长城,扩疆域,横征暴敛,严刑酷法。尝巡幸数山,刻石勒铭,颂其功德,如峄山、琅琊刻石等。

秦皇灭典⁽¹⁾,亦造《仙诗》⁽²⁾。(《明诗》)

至于秦政刻文⁽³⁾,爰颂其德⁽⁴⁾。(《颂赞》)

至于始皇勒岳⁽⁵⁾,政暴而文泽⁽⁶⁾,亦有疏通⁽⁷⁾之美焉。(《铭箴》)

暨于暴秦烈火⁽⁸⁾,势炎昆冈⁽⁹⁾;而烟燎⁽¹⁰⁾之毒,不及《诸子》⁽¹¹⁾。(《诸子》)

昔《储说》⁽¹²⁾始出,《子虚》⁽¹³⁾初成,秦皇、汉武,恨不同时⁽¹⁴⁾;既同时矣,则韩囚而马轻⁽¹⁵⁾,岂不明鉴同时之贱哉⁽¹⁶⁾?(《知音》)

注 释

(1)秦皇灭典:指秦始皇焚烧古书事。《史记·秦始皇本纪》三十四年:"史官非秦纪皆烧之。非博士官所职,天下敢有藏《诗》《书》、百家语者,悉诣守、尉杂烧之。"

(2)造《仙诗》:《史记·秦始皇本纪》三十六年"使博士为《仙真人诗》",此诗今已不传。

(3)秦政:即秦始皇嬴政。刻文:指秦始皇巡幸各地,在山上刻石记功。《秦始皇本纪》载有《泰山刻石》等六篇，实为李斯所作。

（4）爰：乃，于是。颂其德：歌颂自己的功德。

（5）勒岳：刻石于山。勒：刻。岳：指泰山等山岳。

（6）文泽：文辞润泽。

（7）疏通：语言通达。

（8）暨：及。烈火：指焚书大火。

（9）势炎昆冈：火势几乎要把整个昆仑山都烧毁了。语出《尚书·胤征》："火炎昆冈，玉石俱焚。"这里用以比喻秦始皇焚书之火甚大。

（10）燎：延烧。

（11）不及《诸子》：王充《论衡·书解》："秦虽无道，不燔《诸子》。诸子尺书，文篇具在。"

（12）《储说》：指《韩非子》中的《内储说》《外储说》等篇。

（13）《子虚》：指司马相如的《子虚赋》。

（14）秦皇、汉武，恨不同时：《史记·韩非传》："（非）作《孤愤》《五蠹》《内外储》《说林》《说难》十余万言。……人或传其书至秦。秦王见《孤愤》《五蠹》之书，曰：'嗟乎！寡人得见此人与之游，死不恨矣！'"又《汉书·司马相如传》："蜀人杨得意为狗监，侍上。上读《子虚赋》而善之，曰：'朕独不得与此人同时哉！'得意曰：'臣邑人司马相如自言为此赋。'上惊，乃召问相如。"

（15）韩囚：秦始皇欲得韩非，及韩非入秦，李斯、姚贾害之，终入狱自杀而死。马轻：指司马相如被汉武帝当作倡优之人，而不得重用。

（16）岂不明鉴同时之贱哉：难道不是表明了同时代的人才往往被贱视么？《抱朴子·广譬》："贵远而贱近者，常人之用情也；信耳而疑目者，古今之所患也。是以秦王叹息于韩非之者，而想其为人；汉武慷慨于相如之文，而恨不同时。及既得之，终不能拔，或纳谗而诛之，或放之乎冗散。"殆为刘勰此论所本。

评 说

秦始皇统一中国后，曾制定了一系列有利经济、文化发展的措施，有力地加强了中央集权，巩固了多民族国家的统一，促进了社会的发展。但他焚书坑儒，采取"愚黔首"的政策，又从另一方面摧残了文化，加之秦代时间短暂，文学不可能有什么大的发展。除李斯写的一些应用文（如刻石铭文）外，几乎是一片空白。据《史记》所载，秦始皇虽曾命博士官作《仙真人诗》，但早已失传。李斯写的那些奉命之作，大都是对秦始皇的歌功颂德，内容虽无可取，但文辞尚美，对后世文学的发展还是产生了一定的影响。这些，刘勰都给予了客观地评述。秦始皇本人虽然并非是这些诗文的作者，但也应当看到这些作品都是在他直接倡导下写成的，它代表了当时文学发展的某些倾向和创作特点，从文学史料来看，还是有一定价值的。

·李斯

李斯（？—前208），楚国上蔡（今河南上蔡西南）人。战国末期、秦代政治家，后期法家代表人物。与韩非一同师从荀况。战国末期入秦，初为吕不韦舍人，后被秦始皇重用，历任郎、长史、客卿、廷尉直至丞相。他曾协助秦始皇制定和实施对六国各个击破的战略。秦统一六国后，定郡县，焚诗书，统一文字等主张，多出自李斯。秦始皇死后，又辅佐秦二世。赵高诬他谋反，被腰斩于咸阳，夷灭三族。有《谏逐客书》传世。另有《苍颉篇》，已佚。

范雎之言事[1]，李斯之止逐客[2]，并烦情入机，动言中务[3]；虽批逆鳞，而功成计合[4]，此上书之善说[5]也。（《论说》）

秦皇铭岱，文自李斯[6]；法家辞气，体乏弘润[7]。然疏而能壮，亦彼时之绝采也[8]。（《封禅》）

秦始立奏，而法家少文[9]。观王绾之《奏勋德》，辞质而义近[10]；李斯之《奏骊山》，事略而意径[11]：政无膏润，形于篇章矣[12]。（《奏启》）

秦灭旧章，以吏为师[13]；乃李斯删籀而秦篆兴[14]，程邈造隶而古文废[15]。（《练字》）

夫《尔雅》[16]者，孔徒之所纂[17]，而《诗》《书》之襟带也[18]；《仓颉》[19]者，李斯之所辑，而《鸟籀》之遗体也[20]；《雅》以渊源诂训[21]，《颉》以苑囿奇文[22]：异体相资，如左右肩股[23]。（《练字》）

战代任武，而文士不绝。[24]……苏秦历说壮而中[25]，李斯《自奏》丽而动[26]：若在文世，则扬、班俦矣[27]。（《才略》）

注　释

（1）范雎：字叔，战国时魏国人。言事：《史记·范雎列传》说，范雎通过秦昭王门人王稽帮助，秘密到秦国，上书秦昭王谈用人之道，并求见，后如愿。他言事之书载《战国策·秦策三》。

（2）止逐客：秦始皇下令驱逐客卿，李斯写了《谏逐客书》加以劝阻，始皇乃止。

（3）烦情：当作"顺情"，即顺着对方的感情。入机：深入到机要问题。动言中务：言辞动听，切中要务。

（4）批：触动。逆鳞：相传龙喉下有逆鳞径尺，有触之者必怒而杀人，用以比喻触怒帝王。《韩非子·说难》："人主亦有逆鳞，说者能无婴（触）人主之逆鳞则几矣。"计合：符合计议。

（5）上书之善说：谓这是向帝王上书言事最好的陈词了。

（6）秦皇：即秦始皇嬴政。铭岱：铭刻于泰山。秦始皇巡幸泰山，命李斯作《泰山刻石》，故言"文自李斯"，这里是泛指李斯所作刻石之文。

（7）法家：战国时学术派别之一，重法治。辞气：文辞风格。体：风格。泓润：宽厚圆润。

（8）疏：粗糙。壮：词句有力。绝采：最好的作品。

（9）秦始立奏：秦朝开始用"奏"这种文体。《章表》："秦初定制，改书曰奏。"即此意。少文：缺乏文采。

（10）王绾：秦始皇时曾任丞相。《秦勋德》：指王绾等人的《议帝号》。《史记·秦始皇本纪》："丞相（王）绾、御史大夫（冯）劫、廷尉（李）斯等皆曰：'……今陛下兴义兵，诛残贼，平定天下，海内为郡县，法令由一统，自上古以来未尝有，五帝所不及。'"辞质而义近：文辞古质而意义浅近。

（11）《奏骊山》：指李斯的《上书言治骊山陵》。骊山：在今陕西省西安市临潼区，秦始皇陵所在地。事略而意径：陈事简略而意思直率。

（12）膏润：润饰，引申为恩泽。秦代实行严刑峻法，不行礼治，故言"政无膏润"。形于篇章：表现于奏章。

（13）以吏为师：《史记·秦始皇本纪》："臣（李斯）请史官非秦纪皆烧之，非博士官所职，天下敢有藏《诗》《书》、百家语者，悉诣守、尉杂烧之。……若欲有学法令，以吏为师。"

（14）籀：古字体，亦称大篆。秦篆：即小篆，是在大篆的基础上简化而成的。《说文序》："秦始皇帝初兼天下，丞相李斯乃奏同之（统一文字），罢其下与秦文合者。斯作《仓颉篇》，中车府令赵高作《爰历篇》，大史令胡毋敬作《博学篇》，皆取史籀大篆，或颇省改，所谓小篆者也。"

（15）程邈：字符岑，秦始皇时御史。隶：即隶书，汉代初流行的一种字体。古文：即大篆，《说文序》："（秦）官狱职务繁，初有隶书以趣约易，而古文由此绝矣。"又："（秦隶书）秦始皇帝使下杜人程邈所作也。"

（16）《尔雅》：我国最早解释词义的专著，是考证词义和古代名物的重要资料。大约成书于西汉时期。后世经学家常用以解说儒家经义，至宋时遂为"十三经"之一。

（17）孔徒之所纂：关于《尔雅》一书的编纂者，古代有种种说法，如说周公著，孔子或子夏增益等等。后人认为此书非一人一时之作，是由汉初学者缀辑先秦和汉代诸书旧文，递相增益而成的。

（18）《诗》《书》：指《诗经》《尚书》。襟带：衣领和衣带，比喻关系密切。

（19）《仓颉》：指《仓颉篇》，古代字书，李斯所撰。

（20）《鸟籀》：当作《史籀》，指《史籀篇》，传为周宣王太史籀所作。遗体：语见《礼记·祭义》："身也者，父母之遗体也。"喻指《仓颉篇》是在《史籀篇》的基础上发展而成的。

（21）《雅》：指《尔雅》。渊源：这里指古语的本义。诂训：对古语本义的解释。

（22）《颉》：指《仓颉篇》。苑囿：养禽兽的园林。此处指网罗搜集。奇文：奇字。

（23）异体相资：指两种书的作用相辅相成。资：凭借。股：腿。

（24）战代任武：指战国时代任用军事人才。文士不绝：文人也不断涌现。

（25）苏秦：战国时纵横家。历说：游说。壮而中：言辞有力而切合时事。

(26) 李斯《自奏》：指李斯的《谏逐客书》。丽而动：文辞华丽而动人。
(27) 文世：重视文辞的时代。扬、班：指扬雄、班固，汉代著名文学家。俦：同辈。

评 说

　　李斯是秦代散文作家中的代表人物，他的文章，说理透辟，论事周详，富有文采。《谏逐客书》历来受到好评。它论据充分，说理周密，继承了荀子散文的富赡；而在铺叙状物、正反对比方面，又有纵横家气势。对汉初贾谊、晁错的政论有直接影响。由于多用排比骈偶，又被推崇为"骈体初祖"。李斯除代表作《谏逐客书》之外，还有一些奏书。此外，《泰山刻石文》《琅琊台刻石文》等多种碑文，内容都是对秦朝功德的歌颂，对后代的碑志铭文颇有影响。刘勰对他的散文、碑铭、文字等方面的成就都做了比较全面的论述，做了充分的肯定。其中一再称美《谏逐客书》的卓越成就，说它"丽而动"，从思想内容和艺术形式两个方面评价了这篇文章。并认为以他的才华，若在重视文辞的时代，可以成为像汉代扬雄、班固那样的大文学家了。刘勰这个看法，是较为中肯的。

·汉高祖

　　汉高祖（前247—前195），姓刘名邦，字季，汉初沛县（今属江苏）人，秦末起兵于沛，自立为沛公。初属项梁，后与项羽领导的起义军并力反秦。秦灭后，即与项羽展开了长达5年之久的楚汉战争。最后在垓下一战，击破了项羽，不久即皇帝位，是为汉高祖。作有《大风歌》及《鸿鹄歌》，传于世。

　　自雅声浸微，溺声腾沸(1)。秦燔《乐经》，汉初绍复(2)。制氏纪其铿锵，叔孙定其容与。(3) 于是《武德》兴乎高祖，《四时》广于孝文(4)；虽摹《韶》《夏》，而颇袭秦旧。中和之响，阒其不还(5)。（《乐府》）
　　观高祖之咏"大风"，孝武之叹"来迟"；歌童被声，莫敢不协。(6)（《乐府》）
　　汉高祖之《敕太子》，东方朔之《戒子》，亦顾命之作也。(7)（《诏策》）
　　爰至有汉，运接燔书；高祖尚武，戏儒简学(8)。虽礼律草创，《诗》《书》

未遑，然《大风》《鸿鹄》之歌，亦天纵之英作也⁽⁹⁾。(《时序》)

注　释

（1）雅声：正乐。浸微：渐渐微弱。溺声：淫邪的音乐。腾沸：兴起。

（2）燔：烧。《乐经》：六经之一，秦时失传。绍复：继承恢复。

（3）制氏：汉初乐师。叔孙：叔孙通，汉初儒生。这两句说制氏记下了音律，叔孙通仿照雅乐制定了舞容和仪节。

（4）《武德》《四时》：均系舞名。《汉书·礼乐志》："《武德舞》者，高祖四年作……《四时舞》者，孝文所作。"

（5）《韶》《夏》，均系乐名。《韶》传为虞舜时的《韶乐》，《夏》传为夏禹时的《大夏》。中和之响：中正和平的音乐。阒：没有声音。

（6）"大风"：《史记·乐书》载，高祖过沛，作《大风歌》，令小儿歌之。歌童：歌唱、演奏者。被声：配曲。协：声律协调。

（7）《敕太子》：《古文苑》卷十载汉高祖《手敕太子文》，《艺文类聚》卷二十三载东方朔《戒子诗》。顾命：临终前的遗命。

（8）燔书：指秦始皇焚书。尚：崇尚。戏儒简学：戏弄儒生，忽视学术。简：简慢，轻视。《史记·郦食其传》：骑士曰："沛公不好儒，诸客冠儒冠来者，沛公辄解其冠，溲溺其中。"

（9）遑：空闲。未遑：指汉初没顾得上研究儒家经籍。《鸿鹄》：《史记·留侯世家》载，高祖想更换太子，未能实现，作《鸿鹄歌》。天纵之英作：上天赋予的杰作。

评　说

汉高祖是西汉初期的著名政治家，他即帝位后，虽开始草创礼律，但还没有来得及讲究《诗》《书》。刘邦的《大风歌》作于征讨英布凯旋归乡与故老乡亲饮酒相劝之际，表面上看起来似乎充满了胜者为王的豪气，内里则别有一番将叛亲离、难以言说的孤独，同样是悲伤慷慨，却反映了他建立统一大帝国，巩固政权的雄心壮志。诗句虽短，却不乏魄力和韵味，故刘勰称其为"天纵之英作"。这些评价虽有些言之过美，但这首诗也确实反映了刘邦当时的真实思想。

刘邦的《大风歌》在文辞、句式和精神气质上都是典型的楚歌，"故在楚汉之际，诗教熄，民间多乐楚声，刘邦以一亭长上帝位，其风遂亦被官披"。鲁迅先生在《汉文学史纲要》中的这段话点明，楚文化在汉盛乃是由民间趣尚引发，从而播至宫廷煽动上层崇尚。统治者的好尚必然招致文人学士的追摹。

· 韦孟

韦孟(约前228—约前156),鼓城(今江苏徐州)人,西汉文学家。初为楚元王傅,后又为元王子夷王、孙王戊傅。戊荒淫不道,韦孟曾作《讽谏诗》进行劝谏。后去位,迁家于邹,又作《在邹诗》一篇。他的诗都是四言体,载于《全汉诗》卷二。

汉初四言,韦孟首唱⁽¹⁾;匡谏之义,继轨周人⁽²⁾。(《明诗》)

注 释

(1)四言:四言诗。首唱:首创。谓韦孟是汉初四言诗的首创者。
(2)匡:纠正。继轨:继承。周人:指《诗三百》篇的作者。

评 说

据《汉书·韦贤传》载:"韦孟为楚元王傅,傅(元王)子夷王及孙王戊。戊荒淫不遵道,孟作诗讽谏。"诗中有:"如何我王,不思守保,不惟(思)履冰,以继祖考。邦事是废,逸游是娱,犬马繇繇,是放是驱。务彼鸟兽,忽此稼苗,丞民以匮,我王以愉。所弘非德,所亲非俊,唯囿是恢,唯谀是信。"刘勰认为韦孟是汉代四言诗的首创者,并认为他的《讽谏诗》是继承了周人作《诗经》的传统。可见刘勰对《诗三百》所表现的现实主义精神是很重视的。

· 陆贾

陆贾(约前228—约前140),初楚(今江苏徐州)人,汉初思想家,政治家。早年随刘邦平定天下,口才极佳,常出使诸侯。刘邦即帝位后,他受命出使南越,说服尉佗接受汉朝赐予的南越王印,称臣奉汉约,被任为太中大夫。刘邦即位之初,重武力,轻诗书,以"居马上得天下"自矜,他乃建议重视儒学，"行仁义，法先圣"，提出"逆取顺守，文武并用"的统治方略，遂受命总结秦朝灭亡及历史上国家成败的经验教训，共著文12篇，每奏一篇，高祖无不称善，故名其书为《新语》。《汉书·艺文志》载陆贾有论文23篇，赋3篇，已佚。今存《新语》12篇。

秦世不文[1]。颇[2]有杂赋，汉初词人，顺流而作[3]。陆贾扣其端[4]，贾谊振其绪[5]，枚、马同其风[6]，王、扬骋其势[7]。皋、朔已下[8]，品物毕图[9]。（《诠赋》）

汉灭嬴、项[10]，武功[11]积年；陆贾稽古[12]，作《楚汉春秋》[13]。（《史传》）

若夫陆贾《典语》[14]、贾谊《新书》、扬雄《法言》、刘向《说苑》、王符《潜夫》[15]、崔寔《政论》[16]、仲长[17]《昌言》、杜夷《幽求》[18]，咸[19]叙经典，或明政术[20]；虽标"论"名，归乎诸子。何者？博明万事为子，适[21]辨一理为论。彼皆蔓延[22]杂说，故入诸子之流。（《诸子》）

至汉定秦、楚，辨士弭节，郦君[23]既毙于齐镬，蒯子[24]几入乎汉鼎；虽复陆贾籍甚[25]，张释[26]傅会，杜钦[27]文辨，楼护[28]唇舌，颉颃万乘之阶，诋戏公卿之席：并顺风以托势，莫能逆波而溯洄[29]矣。（《论说》）

汉室陆贾，首发奇采[30]，赋《孟春》而选《典》《诰》[31]，其辩[32]之富矣。（《才略》）

注　释

（1）不文：不重视文学。
（2）颇：少。据《汉书·艺文志》载，秦只有九篇《杂赋》。
（3）作：起。
（4）扣其端：开了作赋的头。
（5）振其绪：发扬其传统。
（6）枚、马：指枚乘、司马相如。同其风：继承其风气。
（7）王、扬：指王褒、扬雄。骋其势：扩大其声势。
（8）皋、朔：指枚皋、东方朔。
（9）品物：犹万物。毕：尽。图：描绘。
（10）嬴、项：指秦始皇、项羽。嬴：秦王的姓。
（11）武功：指战争。
（12）稽古：指考察"汉灭嬴项"的史迹。
（13）《楚汉春秋》：今不存。据《后汉书·班彪传》："汉兴，定天下，太中大夫陆贾记录时功，作《楚汉春秋》九篇。"
（14）《典语》：应作《新语》。

（15）《潜夫》：即《潜夫论》。

（16）《政论》：亦作《正论》。

（17）仲长：即仲长统。

（18）《幽求》：即《幽求子》。

（19）咸：应作"或"。

（20）政术：政治方略。

（21）适：仅，只。

（22）蔓延：关涉。

（23）郦君：即郦食其。《郦生传》云："淮阴侯闻郦生伏轼下齐七十余城，乃夜度兵平原平袭齐，齐王田广以为郦生卖己，……遂烹郦生。"

（24）蒯子：即蒯通。《淮阴侯传》云：(韩信曰) 吾悔不用蒯通之计，乃为儿女子所诈。高祖捕通欲烹之。通曰：秦失其鹿，天下共逐之，欲为陛下所为者甚众，顾力不能耳，又可尽烹之耶。乃释通之罪。

（25）籍甚：指声名显赫。《史记·陆贾传》："陆生游汉廷公卿间，名誉籍甚。"

（26）张释：张释之，汉文帝时人。释之根据陆贾《楚汉春秋》等史料，传说秦汉间事，文帝称善。

（27）杜钦：汉大将军王凤幕行。京兆尹王章言王凤专权敬主之过，杜欲要王凤上疏涉罪，乞骸骨。文指甚哀，凤心惭愧，称病重引退。杜钦又说凤起视事。

（28）楼护：字君卿，与谷永俱为五侯上客。长安号曰："谷子云笔札，楼君卿唇舌。"言其见信用。

（29）逆波溯回：即反方而行事。此言句统治者进言，只能顺风托势。

（30）奇采：出色的文采。此就作赋而言。

（31）赋《孟春》而选《典》《诰》：杨明照《文心雕龙校注拾遗》说，此句"谓贾之《孟春赋》选言于《典》《诰》"。《孟春赋》，今不存。

（32）辩：辩丽。

评 说

陆贾是汉初的辞赋家和政论家。他的《新语》成为汉代确立儒家思想统治地位的先声。《新语》为总结秦朝覆亡及汉朝成功的教训和经验而作，其主旨就在于强调应该"逆取而顺守之，文武并用"，用儒家"六经"来治国。它通过古代国家兴亡的史实，阐述政权建设成败的历史经验教训，论证当朝应奉行的治国之道，为新的大一统帝国规划立国大法。自此之后一个很长的时期，如何借鉴古代特别是秦王朝的政治得失，如何加强新王朝的政治统治，成为散文的一个重要主题。陆贾的赋作虽然不多，但刘勰称他"首发奇采"，揭开了汉赋大兴的序幕，为汉代的文学发展起了开拓的作用。尽管陆贾具有"博明万事"之解，颇复盛峰，然而随着社会的发展，时间的前进，他也只能"顺风以托势，莫能逆波而溯洄"，这就不免带有一点悲剧性的色彩了。

·邹阳·

邹阳（约前206—前129），临淄（今山东淄博）人，西汉文学家。初从吴王刘濞，濞欲反，写有《上吴王书》劝之，不听。后去为梁孝王客，被谗下狱，有《狱中上梁王书》，释放后，为梁王上客。所作散文，有战国游士纵横善辩之风。主要作品《上吴王书》《狱中上梁王书》。

至于邹阳之说吴、梁，喻巧而理至，故虽危而无咎矣。(1)（《论说》）

施及孝惠，迄于文、景，经术颇兴(2)，而辞人勿用；贾谊抑而邹、枚沈(3)，亦可知已。（《时序》）

枚乘之《七发》，邹阳之《上书》，膏润于笔，气形于言矣。(4)（《才略》）

若夫屈、贾之忠贞，邹、枚之机觉(5)，黄香之淳孝(6)，徐幹之沉默(7)：岂曰文士，必其玷欤(8)！（《程器》）

瞻彼前修，有懿文德(9)：声昭楚南，采动梁北(10)。（《程器》）

注 释

（1）《汉书·邹阳传》说：邹阳仕吴，吴王意图叛汉，邹阳上书吴王，举了许多例子，暗示吴不亲汉而谋叛，难逃被杀或流放的祸殃。吴王不听。邹阳遂至梁，又为羊胜陷害下狱，邹阳狱中上书自明，举了许多事例，表达自己的忠诚。梁王看了，立即释放了他。咎：罪过。

（2）施及：延及。孝惠：汉惠帝刘盈。文、景：汉文帝刘恒，汉景帝刘启。经术颇兴：据《汉书》记载，惠帝四年，废除了禁止民间藏书的法律。文帝时，《论语》《孝经》《孟子》《尔雅》皆置博士，又立韩生《诗》及申公《诗》。景帝时置齐辕固生《诗》及胡毋生、董仲舒《春秋公羊传》博士。

（3）贾谊抑而邹、枚沈：贾谊曾因受谗贬为长沙王太傅。邹、枚：邹阳、枚乘。邹阳曾受谗下狱，枚乘地位也不高。沈：低沉。

（4）邹阳之《上书》：指邹阳的《上吴王书》和《狱中上梁王书》。膏润于笔：文采丰富。膏：滑膏。气形于言：气势溢于言表。

（5）屈、贾：屈原、贾谊。邹、枚之机觉：指邹阳、枚乘及时发觉吴王将要造反而离去。机觉：机警。据《汉书·邹阳传》载，吴王濞招致四方游士，阳与吴严忌、枚乘等俱仕吴，皆以文辩著名。久之，吴王以太子怨望，称疾不朝，阴有邪谋。阳奏书谏，……吴王不纳其言。是时，景帝少弟梁孝王贵盛，亦待士。于是邹阳、枚乘、严忌，知吴王不可说，皆去之梁，从孝王游。"

（6）黄香：东汉文士。淳孝：至孝。黄香以孝著称，事见《后汉书·黄香传》。

（7）徐幹："建安七子"之一。沉默：指徐幹不求富贵，恬淡寡欲。

（8）玷：玉的污点，引申为人的过失。此句是说难道作家就一定要有过失吗？
（9）前修：前代优秀作家。懿：美。文德：文才品德。
（10）声昭楚南：指屈原、贾谊的名声传遍了南方的楚国。采动梁北：指邹阳、枚乘的文学才能震动了北方的梁国。

评 说

邹阳的《狱中上梁王书》，陈述了自己对梁孝王的拳拳忠心，极力申诉受谗的冤屈。其文博引史实，善用谚语、典故，以正反对比来剖析事理，词多偶丽，句多排比铺张，雄辩有力，感人肺腑，颇有战国游士纵横善辩之风，是汉代书信体散文中少有的佳品。邹阳《上吴王书》时，吴王还没有反。邹阳虽及时察觉了吴王的"邪谋"，上书劝谏，但又不能直说，故用了大量的比喻，所以刘勰说他"机觉""喻巧而理至"。邹阳下狱，梁王信谗，虽心有怨怒，直说则不利，于是就用大量篇幅说明知人与不知人之别。指出知人必须不"惑于众口"，不"移于浮辞"，这就动摇了梁王对谗言的信赖。他把握了这一关键，其他问题便迎刃而解，所以刘勰说他"虽危而无咎矣"。

· 贾谊

贾谊（前200—前168），西汉时期洛阳（今河南洛阳东）人，世称贾太傅、贾生、贾长沙，著名的文学家、思想家、政治家。贾谊于汉高帝七年（前200）出生，从小才学过人，文笔十分漂亮。21岁时就被老师吴廷尉推荐当了博士。一年后被提升为太中大夫，深受汉文帝赏识。后为梁怀王太傅，怀王坠马死，他郁郁自伤，不久去世。所著政论有《陈政事疏》《过秦论》等，另有赋7篇，今存者以《吊屈原赋》《鵩鸟赋》较有名。在历史上有很高的地位，后来的文人对他的评价极多。

自《九怀》以下，遽躡其迹；而屈、宋逸步^{（1）}，莫之能追。故其叙情怨，则郁伊而易感；述离居，则怆怏而难怀；论山水，则循声而得貌；言节候，则披文而见时。是以枚、贾^{（2）}追风以入丽，马、扬沿波而得奇；其衣被词人，非

一代也。⁽³⁾(《辨骚》)

秦世不文，颇有《杂赋》。汉初辞人，顺流而作。陆贾扣其端，贾谊振其绪⁽⁴⁾，枚、马同其风，王、扬骋其势。皋、朔已下⁽⁵⁾，品物毕图。(《诠赋》)

观夫荀结隐语，事数自环⁽⁶⁾；宋发巧谈⁽⁷⁾，实始淫丽；枚乘《菟园》⁽⁸⁾，举要以会新；相如《上林》⁽⁹⁾，繁类以成艳；贾谊《鹏鸟》⁽¹⁰⁾，致辨于情理；子渊《洞箫》⁽¹¹⁾，穷变于声貌；孟坚《两都》⁽¹²⁾，明绚以雅赡；张衡《二京》⁽¹³⁾，迅发以宏富；子云《甘泉》，构深玮之风⁽¹⁴⁾；延寿《灵光》⁽¹⁵⁾，含飞动之势：凡此十家，并辞赋之英杰也。(《诠赋》)

自贾谊浮湘，发愤吊屈，体同而事核，辞清而理哀，盖首出之作也。⁽¹⁶⁾(《哀吊》)

班彪、蔡邕，并敏于致语⁽¹⁷⁾，然影附贾氏，难为并驱耳⁽¹⁸⁾。(《哀吊》)

若夫陆贾《新语》⁽¹⁹⁾、贾谊《新书》、扬雄《法言》⁽²⁰⁾、刘向《说苑》⁽²¹⁾、王符《潜夫》⁽²²⁾、崔寔《政论》⁽²³⁾、仲长《昌言》⁽²⁴⁾、杜夷《幽求》⁽²⁵⁾，咸叙经典，或明政术；虽标"论"名，归乎诸子。何者？博明万事为子，适辨一理为论。彼皆蔓延杂说，故入诸子之流。⁽²⁶⁾(《诸子》)

若夫贾谊之《务农》⁽²⁷⁾，晁错之《兵事》⁽²⁸⁾，匡衡之《定郊》⁽²⁹⁾，王吉之《观礼》⁽³⁰⁾，温舒之《缓狱》⁽³¹⁾，谷永之《谏仙》⁽³²⁾，理既切至，辞亦通畅，可谓识大体矣⁽³³⁾。(《奏启》)

驳者，杂也。杂议不纯⁽³⁴⁾，故曰驳也，自两汉文明，楷式昭备，蔼蔼多士，发言盈庭⁽³⁵⁾：若贾谊之遍代诸生⁽³⁶⁾，可谓捷于议也。至如主父之驳挟弓⁽³⁷⁾，安国之辨匈奴⁽³⁸⁾，贾捐之陈于朱崖⁽³⁹⁾，刘歆之辨于祖宗⁽⁴⁰⁾：虽质文不同，得事要矣⁽⁴¹⁾。(《议对》)

贾生骏发，故文洁而体清⁽⁴²⁾。(《体性》)

若乃改韵从调，所以节文辞气。贾谊、枚乘，两韵辄易；刘歆、桓谭，百句不迁：亦各有其志也。昔魏武论赋，嫌于积韵，而善于资代。陆云亦称："四言转句，以四句为佳。"观彼制韵，志同枚、贾。⁽⁴³⁾(《章句》)

贾生《鵩赋》云："祸之与福，何异纠纆？"此以物比理者也。⁽⁴⁴⁾(《比兴》)

观乎屈、宋属篇，号依《诗》人，虽引古事而莫取旧辞。⁽⁴⁵⁾唯贾谊《鵩赋》，始用《鹖冠》⁽⁴⁶⁾之说；相如《上林》，撮引李斯之《书》：此万分之一会也⁽⁴⁷⁾。(《事类》)

施及孝惠，迄于文、景，经术颇兴，而辞人勿用；贾谊抑而邹、枚沈⁽⁴⁸⁾，亦可知已。(《时序》)

贾谊才颖，陵轶飞兔，议惬而赋清，岂虚至哉！⁽⁴⁹⁾(《才略》)

若夫屈、贾之忠贞⁽⁵⁰⁾，邹、枚之机觉⁽⁵¹⁾，黄香之淳孝⁽⁵²⁾，徐幹之沉默⁽⁵³⁾；岂曰文士，必其玷欤⁽⁵⁴⁾！(《程器》)

瞻彼前修，有懿文德：声昭楚南⁽⁵⁵⁾，采动梁北。雕而不器，贞干谁则？岂无华身，亦有光国。(《程器》)

注　释

（1）屈、宋逸步：屈原和宋玉的步伐很快。逸步：犹快步。

（2）枚、贾：即枚乘和贾谊。

（3）此段的大意是：从王褒《九怀》以后，许多作家都学习《楚辞》，但总是赶不上屈原和宋玉，他们抒写怨抑和离别，都能感动读者。他们写山水，能使读者想到岩壑形貌，他们写四季，可使人看到时光变迁。枚乘、贾谊学习他们，文章写得华丽绚烂。司马相如、扬雄学习他们，文章写得奇伟动人。屈、宋对后人的启发，并不限于某一个时期。

（4）振：发扬。绪：端绪。振其绪：予以发展。据《汉书·艺文志》说，贾谊有赋七篇。今存《鵩鸟赋》等四篇，见《全汉文》卷十五、十六。

（5）皋、朔已下：枚皋和东方朔。

（6）事数自环：事数，佛家用语，为一切事物的名相。自环：此处为自问自答。

（7）宋发巧谈：唐写本为"宋发夸谈"。杨明照按"夸为是"，以《夸饰篇》"自宋玉景差，夸饰为盛"证之。

（8）《苑园》：枚乘《梁王菟园赋》是其代表作，菟园：苑名。

（9）《上林》：司马相如《上林赋》，为天子时猎之赋，极言上林广大侈靡。

（10）《鵩鸟》：贾谊贬官做长沙王太傅时，有猫头鹰飞入屋，楚人称猫头鹰为鵩鸟，因作《鵩鸟赋》说："祸兮福所倚，福兮祸所伏"，"其生兮若浮，其死兮若休"，想排遣祸福生死观念，来自我宽解，故刘勰称其"致辨于情理"。

（11）《洞箫》：王褒（字子渊）《洞箫赋》为太子所书，"令后富贵人左右皆诵读之"。

（12）《两都》：班固字孟坚，其《两都赋》盛称洛邑制度之美。

（13）《二京》：张衡字平子，作《二京赋》因以讽刺王侯奢之风。

（14）甘泉：扬子云《甘泉赋》，深玮：深奇，深刻奇丽。

（15）《灵光》：王逸子延寿字文考，游鲁，作《鲁灵光殿赋》。蔡邕亦造此赋，未成，及见寿所作，遂辍笔。

（16）吊屈：贾谊渡湘水，作《吊屈原赋》，载《文选》卷六十。体同：唐写本作"体周"。体周事核、辞清理哀：体制周密，事实准确，文辞清晰，内容悲哀。首出之作：徐师曾《文体明辨序说·文》说："若贾谊之《吊屈原》，则吊之祖也。"

（17）班彪：有《悼离骚》今存八句，见《艺文类聚》卷五十八。蔡邕有《屈原文》，残文见《艺文类聚》卷四十。敏于致。唐写本作"诘"，是。敏于致诘：长于提问。贾谊《吊屈原赋》中多致诘，班、蔡之文，模仿贾文，多有"致诘"之语。

（18）影附：追随、模仿。贾氏：贾谊有《新书》五十八篇，以政论最有远见，如《过秦论》《治安策》极为著称。并驱：并驾齐驱。

（19）《新语》：《史记》称，高帝谓陆生曰："试为我著秦所以失天下，吾所以得之者何,及古成败之国。"陆生乃粗述存亡之征,凡著十二篇,每奏一篇,高帝未尝不称善,左右呼万岁,号其书曰《新语》。

(20)《法言》:《汉书·扬雄传》载:扬雄"见诸子各以其知舛驰,……虽小辩,终破大道而或众,……故人时有问雄者,常用法应之,撰为十三卷,象《论语》,号曰《法言》"。

(21)《说苑》:刘向采传记行事著《新唐说苑》,凡五篇。

(22)《潜夫》:王符耿介不同于俗,隐居著书以讥当时失得,不欲彰显其名,故号曰《潜夫论》。

(23)《政论》:崔寔字子真,明于政体,论当世政事数十条,名曰《政论》,指切时要,言辨而确,当世称之。

(24)《昌言》:后汉仲长统,字公理,著论曰《昌言》。

(25)《幽求》:晋杜夷,字行齐,著《幽求子》二十篇。

(26)博明万事:广博辨明各种事物。适辨:只辨。彼皆蔓延杂说:指陆贾等八人的文章牵涉范围很广。

(27)《务农》:指贾谊的《论积贮疏》,见《汉书·食货志上》。

(28)《兵事》:晁错有《上书言兵事》,也称《言兵事疏》,见《汉书·晁错传》。

(29)《定郊》:匡衡有《奏徙南北郊》,见《汉书·郊祀志下》。

(30)《观礼》:指王吉的《上宣帝疏言得失》,见《汉书·王吉传》。

(31)《缓狱》:指路温舒的《尚德缓刑书》,见《汉书·路温舒传》。

(32)《谏仙》:指谷永的《说成帝距绝祭祀方术》,见《汉书·郊祀志下》。

(33)理既切至:道理讲得切实得当。识大体:懂得(写奏章的)要领。

(34)杂议不纯:议论纷纭复杂。

(35)文明:文化昌明。楷式昭备:指典范的法式既明显,又完备。蔼蔼:众多。士:文学之士。庭:朝廷。

(36)遍代诸生:《史记·屈原贾生列传》载,汉文帝时贾谊为博士,"是时贾生年二十余,最为少。每诏令议下,诸老先生不能言,贾生尽为之对,人人各如其意所欲出。诸生于是乃以为能,不及也"。

(37)驳挟弓:《吾丘寿王传》云:"公孙弘奏言:'……禁民毋得挟弓弩便。'上下其议。寿王对曰:'臣恐邪人挟之而吏不能止,良民以自备而抵法禁,是擅贼威而夺民救也。'……上以难弘,弘诎服焉。"

(38)辨匈奴:《韩安国传》载,武帝时匈奴请和亲,大行王恢议伏兵袭击。安国曰:"匈奴轻疾悍亟之兵也,……难得而制。今使边郡久废耕织而支胡之常事,其势不相权也,臣故曰:'勿击便。'"

(39)陈于朱崖:《贾捐之传》载,珠厓又反,上使王商诘问捐之。捐之对曰:"臣愚以为非,冠带之国,《禹贡》所及,《春秋》所治,皆可,且无以为愿。遂弃珠臣,专用恤关东为忧。"

(40)辨于祖宗:《汉书·韦贤传》载,汉代大立宗庙,至成帝时,彭宣等50余人上奏,认为"孝武皇帝虽有功烈,亲尽宜毁",刘歆上《孝武庙不毁议》反对,认为孝武皇帝南灭百粤,北击匈奴,"至今累世赖之",功德昭著,庙不应毁。

(41)质:内容。文:文辞。要:指写奏议的要领。

(42)骏发:年轻英俊,意气风发,这是说贾谊才性豪迈。文洁而体清:文辞简洁,

（43）这段话的意思是：贾谊、枚乘的辞赋，常常换韵。而刘歆和桓谭，却不换韵，常是一韵到底。曹操论赋，在用韵方面和贾谊、枚乘的主张相同。

（44）贾谊《鵩鸟赋》原文是："夫祸之与福兮，何异纠纆。"纠，绞合。纆：绳索。一说"纠为二合绳，纠纆为三合绳，祸福互为里表，如纠纠纆绳索相附会"。以物比理：用具体的事物来比喻深刻的道理。

（45）屈、宋：屈原和宋玉。属：缀辑，指写作。号：号称、据说。诗人：《诗经》的作者。王逸《楚辞章句序》："屈原履忠被谮，忧悲愁思，独依诗人之义而作《离骚》。"引古事：征引古事。莫取旧辞：不是照抄原文。

（46）《鹖冠》：战国时楚人鹖冠子有《鹖冠子》一书，今存十九篇，多为伪作。用《鹖冠》之说：据李善注《文选·鵩鸟赋》说，《鵩鸟赋》中很多话是引用《鹖冠子》的原话，如"忧喜聚门兮，吉凶同域"；"越栖会稽兮，勾践霸世"等。

（47）撮：取，引用。李斯《谏逐客书》中有"建翠凤之旗，树灵鼍之鼓"的句子，司马相如《上林赋》中有"建翠华之旗，树灵鼍之鼓"之句，故刘勰称司马相如撮引李斯之书。万分之一会：偶然的会合。

（48）沈：低沉。贾谊曾因受谗贬为长沙王太傅。邹阳也曾因受谗下狱，枚乘地位也不高。

（49）颖：禾的末端，引申为铎锐。陵轶：超越。飞兔：良马名。《吕氏春秋·离俗览》："飞兔，马要，古之骏马也。"高诱注："飞兔，马要，皆马名也。日行万里，驰若兔之飞，故以为名也。"议惬赋清：议论文写得恰当，辞赋也很清新。虚至：凭空达到。

（50）屈、贾之忠贞：屈原爱国、忠君，楚亡而自沉。贾谊为梁怀王太傅，梁怀王坠马身亡，谊郁郁自伤而死。

（51）邹、枚之机觉：《汉书·邹阳传》载，"吴王濞招致四方游士，阳与吴严忌、枚乘等俱仕吴，皆以文辩著名。久之，吴王以太子事怨望，称疾不朝，阴有邪谋。阳奏书谏。……吴王不纳其言。是时，景帝少弟梁孝王贵盛，亦待士。于是邹阳、枚乘、严忌，知吴王不可说，皆去之梁，从孝王游"。

（52）黄香：东汉文人。淳孝：至孝。《后汉书·黄香传》："黄香，字文强，江夏安陆人也。年九岁失母，思慕憔悴，殆不免丧（终丧），乡人称其至孝。"

（53）徐幹：字伟长，"建安七子"之一。沉默：恬淡寡欲，不求富贵。曹丕《与吴质书》："而伟长独怀文抱质，恬淡寡欲，有箕山之志，可谓彬彬君子矣。"

（54）玷：玉的污点，引申为人的过失。此句是说难道作家就一定要有过失吗？

（55）声昭楚南：指屈原和贾谊的名声传遍了南方的楚国。

评 说

贾谊是两汉初期杰出的政治家和文学家。"年十八，以能诵诗书属文称于郡中"，20余岁为博士，提出了一套改革政治的主张，力主中央集权，削弱藩国，全力击败匈奴，巩固边防。同时强调以民为本的安民思想，重农抑商，鼓励生产。贾谊的这些政治主张，都集中表现在《新书》中。由于受到权贵的排斥，被贬谪到长沙，写下了《吊屈原赋》和《鵩鸟赋》等作品。《吊屈原赋》是贾谊的代表作，在书的前半部分中，他以一连串的富于形象性和象征意味的比喻，既表达了对屈原的真切同情，又概括了旧时代贤者居于下位，小人得志猖狂，黑白不分，颠倒是非的现实。他看到了战国时列国对峙给屈原提供了广阔的活动空间，但他不清楚屈原沉浸其中的感性文化给予屈原的根本性的影响，所以他既同情屈原，又责备屈原，他自己则表示要取"固去引而远去"的态度，以在精神上保持一点人格的独立性。贾谊同屈原的思想情感是不同的。贾谊以其雄放恣肆、气势充盈的政论卓然立于汉初文坛，同时也以情感理密的赋作独立风骚，而赋作是其性情之文，最足以体现其个性色彩。贾谊分析天下之大势，气势磅礴；设计治安大计，高瞻远瞩。《汉书·贾谊传》载刘向赞语道："贾谊言三代与秦治乱之意，其论甚美，通达国体，虽古之伊、管，未能过也。"

贾谊的政治处境和忧郁的心性和屈原有所类似，他的吊屈原就是在吊自己。刘勰称贾谊"致辨于情理""遍代诸生，可谓捷于议也""贾生骏发，故文洁而体清""贾谊才颖，陵轶飞兔，议惬而赋清"，这些评价都是正确的。

晁错

晁错（前200—前154），西汉政论家，颍川（今河南禹州）人。初从张恢学申不害、商鞅之学。文帝时，任太常掌故，曾奉命师《尚书》于伏生。景帝时，官至御史大夫。他坚持"重本抑末"的政策，主张削夺王国部分封址，为景帝所采纳。景帝三年（前154）吴楚七国借口请诛晁错以清君侧，发动叛乱。曾任吴相的爰盎（袁盎）和外戚窦婴，与晁错素不相容，乘机建议景帝斩晁错以谢诸侯。景帝遂拜爰盎为太常使吴，并由丞相、中尉、廷尉等劾奏晁错"大逆无道"，腰斩晁错于长安东市，父母、妻子皆被杀。晁错的政论文章以议论犀利，分析深刻著称。《汉书·艺文志》中法家有《晁错》31篇，今有清代马国翰等人辑本。所著政论有《论募民徙塞下书》《论贵粟疏》《论守边备塞书》等。

自汉以来，奏事或称上疏[1]，儒雅继踵，殊采可观[2]。若夫贾谊之《务农》[3]，晁错之《兵事》[4]，匡衡之《定郊》[5]，王吉之《观礼》[6]，温

舒之《缓狱》[7]，谷永之《谏仙》[8]，理既切至，辞亦通畅，可谓识大体[9]矣。(《奏启》)

自汉置八仪，密奏阴阳[10]；皂囊封板，故曰"封事"[11]。晁错受《书》，还上便宜[12]。后代便宜，多附封事，慎机密也。[13](《奏启》)

汉文中年，始举贤良[14]，晁错对策，蔚为举首[15]。及孝武益明，旁求俊乂[16]。对策者以第一登庸，射策者以甲科入仕[17]：斯固选贤要术[18]也。观晁氏之对，证验古今[19]，辞裁以辨，事通而赡[20]；超升高第，信有征矣[21]。仲舒之对，祖述《春秋》[22]，本阴阳之化，究列代之变[23]，烦而不恩者[24]，事理明也。公孙之对，简而未博[25]，然总要以约文，事切而情举[26]，所以太常居下，而天子擢上也[27]。杜钦之对，略而指事[28]，辞以治宣，不为文作[29]。及后汉鲁丕，辞气质素[30]，以儒雅中策，独入高第[31]：凡此五家，并前代之明范[29]也。(《议对》)

注 释

（1）疏：谓自汉代以后，奏事有时也称上疏。

（2）儒雅：博学的儒生。继踵：前后相接，有络绎不绝之意。殊采：特殊的文采。

（3）《务农》：指贾谊的《论积贮疏》，见《汉书·食货志上》。

（4）《兵事》：指晁错的《上书言兵事》，也称《言兵事疏》，见《汉书·晁错传》。

（5）匡衡：字稚圭，西汉成帝时丞相。《定郊》：指匡衡的《奏徙南北郊》，见《汉书·郊祀志下》。

（6）王吉：字子阳，西汉宣帝时为博士谏大夫。《观礼》：《太平御览》卷作《劝礼》，指王吉的《上宣帝疏言得失》，见《汉书·王吉传》。

（7）温舒：即路温舒，字长君，西汉宣帝时为临淮太守。《缓狱》：指路温舒的《尚德缓刑书》，见《汉书·路温舒传》。

（8）谷永：字子云，西汉成帝时官至大司农。《谏仙》：指谷永的《说成帝拒绝祭祀方术》，见《汉书·郊祀志下》。

（9）识大体：谓义理既讲得深切得当，文辞也通畅，就可以说已懂得写作奏章的大体了。

（10）八仪：范文澜注："疑作八能"即奏乐之八个能人。阴阳：即古代音乐之律吕，阳为律，阴为吕，后称十二律。据《后汉书·礼仪志中》说，八能之士奏乐，冬至奏阴乐，夏至奏阳乐。奏完之后，由八能士根据自己奏乐时音律是否协调，来谈论各种政治问题，把意见写在报上，然后用黑布袋密封起来，交给尚书，仪式极为隆重。

（11）皂囊：黑色布袋。皂，黑色。"封事"：密封奏事。

（12）晁错受《书》：据《汉书·儒林传》及其注说，汉文帝时没有人治《尚书》，唯有故秦博士伏生治之。欲诏，但伏生年已九十余岁，老不能行，乃诏太常遣晁错往受之。晁错至，伏生已不能正言，使其女儿传言教错，把《尚书》传了下来。便宜：是一种上行公文，取便于公、宜于民之义，又称"便宜事"。

（13）这句意思是：言后代的"便宜事"，大都以密封呈奏，是为了谨守机密。

（14）汉文：汉文帝刘恒。中年：中期。举贤良：汉代选用官吏的一种制度，意即推举有才之士。据《汉书·文帝纪》载，前元二年诏："举贤良方正，能直言极谏者，以匡朕之不逮。"

（15）对策：指晁错的《贤良文学对策》，见《汉书·晁错传》。蔚：本为草木繁盛，这里指文采之盛。举首：谓《贤良文学对策》是被选之中的最好作品。

（16）孝武：汉武帝刘彻。益明：更加光明。旁求：四面八方地搜罗。俊乂：杰出人才。

（17）登庸：提升任用。入仕：入朝授官。

（18）选贤要术：言这固然是选拔贤才的重要方法。

（19）证验古今：以古今事例为验证。

（20）辞裁以辨：文辞简洁明辨。赡：详赡，丰富。

（21）征：验证。言他能跃登言策，确有事实可以验证的。

（22）仲舒：指西汉儒学家董仲舒，他有《举贤良对策》三篇，载本传。祖述《春秋》：言宗奉和阐扬《春秋》之学。

（23）阴阳之化：以阴阳之气的变化为根本。究列代之变：穷究历代人事之变革。

（24）烦：繁多。恩：混乱。

（25）公孙：指西汉武帝时丞相公孙弘，他也有《贤良文学对策》一篇，载本传。简而未博：简略而不广博。

（26）总要：抓住要点。情举：情志显明。

（27）太常：此指考试官。擢上：提升为第一名。此句承上意：言主考官把公孙弘列为下第，而汉武帝却提升他为第一名。

（28）杜钦：西汉成帝时大将军王凤的幕僚，他有《举贤良方正对策》和《白虎殿对策》两篇。略而指事：言杜钦的两篇对策，虽简略而有专指。

（29）治宣：为治世而发。此句谓杜钦的文辞从治国而发，不是为写文章而写文章。

（30）鲁丕：东汉名儒。他也有《举贤良方正对策》一篇，载袁宏《后汉记》卷十六。质素：朴素。

（31）儒雅：博雅。独人高第：据《后汉书·鲁恭（附丞）传》载，章帝建初元年，诏举贤良方正，大司农刘宽举丕，时对策者一百余人，只有丕登高第。

（32）明范：光辉的典范。

评 论

晁错在景帝时任御使大夫，时人誉称"智囊"。他的奏议，不是一般的官样文章，他论证详赡，说理透彻，语言精畅，如《论贵粟疏》《守边劝农疏》《言兵事疏》等策，就是我国古代政论文的优秀篇章。他主张削弱诸侯势力，加强中央集权；重农抑商，轻敛薄赋，发展农业；徙民实边，抵御匈奴侵扰。观点与贾谊相似。文章结构严整，论辩有力，分析深刻，切中要害。言辞质朴而犀利,简洁而明快,文采稍逊于贾谊而深切实用又过之。刘勰尤其称道他的"对策"写得很好,说"晁氏之对,证验古今,辞裁以辨,事通而赡",这些评价都是正确的。

· 毛亨

毛亨,生卒年不详,西汉学者,相传是古文诗学"毛诗学"的开创者。一说是河间(今河北河间)人,一说是西汉鲁(今山东曲阜)人。传说其诗学传自子夏,曾作《毛诗诂训传》,简称《毛传》,以授毛苌,故世人称他"大毛公"。《诗经》经秦火后,至汉时流传本有齐、鲁、韩、毛四家,自从西汉经学家郑玄为《毛传》作笺后,学《毛诗》的人逐渐多起来,其余三家先后失传,只有《毛诗》流传至今,为研究《诗经》提供了重要的古训古义。唐朝孔颖达撰写《五经正义》以及后世通行的《十三经注疏》,大都是采用毛、郑之说。

若毛公之训《诗》[1],安国之传《书》[2],郑君之释《礼》[3],王弼之解《易》[4],要约明畅[5],可为式[6]矣。(《论说》)

《诗》文弘奥[7],包韫六义[8];毛公述《传》[9],独标"兴"体[10]。岂不以"风"通而"赋"同[11],"比"显而"兴"隐哉[12]?(《比兴》)

注 释

(1)毛公:指毛亨。《诗》:指《诗经》。
(2)安国:指孔安国,汉经学家。《书》:指《尚书》。
(3)郑君:指郑玄,汉经学家。《礼》:指《周礼》《仪礼》《礼记》,合称"三礼"。
(4)王弼:三国时魏玄学家,著有《周易注》《老子注》等。《易》:《周易》。
(5)要约明畅:文字简练畅达。
(6)式:楷模。
(7)弘奥:弘大深奥。
(8)包韫:包含。六义:指风、雅、颂、赋、比、兴六项。风、雅、颂为诗体,赋、比、兴为诗法。
(9)《传》:指《诗诂训传》。
(10)标:标举。"兴"体:即"兴"这一项。

（11）"风"通：指《诗经》通用赋，比、兴三种手法。"风"，代指《诗经》。"赋"同：指赋的表现手法是直陈事物，比较类似。

（12）"比"显：比喻明显。"兴"隐：兴意深隐。

评 说

齐、鲁、韩、毛四家诗当中，齐、鲁、韩三家系今文，毛诗为古文。毛诗解诗事实多联系《左传》，训诂多同于《尔雅》。后，三家诗亡，《毛诗》于是大行于世，故刘勰称其"可为式矣"。《诗经》是上古社会的镜子，历代经学家对其有不少曲解。"六义"便是经学家解诗之一说，但推其本意，当为《诗》的六种社会作用。后来"六义"在经学家手中又演变出"三体""三用"说，此说完成于唐代孔颖达所作《五经正义》。毛氏传诗"独标兴体"116首，推其原因，大约是因为当时并无"三体""三用"之成说。但刘勰认为是"比显而兴隐"的原因。此说一出，后人多沿用，至今不乏持此说者。

· 司马谈

司马谈（前190—前110），夏阳（今陕西韩城）人，西汉史学家，官至太史令。他总结先秦各家学说之长，推崇黄老之学，著有《论六家要指》。并根据《国语》《世本》《战国策》《楚汉春秋》等书，撰写史籍。死后，由其子司马迁继续其志，写成《史记》一书，为我国最早的通史。

汉灭嬴、项，武功积年(1)；陆贾稽古，作《楚汉春秋》(2)。爰及太史谈，世惟执简(3)；子长继志，甄序帝勣(4)。（《史传》）

注 释

（1）嬴：秦王的姓，这里指秦国。项：项羽。武功：指战争。

（2）陆贾：汉初辞赋家，官至太中大夫。稽古：考察史迹。作《楚汉春秋》：据《后汉书·班彪传》说："汉兴定天下，太中大夫陆贾记录时功，作《楚汉春秋》九篇。"此书今已不存。

(3)爰：于是。太史谈：即太史令司马谈。世惟执简：世代为史官记事。《太史公自序》："司马喜生谈，谈为太史公，仕于建元、元封之间，有子曰迁，太史公发愤且卒，执迁手而泣曰：余先周室之太史也，自上世常显功名，虞夏典天官事，后世中衰，绝于予乎？及复为太史，则续吾祖矣。谈卒三岁而迁为太史令。"

(4)子长：司马迁字。继志：指司马迁继承父志写《史记》。甄序帝勣：甄别叙述帝王的功绩。

评 说

司马谈的《论六家要指》表达的思想是：为了保持社会稳定，发展经济，须实行休养生息的政策，并以清静无为的黄老道家思想作为自己的政治主导思想。然虽崇尚黄老，却不重蹈秦国崇尚一尊、禁锢思想的覆辙，对诸子学说采取了兼容并蓄的态度。

关于《史记》的成书，刘勰认为是司马迁继承父志"甄序帝勣"而写的，虽沿袭了历代的传说，但也符合历史事实。刘勰认为，司马氏"世惟执简"，有深厚的家学传统，是编纂史书的重要条件。司马谈希望写成一部通史，但终因病而遗其志，司马迁则继承父志完成了巨著《史记》的写作。

·汉武帝

汉武帝（前156—前87），姓刘名彻，西汉著名政治家，为人雄才大略，承文、景之业，兴太学，建乐府，崇儒术，喜文艺，好辞赋。在位凡54年，颇有作为，称为雄主，但其好大喜功，徭役繁重，致使农民大量破产流亡。作品有《秋风辞》《李夫人歌》《落叶哀蝉曲》等。君臣唱和的《柏梁台》一诗，为七言诗起源。

昔汉武爱《骚》，而淮南作《传》(1)，以为："《国风》好色而不淫，《小雅》怨诽而不乱(2)，若《离骚》者，可谓兼之(3)；蝉蜕秽浊之中，浮游尘埃之外(4)，皭然涅而不缁，虽与日月争光可也(5)。"（《辨骚》）

孝武爱文，《柏梁》列韵(6)。严、马之徒，属辞无方(7)。（《明诗》）

暨武帝崇礼，始立乐府⁽⁸⁾；总赵、代之音，撮齐、楚之气⁽⁹⁾，延年以曼声协律，朱、马以骚体制歌⁽¹⁰⁾。《桂华》杂曲，丽而不经⁽¹¹⁾；《赤雁》群篇，靡而非典⁽¹²⁾。河间荐雅而罕御，故汲黯致讥于《天马》也⁽¹³⁾。（《乐府》）

观高祖之咏"大风"，孝武之叹"来迟"⁽¹⁴⁾；歌童被声，莫敢不协⁽¹⁵⁾。（《乐府》）

暨汉武封禅，而霍子侯暴亡⁽¹⁶⁾，帝伤而作诗⁽¹⁷⁾，亦哀辞之类矣。及后汉汝阳王亡，崔瑗哀辞，始变前式⁽¹⁸⁾。然履突鬼门⁽¹⁹⁾，怪而不辞；驾龙乘云，仙而不哀⁽²⁰⁾；又卒章五言，颇似歌谣，亦仿佛乎汉武也⁽²¹⁾。（《哀吊》）

是以淮南有英才，武帝使相如视草⁽²²⁾；陇右多文士，光武加意于书辞⁽²³⁾。岂直取美当时，亦敬慎来叶矣⁽²⁴⁾。（《诏策》）

武帝崇儒，选言弘奥⁽²⁵⁾；策封三王，文同训典⁽²⁶⁾；劝诫渊雅，垂范后代⁽²⁷⁾；及制诰严助，即云："厌承明庐"⁽²⁸⁾，盖宠才之恩也。（《诏策》）

昔张汤拟奏而再却，虞松草表而屡谴⁽²⁹⁾，并理事之不明，而词旨之失调也⁽³⁰⁾。及倪宽更草，钟会易字⁽³¹⁾，而汉武叹奇，晋景称善者⁽³²⁾，乃理得而事明，心敏而辞当也⁽³³⁾。（《附会》）

逮孝武崇儒，润色鸿业⁽³⁴⁾；礼乐争辉，辞藻竞鹜⁽³⁵⁾。柏梁⁽³⁶⁾展朝燕之诗，金堤⁽³⁷⁾制恤民之咏，征枚乘以蒲轮⁽³⁸⁾，申主父以鼎食⁽³⁹⁾，擢⁽⁴⁰⁾公孙之《对策》，叹倪宽⁽⁴¹⁾之拟奏；买臣⁽⁴²⁾负薪而衣锦，相如涤器而被绣⁽⁴³⁾。于是史迁、寿王之徒，严、终、枚皋之属⁽⁴⁴⁾，应对固无方，篇章亦不匮⁽⁴⁵⁾；遗风余采，莫与比盛⁽⁴⁶⁾。（《时序》）

昔《储说》始出，《子虚》初成⁽⁴⁷⁾，秦皇、汉武，恨不同时⁽⁴⁸⁾；既同时矣，则韩囚而马轻⁽⁴⁹⁾，岂不明鉴同时之贱哉⁽⁵⁰⁾？……故鉴照洞明，而贵古贱今者，二主是也⁽⁵¹⁾。（《知音》）

注　释

（1）淮南：即淮南王刘安。作《传》：指刘安受武帝之命所做的《离骚传》。文已不存。

（2）色：指女色。淫：过分。诽：讥讽。乱：没有节制。

（3）此句：谓《离骚》亦有《国风》和《小雅》的优点。

（4）蝉蜕秽浊：蝉的幼虫生活在泥土中，长成后爬出泥土才蜕变为蝉。此句谓屈原能像蝉蜕皮那样摆脱污浊的环境，逍遥于尘土之上。

（5）皭然：洁白的样子。涅：染黑。缁：黑色。湿而不缁：即染不黑。此句谓屈原洁白得可与太阳、月亮比光明了。这是淮南王刘安对屈原最早的评价。

（6）《柏梁》：指《柏梁台诗》，载《古文苑》卷八。据说是武帝在柏梁台大宴群臣时，每人一句，联句而成的。

(7)严、马：即严忌、司马相如。属：连缀。属辞：指写作。无方：无常规，指写作时挥洒自如，不拘泥于常规。

(8)暨：及，到。崇礼：崇尚礼乐。乐府：管理音乐的官府。

(9)总：汇总。赵、代：指今河北、山西一带地区。撮：聚集而取，即搜集之意。齐、楚：指今山东、安徽、湖北一带地区。气：这里指音节腔调。

(10)延年：即李延年，善歌，武帝时任协律都尉，是乐府的长官。曼声：美妙的歌声。协律：协调的音律。朱：即朱买臣，以精通《楚辞》著称。马：即司马相如，据传武帝时的《郊祀歌》中有一部分是他的作品。

(11)《桂华》：汉高祖姬唐山夫人所作《安世房中歌》中的第十首。丽而不经：辞藻华美而违反常规。不经：不正常。

(12)《赤雁》：是《郊祀歌》中第十八首。和《安世房中歌》均载《汉书·礼乐志》。靡而非典：语言虽美却不合法度。靡：美。典：法度。

(13)河间：指河间献王刘德。荐雅：进献古时雅乐。罕御：很少用。据《汉书·礼乐志》载，河间献王曾献古乐给汉武帝，但他很少演奏，当时宫廷演奏的都不是雅乐。汲黯致讥于《天马》：据《史记·乐书》载，汉武帝得神马，作《天马歌》。汲黯进曰："凡王者作乐，上以承祖宗，下以化兆民。今陛下得马，诗以为歌，协于宗庙，先帝百姓岂能知其音邪？"汲黯认为《天马歌》上不能承祖德，下不能化万民，故讥讽。

(14)"大风"：《史记·乐书》载高祖过沛，作《大风歌》，令小儿歌之，辞曰："大风起兮云飞扬，威加海内兮归故乡，安得猛士兮守四方！""来迟"：刘彻作《李夫人歌》的最后二字。《汉书·外戚传》：载其辞曰："是邪？非邪？立而望之，偏何姗姗其来迟！"

(15)歌童：歌唱、演奏者。被声：配上乐曲。协：声律协调。

(16)霍子侯暴亡：《汉书·霍去病传》："去病子嬗。嬗字子侯，上爱之，为奉车都尉从封泰山而薨。"

(17)帝伤而作诗：据《资治通鉴·武帝纪》载："元封元年，奉车霍子侯暴病，一日死。上甚悼之。"但武帝伤霍嬗诗，今不存。

(18)汝阳王：汝阳郡王，名不详。崔瑗：字子玉，东汉文人。他为汝阳王所写的哀辞，今亦不存。始变前式：才开始改变过去格式。

(19)履突鬼门：经历或言闯过鬼门关。

(20)仙而不哀："仙"在此为"死"的挽词。死而不过于哀伤。

(21)卒章五言：谓崔瑗的哀辞最后一章是五言。仿佛汉武：指和汉武帝哀霍嬗诗相似。汉武帝伤霍嬗诗今虽不存，由此句可以看出：似早期的五言诗，文中的颂扬似又多于哀伤。

(22)视草：审阅草稿。因为淮南王刘安文才英俊，所以汉武帝给他写信，总要让司马相如审阅后再发。

(23)陇右：即陇山以西，指今甘肃、青海一带。多文士：据《后汉书·隗嚣传》载，东汉初，隗嚣据陇西，他的"宾客掾史，多文学士"。光武：即光武帝刘秀。加意：着意，特别注意。

(24)直：同"只"，仅。取美当时：博得当时的美誉。敬慎：谨慎。来叶：来世，后世。

(25)选言：择言措辞。弘奥：雄伟深厚。

(26)三王：指西汉诸侯齐王刘闳、燕王刘旦、广陵王刘胥。武帝策封三王的策文，见《史记·三王世家》。训典：指《尚书》中的《伊训》《尧典》。

（27）劝戒渊雅：劝诫之意深厚而雅正。垂范：留下了典范。

（28）严助：西汉辞赋家。"厌承明庐"：不愿在朝廷做官之意。承明庐：汉代侍臣所居之处。据《汉书·严助传》载，严助不愿做朝官，要求出任会稽太守。汉武帝《赐严助书》批严助说："君厌承明之庐，劳侍从之事。"但终因爱其才，答应了他的要求，拜他为会稽太守。

（29）张汤：汉武帝时的廷尉（最高司法官）。拟奏：草拟奏章。再却：一再被退却。虞松：三国时魏国的中书令（掌管机密文书的长官）。草表：草核章表。屡谴：屡次遭受谴责。

（30）理事之不明：说理叙事不清。词旨之失调：文辞意旨不协调。

（31）倪宽：张汤的僚属。更草：重新起草。钟会：三国时魏国的司徒（最高行政长官之一）。易字：更改文字，即修改文章。

（32）此句：谓倪宽替张汤重新起草了奏章，才使汉武帝赞叹称奇；钟会代虞松修改了文字，才使晋景王称为佳作。晋景：即晋景王司马师。

（33）理得：说理得当。事明：叙事明白。辞当：用词妥当。

（34）崇儒：崇尚儒学。指武帝时用董仲舒罢黜百家，独尊儒术。鸿业：大业。润色鸿业：谓用辞藻来夸饰政治。

（35）争辉：发出光彩。竞骛：争驰，指文字创作活动。

（36）柏梁：汉武帝曾筑柏梁台，并于此大宴君臣，联句作诗。

（37）金堤：坚固的黄河堤。汉武帝时，黄河在河南濮阳南瓠子决口，武帝发动数万人去堵口，《汉书·沟洫志》作《瓠子歌》，其辞多有怜民之意。

（38）征：召。蒲轮：以蒲草裹车轮，减轻车子的颠簸。《汉书·枚乘传》说："武帝自为太子闻乘名。及即位。乘年老，乃以安车蒲轮征乘，道死。"

（39）申：致，使。主父：名偃，武帝时为中大夫。鼎食：《汉书·主父偃传》载，主父偃得到武帝任用后说："丈夫生不五鼎食，死则五鼎亨（烹）耳。"五鼎：富贵人家吃饭时用五个鼎盛菜，这里是指达官显位。

（40）擢：提拔。《汉书·公孙弘传》载：公孙弘的《举贤良对策》奏上，"天子擢弘对为第一。召入见，容貌甚丽，拜为博士，待诏金马门"。

（41）倪宽：武帝时廷尉张汤的僚属，曾为张汤草拟奏文。《汉书·倪宽传》载，武帝问张汤："前奏非俗吏所及，谁为之者？"张汤答倪宽所为。武帝叹曰："吾固闻之久矣！"

（42）买臣：据《汉书·朱买臣传》载，朱买臣曾穷得靠卖柴为生，后来做了会稽太守，武帝曾让他衣锦还乡。

（43）相如：据《汉书·司马相如传》载，司马相如和卓文君曾在临邛开酒店，亲自洗涤酒具。后来他做了中郎将入蜀，太守以下都来迎接。被绣：穿锦绣，指他做了官。

（44）史迁：即太史令司马迁。寿王：即吾丘寿王，西汉辞赋家。严：严助。终：终军。

（45）无方：无定，指善于随机应变。匮：缺乏。

（46）遗风余采：遗留下来的文风辞采。莫与比盛：没有比它更兴盛的了。

（47）《储说》：指战国时韩非所著《韩非子》中的《内储说》和《外储说》等篇。《子虚》：指司马相如的《子虚赋》。

（48）恨不同时：《史记·老庄申韩列传》说，秦始皇读了韩非的《孤愤》等篇曾说："嗟乎！寡人得见此人，与之游，死不恨矣。"又见《汉书·司马相如传》：说，汉武帝读了司马相如的《子虚赋》曾说："朕独不得与此人同时哉！"

（49）韩囚：指韩非入秦后，被谗入狱而死。马轻：指司马相如始终未被汉武帝重用。

（50）明鉴：明显地看出。贱：轻视。岂不明鉴同时之贱哉？岂不明显地看出是对同时代的人的轻视吗？

（51）鉴照洞明：鉴别得清楚，洞察得明白，喻见识高超、卓绝。二主：指秦始皇和汉武帝。

评 说

刘勰认为，汉武帝虽然是一个政治家，但由于他"崇骚""崇文""崇礼""崇儒"，不仅鼓励文人进行创作，而且自己也作诗、作歌。为了"润色鸿业"的需要，在朝廷上集中了大批文人。司马相如、吾丘寿王、枚皋、朱买臣等人，在辞赋创作中都有很高的成就，对汉代文学的发展起了极为重要的作用。在他的倡导下，不仅涌现出来一大批优秀作家，而且作品也不少。在这里，我们不难看出，统治者本身的好恶，对文学主流形式走向的影响，故而，在重视文学的发展的必然性的同时，我们应该看到文学发展中的偶然因素对文学发展所起到的影响。刘勰指出："史迁、寿王之徒，严、终、枚皋之属，应对固无方，篇章亦不匮；遗风余采，莫与比盛。"这些评价，确实反映了当时文化的繁荣。

汉武帝雄才大略，但也刚愎自用。刘勰批评他说："贵古贱今者，二主是也。"除了秦始皇以外，汉武帝也同样犯了"贵古贱今"的错误。司马相如等人在他身边，只不过是倡优一类的"言语侍从之臣"，始终没有得到他的重用。

·枚乘

枚乘（？—前140），字叔，淮阴（今属江苏）人，西汉辞赋家。初为吴王刘濞郎中，时濞欲反，乘上书劝阻，不听，遂去为梁孝王客。武帝即位后，被召入京，死在途中。有赋9篇，大多亡佚，今存《七发》等3篇。

自《九怀》以下,遽蹑其迹⁽¹⁾;而屈、宋逸步,莫之能追⁽²⁾。故其叙情怨,则郁伊⁽³⁾而易感;述离居,则怆怏⁽⁴⁾而难怀;论山水,则循声而得貌⁽⁵⁾;言节候,则披文而见时⁽⁶⁾。是以枚、贾追风以入丽,马、扬沿波而得奇⁽⁷⁾;其衣被词人⁽⁸⁾,非一代也。(《辨骚》)

又《古诗》⁽⁹⁾佳丽,或称枚叔;其《孤竹》⁽¹⁰⁾一篇,则傅毅之词。比采而推,两汉之作乎?观其结体散文,直而不野;婉转附物,怊怅切情:实五言之冠冕也。⁽¹¹⁾(《明诗》)

秦世不文,颇有《杂赋》。汉初辞人,顺流而作。陆贾扣其端⁽¹²⁾,贾谊振其绪⁽¹³⁾,枚、马同其风⁽¹⁴⁾,王、扬骋其势⁽¹⁵⁾。皋、朔已下,品物毕图⁽¹⁶⁾。(《诠赋》)

观夫荀结隐语,事数自环⁽¹⁷⁾;宋发巧谈⁽¹⁸⁾,实始淫丽;枚乘《兔园》,举要以会新⁽¹⁹⁾;相如《上林》⁽²⁰⁾,繁类以成艳;贾谊《鵩鸟》⁽²¹⁾,致辨于情理;子渊《洞箫》⁽²²⁾,穷变于声貌;孟坚《两都》,明绚以雅赡⁽²³⁾;张衡《二京》⁽²⁴⁾,迅发以宏富;子云《甘泉》⁽²⁵⁾,构深玮之风;延寿《灵光》⁽²⁶⁾,含飞动之势:凡此十家,并辞赋之英杰也。(《诠赋》)

宋玉含才,颇亦负俗⁽²⁷⁾,始造《对问》,以申其志;放怀寥廓,气实使之⁽²⁸⁾。及枚乘摛艳,首制《七发》⁽²⁹⁾,腴辞云构,夸丽风骇⁽³⁰⁾。盖七窍所发,发乎嗜欲,始邪末正,所以戒膏梁之子也。⁽³¹⁾扬雄覃思文阁,业深综述⁽³²⁾;碎文琐语,肇为《连珠》,其辞虽小而明润⁽³⁵⁾矣。凡此三者,文章之枝派,暇豫之末造也⁽²⁵⁾。(《杂文》)

自《七发》以下,作者继踵。观枚氏首唱,信独拔而伟丽矣。⁽²⁶⁾(《杂文》)

夫夸张声貌⁽³⁶⁾,则汉初已极。自兹厥后,循环相因⁽³⁷⁾;虽轩翥出辙,而终入笼内⁽³⁸⁾。枚乘《七发》云:"通望兮东海,虹洞兮苍天。"⁽³⁹⁾相如《上林》云:"视之无端,察之无涯;日出东沼,月生西陂⁽⁴⁰⁾。"马融《广成》云:"天地虹洞,固无端涯;大明出东,月生西陂。"⁽⁴¹⁾扬雄《校猎》云:"出入日月,天与地沓。"⁽⁴²⁾张衡《西京》云:"日月于是乎出入,象扶桑于濛汜。"⁽⁴³⁾此并广寓极状,而五家如一,诸如此类,莫不相循⁽⁴⁴⁾。(《通变》)

若乃改韵从调,所以节文辞气⁽⁴⁵⁾。贾谊、枚乘,两韵辄易;刘歆、桓谭,百句不迁:亦各有其志也。⁽⁴⁶⁾昔魏武论赋,嫌于积韵,而善于资代⁽⁴⁷⁾。陆云⁽⁴⁸⁾亦称:"四言转句,以四句为佳。"观彼制韵,志同枚、贾。⁽⁴⁹⁾(《章句》)

枚乘《菟园》云:"焱焱纷纷,若尘埃之间白云。"此则比貌之类也。⁽⁵⁰⁾(《比兴》)

施及孝惠,迄于文、景,经术颇兴,而辞人勿用⁽⁵¹⁾;贾谊抑而邹、枚沈⁽⁵²⁾,亦可知已。逮孝武崇儒,润色鸿业;礼乐争辉,辞藻竞骛。柏梁展朝觐之诗，金堤制恤民之咏，征枚乘以蒲轮，申主父以鼎食，擢公孙之《对策》，叹倪宽之拟奏；买臣负薪而衣锦，相如涤器而被绣。于是史迁、寿王之徒，严、终、枚皋之属，应对固无方，篇章亦不匮；遗风余采，莫与比盛。（《时序》）

枚乘之《七发》，邹阳之《上书》，膏润于笔，气形于言[53]矣。（《才略》）

王逸博识有功，而绚采无力。延寿继志，瑰颖独标[54]；其善图物写貌，岂枚乘之遗术[55]欤！（《才略》）

若夫屈、贾之忠贞，邹、枚之机觉，黄香之淳孝，徐幹之沉默：岂曰文士，必其玷欤？（《程器》）

瞻彼前修，有懿文德[56]：声昭楚南，采动梁北[57]。雕而不器，贞干谁则？[58]岂无华身，亦有光国。[59]（《程器》）

注　释

（1）《九怀》：王褒著《九怀》篇。遵躅其迹：就跟随其足迹。

（2）逸步：犹快步。屈、宋逸步：屈原、宋玉步子快，别人难以追赶。

（3）郁伊：抑郁不舒之状。

（4）怆怏：悲伤失意。

（5）循声而得貌：顺着声律或声音就知晓其体貌。

（6）披文而见时：披阅文章就了解时序。

（7）枚、贾：枚乘和贾谊。追风以入丽：追随着（屈原和宋玉的）遗风，文章写得华丽灿烂。马、扬：司马相如和扬雄。沿波而得奇：沿着（屈原和宋玉的）余波，文章写得奇伟动人。

（8）衣被：覆盖，加惠于人。此指给人以影响。词人：指后世文人。

（9）《古诗》：《文选》有《古诗十九首》，李善注："《古诗》盖不知作者，或云枚乘，疑不能也。"徐陵《玉台新咏》以其中《青青河畔草》《西北有高楼》《涉江采芙蓉》《庭中有奇树》《迢迢牵牛星》《东城高且长》《明月何皎皎》《行行重行行》八首为枚乘所作。后人多疑此非也。

（10）《孤竹》：指《冉冉孤竹生》一首，有人认为是傅毅的作品。枚乘为西汉人，傅毅为东汉人，故曰"两汉之作"。今人多认为《古诗十九首》是东汉末年的作品。

（11）结体散文：文章的组织结构和行文用词。散文：犹行文之义。整句的意思是：从《古诗十九首》的组织结构和文辞运用上来看，它写得直率而有文采，文辞婉转而托物寄情，表达感情惆怅而深切，实为五言诗之首。

（12）扣其端：开其端或发其端。扣：当"形""发"解。

（13）振：发扬。振其绪：发扬其传统。

（14）枚、马：枚乘和司马相如。同其风：继承了这种风气。

（15）王、扬：王褒和扬雄。骋其势：扩大了这种趋势。

（16）皋、朔：枚皋和东方朔。品物毕图：描绘事物清楚完备。

（17）事数自环：事数为佛家用语，指一切事物的名相。自环：自营，此处作自问自答。

（18）宋发巧谈：应为"宋发夸谈"。

（19）枚乘《菟园》：枚乘有《梁王菟园赋》。举要以会新：描绘简要而又结合新意。按：汉初贾谊的赋，多是继承屈原赋抒情之作。《梁王菟园赋》描写景物，不用屈原赋的"兮"字，是一种新的赋体。如写鸟，有"西望西山，山鹊野鸠，白鹭鹍鹢……巢枝穴藏，被塘临谷。声音相闻，啄尾离属。翱翔群熙，交颈接翼"。此赋开汉赋描摹景物的写法。兔：唐写本作"菟"。

（20）《上林》：司马相如的《上林赋》。

（21）《鹏鸟》：即贾谊《鹏鸟赋》，鹏鸟似鸮，不祥之鸟。

（22）《洞箫》：即王褒《洞箫赋》。

（23）《两都》：班孟坚《两都赋》。明绚：明丽、绚烂。

（24）《二京》：张衡《东京赋》和《西京赋》合称《二京赋》。

（25）《甘泉》：扬雄从皇上至甘泉宫（在咸阳）作《甘泉赋》。

（26）《灵光》：汉王延寿《鲁灵光殿赋》简称《灵光》。

（27）负俗：即世俗的负面议论。语出《汉武帝记》"士或有负俗之累而立功名"。

（28）寥廓：同"辽阔"，高远空旷之义。气实使文：才气决定文章。

（29）摛：发布。摛艳：用艳丽的词语来创作。《七发》：《文选》卷三十四载枚乘《七发》。

（30）腴辞云搆，夸丽风骇：丰富的语言，像云彩一样连在一起，壮丽的才思，像和风四起。风骇：陆机《皇太子宴玄圃宣猷堂有令赋诗》有"协风旁骇，天晷仰澄"之句。协风旁骇：为和风旁散之义。

（31）七窍：指人的耳、目、口、鼻。发乎嗜欲，始邪未正：《七发》说楚太子有病，吴客问疾，指出太子病因，献以药方。药方有七条，前六条是劝太子去听音乐，尝美味，乘车，游台观，打猎，观涛，这六条是满足于声、香、味、色等"嗜欲、故于"始邪"。吴客一条条地讲来，太子病渐有起色，最后一条吴客说要请学者谈论哲理"论天下之精微，理万物之是非"，至此，楚太子的病霍然而愈，故曰"未正"。膏粱之子：指贵族子弟。

（32）覃思：深思。文阁：唐写本作"文阁"，指汉代藏典籍的天禄阁。扬雄曾校书于天禄阁。业深综述：擅长于综合叙述。

（33）辞虽小而明润：扬雄运用碎文琐语，最早写了《连珠》，这种作品虽然短小，但却明朗温润。

（34）三者：指宋玉、枚乘、扬雄的作品。枝派：支流。暇豫：闲乐。末造：后期，此指文体的末流。

（35）继踵：一个跟着一个。信独拔而伟丽：的确是超群出众，十分雄伟壮丽。

（36）夸张声貌：此指辞赋对事物声音状貌的夸张描写。

（37）厥：其。因：因袭。循环相因：互相因袭，循环不断。

（38）轩翥：高飞。这句意思是说：虽然有些作家想跳出当时的轨道，但到底仍在那个樊笼之内。

（39）通望：遥望。虹洞：茫无际涯地连在一起。这是枚乘在《七发》中"首唱"的句子：遥望东海啊！漫无边际啊和苍天连接在一起。

（40）视之无端：这是司马相如《上林赋》中的句子，是说："看不见头，望不到边，只见太阳从东面的水中升起，月亮高挂在西面的山坡上。"月生西陂：《上林赋》原文是"入乎西陂"。

（41）天地虹洞：这是马融《广成颂》中的句子，意思是：天地相连，无边无际，太阳从东边出来，月亮在西边升起。火明：指太阳。

（42）《校猎》：指扬雄的《羽猎赋》。沓：合。这两句诗的意思是：太阳和月亮在这里出没，天和地在这里接合。

（43）《西京》：指张衡《西京赋》。扶桑：神话中的神树，日自此树出。濛汜：神话中日落之处，《楚辞·天问》："出自汤谷，次于蒙汜。"于：《西京赋》原文作"与"。

（44）此并广寓极状：这些都是对事物的声音状貌做极力的夸大铺张。莫不相循：没有不是互相沿袭的。

（45）改韵从调：改换韵脚，变动声调。节文辞气：调节文章的语气。

（46）这句的意思是：贾谊《鵩鸟赋》，两韵一换。枚乘两韵一转的赋今已看不到。刘歆今存有《遂初赋》，系四句一换韵。桓谭今存《仙赋》，属小赋。刘歆桓谭"百句不迁"的赋，今已不可见。

（47）魏武：曹操。曹操论赋之文今不存。嫌于积韵：厌恶一韵到底。资：当为"贸"，迁，变化。善于资代：爱好更换韵脚。

（48）陆云：《全晋文》卷一百〇二载陆云《与兄平原书》："文中有于是，尔乃。于转句诚佳，然得不用之益快，有故不如无。又于文句中，自可不用之，便少亦常。云四言转句，以四句为佳。"

（49）彼：他们，曹操和陆云。枚、贾：枚乘和贾谊。

（50）猋猋：枚乘《梁王菟园赋》原文是："疾疾纷纷，若尘埃之间白云。"此段意思是：众鸟飞得很快，就像白云中的几点灰尘。间：杂。比貌之类：这是比形貌的例子。

（51）辞人勿用：文人不受重视。

（52）抑：压抑。沈：低沉。贾谊、邹阳、枚乘当时官位都不高。

（53）膏：油膏。膏润于笔：文采丰富。气形于言：气势溢于言表。

（54）此句意思是：王逸曾作《楚辞章句》，在见识广博方面，很有成就，但在文采绚烂方面显得无力。他的儿子王延寿继承了他的志向，文章写得锋芒奇丽，特别突出。

（55）枚乘之遗术：指枚乘写《七发》所用形象描绘的方法。《七发》中写音乐的动听，饮食的可口，车马的名贵，以及宫苑、田猎、观涛等，企图用鲜明生动的形象来打动楚太子。王延寿的代表作《鲁灵光殿赋》，其"图物写貌"正是继承了《七发》形象描写的特点。

（56）瞻：看。前修：前代优秀的文人。懿：美。文德：文才和德行。

（57）声：名声。昭：明。楚南：南方的楚国。声昭楚南：指屈原和贾谊的名声传遍了南方的楚国。采：文采。动：震动。梁北：北方的梁国。采动梁北：指邹阳和枚乘的文采震动了北方的梁国。此指邹阳、枚乘由吴王投梁孝王事。

（58）这两句是说：只有雕得很好的外表，却无才德，怎能给人作好榜样呢？贞干：同"桢干"，根本。

（59）此句的意思是：既显要自己，又能为国增光。

评 说

枚乘是汉初重要的辞赋家，他的《七发》是汉赋脱离楚辞，正式形成的第一篇著作。枚乘《七发》的出现，汉代赋体文学的新形式——散体赋——便初露端倪。这种新形式，显现可对先秦文学中的诗（《诗》《骚》）文（诸子散文、纵横家说辞）的整合，昭示了汉赋创作的文体特征和表现特点，促进了汉赋审美特点的形成，奠定了汉赋艺术审美追求的方向。它体制上韵散相间，四六言句式相错，这些都标志着汉赋已经成熟并走向定型化。它"图物写貌"，描写非常生动，语言也富有变化，刘勰称其"腴辞云搆，夸丽风骇"，是很中肯的。刘勰也充分肯定了《七发》对后世的影响。他说："自《七发》以下，作者继踵，观枚氏首唱，信独拔而伟丽矣。"由于《七发》有这些成就，它就成了后世模仿的对象，于是"七"就成了一种文体之名。傅玄《七谟序》说："昔枚乘作《七发》，而属文之士若傅毅、刘广世、崔骃、李尤、桓麟、崔琦、刘梁、桓彬之徒，承其流而作之者纷焉。《七激》《七兴》《七依》《七益鸟》《七说》《七蠋》《七举》《七设》之篇，于是通儒大才马季长、张平子，亦引其源而广之。"据清人平步青统计，枚乘以后，唐代以前，仿作者就有40家。唐以后直到近代继续有人仿作。可见，在赋的历史发展中，"七"已成为一种专门的文体了。刘勰批评汉赋这种模仿的风气说："夫夸张声貌，则汉初已极。自兹厥后，循环相因，虽轩翥出辙，而终入笼内。"自屈原"骚"起，到大汉赋成，我们可以看到中国古代文学的一个重要方向的逆转，那就是，文人们模仿的方向由模拟传统（如诗经、论语等经典）转向了模拟杰出的个体，从而在创作方向体现出强大的力量。

· 严忌

严忌（约前188—前105），西汉初期辞赋家。会稽吴（今江苏苏州）人，以文才和善辩闻名于时。忌本姓庄，后人因避汉明帝刘庄讳，故改为严。刘濞称吴王，招收四方游士，严忌与当时名士邹阳、枚乘等应召，为刘濞门客。后刘濞图谋反叛，他与枚乘等上书谏阻，刘濞不听，即离开吴，投梁孝王，颇得孝王厚遇。景帝前元三年（前154），吴王刘濞兵败伏诛。严忌因为脱离较早，未罹灾祸，可见其才识过人。人称"严夫子"，有辞赋24篇，今仅存《哀时命》。

孝武爱文，《柏梁》列韵⁽¹⁾。严、马之徒，属辞无方⁽²⁾。（《明诗》）

注 释

（1）孝武：即汉武帝刘彻。《柏梁》：此指《柏梁诗》。据说汉武帝和群臣曾在柏梁台上联句作诗，每人一句。列韵：押韵。顾炎武在《日知录》中考证此诗为后人拟作。

（2）严、马：即严忌、司马相如。无方：无常。属辞无方：作诗没有定规。

评 说

汉代初年只有韦孟的四言诗，五言诗还没有形成，故刘勰认为，"严、马之徒，属辞无方。"写得比较自由。

严忌在汉文帝和汉景帝时期，他先在吴，后在梁，为诸侯王上宾，但内心并不平静。他的《哀时命》名为哀屈原，实以自哀，其"宁幽隐以远祸兮，孰侵辱之可为""身既不容于浊世兮，不知进退之宜当""概尘垢之枉攘兮，除秽累而反真""原一见阳春之白日"等语，真实地表现了处浊世、居危国因而进退维谷、无所适从的苦闷心理。他创作的作品是骚体赋，以骚体的形式，抒发悲忧之情，宣泄内心怨思，是楚骚悲音在汉初文人心中的回响。但由于时代变化了，汉初文人的遭际和面临的矛盾，毕竟与屈原有很大的不同，所以汉初的骚体赋与屈原的作品在情感内容和艺术表现上有较大的差异。

· 严助

严助（？—前122），会稽吴（今江苏苏州）人。汉武帝时举贤良对策，初为中大夫，后拜为会稽太守。淮南王刘安谋反，严助因与刘安交好受株连，被杀。有赋35篇，今佚。

武帝崇儒，选言弘奥⁽¹⁾：……及制诏严助，即云："厌承明庐"，盖宠才之恩也⁽²⁾。（《诏策》）

逮孝武崇儒，润色鸿业⁽³⁾；礼乐争辉，辞藻竞骛⁽⁴⁾。……于是，史迁、寿王之徒,严、终、枚皋之属⁽⁵⁾,应对固无方,篇章亦不匮⁽⁶⁾;遗风余采,莫与比盛⁽⁷⁾。(《时序》)

注 释

(1)选言:择言,措辞。弘奥:弘大而深刻。

(2)制诰:当作"制诏"。据《汉书·严助传》载汉武帝《赐严助书》说:"制诏会稽太宗,君厌承明之庐(侍臣值宿之所),劳侍从之事(文学侍从之士)。"厌承明庐:是说严助不愿在朝廷做官。宠才之恩:说严助不愿在朝廷做官,汉武帝因爱其才而拜他为会稽太守。

(3)润色:增美。鸿业:大业。此指汉武帝想用文学辞藻来粉饰他的政治统治。

(4)此句:礼制和音乐都发出光彩,文学创作也活跃起来。

(5)史迁:即司马迁。寿王:即吾丘寿王,西汉辞赋家。严:严助。终:即终军。《汉书·终军传》说他:"少幼学,以辨博能文闻于郡中。……至长安,上书言事,就帝异其文,拜军为谒者给事中。"枚皋:西汉辞赋家。

(6)无方:无常,无定,指善于随机应变。篇章不匮:指他们的创作很多。匮:缺乏。

(7)莫与比盛:谓上述作家遗留下来的创作成就谁也比不上。风,采:均指作品的美好成就。

评 说

刘勰在《文心雕龙》中两次提到严助,均是作为例证来赞颂汉武帝的雄才大略和崇儒好文的,并没有具体评论严助的文学活动。这反映了刘勰对封建帝王的尊崇,是其局限性的具体表现。

· 董仲舒

董仲舒(前179—前104),广川(今河北枣强东)人,西汉时期著名的唯心主义哲学家和今文经学大师。汉景帝时为博士官,以通晓《公羊春秋》闻名于世。因他专心治学,三年不到花园游玩,很负盛名,当时士人都以师礼尊奉他。主要著作有《春秋繁露》和《董子文集》等。其文据《汉书》记载有123篇,今存有《举贤良对策》3篇(保留在《汉书·董仲舒传》中)、《春秋繁露》

82篇；另有《春秋决狱》，今存部分。其余遗文后人编辑为《董子文集》，严可均《全汉文》辑有"董仲舒文"二卷。

观晁氏之对，证验古今⁽¹⁾，辞裁以辨，事通而赡⁽²⁾；超升高第⁽³⁾，信有征矣。仲舒之对，祖述《春秋》⁽⁴⁾，本阴阳之化⁽⁵⁾，究列代之变⁽⁶⁾，烦而不慁者，事理明也⁽⁷⁾。公孙之对，简而未博⁽⁸⁾，然总要以约文，事切而情举⁽⁹⁾，所以太常居下，而天子擢上也⁽¹⁰⁾。杜钦之对，略而指事⁽¹¹⁾，辞以治宣，不为文作⁽¹²⁾。及后汉鲁丕，辞气质素⁽¹³⁾，以儒雅中策，独入高第⁽¹⁴⁾：凡此五家，并前代之明范也⁽¹⁵⁾。（《议对》）

仲舒专儒，子长纯史⁽¹⁶⁾，而丽缛成文，亦《诗》人之"告哀"焉⁽¹⁷⁾。（《才略》）

注　释

（1）晁氏之对：指晁错的《举贤良文学对策》，载《汉书·晁错传》。证验古今：引用古今事理为例证。

（2）辞裁以辨：谓措辞能判断善恶而又明辨是非。事通而赡：事理通达而又丰富全面。赡：丰富。

（3）超升高第：据《汉书·晁错传》载，汉文帝于前元十五年九月"亲策诏之"，晁错应诏上《举贤良文学对策》，"对策者百余人，唯错为高第"。

（4）仲舒之对：据《汉书·董仲舒传》载董仲舒《举贤良对策》三篇。祖述《春秋》：即宗奉《春秋》之学。据《史记·儒林传》载，董仲舒"以治《春秋》，孝景时为博士，……董仲舒名为明于《春秋》，其传公羊氏也"。

（5）本阴阳之化：根据阴阳变化的道理。董仲舒在《举贤良对策》中说："王者欲有所为，宜求其端于天。天道之大者在阴阳。阳为德，阴为刑；刑主杀而德主生。是故阳常居大夏，而以生育养长为事；阴常居大冬，而积于空虚不用之处。以此见天之任德不任刑也。……王者承天意以从事，故任德教而不任刑。"

（6）究列代之变：考察历代人事的变革。董仲舒治公羊学，讲灾异，他在《举贤良对策》中讲天和人的关系时说："观天人相与之际，甚可畏也。国家将有失道之败，而天乃先出灾害以谴告之；不知自省，又出怪异以警惧之；尚不知变而伤败乃至。……"

（7）谓内容虽然写得很多却不混乱。烦而不慁：文繁而不混乱。事理明也：事情的道理讲得明白。

（8）公孙：即公孙弘，字季，而汉武帝时为丞相。公孙之对：指公孙弘的《举贤良对策》，载《汉书·公孙弘传》。简而未博：简略而不广博。

（9）总要以约文：谓能抓住要点而文辞简约。事切而情举：论事贴切而意思全面。举：全。

（10）太常：官名，掌礼乐祭祀，并兼管选试。天子擢上：据《汉书·公孙弘传》载，汉武帝元光五年，公孙弘应试，"时对者百余人，太常奏弘第居下。策奏，天子擢弘对为第一"。

（11）杜钦：字子夏，汉成帝时大将军王凤的幕僚。据《汉书·杜周（附钦）传》载，他有《举贤良方正对策》和《白虎殿对策》两篇。略而指事：谓杜钦的两篇对策，虽然简略而有所专指。

（12）辞以治宣：文辞，从治世出发。宣：发。不为文作：不是为写文章而写文章。

（13）鲁丕：字叔陵，东汉名儒。他的《举贤良方正对策》，载东晋袁宏《后汉纪》卷十六。辞气质素：文辞的风格朴素。

（14）儒雅：博学的儒生。独入高第：据《后汉书·鲁恭（附丕）传》载："建初元年，肃宗（汉章帝）诏举贤良方正，大司农刘宽举丕。时对策者百有余人，唯丕在高第。"

（15）此句：谓以上五家，都是前代光辉的典范。

（16）仲舒：即董仲舒。专儒：专门的儒学家。纯史：纯粹的史学家。

（17）丽缛：繁盛的文采。成文：指他们写成的文学作品。董仲舒有《士不遇赋》，司马迁有《悲士不遇赋》等。亦《诗》人之"告哀"焉：也像《诗经》的作者抒发了自己的意思。

评 说

董仲舒是西汉著名的思想家，著作颇多。他以儒学为中心，融合阴阳五行学及其他各家学说，创造了适应统治者需要的今文经学。他的学说贯彻《春秋》公羊派大一统的观点，主张加强汉朝统一局面，大讲神权、君权、夫权、父权，其中心是"天人感应"说，既神化君权，又以天之"灾异"限制君权的滥用。董仲舒的文章从容不迫、温文尔雅，典雅醇厚，深奥宏博，一改汉初贾谊、邹阳、枚乘那种纵横驰骋、磅礴激切的风尚，开创了西汉散文之新风。董仲舒的思想学说，在中国思想文化史上具有重大的影响。在哲学上，他以《春秋》"公羊学"为骨干，广泛汲取了先秦诸子宣扬的"天命"和"天志""刑名法术""无为"等思想，以及先秦阴阳家、秦汉方士神秘化了的"阴阳五行"学说，并利用当时天文、历数、物候等自然科学的新成果，构造出了一套以"天人感应"为核心的神学目的论体系。用"天不变，道亦不变"的观点，论证封建的"大纲人伦、道理、政治、教化、习俗、文义"等的永恒合理性。他的"阴阳灾变"理论，为后来兴盛的谶纬神学提供了依据。在人性论上，董仲舒主张"性三品"说，认为人性有善、恶、中三等之分。在道德论上，认为应该"正其谊不谋其利，明其道不计其功"，突出强调道德的重要性而轻视功利。在社会政治学说上，强调"大一统"，系统提出并论证了"三纲五常"理论，其"君为臣纲，父为子纲，夫为妇纲"的"三纲"理论，对后世有极其巨大且有害的影响。董仲舒的"对策"建议罢黜百家，独尊儒术，是为了适应大一统的政治需要,加强中央集权制的统治。他治公羊学,讲灾异,所以刘勰说:"仲舒之对,祖述《春秋》,奉阴阳之化,究列代之变。"说明董仲舒的"对策"是具有广泛而全面深刻的政治内容的。同时,刘勰也很赞赏他的写作才能,说他的对策"烦而不恩",事理论得明白,均系"前代之明范也"。在这里,我们需要指出的,是董仲舒对中国文学的发展起到了深远的、不可估量的影响。他的独尊儒术、罢黜百家,顺应了大一统的政治需要,也对思想起了巨大的规范和强制作用,使得儒家思想成为中国文学发展的主流。

·司马相如

司马相如(前179—前118),字长卿,蜀郡成都(今四川成都)人,我国古代文学史上最著名的辞赋家,他是汉赋的奠基者。武帝时作《子虚赋》,为武帝赏识,因得召见。继又作《上林赋》,被召为郎。其作品语言流利,词汇丰富,文采横溢,对汉赋的发展有很大影响。他的赋左右了两汉400年的赋坛,成为赋家们学习的榜样;对以后历代作家,也产生过巨大的影响。有赋29篇,今存《子虚赋》等6篇。明人辑有《司马文园集》。

自《九怀》以下,遽蹑其迹[1];而屈、宋逸步[2],莫之能追。故其叙情怨,则郁伊而易感[3];述离居,则怆怏而难怀[4];论山水,则循声[5]而得貌;言节候,则披文[6]而见时。是以枚、贾追风以入丽,马、扬沿波而得奇[7];其衣被[8]词人,非一代也。(《辨骚》)

若能凭轼以倚《雅》《颂》,悬辔以驭楚篇[9],酌奇而不失其真,玩华而不坠其实[10];则顾盼可以驱辞力,咳唾可以穷文致[11],亦不复乞灵于长卿,假宠于子渊矣[12]。(《辨骚》)

孝武爱文,《柏梁》列韵。[13]严、马之徒,属辞无方。[14]——《明诗》

暨武帝崇礼,始立乐府[15];总赵、代之音,撮齐、楚之气[16],延年以曼声协律,朱、马以骚体制歌[17]。(《乐府》)

秦世不文,颇有《杂赋》[18]。汉初辞人,顺流而作[19]。陆贾扣其端,贾谊振其绪[20],枚、马同其风,王、扬骋其势[21]。皋、朔以下,品物毕图。[22](《诠赋》)

观夫荀结隐语,事数自环⁽²³⁾;宋发巧谈,实始淫丽⁽²⁴⁾;枚乘《兔园》,举要以会新⁽²⁵⁾;相如《上林》,繁类以成艳⁽²⁶⁾;……凡此十家,并辞赋之英杰也⁽²⁷⁾。(《诠赋》)

至相如属笔,始赞荆轲⁽²⁸⁾。(《颂赞》)

及相如之《吊二世》⁽²⁹⁾,全为赋体;桓谭以为其言恻怆⁽³⁰⁾,读者叹息。及平章要切,断而能悲也⁽³¹⁾。(《哀吊》)

是以淮南有英才,武帝使相如视草。⁽³²⁾(《诏策》)

相如之《难蜀老》,文晓而喻博,有移檄之骨焉。⁽³³⁾(《檄移》)

观相如《封禅》,蔚为唱首。⁽³⁴⁾尔其表权舆,序皇王,炳元符,镜鸿业⁽³⁵⁾,驱前古于当今之下,腾休明于列圣之上⁽³⁶⁾;歌之以祯瑞,赞之以介邱⁽³⁷⁾:绝笔兹文,固维新之作也⁽³⁸⁾。(《封禅》)

人之禀才,迟速异分⁽³⁹⁾;文之制体,大小殊功⁽⁴⁰⁾。相如含笔而腐毫,扬雄辍翰而惊梦⁽⁴¹⁾,桓谭疾感于苦思,王充气竭于思虑⁽⁴²⁾,张衡研《京》以十年,左思练《都》以一纪⁽⁴³⁾:虽有巨文,亦思之缓也⁽⁴⁴⁾。(《神思》)

长卿傲诞,故理侈而辞溢。⁽⁴⁵⁾(《体性》)

相如赋仙⁽⁴⁶⁾,气号"凌云",蔚为辞宗,乃其风力遒也⁽⁴⁷⁾。(《风骨》)

夫夸张声貌,则汉初已极⁽⁴⁸⁾。自兹厥后,循环相因⁽⁴⁹⁾;虽轩翥出辙,而终入笼内⁽⁵⁰⁾。枚乘《七发》云:"通望兮东海,虹洞兮苍天。"⁽⁵¹⁾相如《上林》云:"视之无端,察之无涯⁽⁵²⁾;日出东沼,月生西陂⁽⁵³⁾。"马融《广成》⁽⁵⁴⁾云:"天地虹洞,固无端涯;大明出东,月生西陂。"⁽⁵⁵⁾扬雄《校猎》云:"出入日月,天与地沓。"⁽⁵⁶⁾张衡《西京》云:"日月于是乎出入,象扶桑于濛汜。"⁽⁵⁷⁾此并广寓极状⁽⁵⁸⁾,而五家如一,诸如此类,莫不相循⁽⁵⁹⁾。(《通变》)

自扬、马、张、蔡,崇盛丽辞⁽⁶⁰⁾,如宋画吴冶,刻形镂法⁽⁶¹⁾,丽句与深采并流,偶意共逸韵俱发⁽⁶²⁾。(《丽辞》)

长卿《上林赋》云:"修容乎《礼》园,翱翔乎《书》圃,此言对之类也。"⁽⁶³⁾……凡偶辞胸臆,言对所以为易也⁽⁶⁴⁾。(《丽辞》)

自宋玉、景差,夸饰⁽⁶⁵⁾始盛。相如凭风,诡滥愈甚⁽⁶⁶⁾。故上林之馆,奔星与宛虹入轩⁽⁶⁷⁾;从禽之盛,飞廉与鹪鹩俱获⁽⁶⁸⁾。(《夸饰》)

若能酌《诗》《书》之旷旨,剪扬、马之甚泰⁽⁶⁹⁾,使夸而有节,饰而不诬,亦可谓之懿也⁽⁷⁰⁾。(《夸饰》)

观乎屈、宋属篇,号依《诗》人⁽⁷¹⁾,虽引古事,而莫取旧辞⁽⁷²⁾。唯贾谊《鵩赋》,始用《鹖冠》之说⁽⁷³⁾;相如《上林》,撮引李斯之《书》⁽⁷⁴⁾:此万分之一会也⁽⁷⁵⁾。(《事类》)

按葛天之歌，唱和三人而已⁽⁷⁶⁾。相如《上林》云："奏陶唐⁽⁷⁷⁾之舞，听葛天之歌，千人唱，万人和。"唱和千万人，乃相如接人⁽⁷⁸⁾。然而滥侈《葛天》，推"三"成"万"者，信赋妄书，致斯谬也。⁽⁷⁹⁾（《事类》）

至孝武之世，则相如撰《篇》。⁽⁸⁰⁾（《练字》）

及魏代缀藻，则字有常检⁽⁸¹⁾，追观汉作，翻成阻奥⁽⁸²⁾。故陈思称："扬、马之作，趣幽旨深⁽⁸³⁾，读者非师传不能析其辞，非博学不能综其理⁽⁸⁴⁾。"岂直才悬，抑亦字隐⁽⁸⁵⁾。（《练字》）

逮孝武崇儒，润色鸿业⁽⁸⁶⁾；礼乐争辉，辞藻竞骛⁽⁸⁷⁾。柏梁展朝讌之诗，金堤制恤民之咏⁽⁸⁸⁾，征枚乘以蒲轮，申主父以鼎食⁽⁸⁹⁾，擢公孙之《对策》，叹倪宽之拟奏⁽⁹⁰⁾；买臣负薪而衣锦，相如涤器而被绣⁽⁹¹⁾。于是史迁、寿王之徒，严、终、枚皋之属⁽⁹²⁾，应对固无方，篇章亦不匮⁽⁹³⁾；遗风余采，莫与比盛⁽⁹⁴⁾。（《时序》）

及长卿之徒，诡势瑰声⁽⁹⁵⁾，模山范水，字必鱼贯⁽⁹⁶⁾；所谓诗人丽则而约言，辞人丽淫而繁句也⁽⁹⁷⁾。（《物色》）

相如好书⁽⁹⁸⁾，师范屈、宋，洞入夸艳，致名辞宗⁽⁹⁹⁾。然覆取精意，理不胜辞⁽¹⁰⁰⁾，故扬子⁽¹⁰¹⁾以为："文丽用寡⁽¹⁰²⁾者，长卿。"诚哉是言也。（《才略》）

然自卿、渊以前，多俊才而不课学⁽¹⁰³⁾；雄、向以后，颇引书以助文⁽¹⁰⁴⁾：此取与之大际⁽¹⁰⁵⁾，其分不可乱者也。（《才略》）

昔《储说》始出，《子虚》初成⁽¹⁰⁶⁾，秦皇、汉武，恨不同时⁽¹⁰⁷⁾；既同时矣，则韩囚而马轻⁽¹⁰⁸⁾，岂不明鉴同时之贱哉⁽¹⁰⁹⁾？（《知音》）

略观文士之疵⁽¹¹⁰⁾：相如窃妻而受金，扬雄嗜酒而少算⁽¹¹¹⁾；……诸有此类，并文士之瑕⁽¹¹²⁾累。（《程器》）

安有丈夫学文，而不达于政事哉⁽¹¹³⁾？彼扬、马之徒，有文无质，所以终乎下位也。⁽¹¹⁴⁾（《程器》）

注 释

（1）《九怀》以下：大都是西汉人模仿《楚辞》的作品。遽蹑：急追。迹：脚迹，即向《楚辞》学习。

（2）逸步：快步，指屈原、宋玉在《楚辞》上的成就。

（3）叙情怨：抒写怨恨的感情。郁伊：郁抑。

（4）述离居：描写离情别绪。怆怏：失意的样子。难怀：难以为怀。

（5）循声：按作品的声调音节。

（6）披文：翻阅文辞。

（7）枚、贾：即枚乘、贾谊。马、扬：即司马相如、扬雄。他们四人都是西汉著名辞赋家。

（8）衣被：像穿衣盖被那样，使人受到好处，具养护、加惠之义。这里是指给人们的影响。

（9）凭轼：在车上凭轼致敬，即凭扶着车上供立乘者使用的横木，对有德者表示敬意，此处为师法《雅》《颂》之义。悬辔：抓住马的缰绳，这里有掌握之意。

（10）真：唐写本作"贞"，"贞"即"正"。在《文心雕龙》中，刘勰常以"奇"和"正"对举，"华"以"实"对举，主张"奇"和"正"相结合，也主张"华"和"实"相结合。

（11）顾盼：回头盼望，指一回顾间。辞力：文辞的功力。咳唾：称美他人的言语、诗文等。文致：此处为"文采""文情"。

（12）乞灵：求教。长卿：司马相如的字。假宠：假借宠爱。子渊：王褒的字。

（13）孝武：即汉武帝。《柏梁》：即《柏梁台诗》，载《古文苑》卷八。相传汉武帝与群臣曾在柏梁台上联句作诗，每句七字，句句押韵。

（14）严、马：即严忌、司马相如。严忌有《哀时命》一篇，司马相如有《琴歌》二首，都是骚体诗。属辞无方：写作无常规。

（15）暨：及，到。崇礼：崇尚礼乐。乐府：管理音乐的官署。

（16）总：汇总。赵、代：指今河北、山西一带地区。撮：聚集而取，即搜集之意。齐、楚：指今山东、安徽、湖北一带地区。气：这里指音节腔调。

（17）延年：即李延年，汉武帝时的音乐家。曼声：美声。协律：协调音律。朱：即朱买臣，以精通《楚辞》著称。《汉书·艺文志》记他有赋三篇。马：即司马相如，相传武帝时的《郊祀歌》中有一部分是他的作品。

（18）不文：文学事业不发达。颇：少。《杂赋》：据《汉书·艺文志》载，秦有《杂赋》九篇。

（19）顺流而作：继承前代而起。

（20）扣其端：掀起了作赋的开端。振其绪：发扬了它的传统。

（21）枚、马：即枚乘、司马相如。同其风：继承其风气。王、扬：即王褒、扬雄。骋其势：扩大其声势。

（22）皋、朔：即枚皋、东方朔。以下：以后。品物毕图：谓把一切事物都写在赋里。毕：尽。图：描写。

（23）荀：荀况。结：连缀。隐语：谜语。《荀子·赋篇》五部分都类似谜语。事数自环：事数，为佛家用语，即"名相"。叙述事物自相问答。《赋篇》各部分都是作问语，后作答语。

（24）宋：宋玉。发巧谈：发出夸张的言谈。如他的《风赋》，记述他和楚王的谈话都很具夸饰之风格。

（25）《兔园》：即枚乘的《梁王菟园赋》。举要以会新：描绘简要而又结合新意。

（26）《上林》：即司马相如的《上林赋》。繁类以成艳：内容繁多而又文辞艳丽。

（27）此句：谓以上列举的名家作品，都是辞赋中最优秀的篇章。

（28）属笔：指写作。赞荆轲：《汉书·艺文志》杂家类有《荆轲论》五篇，班固注："轲为燕刺秦王，不成而死，司马相如等论之。"

（29）《吊二世》：即司马相如的《哀秦二世赋》，载《史记·司马相如传》。

（30）桓谭：字君山，东汉初学者。恻怆：悲伤。范注："桓谭语当在《新论》中，已佚。"

（31）平章：唐写本作"卒章"，指《哀秦二世赋》最后所写"亡国失势"的原因一段。断：止，指读完。

（32）淮南：指西汉淮南王刘安。视草：审阅草稿。《汉书·淮南王传》说："时武帝好艺文，以安属为诸父，辩博善为文辞，甚尊重之。每为报书及赐，常召司马相如视草，乃遣。"

（33）《难蜀老》：指司马相如的《难蜀父老》，载《汉书·司马相如传》。移檄："移"和"檄"是两种文体。移文是官府告谕民众的；檄文是出师前声讨敌人的。骨：这里有特征之意。

（34）《封禅》：指司马相如的《封禅文》，载《文选》卷四十八。蔚为唱首：首先出现的优秀作品。唱首：犹创始，领头之义。

（35）尔：语词。表权舆：说明封禅的开始。权舆：草的萌芽，引申为开始。序皇王：叙述帝王的业迹。序：同"叙"。炳元符：显示美好的符瑞。炳：明。元符：扬雄《长杨赋》："方将俟元符，以禅梁甫之基，增泰山之高。"颜师古注："元，善也；符，瑞也。"镜鸿业：反映伟大的功业。镜：照，反映的意思。鸿业：大业。

（36）此句：谓把前代古贤驱赶在当今之下，将汉武帝美好光明的品德提（腾）升到列代圣王之上。

（37）祯瑞：祥瑞。介丘：大山，指泰山。

（38）绝笔：指《封禅文》的文笔卓绝。维新：乃新，即上文所论的"唱首"。

（39）禀才：禀赋才能。迟速异分：有慢有快的不同区分。

（40）制体：制定体裁、篇幅。大小殊功：谓文章的篇幅长短不同，所以功效也有大小不同。

（41）含笔而腐毫：谓司马相如写文章来得缓慢。含笔：古人写文章，常以口润笔，兼行构思。腐毫：形容构思时间之长。辍翰而惊梦：谓扬雄写作太苦，一放下笔就做了个怪梦。辍翰：停笔。

（42）疾感于苦思：谓桓谭作赋苦思，因用心过度而生病。疾：病。气竭于思虑：谓王充潜思著述，因年老力衰而耗尽业。竭：尽。

（43）研《京》以十年：据《后汉书·张衡传》说，张衡写《东京赋》和《西京赋》相继十年才写成。练《都》以一纪：谓左思写《三都赋》用了十二年。一纪：十二年。

（44）巨文：长篇巨著。思之缓：文思缓慢。

（45）傲诞：谓性格傲慢狂放。理侈而辞溢：说理夸张而文辞过艳。

（46）相如赋仙：据《史记·司马相如传》载，因汉武帝喜欢求仙，司马相如便为他写了一篇《大人赋》，其中多写神仙生活，汉武帝读了《大人赋》，感到飘飘然有凌云之气。

（47）蔚为辞宗：富有文采而成为辞赋家的楷模。遒：强劲有力，这里是指感染力量。

（48）夸张声貌：指辞赋对事物声音状貌的夸张描写。已极：已达到顶点。

（49）自兹厥后：从此以后。循环相因：循环往复，相互因袭。

（50）轩翥：高飞。出辙：另辟蹊径。终入笼内：终于落在樊笼之内。

（51）通望：远望。虹洞：广阔无边。

（52）端：开始。涯：边际。

（53）沼：沼泽。月生西陂：《上林赋》原文作"入乎西陂"。陂：山坡。

（54）《广成》：即马融的《广成颂》。

（55）无端涯：无边际。大明：即太阳。据《礼记·礼器》载："大明生于东，月生于西。"郑注："大明，日也。"

（56）《校猎》：即扬雄的《羽猎赋》。沓：合。

（57）《西京》：即张衡的《西京赋》。扶桑：神话中的神树，传为日所出处。濛汜：传为日所落处。于：《西京赋》原文作"与"。

（58）广寓：广阔的寓意，犹言夸张。状：描绘。极状：极度的形容。

（59）相循：相互沿袭。

（60）扬、马：即扬雄、司马相如。张、蔡：即张衡、蔡邕。崇盛丽辞：特别崇尚骈体。

（61）宋画：宋人善画。据《庄子·园子方》说，宋元君召集许多画家作画，大家都受命拜揖而站立一旁，只有一人后至，受命拜揖却不站立，随即返回住所。宋元君派人去看，见他解衣露体，交叉着腿坐着。宋元君认为他才是真正的画家。吴冶：吴人善冶。事见《吴越春秋·阖闾内传》，讲吴人干将与其妻莫邪冶炼铸剑的故事。又越王允常使欧冶子造剑五枚。镂法：即吴冶刻形镂法：即精雕细刻之意。

（62）深采：丰富的文采。偶意：相对的意思。逸韵：高雅的音韵。

（63）修容乎《礼》园：在礼义的园林中修饰仪容。翱翔乎《书》圃：在书籍的园圃里自由飞翔。此二句是说，只在礼义和书面上讲空话，不举事例，所以是属于"言对"这一类。言对：刘勰说："言对者，双比空辞者也。"（《丽辞》）空辞：毫不用典的文辞。

（64）此句的意思是：言对是运用词句作对子，可以发挥想象，即出自胸臆相比而言，"事对"就相当困难，所以"言对"比较容易作。

（65）夸饰：夸张的手法。

（66）凭风：继承这种风气。诡滥愈甚：怪异失实的描写愈来愈严重。诡：反常。

（67）上林之馆：即上林苑，为汉帝游猎之所。奔星：流星。宛虹：弯曲的彩虹。入轩：进入窗户。

（68）从禽之盛：捕捉飞禽之多。飞廉：传为神鸟龙雀。鹪鹩：《上林赋》作"焦明"，形似凤凰的鸟。

（69）酌：斟酌。旷旨：深广的要旨。甚泰：过多，指不恰当的夸张。

（70）节：节制。诬：歪曲。懿：美。

（71）屈、宋：屈原、宋玉。属：指写作。《诗》人：《诗经》的作者。

（72）莫取旧辞：谓屈原、宋玉的作品，虽引用了不少古代的事，却不采用旧的词句。

（73）《鵩赋》：指贾谊的《鵩鸟赋》。《鹖冠》：即战国时期楚人鹖冠子的《鹖冠子》，今存十九篇，多为后人伪托。

（74）《上林》：即司马相如的《上林赋》。撮：取。李斯之《书》：指李斯的《谏逐客书》。

（75）万分之一：指极少。会：合。谓这只是偶然的引用罢了。

（76）葛天：即葛天氏，传说中的帝王。唱和三人：指《吕氏春秋·古乐》："昔葛天氏之乐，三人操牛尾，投足以歌八阕。"

（77）陶唐：史称陶唐氏，即帝尧。《上林赋》的原文是："奏陶唐氏之舞，以葛天氏之歌。"

（78）接人：据黄叔琳校本，当作"推之"，即推测，推想。

（79）滥侈：任意夸大。信赋妄书：指曹植在《报孔璋书》中，相信了司马相如在《上林赋》里的说法，以致造成了错误。

（80）孝武：即汉武帝。《篇》：指《凡将篇》，属字书，七字一句，古代识字课本。

（81）缀藻：连缀辞藻，指创作。常检：一定的法度。

（82）追观：回头看。翻：转。阻奥：深奥难通。

（83）陈思：即陈思王曹植。下引曹植语，原文已不存。扬、马：即扬雄、司马相如。趣幽旨深：即旨趣幽深。

（84）这两句意思是：读者没有老师的传授就不能解析其词句，没有广博的学识就难以理解它的内容。

（85）直：只。才悬：才力悬殊。字隐：文字深奥。

（86）崇儒：崇尚儒学。润色：增美。鸿业：大业。

（87）争辉：发出光彩。辞藻竞骛：指文学创作活跃起来。

（88）柏梁：即柏梁台。相传汉武帝与群臣曾在此联句作诗。讌：同"宴"。金堤：即坚固的黄河堤。汉武帝时，黄河在瓠子（今河南濮阳南）决口，武帝发动数万人去堵口，曾作《瓠子歌》。恤：怜悯。

（89）征：召。蒲轮：以蒲草裹车轮，减少颠簸。据《汉书·枚乘传》说："武帝自为太子闻乘名。及即位，乘年老，乃以安车蒲轮征乘。"申：致。主父：名偃，武帝时为中大夫。鼎食：《汉书·主父偃传》载，主父偃得武帝任用后说："丈夫生不五鼎食，死则五鼎亨（烹）耳。"五鼎：富贵人家吃饭时用五个鼎盛菜，这里是指达官显位。

（90）擢：提拔。公孙：即公孙弘，武帝时为丞相。《对策》：指公孙弘的《举贤良对策》，武帝擢其为第一名。倪宽：武帝时廷尉张汤的属僚，曾为张汤草拟奏文。

（91）买臣：即朱买臣。他原来靠卖柴为生，后来做了会稽太守，武帝曾让他衣锦还乡。相如：即司马相如。他原来在临邛（今四川邛崃）开酒店，亲自洗涤酒器，后来做了中郎将入蜀，蜀人以为荣。被绣：穿锦绣，指他做了官。

（92）史迁：即史学家司马迁。寿王：即吾丘寿王。严：严助。终：终军，济南人，以辨博能属文闻于郡中。

（93）无方：无定，指善于随机应变。不匮：不少。

（94）遗风余采：遗留下来的文风辞采。莫与比盛：没有比它更兴盛的了。

（95）诡：不平常。势：指文章的气势。瑰：奇特。声：指文章的声律。

（96）模山范水：谓描摹山水。字必鱼贯：谓用辞藻鱼贯而入，指罗列堆砌的毛病。

（97）诗人：指《诗经》的作者。则：合乎原则。约：简练。辞人：指汉代辞赋家。淫：过分。繁：多。

（98）好书：爱好读书。

（99）洞入夸艳：走上了夸张艳丽的道路。致名辞宗：以致使他成了一名辞赋家的宗师。

（100）覆：王利器校作"核"，即考查之意。精意：精深的思想意义。理不胜辞：谓作品的思想内容跟不上它的语言形式。

（101）扬子：扬雄。

（102）文丽用寡：文辞华丽而用处不大。

（103）卿、渊：指司马相如、王褒。俊才：《史通·杂说下》引作"役才"，指使用才力。不课学：不讲学问。

（104）雄、向：扬雄、刘向。颇引书以助文：多引用古书来帮助自己的写作。

（105）取与：犹取舍。际：边，这里指界限。

（106）《储说》：指战国时韩非所著《韩非子》中的《内储说》和《外储说》等篇。《子虚》：即司马相如的《子虚赋》。

（107）恨不同时：《史记·老庄申韩列传》说，秦始皇读了韩非的《孤愤》等篇曾说："寡人见易此人，与之游、死不恨多。"又见《汉书·司马相如传》中说，汉武帝读了司马相如的《子虚赋》曾说："朕独不得与此人同时哉！"

（108）韩囚：指韩非入秦后，被谗入狱而死。马轻：指司马相如始终未被汉武帝重用。

（109）明鉴：明显地看出。贱：轻视。

（110）疵：病，这里指文人的毛病。

（111）相如窃妻：指司马相如以琴声挑逗新寡卓文君，跟他一起逃走。受金：指司马相如入蜀时有人告他受了别人的贿赂，以上两事，均见《汉书·司马相如传》。扬雄嗜酒：指扬雄家贫而好喝酒。少算：失算。

（112）瑕：玉的斑点，比喻人的缺点、过失。

（113）安有：哪有。达：通晓。

（114）文质：这里指文学才能和政治品德。终乎下位：谓扬雄、司马相如这些人，只有文学才能而缺乏政治品德，所以始终处于低下的位置。

评 说

西汉文坛的基础是赋，而能够在内容与形式上代表汉赋成就的则是司马相如。司马相如是汉代最重要的赋家，取得了极高的成就。他的文章辞藻华茂，辞情婉转，气势雄壮奇伟，纵横自如，大量运用排比对偶句式，极尽夸饰炫耀之能事，具有辞赋的特点，从不同侧面反映了汉帝国空前强盛的社会现实，体现了当时人们那种豪迈自信的气魄和发扬蹈厉的精神。鲁迅说他"不师故辙，自摅妙才，广博宏丽，卓绝汉代"，是非常确当的评价。确实，在汉代赋家中，没有谁能与他并立。扬雄称赞他说"长卿赋似不从人间来，其神化所至耶"，"如孔氏之门用赋，则贾谊升堂，相如入室矣"。确非虚语。据说他写了29篇赋，今存7篇。代表作是为汉武帝所赞叹的《子虚》《上林》赋，这两篇赋以叙事状物为主，着力表现一个宏伟的充满活力与动感的完整世界，以展现空前强盛的汉帝国的繁盛景象，传达出当时人们的向往和追求，并在体制上最终完成了汉代散体赋的定型。文学创作实际上是人的本质力量的对象化，《子虚》《上林》所表现的对外在世界的兴趣，反映了汉代人的某些本质。汉朝是推翻暴秦而建立的，经过七八十年的经营，到武帝时，在内，无论经济、文化都获得了很大的发展；对外，则征发四夷，保证了国家的安全。对内对外所取得的胜利，使汉人特别是统治阶级认为自己的王朝前所未有，值得大颂特颂。这两篇赋在汉赋发展史上有极重要的地位。汉赋发展到司马相如时,他揉合各家的特质,加以自己的创造,建立了固定的形体。这固定的形体主要表现在以歌颂王朝声威和气魄为主要内容,显示天子的威风和中央力量的强大,在最后以歌颂帝王的手法来表露一点劝诫,这就是被称作"劝百而讽一,曲终而雅奏"的赋颂传统。其次在描写方面"夸张声貌""崇尚丽辞"。正如刘勰所说:"自宋玉、景差,夸饰始盛。相如凭风,诡滥愈甚。故上林之馆,奔星与宛虹入轩,从禽之盛,飞廉与鹪鹩俱获。"他还进一步指出:"长卿之徒,诡势瑰声,模山范水,字必鱼贯。所谓诗人丽则而约言,辞人丽淫而繁句也。"刘勰对汉赋这种专事夸张而缺乏真实的批评是很确实的。有的辞赋家为了延长篇幅,表现自己的辞章和学问,在汉赋中出现了不少的奇文僻字,给读者带来了很多的困难。当时有名的赋家,也多是小学家,"至孝武之世,则相如撰《篇》",许多人都在文学上下功夫。司马相如的《凡将篇》,扬雄的《方言》《训纂》,班固的《续训纂》,都是当时有名的字书。这样一来,作赋固不容易,读赋也就更难了。所以刘勰引曹植的话说:"读者非师传不能析其辞,非博学不能综其理,岂直才悬,抑亦字隐。"由司马相如《子虚》《上林》赋所确立的"劝百讽一"的赋颂传统以及"夸张声貌"的大赋体制,为后世赋家代代相模拟,愈来愈失去了它的创造性,所以刘勰批评说:"自兹厥后,循环相因,虽轩翥出辙,而终入笼内。"这些看法,至今也还是有它的现实意义。

·刘安

刘安(前179—前122),西汉时期文学家、思想家、科学家。汉高祖刘邦之孙,西汉淮南厉王刘长之子。少时好读书鼓琴,善为文辞,甚得武帝重视,奉命作《离骚传》,旦受命,日食时上。文帝八年(前172),刘安袭封阜陵侯,后进封淮南王。曾招致宾客方士数千,集体撰写《淮南鸿烈》(又称《淮南子》)。今存《淮南子》21篇,另有《屏风赋》1篇见《艺文类聚》,余不可考。

昔汉武爱《骚》,而淮南作《传》(1),以为:"《国风》好色而不淫,《小雅》怨诽而不乱(2),若《离骚》者,可谓兼之(3);蝉蜕秽浊之中,浮游尘埃之外(4),皭然涅而不缁,虽与日月争光可也(5)。"(《辨骚》)

若乃汤之问棘,云:蚊睫有雷霆之声⁽⁶⁾;惠施对梁王,云:蜗角有伏尸之战⁽⁷⁾;《列子》有移山、跨海之谈⁽⁸⁾,《淮南》有倾天、折地之说⁽⁹⁾;此踳驳⁽¹⁰⁾之类也。(《诸子》)

研夫孟、荀所述,理懿而辞雅⁽¹¹⁾;管、晏属篇,事核而言练⁽¹²⁾;列御寇之书,气伟而采奇⁽¹³⁾;邹子之说,心奢而辞壮⁽¹⁴⁾;墨翟、随巢,意显而语质⁽¹⁵⁾;尸佼、尉缭,术通而文钝⁽¹⁶⁾;鹖冠绵绵,亟发深言⁽¹⁷⁾;鬼谷眇眇,每环奥义⁽¹⁸⁾;情辨以泽,文子擅其能⁽¹⁹⁾;辞约而精,尹文得其要⁽²⁰⁾;慎到析密理之巧,韩非著博喻之富⁽²¹⁾;吕氏鉴远而体周;淮南泛采而文丽⁽²²⁾。斯则得百氏之华采,而辞气文之大略也。(《诸子》)

是以淮南有英才,武帝使相如视草⁽²⁴⁾;陇右多文士,光武加意于书辞⁽²⁵⁾:岂直取美当时,亦敬慎来叶矣⁽²⁶⁾。(《诏策》)

术者,路也。⁽²⁷⁾算历极数,见路乃明⁽²⁸⁾;《九章》积微,故以为术⁽²⁹⁾;淮南《万毕》⁽³⁰⁾,皆其类也。(《书记》)

淮南崇朝而赋《骚》,枚皋应诏而成赋⁽³¹⁾,子建援牍如口诵,仲宣举笔似宿构⁽³²⁾,阮瑀据案而制书,祢衡当食而草奏⁽³³⁾:虽有短篇,亦思之速⁽³⁴⁾也。(《神思》)

注 释

(1)《传》:指刘安受武帝之命所作的《离骚传》。文已不存。

(2)色:指女色。淫:过分。诽:讥讽。乱:没有节制。

(3)此句:谓《离骚》兼有《国风》和《小雅》的优点。

(4)蜕:脱皮。此句谓屈原能像蝉蜕壳那样摆脱污浊的环境,逍遥于尘埃之外。

(5)皭然:洁白的样子。涅:染黑。缁:黑色。涅而不缁:即染不黑。此句谓屈原洁白得可以与太阳、月亮比光明了。这是淮南王刘安最早对屈原的评价。

(6)问棘:即问夏革,相传为汤时贤人。《庄子·逍遥游》作"棘",《列子·汤问》作夏革。蚊睫有雷霆之声:据《列子·汤问》载,夏革回答商汤说:古代有一种小虫焦螟,住在蚊子的眼睫毛上,耳朵最灵的旷师也听不到它的一点声音,而黄帝学道以后就能听到它发出雷鸣般的叫声。

(7)惠施:战国时魏惠王相。梁王:即魏惠王,因后来迁都大梁(今河南开封),故又称梁惠王。伏尸之战:据《庄子·则阳》中说,惠施向梁惠王推荐贤者戴晋人,戴晋人向梁惠王说:蜗牛左角上有触氏国,右角上有蛮氏国,两国相战,历时半月,死了数万人。

(8)《列子》:战国时列御寇撰,《汉书·艺文志》列为道家。移山、跨海之谈:《列子·汤问》篇说,愚公和子孙决心把太行山和王屋山搬到渤海里去,后来因感动了天帝,帮助他们把山搬走了。

(9)《淮南》:即《淮南子》,西汉淮南王刘安及其门客集体编著,《汉书·艺文志》

列为杂家。倾天、折地之说：据《淮南子·天文训》说，共工与颛顼争帝位，怒触不周山，使天倾地陷。

（10）蹲骇：杂乱。言以上种种说法，都是属于杂乱之类。

（11）孟、荀：即孟轲、荀况。理懿：理论完美。辞雅：文辞雅正。

（12）管、晏：即管仲、晏婴。《汉书·艺文志》著录有《管子》八十六篇，属道家；《晏子》八篇，属儒家。事核：事实可信。

（13）列御寇之书：指《列子》。气伟：气势雄伟。

（14）邹子：即驺衍。心奢：构思夸张。辞壮：言辞有力。

（15）随巢：墨子弟子。《汉书·艺文志》著录有《随巢子》六篇，属墨家。语质：语言朴质。

（16）尸佼：相传为商鞅的老师。尉缭：战国时尉氏人。均属杂家。术通：道理通达。文钝：文辞笨拙。

（17）鹖冠：即鹖冠子，周代楚人，属道家。绵绵：长远：这里是指内容深远。亟：屡次。

（18）鬼谷：即鬼谷子，属纵横家。眇眇：远的意思，这里指玄妙。每环奥义：常常环绕着深奥的意义。

（19）辨：明辨。泽：丰润。文子：老子的弟子。

（20）辞约而精：文辞简约而精湛。尹文：战国时齐国学者，属名家。

（21）慎到：战国时赵国人，属法家。析密理之巧：巧于分析精密的道理。韩非：战国末期韩国贵族，属法家。博喻之富：谓韩非的著作譬喻广博而丰富。

（22）吕氏：即《吕氏春秋》。鉴远而体周：见识远大而体制严密。泛采：博采。

（23）华采：华丽的文采。辞气文："文"字为衍文，辞气指文辞的特点。大略：大概。

（24）相如：即司马相如。视草：审阅草稿。《汉书·淮南王传》说："时武帝方好艺文，以安属为诸父，辩博善为文辞，甚兼重之。每为报书及赐，常召司马相如等视草，乃遣。"

（25）陇右：即陇山以西，指今甘肃、青海一带。多文士：据《后汉书·隗嚣传》载，东汉初，隗嚣据陇西，称西册上将军，他的"宾客掾史，多文学士"，故隗嚣"每所上事，当世士大夫皆讽诵之。故帝有所辞答，尤加意焉"。光武：即光武帝刘秀。加意：注意。

（26）直：同只，仅。取美当时：博得当时的美誉。敬慎：谨慎。来叶：来世，后世。

（27）术：《汉书·艺文志》凡数术百九十家。数术者，皆明堂羲和史卜之职也。路：途径。

（28）算历：也作"算"，即算术历象，这里是指计算。极数：难数。此句：谓计算困难的数题，要指出途径才能懂得怎样计算。

（29）《九章》：即《九章算术》，共九卷，不著撰者姓名，是我国古代重要数学著作。积微：积聚了最精微的算法。术：技术。

（30）《万毕》：即《万毕术》，又称《万毕经》，传为刘安著，但《汉书·艺文志》不见著录，现只有辑本。是有关历算方面的著作。

（31）据高诱《淮南子·序》说，汉武帝命淮南王刘安作《离骚赋》，太阳刚出来时受诏，到吃早饭时已经写好呈给武帝了。枚皋：西汉辞赋家。据《汉书·枚皋传》说，汉武帝一有所感，便叫枚皋作赋。枚皋为文敏疾，常常一得到诏书，很快就写成了，因此他作的赋特别多。

（32）子建：即曹植。据《文选》杨修《答临淄侯曹子建笺》说，曹植"握牍持笔，有新造作，若成诵在心"。仲宣：即王粲，"建安七子"之一。据《三国志·王粲传》说，王粲作文"举笔便成，无所改定，时人常以为宿构"。

（33）阮瑀：字符瑜，"建安七子"之一。案：当作"鞍"。据《三国志·王粲传》注引《典略》说，曹操曾使阮瑀替他为韩遂写信。当时曹操刚出近郊，阮瑀在后面跟着，便叫在马鞍上起草。书成献之，曹操欲执笔修改，结果一个字也改动不得。祢衡：字正平，汉魏间作家。当食而草奏：据《后汉书·祢衡传》说，祢衡在黄射的一次宴会上，有人献鹦鹉一只，黄射举杯请衡作赋，以娱宾客，祢执笔而作，文不加点，辞采甚丽。又说：刘表曾和一班文士共草奏章，当时祢衡外出不在列，回来看到了他们所草的奏章，还没看完便撕毁丢在地上，使刘表大为吃惊。祢衡于是请求纸笔重写，一会就写好了，文辞义理都很不错。"当食"和"草奏"本是二事，而刘勰把它们合而为一了。

（34）思之速：谓以上这些作家的作品，虽是一些短篇，但也算是他们构思的敏捷。

评　说

淮南王刘安，博学善文，才思敏捷，工于辞赋。相传武帝下诏让他作《离骚传》，他清晨受诏，吃饭时就写成了。故刘勰说他"淮南崇朝而赋《骚》，……虽有短篇，亦思之速也"。刘安在《离骚传》中说："《国风》好色而不淫，《小雅》怨诽而不乱，若《离骚》者，可谓兼之；蝉蜕秽浊之中，浮游尘埃之外，皭然涅而不缁，虽与日月争光可也。"这是最早解说《离骚》，并给予崇高评价的文章。

刘安及其门客编写的《淮南子》，是西汉前期规模较大的一部著作。《淮南子》文辞铺张，想象丰富，气势雄健，富有浪漫色彩，善用神话传说和寓言故事来论证说理，书中保存了许多中国古代珍贵的神话，如《共工怒触不周山》《女娲补天》《后羿射日》等，奇伟宏富，足成一家之作。《淮南子》提供了独特的治国方略：以道家的天道自然观为核心，吸收法家的历史观，儒家的仁政学说，阴阳家的阴阳变化理论为一体，适应了西汉王朝治国的需要；《淮南子》提供了新的人才观：人尽其才，物尽其用；《淮南子》提供了进步的自然观，也有绝妙之处。涉猎天文、物理、化学、农学、医药、水利、气象、物候、地理、生物进化、乐律、度量衡诸方面。此书善用历史传说和神话故事说理，保存了不少珍贵的神话传说，继承了《庄子》散文的奇伟宏富。它的语言又富丽多彩，气势不凡，加之想象丰富，具有浓厚的浪漫主义色彩。所以刘勰说"《淮南》泛采而文丽"，称《淮南子》和《庄子》《列子》一样是"踳驳之类"的浪漫主义作品。刘勰对刘安的评价直到今天仍有它的重要意义。

·朱买臣

朱买臣（？—前115），西汉大臣、辞赋家。字翁子，一作翁之。吴县藏书乡人。出身贫寒，靠卖柴为生，酷爱读书。妻子不堪其穷而改嫁他人，他仍自强不息，熟读《春秋》《楚辞》。汉武帝时，由同乡严助推荐，当了汉武帝的中大夫、文学侍臣后为会稽太守，官至丞相长史。朱以精通《楚辞》著称，《汉书·艺文志》著录其赋3篇，但今已不传。

暨武帝崇礼，始立乐府⁽¹⁾；总赵、代之音，撮齐、楚之气⁽²⁾，延年以曼声协律，朱、马以骚体制歌⁽³⁾。(《乐府》)

逮孝武崇儒，润色鸿业⁽⁴⁾；礼乐争辉，辞藻竞鹜⁽⁵⁾。柏梁展朝宴之诗⁽⁶⁾，金堤制恤民之咏⁽⁷⁾，征枚乘以蒲轮⁽⁸⁾，申主父以鼎食⁽⁹⁾，擢公孙之《对策》⁽¹⁰⁾，叹倪宽之拟奏⁽¹¹⁾；买臣负薪而衣锦⁽¹²⁾，相如涤器而被绣⁽¹³⁾。于是史迁、寿王之徒，严、终、枚皋之属⁽¹⁴⁾，应对固无方，篇章亦不匮⁽¹⁵⁾；遗风余采，莫与比盛⁽¹⁶⁾。(《时序》)

注 释

（1）暨：及，到。崇礼：崇尚礼乐。乐府：管理音乐的官署。

（2）总：汇总。赵、代：指今河北、山西一带地区。撮：聚集而取，即搜集之意。齐、楚：指今山东、安徽、湖北一带地区。气：这里指音节腔调。

（3）曼：美。朱、马：指朱买臣及司马相如。骚体：指楚辞体裁。

（4）崇儒：崇尚儒学。润色：增美。鸿业：大业。

（5）争辉：发出光彩。辞藻竞鹜：指文学创作活跃起来。

（6）柏梁：即柏梁台。相传汉武帝与群臣曾在此联句作诗。讌：同"宴"。

（7）金堤：即坚固的黄河堤。汉武帝时，黄河在瓠子（今河南濮阳南）决口、武帝发动数万人去堵口，曾作《瓠子歌》。恤：怜悯。

（8）征：召。蒲轮：以蒲草裹车轮，减少颠簸。据《汉书·枚乘传》说："武帝自为太子闻乘名。及即位，乘年老，乃以安车蒲轮征乘。"申：致。主父：名偃，武帝时为中大夫。

（9）鼎食：《汉书·主父偃传》载，主父偃得武帝任用后说："丈夫生不五鼎食，死则五鼎亨（烹）耳。"五鼎：富贵人家吃饭时用五个鼎盛菜，这里是指达官显位。

（10）擢：提拔。公孙：即公孙弘，武帝时为丞相。《对策》：指公孙弘的《举贤良对策》，武帝擢其为第一名。

（11）倪宽：武帝时廷尉张汤的属僚，曾为张汤草拟奏文。

（12）买臣负荆而衣锦：朱买臣以卖柴度日，汉武帝任他为会稽太守，让他衣锦还乡。

（13）相如：即司马相如。他原来在临邛（今四川邛崃）开酒店，亲自洗涤酒器，后来做了中郎将入蜀，蜀人以为荣。被绣：穿锦绣，指他做了官。

（14）史迁：即史学家司马迁。寿王：即吾丘寿王。严：严助。终：终军，济南人，以辨博能属文闻于郡中。

（15）无方：无定，指善于随机应变。不匮：不少。

（16）遗风余采：遗留下来的文风辞采。莫与比盛：没有比它更兴盛的了。

评 说

朱买臣与司马相如、枚皋等人常在一起研讨辞赋，将汉赋文学推到了顶峰。他口才出众，为支持汉武帝在内蒙古设朔方郡，以设郡十有利驳倒了御史大夫公孙弘，晚年诬告御史大夫张汤而被处死。刘勰在《文心雕龙》中先后两次提到朱买臣，但他并没有具体评论朱买臣的作品，只是为了称颂汉武帝因尊儒崇礼，制礼作乐的需要，才使朱买臣这样穷困潦倒的文人能"以骚体制歌"，由"负薪而衣锦"。可见，封建文人的荣辱，全在于统治者的用与不用。

·孔安国

孔安国（约前156—前74），西汉鲁人，字子国，孔忠次子，孔子十一代孙。生卒年月不详。西汉经学家。安国少学《诗》于申培，受《尚书》于伏生，学识渊博，擅长经学。武帝时任博士，后为谏大夫，官至谏议大夫。相传曾得孔子故宅所藏古文《尚书》，开古文《尚书》学派。今存《尚书孔氏传》，系后人伪托。

若夫注释为词，解散论体(1)，杂文(2)虽异，总会是同；若秦延君(3)之注"尧典"，十余万字；朱普(4)之解《尚书》，三十万言；所以通人恶烦，羞学章句(5)。若毛公之训《诗》，安国之传《书》(6)，郑君之释《礼》，王弼之解《易》(7)，要约明畅，可为式矣(8)。（《论说》）

注 释

（1）注释为词：注释这类文章，称为"解散"类论文体制。"解散"具"融化贯通"之义。刘勰在《序志》中的"文体解散"，则是文体摆脱旧的束缚。

（2）杂文：杂碎的注释文字，同论文虽有所不同，但要把它们汇总起来还是同于论文。

（3）秦延君：名恭，西汉学者。据《汉书·艺文志》注引桓谭在《新论》中说，秦延君注"尧典"（《尚书》篇目）二字，多"至十余万言"。

（4）朱普：字公文，西汉学者。据《后汉书·桓郁传》说，他对《尚书》的解说，竟达四十万言。

（5）通人：通达古今的学者。羞学章句：耻于从事章句之学。章句：解释经典的章节句读。

（6）毛公：即毛亨，西汉学者，他曾作《毛诗诂训传》。安国：即孔安国，西汉学者，他曾作《尚书传》。据学者参证，乃后人伪托。

（7）郑君：即郑玄，东汉学者，他曾用了四十年的时间，为《周礼》《仪礼》《礼记》作了注释。王弼：三国时魏人，他曾作《周易注》。

（8）要约明畅：简明扼要，明白通畅。为式：作为典范。

评 说

孔安国将古文改写为当时通行的隶书，并为之作"传"，成为"尚书古文学"的开创者。今传《尚书孔氏传》，一称《孔安国尚书传》，明清学者认为系后人伪托。《史记》作者司马迁研究《尧典》《禹贡》等古文，也曾向他请教。后世尊其为先儒。刘勰所见孔氏的《尚书传》，虽然被认为是伪作，但在当时他却是把它看成是孔安国自己的作品的。他认为给经书作注释要像孔安国等人那样，应当"要约明畅"，不能像秦延君注《尧典》和朱普注《尚书》那样，动辄数十万言，使人"恶烦"。他这种看法，至今也还是正确的。

·东方朔

东方朔（前154—前93），西汉辞赋家。字曼倩。平原厌次（今山东惠民）人。武帝即位，征四方士人，东方朔上书自荐，诏拜为郎。后任常侍郎、太中大夫等职。他性格诙谐，言辞敏捷，滑稽多智，常在武帝前谈笑取乐，"然时观察颜色，直言切谏"（《汉书·东方朔传》）。武帝好奢侈，起上林苑，东方朔直言进谏，认为这是取民膏腴之地，上乏国家之用，下夺农桑之业，弃成功，就败事（《汉书·东方朔传》）。他曾言政治得失，陈农战强国之计，但武帝始终把他当俳优看待，不得重用，于是写《答客难》《非有先生论》，以陈志向和发抒自己的不满。

秦世不文，颇有《杂赋》[1]。汉初词人，顺流而作[2]。陆贾扣其端，贾谊振其绪[3]，枚、马同其风，王、扬骋其势[4]。皋、朔已下，品物毕图[5]。（《诠赋》）

至如黄帝有祝邪之文，东方朔有骂鬼之书[6]，于是后之谴咒，务于善骂[7]。（《祝盟》）

自《对问》以后，东方朔效而广之，名为《客难》[8]；托古慰志，疏而有辨[9]。（《杂文》）

于是东方、枚皋，餔糟啜醨[10]，无所匡正，而诋嫚媟弄[11]。故其自称："为赋乃亦俳也，见视如倡。"[12]亦有悔矣。（《谐隐》）

昔楚庄、齐威[13]，性好隐语。至东方曼倩，尤巧辞述[14]；但谬辞诋戏，无益规补[15]。（《谐隐》）

戒者，慎也，……东方朔之《戒子》，亦顾命之作也[16]。（《诏策》）

观史迁之《报任安》，东方朔之《难公孙》[17]，杨恽之《酬会宗》，子云之《答刘歆》[18]：志气槃桓，各含殊采[19]；并杼轴乎尺素，抑扬乎寸心[20]。（《书记》）

注 释

（1）不文：文学事业不发达。《杂赋》：据《汉书·艺文志》载，秦有《杂赋》九篇。
（2）顺流而作：继承前代而起。
（3）扣其端：掀起了作赋的开端。振其绪：发扬了它的传统。
（4）枚、马：即枚乘、司马相如。同其风：继承其风气。王、扬：即王褒、扬雄。骋其势：扩大其声势。
（5）皋、朔：即枚皋、东方朔。已下：以后。品物毕图：谓描绘事物清楚完备。毕：尽。图：描写。
（6）祝邪之文：据宋代张君房《云笈七签》卷一百《轩辕本记》载："（黄）帝巡狩，东至海，登桓山。于海滨得白泽神兽，能言，达于万物之情。因问天地鬼神之事，……帝乃作祝邪之文以祝之。"骂鬼之书：据《古文苑》卷六载，东汉王延寿在他的《梦赋·序》中说，他幼年"尝夜寝见鬼物与臣战，遂得东方朔与臣作骂鬼之书"。这是梦中之事，东方朔是否有骂鬼之书，今无考。

（7）谴咒：指祷告诅咒之文。务于善骂：极力追求于善骂。

（8）《对问》：指宋玉的《对楚王问》。《客难》：指东方朔《答客难》。据《汉书·东方朔传》说，东方朔因为位卑，久不被重用，便"设客难己，用位卑以自慰谕"，写了《答客难》一文。

（9）托古慰志：借古人来安慰自己的情志。疏而有辨：文字写得虽然粗疏，但对自己的思想却有较好的辨析。

（10）铺糟：吃糟粕。啜醨：《楚辞·渔父》："众人皆醉，何不铺其糟而啜其醨？"原是渔父劝屈原不必过于清高，别人都醉生梦死，自己也不妨随波逐流。在这里是指东方朔、枚皋在写作上的随波逐流。

（11）无所匡正：对统治者的错误无所补正。诋嫚媟弄：轻慢戏弄。诋：诽谤。嫚媟：轻视。媟：轻佻、不庄重。

（12）俳：诙谐，滑稽。据《汉书·枚皋传》载，枚皋"言为赋乃俳，见视如倡，自悔类倡也"。见视如倡：被看作倡优一样。见：被。

（13）楚庄：即楚庄王，公元前613—前591在位。齐威：即齐威王，公元前356—前320在位。

（14）尤巧辞述：尤其善于隐语的撰者。

（15）谬辞诋戏：用怪话来开玩笑。无益规补：无益于匡正过失。

（16）《戒子》：即东方朔的《诫子诗》："首阳为拙，柳惠为工。饱食安步，以仕代农。"诫子不要学伯夷、叔齐，要学柳下惠。既要做官守正，还要归隐务农。顾：回视。命：临终前的遗命。

（17）《报任安》：指司马迁《报任安书》，载《汉书·司马迁传》。任安：字少卿，益州刺史。《难公孙》:《初学记》卷十八有东方朔《与公孙弘借车书》，可能即刘勰所指。

（18）杨恽：字子幼，汉宣帝时为中郎将。《酬会宗》：指杨恽的《报孙会宗书》，载《汉书·杨恽传》。子云：扬雄字子云。《答刘歆》：即扬雄的《答刘歆书》，载《故苏》卷十。

（19）志气槃桓：意志与气势各不相同。槃桓：广大貌。徘徊状。各含殊采：各有不同的风采。

（20）杼轴：织布机上的两个部件，杼持纬，轴受经，这里是组织文辞的意思。尺素：指书信。古人写信是写在一尺大小的生绢上的，所以称"尺素"。抑扬：高低起伏。寸心：即"心"。此句谓在尺素之上组织了奇异的文彩，在字里行间荡漾着方寸之心。

评 说

东方朔博学卓识、言辞敏捷、善诙谐，以滑稽著称，世人谓其玩世不恭。他的这种性格，也表现在他的著作上。文人杂言如《史记·滑稽列传》所载东方朔之歌："陆沉于俗，避世金马门。宫殿中可以避世全身，何必深山之中，蒿芦之下。"字里行间透出的狷介自信脱于流俗之气，颇有些屈原自命不凡的遗风。他表面诙谐旷达，内心却忧郁不平，他常常采用"诋嫚媟弄"的手法，来鞭挞和讽刺最高统治者。他的《答客难》以主客问答形式，揭示了皇权专制下君主个人随意抑扬人才、决定人才进退出处的现实："尊之则为将，卑之则为虏；扬之则在青云之上，抑之则在深渊之下；用之则为虎，不用则为鼠。"说生在汉武帝大一统时代，贤与不肖没有什么区别，虽有才能也无从施展，用之则为虎，不用则为鼠，揭露了统治者对人才随意抑扬，并为自己鸣不平。这不单是"托古慰志，疏而有辨"，而是形象地揭露了皇权专制不尊重人才，埋没人才、摧残人才的罪恶，抒发了作者怀才不遇的苦闷，这在当时是有其进步作用的。但刘勰却批评他"谬辞诋戏，无益规补""无所匡正"，这就有些欠妥了。

·枚皋

枚皋（约前153—？），字少孺，淮阴（今属江苏）人，枚乘之子，西汉辞赋家。武帝时上书自陈，拜为郎，曾出使匈奴。好诙谐，善辞赋，才思敏捷，讽刺不避权贵，时人比之于东方朔。有赋120篇，但今多不传。

秦世不文[1]，颇有《杂赋》。汉初词人，顺流而作[2]。陆贾扣其端，贾谊振其绪[3]，枚、马同其风，王、扬骋其势[4]。皋、朔已下，品物毕图[5]。（《诠赋》）

于是东方、枚皋，餔糟啜醨[6]，无所匡正，而诋嫚媟弄[7]。故其自称："为赋乃亦俳也，见视如倡。"[8]亦有悔矣。（《谐隐》）

淮南崇朝而赋《骚》[9]，枚皋应诏而成赋[10]，子建援牍如口诵[11]，仲宣举笔似宿构[12]，阮瑀据案而制书[13]，祢衡当食而草奏[14]：虽有短篇，亦思之速[15]也。（《神思》）

逮孝武崇儒，润色鸿业[16]；礼乐争辉，辞藻竞骛[17]。柏梁展朝谦之诗[18]，金堤制恤民之咏[19]，征枚乘以蒲轮[20]，申主父以鼎食[21]，擢公孙之《对策》[22]，叹倪宽之拟奏[23]；买臣负薪而衣锦[24]，相如涤器而被绣[25]。于是史迁、寿王之徒，严、终、枚皋之属[26]，应对固无方，篇章亦不匮[27]；遗风余采，莫与比盛[28]。（《时序》）

注 释

（1）秦世不文：文学事业不发达。《杂赋》：据《汉书·艺文志》载，秦有《杂赋》九篇。

（2）顺流而作：继承前代而起。

（3）振：发扬。振其绪：发扬其传统。

（4）枚：枚乘。马：司马相如。王：王褒。扬：扬雄。骋其势：扩大了这种趋势。

（5）皋：枚皋。朔：东方朔。品物毕图：描绘事物清楚完备。

（6）餔糟啜醨：《楚辞·渔父》："众人皆醉，何不餔其糟而啜其醨？"原来是渔父劝屈原不必过于清高，别人都醉生梦死，自己也不妨随波逐流。刘勰在这里指东方朔和枚皋在写作上随波逐流，对统治者无所讽谏和批评。事实上东方朔和枚皋并不一样，他的诙谐，对汉武帝是很有些讽谏作用的。

（7）诋：诽谤。嫚媟：轻视，轻佻，不庄重。

（8）《汉书·枚皋传》："皋不通经术，诙笑类俳倡。为赋颂，好嫚戏，以故得媟黩贵幸，比东方朔、郭舍人等。""又言为赋乃俳，见视如倡，自悔类倡也。"

（9）淮南崇朝：淮南刘安终朝就写好《离骚传》。崇朝：从天亮到早饭时。崇：通"终"。

（10）枚皋：《汉书·枚乘（附皋）传》载，枚皋为文敏疾，"上有所感，辄使赋之。为文疾，受诏辄成，故所赋者多。"

（11）子建：即曹植。据《文选》杨修《答临淄侯曹子建笺》说，曹植"握牍持笔，有新造作，若成诵在心"。

（12）仲宣：即王粲，"建安七子"之一。据《三国志·王粲传》说，王粲作文"举笔便成，无所改定，时人常以为宿构"。

（13）阮瑀：字符瑜，"建安七子"之一。案：当作"鞍"。据《三国志·王粲传》注引《典略》说，曹操曾使阮瑀替他为韩遂写信。当时曹操刚出近郊，阮瑀在后面跟着，便叫在马鞍上起草。书成献之，曹操欲执笔修改，结果一个字也改动不得。

（14）祢衡：字正平，汉魏间作家。当食而草奏：据《后汉书·祢衡传》说，祢衡在黄射的一次宴会上，有人献鹦鹉一只，黄射举杯请衡作赋，以娱宾客，祢执笔而作，文不加点，辞采甚丽。又说：刘表曾和一班文士共草奏章，当时祢衡外出不在列，回来看到了他们所草的奏章，还没看完便撕毁丢在地上，使刘表大为吃惊。祢衡于是请求纸笔重写，一会就写好了，文辞义理都很不错。"当食"和"草奏"本是二事，而刘勰把它们合而为一了。

（15）思之速：谓以上这些作家的作品，虽是一些短篇，但也算是他们构思的敏捷。

（16）崇儒：崇尚儒学。指武帝时用董仲舒罢黜百家，独尊儒术。鸿业：大业。润色鸿业：谓用辞藻来夸饰政治。

（17）争辉：发出光彩。竞骛：争驰，指文字创作活动。

（18）柏梁：汉武帝曾筑柏梁台，并于此大宴群臣，联句作诗。䜩：同"宴"。

（19）金堤：坚固的黄河堤。汉武帝时，黄河在河南濮阳南瓠子决口，武帝发动数万人去堵口，《汉书·沟洫志》作《瓠子歌》，其辞多有怜民之意。

（20）征：召。蒲轮：以蒲草裹车轮，减轻车子的颠簸。《汉书·枚乘传》说："武帝自为太子闻乘名。及即位。乘年老，乃以安车蒲轮征乘，道死。"

（21）申：致，使。主父：名偃，武帝时为中大夫。鼎食：《汉书·主父偃传》载，主父偃得到武帝任用后说："丈夫生不五鼎食，死则五鼎亨（烹）耳。"五鼎：富贵人家吃饭时用五个鼎盛菜，这里是指达官显位。

（22）擢：提拔。《汉书·公孙弘传》载：公孙弘的《举贤良对策》奏上，"天子擢弘对为第一。召入见，容貌甚丽，拜为博士，待诏金马门"。

（23）倪宽：武帝时廷尉张汤的僚属，曾为张汤草拟奏文。《汉书·倪宽传》载，武帝问张汤："前奏非俗吏所及，谁为之者？"张汤答倪宽所为。武帝叹曰："吾固闻之久矣！"

（24）买臣：据《汉书·朱买臣传》载，朱买臣曾穷得靠卖柴为生，后来做了会稽太守，武帝曾让他衣锦还乡。

（25）相如：据《汉书·司马相如传》载，司马相如和卓文君曾在临邛开酒店，亲自洗涤酒具。后来他做了中郎将入蜀，太守以下都来迎接。被绣：穿锦绣，指他做了官。

（26）史迁：即太史令司马迁。寿王：即吾丘寿王，西汉辞赋家。严：严助。终：终军。

（27）无方：无定，指善于随机应变。匮：缺乏。

（28）遗风余采：遗留下来的文风辞采。莫与比盛：没有比它更兴盛的了。

评 说

作为一代文学的汉赋，其价值虽然前不足以比楚骚，后不足以比唐诗，但是自有其特点和影响；同样，作为一代辞赋家的枚乘、枚皋父子，其造诣虽然前不足以比贾谊，后不足以比扬雄，但是他们确实为汉赋的形成和发展，做出了不可磨灭的贡献。枚皋不同于当时一般文人之处还表现在他谈吐滑稽，不拘礼节，经常在汉武帝面前调笑取乐，但是只要有机会，他便直言切谏。当汉武帝滥用人力物力，修建奢华的上林苑时，他就曾和东方朔一起上书反对，时人将他比作东方朔。刘勰将枚皋与东方朔相提并论并不妥当。枚皋虽以辞赋著称，才思敏捷好诙谐，其文骨凡骸，曲随其事，皆得其意，却少风骨。他并不像东方朔那样寄讥刺于诙谐之中，对刚愎自用的汉武帝时有讽诫。他虽悔自己"为赋乃亦俳也，见视如倡"，但最终对朝廷是"无所匡正"，只是"诋嫚蝶弄"而已。

·司马迁

司马迁（前145—前90），西汉史学家，文学家。字子长，左冯翊夏阳（今陕西韩城西南）人。司马迁10岁开始学习古文书传。约在汉武帝元光、元朔年间，向今文家董仲舒学《公羊春秋》，又向古文家孔安国学《古文尚书》。20岁

· 司马迁 ·

时,从京师长安南下漫游,足迹遍及江淮流域和中原地区,所到之处考察风俗,采集传说。不久仕为郎中,成为汉武帝的侍卫和扈从,多次随驾西巡,曾出使巴蜀。元封三年(前108),司马迁继承其父司马谈之职,任太史令,掌管天文历法及皇家图籍,因而得读史官所藏图书。太初元年(前104),与唐都、落下闳等共订《太初历》,以代替由秦沿袭下来的《颛顼历》,新历适应了当时社会的需要。此后,司马迁开始撰写《史记》。后因替投降匈奴的李陵辩护,获罪下狱,受腐刑。出狱后任中书令,继续发愤著书,终于完成了《史记》的撰写,人称其书为《太史公书》,是中国第一部纪传体通史,开创了纪传体史书范例,对后世史学影响深远。《史记》语言生动,形象鲜明,也是优秀的文学作品。司马迁还撰有《报任安书》,记述了他下狱受刑的经过和著书的抱负,为历代传颂。

  及迁《史》固《书》,托赞褒贬[1];约文以总录,颂体以论辞[2],又纪传后评,亦同其名[3]。(《颂赞》)
  是以子长编史,列传《滑稽》[4];以其辞虽倾回,意归义正也[5]。但本体不雅,其流易弊[6]。(《谐隐》)
  爰及太史谈,世惟执简[7];子长继志,甄序帝勣[8]。比尧称"典",则位杂中贤[9];法孔题"经",则文非元圣[10]。故取式《吕览》,通号曰"纪"[11],纪纲之号,亦宏称也[12]。故"本纪"以述皇王,"列传"以总侯伯[13],"八书"以铺政体,"十表"以谱年爵[14];虽殊古式,而得事序焉[15]。尔其实录无隐之旨,博雅弘辩之才[16],爱奇反经之尤,条例踳落之失,叔皮论之详矣[17]。及班固述《汉》,因循前业[18],观司马迁之辞,思实过半[19]。……观乎左氏缀事,附经间出[20],于文为约,而氏族难明[21]。及史迁各传,人始区详而易览,述者宗焉[22]。及孝惠委机,吕后摄政[23],班、史立纪,违经失实[24];何则?庖牺以来,未闻女帝者也[25]。汉运所值,难为后法[26]。"牝鸡无晨"[27],武王首誓;妇无与国,齐桓著盟[28]。宣后乱秦,吕氏危汉[29],岂唯政事难假,亦名号宜慎矣[30]。张衡司史,而惑同迁、固[31],元帝王后,欲为立纪[32],谬亦甚矣。寻子弘虽伪,要当孝惠之嗣[33];孺子诚微[34],实继平帝之体。二子可纪,何有于二后哉[35]!(《史传》)
  唯陈寿《三志》,文质辨洽[36],荀、张比之于迁、固,非妄誉也[37]。(《史传》)
  按《春秋》经传,举例发凡[38]。自《史》《汉》以下,莫有准的[39]。(《史传》)

然纪传为式，编年缀事⁽⁴⁰⁾，文非泛论⁽⁴¹⁾，按实而书。岁远则同异难密，事积则起讫易疏，斯固总会之为难也⁽⁴²⁾。或有同归一事，而数人分功⁽⁴³⁾，两记则失于复重，偏举则病于不周，此又铨配之未易⁽⁴⁴⁾也。故张衡摘史、班之舛滥，傅玄讥《后汉》之尤烦⁽⁴⁵⁾，皆此类也。(《史传》)

然史之为任，乃弥纶一代⁽⁴⁶⁾，负海内之责，而赢是非之尤⁽⁴⁷⁾，秉笔荷担⁽⁴⁸⁾，莫此之劳⁽⁴⁹⁾。迁、固通矣，而历诋后世⁽⁵⁰⁾；若任情失正，文其殆哉⁽⁵¹⁾！(《史传》)

是史迁《八书》⁽⁵²⁾，明述封禅者，固禋祀之殊礼，名号之秘祝⁽⁵²⁾，祀天之壮观矣。(《封禅》)

观史迁之《报任安》⁽⁵³⁾，东方朔之《难公孙》⁽⁵⁴⁾，杨恽之《酬会宗》⁽⁵⁵⁾，子云之《答刘歆》⁽⁵⁶⁾：志气槃桓，各含殊采⁽⁵⁷⁾；并杼轴乎尺素，抑扬乎寸心⁽⁵⁸⁾。(《书记》)

逮孝武崇儒，润色鸿业⁽⁵⁹⁾；礼乐争辉，辞藻竞骛⁽⁶⁰⁾。柏梁⁽⁶¹⁾展朝讌之诗，金堤⁽⁶²⁾制恤民之咏⁽⁶³⁾，征枚乘以蒲轮，申主父以鼎食⁽⁶⁴⁾，擢⁽⁶⁵⁾公孙之《对策》，叹倪宽⁽⁶⁶⁾之拟奏；买臣⁽⁶⁷⁾负薪而衣锦，相如涤器而被绣⁽⁶⁸⁾。于是史迁、寿王之徒，严、终、枚皋之属⁽⁶⁹⁾，应对固无方，篇章亦不匮⁽⁷⁰⁾；遗风余采，莫与比盛⁽⁷¹⁾。(《时序》)

仲舒专儒，子长纯史⁽⁷²⁾，而丽缛成文，亦《诗》人之"告哀"焉⁽⁷³⁾。(《才略》)

注　释

（1）迁《史》：司马迁的《史记》。固《书》：班固的《汉书》。托赞褒贬：假托赞辞来进行褒扬或贬抑。《史记》各篇之后，大都有"太史公曰"；《汉书》各篇之后，大都有"赞曰"。其中有褒，也有贬。

（2）约文以总录：以简要的文字来进行综合的概括。颂体以论辞：用颂的体裁来论述。

（3）纪传后评：即纪、传、书、志之后的评语。指《史记》的最后一篇《太史公自序》，《汉书》的最后一篇《叙传》。这两篇是对全书各篇内容的总结，阐明作者写作目的，既有褒也有贬，虽没有明确称为"赞"，但与"赞"的作用是相同的。所以刘勰说："亦同其名。"

（4）《滑稽》：指《史记·滑稽列传》，其中记淳于髡、优孟、优旃三人的故事。

（5）倾回：不正。辞虽倾回：话说得不正经。意归义正：内容属于严正。

（6）本体不雅：谓谐辞本身不雅正。其流易弊：其流能演变就易出毛病。

（7）爰：于是。太史谈：即司马谈，武帝的太史令（史官）。世惟执简：世代担任史官的职务。

（8）甄序帝勣：认真研究历代帝王的功业。甄：审查。勣：通"绩"。

（9）比尧称"典"，则位杂中贤：谓想把《史记》比之于记载帝尧事迹的《尧典》称为"典"，但其中又掺杂着次等的贤君。

（10）法孔题"经"，则文非元圣：想效法孔子，题名为"经"，则又不是伟大先圣的文章。元圣：当是"玄圣"即最圣。

（11）取式：取法。《吕览》：指《吕氏春秋》，其中有十二纪、八览、六论。通号曰"纪"：统称为"纪"。

（12）纪纲：法纪政纲。《史记·五帝本纪》索引："纪者，记也。……而帝王书称记者，言为后代细记也。"宏称：伟大的称呼。

（13）"本纪"：《史记》中有十二本纪，记述帝王的事迹，如《五帝本纪》《项羽本纪》等。皇王：帝王。"列传"：《史记》中有七十列传，记述政治、军事、文化等各方面重要人物的生平事迹，如《屈原贾生列传》《李将军列传》等。

（14）"八书"：《史记》中有《礼书》《乐书》《天官书》等。铺：陈述。政体：政治体制。"十表"：《史记》中有《三代世表》《十二诸侯年表》《六国年表》等。谱：叙录。年爵：年月和爵位。

（15）殊：不同。式：法式。得事序焉：请把众多的历史事件记得有条有理。

（16）实录无隐：照实记录，无所隐讳。刘向、扬雄皆称迁有良史之才，服其善序事理，其文直，其事核，不虚美，不隐恶，谓之实录。博雅弘辩：既渊博典雅，又能高谈阔论。

（17）爱奇反经：为"成一家之言"而标新却违反了儒家经典。尤：缺点。条例踳落：条例编排得不当和错漏。踳：错乱。叔皮：班彪的字，东汉初年史学家。

（18）《汉》：即《汉书》。因循前业：说班固著《汉书》，沿用了司马迁《史记》和班彪《史记后传》的部分体例和史料。因循：沿袭，依照。

（19）思实过半：指班固从司马迁的《史记》中得益尤多。《周易·系辞下》说："知者观其象辞，则思过半矣。"

（20）左氏：即左丘明。缀事：编写历史。附经间出：依附《春秋》据经以录史。

（21）氏族难明：重要历史人物的脉络记述不清。

（22）史迁各传：司马迁的《史记》有七十列传。人始区详：各种历史人物开始又分为详尽。易览：易读。述者宗焉：为后代史家所宗奉。

（23）孝惠：即汉惠帝刘盈。委机：不理国家大事。吕后摄政：惠帝死后，高祖皇后吕雉临朝听政，在位八年。

（24）班、史立纪：指班固的《汉书》写有《高后纪》、司马迁的《史记》写有《吕后本纪》。违经失实：违反常理更有失史实。

（25）庖牺：即伏羲。此句谓从伏羲以来没有听说过有女人做皇帝的。

（26）值：正值。此句谓汉朝国运碰到这种情况，很难作为后世的法则。

（27）"牝鸡无晨"：《尚书·牧誓》中语，为周武王的誓词。"牝鸡无晨"：母鸡不能晨鸣，此喻妇女不能掌管国家大事。

（28）与：参与。齐桓著盟：据《春秋谷梁传·喜公九年》载，齐桓公与诸侯盟于蔡丘，（今河南兰考县东），曾在盟书上写着："毋以妾为妻，毋使妇人与国事。"

（29）宣后：秦昭王的母亲宣太后。秦武王死后，昭王年幼，宣太后自治事，任用魏冉、白起等，对秦国的强大起过一定作用。刘勰称其"乱秦"，是从封建正统观念出发，轻视妇女的表现。吕氏：指吕后。

（30）政事难假：政权难以假代（指代摄政事）。名号宜慎：使用本纪的名号也应当要慎重。

（31）张衡：字平子，东汉科学家、文学家。司史：掌管史官的职务。据《后汉书·张衡传》说，张衡曾"专事东观"，进行《东观汉记》的补缀工作。惑同迁、固：与司马迁、班固一样糊涂。惑：迷惑。

（32）欲为立纪：想为元后作本纪。元后：汉元帝之后王政君，是王莽的姑母，汉平帝即位时仅九岁，元后曾临朝听政。

（33）寻：寻其本源。子弘：汉惠帝的儿子刘弘，吕后临朝时立为帝。伪：指刘弘是后宫妃嫔所生，不是惠帝皇后所生。要当：总当是。嗣：后代。

（34）孺子：指刘婴，汉宣帝玄孙，平帝死后立为皇太子，号"孺子"。诚微：确实很小，当时刘婴只有两岁。

（35）二子：指刘弘、刘婴。二后：指汉高祖吕后和汉元帝王后。刘勰认为吕后摄政时，代表汉王朝的是刘弘；元帝王后临朝时，继承皇权的是孺子刘婴，只能为刘弘、刘婴立本纪，而不应该给吕后、王后立本纪。

（36）《三志》：即《三国志》，西晋史学家陈寿著。文质辨洽：文辞和内容都很清晰和润。

（37）荀、张：荀勖和张华，都是晋文学家。比之于迁、固：据《华阳国志·后贤志》载："吴平后，（陈）寿乃鸠合三国史，著魏吴蜀三书六十五卷，乃《三国志》，……中书监荀勖、令张华深爱之，以班固、史迁不足方也。"

（38）举例发凡：指编写史书的原则所订的体例。《春秋》有五例，《左传》有五十凡例。

（39）《史》《汉》：指《史记》和《汉书》。准的：标准，指凡例所做的规定。

（40）纪传为式：编写记、传的格式。编年缀事：谓纪是按年代顺序编纂，传是依史事连缀。

（41）文非泛论：文辞不能空泛。

（42）岁远则同异难密：年代久远了，事件就不容易写得很准确。密：切合。事积则起讫易疏：事件多了，每件事的始末就容易忽略。讫：结束。总会：汇总。

（43）同归一事：同属一件事情。数人分功：谓几个人分别参与其事，全力完功的。

（44）铨配未易：铨衡轻重，相互配合是不容易的。铨：衡量。

（45）摘：选取。史、班：指司马迁的《史记》和班固的《汉书》。舛滥：差错和不恰当。据《后汉书·张衡传》载，张衡曾上疏，指出司马迁和班固在史书中的记述与典籍不合的有十余条。傅玄：字休奕，西晋文学家。《后汉》：指《东观汉记》。尤烦：错失和烦琐。据《晋书·傅玄传》载，傅玄在《傅子》中曾对《史记》《史书》和《东观汉记》进行评论指出其得失，但这些评论的文学已佚。

（46）史之为任：史家的任务。弥纶一代：谓综述一代史事。弥纶：综合。

（47）负海内之责：担负着天下的责任。赢：当作赢。赢是非之尤：赢得是非的怨尤。

（48）秉：拿，执。荷：负荷，挑。秉笔荷担：谓担负写作历史的任务。

（49）莫此之劳：没有比这更劳苦的了。

（50）历诋后世：屡遭后世诋毁。

（51）任情失正：任情乱写，记述不当。文其殆哉：作品就很危险了。

（52）史迁：指史学家司马迁。《八书》：指《史记》中的《礼书》《乐书》《封禅书》等。

（52）固：本来，的确。禋祀之殊礼：祭天的重大礼节。名号：当为"铭号"。铭：刻石记绩。号：告，表明功德。秘祝：秘密的祝祷。

（53）《报任安》：即司马迁的《报任安书》。

（54）《难公孙》：即东方朔的《与公孙弘借车书》。

（55）杨恽：字子幼，西汉宣帝时为中郎将。《酬会宗》：指杨恽的《报孙会宗书》，载《汉书·杨恽传》。

（56）子云：扬雄字子云。《答刘歆》：即扬雄的《答刘歆书》，载《古文苑》卷十。

（57）志气槃桓：气魄雄伟。槃桓：广大貌。徘徊状。各合殊采：各有不同的风采。

（58）杼轴：织布机上的两个部件，杼持纬，轴受经，这里是组织文辞的意思。尺素：指书信。古人写信是写在一尺大小的生绢上的，所以称"尺素"。抑扬：高低起伏。寸心：即"心"。

（59）孝武：指汉武帝。崇儒：崇尚儒学。鸿业：大业。润色鸿业：谓用文学来夸饰政治。

（60）争辉：发出光彩。竞骛：争驰，指文学创作活动。

（61）柏梁：汉武帝曾筑柏梁台，并于此大宴群臣，联句作诗。

（62）金堤：坚固的黄河堤。汉武帝时，黄河在河南濮阳南瓠子决口，武帝发动数万人去堵口，曾作《瓠子歌》，其辞多有怜民之意。

（63）征：召。蒲轮：用蒲草裹车轮，以减轻车子的颠簸。《汉书·枚乘传》说："武帝自为太子闻乘名，及即位，乘年老，乃以安车蒲轮征乘，道死。"

（64）申：致，使。主父：名偃，武帝时为中大夫。鼎：食器。鼎食：谓饮食讲究，这里指达官显位。

（65）擢：提拔。《汉书·公孙弘传》载：公孙弘的《举贤良对策》奏上，"天子擢弘对为第一。召入见，容貌甚丽，拜为博士，待诏金马门"。

（66）倪宽：武帝时廷尉张汤的僚属，曾为张汤草拟奏文。《汉书·倪宽传》载，武帝问张汤："前奏非俗吏所及，谁为之者？"张汤答倪宽所为。武帝叹曰："吾固闻之久矣！"

（67）买臣：据《汉书·朱买臣传》载，朱买臣曾穷得靠卖柴为生，后来做了会稽太守，武帝曾让他衣锦还乡。

（68）相如：据《汉书·司马相如传》载，司马相如与卓文君曾在临邛开酒店，亲自洗涤酒器。后来他做了中郎将入蜀，蜀人以为荣。被绣：穿锦绣，指他做了官。

（69）史迁：即太史令司马迁。寿王：即吾丘寿王，西汉辞赋家。严：严助。终：终军。

（70）无方：无定，指善于随机应变。匮：缺少。

（71）遗风余采：遗留下来的文风辞采。莫与比盛：没有比它更兴盛的了。

（72）仲舒：即董仲舒，西汉经学家。专儒：专门的儒学家。纯史：纯粹的史学家。

（73）丽缛：繁盛文辞。成文：指他们写成的文学作品。董仲舒有《士不遇赋》，司马迁有《悲士不遇赋》等，见《艺文类聚》卷三十引。亦《诗》人之"告哀"焉：也像《诗经》的作者抒发了自己的哀思。《诗经·小雅·四月》有"君子作歌，维以告哀"之语。

评 说

司马迁是盛汉应运而生的文化巨人。他尊崇儒家，但不仅限于一派之见，立于时代认识的高峰来自觉地承担历史使命,以历史主人翁的态度来总结中国以往历史,探索民族盛衰、国家兴亡的规律,抒发对大一统时代的强烈感受。他在先秦史传的基础上,创造了一种表达纷繁历史现象的新形式,将历史现象的发展过程分门别类地加以归纳。其中对历史人物做分类排比,是展示人类社会历史的主要线索,这就是人们常说的人物传记新体例。以这种新体例写成的《史记》,开创了我国纪传体史学,也开创了我国传记体文学,代表了汉代散文的最高水平。

司马迁以"究天人之际,通古今之变,成一家之言"的伟大史家气度,写出了中国人的第一部通史《史记》,他创造了一种新的史学体例,而且创造性地开辟了传记文学这一文学新形式。《史记》在传记文学篇章的结构、人物形象的塑造、语言的生动传神、故事的委婉曲折等方面,都有极高的成就,并对后世戏曲、小说的发展产生了重要影响。纵观中国文化的发展过程,《史记》在文学发展史上的开创意义与其在史学史上的开创意义一样伟大。有的学者甚至认为,其文学贡献超过了史学上的贡献。如胡怀琛等人选注本《史记·序言》中认为:"用真正史学眼光看,《史记》存在着不少缺点,但《史记》在文学上有三个特色:即富于感情,善于描写,趋于自然。《史记》既有了这三种特色,就可以知道它在文学界上的位置,比在史学界上的位置要高。"清人吴兴祚在《史记论文·序》中甚至说:"迁史即非古今之信史,其文实为古今之至文。"

在刘勰生活的时代,人们对《史记》的史学价值和文学价值,特别是在传记文学方面的杰出成就,是没有深刻认识的。然而刘勰却表现了他独特的见解,称《史记》的创作为"实录无隐,博雅宏辩",称司马迁开创传记文学的新体例是"人始区详而易览""虽殊古式,而得事序焉",为后世"述者宗焉"。这些看法,至今都是很正确的。但刘勰批评《史记》"爱奇反经,条例踳落",就不恰当了。《史记》叙事,前后不一致的地方是有的,那是由于古代的事,年代久远,传说不一,"岁远则同异难密"的原因,并不是由于"爱奇反经之尤"所造成的。其次,刘勰对《史记》和《汉书》为女后纪传的做法也表示激烈反对。他说:"班、史立纪,违纪失实;何则;庖牺以来,未闻女帝者也。"这说明刘勰有相当浓厚的封建正统观念。这种思想,显然比司马迁、班固、张衡等人要落后得多。值得重点强调一句的是,司马迁自遭李陵之祸之后,身心受到严重摧残,心境的变化遂导致修史动机的变化,司马迁进一步深切体会到前人著书立说的动因:"此人皆意有所郁结,不得通其道,故述往事,思来者。"这就阐明了文学创作和政治、生活、个人身世遭遇的关系。这一理论突破了儒家"温柔敦厚"的诗教传统,揭示了一条具有普遍意义的创作规律。

李延年

李延年（？—前87），中山（今河北定州）人，西汉杰出的音乐家。延年为李夫人兄，善歌舞，又善创造新声，在乐府中任协律都尉。曾为《郊祀歌》19章配乐，又仿张骞由西域传入的胡曲《摩诃兜勒》作新声28章。后与中山人作乱，时李夫人已卒，被诛。

暨武帝崇礼，始立乐府(1)；总赵、代之音，撮齐、楚之气(2)，延年以曼声协律，朱、马以骚体制歌(3)。（《乐府》）

注　释

（1）暨：到。乐府：管理音乐的官署。《汉书·礼乐志》说："至武帝定郊祀之礼……乃立乐府，采诗夜诵。有赵、代、秦、楚之讴。以李延年为协律都尉，多举司马相如等数十人造为诗赋，略论律吕，以合八音之调，作十九章之歌。"

（2）总：汇总。赵、代：指今河北、山西一带地区。撮：取，这里是搜集。齐、楚：指今山东、安徽、湖北一带地区。气：这里指音节腔调。

（3）延年：即李延年，汉武帝时的音乐家。曼声：美妙的歌声。协律：协调乐律。朱：即朱买臣，以精通楚辞而见称。《史记·酷吏列传》："始长史朱买臣，会稽人也，读《春秋》。庄助使人言买臣，买臣以《楚辞》与助俱幸，……"马：司马相如，相传武帝时的《郊祀歌》中有一部分是他的作品。

评　说

李延年是汉武帝时的著名音乐家，能歌善舞，又善创新声，在我国音乐史上有着重要的地位。《郊祀歌》19章是汉武帝时创造的宗庙祭祀乐章，其文辞出于司马相如等数十位著名文人之手，其乐曲由当时著名音乐家李延年创作的，演奏时场面宏大，气氛隆重热烈。刘勰称他能"以曼声协律"来为各地的民曲配乐，证明他也是很赞赏的。这里还反映出的一条信息，在汉代，虽然音乐与文学已有分离的倾向，但二者的关系仍是紧密的。

·李陵

李陵（？—前74），字少卿，西汉成纪（今甘肃秦安）人，李广之孙，武帝时拜骑都尉，是西汉的著名将军。曾将步骑五千协汉大军伐匈奴，独立与单于交战，击杀数千人。后矢尽援绝，投降匈奴。单于以女妻之，在匈奴20余年，后病死。《文选》卷二十九有李陵作《与苏武诗》3首，但历代学者多认为是后人伪托。

至成帝品录[1]，三百余篇；朝章国采，亦云周备[2]。而辞人遗翰，莫见五言[3]；所以李陵、班婕妤，见疑于后代[4]也。（《明诗》）

注 释

（1）成帝：即汉成帝刘骜。品录：品评编辑三百余篇。据《汉书·艺文志》载，当时著有诗歌三百一十四篇。
（2）朝章：朝廷的诗歌。国采：全国民间诗歌。章、采：都是指作品。周备：齐备。
（3）遗翰：遗留下来的作品。莫见五言：没有见到（文人）五言诗。
（4）班婕妤：名不详，西汉女文学家。见疑于后代：为后代所怀疑。西汉相传她写有五言《怨诗》。

评 说

李陵一失足成千古恨，身降敌国，英名亏污，老母及全家被诛。满腔忠心何所诉，欲归故国已无门，其《别歌》乃是和着血泪的绝唱。

钟嵘在《诗品》中对李陵的诗有相当高的评价，把它列为上品，并说："其源出于楚辞。文多凄怆，怨者之流。陵，名家子，有殊才，生命不谐，身颓身丧。使陵不遭辛苦，其文亦何能至此！"大体讲来，在唐代以前，虽然有人对李陵的诗提出过怀疑，如刘勰《文心雕龙·明诗篇》说："至成帝品录，三百余篇；朝章国采，亦云周备。而辞人遗翰，莫见五言；所以李陵、班婕妤，见疑于后代也。"但是由于没有更有力的证据，大多数人还是相信的。

今见李陵《与苏武诗》（载《文选》卷二十九），非常优美，内容生动感人。大约是汉末失名的五言诗，不像是西汉人的作品。所以刘勰指出李陵的诗见疑于后代，是有其道理的。其实，怀疑李陵诗的真伪，宋人颜遂之在《庭诰》中已有详尽记述。

·王褒

王褒(?—前61),字子渊,蜀资中(四川资阳)人。少孤,家贫,事母至孝,以耕读为本。相传昆仑乡墨池坝的"墨池"就是他洗笔砚之处;县城南书台山,便是他另一个攻书的地方。他精通六艺,娴熟《楚辞》,崇敬屈原而作《九怀》,初露才华。尔后,他游历成都、上湔(今都江堰市玉垒山)等地,博览风物,以文会友。汉宣帝时,益州刺史邀他做客,在此期间,他写下了《中和》《乐职》《宣布》等赋,主人命僮子依古乐演唱,大为成功,由此声名四播。在刺史的举荐下,得到宣帝的召见,他先作"待诏"的清客,旋擢谏议大夫。这期间,才华横溢的王褒,一连写了《圣主得贤臣赋》《甘泉赋》《四子讲道德论》等赋,其中尤以《圣主得贤臣赋》为著。明人辑有《王谏议集》。

自《九怀》以下[1],遽蹑其迹;而屈、宋逸步[2],莫之能追。(《辨骚》)

若能凭轼以倚《雅》《颂》,悬辔以驭楚篇[3],酌奇而不失其真,玩华而不坠其实[4];则顾盼可以驱辞力,咳唾可以穷文致[5],亦不复乞灵于长卿,假宠于子渊矣[6]。(《辨骚》)

秦世不文,颇有《杂赋》[7]。汉初词人,顺流而作[8]。陆贾扣其端,贾谊振其绪[9],枚、马同其风,王、扬骋其势[10]。皋、朔已下,品物毕图[11]。(《诠赋》)

观夫荀结隐语,事数自环[12];宋发巧谈[13],实始淫丽;枚乘《菟园》,举要以会新[14];相如《上林》[15],繁类以成艳;贾谊《鵩鸟》[16],致辨于情理;子渊《洞箫》[17],穷变于声貌;孟坚《两都》,明绚以雅赡[18];张衡《二京》[19],迅发以宏富;子云《甘泉》[20],构深玮之风;延寿《灵光》[21],含飞动之势:凡此十家,并辞赋之英杰也[22]。(《诠赋》)

券者,束也。[23]明白约束,以备情伪[24]。字形半分,故周称"判书"[25]。古有铁券[26],以坚信誓;王褒《髯奴》[27],则券之楷也。(《书记》)

夫"比"之为义,取类不常[28]:或喻于声,或方于貌[29],或拟于心,或譬于事[30]。宋玉《高唐》云:"纤条悲鸣,声似竽籁。"此比声之类也[31]。枚乘《菟园》云:"焱焱纷纷,若尘埃之间白云。"此则比貌之类也[32]。贾生《鵩赋》云:"祸之与福,何异纠缠?"此以物比理者也[33]。王褒《洞箫》云:"优柔温润,如慈父之畜子也。"此以声比心者也[34]。马融《长笛》云:"繁缛络绎,范、蔡之说也。"此以响比辩者也[35]。张衡《南都》云:"起郑舞,茧曳绪。"此以容比物者也[36]。若斯之类，辞赋所先[37]；日用乎"比"，月忘乎"兴"[38]；习小而弃大，所以文谢于周人也[39]。(《比兴》)

越昭及宣，实继武绩[40]；驰骋石渠，暇豫文会[41]；集雕篆之轶材，发绮縠之高喻[42]；于是王褒之伦，底禄待诏[43]。(《时序》)

王褒构采，以密巧为致[44]，附声测貌，泠然可观[45]。(《才略》)

然自卿、渊以前，多俊才而不课学[46]；雄、向以后，颇引书以助文[47]：此取与之大际[48]，其分不可乱者也。(《才略》)

注 释

（1）《九怀》：王褒著。以下：指《楚辞》从《九怀》以下各篇。这些作品，大都是西汉人模仿《楚辞》之作。

（2）屈、宋：即屈原、宋玉。逸步：快步。

（3）凭轼：靠在车前的横木上。凭轼以倚《雅》《颂》：指向《诗经》借鉴。悬辔：在马头上加辔头。悬辔以驭楚篇：指把握《楚辞》的创作方法。

（4）这两句的意思是：谓吸取奇伟的想象又不能离开它思想的纯正，玩味华美的辞藻及事物又不违背它真实的感情。真：即贞、正的意思。

（5）顾盼：刹那间，形容时间短暂。驱：驱遣。驱辞力：发挥语言、文辞的力量。咳唾：称美他人言语、诗文等。穷文致：穷尽文章的情趣。

（6）乞灵：请教。长卿：司马相如的字。假宠：假借别人的威望和地位。子渊：即王褒。

（7）不文：文学事业不发达。颇：少。《杂赋》：据《汉书·艺文志》载，秦有《杂赋》九篇。

（8）顺流而作：谓汉代初年的辞赋家，顺着秦代的《杂赋》而继续进行创作。

（9）扣其端：开其端或发其端。扣：当"形""发"解。振：发扬。振其绪：发扬其传统。

（10）枚、马：枚乘和司马相如。同其风：继承了这种风气。王、扬：王褒和扬雄。骋其势：扩大了这种趋势。

（11）皋、朔：枚皋和东方朔。品物毕图：描绘事物清楚完备。

（12）事数自环：事数，佛家用语，为一切事物的名相。自环：此处为自问自答。

（13）宋发巧谈：应为"宋发夸谈"。

（14）枚乘《菟园》：枚乘有《梁王菟园赋》。举要以会新：标举要点，创立新体。按：汉初贾谊的赋，多是继承屈原赋抒情之作。《梁王菟园赋》描写景物，不用屈原赋的"兮"字，是一种新的赋体。如写鸟，有"西望西山，山鹊野鸠，白鹭鹁鸹……巢枝穴藏，被塘临谷。声音相闻，啄尾离属。翱翔群熙，交颈接翼"。此赋开汉赋描摹景物的写法。兔，唐写本作菟。

（15）《上林》：司马相如的《上林赋》。

（16）《鹏鸟》：即贾谊《鵩鸟赋》，鵩鸟似鸮，不祥之鸟。

（17）《洞箫》：即王褒《洞箫赋》。

（18）《两都》：班孟坚《两都赋》。明绚：明丽、绚烂。

（19）《二京》：张衡《东京赋》和《西京赋》合称《二京赋》。

（20）《甘泉》：扬雄从皇上至甘泉宫（在咸阳）作《甘泉赋》。

（21）《灵光》：汉王延寿《鲁灵光殿赋》简称《灵光》。

（22）此句：谓以上十家的作品，都是辞赋中最优秀的篇章。

（23）券：合同，契约的一种。它分割字据为两半，各执一半为凭，具有约束的作用。束：约束。

（24）以备情伪：以防备心中的诈伪。

（25）字形半分：字形对半地分开。判书：《周礼·秋官·朝士》："凡有责债者，有判书以治，则听。"郑注："判，半分而合者，枚书判为辨。"

（26）铁券：即丹书铁券，也称丹书铁契。是帝王用来赐给有特殊功勋的人，其后代便可据此享受种种特权，始于汉高祖刘邦。《汉书·高帝纪下》："又与功臣剖符作誓，丹书铁契，金匮石室，藏之宗庙。"

（27）《髯奴》：即王褒的《僮约》（见《全汉文》卷四十二）。其中说王褒在成都买了一个名叫便了的仆人，"决贾（价）万五千"，因便了不为其买酒，王褒便把奴仆须干的各种劳役都写在契约上："奴当从百役使，不得有二言。"便了看完这张卖身契以后，"词穷诈索（尽），涕泣叩头，两手自缚，目泪下落，鼻涕长一尺。"此文因写得很诙谐，对话生动，深刻反映了当时买卖奴隶的实况，故刘勰称其"券之楷也"。

（28）义：即《毛诗序》中的"六义"之义，当手法讲。取类不常：谓比喻所用物类是不一定的。

（29）声：声音。貌：形貌。

（30）心：心理。事：事物。

（31）《高堂》：即宋玉的《高堂赋》。纤：细小。条：枝条。竽：古代一种簧管乐器，形似笙而略大。籁：古代管乐器，三孔，大者谓之笙，其中谓之籁，小者谓之筊。比声之类：即比喻声音的一类的例子。

（32）《菟园》：即枚乘的《梁王菟园赋》。焱焱：光彩。现存《菟园赋》作"疾疾"，快的意思。可知："焱焱"是"飙飙"之误，说像疾风般的迅猛。间：杂。比貌之类：谓比喻形貌一类的例子。

（33）《鹏赋》：即贾谊的《鹏鸟赋》。纼：为两合绳。纆：为三合绳。此句谓两合绳与三合绳放在一起有什么不同？以物比理：即以事物比喻道理。

（34）《洞箫》：即王褒的《洞箫赋》。优柔温润：宽容温和。畜子：抚育儿子。以声比心：即以声音比喻心理。

（35）《长笛》：即马融的《长笛赋》。繁缛：繁盛，指声音繁多丰富。络绎：连续不断。范蔡：即范雎和蔡泽，都是战国时的辩士。说：游说。以响比辩：即以声响（音乐）比喻辩说。

（36）《南都》：即张衡的《南都赋》，载《文选》卷四。茧：蚕茧。曳：抽。绪：端绪。茧曳绪：谓犹如蚕茧抽丝一样。以容比物：即以容貌（舞蹈）比喻事物。

（37）辞赋所先：谓以上表现手法都是辞赋家们所争先采用的。

（38）日：天天，指每天。月：月月，谓时间长。

（39）习小而弃大：谓习惯于次要的比喻而抛弃主要的起兴。谢：辞谢，这里有"逊色"之意。

（40）越：经过。昭：汉昭帝刘弗陵。宣：汉宣帝刘询。武绩：汉武帝的功绩。

（41）驰骋：指展开论辩。石渠：即石渠阁，汉代藏书的地方。汉宣帝曾在此召集群儒讨论说学。暇豫：暇闲逸乐，这里指态度雍容。文会：文学集会。

（42）雕篆：即雕虫篆刻，喻对辞赋的写作。轶材：杰出的人才。绮縠：指文采华美。诗：有花纹的丝织品。高喻：指有启发作用的作品。

（43）伦：类。底禄：致禄，即取得俸禄，指做官。待诏：等待皇帝的诏书，准备接受任命。

（44）构采：创作文采。密巧：细密工巧。范文澜注："骈丽之文，始于王褒《圣主得贤臣颂》，故云以密巧为致。"致：情趣。

（45）附声测貌：描绘声音，探测外貌。泠然：轻妙之貌，谓文笔轻盈美妙。

（46）卿、渊：指司马相如、王褒。俊才：当作"役才"，指使用才力。不课学：不讲求学问。

（47）雄、向：指扬雄、刘向。颇引书以助文：多引用古书来帮助自己写文章。

（48）取与：犹取予，即采取或给予。取：指"役才"，与：指引书助文。际：边。

评　说

王褒现有的作品，《九怀》系拟屈原之作，故刘勰说："自《九怀》以下，遽蹑其迹。"其他如《圣主得贤臣颂》《甘泉宫颂》和《移金马碧鸡文》等篇，多为歌颂之作。值得一提的，是他的《洞箫赋》。《洞箫赋》是一篇成熟的咏物篇，奠定了王褒在赋史上的地位。《洞箫赋》是用《楚辞》的调子写成的，它对后代的文风和文体都有很大的影响。最重要的是此赋第一次以一个具体的事物作为审美对象，它使得咏物从而真正成了汉赋乃至赋体文学的内容特点，这在赋体文学发展上是一个重大贡献。首先，此文在修辞选句方面用了极大的功夫。王褒不是用那种堆砌辞藻、极度夸张的方法，而是采用精巧细微的描写手法，使其音调和谐完美，形象鲜明生动，别具风格，故刘勰称"子渊《洞箫》，穷变于声貌"。文中多骈偶句，开了骈体文学之端。其次，《洞箫赋》是咏物赋的完成者。王褒之前，贾谊有《鵩鸟赋》，似咏物，而实说理。其他如枚乘赋柳、邹阳赋酒等，前人多视为伪作。而真正把一件小小的对象，用长篇的文字来铺写它的声音、容貌、本质、功用等而成一种新体裁的，应首推王褒《洞箫赋》。自他以后，咏物赋渐多，到魏晋时期，咏物赋则触目皆是。然而，这种形式日趋精致，内容渐至腐朽的文学，必然是要衰落的。

·杨恽

杨恽（？—前56），字子幼，西汉华阴（今陕西华阴）人。司马迁外孙。宣帝时为郎，以才能见称，好结交英俊诸儒，名显朝廷。因告发霍光子孙谋反，封平通侯，升中郎将。居官清廉，位至光禄勋。恽自负而好揭人阴私，故人多怨恨，被人所告，免为庶人。家居治产业，颇骄奢。友人孙会宗以书劝诫，恽复书，多牢骚不平。后以"大逆不道"之罪，被人告发，处以腰斩，这也是中国历史上第一起文字狱。其著作今仅存《报孙会宗书》，载《汉书》本传。

汉来笔札，辞气纷纭[1]。观史迁之《报任安》，东方朔之《难公孙》[2]，杨恽之《酬会宗》，子云之《答刘歆》[3]：志气槃桓，各含殊采[4]；并杼轴乎尺素，抑扬乎寸心[5]。（《书记》）

注 释

（1）笔札：书信。札：本指木简。辞气：文辞气度。纷纭：复杂。

（2）《报任安》：指司马迁的《报任安书》，载《汉书·司马迁传》。任安，字少卿，益州刺史。《难公孙》：《初学记》卷十八，载有东方朔《与公孙弘借车书》。

（3）《酬会宗》：指杨恽的《报孙会宗书》，载《汉书·杨敞（附恽）传》。子云：扬雄，字子云。《答刘歆》：即扬雄的《答刘歆书》，载《古文苑》卷十。

（4）志气槃桓：气魄雄伟。槃桓：广大貌。各含殊采：各有不同的风采。

（5）杼轴：织布机上管经线和纬线的两个部件。这里指组织文章。尺素：指书信。素：生绢。古代写信是写在一尺左右的生绢上的，所以称"尺素"。抑扬：指感情的高低起伏。

评 说

杨恽的《报孙会宗书》，抒写心中牢骚不平，情辞愤激，感人肺腑，颇有其外祖父司马迁《报任安书》的风致，所以在这一时期，散文中响彻了"士不遇"的主题。刘勰称它"志气槃桓，各含殊采"，赞赏杨恽能自主文辞，在字里行间荡漾着方寸之心，这些看法都是比较正确的。

· 刘向

刘向（约前77—前6），西汉经学家、目录学家、文学家。本名更生，字子政。沛郡（今江苏徐州）人。汉皇族楚元王（刘交）四世孙。治《春秋谷梁传》。曾任谏大夫、宗正等。用阴阳灾异推论时政得失，屡次上书劾奏外戚专权。成帝时，任光禄大夫、中垒校尉。曾校阅群书，撰成《别录》，为我国目录学之祖。所作《九叹》等辞赋33篇，大部分已亡佚。原有集，已佚，明人辑有《刘中垒集》。另有《洪范五行传》《新序》《说苑》《列女传》等，今存。又有《五经通义》，已佚，清马国翰《玉函山房辑佚书》辑存1卷。

是以子政论文，必征于圣[1]。（《征圣》）

昔子政品文，诗与歌别[2]。（《乐府》）

"赋"者，铺也，铺采摛文，体物写志也[3]。……刘向云："明不歌而颂。"[4] 班固称："古诗之流也。"[5]（《诠赋》）

逮汉成留思，子政雠校[6]；于是《七略》芬菲，九流鳞萃[7]；杀青所编，百有八十余家矣[8]。（《诸子》）

若夫陆贾《典语》、贾谊《新书》[9]、扬雄《法言》、刘向《说苑》[10]、王符《潜夫》、崔寔《政论》[11]、仲长《昌言》、杜夷《幽求》[12]，咸叙经典，或明政术[13]；虽标"论"名，归乎诸子[14]。何者？博明万事为子，适辨一理为论[15]。彼皆蔓延杂说[16]，故入诸子之流。（《诸子》）

子政简易，故趣昭而事博[17]。（《体性》）

自元暨成，降意图籍[18]；美玉屑之谈，清金马之路[19]；子云锐思于千首，子政雠校于六艺[20]，亦已美矣。（《时序》）

二班、两刘，奕叶继采[21]，旧说以为固文优彪，歆学精向[22]，然《王命》清辨，《新序》该练[23]，璇璧产于昆冈，亦难得而逾本矣[24]。（《才略》）

刘向之奏议，旨切而调缓[25]；赵壹之辞赋，意繁而体疏[26]；孔融气盛于为笔，祢衡思锐于为文[27]，有偏美[28]焉；……然自卿、渊以前，多俊才而不课学[29]；雄、向以后，颇引书以助文[30]：此取与之大际，其分不可乱者也[31]。（《才略》）

注 释

（1）此两句唐写本作"是以论文，必征于圣"。征：验证。必征于圣：必定以圣人作标准来检验。刘向所作论文，今已不存。子政，即刘向。

（2）品：品评，引申为研究、整理的意思。诗与歌别：在刘向、刘歆所著的《七略》和班固的《汉书·艺文志》里，诗属《六艺略》，歌属《诗赋略》。

（3）铺：铺陈。摛：发布。铺采摛文：用华丽的文辞做铺陈的描绘，这是赋的形式。体物写志：体察事物，抒写情志，这是赋的内容。

（4）此句：刘永济《文心雕龙校释》作"故刘向明'不歌而颂'"。杨明照《文心雕龙校注拾遗》云："故字当据增，云字应照删。"刘向此语出于《七略》，今已佚，现见《汉书·艺文志》所引。明：说明。不歌而颂：是说"赋"，不能歌唱，只能朗诵。

（5）班固：字孟坚，汉代史学家、文学家。班语见《两都赋序》。古诗：指《诗经》。流：和"源"相对。

（6）汉成：即汉成帝。留思：留心，留意。子政雠校：刘向（字子政）校对文字。《文选·魏都赋》："雠校篆籀，篇章毕觌。"注引《风俗通》曰：案刘向《别录》："雠校，一人读书，校其上下，得谬误为校。一人持本，一人读书，若怨家相对为雠。"

（7）《七略》：刘向创编，其子刘歆所完成的我国第一部图书目录分类著作。原书已失传，《汉书·艺文志》依《七略》分类，故可见其概略。芬菲：本指花草香气浓郁，这是指美好的作品。九流：九种学术流派，即指儒家、道家、阴阳家、法家、名家、墨家、纵横家、杂家和农家。鳞萃：像鱼鳞那样密集。

（8）杀青：用火烘烤竹简，使其出汗，干燥，以便于写字。百有八十余家：《汉书·艺文志》列儒家五十三、道家三十七、阴阳家二十一、法家十、名家七、墨家六、纵横家十二、杂家二十、农家九、小说家十五，共有一百九十家。

（9）陆贾：西汉辞赋家，有《新语》十二篇，属儒家。《典语》：当是《新语》。贾谊：西汉初辞赋家，有《新书》五十八篇，属儒家。

（10）扬雄：西汉辞赋家，有《法言》十三篇，属儒家。《说苑》：刘向撰，属儒家。

（11）王符：东汉哲学家。《潜夫》：即《潜夫论》，属儒家。崔寔：东汉末年学者。《政论》：也作《正论》，已散失，属法家。

（12）仲长：即仲长统，东汉学者，著有《昌言》十二卷，属杂家。杜夷：东汉初学者。《幽求》：即《幽求子》，属道家。

（13）咸：当作"或"。此句谓有的阐述儒家经典，有的说明政治方略。

（14）此句：谓其中有的书名虽标明为"论"，但事实上属于诸子。

（15）适：仅。此句谓广泛地阐明各种事物的称为"子"，只辨明一种道理的叫作"论"。

（16）蔓延杂说：牵涉的问题范围广泛而复杂。

（17）简易：平易近人。《汉书·刘向传》说："向为人简易无威仪。"趣昭易事博：志趣明显而用事广博。

（18）元：汉元帝。暨：及、到。成：汉成帝。降意图籍：重视、留意图书典籍。

（19）美：用如动词，有重视、赞赏之意。玉屑之谈：比喻像碎玉一样精美短小的议论。清：清扫。金马：即金马门，是汉代招揽文人学士的官署，因门旁有铜马，故称金马门。

（20）子云：扬雄的字。锐思于千首：桓谭《新论》："余素好文，见子云工为赋，欲从之学。子云曰：'能读千首赋，尽能为之。'"子政雠校：指刘向曾奉命校正皇宫藏书。据《汉书·艺文志》说："至成帝时，以书颇散亡，……诏光禄大夫刘向校经传诸子诗赋。……每一书已，向辄条其篇目，撮其指意，录而奏之。"

（21）二班：指班彪、班固父子。两刘：指刘向、刘歆父子。奕叶：累代，一代接一代。继采：继承文采。

（22）固文优彪：班固的文才优于班彪。歆学精向：刘歆的学识精于刘向。

（23）《王命》：指班彪的《王命论》，载《汉书·叙传》。清辩：清晰明辨。《新序》：刘向撰，叙录可供封建统治作借鉴的选文故事。共十卷，今存。该练：完备而精练。

（24）璇璧：精美的璧玉。昆冈：传说产美玉的地方。难得而逾本：指班固、刘歆无法超越其父辈的成就。

（25）旨切而调缓：词意痛切，调子舒缓。

（26）赵壹：字符叔，东汉文学家。《后汉书·赵壹传》载有他的《穷鸟赋》和《刺世疾邪赋》。意繁而体疏：内容丰富而体制松散。

（27）孔融：字文举，汉末文学家："建安七子"之一。气盛：即气势很盛。据明代张溥《孔少房集题辞》说："东汉词章拘密，独少府（孔融官至少府）诗文，豪气直上。"笔：指书表一类的七韵之文。祢衡：字正平，汉末辞赋家。思锐：文思敏捷。文：指诗、赋一类的有韵之文。

（28）偏美：偏长于某一方面的优点。

（29）卿：司马相如字长卿，渊：王褒字子渊。俊才：《史通·杂说下》引作"役才"，意为凭才气写文章。课：考查、考核。不课学：不追求学识。

（30）雄、向：扬雄和刘向。引书以助文：引用古书来帮助自己的写作。

（31）取与：采取或给予。这里的"取"，指"役才"；这里的"与"，指"引书助文"。大际：大概，大致。分：界限。乱：混淆。

评　说

作为经学大师、我国最早的目录学家刘向，最重要的贡献是学术的研究和文学的创作。西汉后期，刘向将《国策》《国事》《事语》《长语》《修书》《短长》各书综合编辑，去其重复，依事件发生的地域，分为东周、西周、秦、齐、楚、赵、魏、韩、燕、宋、卫、中山12策，并定名为《战国策》。刘向只是整理者，至于其作者及成书的年代，历来有各种猜测。《战国策》史料往往不可靠，其史学价值不如《国语》《左传》，但其写作艺术却高于二书。它的说理进言方法更灵活机智，修辞手段更丰富多彩，而且能娴熟自觉地运用寓言，更具有有意追求形象性和传奇性。刘向著有《春秋谷梁传》，另有《五经通义》，已佚失。所作辞赋33篇，惜大部分亡佚，唯存《九叹》为完篇。另有《洪范五行》《新序》《说苑》《列女传》流传下来。其文章的特点是舒缓平和，从容不迫，说理畅达，对后世影响较大。汉成帝时，刘向负责校阅整理皇家图书。刘向博物洽闻，通达古今，校阅群书时所写的一些序录引证详备，分析深刻，或以古鉴今，或借灾异现象讽喻时政。其奏议辞浅理畅，意味深沉醇厚，流露出作者强烈的匡救时弊的热情。他在校阅群书时撰成《别录》20卷，这是我国最早的目录学著作。故刘勰称其"子政雠校于六艺，亦已美矣"。对刘向开创目录学的功绩给予了高度的赞扬。正是因为有了"子政雠校"，刘歆《七略》、班固《汉书·艺文志》才得以发扬光大。他不同意"固文优彪，歆学精向"，认为"璇璧产于昆冈，亦难得而逾本矣"。由此可以看出，刘勰对刘向的评价是做了充分肯定的。这些看法，似有后人就不能超过前人之意，但肯定前人的开创作用，还是恰当的。

扬雄

扬雄（前53—公元18），西汉后期辞赋家、哲学家、语言学家。字子云，蜀郡成都人。他少而好学，不为章句，训诂通而已，博览无所不见。不汲汲于富贵，不戚戚于贫贱，自有大度，非其意，虽富贵不事，好辞赋，读《离骚》而流涕，但认为屈原不应投水而死，故作《反离骚》。孝成帝时召雄待诏承明之庭，作《甘将赋》《伊东赋》《校周猎赋》《长杨赋》。哀帝时草《太安》等著作，给事黄门，历成、哀、平三世不徙官。王莽时亦不投其所好，以耆老久次转为大夫。天凤五年卒，年七十一。

扬子[1]比雕玉以作器，谓五经之含文也[2]。（《宗经》）

昔汉武爱《骚》，而淮南作《传》[3]，以为："《国风》好色而不淫，《小雅》怨诽而不乱[4]，若《离骚》者，可谓兼之[5]；蝉蜕秽浊之中，浮游尘埃之外[6]，皭然涅而不缁，虽与日月争光可也[7]。"班固以为：露才扬己，忿怼沉江[8]；羿、浇、二姚，与《左氏》不合[9]；昆仑、悬圃，非经义所载[10]。然其文辞丽雅，为词赋之宗[11]，虽非明哲，可谓妙才[12]。王逸以为：诗人提耳，屈原婉顺[13]。《离骚》之文，依经立义[14]。驷虬乘翳，则时乘六龙[15]；昆仑、流沙，则《禹贡》敷土[16]；名儒辞赋，莫不拟其仪表[17]；所谓"金相玉质，百世无匹"[18]者也。及汉宣嗟叹，以为皆合经术[19]；扬雄讽味，亦言体同《诗·雅》[20]。四家举以方经,而孟坚谓不合传[21]。褒贬任声,抑扬过实[22],可谓鉴而弗精,玩而未核者也[23]。(《辨骚》)

是以枚、贾追风以入丽[24],马、扬沿波而得奇[25];其衣被[26]词人,非一代也。(《辨骚》)

秦世不文,颇有《杂赋》[27]。汉初词人,顺流而作[28]。陆贾扣其端,贾谊振其绪[29],枚、马同其风,王、扬骋其势[30]。皋、朔已下,品物毕图[31]。(《诠赋》)

观夫荀结隐语,事数自环[32];宋发巧谈,实始淫丽[33];枚乘《菟园》,举要以会新[34];相如《上林》,繁类以成艳[35];贾谊《鵩鸟》,致辨于情理[36];子渊《洞箫》,穷变于声貌[37];孟坚《两都》,明绚以雅赡[38];张衡《二京》,迅发以宏富[39];子云《甘泉》,构深玮之风[40];延寿《灵光》,含飞动之势[41]:凡此十家,并辞赋之英杰也[42]。(《诠赋》)

然逐末之俦,蔑弃其本[43];虽读千赋,愈惑体要[44]。遂使繁华损枝,膏腴害骨[45];无贵风轨,莫益劝诫[46]。此扬子所以追悔于雕虫,贻诮于雾縠者也[47]。(《诠赋》)

若夫子云之表充国,孟坚之序戴侯[48],武仲之美显宗,史岑之述熹后[49],或拟《清庙》,或范《駉》《那》[50],虽浅深不同,详略各异[51],其褒德显容,典章一也[52]。(《颂赞》)

至扬雄稽古[53],始范《虞箴》,作卿、尹、州、牧二十五篇[54]。及崔、胡补缀[55],总称《百官》,指事配位,鞶鉴可征[56],信所谓追清风于前古,攀辛甲于后代者也[57]。(《铭箴》)

扬雄之诔元后,文实烦秽[58];"沙麓"撮其要,而挚疑成篇[59],安有累德述尊,而阔略四句乎[60]!(《诔碑》)

扬雄吊屈,思积功寡[61],意深文略,故辞韵沉膇[62]。(《哀吊》)

智术之子,博雅之人[63],藻溢于辞,辞盈乎气[64]。苑囿文情,故日新殊致[65]。宋玉含才,颇亦负俗[66],始造《对问》,以申其志[67];放怀寥廓[68],气实使之。及枚乘摛艳,首制《七发》,腴辞云构,夸丽风骇[70]。盖七窍所发,发乎嗜欲[71],始邪末正,所以戒膏粱之子也[72]。扬雄覃思文阁,业深综述[73];碎文琐语,肇为《连珠》[74],其辞虽小而明润矣[75]。凡此三者,文章之枝派,暇豫之末造也[76]。(《杂文》)

自《对问》以后[77],东方朔效而广之,名为《客难》[78];托古慰志,疏而有辨[79]。扬雄《解嘲》,杂以谐谑[80],回环自释[81],颇亦为工。班固《宾戏》,含懿采之华[82];崔骃《达旨》,吐典言之裁[82];张衡《应间》,密而兼雅[84];崔寔《客讥》,整而微质[85];蔡邕《释诲》,体奥而文炳[86];景

纯《客傲》,情见而采蔚⁽⁸⁷⁾;虽迭相祖述,然属篇之高者也⁽⁸⁸⁾。(《杂文》)

自桓麟《七说》以下,左思《七讽》以上⁽⁸⁹⁾,枝附影从⁽⁹⁰⁾,十有余家。或文丽而义暌,或理粹而辞驳⁽⁹¹⁾。观其大抵所归,莫不高谈宫馆,壮语畋猎⁽⁹²⁾,穷瑰奇之服馔,极蛊媚之声色⁽⁹³⁾;甘意摇骨体,艳词动魂识⁽⁹⁴⁾;虽始之以淫侈,而终之以居正⁽⁹⁵⁾,然讽一劝百,势不自反⁽⁹⁶⁾。子云所谓先"骋郑卫之声,曲终而奏雅"者也⁽⁹⁷⁾。(《杂文》)

若夫陆贾《典语》、贾谊《新书》⁽⁹⁸⁾、扬雄《法言》、刘向《说苑》⁽⁹⁹⁾、王符《潜夫》、崔寔《政论》⁽¹⁰⁰⁾、仲长《昌言》、杜夷《幽求》⁽¹⁰¹⁾,咸叙经典,或明政术⁽¹⁰²⁾;虽标"论"名,归乎诸子⁽¹⁰³⁾。何者?博明万事为子,适⁽¹⁰⁴⁾辨一理为论。彼皆蔓延杂说,故入诸子之流⁽¹⁰⁵⁾。(《诸子》)

及扬雄《剧秦》,班固《典引》⁽¹⁰⁶⁾,事非镌石,而体因纪禅⁽¹⁰⁷⁾。观《剧秦》为文,影写长卿⁽¹⁰⁸⁾,诡言遁辞,故兼包神怪⁽¹⁰⁹⁾。然骨掣靡密,辞贯圆通⁽¹¹⁰⁾,自称"极思"⁽¹¹¹⁾,无遗力矣。《典引》所叙,雅有懿乎⁽¹¹²⁾;历鉴前作,能执厥中⁽¹¹³⁾,其致义会文,斐然余巧⁽¹¹⁴⁾。故称:"《封禅》丽而不典,《剧秦》典而不实⁽¹¹⁵⁾;岂非追观易为明,循势易为力欤!⁽¹¹⁶⁾(《封禅》)

扬雄曰:"言,心声也;书,心画也⁽¹¹⁷⁾。声画形:君子小人见矣⁽¹¹⁸⁾。"(《书记》)

观史迁之《报任安》,东方朔之《难公孙》⁽¹¹⁹⁾,杨恽之《酬会宗》,子云之《答刘歆》⁽¹²⁰⁾:志气槃桓,各含殊采⁽¹²¹⁾;并杼轴乎尺素,抑扬乎寸心⁽¹²²⁾。(《书记》)

人之禀才,迟速异分(123);文之制体,大小殊功⁽¹²⁴⁾。相如含笔而腐毫⁽¹²⁵⁾,扬雄辍翰而惊梦⁽¹²⁶⁾,桓谭疾感于苦思⁽¹²⁷⁾,王充气竭于思虑⁽¹²⁸⁾,张衡研《京》⁽¹²⁹⁾以十年,左思练《都》以一纪⁽¹³⁰⁾:虽有巨文,亦思之缓也⁽¹³¹⁾。(《神思》)

若夫八体屡迁,功以学成⁽¹³²⁾;才力居中,肇自血气⁽¹³³⁾。气以实志,志以定言⁽¹³⁴⁾;吐纳英华,莫非情性⁽¹³⁵⁾。是以贾生俊发,故文洁而体清⁽¹³⁶⁾;长卿傲诞,故理侈而辞溢⁽¹³⁷⁾;子云沉寂,故志隐而味深⁽¹³⁸⁾;子政简易,故趣昭而事博⁽¹³⁹⁾;孟坚雅懿,故裁密而思靡⁽¹⁴⁰⁾;……触类以推,表里必符⁽¹⁴¹⁾。岂非自然之恒资,才气之大略哉⁽¹⁴²⁾!(《体性》)

夫夸张声貌,则汉初已极⁽¹⁴³⁾。自兹厥后,循环相因⁽¹⁴⁴⁾;虽轩翥出辙⁽¹⁴⁵⁾,而终入笼内。枚乘《七发》云:"通望兮东海,虹洞兮苍天。"⁽¹⁴⁶⁾相如《上林》云:"视之无端,察之无涯⁽¹⁴⁷⁾;日出东沼,月生西陂⁽¹⁴⁸⁾。"马融《广成》云:"天地虹洞,固无端涯⁽¹⁴⁹⁾;大明⁽¹⁵⁰⁾出东,月生西陂。"扬雄《校猎》云:"出入日月,天与地沓⁽¹⁵¹⁾。"张衡《西京》云:"日月于是乎出入,象扶桑于濛汜⁽¹⁵²⁾。"此并广寓极状⁽¹⁵³⁾,而五家如一,诸如此类,莫不相循⁽¹⁵⁴⁾。(《通变》)

自扬、马、张、蔡,崇盛丽辞⁽¹⁵⁵⁾,如宋画吴冶,刻形镂法⁽¹⁵⁶⁾,丽句与深采并流,偶意共逸韵俱发⁽¹⁵⁷⁾。(《丽辞》)

至于扬、班之伦,曹、刘以下⁽¹⁵⁸⁾,图状山川,影写云物⁽¹⁵⁹⁾;莫不纤综"比"义,以敷其华⁽¹⁶⁰⁾,惊听回视,资此效绩⁽¹⁶¹⁾。(《比兴》)

自宋玉、景差⁽¹⁶²⁾,夸饰始盛。相如凭风,诡滥愈甚⁽¹⁶³⁾。故上林之馆,奔星与宛虹入轩⁽¹⁶⁴⁾;从禽之盛,飞廉与鹪鹩俱获⁽¹⁶⁵⁾。及扬雄《甘泉》,酌其余波⁽¹⁶⁶⁾;语瑰奇则假珍于玉树,言峻极则颠坠于鬼神⁽¹⁶⁷⁾。至《东都》之比目,《西京》之海若;验理则理无不验,穷饰则饰犹未穷矣⁽¹⁶⁹⁾。又子云《羽猎》,鞭宓妃以饷屈原⁽¹⁷⁰⁾;张衡《羽猎》,困玄冥于朔野⁽¹⁷¹⁾。变彼洛神,既非罔两⁽¹⁷²⁾;惟此水师,亦非魑魅⁽¹⁷³⁾,而虚用滥形,不其疏乎⁽¹⁷⁴⁾?此欲夸其威而饰其事,义睽刺也⁽¹⁷⁵⁾。(《夸饰》)

若能酌《诗》《书》之旷旨,剪扬、马之甚泰⁽¹⁷⁶⁾,使夸而有节,饰而不诬,亦可谓之懿也⁽¹⁷⁷⁾。(《夸饰》)

及扬雄《百官箴》⁽¹⁷⁸⁾,颇酌于《诗》《书》;刘歆《遂初赋》,历叙于纪传⁽¹⁷⁹⁾,渐渐综采⁽¹⁸⁰⁾矣。(《事类》)

夫以子云之才,而自奏不学⁽¹⁸¹⁾,及观书石室,乃成鸿采⁽¹⁸²⁾:表里相资⁽¹⁸³⁾,古今一也。(《事类》)

夫经典沉深,载籍浩瀚⁽¹⁸⁴⁾,实群言之奥区,而才思之神皋也⁽¹⁸⁵⁾。扬、班以下,莫不取资⁽¹⁸⁶⁾:任力耕耨,纵意渔猎⁽¹⁸⁷⁾,操刀能割,必列膏腴⁽¹⁸⁸⁾。(《事类》)

及宣、成二帝,征集小学⁽¹⁸⁹⁾,张敞以正读传业,扬雄以奇字纂训⁽¹⁹⁰⁾:并贯练《雅》《颂》,总阅音义⁽¹⁹¹⁾;鸿笔之徒,莫不洞晓⁽¹⁹²⁾。且多赋京苑,假借形声⁽¹⁹³⁾。是以前汉小学,率多玮字⁽¹⁹⁴⁾,非独制异,乃共晓难也⁽¹⁹⁵⁾。暨乎后汉,小学转疏⁽¹⁹⁶⁾,复文隐训,臧否大半⁽¹⁹⁷⁾。及魏代缀藻,则字有常检⁽¹⁹⁸⁾,追观汉作,翻成阻奥⁽¹⁹⁹⁾。故陈思称:"扬、马之作,趣幽旨深⁽²⁰⁰⁾,读者非师传不能析其辞,非博学不能综其理⁽²⁰¹⁾。"岂直才悬,抑亦字隐⁽²⁰²⁾。(《练字》)

自元暨成,降意图籍⁽²⁰³⁾;美玉屑之谈,清金马之路⁽²⁰⁴⁾;子云锐思于千首,子政雠校于六艺⁽²⁰⁵⁾,亦已美矣。(《时序》)

战代任武,而文士不绝⁽²⁰⁶⁾。诸子以道术取资,屈、宋以《楚辞》发采⁽²⁰⁷⁾,乐毅《报书》辨以义,范雎《上书》密而至⁽²⁰⁸⁾,苏秦历说壮而中,李斯《自奏》丽而动,若在文世,则扬、班俦矣⁽²¹⁰⁾。(《才略》)

相如好书⁽²¹¹⁾，师范屈、宋，洞入夸艳，致名辞宗⁽²¹²⁾。然覆取精意，理不胜辞⁽²¹³⁾，故扬子以为："文丽用寡者，长卿。"⁽²¹⁴⁾诚哉是言也。王褒构采，以密巧为致⁽²¹⁵⁾，附声测貌，泠然可观⁽²¹⁶⁾。子云属意，辞人最深⁽²¹⁷⁾，观其涯度幽远，搜选诡丽⁽²¹⁸⁾；而竭才以钻思，故能理赡而辞坚矣⁽²¹⁹⁾。……然自卿、渊以前，多俊才而不课学⁽²²⁰⁾；雄、向以后，颇引书以助文⁽²²¹⁾：此取与之大际⁽²²²⁾，其分不可乱者也。（《才略》）

扬雄自称："心好沈博绝丽之文⁽²²³⁾"，其不事⁽²²⁴⁾浮浅，亦可知矣。（《知音》）

略观文士之疵⁽²²⁵⁾：相如窃妻而受金⁽²²⁶⁾，扬雄嗜酒而少算⁽²²⁷⁾；敬通之不循廉隅⁽²²⁸⁾，杜笃之请求无厌⁽²²⁹⁾；……诸有此类，并文士之瑕⁽²³⁰⁾累。（《程器》）

安有丈夫学文，而不达于政事哉⁽²³¹⁾？彼扬、马之徒，有文无质⁽²³²⁾，所以终乎下位⁽²³³⁾也。（《程器》）

注　释

（1）扬子：即扬雄。扬雄《法言·寡见》："或曰：'良玉不雕，美言不文，何谓也？'曰：'玉不雕，玙璠不作器；言不文，典谟不作经。'"

（2）五经：指《诗》《书》《易》《礼》及《春秋》。含文：含有文采。这句是说扬雄以美玉必经雕琢而后成器做比喻，说明《五经》是经过千锤百炼而饱含文采的。

（3）汉武：即汉武帝。淮南：即淮南王刘安。他受武帝之命所做的《离骚传》，文已不存。

（4）色：指女色。淫：过分。诽：讥讽。乱：没有节制。

（5）此句谓：《离骚》兼有《国风》和《小雅》的优点。

（6）蜕：脱皮。此句谓：屈原能像蝉脱壳那样摆脱污浊的环境，逍遥于尘埃之外。

（7）皭然：洁白的样子。涅：染。缁：黑色。涅而不缁：即染不黑。此句谓：屈原洁白得可以与太阳、月亮比光明了。

（8）班固：字孟坚，东汉初学者，下面的话见于他的《离骚序》。露才扬己：显露才学而宣扬自己。怼：怨恨。沉江：指屈原被放逐后，投汨罗江自杀。

（9）羿：传为夏代有穷氏之国君，以善射著名，以不修民事被家臣寒浞所杀。浇：寒浞的儿子。因封他在过，又称过浇。浇曾灭夏帝相，后又被相的儿子少康所灭。二姚：夏代有虞国君的两个女儿。过浇灭相后，相的儿子少康逃到有虞国，有虞国君把两个女儿都嫁给了少康。与《左氏》不合：谓以上几人的事实与《左传》的记载不相符合。

（10）昆仑：即昆仑山。《离骚》与《天问》中都曾提到昆仑山。悬圃：为昆仑山巅。非经义所载：不是儒家经典所记载。

（11）为词赋之宗：为词赋的开创者。

（12）此句意思是：谓屈原虽算不上一个贤明的人，但可以说是一代英才。

（13）王逸：字叔师，东汉学者，下面的话见于他的《楚辞章句序》。提耳：《诗经·大雅·抑》中有"言提其耳"句，相传是卫武公讽刺周平王的诗，诗中强调教训，故说要提起耳朵进行教育，以免忘掉。婉顺：委婉和顺。

（14）依经立义：谓《离骚》之文是依据儒家经典来立论的。

（15）驷虬乘鹥：《离骚》中有"驷玉虬以乘鹥兮"句，意为以玉虬为马，以凤凰为车。"鹥"即凤凰，是凤的一种。时乘六龙：《周易·随卦·象辞》中有"时乘六龙以御天"句。乾卦的六爻都用龙来象征，或潜或飞，依时升降。王逸认为《离骚》中的"驷玉虬以乘鹥兮"，就是根据《周易》中的"时乘六龙以御天"来写的。

（16）昆仑、流沙：《离骚》中有"邅吾道夫昆仑兮"及"忽吾行此流沙兮"二句。邅：即转。王逸《楚辞章句》注云："楚人名转曰邅。"流沙：指西方的沙漠。《禹贡》：即《尚书》中的《禹贡》篇。敷土：指治理九州之地。

（17）名儒：泛指一般著名学者，不限于儒家。仪表：法则。此句谓：后来一些著名的学者所作的辞赋，没有不以他为学习的榜样的。

（18）"金相玉质，百世无匹"：语见王逸《楚辞章句序》。相：指形式。质：指内容。金相玉质：比喻文章的形式和内容都很完美。百世无匹：谓千秋百代没有与他相匹敌的对手。

（19）汉宣：即汉宣帝。据《汉书·王褒传》载，说汉宣帝赞美《楚辞》，曾说"辞赋大者与古诗同义。"这里的"大者"，指屈原的作品；"古诗"指《诗经》。嗟叹：赞美。经术：指儒家经典。

（20）讽味：讽诵吟味。此指阅读《楚辞》。体同《诗·雅》：谓本质上与《诗经》大小《雅》相同。体：主体。

（21）此句谓：刘安、王逸、汉宣帝、扬雄四家都拿《楚辞》与儒家经典相比，而班固却说它与经传不合。

（22）任声：只凭名声。引申为只图事物的表面现象。过实：不合乎实际。

（23）鉴而弗精：鉴别而不精当。玩而未核：品评而不核实。

（24）枚、贾：即枚乘、贾谊。入丽：以华丽的辞藻进行写作。

（25）马、扬：即司马相如、扬雄。沿波：指沿循屈原、宋玉的余波。奇：指想象的奇诡。

（26）衣被：像穿衣盖被那样，使人受到好处。这里是指给人们的影响。

（27）不文：文学事业不发达。颇：少。《杂赋》：据《汉书·艺文志》载，秦有《杂赋》九篇。

（28）顺流而作：谓汉代初年的辞赋家，顺着秦代的《杂赋》而继续进行创作。

（29）陆贾：西汉辞赋家。扣其端：掀起了作赋的开端。振其绪：发扬其端绪，即继续予以发展。

（30）枚、马：即枚乘、司马相如。同其风：继承其风气。王、扬：即王褒、扬雄。骋其势：扩大其声势。

（31）皋、朔：即枚皋、东方朔。已下：以后。品物毕图：谓把一切事物都写在赋里。毕：完全。图：描绘。

（32）荀：荀况。结：连缀。隐语：谜语。自环：自相问答。《赋篇》各部分都是先作问语，后作答语。

（33）宋：宋玉。发巧谈：发出夸饰的言谈。实始淫丽：确实是过分华丽的开始。

（34）《菟园》：即枚乘的《梁王菟园赋》。举要以会新：描绘简要而又结合新意。

（35）《上林》：即司马相如的《上林赋》。繁类以成艳：内容繁多而文辞艳丽。

（36）《鵩鸟》：即贾谊的《鵩鸟赋》。致辨于情理：善于阐明人生的哲理。

（37）子渊：王褒，字子渊。《洞箫》：即王褒的《洞箫赋》。穷变于声貌：声音形象描绘得淋漓尽致。

（38）孟坚：班固，字孟坚。《两都》：即班固的《东都赋》和《西都赋》。明绚以雅赡：词句明畅绚烂而内容雅正充实。

（39）《二京》：即张衡的《二京赋》。迅发以宏富：文笔刚健而内容丰富。迅发：唐写本作"迅拔"，即刚健有力之意。

（40）《甘泉》：即扬雄的《甘泉赋》。构深玮之风：具有深沉瑰丽的风格。

（41）《灵光》：即王延寿的《鲁灵光殿赋》。含飞动之势：蕴含着飞扬生动的气势。

（42）此句：谓以上十家的作品，都是辞赋中最优秀的篇章。

（43）逐末之俦：指只注意追求文采的人。俦：辈。蔑弃其本：抛弃思想内容。本：本体。

（44）读千赋：据《西京杂记》卷二载，扬雄曾说："读千首赋，乃能为之。"愈惑体要：指更加不知道作赋的要领。惑：迷惑。

（45）繁华损枝：太多的花朵反而压坏了树枝。膏腴害骨：过胖的身体反而伤碍了骨骼。此二句以比喻文辞过艳反而损害了作品的内容。

（46）风轨：即教化的法则。此句谓既无教化的作用，也没有劝诫的益处。

（47）扬子：即扬雄。追悔于雕虫：据扬雄《法言·吾子》载，扬雄说他年轻时作赋，只不过是雕虫篆刻的小技艺，到年纪大了就不想再写这种东西了。贻诮于雾縠：扬雄在《法言·吾子》里还说，写没有意义的赋，就像女工织薄纱一样，只是浪费工夫，而没有实际用处。贻诮：留下责骂。雾縠：薄纱。

（48）子云：扬雄的字。表：表彰。充国：即赵充国，因有武功，汉元帝时曾画其像于未央宫，成帝时又命扬雄就所画像作《赵充国颂》。孟坚：班固的字。序：称颂。戴侯：即窦融，东汉初以武功封侯，谥号为戴，故称戴侯。班固曾作《安丰戴侯颂》。

（49）武仲：东汉傅毅的字。显宗：汉明帝庙号。美显宗：据《后汉书·傅毅传》说，傅毅曾作《显宗颂》十篇，赞美汉明帝。史岑：字孝山，东汉人，所著《和熹邓后颂》，已散失。

（50）《清庙》：《诗经·周颂》首篇名。《后汉书·傅毅传》说，傅毅曾"依《清庙》作《显宗颂》"。《駉》：《诗经·鲁颂》首篇名。《那》：《诗经·商颂》首篇名。据挚虞《文章流别论》说，史岑的《和熹邓后颂》"与《鲁颂》体意相类"。

（51）浅深：即深浅。各异：各有不同。

（52）褒德显容：褒扬功德，显示仪容。典章：法式。

（53）稽古：考查古籍。

（54）范：模仿。《虞箴》：即《虞人之箴》。据《后汉书·扬广传》载，扬雄仿效《虞箴》作州箴十二篇，官箴二十五篇。卿、尹、州、牧：泛指各种官吏。

（55）崔、胡补缀：即指崔骃、崔瑗、胡广等人，继扬雄之后又补写各种官吏箴文四十八篇，总称为《百官箴》。

（56）指事配位：指明与各种官位相符合的箴戒事项。鞶鉴：官服大带上装饰的镜子，此作"鉴戒"解。征：验证。

（57）信：确实。所谓：唐写本作"可谓"，今从。追清风于前古：追求前代古人清新的风格。辛甲：原为商臣，后至周，为周文王太史。据《左传·襄公四年》载，他曾"命百官官箴王阙（即命令百官各作箴辞来劝诫王的缺失）"。

（58）诔：悼念死者的一种文体，此指扬雄的《元后诔》。元后：指汉元帝皇后王政君，即王莽之姑。烦秽：烦琐芜杂。

（59）"沙麓"：山名，在今河北省大名县东，为元后生长的地方。故《元后诔》中有"沙麓之灵"等语。撮其要：谓扬雄的《元后诔》原文很长，而《汉书·元后传》只摘录了"沙麓之灵"等四句。挚疑成篇：谓晋代挚虞把"沙麓之灵"四句猜想为《元后诔》的全文。

（60）安：岂。累德述尊：累列德行，褒述尊严。阔略：疏略。

（61）吊屈：《汉书·扬雄传》说，雄"往往摭《离骚》文而反之，自岷山投诸江流以吊屈原，名曰《反离骚》"。思积功寡：思考时间虽长，但成功甚小。

（62）意深：用意很深。文略：唐写本作"反骚"，意即与《离骚》作对。沉膇：喻韵律不畅，文辞臃肿。沉：风湿病，脚肿。

（63）术：艺，指才能。博雅：博学高雅。

（64）藻溢于辞：言辞富有文采。辞盈乎气：气质充满才智。辞：唐写本作"辨"，谓善于明辨。

（65）苑囿：聚养禽兽花木的园林。这里谓驾驭、掌握。殊致：达于不同的成就。

（66）负俗：不为世俗所理解。

（67）《对问》：即宋玉的《对楚王问》。申：陈述、表白。

（68）寥廓：空阔。宋玉在《对楚王问》中，把自己比作凤凰，可上击九千里而翱翔太空。

（69）摘艳：进行艳丽的描写。《七发》：为枚乘首创，以问答的形式讲七件事情，汉魏以后形成了一种文体，模仿者甚多。

（70）腴辞：丰富的言辞。腴：肥美。云搆：如彩云结构，谓作品很多。搆：同构。夸丽风骇：艳丽的描写如狂风四起。

（71）七窍：指人的两眼、双耳、两鼻孔和口。发乎嗜欲：谓视觉、听觉、味觉和嗅觉是由人的嗜欲所发出来的。

（72）始邪末正：《七发》中说，吴国医生给楚太子治病，药方共有七条，前六条讲音乐的动听、酒食的甘美等，为"始邪"，第七条讲"论天下之精微，理万物之是非"的"要言妙道"，为"末正"。膏梁之子：贵族子弟。

（73）覃思：深思。文阃：唐写本作"文阁"。指扬雄校书的天禄阁。业深综述：长于著述。

（74）肇：开始。《连珠》：扬雄著，今已不全，《全汉文》卷五十三辑有数条。

（75）此句谓：《连珠》这种文体，虽然篇幅短小，却具有明朗温润的特点。

（76）枝派：支流。暇豫：闲乐。末造：要流即次要作品。

（77）《对问》以后：即宋玉写了《对楚王问》以后。

（78）效而广之：仿效其写作而加以扩大。《究难》：即东方朔的《答客难》。

（79）托古慰志：假托古人以安慰自己的情志。据《汉书·东方朔传》说，朔因位卑，不被重用，便说客难己，因以自慰，写了《答客难》。疏而有辨：虽然粗疏却有较好的辨析。

（80）《解嘲》：载《汉书·扬雄传》。文中自设有人嘲笑扬雄官位不高，而忙于写

《太玄经》，对此进行解答。谐谑：诙谐戏语。

（81）回环自释：反复地为自己解释。

（82）《宾戏》：指班固的《答宾戏》，载《汉书·叙传上》。懿：美好。

（83）《达旨》：载《后汉书·崔骃传》。吐典言之裁：言辞典雅的作品。裁：体制。

（84）《应间》：载《后汉书·张衡传》。密而兼雅：严密而又雅正。

（85）《客讥》：范文澜《文心雕龙注》校作《答讥》，此文见《艺文类聚》卷二十五。整而微质：工整而略带朴实。

（86）《释诲》：载《后汉书·蔡邕传》。体奥而文炳：内容深刻而文辞漂亮。

（87）景纯：东晋学者郭璞字景纯。《客傲》：载《晋书·郭璞传》。情见而采蔚：情志鲜明而文采繁茂。

（88）此句谓：以上各家虽是轮番模仿前人，但都属于优秀的作品。迭：轮着。祖述：效法。

（89）桓麟：字符凤，东汉作家。《七说》：《全后汉文》卷二十七辑有残文数条。左思：字太冲，西晋文学家。《七讽》：《全晋文》卷七十四辑有左思《七略》二句，疑《七略》为《七讽》之误。

（90）枝附影从：如枝之附干，影之随形。谓模仿"七"体文章。

（91）睽：违背。义睽：内容不正确。理粹：思想精粹。辞驳：文辞杂乱。

（92）高谈：大谈。宫馆：宫室。壮语畋猎：夸说打猎。

（93）服馔：衣服饮食。蛊媚：引诱，迷惑。声色：音乐美女。

（94）甘意：美好的情意。骨体：唐写本作"骨髓"。摇骨体：谓诱人之深。魂识：即魂魄，指人的精神。

（95）淫侈：指过分的夸张渲染。居正：居于正道。

（96）讽一劝百：谓正面的讽谏太少，而反面的劝诱过多。势不自反：势必不能自己返回。反：同"返"。

（97）此句谓：以上弊端正如扬雄所说，先尽情演奏郑、卫淫乐，到曲子末了才缀以典正的雅乐。

（98）陆贾：西汉辞赋家。《典语》：当是《新语》，陆贾有《新语》十二篇，讲古今成败，崇尚仁义。贾谊：西汉辞赋家，他有《新书》五十八篇，讲秦汉政治也崇仁义。

（99）《法言》：效法的《论语》。《说苑》：记录可以鉴戒的遗文故事。

（100）王符：东汉哲学家。《潜夫》：即《潜夫论》，论当代政治得失。崔寔：东汉末学者。《政论》：也作《正论》，论当世政治，文已散失。

（101）仲长：即仲长统，东汉学者，著有《昌言》十二卷，论古今及世俗行事，指斥时弊。杜夷：东晋初学者。《幽求》：即《幽求子》，由儒驶入道。

（102）咸：当作"或"。此句谓：有的阐述儒家经典，有的说明政治方略。

（103）此句谓：其中有的书名虽标明为"论"，但事实上属于诸子。

（104）适：仅。

（105）蔓延：联延，牵涉。

（106）《剧秦》：指扬雄的《剧秦美新》，论秦政之暴虐，赞新朝王莽之美德。《典引》：班固《典引》为《尧典》之引申。以上两文，均载《文选》卷四十八。

（107）事非镂石：指《剧秦美新》和《典引》都不是刻石之文。镂：刻。因：因袭。纪禅：指封禅文。

（108）影写：临摹。长卿：司马相如的字，他写有《封禅文》。
（109）诡言遁辞：语言诡序而不明朗。神怪：即神仙鬼怪。
（110）骨掣：据范文澜《文心雕龙注》："当作骨制。"骨掣：即体制。靡密：细密，严密。辞贯圆通：文辞圆和贯通。
（111）自称"极思"：扬雄《剧秦美新序》称："作《剧秦美新》一篇，虽未究万分之一，亦臣之极思也。"
（112）雅：指内容的纯正。懿乎：据范文澜《文心雕龙注》说，当指"懿采"。懿：美。
（113）历鉴：一一考察。执：掌握。厥：其。中：恰当。
（114）致义会文：表达事义，组织文辞。斐然：有文采的样子。余巧：即技巧有余。
（115）典：高雅。实：朴实。
（116）追观：自顾，即考察前人。循势：依循体势。力：即劝力，功效。
（117）此引文见扬雄《语言·问神》。心声：心里的声音。心画：心里的描画。
（118）声画形：指把心里的声音用文字描画出来。
（119）《报任安》：即司马迁的《报任安书》。《难公孙》：即东方朔的《与公孙弘借车书》。
（120）杨恽：字子幼，汉宣帝时为中郎将。《酬会宗》：指杨恽的《报孙会宗书》，载《汉书·杨恽传》。《答刘歆》：即扬雄的《答刘歆书》，载《古文苑》卷十。
（121）志气槃桓：气魄雄伟。槃桓：广大貌。各含殊采：各有不同的风采。
（122）杼轴：织机上的两个部件。杼持纬，轴受经，这里是组织文辞的意思。尺素：指书信。古人写信是写在一尺大小的生绢上的，所以称"尺素"。抑扬：高低起伏。寸心：即"心"。
（123）禀才：禀赋和才能。迟速：慢快。异分：不同的区分。
（124）制体：制定体裁。殊功：不同的功力。
（125）相如：即司马相如，相传他会写文章，但文思较慢。含笔：含着笔，古人写作前常以口润笔，兼行构思。毫：即毛，指毛笔。腐毫：谓毛笔都腐烂了，形容构思时间之长。
（126）辍翰：停笔。惊梦：怪梦。据桓谭《新论·祛蔽》说，扬雄写完了《甘泉赋》，因用心过度，困倦而卧，梦其五脏出在地，他用手收而纳之。梦醒后伤了元气，病了一年。
（127）桓谭：东汉哲学家。疾感于苦思：因苦思而得病。据桓谭《新论·祛蔽》中说，他年少时学习扬雄写赋，因苦思太甚而生病。
（128）王充：东汉著名思想家。气竭：气力衰竭。据《后汉书·王充传》说，王充"著《论衡》八十五篇，二十八万言。年渐七十，志力衰耗"。竭：尽。思虑：杨明照《文心雕龙校注拾遗》以为是"沉虑"。
（129）张衡：东汉文学家。研《京》：谓写《二京赋》。据《后汉书·张衡传》说："时天下承平日久，自王侯以下，莫不逾侈。衡乃拟班固《两都》，作《二京赋》，因以讽谏；精思傅会，十年乃成。"
（130）左思：西晋著名文学家。练《都》：指写《三都赋》（三都：即魏都、蜀都、吴都）。一纪：十二年。
（131）巨文：长篇文章。思：文思。缓：慢。

（132）八体：八种风格。屡迁：屡次变化。功以学成：真功力在于学问而成功。
（133）才力：指天生的才能。居中：居于其中。肇：开始。血气：气质。
（134）此句：谓气质充实情志，情志确定语言。
（135）吐纳：倾吐和接纳，此是复词偏义，单指倾吐。英华：精华。情性：即性情个性。
（136）贾生：贾谊。俊发：美俊焕发，指其才性的豪迈。文洁而体清：文辞简洁而风格清新。
（137）长卿：司马相如的字。傲诞：高傲放荡。理侈而辞溢：说理夸张而言辞繁多。
（138）沉寂：指性格沉静。志隐而味深：情志隐晦而意味深沉。
（139）子政：刘向的字。简易：平易近人。趣昭而事博：志趣明显而事例广博。
（140）孟坚：班固的字。雅懿：指性格雅正温和。裁密而思靡：论断精密而思考细致。
（141）触类以推：由此类推。表：外，指表现于外的文辞。里：内，指隐藏于内的性格。必符：一定相符。
（142）恒资：恒久的资质，指天性。大略：大概。
（143）夸张声貌：指辞赋对事物声音状貌的描写。已极：已达到顶点。
（144）自兹厥后：从此以后。循环相因：循环往复，相互沿袭。
（145）轩翥：高飞。辙：车轮碾过去的痕迹。出辙：有另辟蹊径之意。
（146）枚乘：西汉辞赋家。他的《七发》载《文选》卷三十四。通望：远望。虹洞：广阔无边。
（147）相如《上林》：即司马相如的《上林赋》。端：开始。涯：边际。
（148）沼：沼泽。月生西陂：《上林赋》原文作"入乎西陂"。陂：山坡。
（149）《广成》：即马融的《广成颂》，载《后汉书·马融传》。无端涯：无边无际。
（150）大明：即太阳。据《礼记·礼器》载："大明生于东，月生于西。"郑注："大明，日月也。"
（151）《校猎》：即扬雄的《羽猎赋》，载《汉书·扬雄传》。沓：合。
（152）《西京》：即张衡的《西京赋》。扶桑：神话中的神树，传为日所出处。濛汜：传为日所落处。于：《西京赋》原文作"与"。
（153）广寓：广阔的寓意，犹言夸张。状：描绘。极状：极为的形容。
（154）相循：相互沿袭。
（155）扬、马：指西汉文学家扬雄、司马相如。张、蔡：指东汉文学家张衡、蔡邕。崇盛丽辞：崇尚骈体。
（156）宋画：谓宋人善于绘画。据《庄子·田子方》说，宋元君召集许多画家作画，大家都受命拜揖而站在一旁；有一个画家后来，受命拜揖却不站立，随即返回住所，解衣露身交叉着腿坐着。宋元君以为他是真正的画家。吴冶：谓吴人善于冶炼。指干将受吴王命铸剑之事，见《吴越春秋·阖闾内传》。刻形镂法：谓精雕细刻。
（157）丽句：骈丽的句子。深采：丰富的文采。偶意：相对的意义。逸韵：美妙音韵。
（158）扬、班：指扬雄、班固。伦：辈。曹、刘：指曹植、刘桢。
（159）图状：描绘。影写：摹写。
（160）纤综：王利器校作"组综"，即组织、运用的意思。"比"义：即"比喻"的意义。以敷其华：以施展其文华。

（161）惊听：动听。回：即回徨，徘徊不定的样子。回视：有"迷恋"之意。资：凭借。绩：功绩。

（162）宋玉、景差：都是战国时期楚国辞赋家，他们的作品大都亡佚。

（163）相如：即司马相如。凭风：谓继承宋玉、景差的夸饰之风。诡滥愈甚：谓不正常的失实描写愈来愈严重。

（164）上林：即上林苑，汉天子打猎的地方。奔星：流星。宛虹：弯曲的长虹。入轩：进入窗户。

（165）飞廉：传为神鸟龙雀。鹔鹴：一当"鹔䴊"，形似凤凰的鸟。

（166）《甘泉》：即扬雄的《甘泉赋》。酌：酌取，意即追逐。其：指代司马相如。

（167）瑰奇：指珍贵奇异之物。假：借。玉树：谓传说中以珊瑚为枝，碧玉为叶的树。峻极：谓高峻的宫殿。颠坠：即坠落。

（168）《东都》：当作《西都》，即班固《两都赋》中的《西都赋》。比目：即比目鱼。西都在长安，那里没有比目鱼。《西京》：即张衡《二京赋》中的《西京赋》。海若：传说中的海神名。西京在长安，那里没有海，不会有海神。

（169）不验：当作"可验"。验：考查，验证。未穷：指夸饰未尽。

（170）子云《羽猎》：即扬雄的《羽猎赋》。宓妃：相传为伏羲之女，溺死于洛水为神，故世称洛神。饷：送酒食。

（171）张衡《羽猎》：即张衡的《羽猎赋》。困：拘禁。玄冥：传说中的水神名。朔野：北方原野。现存张衡《羽猎赋》文，没有"困玄冥"的内容。

（172）娈：美好貌。罔两：原本"魍魉"，即水怪。

（173）水师：指水神玄冥。魑魅：鬼怪。

（174）虚用：谓没有根据地采用。滥形：随意形容。疏：疏略。

（175）夸其威而饰其事：谓想增加真声感而夸大其事实，却违反了义理。暌刺：即违背的意思。

（176）旷旨：深广的含义。扬、马：即扬雄、司马相如。泰：过度。

（177）节：节制。诬：歪曲。懿：美。

（178）《百官箴》：指扬雄为各种官吏所写箴文。范文澜《文心雕龙注》谓《百官箴》之"百"，疑是"州"之误。但陆侃如、牟世金《文心雕龙译注》引刘勰《铭箴》及《后汉书·胡广传》之说后称："所谓'百官'并非实数，总数四十八篇又扬雄的最多。所以，《古文苑》卷十五，就以扬雄的《光禄勋箴》等，总名为《百官箴》。可见此处未必有误。"录以备考。

（179）《遂初赋》：刘歆的《遂初赋》载《古文苑》卷五。纪传：泛指史书。

（180）综采：指综合采用各种史书。

（181）自奏不学：自己上奏书称自己没有学识。扬雄《答刘歆书》云："雄为郎之岁，自奏少不得学，……有诏可，不夺奉，令尚书赐笔墨钱六万，得观书于石渠。如是后一岁，作《绣补》《灵节》《龙骨之铭》诗三章。成帝好之，遂得尽意。"（见《古文苑》卷十）

（182）石室：即石渠阁，为汉代皇家藏书之所。鸿采：谓优秀作品。

（183）表里：指内才外学，即先天之才与后天之学。相资：相互辅助。

（184）经典：指儒学经书。沉深：深厚。载籍：书籍。浩瀚：广大，这里指繁多。

（185）群言：指各派学说及其言论。奥区：深奥的地方。神皋：神明的界限。这里有"园地"之意。

（186）扬、班：即扬雄、班固。取资：取用。

（187）耕耨：耕种除草，以喻学习。渔猎：喻摘取。

（188）操刀能割：谓如能操刀相割，就一定拣肥美的割，以喻只要向儒家经典学习，就一定有好的收获。列：同"裂"。膏腴：肥肉。

（189）宣、成二帝：范文澜《文心雕龙注》说："据《艺文志》及《说文序》，张敞正读在孝宣时，扬雄纂训在孝平时，此云宣成二帝，疑成是平之误。"小学：指精通小学的人。汉以后称文字训诂学为小学。

（190）张敞：字子高，河东平阳（今山西临汾）人。汉宣帝时为京兆尹。正读：即正音释义，指正定《苍颉篇》文字的音义。传业：传授小学之业。纂训：编纂训诂，指扬雄编纂的《训纂篇》。据《汉书·艺文志》说："元始中，征天下通小学者以百数，各令记字于庭中。扬雄取其有用者以作《训纂篇》。"

（191）贯练：贯通熟练。《雅》：指《尔雅》，我国最早的字书。《颉》：据范文澜《文心雕龙注》说，当是《颉》，指《苍颉篇》古代字书之一，为秦代李斯所编。总阅音义：全面掌握了文字的音义。

（192）鸿笔：大笔手，指创作长篇巨著的人。洞晓：通晓。

（193）多赋京苑：大都描写京都苑囿，如班固的《两都赋》、司马相如的《上林赋》等。假借形声：指用能假字来描绘形象声音。

（194）小学：这里是指通晓文字的小学家。玮字：奇异的字。

（195）制异：制造奇异。共晓难：都通晓难字。

（196）小学转疏：研究文字学反而被疏略了。

（197）复文：复杂的文字，指异体字。隐训：怪僻的解说。臧否：好坏。这里用作偏义复词，指否，即错误的解说。大半：占文字的一大半。

（198）缀藻：连缀辞藻，指创作。常检：常规，谓有一定的法度。

（199）追观：回头看。翻：反。阻奥：阻塞深奥，谓艰深难懂。

（200）陈思：指陈思王曹植。所引曹植语，今已不存。扬、马：即扬雄、司马相如。趣幽旨深：即旨趣幽深。

（201）析：辨析。综：总聚，这里指掌握，领会。理：事理，指作品的内容。

（202）此句谓：哪里只是读者的才学悬殊，也是由于文字太深奥。直：但，仅。隐：隐晦。

（203）元：指汉元帝。成：指汉成帝。降意：留意，重视。图籍：图书古籍。

（204）玉屑：玉被碾成的末子，喻美好的谈吐。屑：碎末。金马：即金马门。汉代官署门，旁有铜马，故称。被朝廷征召来的人，常在金马门待诏。

（205）锐思：敏锐的文思。千首：指千首赋。扬雄曾讲过："能读千赋，则善为之矣。"（见桓谭《新论·道赋》）子政：刘向的字。雠校：校勘。六艺：指六经。

（206）战代：战国时代。任武：任用军事人才。文士不绝：文人不断涌现。

（207）诸子以道术取资：诸子，泛指诸子百家的学术思想。取资：取得被任用资格。屈、宋：屈原、宋玉。发采：发扬文采。

（208）乐毅：战国时燕国名将。《报书》：指乐毅《报燕惠王书》。辨以义：明辨而义正。范雎：战国时魏人，入秦为秦昭王相。《上书》：指范雎《上秦昭王书》。密而至：严密而深切。

（209）苏秦：战国时纵横家。历说：指苏秦说六国事。壮而中：谓苏秦的说辞雄壮有力又能切中时事。李斯：秦始皇丞相。《自奏》：指李斯的《谏逐客书》。丽而动：文辞华丽而动人。

（210）文世：文治的时代。扬、班：扬雄、班固。俦：同辈。

（211）好书：爱好读书。

（212）洞入夸艳：走上了夸张艳丽的道路。致名辞宗：以致使他成了一名辞赋家的宗师。

（213）覆：王利器校作"核"，即考查之意。精意：精深的思想意义。理不胜辞：谓作品的思想内容跟不上它的语言形式。

（214）扬子：扬雄。文丽用寡：文辞华丽而用处不大。长卿：司马相如的字。

（215）王褒：字子渊，西汉辞赋家。构采：创造文采。密巧：细密工巧。如王褒的《圣主得贤臣颂》，就写得对偶而工巧。

（216）附声测貌：描绘声音状貌。泠然：轻妙之貌。

（217）属意：作文的用意。辞人最深：是辞赋家中最深切的。

（218）涯度：广度。幽：深。诡：奇。

（219）竭才：竭尽全力。理赡：内容丰富。辞坚：文辞有力。

（220）卿、渊：指司马相如、王褒。俊才：《史通·杂说下》引作"役才"，指使用才力。不课学：不讲求学问。

（221）雄、向：扬雄、刘向。颇引书以助文：多引用古书来帮助自己的写作。

（222）取与：犹取金。际：边，这里指界限。

（223）心好沈博绝丽之文：此文见扬雄《答刘歆书》。谓心里喜欢漂亮广博、文辞华丽的作品。

（224）事：从事于。

（225）疵：病。这里指文人的毛病。

（226）相如窃妻：指司马相如用琴声挑逗卓文君事。受金：指司马相如人蜀时有人告他受了别人的贿赂。以上两事，均见《汉书·司马相如传》。

（227）嗜酒：指扬雄家贫而好喝酒。少算：失算，指扬雄有《剧秦美新》一文，称美王莽新政，此指其美新之失。

（228）敬通：冯衍的字，东汉初作家。不循廉隅：不遵循端正的品行。冯衍因妻不许娶妾而把妻赶走，引起了当时许多人的非议。廉隅：棱角，以其方正喻人的品行。

（229）杜笃：字季雅，东汉文人。请求无厌：据《后汉书·杜笃传》说，杜笃与美阳县令为友，屡次向县令请托，不知满足。

（230）瑕：玉的斑点，比喻人的缺点、过失。

（231）安有：哪有。达：通晓。

（232）扬、马：扬雄、司马相如。文：指文学才能。质：指政治才能。

（233）下位：地位低下。

·扬雄·

评　说

　　扬雄本是出名的辞赋家，后来认为辞赋无补于世道，于是专业于文，他不为经书做注，竟敢模仿经书"另搞一套"，确实具有"反潮流"的勇气。扬雄不慕荣华富贵，对迷信的批判态度比刘歆还要坚决，其文章言辞尽管隐晦艰深，但在迷信空气到处弥漫的情况下，他的文章确有廓清迷雾的威力。

　　扬雄是一个以道统自居的人物，在赋史上有着仅次于司马相如的地位。他一生著作丰富，主要是模仿司马相如的，但他模仿相如是有意识的。既有效仿佩服的意思，也有竞赛比试的意识。因为文学是创造性的事业，仅模仿而无创造是不能立足的。他模仿相如一方面受到限制，但另一方面他要竞赛，所以他也有许多创新，首先是他学习相如的宏壮气象，同时努力向雄奇诡丽的方向发展，使赋作颇多迅发之气。其次，他在整体结构上也是学相如的，但他更注意赋作的层次性，因而也更有条理性。扬雄规摹相如所作的四赋，虽然大体效依，然因其才高学博而有自己的新意。除此之外，扬雄的《解嘲》《逐贫》两赋，则更可见出他的创造性。晚年的扬雄以为赋是"童子雕虫篆刻"，理解应"壮夫不为也"。总结辞赋创作，他认为"诗人之赋丽以则，辞人之赋丽以淫"（《法言·吾子》），批评辞赋片面追求形式而忽视内容靡丽之风。

　　扬雄是汉代著名的大儒，其文学思想的核心是原道、征圣、宗经。强调文学创作合乎儒家之道，以圣人和六经为楷模，这正是汉代独尊儒术思想欲将文学完全纳入其礼教轨道的典型表白。同时，他从儒家君臣之道的观念出发，认为"遇不遇命也，何必湛身哉"（《汉书·扬雄传》），对屈原以死殉国心存非议，认为自恃才高，以死抗议是跨越臣道的表现。

　　扬雄生当西汉末年，枚乘、司马相如之后，此时汉大赋已由鼎盛转入模拟时期，故刘勰称其"顺流而作"（《诠赋》），"马、扬沿波而得奇"（《辨骚》）。班固在《汉书·扬雄传》中也说："以为经莫大于《易》，故作《太玄》；传莫大于《论语》，作《法言》；史篇莫善于《仓颉》，作《训纂》；箴莫善于《虞箴》，作《州箴》；赋莫深于《离骚》，反而广之；辞莫丽于相如，作四赋：皆斟酌其本，相与放依而驰骋云。"扬雄辞赋虽多模拟，但究竟因为他才高学博，在模拟之中还能表现出他独到的一面，有他自己的特色。这一点，刘勰在《杂文》中对他做了充分地肯定。刘勰说："智术之子，博雅之人，藻溢于辞，辞盈乎气。苑囿文情，故日新殊致。……扬雄覃思文阁，业深综述；碎文琐语，肇为《连珠》，其辞虽小而明润矣。"同时，在《杂文》中还称扬雄的《解嘲》写得"杂以谐谑，回环自释，颇亦为工"。并在《书记》篇中，称他的《答刘歆书》写得"志气槃桓"。刘勰对扬雄的这些肯定，说得都比较切中。

　　刘勰对扬雄也有批评，《哀吊》篇说他"思积功寡，意深文略，故辞韵沉胭";《诔碑》篇说他"文实烦秽"。铺张夸饰本是汉赋的特点,扬雄自然也避免不了。他虽然是"属篇之高者",但终是"夸其威而饰其事",所以刘勰希望"若能酌《诗》《书》之旷旨,剪扬、马之甚泰,使夸而有节,饰而不诬,亦可谓之懿也。"(《夸饰》)。扬雄主张作文要追求文字很深,认为只有把文章写得让人看不懂,才显得神圣。如他的《法言》《太玄》,就是在这种思想的指导之下写出来的。对此,刘勰《练字》篇也批评他说:"陈思称:'扬、马之作,趣幽旨深,读者非师传不能析其辞,非博学不能综其理。'岂直才悬,抑亦字隐。"刘勰对扬雄的这些批评,至今看来,也还有它的现实意义。

· 班婕妤

班婕妤(约前48—公元2),西汉时期著名女作家。祖籍楼烦(今山西朔城区),后迁居长安(今陕西西安)西郊。婕妤并非她的名字,而是汉代后宫嫔妃的称号。因她曾入宫被封婕妤,后人一直沿用这个称谓,以至其真实名字无从可考。班婕妤是中国文学史上以辞赋见长的女作家之一,她的作品很多,但大部分已佚失。现存作品仅3篇,即《自悼赋》《捣素赋》和一首五言诗《怨歌行》,亦称《团扇歌》。据《隋书·经籍志》著录,班婕妤有集1卷,今存有《自悼赋》《捣素赋》《怨歌行》3篇。班婕妤是较早的五言诗创始人,她的《怨歌行》是早期五言诗中难得的佳品,但后人疑为伪托。

至成帝品录,三百余篇[1];朝章国采,亦云周备[2]。而辞人遗翰,莫见五言[3];所以李陵、班婕妤,见疑于后代也[4]。(《明诗》)

注 释

(1)成帝:即汉成帝刘骜。品录:品评编辑。三百余篇:据《汉书·艺文志·诗赋略》载,当时歌诗有二十八家,三百一十四篇。
(2)朝章:朝廷的诗歌。国采:全国范围内的民间诗歌。"章"和"采":都指作品,周备:齐全。
(3)遗翰:遗留下来的作品。莫见五言:没有见到五言诗。
(4)李陵:字少卿,汉武帝时的名将。他有《与苏武诗》三首,载《文选》卷二十九。见疑于后代:为后世所怀疑。

·桓谭·

评 说

《怨歌行》最早著录于《文选》，《玉台新咏》题名《怨诗》，并有序曰："昔汉成帝班婕妤失宠，供养于长信宫，乃作赋自伤，并为《怨诗》一首。"关于班婕妤的故事，见《汉书》卷九七《外戚传·班婕妤传》："赵氏姊弟骄妒，婕妤恐久见危，求供养太后长信宫，上许焉。婕妤退处东宫，作赋自伤悼。"《文选》李善注："五言《歌录》曰：'怨歌行，古辞。'然言古者有此曲，而班婕妤拟之。婕妤，帝初即位，选入后宫，始为少使，俄而大使，为婕妤，居增成舍。后赵飞燕宠盛，婕妤失宠，希复进见。成帝崩，婕妤充园陵。"这是关于此诗最早的记录。从文献的记载看，文人五言诗出现于东汉。班固写的《咏史》诗是比较可靠的文人五言诗，这诗写得"质木无文"，缺乏形象。而班婕妤是西汉人，她的《怨歌行》写得却很有文采，可以说是相当成熟的五言诗。因此，刘勰指出其"见疑于后代"，是有根据的。这也表现出刘勰相当强烈的文学史家的质疑精神。

·桓谭

桓谭（前23—50），字君山，沛国相（今安徽濉溪西北）人。东汉时期著名的音乐家、天文学家和哲学家，官至议郎给事中。好音律，善鼓琴，遍习五经，喜非毁俗儒。光武帝信谶纬，桓谭极言其非，几遭处斩。后出为六安郡丞，道病卒。他的哲学思想对后来无神论思想的发展有很大影响。著有《新论》29篇，早佚。现存《新论·形神》1篇，收入《弘明集》，《后汉书·桓谭冯衍列传》有其传。

至于光武之世，笃信斯术[1]，风化所靡，学者比肩[2]。沛献集纬以通经，曹褒撰谶以定礼[3]，乖道谬典，亦已甚矣[4]。是以桓谭疾其虚伪[5]，尹敏戏其深瑕[6]，张衡发其僻谬[7]，荀悦明其诡诞[8]。四贤博练，论文精矣[9]。（《正纬》）

及相如之《吊二世》[10]，全为赋体；桓谭以为其言恻怆[11]，读者叹息。及平章要切，断而能悲也[12]。（《哀吊》）

人之禀才，迟速异分[13]；文之制体，大小殊功[14]。相如含笔而腐毫[15]，扬雄辍翰而惊梦[16]，桓谭疾感于苦思[17]，王充气竭于思虑[18]，张衡研《京》以十年[19]，左思练《都》以一纪[20]：虽有巨文，亦思之缓也[21]。(《神思》)

夫青生于蓝，绛生于茜[22]，虽逾本色，不能复化[23]。桓君山云："予见新进丽文，美而无采[24]；及见刘、扬言辞，常辄有得[25]。"此其验[26]也。(《通变》)

桓谭称："文家各有所慕[27]，或好浮华而不知实核，或美众多而不见要约[28]。"陈思[29]亦云："世之作者，或好烦文博采，深沉其旨者[30]；或好离言辨白，分毫析厘者[31]；所习不同，所务各异[32]。"言势殊也[33]。(《定势》)

若乃改韵从调，所以节文辞气[34]。贾谊、枚乘，两韵辄易[35]；刘歆、桓谭，百句不迁[36]：亦各有其志[37]也。(《章句》)

桓谭著论，富号猗顿[38]，宋弘称荐，爰比相如[39]；而《集灵》诸赋，偏浅无才[40]：故知长于讽论，不及丽文也[41]。(《才略》)

又君山、公干之徒，吉甫、士龙之辈[42]，泛议文意，往往间出[43]，并未能振叶以寻根，观澜而索源[44]。不述先哲之诰，无益后生之虑[45]。(《序志》)

注　释

（1）光武：即汉光武帝刘秀。笃信：特别相信。斯术：指谶纬之术。

（2）风化：教化，这里指影响。靡：披靡，谓影响之大。比肩：并肩，谓趋尚谶纬的人很多。

（3）沛献：光武帝二子刘辅，封沛王，谥号为"献"，故称沛献王。集纬以通经：采集纬书的说法来通论经书。曹襃：字叔通，东汉文人。章帝时，受命制礼，他杂用五经和谶书的说法，写了冠、婚、吉、凶制度一百五十篇。

（4）乘道谬典，亦已甚矣：谓这种离经叛道的做法，发展到相当严重了。道：指圣人之道。典：指儒家经典。

（5）疾：憎恶。其：指谶纬。虚伪：据《后汉书·桓谭传》载，谭奏光武帝说："今诸巧慧小才伎数之人，增益图书，矫称谶记，以欺惑贪邪，诖误（欺骗）人主，焉可不抑远之哉！"光武帝不悦。后光帝欲以谶决灵台所处，桓默然良久，曰"臣不读谶"，复极言谶之非经。光武帝大怒曰："桓谭非圣无法，将下斩之。"谭叩头流血，良久乃得解。出为六安郡丞，病卒于道。

（6）尹敏：字幼季，东汉学者。据《后汉书·儒林·尹敏传》载，光武帝使其校正图谶，尹敏说："谶书非圣人所作，其中多近鄙别字，颇类世俗之辞，恐疑误后生。"光武帝不听，强令其校正，君敏便在谶书中的缺漏处随意填上"君无口，为汉辅"六字。"尹无口"是"尹"，意为"尹敏是无嘴说话的，只是汉代的辅佐者"。深瑕：唐写本作"深假"，意为虚浮不实。

（7）张衡：字平子，东汉文学家。发：揭发，这里是"指出"的意思。僻谬：错误。据《后汉书·张衡传》载，张衡曾上书论证谶纬的虚妄，说它与经书不合。

（8）荀悦：字仲豫，东汉学者。他在《申鉴·俗嫌》中说："世称纬书仲尼之作也。臣悦叔父故司空爽辨之，盖发其伪也。"荀爽曾揭发谶纬的虚伪，著有《辨谶篇》，已散失。

（9）四贤：即以上所称道的桓谭、尹敏、张衡、荀悦。博练：广博熟练。精：精辟。

（10）《吊二世》：即司马相如的《哀秦二世赋》，文载《史记·司马相如传》。

（11）恻怆：悲伤。桓谭论《哀秦二世赋》的话，据范注："桓谭语当在《新论》中，亡佚。"

（12）平章：唐写本作"卒章"，指《哀秦二世赋》最后所写"亡国失势"一段，写得扼要而确切。断：止，指读完。

（13）禀才：禀赋才能。迟速异分：有慢有快的不同区分。

（14）制体：制定体裁、篇幅。大小殊功：谓文章的篇幅长短不同，所以功效也各大小不同。

（15）相如：司马相如。含笔：古人写文章，常以口润笔，兼行构思。腐毫：形容构思时间之长。此句谓司马相如写文章来得很慢。

（16）扬雄：字子云，西汉文学家。辍翰：停笔。惊梦：谓扬雄写作太苦，一放下笔就做了一个怪梦。

（17）疾感于苦思：谓桓谭作赋苦思，因用心过度而生病。疾：病。

（18）王充：字仲任，东汉著名思想家。气竭：据《后汉书·王充传》说，王充"著《论衡》八十五篇，二十余万言。年渐七十，志力衰耗"。竭：尽。

（19）研《京》以十年：据《后汉书·张衡传》说，张衡写《东京赋》和《西京赋》相继十年才写成。

（20）左思：字太冲，西晋文学家。练《都》以一纪：谓左思写《三都赋》用了十二年。一纪：十二年。

（21）巨文：长篇巨著。思之缓：文思缓慢。

（22）青生于蓝：《荀子·劝学》说："青取之于蓝，而青于蓝。"蓝：可作染料的草本植物。绛：赤色。茜：即茜草，可染赤色的草本植物。

（23）逾：超过。复化：再变化。

（24）美而无采：文辞美丽而内容却没有什么可采取的。所引桓谭文，大概是他《新论》中的佚文。

（25）刘、扬：指刘向、扬雄。常辄有得：常常有所收获。

（26）验：证。

（27）文家：即文学家。各有所慕：各方所喜好。

（28）此二句：谓有的喜好浮华而不知道核实，有的喜好繁富而不注意简要。所引桓谭文，可能是他《新论》中的佚文。

（29）陈思：即陈思王曹植。下面所引他的话，原文已不存。

（30）烦文博采：即文采繁博。烦：通"繁"。深沉其旨：含义深隐。

（31）离言辨白：此句与上面所说的"深沉其旨者"，为相反的写法。离：明。《周易·说卦》云："离也者，明也，万物皆相见。"辨白：分辨明白。分毫析厘：谓描写细致入微。

（32）习：习尚。务：致力。

（33）言势殊也：说明各人的发展趋势（有类似风格的一面）是不同的。

（34）改韵从调：改换韵脚，变动音调。从：当作"徙"。节文辞气：调节文章的语气。

（35）两韵辄易：一个韵脚用了两次就转韵。按："两韵辄易"的情况，贾谊《吊屈原赋》和《鵩鸟赋》均是。但在枚乘赋中，今已不见。

（36）百句不迁：一个韵脚押了一百句还不换韵，即一韵到底。按："百句不迁"的情况，在刘歆、桓谭的赋中，均已不见。

（37）各有其志：各有自己的爱好。志：志趣。

（38）著论：泛指桓谭的理论著述。猗顿：春秋时鲁人，原来家境贫寒，后经营盐业和畜牧而致富。

（39）宋弘：字仲子，东汉人，光武帝时为大司空。爱比相如：当为"爱比扬雄"。《后汉书·宋弘传》说："帝尝问弘通博之士，弘乃荐沛国桓谭，才学洽博闻，几能及扬雄、刘向父子。"此说"爱比相如"，可能是刘勰误记。

（40）《集灵》：即集灵宫，在华阴，武帝时所造。此指桓谭看到集灵宫而作的《仙赋》。这篇赋写修仙、得道、游行、不死，内容偏浅，又无才华。

（41）丽文：指文学作品。此句谓桓谭长于论著，却不善于文学创作。

（42）公干：魏代刘桢的字，"建安七子"之一。吉甫：西晋学者应贞的字，他的有关文学论著已不传。士龙：西晋文学家陆云的字，他的文学论点大都表达在给其兄陆机的信里。

（43）间出：杂出。此句谓桓谭、刘桢、应贞、陆云等人，也泛泛地议论过文学创作的意义，但往往夹杂在别的文字里，没有专篇论文。

（44）振叶以寻根，观澜而索源：这里是用"枝叶"和"波澜"来比喻作品的辞藻；以"根"和"源"来比喻作品所依据的儒家学说。

（45）诰：教训。此句谓不阐述先贤的教训，对后代讨论文学创作没有益处。

评　说

汉代的今古文之争，对历代都有很大的影响。经古文学派认为在西汉末开始产生的纬书，不是圣人之文；而经今文学派则认为纬书中所包含的种种迷信说法，正是他们主张的"天人感应"说，所以认为纬书是配合经书的，也是圣人之文。桓谭是东汉前期谶纬迷信猖獗之时，涌现出的坚决抵制这股强大时代逆流的思想精英，是当之无愧的先驱。他敢于冒着生命危险在光武帝面前公开表示"臣不读谶"，并上《抑谶重赏论》，言图谶之害，足见他反对图谶迷信是何等的坚决。他所著的《新论》共计29篇，以古代朴素唯物主义为思想武器，直接向谶纬发难。《新论》说理透辟，情理兼备，既振聋发聩，又富有艺术感染力。

刘勰是站在经古文学派的立场上来正伪的，故称赞桓谭对谶纬疾其虚伪，并赞赏桓谭、尹敏、张衡、荀悦等四人对谶纬的揭发和批判是"论之精矣"。但是，不管是桓谭，还是刘勰，他们只是证明纬书中的事实和经书不合，却并没有批判它讲天命神道的虚妄，这就表明了他们的时代和阶级的局限。尽管刘勰对桓谭也作了许多肯定，但他还是认为桓谭仅仅是一个政论家，而不是一个文学家。说桓谭虽"长于讽论"，却"不及丽文"，而且是"思之缓也"。

·冯衍

冯衍，生卒年不详。东汉初期的辞赋家，京兆杜陵（今陕西西安东南）人。自幼有才，博览群书，初从刘玄起兵，玄死后，又从光武帝，为曲阳令，迁司隶从事。因遭人谗毁，怀才不遇，被废于家，闭门自保。一生著述赋、诔、铭、说、策等50篇。《隋书·经籍志》有《冯衍集》5卷，已散佚。明代张溥辑有《冯曲阳集》，收入《汉魏六朝百三家集》。最著名的作品是《显志赋》，赋中多用典故，骈偶对仗，用前代名人的遭际，抒发自己失官的感慨和愤懑。

至如敬通杂器[1]，准矱戒铭[2]，而事非其物，繁略违中[3]。（《铭箴》）

敬通之说鲍、邓，事缓而文繁[4]，所以历骋而罕遇也[5]。（《论说》）

敬通雅好辞说，而坎壈盛世[6]，《显志》自序[7]，亦蚌病成珠矣[8]。（《才略》）

略观文士之疵[9]：……敬通之不循廉隅[10]，杜笃之请求无厌[11]；……诸有此类，并文士之瑕累[12]。（《程器》）

注　释

（1）杂器：指冯衍的《刀阳铭》《刀阴铭》《杖铭》《车铭》等杂器铭文。见《全后汉文》卷二十。

（2）准矱：取法。准：标准。矱：尺度。戒铭：唐写本作《武铭》，周武王有《席四端铭》《户铭》等。

（3）事非其物：写的事义与器物不符。违中：不当，不合分寸。

（4）鲍：鲍永，东汉初将军。冯衍有《计说鲍永》，载《后汉书·冯衍传》。邓：邓禹，东汉初将军。冯衍有《说邓禹书》，残文见《全后汉文》卷二十。事缓：指所讲的内容松懈。文繁：文辞繁变。

（5）历骋：屡次施展才能，指上书进言。罕遇：少遇。指很少有人重用他。

（6）雅好：很爱好。辞说：即进献说辞。坎壈：不顺利，不得志。盛世：指东汉时的昌盛之世。

（7）《显志》：指冯衍的《显志赋》，载《后汉书·冯衍传》。自序：自述，谓抒写己志。

（8）蚌病成珠：《淮南子·说林训》："明月之珠，螺蚌之病，而我之利也。"这里比喻冯衍因不得志反而有助于他写成《显志赋》。

（9）疵：病。这里指文人的缺点。

（10）不循廉隅：不遵循端正的品德。廉隅：棱角，以其方正喻人品行。《后汉书·冯衍传》说他因妻不许娶妾而把妻赶走。

（11）杜笃：字季雅，东汉作家。请求无厌：据《后汉书·杜笃传》说：杜笃"居美阳，与美阳令游，数从请犯，不谐，颇相恨。令怒，收笃送京师"。厌：满足。

（12）瑕：玉的斑点。累：毛病。瑕累：喻人的缺点、过失。

评　说

冯衍晚年，撰《显志赋》以自伤不遇。他模仿《离骚》《遂初赋》的结构和写法，表现出自己对功名不遂的愤懑。所谓"久栖迟于小官，不得舒其所怀。抑心折节，意凄情悲"，正是他写此赋的缘由。但是他同屈原是貌同心异，《后汉书》本传上说："显宗即位，又多短衍以文过其实，遂废于家。"可见当时人就已看出他虚张声势。赋中借史实以讽喻时政，借追慕古人而抒发其抑郁不平。陆机《遂志赋序》、江淹《恨赋》均举此以为怨、恨的事例。赋用骚体形式写成，词意每仿效楚辞，终以文过其实，显得空洞，感人不深。然而它继王褒《洞箫赋》之后，多用骈偶词句，对魏晋六朝骈俪文风影响较大。刘勰认为冯衍的文章"事缓而文繁"，是他不被重用的一个主要原因，但对冯衍的不幸遭遇，也给予了无限的同情，他指出冯衍"《显志》自序，亦蚌病成珠矣"。"蚌病成珠"的现象，是中国古代文人普遍的历史遭遇，刘勰对此给予同情和肯定，是正确的。

·班彪

班彪（3—54），东汉史学家、文学家，字叔皮。扶风安陵（今陕西咸阳）人，《汉书》作者班固的父亲。家世儒学，造诣颇深。西汉末年，群雄并起，隗嚣在天水拥兵割据，班彪避难相随，后至河西，为大将军窦融"画策事汉"。经窦融推荐，被汉光武帝征召，任为徐县令。不久因病免官，专心史籍。晚年任望都长。司马迁后，许多人采集时事以接续《史记》，班彪博学多才，对于《史记》及续写《史记》的情况作了细心的考察，收集史料，作西汉史《后传》65篇，以补《史记》之阙。其子班固与女班昭先后续成，即今《汉书》。

班彪、蔡邕，并敏于致语[1]，然影附贾氏，难为并驱耳[2]。(《哀吊》)

爰及太史谈，世惟执简[3]；子长继志，甄序帝勣[4]。比尧称"典"，则位杂中贤[5]；法孔题"经"，则文非元圣[6]。故取式《吕览》，通号曰"纪"[7]。纪纲之号，亦宏称也[8]。……尔其实录无隐之旨，博雅弘辩之才[9]，爱奇反经之尤，条例踳落之失[10]，叔皮论之详矣。(《史传》)

及班彪《王命》，严尤《三将》[11]，敷述昭情，善入史体[12]。(《论说》)

自哀、平陵替，光武中兴[13]，深怀图谶，颇略文华[14]。然杜笃献诔以免刑[15]，班彪参奏以补令[16]；虽非旁求，亦不遐弃[17]。(《时序》)

二班、两刘，奕叶继采[18]，旧说以为固文优彪，歆学精向[19]，然《王命》清辩，《新序》该练[20]，璇璧产于昆冈，亦难得而逾本矣[21]。(《才略》)

注　释

（1）班彪：班彪有《王命论》，以为汉德承尧，有灵命之符，王者兴祚，非诈力所致。蔡邕：东汉作家，有《吊屈原文》，文存不全，残句见《艺文类聚》卷四十。语：唐写本作"诘"。敏于致诘：犹长于提问。

（2）影附贾氏：谓模仿贾谊。影附：依附，如影之附形。难为并驱：难与贾谊的作品并驾齐驱。

（3）爰：于是。太史谈：即太史令司马谈。世惟执简：世代为史官。执简：指史官记事。

（4）子长：司马迁的字。继志：指司马迁继承其父志写《史记》。甄序帝勣：甄别叙述帝王的功绩。

（5）"典"：指《尧典》。中贤：指次等贤才。此句谓：把《史记》与《尧典》相比，但其中人物的地位又夹杂了一些次等贤才。

（6）法：效法。孔：孔子。"经"：指《春秋》。元圣：即玄圣，指孔子。此句谓效法孔子把《史记》题名为"经"，但文笔又不能与《春秋》相比。

（7）取式：取法。《吕览》：即《吕氏春秋》。其中有十二纪、八览、六论。刘勰认为《史记》中的本纪是模仿《吕氏春秋》中的纪而写的。纪：细纪。

（8）纪纲之号：谓"纪纲"这个名号，也是一个伟大的称呼。宏：大。

（9）尔其：犹言至其。其：指《史记》。实录无隐之旨：忠实于历史事实而毫无隐讳的宗旨。博雅弘辩之才：渊博典雅而高谈阔论的才能。

（10）爱奇反经之尤：爱好奇特而违反经典的过失。尤：过失。条例踳落之失：条例错乱的缺陷。踳：错乱。

（11）《王命》：即班彪的《王命论》，载《文选》卷五十二。严尤：字伯石，汉代王莽时将领。他著有《三将军论》，已佚。《全汉文》卷六十一辑得残文两条。

（12）敷述昭情：抒发感情清楚明白。善入史体：善于使用史论形式来写作。《王命论》和《三将军论》两篇，都引用史实来说明论点，故称其"善入史体"。

（13）哀、平：指汉哀帝、汉平帝。陵替：衰颓。汉哀帝时，西汉王朝已经没落，平帝时政权就落入王莽手中。光武中兴：指光武帝刘秀建立东汉王朝。

（14）图谶：关于迷信预言的文字。是统治者进来欺骗人民的。深怀图谶：指刘秀非常重视图谶。颇略文华：不重视文学艺术。

（15）杜笃：字季雅，东汉初年作家。献诔以免刑：据《后汉书·文苑传·杜笃》载："大司马吴汉薨，光武诏诸儒诔之。笃于狱中为诔，辞最高。帝美之，赐帛免刑。"

（16）参奏以补令：据《后汉书·班彪传》载，彪曾为凉州牧窦融的从事，他劝说窦融归顺光武，参与窦融所写的奏章，后来光武帝得知窦融的奏章为班彪草拟，特召见之，拜为徐令。

（17）旁求：广泛搜求。遐弃：远弃。这句是说光武帝虽没有广泛搜罗文士，但也不全然抛弃。

（18）二班：指班彪、班固父子。两刘：指刘向、刘歆父子。奕叶：累代，一代接一代。采：文采。

（19）固文优彪：班固的文才优于班彪。歆学精向：刘歆的学识精于刘向。

（20）《王命》清辩：谓班彪的《王命论》写得清晰明辨。《新序》该练：谓刘向的《新序》写得气质精练。

（21）璇璧：精美的璧玉。昆冈：传说中产美玉的地方。难得而逾本：指难得超越其父亲的成就。

评　说

班彪是班固之父，他的《北征赋》全仿刘歆《遂初赋》，以行踪为经而以感触为纬，又学屈原句法，然意思却很平常。他的《览海赋》，主旨在颂扬仙人的生活，而在他的想象中，仙人的生活只不过是世俗地主生活的无限延续而已。他的思想可以代表汉人特别是东汉人求仙的终极目标，不过应该说，在一定程度上，班彪的想法体现了当时人对生活的眷恋和肯定。

他对司马迁及其《史记》既有褒，也有贬。说司马迁"善述序事理，辩而不华，质而不野，文质相称，善良史之才也"，这是正确的评价。但说司马迁在《史记》中"大敝伤道"，是"遇极刑之咎"，显然就做了错误的评价。但正是从这一认识出发，班彪才"继采前史遗事，傍贯异闻，作后传数十篇"，这就是后来班固撰写《汉书》的基础。刘勰完全继承了班彪的观点,虽然评《史记》有"实录无隐之旨",说司马迁有"博雅弘辩之才",但批评《史记》有"爱奇反经之尤,条例踳落之失"就不正确了。甚至还讽刺司马迁的《史记》,"比尧称'典',则位杂中贤;法孔题'经',则文非元圣"。这种贬《史记》于《春秋》之下,说明他的儒家正统思想是相当浓厚的。刘勰、班彪对《史记》作的褒中有贬、贬过于褒的评价,今天看来是错误的。

· 王充

王充(27—97),字仲任,会稽上虞(今属浙江)人。东汉学者,唯物主义思想家,官至扬州治中。他以毕生精力,历时30多年,写成哲学巨著《论衡》85篇,现存84篇,其中有的篇章也表现了他的文学思想。王充的著作除《论衡》之外,尚有《养性书》16篇、《讥俗书》12篇、《政务书》,均佚。另有《周易王氏义》,已散,清王仁俊有辑本;《果赋》1篇,清严可均有辑本。

人之禀才,迟速异分⁽¹⁾;文之制体,大小殊功⁽²⁾。……王充气竭于思虑⁽³⁾,……虽有巨文,亦思之缓也⁽⁴⁾。……机敏故造次而成功⁽⁵⁾,虑疑故愈久而致绩⁽⁶⁾;难易虽殊,并资博练⁽⁷⁾。(《神思》)

昔王充著述,制《养气》⁽⁸⁾之篇,验己而作⁽⁹⁾,岂虚造哉!(《养气》)

凡童少鉴浅而志盛,长艾识坚而气衰⁽¹⁰⁾,志盛者思锐以胜劳,气衰者虑密以伤神⁽¹¹⁾,斯实中人之常资,岁时之大较也⁽¹²⁾。……至如仲任置砚以综述⁽¹³⁾,叔通怀笔以专业⁽¹⁴⁾,既暄之以岁序,又煎之以日时⁽¹⁵⁾:是以曹公惧为文之伤命⁽¹⁶⁾,陆云叹用思之困神⁽¹⁷⁾,非虚谈也。(《养气》)

注 释

(1)禀才:禀赋和才能。迟速:谓文思有慢有快。异分:不同的区分。
(2)制体:制定体裁。殊功:不同的功力。
(3)气竭:气力衰竭。《后汉书·王充传》说,王充"著《论衡》八十五篇,二十余万言。年渐七十,志力衰耗"。思虑:杨明照《文心雕龙校注拾遗》以为是"沉虑"。
(4)巨文:长篇巨著。思:文思。缓:慢。

（5）造次：仓猝，不加细思。此句谓有些人由于文思敏捷，所以很快就能创作成功。

（6）致绩：取得成绩。此句谓有些人因多所疑虑，所以历时较久才能写成。

（7）博练：广博和熟练。此句谓文思敏捷或迟缓的两种人，在写作上虽有难与易的不同，但都需要依靠学识的广博和写作技巧的熟练。

（8）《养气》：王充曾著《养性书》十六篇，其书已佚。

（9）验己而作：凭自己检验过的著作。王充在《论衡·自纪》中说，他写作《养性》之书，是根据他自己养生的体验写成的。

（10）鉴浅：认识能力不深。志盛：志气旺盛。长艾：年老。艾：《礼记·曲礼》："五十曰艾。"孔颖达疏："发苍白色如艾也。"识坚：认识能力很强。

（11）胜劳：胜任劳累。伤神：损伤精神。

（12）中人：一般的人。常资：平常的资质。岁时：指年龄。大较：大概情况。

（13）置砚以综述：到处放着笔砚以从事著述。据《后汉书·王充传》："充好论说，始若说异，终有理实。以为俗儒守文，多失其真，乃闭门潜思，户牖墙壁各置刀笔，著《论衡》八十五篇。"

（14）叔通：曹褒的字，东汉章帝、和帝时为侍中。怀笔以专业：《后汉书·曹褒传》说他为研究朝廷礼仪制度，"寝则怀抱笔札，行则诵习文书"。

（15）暄：暖，和下句"煎"相对，都有煎熬之意。岁序：年的序次，指年年。日时：每日每时，指天天。

（16）曹公：指曹操。为文之伤命：作文会伤害生命，此语原文已佚。

（17）陆云：字士龙，西晋文学家。用思之困神：用心会困乏精神，语见陆云《与兄平原书》。

评　说

　　王充是东汉最杰出的唯物主义思想家，其《论衡》代表了东汉前期政论文的最高成就。他以新的朴素唯物主义元气自然论，系统地批判了世俗鬼神、祸福报应等神学迷信的观点，从根本上抨击了"天人感应""匡济薄俗"的作用，又主张文章内容和形式相统一，反对言过其实，雕文饰辞。他的《论衡》发论大胆，明畅易晓，这两个特点都是前人少有的。作为思想家，王充所论多针对学术文和应用文，然而其思想投射到文学上，则表现为崇尚实用、推崇个性的文学观念，对后世文学产生极大的影响。在文学思想上他重视文学的社会作用，主张文质相称，推崇独创，提倡语言通俗。同时他认为，古代书籍之所以艰深难懂，是因为时间地点的差异"经传之文，贤圣之语，古今言殊，四方谈异也"（《论衡·自纪》）。因此文字当"与言同趋"（《论衡·自纪》），即语言随时代发展而发展。在东汉前期谶纬神学猖獗的年代里，他以"重效验""疾虚妄"的求实精神，对"天人感应"、谶纬神学等迷信思想进行了尖锐的揭露和抨击。在哲学上，他提出了以"天道无为自然"为基本特征的一系列唯物主义的观点,对后世产生了很大的影响。王充精通儒家经典,在"罢黜百家,独尊儒术"的汉代,他敢于说话,不愿恪守一家之言、章句之学,甚至敢于议论经典之书、圣贤之言的是非得失,这在整个中国封建时代都是难能可贵的。王充著《论衡》一书,对当时社会的许多学术问题,特别是社会的颓风陋俗进行了针砭,许多观点鞭辟入里、石破天惊。范晔《后汉书》将王充、王符、仲长统三人立为合传,后世学者更誉之为"汉世三杰",三家中,王充的年辈最长,著作最早,在许多观点上,王充对后二家的影响是十分明显的,王充是三家中最杰出,也最有影响的思想家。刘勰在《神思》篇中指出王充等人"虽有巨文,亦思之缓也"。说明作家的创作构思有快有慢,但都需要知识广博,训练有素,突出重点。这是对创作实践经验的总结,对我们是有借鉴作用的。在《养气》篇中,他深刻地探讨了在创作中如何保持旺盛的精力问题。他认为写作要从容宽舒,写不出不要"硬写"。他对"王充气竭于思虑"是不赞成的,认为作家过分操劳将伤神伤命。这一论点,至今也还有它的现实性。

·贾逵

贾逵(30—101),东汉经学家、天文学家,字景伯,扶风平陵(今陕西咸阳)人,曾任侍中。其九世祖为贾谊。汉代学者,年二十即能诵《左氏传》及五经本文。章帝时,屡次上奏称《古文尚书》与《尔雅》相应,提高了古文经学的地位。又精通天文学,首先提出在历法计算中应按黄道来计量日、月的运动,并发现月球的运动为不等速。永平中献《左氏传解诂》30篇,《国语解诂》21篇,已佚。明帝重其书,写藏秘馆。并奉命作《神雀颂》,拜为郎,与班固同校秘书。章帝时,使自选高才者20人,教以《左氏》,后又迁逵为卫士令,诏诸儒各选高才生,由逵授《左氏》《谷梁春秋》《古文尚书》《毛诗》,由是四经遂行于世。

自《连珠》以下,拟者间出⁽¹⁾。杜笃、贾逵之曹,刘珍、潘勖之辈⁽²⁾,欲穿明珠,多贯鱼目⁽³⁾。可谓寿陵匍匐⁽⁴⁾,非复邯郸之步;里丑捧心⁽⁵⁾,不关西施之颦矣。(《杂文》)

及明章迭耀,崇爱儒术⁽⁶⁾;肆礼璧堂,讲文虎观⁽⁷⁾。孟坚珥笔于国史,贾逵给札于瑞颂⁽⁸⁾，东平擅其懿文，沛王振其《通论》⁽⁹⁾。帝则藩仪，辉光相照矣⁽¹⁰⁾。（《时序》）

傅毅、崔骃，光采比肩⁽¹¹⁾；瑗、寔踵武，能世厥风者矣⁽¹²⁾。杜笃、贾逵，亦有声于文⁽¹³⁾，迹其为才，崔、傅之末流也⁽¹⁴⁾。（《才略》）

注 释

（1）《连珠》：扬雄撰，今不全，《全汉文》卷五十三辑得数条。"连珠"是连贯如珠的意思，表达意旨。拟：模拟。间出：偶然出现。

（2）杜笃：字季雅，东汉文人。他写的《连珠》，残文见《全后汉书》卷二十八。贾逵写的《连珠》，残文见《全后汉书》卷三十一。曹：辈。刘珍：字秋孙，东汉文人。他写的《连珠》，今已不存。潘勖：字符茂，东汉文人。他有《拟连珠》，今不全，见《艺文类聚》卷五十七。

（3）明珠鱼目：谓杜笃、贾逵、刘珍、潘勖等人，虽然想贯穿"明珠"，但结果贯串的大多是"鱼目"，以喻模拟《连珠》不成。

（4）寿陵匍匐：《庄子·秋水》中说，邯郸人善行走，燕国寿陵一少年到邯郸去学习走路，不仅没有学会邯郸人的走法，反而把自己原来走路的方法也忘掉了，结果只好爬着回去。

（5）里丑捧心：《庄子·天运》中说，古代美女西施有心痛病，痛时常皱眉，更增其美。邻里丑女见了认为很漂亮，学西施心痛而捧心，结果更丑了，人们都躲着她。

（6）明章：或曰"明帝"为"明章"，指汉明帝和汉章帝。迭耀：明帝及其儿子章帝都爱重儒学。崇爱儒术：崇尚儒学。

（7）肄：学习。璧堂：指辟雍，古代大学。观：即白虎观，汉章帝曾在此召集学者讨论经学。

（8）孟坚：班固的字。珥：插。珥笔：古代史官插笔于冠侧，以备随时记录。给札于瑞颂：据《后汉书·贾逵传》载，永平间有神雀集于宫殿官府，贾逵认为是胡人降服的征兆，汉明帝便令"给笔札，使作《神雀颂》"。

（9）东平：指东平王刘苍。擅：专长。懿：美。沛王：指刘辅。《通论》：指他的《五经论》，当时有《沛王通论》之称。

（10）帝：指汉明帝、汉章帝。则：法则。藩：即藩王，指东平王刘苍和沛王刘辅。仪：表率。辉光相照：即相互辉映。

（11）傅毅：字武仲。崔骃：字亭伯，都是东汉作家。光采比肩：光华的辞采并驾齐驱。光采：指文学成就。比肩：并肩。

（12）瑗、寔：即崔瑗、崔寔父子。踵武：跟着前人的脚步走。能世厥风：能继承其家风。世：承袭。

（13）杜笃：字季雅，东汉文人。有声于文：即在文学创作中上很有名声。

（14）迹：循其实而考查。崔、傅末流：谓考查杜笃、贾逵二人的文才，只不过是崔、傅一类作家末流。

·班固·

评　说

刘勰说贾逵虽"有声于文",但"迹其为才,崔、傅之末流也"。又说他的文章是"欲穿明珠,多贯鱼目"。可见,他对贾逵的评价是很低的。贾逵能"有声于文",实在是生得太是时候了。他生在"崇爱儒术"的汉明帝、汉章帝时期,又"通儒",故能"给札于瑞颂",刘勰评贾逵,岂无感慨?

·班固

班固(32—92),字孟坚,扶风安陵(今陕西咸阳东北)人。东汉著名史学家、辞赋家。幼年聪慧好学,"九岁能属文,诵诗书"。明帝永平元年(58)继其父班彪撰写《史记后传》,被人告发私改国史,下狱。其弟班超上书力辩,明帝召诣校书部,除兰台令史,转迁为郎,典校秘书。后又奉诏继续完成其父所著史书,历经20余年,终成《汉书》。固也善作赋,今存《两都赋》等13篇。和帝永元元年(89)从大将军窦宪击匈奴,为中护军。后因窦宪擅权被杀,固受牵连,死于狱中。今存明人所辑《班兰台集》。

班固以为[1]:露才扬己,忿怼沉江[2];羿、浇、二姚,与《左氏》不合[3];昆仑、悬辅,非经义所载[4]。然其文辞丽雅,为词赋之宗[5],虽非明哲,可谓妙才[6]。……四家举以方经,而孟坚谓不合传[7]。褒贬任声,抑扬过实[8],可谓鉴而弗精,玩而未核者也[9]。(《辨骚》)

"赋"者,……班固称:"古诗之流也。"[10](《诠赋》)

孟坚《两都》,明绚以雅赡[11];……凡此十家[12],并辞赋之英杰也。(《诠赋》)

若夫子云之表充国,孟坚之序戴侯[13],武仲之美显宗,史岑之述熹后[14],或拟《清庙》,或范《駉》《那》[15],虽浅深不同,详略各异[16],其褒德显容,典章一也[17]。至于班、傅之《北征》《西巡》,变为序引[18],岂不褒过而谬体哉[19]!(《颂赞》)

及迁《史》固《书》,托赞褒贬[20];约文以总录,颂体以论辞[21],又纪传后评,亦同其名[22]。(《颂赞》)

祈祷之式⁽²³⁾，必诚以敬，……班固之祀濛山⁽²⁴⁾，祈祷之诚敬也。(《祝盟》)

若班固《燕然》⁽²⁵⁾之勒，张昶《华阴》之碣⁽²⁶⁾，序亦盛矣⁽²⁷⁾。(《铭箴》)

自《对问》⁽²⁸⁾以后，东方朔效而广之，名为《客难》⁽²⁹⁾；托古慰志，疏而有辨⁽³⁰⁾。……班固《宾戏》，含懿采之华⁽³¹⁾；……虽迭相祖述，然属篇之高者也⁽³²⁾。(《杂文》)

汉世《隐书》⁽³³⁾，十有八篇，歆、固编文，录之赋末⁽³⁴⁾。(《谐隐》)

及班固述《汉》，因循前业⁽³⁵⁾，观司马迁之辞，思实过半⁽³⁶⁾。其"十志"该富，"赞""序"弘丽⁽³⁷⁾，儒雅彬彬，信有遗味⁽³⁸⁾。至于宗经矩圣之典，端绪丰赡之功⁽³⁹⁾，遗亲攘美之罪，征贿鬻笔之愆⁽⁴⁰⁾，公理辨之究矣⁽⁴¹⁾。……及孝惠委机，吕后摄政⁽⁴²⁾；班、史立纪，违经失实⁽⁴³⁾；何则？庖牺以来，未闻女帝者也⁽⁴⁴⁾。……张衡司史，而惑同迁、固⁽⁴⁵⁾，元帝王后，欲为立纪⁽⁴⁶⁾，谬亦甚矣⁽⁴⁷⁾。(《史传》)

唯陈寿《三志》，文质辨洽⁽⁴⁸⁾，荀、张比之于迁、固，非妄誉也⁽⁴⁹⁾。……按《春秋》经传，举例发凡⁽⁵⁰⁾。自《史》《汉》以下，莫有准的⁽⁵¹⁾。(《史传》)

然纪传为式，编年缀事⁽⁵²⁾，文非泛论⁽⁵³⁾，按实而书。岁远则同异难密，事积则起讫易疏⁽⁵⁴⁾，斯固总会⁽⁵⁵⁾之为难也。或有同归一事，而数人分功⁽⁵⁶⁾，两记则失于复重，偏举则病于不周⁽⁵⁷⁾，此又铨配之未易也⁽⁵⁸⁾。故张衡摘史、班之舛滥⁽⁵⁹⁾，傅玄讥《后汉》之尤烦⁽⁶⁰⁾，皆此类也。(《史传》)

然史之为任，乃弥纶一代⁽⁶¹⁾，负海内之责，而赢是非之尤⁽⁶²⁾，秉笔荷担，莫此之劳⁽⁶³⁾。迁、固通矣，而历诋后世⁽⁶⁴⁾；若任情失正，文其殆哉⁽⁶⁵⁾！(《史传》)

及扬雄《剧秦》⁽⁶⁶⁾，班固《典引》，事非镌石，而体因纪禅⁽⁶⁷⁾。观《剧秦》为文，影写长卿⁽⁶⁸⁾，诡言遁辞，故兼包神怪⁽⁶⁹⁾。然骨掣靡密，辞贯圆通⁽⁷⁰⁾，自称"极思"⁽⁷¹⁾，无遗力矣。《典引》所叙，雅有懿乎⁽⁷²⁾；历鉴前作，能执厥中⁽⁷³⁾，其致义会文，斐然余巧⁽⁷⁴⁾。故称："《封禅》丽而不典，《剧秦》典而不实⁽⁷⁵⁾；岂非追观易为明，循势易为力欤！"⁽⁷⁶⁾(《封禅》)

按《七略》《艺文》，谣咏必录⁽⁷⁷⁾，章、表、奏、议，经国之枢机⁽⁷⁸⁾，然阙而不纂者，乃各有故事而在职司也⁽⁷⁹⁾。(《章表》)

孟坚雅懿，故裁密而思靡⁽⁸⁰⁾。……触类以推，表里必符⁽⁸¹⁾。岂非自然之恒资⁽⁸²⁾，才气之大略哉？(《体性》)

至于扬、班之伦，曹、刘以下⁽⁸³⁾，图状山川，影写云物⁽⁸⁴⁾，莫不纤综

"比"义,以敷其华⁽⁸⁵⁾,惊听回视,资此效绩⁽⁸⁶⁾。(《比兴》)

至《东都》之比目⁽⁸⁷⁾,《西京》之海若⁽⁸⁸⁾;验理则理无不验,穷饰则饰犹未穷矣⁽⁸⁹⁾。(《夸饰》)

至于崔、班、张、蔡⁽⁹⁰⁾,遂捃摭经史,华实布濩⁽⁹¹⁾;因书立功,皆后人之范式也⁽⁹²⁾。(《事类》)

夫经典沈深,载籍浩瀚⁽⁹³⁾,实群言之奥区,而才思之神皋也⁽⁹⁴⁾。扬、班以下,莫不取资⁽⁹⁵⁾:任力耕耨,纵意渔猎⁽⁹⁶⁾,操刀能割,必列膏腴⁽⁹⁷⁾。是以将赡才力,务在博见⁽⁹⁸⁾。(《事类》)

及明章迭耀,崇爱儒术⁽⁹⁹⁾;肆礼璧堂,讲文虎观⁽¹⁰⁰⁾。孟坚珥笔于国史,贾逵给札于瑞颂⁽¹⁰¹⁾,东平擅其懿文,沛王振其《通论》⁽¹⁰²⁾。帝则藩仪,辉光相照矣⁽¹⁰³⁾。自安、和已下,迄至顺、桓⁽¹⁰⁴⁾,则有班、傅、三崔、王、马、张、蔡⁽¹⁰⁵⁾。磊落鸿儒,才不时乏⁽¹⁰⁶⁾;而文章之选,存而不论⁽¹⁰⁷⁾。(《时序》)

战代任武,而文士不绝⁽¹⁰⁸⁾。诸子以道术取资,屈、宋以《楚辞》发采⁽¹⁰⁹⁾,乐毅《报书》辨以义,范雎《上书》密而至⁽¹¹⁰⁾,苏秦历说壮而中,李斯《自奏》丽而动⁽¹¹¹⁾:若在文世,则扬、班俦矣⁽¹¹²⁾。(《才略》)

二班、两刘,奕叶继采⁽¹¹³⁾,旧说以为固文优彪,歆学精向⁽¹¹⁴⁾。然《王命》清辨,《新序》该练⁽¹¹⁵⁾,璇璧产于昆冈,亦难得而逾本矣⁽¹¹⁶⁾。(《才略》)

至于班固、傅毅,文在伯仲⁽¹¹⁷⁾,而固嗤毅云:"下笔不能自休。"⁽¹¹⁸⁾(《知音》)

才实鸿懿,而崇己抑人者,班、曹是也⁽¹¹⁹⁾。(《知音》)

略观文士之疵⁽¹²⁰⁾:相如窃妻而受金⁽¹²¹⁾,扬雄嗜酒而少算⁽¹²²⁾;……班固谄窦以作威,马融党梁而黩货⁽¹²⁴⁾;……诸有此类,并文士之瑕累⁽¹²⁵⁾。……孔光负衡、据鼎,而仄媚董贤⁽¹²⁶⁾;况班、马之贱职,潘岳之下位哉⁽¹²⁷⁾?(《程器》)

注 释

(1)班固以为:以下所引班固的话,见于他的《离骚序》。

(2)忿:怨恨。全句意为:屈原喜欢显露才华,而抬高自己;由于怨恨不满而投江自杀。

(3)羿:即后羿,传说是夏代有穷国的君长,以善射著名。后为其臣寒浞所杀。浇:寒浞之子(寒浞杀羿,夺其妻,生浇)。二姚:夏代有虞国君的两个女儿。《左氏》:指《左传》。不合:班固认为屈原在《离骚》中所写的后羿等人的事迹与《左传》的记载不相符合。

（4）昆仑：山名。《离骚》和《天问》中都提到昆仑山。悬辅：山巅。《天问》王逸注："昆仑，山名也……其巅曰悬圃。"非经义所载：经书里没有记载。

（5）宗：祖，指开创者。

（6）明哲：明智。谓屈原虽算不上是明智之人，但可以说是一位奇才。

（7）四家：这里指本段所述刘安、王逸、汉宣帝、扬雄四家。此句谓刘安等四人都拿《离骚》与儒家的经典相比，只有班固说它与经书不合。方：比。传：是解释经的，这里也指经。

（8）声：名声，引申指事物的外表。实：实际。

（9）鉴：鉴别。精：精当。玩：玩味。核：考查。

（10）"古诗之流也"：语见《两都赋序》。古诗：指《诗经》。流：支流。

（11）《两都》：《东都赋》和《西都赋》的合称，载《文选》卷一。明绚：光辉灿烂。以：而。雅赡：典雅、丰富。

（12）十家：即本段所论列的荀况、宋玉、枚乘、司马相如、贾谊、王褒、班固、张衡、扬雄、王延寿等十个辞赋家。

（13）子云：扬雄的字。表：表彰。充国：即赵充国，因有武功，汉元帝时曾画其像于未央宫，成帝时又命扬雄就所画像作《赵充国颂》。序：称颂。戴侯：即窦融，东汉初以武功封安丰侯，谥号为戴，故称戴侯。班固曾作《安丰戴侯颂》。

（14）武仲：东汉傅毅的字。显宗：汉明帝庙号。美显宗：据《后汉书·傅毅传》说，傅毅曾作《显宗颂》十篇，赞美汉明帝。史岑：字孝山，东汉人，所著《和熹邓后颂》已散失。述：称述。熹后，为和熹邓太后的简称。

（15）《清庙》：《诗经·周颂》首篇名，《后汉书·傅毅传》说，傅毅曾"依《清庙》作《显宗颂》"。《駉》：《诗经·鲁颂》首篇名。《那》：《诗经·商颂》首篇名。据挚虞《文章流别论》说，史岑的《和熹邓后颂》与《鲁颂》体意相类。

（16）浅深：即深浅。各异：各有不同。

（17）褒德显容：褒扬功德，显示仪容。典章：法式。

（18）《北征》：即班固的《车骑将军窦北征颂》，载《古文苑》卷十二。《西巡》：当指傅毅的《西征颂》，今存残文四句，见《太平御览》卷三百五十一引。变为序引：谓把颂变成了长篇的散文。序：同叙。引：延长。

（19）褒过而谬体：谓过分的褒奖而违反了"颂"的正常体制。

（20）迁《史》固《书》：指司马迁的《史记》，班固的《汉书》。托赞褒贬：借赞辞来进行褒扬或批评。托：借。

（21）约文以总录：用简要的文字加以总结记载。颂体以论辞：用颂的体裁加以议论。

（23）纪传后评：指《史记》最后一篇《太史公自序》和《汉书》最后一篇《叙传》，都是用来说明全书各篇写作之意的，可说是全书的总评。亦同其名：这个总评是和"赞"的名称是相同的。

（23）式：指祈祷文的格式。

（24）濛山：唐写本作"涿山"。班固有《涿邪山祝文》，今存四句，见《全后汉文》卷二十六。

（25）《燕然》：指班固的《封燕山铭》，内容是歌颂窦宪北征的功绩，载《文选》卷五十六。

（26）张昶：字文叔，东汉末作家。《华阴》：指张昶的《西岳华山堂阙碑》。碣：圆顶形的石碑。

（27）序亦盛矣：谓班、张两铭都有很长的序文。

（28）《对问》：指宋玉的《对楚王问》，到汉代形成了一种文体。

（29）东方朔：字曼倩，西汉辞赋家。《客难》：指东方朔的《答客难》。

（30）托古慰志：借托古人以安慰自己的情志。疏：粗疏，此处宜作"条理分明"解。辨：辨析。

（31）《宾戏》：指班固的《答宾戏》，载《汉书·叙传上》。含懿采之华：包含着美好文采的才华。懿：美好。华：才华。

（32）迭：轮流。祖述：效法，继承。属：连缀，这里指撰写。

（33）《隐书》：《汉书·艺文志》所列杂赋类，有《隐书》十八篇。

（34）歆：指《七略》的编著者之一刘歆。固：《汉书》的编著者班固。《汉书·艺文志》是以《七略》为依据的。赋末：《汉书·艺文志》把《隐书》列在《杂赋》之后。

（35）《汉》：指《汉书》。因循：沿袭，依照。前业：指班固《汉书》沿用了《史记》和班彪《史记后传》的部分体例和史料。

（36）思实过半：实已想通了一大半，指得益甚多。

（37）"十志"：指《汉书》中的《律历志》《礼乐志》等十志。该富：完备丰富。"赞"：指《汉书》纪、传末尾的"赞曰"。"序"：指《汉书》表、志前面类似序文的说明。弘丽：宏伟壮丽。

（38）儒雅：温文尔雅。彬彬：文质兼备的样子。信：真。遗味：指前贤的遗风。

（39）矩：画方形的器具，引申为模仿。典：典雅。端绪：指条理。丰赡：富足。

（40）遗：抛弃。攘：窃取。遗亲攘美：指《汉书》中有些部分是班固之父班彪写的，而班固却都算作自己的作品。征贿鬻笔：指班固写《汉书》有接受贿赂的错误。征：求。鬻：卖。愆：过失。

（41）公理：汉末著名学者仲长统的字。辨：辨析。究：穷尽。此句谓仲长统已经详尽地辨析清楚了。

（42）孝惠：指汉惠帝刘盈。委机：抛弃万机，天子处理的政务称万机。吕后：指汉高祖刘邦的皇后吕雉。摄政：代理执政。

（43）班：指班固的《汉书》。史：指司马迁的《史记》。立纪：《史记》中有《吕后本纪》，《汉书》中有《高后纪》。违经：违背正常。失实："纪"是写天子皇帝的，吕后没有当皇帝，刘勰认为为她立纪，就是失实。

（44）庖牺：即伏羲。此句谓自伏羲以来，就没有听说过有女人当皇帝的。

（45）张衡：字平子，东汉科学家、文学家。司史：指张衡曾经参加《东观汉记》的补缀工作。惑：迷惑。迁：司马迁。固：班固。

（46）元帝王后：指汉元帝皇后王政君，汉平帝九岁即位，她曾临朝听政。欲为立纪：《后汉书·张衡传》说，张衡曾上书主张"宜为元后本纪"。

（47）此句：谓张衡主张为汉元帝王后立本纪，也是太荒谬了。

（48）陈寿：字承祚，西晋史学家。《三志》：即《三国志》。文质辨洽：文辞和内容都很清晰和润。

（49）荀、张：指荀勖、张华，都是西晋文学家。比之于迁、固：谓把陈寿与司马迁、班固相比。非妄誉：并非虚假的赞誉。

（50）《春秋》经传：《春秋》的经文和传文。举例发凡：指编写史书的原则和体例。

《左传》对《春秋》的著作条例有说明。

（51）准的：标准。此句谓《史记》《汉书》以后，就没有可作标准的编写条例了。

（52）纪传为式：编写纪、传的格式。编年缀事：谓纪是按年代顺序编纂，传是依史事连缀。

（53）文非泛论：文章不能空泛。

（54）岁远则同异难密：年代久远了事件就不容易写得很准确。密：切合。事积则起讫易疏：事件多了每件事的始末就容易忽略。疏：疏略。

（55）总会：汇总。

（56）归：属。功：同工，指事。此句谓有的同属一事，是几个人分别参与合力完功的。

（57）两记则失于复重：指相关方的都记就有重复之累。偏举则病于不周：只列举一方，或只在一处记述则不周全。

（58）铨配之未易：铨衡轻重、相互搭配是不容易的。

（59）摘：指摘。史、班之舛滥：据《后汉书·张衡传》说，张衡曾上书指出司马迁《史记》、班固《汉书》在叙述中与经典不合的有十余处之多。舛滥：差错和不恰当。

（60）尤：过失。烦：《史记》《汉书》《东观汉记》进行过评论，指出了它们的得失，但文字已散失。

（61）史之为任：史家的任务。弥纶：包举，这里谓综述。一代：一个时代。

（62）负海内之责：担负着天下的责任。赢：应为"嬴"。嬴是非之尤：嬴得是非的怨尤。

（63）秉：操，持。荷：负荷，挑。秉笔荷担：谓挑起写作历史的重担。莫此之劳：没有比这更劳苦的了。

（64）诋：诽谤。此句谓司马迁和班固是精通史学的了，还一次一次地遭受后人的诋毁。

（65）失正：指不恰当的记述。殆：危险。

（66）《剧秦》：指扬雄的《剧秦美新》，与班固的《典引》同载《文选》卷四十八。

（67）事非镌石：不是用来刻石。体因纪禅：体裁因袭纪功封禅之文。

（68）影写：模仿。长卿：司马相如的字。此句谓扬雄的《剧秦美新》是模仿司马相如的《封禅文》写的。

（69）诡言：语言诡谲。遁辞：隐约躲闪之辞。兼包神怪：同时包含了神仙鬼怪的内容。

（70）骨掣：指作品的体制。掣：当作"制"。靡密：细密、严密。辞贯圆通：文辞圆和贯通。

（71）自称"极思"：扬雄在《剧秦美新》中说："作《剧秦美新》一篇，虽未究万分之一，亦原之极思也。"极：穷尽。

（72）雅：指内容的纯正。懿乎：当作懿"采"，即华美的文采。

（73）历鉴：一一考察。前作：指《封禅文》《剧秦美新》等作品。执：掌握。厥：其。中：恰当。

（74）致义会文：表达义理，组织文辞。斐然：有文采的样子。余巧：即技巧有余。

（75）典：高雅。实：朴实。这是班固《典引序》中的话。

（76）追观：回顾，指考察前人。循势：依循体势。易为力：容易发挥动力。

（77）《七略》：西汉刘歆所编纂的古书目录，今已不存。《艺文》：指班固的《汉书·艺文志》，是他在《七略》的基础上编写出来的。谣咏：此指诗歌。

（78）经国之枢机：治国的关键性文件。

（79）阙：同"缺"。纂：编辑。故事：旧章。而：《太平御览》作"布"，即分布之意。职司：主管。此句谓章、表、奏、议之所以没有编录进去，是由于按照旧章各有主管部门，因而分散在《艺文志》的各类之中。

（80）雅懿：雅正温和。《后汉书·班固传》说，班固"性宽和容众，不以才能高人"。裁密而思靡：体制严密而思考细致。

（81）触类以推：由此类推。表：外表，这里指作品。里：内涵，这里指作者的内在性格。

（82）恒资：恒久不变的资质，这里指作家的气质。

（83）扬、班：指扬雄、班固。伦：类、辈。曹、刘：指曹植、刘桢。

（84）图状：描绘。影写：摹写。

（85）纤综：疑作"组综"，即组织、运用之意。"比"义：即"比喻"的意义。以敷其华：以施展其文华。

（86）惊听：动听。回：即回徨，徘徊不定的样子。回视：有"迷恋"之意。资：凭借。绩：功绩。

（87）《东都》：应作《西都》。班固《西都赋》中有"揄文竿，出比目"之句。比目：即比目鱼。西都在长安，那里没有比目鱼。

（88）《西京》：张衡在《西京赋》中有"海若游于玄渚"之句。海若：传说中的海神名。西京在长安，那里没有海，不可能有海神。

（89）不验：当作"可验"。验：考查，验证。未穷：指夸饰未尽。

（90）崔、班、张、蔡：指崔骃、班固、张衡、蔡邕，均为东汉文学家。

（91）捃摭摘取：搜集。华实：文章的内容与形式。布濩：散布。

（92）因书立功：凭借古书在当时取得成功。范式：典范。

（93）沈深：精深。载籍：书籍。浩瀚：广大，繁多。

（94）群言：各种言辞。奥区：深奥的区域，这里有"宝库"之意。神皋：神明的界限。这里有"园地"之意。

（95）扬、班：指扬雄、班固。取资：取其需用。

（96）耕耨：耕种锄草，指从中学习。渔猎：捕猎，有"采取"之意。

（97）此句：谓如能操刀相割，就一定拣肥美的割，以喻只需向儒家经典学习，就一定有好的收获。列：同"裂"。膏腴：肥美。

（98）赡：丰富。博见：博闻见广。

（99）明章：即汉明帝、汉章帝。迭耀：重叠照耀，以二日喻二帝。崇爱儒术：崇尚酷爱儒家学术。

（100）肄：学习。璧堂：指辟雍，古代大学。虎观：即白虎观，汉章帝曾在此召集学者讨论经学。

（101）孟坚：班固的字。珥：插。珥笔：古代史官插笔于冠侧，以备随时记录。贾逵：东汉作家。札：小木简。瑞颂：据《后汉书·贾逵传》说，永平间有神雀集于宫殿官府，贾逵认为是胡人降服的征兆，汉明帝命"经笔札，使作《神雀颂》"。

（102）东平：指东平王刘苍。擅：擅长。懿：美。沛王：指刘辅。《通论》：指他的

《五经论》,当时有《沛王通论》之称。

（103）帝:指汉明帝、汉章帝。则:法则。藩:即藩王,指东平王刘苍和沛王刘辅。仪:表率。辉光相照:即相互耀映。

（104）安、和:当作"和、安",即汉和帝、汉安帝。已下:以后。顺、桓:即汉顺帝、汉桓帝。

（105）班、傅:指班固、傅毅。三崔:崔骃、崔瑗、崔寔祖孙三人。王、马、张、蔡:即王延寿、马融、张衡、蔡邕。以上都是东汉学者、作家。

（106）磊落:众多貌。鸿儒:大儒。才不时乏:每个时期人才都不缺乏。

（107）文章之选:即所选入的文章。此句谓应挑选的优秀文章就太多了,这里暂存放下就不一一列举了。

（108）战代:战国时代。任武:任用军事人才。文士不绝:文人不断涌现。

（109）道术:泛指诸子百家的学术思想。取资:取得被任用的资格。屈、宋:屈原、宋玉。发采:发扬文采。

（110）乐毅:战国时燕国名将。《报书》:指乐毅《报燕惠王书》。辨以义:明辨其大义。范雎:战国时魏人,入秦为秦昭王相。《上书》:指范雎《上秦昭王书》。密而至:严密而深切。

（111）苏秦:战国时纵横家。历说:指苏秦说六国事。壮而中:谓苏秦的说辞雄壮有力又能切中时事。李斯:秦始皇丞相。《自奏》:指李斯的《谏逐客书》。丽而动:文辞华丽而动人。

（112）文世:文治的时代。扬、班:扬雄、班固。侔:同辈。

（113）二班:指班彪、班固父子。两刘:指刘向、刘歆父子。奕叶:累代,一代接一代。采:文采。

（114）固文优彪:班固的文才优于班彪。歆学精向:刘歆的学识精于刘向。

（115）《王命》清辩:谓班彪的《王命论》写得清晰明辨。《新序》该练:谓刘向的《新序》写得完备精练。

（116）璇璧:精美的璧玉。昆冈:传说中产美玉的地方。难得而逾本:指难得超越其父辈的成就。

（117）伯仲:兄弟。这里指班固、傅毅的文学成就差不多。

（118）嗤:讥笑。"下笔不能自休":语见曹丕的《典·论文》。休:停止。

（119）才实鸿懿:才学确实博大美好。崇己抑人:推崇自己,压抑别人。班、曹:即班固、曹植。

（120）疵:病。这里指文人的缺点。

（121）窃妻:指司马相如用琴声挑逗卓文君事。受金:指司马相如入蜀时有人告他受了别人的贿赂。以上两事,均见《汉书·司马相如传》。

（122）嗜酒:指扬雄家贫而好喝酒。少算:失算,指扬雄有《剧秦美新》一文,称美王莽新政,此指其美新之失。

（123）谄窦:谄媚窦宪。据《后汉书·班固传》说:"大将军窦宪出征匈奴,以固为中护军,与参议。……固不教学诸子,诸子多不遵法度,吏人苦之。"

（124）党:偏倚。党梁:谓趋附大将军梁冀。据《后汉书·马融传》载,马融"为梁冀草奏李固,又作《大将军西第颂》,以此颇为正直所羞"。黩货:贪污。据《马融传》说:"桓帝时(马融)为南郡太守。先是融有事忤大将军梁冀旨,冀讽有司奏融在郡贪

（125）瑕：玉的斑点。累：毛病。瑕累：比喻人的缺点、过失。

（126）孔光：汉成帝、汉哀帝时丞相。负衡、据鼎：均指相位。仄媚：献媚。董贤：汉哀帝宠爱的美男子。据《汉书·佞幸传》说，汉哀帝派他的宠臣董贤去见丞相孔光，孔光知道哀帝要抬高董贤的地位，就来迎送拜见。

（127）班、马：即班固、马融。贱职：职位低下。潘岳：字安仁，西晋文人。

评 说

班固年轻时承父志私撰国史，被人告发入狱，事明得释，受昭修史，留下了史学名著《汉书》，其声望仅次于《史记》。班固的文学作品的水平也很高，他在意识倾向上一改相如、扬雄以来所写对象的夸耀赞美，而折中以"礼法"，因而在写法上也一改相如、扬雄的夸饰之风，注意用语的适度和对内容的剪裁。他是东汉前期最著名的辞赋家，著有《两都赋》《答宾戏》《幽通赋》等。其《两都赋》在中国文学史上有很高的地位。在语言上，此赋工整典雅，开了赋体文学骈俪化的先河，因而《文心雕龙》对他多有论述。班固继承并发展扬雄的思想，肯定屈作"弘博丽雅"，认可其艺术形式的美，但对其愤恨沉江和作品的张扬怨刺深致贬抑，认为"露才扬己""非明智之器""责数怀王，怨恶椒兰"（《离骚序》），不合臣道。认为其作品中的神话传说题材"非法度之政，经义所载"。同样的态度也表现在班固对司马迁及其《史记》的批评上，这都表现出鲜明的时代特征。班固是东汉儒学神学化过程中的核心人物，他曾主持编纂《白虎通义》，正式确立了儒学的神学化地位，并形成了一套完整的思想体系，其奉旨修《汉书》也是严格贯彻儒学思想原则。但班固结合文学创作发展实际进行文学理论的探讨，特别是对汉乐府"感于哀乐，缘事而发"的创作实质的揭示，进一步深化了人们对文学的理解和认识。整体看，刘勰对班固既有赞扬，也有批评。首先，他认为班固的《汉书》虽然继承了前代史家的事业，多有模仿，特别是从司马迁的《史记》中得益甚多，但却赞扬《汉书》的"十志"写得相当丰富，赞辞序言写得弘丽，说《汉书》"儒雅彬彬，信有遗味"。肯定了班固学习儒家经书的典雅，条理清楚，内容丰富的功绩。同时，也批评了班固写《汉书》有"遗亲攘美""征贿鬻笔"的错误。刘勰对班固的批评也有不正确的地方。如他批评《史记》《汉书》都为吕后立本纪，认为这是违反常理，有失史实，这恰好反映了他受儒家正统思想的影响很深。其次，刘勰对班固在文学上的成就也做了充分的肯定。他说班固性格温和，所以论断精密而文思细致。称道班固的《两都赋》，词句明畅绚烂，内容雅正充实，是"辞赋之美杰"。并赞扬班固的《答宾戏》，具有美好的文采，虽是出于互相模仿，然而是"属篇之高者"。同时,刘勰也批评了班固对屈原的不公正评价,认为班固是"褒贬任声,抑扬过实"。这些看法,至今也还是正确的。

·崔骃

崔骃(?—92),字亭伯,涿郡安平(今河北梁县)人。东汉文学家。少与班固、傅毅齐名。骃拟扬雄《解嘲》作《达旨》。窦宪为车骑将军,辟骃为掾。宪擅权骄恣,骃屡次劝阻,皆不听。后出为长岑长,自以远去,不得意,乃不赴任而归乡。著有诗、赋、铭、颂之类,凡21篇,明人辑有《崔亭伯集》。

崔骃品物,赞多戒少⁽¹⁾。(《铭箴》)

至扬雄稽古,始范《虞箴》⁽²⁾,作卿、尹、州、牧二十五篇⁽³⁾。及崔、胡补缀,总称《百官》⁽⁴⁾,指事配位,鞶鉴可征⁽⁵⁾,信所谓追清风于前古,攀辛甲于后代者也⁽⁶⁾。(《铭箴》)

至如崔骃《诔赵》,刘陶《诔黄》⁽⁷⁾,并得宪章,工在简要⁽⁸⁾。(《诔碑》)

自《对问》⁽⁹⁾以后,东方朔效而广之,名为《客难》⁽¹⁰⁾;托古慰志,疏而有辨⁽¹¹⁾。……崔骃《达旨》,吐典言之裁⁽¹²⁾;……虽迭相祖述,然属篇之高者也⁽¹³⁾。(《杂文》)

自《七发》以下,作者继踵⁽¹⁴⁾。观枚氏首唱,信独拔而伟丽矣⁽¹⁵⁾。及傅毅《七激》,会清要之工⁽¹⁶⁾;崔骃《七依》,入博雅之巧⁽¹⁷⁾。(《杂文》)

至于崔、班、张、蔡⁽¹⁸⁾,遂捃摭经史,华实布濩⁽¹⁹⁾;因书立功,皆后人之范式也⁽²⁰⁾。(《事类》)

自安、和已下,迄至顺、桓⁽²¹⁾,则有班、傅、三崔、王、马、张、蔡⁽²²⁾。磊落鸿儒,才不时乏⁽²³⁾;而文章之选,存而不论⁽²⁴⁾。(《时序》)

傅毅、崔骃,光采比肩⁽²⁵⁾;瑗、寔踵武,能世厥风者矣⁽²⁶⁾。杜笃、贾逵,亦有声于文⁽²⁷⁾,迹其为才,崔、傅之末流也⁽²⁸⁾。(《才略》)

注 释

（1）品物：品评器物，这里指品评器物的铭文。严可均《全后汉文》卷四十四，辑有崔骃的《仲山父鼎铭》《樽铭》《刀剑铭》《扇铭》等。赞多戒少：赞扬多而警戒少。

（2）扬雄：字子云，西汉辞赋家。稽：考查。范：模仿。《虞箴》：即《虞人之箴》。据《左传·襄公四年》记载，周文王的太史辛甲，曾经命令百官各作箴辞来纠正王的过失。《虞人之箴》是仅存的一篇。

（3）卿、尹、州、牧：都是官名。据《后汉书·胡广传》说，扬雄仿《虞箴》作《州箴》十二篇和《官箴》二十五篇。现大部分尚存，见《全汉文》卷五十四。

（4）崔：指崔骃、崔瑗父子。胡：指胡广，字伯始，东汉大官僚。他们继扬雄补写各种官吏和铭文，共四十八篇，叫作《百官箴》。分别在《全后汉文》卷四十四、四十五、五十六。

（5）指事配位：指明其事义与各种官位相配合。鞶鉴可征：像官服大带上装饰的镜子那样清晰可见。鞶：官服的大带。鉴：镜。

（6）信所谓：唐写本作"可谓"，无"信"字。追清风于前古：直追古代清新的风格。攀：追攀，继承。此句谓后人继承了辛甲那样的作品。

（7）《谏赵》：崔骃《谏赵》文，已失散。刘陶：字子奇，东汉文人。他的《谏黄》文，今已不存。

（8）宪章：法度。工：巧妙。简要：简明扼要。

（9）《对问》：指宋玉《对楚王问》，载《文选》卷四十五。

（10）东方朔：字曼倩，西汉辞赋家。效而广之：仿效其写作而加之扩充。《客难》：指东方朔的《答客难》。

（11）托古慰志：假托古人以安慰自己的情志。疏而有辨：虽然粗疏却有较好的辨析。或作"条列分明而辨理清楚"。

（12）《达旨》：属问答体，见《后汉书·崔骃传》。典言：文辞典雅。裁：体制。

（13）迭：轮番。祖述：效法。此句谓以上各家虽是轮番模仿前人，但都属于优秀的作品。

（14）《七发》：西汉辞赋家枚乘撰，是最早的"七体"作品。继踵：一个接着一个。

（15）首唱：首创。独拔而体丽：超群出众而十分壮丽。

（16）傅毅：字武仲，东汉文学家。《七激》：载《艺文类聚》卷五十七。会：聚。清要：清新简要。工：功力。

（17）《七依》：崔骃《七依》的残文，载《全汉文》卷四十四。博雅之巧：广博、典雅的妙文。

（18）崔、班、张、蔡：指崔骃、班固、张衡、蔡邕，均为东汉文学家。

（19）捃摭：摘取、搜集。华实：指文章的内容与形式。布濩：散布。

（20）因书立功：凭借古书取得成功。范式：典范。

（21）安、和：当作"和、安"，即汉和帝、汉安帝。已下：以后。顺、桓：即汉顺帝、汉桓帝。

（22）班、傅：即班固、傅毅。三崔：即崔骃、崔瑗、崔寔祖孙三人。王、马、张、蔡：即王延寿、马融、张衡、蔡邕。以上诸人都是东汉作家。

（23）磊落：众多的样子。鸿儒：大儒。才不时乏：各个时期人才都不缺乏。

（24）文章之选：指应选入的优秀文章。存而不论：暂存而不列论。

（25）光采比肩：光华的辞采并驾齐驱。光彩：指文学成就。比肩：并肩，谓分不出高下。

（26）踵武：跟着前人脚步走，这里指崔氏祖孙世代为文学家。能世厥风：能继承其家风。世：承袭。厥：其。风：家风。

（27）杜笃：字季雅。贾逵：字景伯，都是东汉文人。亦有声于文：即在文学创作上很有名声。

（28）迹其为才：指考查杜笃、贾逵的文才。迹：考查。崔、傅：崔骃、傅毅。末流：末等。

评 说

崔骃曾是东汉著名文人，他博学多才，著有《春秋左氏传解诂》《国语解诂》。他淡泊名利，不愿出仕，为此受到一些人的讥讽，他于是作《达旨》，以回敬世俗偏见。汉章帝很欣赏他文辞典美，曾对窦宪说："公爱班固而忽崔骃，此叶公好龙也。"刘勰也多次称赞他。说他的诔文，"工在简要"，他的《达旨》，"虽迭相祖述，然属篇之高者也"。但是，崔骃可能是因为他的文章多是应用文体，没有足以传世的文学名作，因而对后世影响不大。

·傅毅

傅毅，生卒年不详，东汉辞赋家，字武仲，扶风茂陵（今陕西兴平东北）人。明帝永平中，在平陵习章句之学，作《迪志诗》自勉并以明志。又因为明帝求贤无诚意，士多隐居，而作《七激》以讽谏。章帝时，广召文学之士，任他为兰台令史，拜郎中，与班固、贾逵共典校书。作《显宗颂》10篇，文名显于朝廷。后被车骑将军马防聘为军司马。和帝永元元年（89），车骑将军窦宪复拜请为主记室，及窦宪升迁大将军，又任他为司马。早卒。他的著作有诗、赋、诔、颂等作品，凡28篇。原有集，已佚。所存诗赋见严可均所辑《全上古三代秦汉三国六朝文》和逯钦立所辑《先秦汉魏晋南北朝诗》。

又《古诗》佳丽，或称枚叔(1)；其《孤竹》(2)一篇，则傅毅之词。比采

而推，两汉之作乎？⁽³⁾（《明诗》）

若夫子云之表充国，孟坚之序戴侯⁽⁴⁾，武仲之美显宗，史岑之述熹后⁽⁵⁾，或拟《清庙》，或范《駉》《那》⁽⁶⁾，虽浅深不同，详略各异⁽⁷⁾，其褒德显容，典章一也⁽⁸⁾。至于班、傅之《北征》《西巡》，变为序引⁽⁹⁾，岂不褒过而谬体哉⁽¹⁰⁾！（《颂赞》）

傅毅所制，文体伦序⁽¹¹⁾；孝山、崔瑗，辨絜相参⁽¹²⁾。观其序事如传，辞靡律调⁽¹³⁾，固谏之才⁽¹⁴⁾也。……傅毅之诔北海⁽¹⁵⁾，云："白日幽光，雰雾杳冥⁽¹⁶⁾"；始序致感，遂为后式⁽¹⁷⁾，景而效者，弥取于工矣⁽¹⁸⁾。（《诔碑》）

自《七发》以下，作者继踵⁽¹⁹⁾。……及傅毅《七激》，会清要之工⁽²⁰⁾。（《杂文》）

《尚书大传》有"别风淮雨"⁽²¹⁾，《帝王世纪》云"列风淫雨"⁽²²⁾。"别列"、"淮淫"，字似潜移⁽²³⁾。"淫列"义当而不奇，"淮别"理乖而新异⁽²⁴⁾。傅毅制《诔》，已用"淮雨"⁽²⁵⁾；元长作《序》⁽²⁶⁾，亦用"别风"：固知爱奇之心，古今一也⁽²⁷⁾。（《练字》）

自安、和已下，迄至顺、桓⁽²⁸⁾，则有班、傅、三崔、王、马、张、蔡⁽²⁹⁾。磊落鸿儒，才不时乏⁽³⁰⁾；而文章之选，存而不论⁽³¹⁾。（《时序》）

傅毅、崔骃，光采比肩⁽³²⁾；瑗、寔踵武，能世厥风者矣⁽³²⁾。杜笃、贾逵，亦有声于文⁽³⁴⁾，迹其为才，崔、傅之末流也⁽³⁵⁾。（《才略》）

至于班固、傅毅，文在伯仲⁽³⁶⁾，而固嗤毅云"下笔不能自休"⁽³⁷⁾。……故魏文称"文人相轻"，非虚谈也⁽³⁸⁾。（《知音》）

注　释

（1）《古诗》：指《古诗十九首》，载《文选》卷二十九。枚叔：枚乘的字，西汉辞赋家。《玉台新咏》把《古诗十九首》中的《西北有高楼》等九首列为枚乘作，不可信。

（2）《孤竹》：即《古诗十九首》中的《冉冉孤生竹》。刘勰认为此诗系傅毅所作，但现在文学史家大多认为《古诗十九首》是东汉后期的作品。

（3）此句：谓就辞采的比较而论，它们大概是两汉的作品吧！

（4）子云：扬雄的字。表：表彰。充国：即赵充国，西汉初人，因有武功，元帝时曾画其像于未央宫。成帝时命扬雄就画像作《赵充国颂》，文见《汉书·赵充国传》。孟坚：班固的字。序：评述。戴侯：指东汉初窦融，他以武功封安丰侯，谥号为戴，故称戴侯。班固曾作《安丰戴侯颂》，文已不存。

（5）美：赞美。显宗：汉明帝庙号。美显宗：据《后汉书·傅毅传》说，傅毅曾作《显宗颂》十篇，文已散失。史岑：字孝山，东汉文学家。他曾作《和熹邓后颂》称述邓后，今已不存。

（6）拟：模仿。《清庙》：《诗经·周颂》第一篇。《后汉书·傅毅传》说傅毅"依《清庙》作《显宗颂》"。范：取法。《駉》：《诗经·鲁颂》的第一篇。《那》：《诗经·商颂》的第一篇。晋代挚虞《文章流别论》说，史岑的《和熹邓后颂》"与《鲁颂》体意相类"。

（7）浅深：即深浅。各异：各有不同。

（8）褒德显荣：褒扬功德，显述仪容。典章：方法原则。

（9）班：班固。傅：傅毅。《北征》：指班固的《车骑将军窦北征颂》，载《古文苑》卷十二。《西巡》：指傅毅的《西征颂》，残文见《太平御览》卷三百五十一引。变为序引：谓把颂体变成了长篇的散文。序：同叙。引：延长。

（10）褒过：褒扬过分。谬体：违反文体，这里指"颂体"。

（11）傅毅所制：指傅毅所作的诔。今存《明帝诔》《北海王诔》。伦序：即伦次，指文章有条理。

（12）孝山：苏顺的字，东汉文人。《全后汉文》卷四十九，辑有他的《和帝诔》第三篇。崔瑗：字子玉，东汉文人。《全后汉文》卷四十五也辑有他的《和帝诔》等三篇。辨絜：唐写本作"辨洁"，即明白简要。

（13）序事如传：叙事如史传。序：同"叙"。辞靡律调：文辞细腻，音律协调。

（14）固诔之才：确实具有写诔之才。

（15）傅毅之诔北海：傅毅的《北海王诔》，见《古文苑》卷二十。

（16）雾雰：傅毅《北海王诔》原文作"淮雨"，即暴风雨。杳冥：幽暗。此句谓太阳的光辉不见了，暴雨下得天昏地暗。

（17）始序致感：指傅毅开始用日暗雾昏来叙述悲哀的感情。后式：后世的格式。

（18）此句：谓仰慕而效法的人，更趋于工整了。景：仰慕。弥：更加。

（19）《七发》：西汉辞赋家枚乘撰，是最早的"七体"赋。继踵：一个接着一个。

（20）《七激》：载《艺文类聚》卷五十七。会：会聚。清要：清新简要。工：功力。

（21）《尚书大传》：旧题汉伏生撰，是其弟子辑录伏生解说《尚书》的书，现有辑佚本。"别风淮雨"：《尚书大传·周传》说："久矣，天之无别风淮雨，意者中国有圣人乎？"而《帝王世纪》则作"列风淫雨"。"列风淫雨"是对的，"别风淮雨"是传抄致误。

（22）《帝王世纪》：西晋皇甫谧撰，记上古以来的帝王事迹。现有辑佚本。"列风淫雨"：暴风久雨。列：同"烈"。

（23）"别列"：即"别与列"。"淮淫"：即"淮与淫"。字似潜移：谓字形相似被不知不觉地写错了。

（24）义当而不奇：字义妥当而不新奇。理乖而新异：道理不合而新颖奇特。

（25）傅毅制《诔》：指傅毅所作《北海王诔》，载《古文苑》卷二十。已用"淮雨"：《北海王诔》有"白日幽光、淮雨杳冥"二句。

（26）元长作《序》：南朝齐人王融字元长，有《三月三日曲水诗序》，载《文选》卷四十六，但公本无"别风"二字。

（27）此句：谓可知爱好奇特的心情，古今是一样的。

（28）安、和：当作"和、安"，即汉和帝、汉安帝。已下：以后。顺、桓：即汉顺帝、汉桓帝。

（29）班、傅：即班固、傅毅。三崔：即崔骃、崔瑗、崔寔祖孙三人。王、马、张、蔡：即王延寿、马融、张衡、蔡邕。以上都是东汉作家。

（30）磊落：众多貌。鸿儒：大儒。才不时乏：各个时期人才都不缺乏。

（31）选：选择，引申为经选择而合格的文章。存：存放，即暂存放下而不一一论列了。

（32）光采比肩：光华的辞采并驾齐驱。光采：指文学成就。比肩：并肩。

（33）瑗、寔：即崔瑗、崔寔父子。踵武：跟着前人的脚步走，这里指崔氏祖孙相继为东汉文学家。能世厥风：能继承其家风。世：承袭。

（34）杜笃：字季雅，东汉文人。贾逵：字景伯，东汉文人。有声于文：即在文才上很有名声。

（35）此句：谓考查杜笃、贾逵二人文才，只不过是崔骃、傅毅一类作家的末流。迹：循其实而考查。

（36）文在伯仲：指班固、傅毅的文学成就差不多。伯仲：兄弟。

（37）嗤：讥笑。休：停止。引语见曹丕《典论·论文》。

（38）魏文：即魏文帝曹丕。曹丕在《典论·论文》中说："文人相轻，自古而然。"非虚谈：并非空话。

评　说

　　刘勰很赞赏傅毅的写作才能，他认为"傅毅、崔骃，光采比肩"；"班固、傅毅，文在伯仲"，杜笃、贾逵与傅毅等人比较起来，仅是"末流"作家。故刘勰对班固讥笑傅毅"下笔不能自休"提出了批评，并认为"文人相轻"非虚谈也。另外，刘勰特别称颂傅毅的诔文写得好，说他的诔文叙事如史传，文辞细致，音律协调，写得很有感情，为后世树立了一个榜样。这些评价都是对的。但是，刘勰对傅毅颂体文的批评就不正确了，说傅毅的《西征颂》写成了长篇的散文，违反了颂的正常体制，这说明刘勰过分拘守颂的本意，因而对汉魏以后发展演变了的作品，就流露出较为保守的观点。

·班昭

　　班昭（49—120），一名姬，字惠班，扶风安陵（今陕西咸阳东北）人，中国历史上有名的才女，东汉文学家、史学家。班彪女，班固妹。年十四，嫁曹世叔，早寡。班固著《汉书》，其中"八表"及"天文志"未成而卒，和帝命昭就东观藏书阁续成。因常出入宫廷，皇后妃嫔皆师事之，号为曹大家。班昭的才华主要表现在她写的《女诫》中，总共7篇：卑弱、夫妇、敬慎、妇行、专心、曲从和叔妹。另著赋、颂、铭诔等，凡16篇。《隋书·经籍志》著录有集三卷，已散佚。

班姬《女戒》，足称母师也。[1]（《诏策》）

注　释

（1）《女戒》：班昭作《女戒》七篇，内容规劝女子处世之道，宣扬封建道德。载《后汉书·列女传》。母师：母亲的典范。又称"女师"，妇女的行为规范，如班昭《女戒》之类。

评　说

班昭的才华主要表现在她写的《女戒》中，总共7篇：卑弱、夫妇、敬慎、妇行、专心、曲从和叔妹。原来是用来教育自己家女儿的，后来被很多人家抄去，也来教育自己家的女儿，时间一长，全国都流行了。"卑弱"篇里说女人生下来就不能和男人平等，妻子要为丈夫服务，这是封建典型的男尊女卑的思想。"夫妇"篇写的是：丈夫比天还大，要尊敬，要小心地照顾他。"敬慎"篇主张男子要刚强，女子要柔弱，不论对还是错，妻子都要听丈夫的。"妇行"篇中制定了女人的四种做事的标准：要有道德；要好好说话；要穿衣整齐；要认真纺纱织补，做饭洗衣服。"专心"篇是说女人不能结两次婚，但是丈夫可以再娶妻子。"曲从"篇是教育妻子要好好照顾丈夫的父母，忍耐顺从。"叔妹"篇是说如何与丈夫的兄弟姐妹相处，要谦让、宽容，使家庭没有矛盾，和睦相处。班昭的《女戒》是宣扬男尊女卑、三从四德的封建伦理的，刘勰对《女戒》的赞美，正表现了他思想上的严重局限。

·崔瑗

崔瑗（77—142），字子玉，涿郡安平（今河北深县）人，崔骃子。东汉文学家、书法家。一生锐志好学，颇通学术。年十八，游京师，事师贾逵，官至济北相。所著有赋、碑、铭、箴、颂等57篇。《隋书·经籍志》著录有集六卷，多散失。

又崔瑗《文学》，蔡邕《樊渠》⁽¹⁾，并致美于序，而简约乎篇⁽²⁾。(《颂赞》)

至扬雄稽古，始范《虞箴》⁽³⁾，作卿、尹、州、牧二十五篇⁽⁴⁾。及崔、胡补缀，总称《百官》⁽⁵⁾，指事配位，鞶鉴可征⁽⁶⁾，信所谓追清风于前古，攀辛甲于后代者也⁽⁷⁾。(《铭箴》)

傅毅所制，文体伦序⁽⁸⁾；孝山、崔瑗，辨絜相参⁽⁹⁾。观其序事如传，辞靡律调⁽¹⁰⁾，固诔之才⁽¹¹⁾也。(《诔碑》)

及后汉汝阳王⁽¹²⁾亡，崔瑗哀辞，始变前式⁽¹³⁾。然履突鬼门，怪而不辞⁽¹⁴⁾；驾龙乘云，仙而不哀⁽¹⁵⁾；又卒章五言，颇似歌谣，亦仿佛乎汉武也⁽¹⁶⁾。(《哀吊》)

自《七发》以下，作者继踵⁽¹⁷⁾。观枚氏首唱，信独拔而伟丽矣⁽¹⁸⁾。……崔瑗《七厉》，植义纯正⁽¹⁹⁾；……唯《七厉》叙贤，归以儒道⁽²⁰⁾，虽文非拔群，而意实卓尔矣⁽²¹⁾。(《杂文》)

逮后汉书记，则崔瑗尤善⁽²²⁾。(《书记》)

若乎君子拟人，必于其伦⁽²³⁾，而崔瑗之诔李公，比行于黄虞⁽²⁴⁾；向秀之赋嵇生，方罪于李斯⁽²⁵⁾；与其失也，虽宁僭无滥⁽²⁶⁾，然高厚之诗，不类甚矣⁽²⁷⁾。(《指瑕》)

自安、和已下，迄至顺、桓⁽²⁸⁾，则有班、傅、三崔、王、马、张、蔡⁽²⁹⁾。磊落鸿儒，才不时乏⁽³⁰⁾；而文章之选，存而不论⁽³¹⁾。(《时序》)

傅毅、崔骃，光采比肩⁽³²⁾；瑗、寔踵武，能世厥风者矣⁽³³⁾。杜笃、贾逵，亦有声于文⁽³⁴⁾，迹其为才，崔、傅之末流也⁽³⁵⁾。(《才略》)

注　释

（1）《文学》：指崔瑗的《南阳文学颂》，见《艺文类聚》卷三十八。蔡邕：字伯喈，汉末文学家。《樊渠》：指蔡邕的《京兆樊惠渠颂》，见《蔡中郎集》。

（2）并致美于序：并都在序文方面写得很美。简约乎篇：谓"颂"本身的篇幅写得很简洁。

（3）扬雄：字子云，西汉辞赋家。稽古：考古。范：模仿。《虞箴》：即《虞人之箴》。

（4）卿、尹、州、牧：均官名。据《后汉书·胡广传》说，扬雄仿《虞箴》作《州箴》十二篇和《官箴》二十五篇。

（5）崔：指崔骃、崔瑗父子。胡：指胡广，字伯始，东汉官吏。他们继扬雄补写各种官吏的箴文，共四十八篇，叫作《百官箴》。

（6）指事配位：指明其事义与各种官位相配合。鞶鉴可征：像官服大带上装饰的镜子那样清晰可见。鞶：官服的大带。鉴：镜子。

（7）信所谓：唐写本作"可谓"，无信字。追清风于前古：直追古代清新的风格。攀：追攀，继承。辛甲：原为商臣，后为周文王的太史。

（8）傅毅：字武仲，东汉文学家。所制：指所著诔文。傅毅今存《明帝诔》和《北海王诔》。伦序：即伦次，指文章有条理。

（9）孝山：苏顺字孝山，东汉文人。《全后汉文》卷四十九辑有他的《和帝诔》等三篇。《全后汉文》卷四十五也辑有崔瑗的《和帝诔》等三篇。辨絜：唐写本作"辨洁"，即明白简洁的意思。相参：互相结合。

（10）序事如传：叙事如史传。序：同"叙"。辞靡律调：文辞细腻、音律协调。

（11）固诔之才：确实具有写诔之才。

（12）汝阳王：东汉和、安、顺帝时期均未封汝阳王。此处之"汝阳王"，《太平御览》卷五九六作"汝阳主"，据《后汉书·后记》，有汝阳长公主，和帝女，名刘广。

（13）崔瑗为汝阳王写的哀辞，已佚。前式：以前的哀辞是专为少壮者夭折而写，自崔瑗之后，不再限于少壮者。

（14）履突鬼门：是《汝阳主哀辞》中的话，竟为踏进鬼门。怪而不辞：怪诞而不像话。

（15）驾龙乘云：谓死者驾龙乘云，还是《汝阳主哀辞》中的话。仙而不哀：入了仙境而不悲哀。

（16）卒意五言：最末一章是五言。仿佛汉武：指和汉武帝所作的霍嬗哀辞相似。霍嬗字子侯，西汉名将霍去病之子，从武帝登泰山，突然病死。

（17）《七发》：西汉辞赋家枚乘撰，是最早的"七体"作品。继踵：一个接着一个。

（18）首唱：首制。独拔而伟丽：超群出众而十分壮丽。

（19）《七厉》：据《后汉书·崔瑗传》，应作《七苏》。植义：立意。

（20）叙贤：叙述贤德。归以儒道：归结于儒家之道。

（21）此句：谓虽然文辞不突出，但思想意义却是卓越的。

（22）书记：书信与笺记，属运用文体。尤善：最好。崔瑗的书信，仅存《与葛元甫书》两条残文，见《全后汉文》卷四十五。

（23）拟：比拟。伦：同类。《礼记·曲礼》云："拟人必于其伦。"郑玄注："拟，犹比也。伦，犹类也。"

（24）诔李公：崔瑗所作诔文已失传，李公不能确定为何人。比行：比德行。黄、虞：指黄帝、虞舜。

（25）向秀：字子期，西晋作家，嵇康的好友。嵇生：即嵇康。方罪于李斯：向秀在《思旧赋》中说："昔李斯之受罪兮，叹黄犬而长吟；悼嵇生之永辞兮，顾日影而弹琴。"刘勰认为拿李斯与嵇康相比，是不恰当的。

（26）失：指失于"拟人必于其伦"。宁僭无滥：宁可比得过好，也不要比得过坏。僭：超过名分。

（27）高厚：春秋时齐国大夫。高厚之诗：据《左传·襄公十六年》记载，晋国与诸侯会盟，会上各人赋诗，齐国高厚赋诗不类。不类：不恰当。

（28）安、和：当作"和、安"，指汉和帝、汉安帝。已下：以后。顺、桓：指汉顺帝、汉桓帝。

（29）班、傅：指班固、傅毅。三崔：指崔骃、崔瑗、崔寔三人。王、马、张、蔡：即王延寿、马融、张衡、蔡邕。

（30）磊落：众多貌。鸿儒：大儒。才不时乏：各时期人才都不缺乏。

（31）选：选择，引申为经选择而合格的文章。存而不论：即暂存放下而不一一列论。

（32）光采：光华的辞采，指文学成就。比肩：并肩，谓并驾齐驱。

（33）瑗、寔：即崔瑗、崔寔。踵武：跟着前人的脚步走。能世厥风：能继承其家风。世：承袭。

（34）杜笃：字季雅；贾逵：字景伯，都是东汉文人。有声于文：即在文学创作上有些名声。

（35）迹其为才：谓考查杜笃、贾逵两人的文才。迹：考查。末流：末等。

评 说

崔瑗善于文辞，著作很多，他对各种文体的写作，都有较高的成就。刘勰对他既有赞赏，也有批评。崔瑗的诔文写得很好，"观其序事如传，辞靡律调，固诔之才也"。又说"逮后汉书记，则崔瑗尤善"。同时，也批评"崔瑗之诔李公，比行于黄虞"。这些评价都是正确的。但是，刘勰对崔瑗的某些赞赏，也并不恰当。如他评论崔瑗的《七厉》说："唯《七厉》叙贤，归以儒道，虽文非拔群，而意实卓尔矣。"这表明了刘勰评论作家作品的一个重要错误观点，即使文章写得不怎么样，只要符合儒家思想，就给以突出的地位。

·张衡

张衡（78—139），南阳郡西鄂县（今河南南阳石桥镇）人。东汉天文学家、文学家。张衡少年时即有文才，曾游于三辅，入于京师观太学，遂通五经，贯六艺。张衡善于制造机巧之物，尤好天文、阴阳、历算之学。汉安帝雅闻张衡精于术学，公车特征拜为郎中，再迁为太史令，在此期间，他制造了观察天象的浑天仪，并著有《灵宪》《算罔论》，对天体的形成与运行的规律，提出了比较完整的以"气"为基础的宇宙形成论。顺帝初，张衡第二次调任太史令。由于他不慕荣华富贵，所居之官职一积数年不徙升。自去史职后，五年复还任此职，并作《应闲》以述其志。阳嘉元年（132），张衡又制造了测定地震的地动仪。创立了系统的天文学说，开辟了古代世界地震学研究的新纪元。文学作品有《二京赋》《归田赋》《四愁诗》《同声歌》等，在五、七言诗发展史上有一定的地位。原有集，已佚。

至于光武之世，笃信斯术⁽¹⁾，风化所靡，学者比肩⁽²⁾。沛献集纬以通经，曹褒撰谶以定礼⁽³⁾，乖道谬典，亦已甚矣⁽⁴⁾。是以桓谭疾其虚伪，尹敏戏其深瑕⁽⁵⁾，张衡发其僻谬，荀悦明其诡诞⁽⁶⁾。四贤博练，论之精矣⁽⁷⁾。(《正纬》)

平子恐其迷学，奏令禁绝。⁽⁸⁾(《正纬》)

至于张衡《怨篇》，清典可味⁽⁹⁾；《仙诗缓歌》，雅有新声⁽¹⁰⁾。(《明诗》)

故铺观列代，而情变之数可监⁽¹¹⁾；撮举同异，而纲领之要可明矣⁽¹²⁾。若夫四言正体，则雅润为本⁽¹³⁾；五言流调，则清丽居宗⁽¹⁴⁾，华实异用，惟才所安⁽¹⁵⁾。故平子得其雅，叔夜含其润⁽¹⁶⁾，茂先凝其清，景阳振其丽⁽¹⁷⁾。兼善则子建、仲宣，偏美则太冲、公干⁽¹⁸⁾。然诗有恒裁，思无定位⁽¹⁹⁾；随性适分，鲜能通圆⁽²⁰⁾。(《明诗》)

观夫荀结隐语，事数自环⁽²¹⁾；宋发巧谈，实始淫丽⁽²²⁾；……孟坚《两都》，明绚以雅赡⁽²³⁾；张衡《二京》，迅发以宏富⁽²⁴⁾；子云《甘泉》，构深玮之风⁽²⁵⁾；延寿《灵光》，含飞动之势⁽²⁶⁾：凡此十家，并辞赋之英杰也⁽²⁷⁾。(《诠赋》)

自《对问》⁽²⁸⁾以后，东方朔效而广之，名为《客难》⁽²⁹⁾；托古慰志，疏而有辨⁽³⁰⁾。……崔骃《达旨》，吐典言之裁⁽³¹⁾；张衡《应间》，密而兼雅⁽³²⁾；崔寔《客讥》，整而微质⁽³³⁾；……虽迭相祖述⁽³⁴⁾，然属篇之高者也。(《杂文》)

自《七发》以下，作者继踵⁽³⁵⁾。观枚氏首唱，信独拔而伟丽矣⁽³⁶⁾。及傅毅《七激》，会清要之工⁽³⁷⁾；崔骃《七依》，入博雅之巧⁽³⁸⁾；张衡《七辨》，结采绵靡⁽³⁹⁾；崔瑗《七厉》，植义纯正⁽⁴⁰⁾；……自桓麟《七说》以下，左思《七讽》以上⁽⁴¹⁾，枝附影从⁽⁴²⁾，十有余家。或文丽而义暌，或理粹而辞驳⁽⁴³⁾。观其大抵所归⁽⁴⁴⁾，莫不高谈宫馆，壮语畋猎⁽⁴⁵⁾，穷瑰奇之服馔，极蛊媚之声色⁽⁴⁶⁾；甘意摇骨体，艳词动魂识⁽⁴⁷⁾；虽始之以淫侈，而终之以居正⁽⁴⁸⁾，然讽一劝百，势不自反⁽⁴⁹⁾。子云⁽⁵⁰⁾所谓先"骋郑卫之声，曲终而奏雅"者也。(《杂文》)

张衡司史，而惑同迁、固⁽⁵¹⁾，元帝王后，欲为立纪，谬亦甚矣⁽⁵²⁾。(《史传》)

然纪传为式，编年缀事⁽⁵³⁾，文非泛论，按实而书⁽⁵⁴⁾。岁远则同异难密，事积则起讫易疏⁽⁵⁵⁾，斯固总会⁽⁵⁶⁾之为难也。或有同归一事，而数人分功⁽⁵⁷⁾，两记则失于复重，偏举则病于不周⁽⁵⁸⁾，此又铨配之未易⁽⁵⁹⁾也。故张衡摘史、班之舛滥⁽⁶⁰⁾，傅玄讥《后汉》之尤烦⁽⁶¹⁾，皆此类也。(《史传》)

至如张衡《讥世》，韵似俳说⁽⁶²⁾；孔融《孝廉》，但谈嘲戏⁽⁶³⁾；曹植

《辨道》,体同书抄⁽⁶⁴⁾;言不持正,论如其已⁽⁶⁵⁾。(《论说》)

张衡指摘于史职⁽⁶⁶⁾,蔡邕铨列于朝仪⁽⁶⁷⁾:博雅明焉⁽⁶⁸⁾。(《奏启》)

人之禀才,迟速异分⁽⁶⁹⁾;文之制体,大小殊功⁽⁷⁰⁾。相如含笔而腐毫⁽⁷¹⁾,扬雄辍翰而惊梦⁽⁷²⁾,桓谭疾感于苦思⁽⁷³⁾,王充气竭于思虑⁽⁷⁴⁾,张衡研《京》以十年⁽⁷⁵⁾,左思练《都》以一纪⁽⁷⁶⁾:虽有巨文,亦思之缓也⁽⁷⁷⁾。(《神思》)

气以实志,志以定言⁽⁷⁸⁾;吐纳英华,莫非情性⁽⁷⁹⁾。是以贾生俊发,故文洁而体清⁽⁸⁰⁾;……平子淹通,故虑周而藻密⁽⁸¹⁾;……触类以推,表里必符⁽⁸²⁾。岂非自然之恒资,才气之大略哉?⁽⁸³⁾(《体性》)

夫夸张声貌,则汉初已极⁽⁸⁴⁾。自兹厥后,循环相因⁽⁸⁵⁾;虽轩翥出辙,而终入笼内⁽⁸⁶⁾。枚乘《七发》云:"通望兮东海,虹洞兮苍天。"⁽⁸⁷⁾相如《上林》云:"视之无端,察之无涯⁽⁸⁸⁾;日出东沼,月生西陂⁽⁸⁹⁾。"马融《广成》云:"天地虹洞,固无端涯⁽⁹⁰⁾;大明出东,月生西陂⁽⁹¹⁾。"扬雄《校猎》云:"出入日月,天与地沓⁽⁹²⁾。"张衡《西京》云:"日月于是乎出入,象扶桑于濛汜⁽⁹³⁾。"此并广寓极状,而五家如一⁽⁹⁴⁾,诸如此类,莫不相循⁽⁹⁵⁾。参伍因革,通变之数也。(《通变》)

自扬、马、张、蔡,崇盛丽辞⁽⁹⁶⁾,如宋画吴冶,刻形镂法⁽⁹⁷⁾,丽句与深采并流,偶意共逸韵俱发⁽⁹⁸⁾。(《丽辞》)

夫"比"之为义,取类不常⁽⁹⁹⁾:或喻于声,或方于貌⁽¹⁰⁰⁾,或拟于心,或譬于事⁽¹⁰¹⁾。宋玉《高唐》云:"纤条悲鸣,声似竽籁。"⁽¹⁰²⁾此比声之类⁽¹⁰³⁾也。……张衡《南都》云:"起郑舞,茧曳绪。"⁽¹⁰⁴⁾此以容比物者也⁽¹⁰⁵⁾。若斯之类,辞赋所先⁽¹⁰⁶⁾;日用乎"比",月忘乎"兴"⁽¹⁰⁷⁾;习小而弃大,所以文谢于周人也⁽¹⁰⁸⁾。(《比兴》)

又子云《羽猎》,鞭宓妃以饷屈原⁽¹⁰⁹⁾;张衡《羽猎》,困玄冥于朔野⁽¹¹⁰⁾。变彼洛神,既非罔两⁽¹¹¹⁾;惟此水师,亦非魑魅⁽¹¹²⁾,而虚用滥形,不其疏乎⁽¹¹³⁾?此欲夸其威而饰其事,义睽剌也⁽¹¹⁴⁾。(《夸饰》)

至于崔、班、张、蔡⁽¹¹⁵⁾,遂捃摭经史,华实布濩⁽¹¹⁶⁾;因书立功,皆后人之范式也⁽¹¹⁷⁾。(《事类》)

若夫注解为书⁽¹¹⁸⁾,所以明正事理,然谬于研求,或率意而断⁽¹¹⁹⁾。《西京赋》称:"中黄、育、获之畴。"⁽¹²⁰⁾而薛综谬注,谓之"阉尹"⁽¹²¹⁾,是不闻执雕虎之人⁽¹²²⁾也。又《周礼》井赋,旧有"匹马"⁽¹²³⁾;而应劭释"匹",或量首数蹄⁽¹²⁴⁾,斯岂辨物之要哉⁽¹²⁵⁾!(《指瑕》)

自安、和已下,迄至顺、桓⁽¹²⁶⁾,则有班、傅、三崔、王、马、张、蔡⁽¹²⁷⁾。磊落鸿儒,才不时乏⁽¹²⁸⁾;而文章之选,存而不论⁽¹²⁹⁾。(《时序》)

张衡通赡，蔡邕精雅⁽¹³⁰⁾，文史彬彬，隔世相望⁽¹³¹⁾。是则竹柏异心而同贞，金玉殊质而皆宝也⁽¹³²⁾。(《才略》)

注　释

（1）光武：即汉光武帝刘秀。笃信：特别相信。斯术：指谶纬之术。

（2）风化：教化，这里指影响。靡：披靡，谓影响之大。比肩：并肩，谓趋向谶纬的人很多。

（3）沛献：即沛王刘辅，谥号为"献"，故称沛献王。集纬以通经：采集纬书的说法而通论经书。曹褒：字叔通，东汉文人。他曾杂用经书和纬书的记法，写了冠、婚、吉、凶制度一百五十篇。

（4）此句：谓这种离经叛道的做法，已发展到相当严重的程度了。道：指圣人之道。典：指儒家经典。

（5）桓谭：字君山，东汉文人。疾：憎恶。其：指谶纬。尹敏：字幼季，东汉学者。戏：据《后汉书·儒林传》说，光武帝强令其校正图谶，尹敏便在缺漏处随意补上"君无口，为汉辅"六字，意为尹敏是无嘴说话的，只是汉代的辅佐者。深瑕：唐写本作"浮假"，即虚浮不实之意。

（6）发：揭发，这里是"指出"。僻谬：错误。据《后汉书·张衡传》载，张衡曾上书论述谶纬的虚妄，说它与经书不全。荀悦：字仲豫，东汉学者。他曾在《申鉴·俗嫌》中谈到纬书是伪托的。

（7）四贤：指以上所称道的桓谭、尹敏、张衡、荀悦四人。博练：广博熟练。精：精辟。

（8）平子：即张衡。其：指纬书。迷学：迷惑学习。奏令禁绝：奏请汉帝下令禁绝谶纬之书。

（9）《怨篇》：即张衡的《怨诗》，四言八句。清典：清新典雅。

（10）《仙诗缓歌》：今已无考。有人以张衡《同声歌》"素女为我师，仪态盈万方，众夫所命见，天老教羲皇"当之，实为附会。雅有新声：即颇有新的特点。

（11）铺观：总观。列代：即历代。情变：谓情况的发展变化。监：唐写本作"鉴"，即察看，这里指看得清楚。

（12）撮举：概举。纲领之要：谓诗歌创作的纲要。

（13）正体：正常的体制。雅润：典雅温润。

（14）流调：流行的格调。清丽：清新华丽。居宗：为主。

（15）华实：华丽朴实。异用：不同的运用。惟才所安：只随作者的才华而定。安：定。

（16）得其雅：获得其典雅。叔夜：嵇康的字。含其润：含有其温润。

（17）茂先：张华的字。凝其清：凝：唐写本作"拟"，模仿、学习之意。即模仿其清新。景阳：张协的字。振其丽：发挥其华丽。

（18）兼善：兼备各种长处。子建、仲宣：即曹植、王粲。偏美：偏长于某一方面。太冲、公干：即左思、刘桢。

（19）恒裁：一定的体裁。思无定位：谓作家的思想没有一定。

（20）适分：适于本分。此句谓随着自己的性情来进行创作。鲜能通圆：谓很少能兼备各体诗歌的创作。

（21）荀：荀况。结：连缀。隐语：谜语。自环：自相问答。《荀子·赋篇》五部分都是先作问语，后作答语。

（22）宋：宋玉。发巧谈：应为"发夸谈"，发出夸饰的言谈。实始淫丽：确实是开始过分的华丽。

（23）孟坚：班固的字。《两都》：即班固的《东都赋》和《西都赋》。明绚以雅赡：词句明畅绚烂而内容雅正充实。

（24）《二京》：即张衡的《西京赋》和《东京赋》。迅发以宏富：文笔刚健而内容丰富。迅发：唐写本作"迅拔"，即刚健有力之意。

（25）子云：扬雄的字。《甘泉》：即扬雄的《甘泉赋》。构深玮之风：具有深沉瑰丽的风格。

（26）《灵光》：即王延寿的《鲁灵光殿赋》。含飞动之势：蕴含着飞扬生动的气势。

（27）此句：谓以上十家的作品，都是辞赋中最优秀的篇章。

（28）《对问》：即宋玉的《对楚王问》。

（29）效而广之：仿效其写作并加以扩大。《客难》：即东方朔的《答客难》。

（30）托古慰志：假托古人以安慰自己的情志。据《汉书·东方朔传》说，朔因位卑，不被重用，便设客难己，用以自慰，写了《答客难》。疏而有辨：条例分明而辨析清楚。

（31）崔骃：字亭伯，东汉作家。《达旨》：也属问答体，载《后汉书·崔骃传》。吐典言之裁：用辞典雅的作品。裁：体制。

（32）《应间》：据《后汉书·张衡传》说："（衡）不慕当世，所居之官，辄积年不徙。自去史职，五载复还（再做史官），乃设客问，作《应间》以见其志。"密而兼雅：严密而又雅正。

（33）崔寔：字子贞，崔骃的孙子，东汉作家。《客讥》：范文澜《文心雕龙注》校作《答讥》。整而微质：工整而略带朴质。

（34）迭相祖述：谓以上各家虽是轮番模仿前人，但都属于优秀的作品。迭：轮番。祖述：效法。

（35）《七发》：枚乘撰，用问答的形式讲七件事。枚乘以后，模仿的人很多，形成了汉魏以来常用的一种文体。继踵：一个接着一个。

（36）首唱：首创。独拔：超群出众。

（37）傅毅：字武仲，东汉作家。他的《七激》载《艺文类聚》卷五十七。会清要之工：会聚了清楚而简要的精妙。

（38）《七依》：崔骃的《七依》残文见严可均《全后汉文》卷四十四。入博雅之巧：归于广博的雅正的妙文。

（39）《七辨》：张衡的《七辨》残文见《全后汉文》卷五十五。结采绵靡：联结文采缠绵而细靡。

（40）崔瑗：字子玉，崔骃之子，东汉文人。《七厉》：据《后汉书·崔瑗传》应为《七苏》，残文见《全后汉文》卷四十五。植义：立意。

（41）桓麟：字符凤，汉末文人。他的《七说》残文见《全后汉文》卷二十七。左思：字太冲，西晋文学家。他的《七讽》已散失。

（42）枝附影从：如枝之附干，影之随从，喻模仿。

（43）暌：违背。义暌：违背义理。理粹：内容精粹。辞驳：文辞杂乱。

（44）大抵：大概。此处作"大要""根本"解，大抵所归：即主旨所归。

（45）宫馆：宫室宫殿。畋猎：打猎。

（46）瑰：奇伟。馔：饮食。蛊：迷惑。

（47）甘意：甜蜜的情意。骨体：唐写本作"骨髓"。摇骨体：即骨髓受到动摇，喻感人之深。魂识：即魂魄，指人的精神。

（48）淫侈：淫逸。居正：居守正道。

（49）讽一劝百：意指汉赋讽刺少而劝谏多，这是扬雄论赋的说法。势不自反：谓这种趋势已不能返回。

（50）子云：扬雄的字。下面所引他的话见《汉书·司马相如传》赞词，原是批评司马相如辞赋之语。

（51）司史：掌管史官。《后汉书·张衡传》说张衡曾"专事东观"，进行《东观汉记》的补缀工作。惑同迁、固：谓张衡与司马迁、班固一样糊涂。惑：迷惑。

（52）元帝王后：指汉元帝皇后王政君，是王莽的姑母。汉平帝九岁时即位，由她代理行使政权。欲为立纪：想为她立本纪。谬：错误。

（53）纪传为式：编写纪、传的格式。编年缀事：谓纪是按年代顺序编纂，传是按史事连缀。

（54）文非泛论：文辞不能空泛。按实而书：按实际记叙。

（55）岁远则同异难密：年代久远了事件就不容易写得准确。密：切合。事积则起讫易疏：事件多了每件事的始末就容易忽略。疏：略。

（56）总会：汇总。

（57）归：属。功：同"工"，指事。此句谓有的同属一事，是几个人参与合力完工的。

（58）两记：指在双方的传里都记。偏举：只列举一方。

（59）铨配之未易：铨衡轻重、相互搭配是不容易的。

（60）摘：指摘。史、班之舛滥：据《后汉书·张衡传》说，张衡曾上书指出司马迁的《史记》、班固的《汉书》在叙述中与经典不合的有十余处之多。舛滥：差错不恰当。

（61）傅玄：字休奕，西晋文学家。据《晋书·傅玄传》说，傅玄在其《傅子》中曾对《史记》《汉书》《东观汉记》进行过评论，指出了它们的得失，但文字已散失。尤：过失。烦：烦琐。

（62）《讥世》：指张衡的《讥世论》，今已不传。韵：风韵，这里指风格。俳说：俳优打诨。

（63）《孝廉》：指孔融的《孝廉论》，今已不传。嘲戏：嘲笑戏弄。

（64）《辨道》：指曹植的《辨道论》，见《续古文苑》卷九。体：体裁。

（65）言不持正：说话不守正道。论如其已：刘永济《文心雕龙校释》作"不如其已"。此句谓这样的话还不如不说好。

（66）史职：《太平御览》作"史谶"。张衡指摘史的疏奏有《表求合正三史》《条上司马迁班固所叙不合事》；指摘谶书的疏奏如《请禁绝图谶疏》等。

（67）蔡邕：字伯喈，东汉文学家。铨列：解释陈述。朝仪：朝廷纲纪。此指蔡邕在灵帝时陈奏整饬朝廷纲纪事，文见《后汉书·蔡邕传》。

（68）此句：谓张衡、蔡邕的奏疏写得渊博典雅是很明显的。

（69）禀才：禀赋和才能。迟速：有慢有快。异分：不同的区分。

（70）制体：制定体裁。殊功：不同的功力。

（71）相如：即司马相如，相传他能写文章，但文思较慢。含笔：含着笔，古人写作前常以口润笔，兼行构思。腐毫：谓毛笔都腐烂了，形容构思时间之长。

（72）扬雄：字子云，西汉辞赋家。辍翰：停笔。惊梦：怪梦。据桓谭《新论·祛蔽》说，扬雄写完了《甘泉赋》，因用心过度，困倦而卧，梦其五脏出在地，他用手收而纳之。梦醒后伤了元气，病了一年。

（73）桓谭：东汉哲学家。疾感于苦思：因苦思而得病。据桓谭《新论·祛蔽》中说，他年幼时学习扬雄写赋，因苦思太甚而发病。

（74）王充：字仲任，东汉著名思想家。气竭：气力衰竭。据《后汉书·王充传》说，王充"著《论衡》八十五篇，二十余万言。年渐七十，志力衰耗"。思虑：杨明照《校释》以为是"沉虑"。

（75）研《京》：指写《二京赋》。据《后汉书·张衡传》说："时天下承平日久，自王侯以下，莫不逾侈。衡乃拟班固《两都》，作《二京赋》，因以讽谏；精思傅会，十年乃成。"

（76）左思：字太冲，西晋著名文学家。练《都》：指写《三都赋》。一纪：十二年。

（77）巨文：长篇文章。思：文思。缓：慢。

（78）气以实志：气质充实情志。志以定言：情志确定语言。

（79）吐纳：表达。英华：精华。莫非情性：无不来自人的性情。

（80）贾生：指西汉作家贾谊。俊发：英俊而意气风发，指贾谊的才气豪迈。文洁而体清：文辞简洁而风格清新。

（81）平子：即张衡。淹通：深通，谓张衡的性格深沉通达。虑周而藻密：思虑周到而辞藻细密。

（82）触类以推：由此类推。表：外表，这里指作品。里：内涵，这里指作者的性格。

（83）恒资：恒久的资质，指天性。

（84）夸张声貌：指辞赋对事物声音状貌的描写。已极：已达到顶点。

（85）自兹厥后：从此以后。循环相因：循环往复，相互沿袭。

（86）轩翥：高飞。辙：车轮碾过去的痕迹。出辙：有另辟蹊径之意。终入笼内：终于落进樊笼之内。

（87）枚乘：西汉辞赋家。他的《七发》载《文选》卷三十四。通望：远望。虹洞：广阔无边。

（88）相如：即司马相如，他的《上林赋》，载《文选》卷八。端：开端。涯：边际。

（89）沼：沼泽。月生西陂：《上林赋》原文作"入乎西陂"。陂：山坡。

（90）《广成》：即马融的《广成颂》，载《后汉书·马融传》。无端涯：无边无际。

（91）大明：即太阳。据《礼记·礼器》载："大明生于东，月生于西。"郑玄注："大明，日也。"

（92）《校猎》：即扬雄的《羽猎赋》，载《汉书·扬雄传》。沓：合。

（93）《西京》：即张衡的《西京赋》。扶桑：神话中的神树，传为日所出处。于：《西京赋》原文作"与"。濛汜：传为日所落处。

（94）广寓：广扩的寓意，犹言夸张。状：描绘。极状：极度的形容。五家：即指枚乘、司马相如、马融、扬雄、张衡等五家。

（95）相循：相互沿袭。

（96）扬、马：指扬雄、司马相如。张、蔡：指张衡、蔡邕。崇盛丽辞：崇尚骈体。

（97）宋画：谓宋人善于绘画，事见《庄子·田子方》。吴冶：谓吴人善于冶炼，事见《吴越春秋·阖闾内传》。刻形镂法：谓精雕细刻。

（98）丽句：骈俪的句子。深采：丰富的文采。偶意：相对的意义。逸韵：美妙的音韵。

（99）义：即"六义"之义，这里指"手法"。不常：没有一定。

（100）声：声音。方：比。貌：形貌。

（101）拟：比。心：心思。事：事物。

（102）《高唐》：即宋玉的《高唐赋》，载《文选》卷十九。纤条：细小的枝条。竽：古代一种簧管乐器，形似笙而略大，有三十六簧。籁：古代管乐器，三孔大者谓之笙，其中谓之籁，小者谓之箹。

（103）比声之类：以此声比拟彼声，谓之比声。

（104）《南都》：即张衡的《南都赋》，载《文选》卷四。起郑舞：跳起郑国的舞蹈。茧：蚕茧。曳：抽。绪：端绪。曳绪：犹言抽丝。

（105）此句：谓这是以事物比舞姿的例子。

（106）若斯之类：像这类的例子。辞赋所先：是辞赋里所争先用的。

（107）日：一日，这里指天天。月：一月，这里指时间久了。

（108）小：指"比"。大：指"兴"。谢：辞谢，这里有赶不上的意思。周人：周代人。

（109）子云《羽猎》：即扬雄的《羽猎赋》。宓妃：相传为伏羲之女，溺死于洛水为神，故世称洛神。饷：送酒食。

（110）张衡《羽猎》：张衡的《羽猎赋》，今已不全，《全后汉文》卷五十四辑得部分残文。因：拘集。玄冥：传说中的水神名。朔野：北方原野。现存的残文里，没有"用玄冥"的内容。

（111）娈：美好貌。冈两：原本"魍魉"，即水怪。

（112）水师：指水神玄冥。魑魅：鬼怪。

（113）虚用：没有根据的采用。滥形：随意形容。疏：疏略。

（114）此句：谓想增加其声威而夸大其事实，却违反了义理。睽剌：即违背的意思。

（115）崔、班、张、蔡：即崔骃、班固、张衡、蔡邕，均为东汉文学家。

（116）捃摭：摘取、搜集。华实：指文章的内容与形式。布濩：散布。

（117）因书立功：凭借古书取得成功。范式：典范。

（118）注解为书：《论说》篇说："若夫注释为词，解散论体，杂文虽异，总会是同。"说明刘勰认为注解也是一种论著的书。

（119）谬于研求：谓在研究上发生谬误。率意：轻意。

（120）《西京赋》：张衡所著《二京赋》之一。"中黄、育、获之畴"：《西京赋》的原文是："乃使中黄之士，育、获之畴。"李善注引《尸子》说："中黄伯曰：余左执泰行（山）之猱（猕猴）而右搏雕（有文彩的）虎。又引《战国策·秦策三》说："范雎说秦王曰：乌获之力而死，夏育之勇焉而死。"可见，中黄伯、夏育、乌获皆为古代勇力之士。畴：类。

（121）薛综：字敬文，三国吴人。张衡《二京赋》最初是他注的。"阉尹"：宦官之首。

（122）执雕虎之人：即中黄伯。雕虎：《文选·思玄赋》说："执雕虎而试象兮。"李善注："雕虎，象，善名也。"

（123）井赋：按井田征收赋脱。《周礼·地官·小司徒》云："九夫为井，四井为邑，四邑为丘，四丘为甸，四甸为县，四县为都，以任地事而令贡赋，凡税敛之事。""匹马"：郑玄注引《司马法》（战国时兵书）说："六尺为步，步百为亩，亩百为夫，夫三为屋，屋三为井，井十为通，通为匹马。"贾公意疏曰："三十家使出马一匹，故云通为匹马。"

（124）应劭：字仲远，东汉文人，著有《风俗通》。量首数蹄：按照马头计算马蹄。但现存应劭的《风俗通》，已无这种说法。

（125）此句说：这难道是辨别各物的要义吗？

（126）安、和：当作"和、安"，即汉和帝、汉安帝。已下：以后。顺、桓：即汉顺帝、汉桓帝。

（127）班、傅：指班固、傅毅。三崔：即崔骃、崔瑗、崔寔祖孙三人。王、马、张、蔡：即王延寿、马融、张衡、蔡邕。以上都是东汉作家。

（128）磊落：众多貌。鸿儒：大儒。才不时乏：每个时期人才都不缺乏。

（129）选：挑选。此句谓：应挑选的优秀文章就太多了，这里暂存放下，就不一一列举了。

（130）通赡：通博，指才学广博丰富。精雅：精深雅正。

（131）文史彬彬：即在文学和史学上都有文有质。隔世相望：指张衡、蔡邕二人时隔三十年而遥遥相对。世：古代以三十年为一世。张衡于顺帝阳嘉年间专事东观，与蔡邕于灵帝熹平initial校书东观，恰好相隔一世。

（132）竹柏异心而同贞，金玉殊质而皆宝：谓竹、柏虽内心不同而同样坚贞；金、玉虽质地不同而同是宝物。

评 说

张衡是汉代著名的科学家和文学家。作为科学家，张衡对天文学有精深的研究，著有《灵宪》一书，对地震亦有研究，制作了当时世界上最高水平的候风地球仪。他还是一位引领潮流并取得重要成就的作家。在文学上主要的成就表现在辞赋方面，他的《二京赋》，虽模拟司马相如的《子虚赋》和班固的《两都赋》，但张衡并不完全是抄袭前人，他是有意要同他们竞赛，务求"出于其上"。张衡的《二京赋》远远超过了班固的《两都赋》。《二京赋》《归田赋》是汉赋转变时期的代表性作品，并在整个中国文学发展史上具有重要的意义。他所有的赋作在语言形式上都鲜明体现了骈偶化的倾向。早在西汉，王褒赋中已见骈偶迹象，东汉初期，班固和冯衍也都注意了骈偶，但是都不成熟，有些粗糙，与后来的骈赋极为接近的赋就是张衡的赋。可以看出，他的赋讲究骈偶，是有意为之的，这一骈偶的实践，对赋体文学乃至整个中国文学影响极为深远，后来诗、文的骈偶形成与此有重大关系。此外，他的《四愁诗》《同声歌》是五言诗成熟期与七言诗创作始期的重要标志性作品。因此，我们说张衡在赋体文学乃至中国文学史上是一个十分重要的人物，值得特别重视。他又是以提倡科学反迷信的思想家，他的奏疏更以唯物论的观点，揭露了迷信的虚妄。他有名的奏疏《请禁绝图谶疏》，对后世就有很大的影响。在这类奏疏中，他以学者的严肃态度，揭露了谶纬的虚伪性，所以刘勰称"四贤博练，论之精矣"。近人郭沫若说，张衡"在科学上的成就，是和他反对谶纬神学分不开的"。对此也做了充分的肯定。郭沫若还为他的纪念馆题词说："如此全面发展之人物，在世界史中亦所罕见。万祀千龄，令人景仰。"斯言甚是。

刘勰对张衡的作品虽有批评，但多的是对张衡作品的肯定。例如《诠赋》篇称《二京赋》"迅发以宏富"，笔力刚健，含义丰富。《明诗》篇称赞他的诗歌写得"清典可味"。《杂文》篇称赞他的议论文"密而兼雅"，是"属篇之高者"。这些评价都是正确的。但是，据《后汉书·张衡传》记载，张衡曾上疏主张，为汉元帝王后王政君立本纪，这显然是对司马迁、班固进步史学观的继承，然而刘勰却批评"张衡司史，而惑同迁、固"。这就充分表明了他有相当浓厚的封建正统观念。刘勰这种思想与司马迁、班固、张衡等人比较起来，就要落后得多。

·马融

马融（79—166），字季长，扶风茂陵（今陕西兴平东北）人。东汉经学家，文学家。曾任校书郎、南郡太守等职。遍注《周易》《尚书》《毛诗》《三礼》《论语》《孝经》等书，使古文经学达到愈加成熟的境地。生徒常有千余人，郑玄、卢植都出其门下。除注群经外，还兼注《老子》《淮南子》等。另有赋、颂等21篇，其中《长笛赋》较著名。明人辑有《马季长集》。

马融之《广成》《上林》[1]，雅而似赋，何弄文而失质乎[2]！（《颂赞》）

夫夸张声貌，则汉初已极[3]。自兹厥后，循环相因[4]；虽轩翥出辙，而终入笼内[5]。……马融《广成》云："天地虹洞，固无端涯[6]；大明出东，月生西陂[7]。"……此并广寓极状，而五家如一[8]，诸如此类，莫不相循。参伍因革[9]。（《通变》）

夫"比"之为义，取类不常[10]：或喻于声，或方于貌[11]，或拟于心，或譬于事[12]。……马融《长笛》云："繁缛络绎，范、蔡之说也。"[13]此以响比辩者[14]也。……若斯之类，辞赋所先[15]；日用乎"比"，月忘乎"兴"[16]；习小而弃大，所以文谢于周人也[17]。(《比兴》)

自安、和已下，迄至顺、桓[18]，则有班、傅、三崔、王、马、张、蔡[19]。磊落鸿儒，才不时乏[20]；而文章之选，存而不论[21]。(《时序》)

马融鸿儒，思洽识高[22]，吐纳经范，华实相扶[23]。(《才略》)

略观文士之疵[24]：……马融党梁而黩货[25]；……诸有此类，并文士之瑕累[26]。(《程器》)

敷赞圣旨，莫若注经[27]，而马、郑诸儒，弘之已精[28]，就有深解，未足立家[29]。(《序志》)

注　释

（1）《广成》：指《广成颂》，载《后汉书·马融传》。《上林》：指《上林颂》，今不存。
（2）雅：即"风、雅、颂"之雅。雅而似赋：谓有雅的含义却写得像赋。挚虞《文章流别论》："若马融《广成》《上林》之属，纯为今赋之体，而谓之颂，失之远矣。"弄文：玩弄文辞。失质：指失去了颂的特点。
（3）夸张声貌：指辞赋对事物声音状貌的铺张描写。极：极点。
（4）厥：其。因：承袭。
（5）轩翥：高飞。辙：指车轮的轨迹。出辙：有另辟蹊径之意。终入笼内：终于落进樊笼之内。
（6）《广成》：即马融的《广成颂》，载《后汉书·马融传》。虹洞：广阔貌。端涯：边际。
（7）大明：指太阳。西陂：西边。
（8）广㝢：广扩的寓意，犹言奔张。状：描绘。极状：极度的形容。五家：指本段列举的枚乘、司马相如、马融、扬雄、张衡等。
（9）相循：相互沿袭。参伍因革：交互错综谓之"参伍"，沿袭与变化谓之"因革"，即交互影响而发生变化。
（10）义：即"六义"之义，这里指"手法"。取类不常：选取的譬喻没有一定。
（11）声：声音。方：比。貌：形貌。
（12）拟：比。心：心思。事：事物。
（13）《长笛》：即马融的《长笛赋》，载《文选》卷十八。繁缛：繁盛，此指音节繁多。络绎：连续不断，此指声音络绎不绝。范、蔡：范雎、蔡泽，都是战国时辩士。说：游说。
（14）以响比辩：以声音比喻辩论。
（15）若斯之类：像这类的例子。辞赋所先：是辞赋里所争先用的。
（16）日：一日，这里指天天。月：一月，这里指时间长。此句谓作者天天用"比"的方法，久而久之就忘记"兴"的手法。

（17）习小弃大：小指"比"，大指"兴"。谢：逊，不如。周人：周代诗人。

（18）安、和：当作"和、安"，即汉和帝、汉安帝。已下：以后。顺、桓：即汉顺帝、汉桓帝。

（19）班、傅：指班固、傅毅。三崔：即崔骃、崔瑗、崔寔。王、马、张、蔡：即王延寿、马融、张衡、蔡邕。

（20）磊落：众多的样子。鸿儒：大儒。才不时乏：各个时期人才都不缺乏。

（21）文章之选：指应选入的优秀文章。存而不论：暂存而不列论。

（22）思洽识高：思想博大，认识高超。洽：广博。

（23）吐纳：言谈，这里指写作。经范：儒家经典的规范。华实：指形式和内容。相扶：互相支持。

（24）疵：病，这里指缺点。

（25）党：偏私。梁：指大将军梁冀。据《后汉书·马融传》载，马融曾替大将军梁冀起草奏章攻击大臣李固，又作《大将军西第颂》，为当时正直之人所讥笑。故有人称"识能匡欲者鲜矣"。黩货：贪污财货：据《后汉书·马融传》说，桓帝时马融为南郡太守，曾因事得罪大将军梁冀，梁冀奏他贪污受贿而被免官。

（26）瑕：玉的斑点，此指人的过失。累：毛病。

（27）敷：陈述。赞：赞美。圣旨：圣人的思想。注经：给儒家的经典做注释。

（28）马：指马融。郑：指郑玄。弘：大，指发扬光大。已精：已经很精当。

（29）就：即使。深解：深刻的见解。未足立家：不足以自成一家。

评 说

马融才高学博，为世通儒，是东汉著名的大注释家。马融的《长笛赋》摹《洞箫赋》，在内容的组织和写法上都没有什么突破。唯一值得一说的是，他在形容笛声的一段中，以对抽象事物的感受做比拟，想象较为出奇，令人感觉新颖。刘勰很赞赏他的才学，说"马融鸿儒，思洽识高，吐纳经范，华实相扶"，并认为马融给儒家经典做注"弘之已精"，这些评价都是正确的。但批评马融的颂文写得像赋，是"弄文而失质"，就不一定正确了。说明刘勰过分拘守其颂文的本意，对汉魏以后发展演变了的作品没有认识，有其保守的观点。

·王逸

王逸（约89—158），字叔师，南郡宜城（今属湖北）人。东汉文学家。安帝时为校书郎，顺帝时官至侍中。著有《楚辞章句》，这是最早、最完整的《楚辞》注本,颇为后世学者所重视。另著有赋、诔、书、论等21篇,又作《汉诗》123篇,今多亡佚。为哀悼屈原而作的《九思》,存于《楚辞章句》中。原有集,已散佚,明人辑有《王叔师集》。

王逸以为⁽¹⁾:诗人提耳,屈原婉顺⁽²⁾。《离骚》之文,依经立义⁽³⁾;驷虬、乘鹥⁽⁴⁾,则时乘六龙;昆仑、流沙,则《禹贡》敷土⁽⁵⁾;名儒辞赋,莫不拟其仪表⁽⁶⁾;所谓"金相玉质,百世无匹"者也⁽⁷⁾。……四家举以方经,而孟坚谓不合传⁽⁸⁾。褒贬任声,抑扬过实⁽⁹⁾,可谓鉴而弗精,玩而未核者也⁽¹⁰⁾。(《辨骚》)

王逸博识有功,而绚采无力⁽¹¹⁾。(《才略》)

注　释

(1) 以为:王逸下面的话,见《楚辞章句序》。
(2) 诗人:指《诗经》的作者。提耳:《诗经·大雅·抑》中曾说:"非面命之,言提其耳。"意为"不仅当面教导,而且还提着耳朵进行教训"。相传这是卫武公讽刺周平王的诗。屈原婉顺:谓屈原的言辞与《诗经》比较起来是宽容温顺的。
(3) 此句:谓《离骚》的文字,是依据儒家经典来命意取义的。
(4) 驷虬、乘鹥:《离骚》中有"驷玉虬以乘鹥兮"一句,王逸认为此句就是《周易·翰林·象辞》中"时乘文龙以御天"的意思。虬:龙的一种。鹥:凤的一种。
(5) 昆仑、流沙:《离骚》中有"邅吾道夫昆仑兮"及"忽吾行此流沙兮"二句,王逸认为此二句就是《尚书·禹贡》中讲夏禹治水土的意思。流沙:沙漠。敷土:治土。
(6) 名儒:指著名的学者。仪表:法则。
(7) 相:外在的表面。质:内在的本质。金相玉质:比喻文章的形式与内容都很完美。百世:百代。无匹:无敌手。
(8) 四家:指淮南王刘安、汉宣帝刘询,以及扬雄、王逸等。孟坚:即班固。此句谓刘安、刘询、扬雄、王逸等人都拿《楚辞》与儒家范典相比,只有班固说《楚辞》与经典不合。
(9) 任声:任凭名声,引申为只注意表面现象。过实:不符合实际。
(10) 此句:谓鉴别不够精当,玩味而没有考查。核:考查。
(11) 博识有功:指王逸作《楚辞章句》,在见识广博方面确有成就。绚采:绚丽的文采,指文学创作。无力:没有力量。

评　说

王逸是最早为《楚辞》做注的学者。王逸的《九思》,虽模拟屈原但流于无病呻吟,为朱熹所斥。但是,刘勰很赞赏王逸针对班固对屈原的不正确批评做的论辩,并认为王逸在《楚辞》的注释上"博识有功",这是比较公允的评价。又指出王逸在文学创作上没有力量。东汉王逸对屈原及其作品的态度,表现出文学批评经学化的倾向,颇具代表意义。他发挥儒家"用之则行,舍之则藏"的另一面,认为忠君就应当直谏,甚至不惜"危言以存国,杀身以成仁"(《楚辞章句叙》),与班固对忠君的理解不大一样,至于对屈原作品中的神话传说,王逸认为这不违背儒家经义。然而为肯定屈原作品的价值,王逸将《离骚》中的题材用语同儒家经典一一对照,互相比附,这种做法却牵强附会,滞碍难通。从这一点看,王逸似乎比班固在经学的泥塘中陷得更深。

胡广

胡广(91—172),字伯始,南郡华容人(今湖北监利东)人。东汉安帝时举孝廉,为天下第一。后拜尚书郎,累迁司徒,以定策立桓帝,封育阳安乐乡侯。灵帝时官至太傅。著有诗、赋、铭、箴、吊及诸解诂,凡22篇。其《吊夷齐文》残句,见《艺文类聚》卷三十七。

至扬雄稽古[1],始范《虞箴》,作卿、尹、州、牧二十五篇[2]。及崔、胡补缀[3],总称《百官》,指事配位,鞶鉴可征[4],信所谓追清风于前古,攀辛甲于后代者也[5]。(《铭箴》)

胡、阮之《吊夷齐》,褒而无闻[6];仲宣所制,讥呵实工[7]。然则胡、阮嘉其清,王子伤其隘[8],各其志也[9]。(《哀吊》)

左雄奏议,台阁为式[10];胡广章奏,天下第一[11]:并当时之杰笔[12]也。观伯始谒陵之章,足见其典文之美焉[13]。(《章表》)

注 释

(1)扬雄:字子云,西汉辞赋家。稽古:考查古籍。

(2)范:模仿。《虞箴》:即《虞人之箴》。据《后汉书·胡广传》载,扬雄仿效《虞箴》作《州箴》十二篇,《官箴》二十五篇。卿、尹、州、牧:泛指各种官吏。

(3)崔、胡补缀:指崔骃、崔瑗、胡广等人,继扬雄之后又补写各种官吏箴文四十八篇，总称为《百官箴》。

（4）指事配位：指明与各种官位相符合的箴戒事项。鞶鉴：官服大带上装饰的镜子，此作"鉴戒"解。征：验证。

（5）信：确实。所谓：唐写本作"可谓"，今从。追清风于前古：追求前代古人清新的风格。辛甲：原为商臣，后至周，为周文王的太史。据《左传·襄公四年》载，他曾"命百官箴王阙（即命令百官各作箴辞来劝诫王的缺失）"。

（6）胡：胡广。阮：阮瑀。《吊夷齐》：胡广有《吊夷齐文》，阮瑀有《吊伯夷文》，均残，见《艺文类聚》卷三十七。褒：褒奖，颂扬。间：唐写本作"间"，今从。无间：无非难诽谤之意。

（7）仲宣：王粲。所制：指王粲所作《吊夷齐文》，已不全，残文见《艺文类聚》卷三十七。讥呵：讥刺、非难。工：精巧。

（8）嘉：赞许，嘉奖。清：清高。《孟子·万章下》："伯夷，圣之清者也。"王子：指王粲。伤：损，不满。隘：狭隘。《孟子·公孙丑上》："伯夷隘，柳下惠不恭。"

（9）各其志也：唐写本"各"下有"其"字，言其各有志向，观点不尽相同。

（10）左雄：字伯豪，东汉顺帝时的尚书令，他的奏议，今存《上疏陈事》等，见《全后汉文》卷五十九。台阁：尚书台的别称，东汉时负责掌管章奏文书的官署。式：模式，楷模。

（11）天下第一：《后汉书·胡广传》记载："广举孝廉，既到京师，试以章奏，安帝以广为天下第一。"

（12）杰笔：杰出的手笔。

（13）谒：进见。陵：陵墓。胡广"谒陵之章"今无考。典文：典范之文。

评 说

胡广《吊夷齐文》今存数句，文同赋体，虽赞美伯夷、叔齐的志节高超，但其中也有"虽忠情而指尤，匪天命之所谓"的语句，指出二人谏阻武王伐纣之举不合天命，并非像刘勰所说"褒而无间"。刘勰并认为"胡、阮嘉其清，王子伤其隘，各其志也"，对两种截然不同的认识都加以肯定，虽也显示出他评价文章有辩证的因素，但仍然有失允当。

汉安帝称赞胡广的章奏为天下第一，其章奏今虽不传，但可肯定大多是迎合帝王意趣的。刘勰以封建帝王的好恶为标准对胡广章奏加以推崇，也反映了他较为浓厚的封建意识。

• 崔寔

崔寔（？—约170），字子真，一名台，字符始，崔瑗之子，涿郡安平（今河北深县）人。东汉政论家。少沉静，好典籍。桓帝时，初为郎，后拜为议郎，著作东观。出为五原太守，有政绩，后又拜为尚书。大胆抨击当时政治，著有《政论》，指切时要，言辩而确。另著有碑、论、箴、铭等，凡15篇。

自《对问》⁽¹⁾以后，东方朔效而广之，名为《客难》⁽²⁾；托古慰志，疏而有辨⁽³⁾。……崔寔《客讥》，整而微质⁽⁴⁾；……虽迭相祖述，然属篇之高者也⁽⁵⁾。（《杂文》）

若夫陆贾《典语》，……崔寔《政论》⁽⁶⁾、……咸叙经典，或明政术⁽⁷⁾；虽标"论"名，归乎诸子⁽⁸⁾。何者？博明万事为子，适辨一理为论⁽⁹⁾。彼皆蔓延杂说⁽¹⁰⁾，故入诸子之流。（《诸子》）

崔寔奏记于公府，则崇让之德音矣⁽¹¹⁾。（《书记》）

自安、和已下，迄至顺、桓⁽¹²⁾，则有班、傅、三崔、王、马、张、蔡⁽¹³⁾。磊落鸿儒，才不时乏⁽¹⁴⁾；而文章之选，存而不论⁽¹⁵⁾。（《时序》）

傅毅、崔骃，光采比肩⁽¹⁶⁾；瑗、寔踵武，能世厥风者矣⁽¹⁷⁾。杜笃、贾逵，亦有声于文⁽¹⁸⁾，迹其为才，崔、傅之末流也⁽¹⁹⁾。（《才略》）

注 释

（1）《对问》：指宋玉的《对楚王问》，载《文选》卷四十五。

（2）东方朔：字曼倩，西汉辞赋家。效而广之：仿效写作并加以扩大。《客难》：指东方朔的《答客难》。

（3）托古慰志：借古人以安慰自己的情志。疏而有辨：文字显然粗疏，但对自己的思想都有较好的辨析。

（4）《客讥》：范文澜《文心雕龙注》校作《答讥》，今从。《答讥》载《艺文类聚》卷二十五。整而微质：工整而略带质朴。

（5）迭：轮番。祖述：效法。此句谓以上各家虽是轮番模仿前人，但都属于优秀的作品。

（6）陆贾：西汉辞赋家，有《新语》十二篇。《典语》：当作《新语》。《政论》：亦作《正论》，《隋书·经籍志》著录五卷，现存严可均辑本一卷。

（7）咸：应作"或"。政术：政治策略。

（8）此句：谓其中有的书名虽标明为"论"，但实际上属于诸子。

（9）适：仅。此句谓广泛阐明各种事物的叫"子"，只辨明一种道理的叫"论"。

（10）蔓延杂说：散论各种说法。

（11）公府：指大将军、太尉、司徒、司空等三公之府。崔寔曾任大将军梁冀的司马，故曾"奏记于公府"。其文已佚。崇让：崇尚廉让。德音：指有品德之人的言论。

（12）安和：当作"和、安"，指汉和帝、汉安帝。已下：以后。顺、桓：指汉顺帝、汉桓帝。

（13）班、傅：指班固、傅毅。三崔：即崔骃、崔瑗、崔寔。王、马、张、蔡：即王延寿、马融：张衡、蔡邕。

（14）磊落：众多貌。鸿儒：大儒。才不时乏：各时期人才都不缺乏。

（15）文章之选：应选入的优秀作品。存而不论：暂存放下而不一一列论。

（16）光采：光华的辞采，指文学成就。比肩：并肩，谓并驾齐驱。

（17）踵武：跟着前人脚步走。这里指崔氏祖孙相继为东汉文学家。能世厥风：能够继承其家风。世：继承。

（18）杜笃：字季雅。贾逵：字景伯，都是东汉文人。有声于文：谓在文才方面颇有声誉。

（19）迹其为才：谓考查杜笃、贾逵二人的文才。迹：考查。末流：末等。

评 说

崔寔是东汉著名的政论家，著作虽不少，但大多属于应用文。其代表作《政论》就是针对当时"政令垢玩、上下怠慢、风俗凋敝、人庶巧伪"的社会现状，来探讨朝政的得失，来寻求"济时拯世之术"的。他主张以"重赏深罚"之术，矫东汉的时弊，明确地表示崇尚法家的思想。在《政论》中，我们处处都能感受到作者对国家忠微的忧患和一心挽救颓势的热忱。刘勰很赞赏崔寔的杂文，说他的《答讥》写得工整而略带朴质，"虽迭相祖述，然属篇之高者也"，并认为崔寔写的奏记是推崇谦让的优秀作品。这些看法，在当时是较为正确的。

王延寿

王延寿（124—148），字文孝，一字子山，王逸之子，南郡宜城（今湖北宜城）人，东汉辞赋家。少有俊才，游山东曲阜，作《鲁灵光殿赋》，叙述汉代建筑及壁画等，反映了当时社会生活的一个侧面，书法家蔡邕也写了此稿，但见到王延寿的《灵光殿赋》后，大为惊奇，自愧弗如，遂焚已稿，改作《梦赋》，为蔡邕所称。后渡湘水溺死，年仅20余岁。

观夫荀结隐语，事数自环⁽¹⁾；宋发巧谈，实始淫丽⁽²⁾；……延寿《灵光》，含飞动之势⁽³⁾：凡此十家⁽⁴⁾，并辞赋之英杰也。(《诠赋》)

自安、和已下，迄至顺、桓⁽⁵⁾，则有班、傅、三崔、王、马、张、蔡⁽⁶⁾。磊落鸿儒，才不时乏⁽⁷⁾；而文章之选，存而不论⁽⁸⁾。(《时序》)

王逸博识有功，而绚采无力⁽⁹⁾。延寿继志，瑰颖独标⁽¹⁰⁾；其善图物写貌，岂枚乘之遗术欤⁽¹¹⁾！(《才略》)

注　释

（1）荀：荀况。结：连缀。隐语：即谜语。荀子的《赋篇》写得都类似谜语。事数：叙事。自环：自相问答。《赋篇》各部分都是先作问语，后作答语。

（2）宋：宋玉。发巧谈：巧应为"夸"，即发出夸张的言谈。实始淫丽：确实是过分华丽的开始。

（3）《灵光》：即《鲁灵光殿赋》，载《文选》卷十一。含飞动之势：蕴含着飞扬生动的气势。

（4）十家：指此段所评述的荀况、宋玉、枚乘、司马相如、贾谊、王褒、班固、张衡、扬雄、王延寿等十位辞赋家。

（5）安、和：当作"和、安"，即汉和帝、汉安帝。已下：以后。顺、桓：即汉顺帝、汉桓帝。

（6）班、傅：指班固、傅毅。三崔：崔骃、崔瑗、崔寔。王、马、张、蔡：即王延寿、马融、张衡、蔡邕。

（7）磊落：众多貌。鸿儒：大儒。才不时乏：各个时期都不缺乏人才。

（8）文章之选：应选入的优秀作品。存而不论：暂存而不列论。

（9）博识有功：指王逸作《楚辞章句》在见识广博方面很有成就。绚采无力：谓王逸的文学创作没有力量。

（10）继志：指继承其父王逸的遗志。瑰颖独标：瑰丽的锋芒特别突出。

（11）图物写貌：描绘事物的形貌。枚乘之遗术：刘勰认为王延寿继承了枚乘写《七发》所用的形象描写的方法。

评　说

王延寿的《鲁灵光殿赋》，可以说是汉代最后一篇有名的大赋，题材上与司马相如、扬雄、班固、张衡等人有一定关系，但他却把宫室作为唯一的表现对象，这是与上述诸人不同的。更主要的是，他在艺术表现上有很大的变化。以往的散体大赋，对宫室只是做概括而夸张的外部描述，王赋的结构和描写却极有特色。写宫殿的程序，是由远而近，由外而内，从总貌到墙、阙、门、阶，再写排扉而入，各宫室及楼榭、驰道、渐台等建筑的情状，复归于全体气势，非常清楚。其中关于建筑物上彩绘的描写尤为出色,如写天花板的画是"圆渊方井,反植荷蕖",窗棂上的画是"玉女窥窗而下视",橡上的画是"猿狖攀橡而相追",楣上的画是"胡人遥集于上楣兮,俨雅踞而相对。……若悲愁于危处,憯懔慄而含悴"。此外写壁画中的山神海灵和古代神话史迹等,都生动逼真。王赋刻画中运用多种手法,极为精细、具体、形象,从而使宫殿真正成为审美对象。这些刻画不仅显示了汉代建筑绘画的艺术风貌,而且表现出作者追奇求新、相当活泼的想象力。刘勰称赞王延寿的《鲁灵光殿赋》"含飞动之势",又说他"善图物写貌",继承了枚乘的《七发》形象描写的特点。这些看法,都是正确的。同时,也可以看出刘勰是很重视文学创作的生动、形象的描写的。

·郑玄

郑玄(127—200),字康成,北海高密(今属山东)人。东汉著名经学家、教育家。自小勤奋好学,通音律,擅琴瑟,13岁能诵五经,有"神童"之称。尝从经学家马融学古文经,因党锢事被禁,潜心著述,以古文经说为主,兼采今文经说,遍注群经,为汉代经学集大成者。他的著作很多,文达百余万言。

若秦延君之注"尧典"[1],十余万字;朱普之解《尚书》,三十万言[2];所以通人恶烦,羞学章句[3]。若毛公之训《诗》,安国之传《书》[4],郑君之释《礼》,王弼之解《易》[5],要约明畅,可为式矣[6]。(《论说》)

故谓谱者,普也[7]。注序世统,事资周普[8],郑氏谱《诗》,盖取乎此[9]。(《书记》)

敷赞圣旨,莫若注经[10],而马、郑诸儒,弘之已精[11],就有深解,未足立家[12]。(《序志》)

注 释

(1)秦延君:秦恭,字延君,西汉儒生。"尧典":据《汉书·艺文志》颜师古注,秦延君解释作为《尚书》篇目《尧典》二字,便用了十多万字。

(2)朱普:字公文,西汉学者。三十万言:据《后汉书·桓郁传》说,桓郁的父亲桓荣跟朱普学《尚书》，其解说有四十万言。

（3）通人：博通古今的学者。恶：讨厌。羞学章句：耻于学习章节句读的烦琐解释。

（4）毛公：指毛亨，西汉学者。训：训诂，即对古书文字的解释。《诗》：指《诗经》，相传毛亨最早为《诗经》做了注解，汉世称为《毛诗诂训传》。安国：即孔安国，西汉学者。传：解释。《书》：即《尚书》。

（5）《礼》：指《周礼》《仪礼》《礼记》。郑玄曾用了十四年的时间为"三礼"做了注解。王弼：字辅嗣，三国时魏国学者。《易》：即《易经》。

（6）要约：简明扼要。明畅：明白通畅。为式：作为法式。

（7）谱：同表。即按事物的发展系统分类编制的表文。如古代《世本》有《帝王谱》《诸侯谱》《大夫谱》，司马迁仿照它作《三代世表》《十二诸侯年表》等。普：普遍，引申为完备。

（8）注序：指记叙。世统：世代相承的发展系统。资：须。周：周全，完备。

（9）谱《诗》：即为《诗经》作谱，指郑玄所作的《诗谱》。所谓"谱"，孔颖达《正义》说："以其列诸侯世取诗之次，故名谱也。"就是说，按照诸侯的世次和诗篇的次第所编成，故称《诗谱》。取乎此：即取的这个意思。

（10）敷：陈述。赞：阐明。圣旨：圣人的思想。注经：给儒家的经典做注释。

（11）马、郑：马融、郑玄。弘：大，指发扬光大。已精：已经很精到。

（12）就：即使。深解：深刻的见解。未足立家：不足以自成一家。

评 说

郑玄是东汉著名的经学大师，他以古文学派为主，兼采今文经说，遍注群经，为我国古籍的流传做出了重要的贡献。他在党锢事件中被禁，于是潜心遍著群经，其中《毛诗经》《三礼注》最有影响。他以古文经学为主，兼采今文经学，取宏用精，终成汉代经学的集大成者，世称其学说为"郑学"。东汉中期的学术型文章，从容不迫，严谨精审，却不是远离社会现实的"纯学术研究"。就如"郑学"，它配合了社会批判的潮流，起到了抑制今文经的发展。郑玄遍注群经，混糅今古文家法，以"整百家之不齐"，贯通群经，结束200余年的今古文的争辩（见经今古文学）。他的经注，后人毁誉不一，称誉者以为他"括囊大典，网罗众家，删裁繁诬，刊改漏失，自是学者略知所归"，是解释古代经书的津梁。驳毁者则说他"兼治众家，而必求通之，于是望文穿凿，惟凭秘臆，以为两全，徒成两败"，是强为混合的鄙见。他的训释集汉代经学之大成，为后人解释奠定了基础。虽然他的训释存在一些问题，如以《周官》为真周制，凡不合者皆归入殷制；又以《礼》释《诗》，造成许多附会；又常用谶纬之说以解经，有不少迂怪之谈。但这与他的成就相比，是次要的。他所注的书有《周易》《尚书》《毛诗》《三礼》《论语》《孝经》《尚书大传》《中侯》《干象历》等；又著《天文七政论》《驳许慎五经异义》《答临孝存周礼难》等；还有他答诸弟子问五经语的《郑志》8篇,共百余万言。所以,刘勰在《文心雕龙》中曾三次提到郑玄,对他杰出的贡献做了充分的肯定。刘勰认为郑玄所注"三礼","要约明畅,可为式矣"。并认为自己如果注经,很难超过马融和郑玄,不能自成一家。故而改弦易辙,开始论文,体现出其强烈的独自成"家"的开拓、创新意识。

·蔡邕

蔡邕(132—192),字伯喈,陈留圉(今河南杞县南)人。东汉文学家、书法家。灵帝时为议郎,因上书论朝政阙失获罪,流放朔方。遇赦后,畏宦官陷害,亡命江湖十余年。董卓专权,被任为侍御史,官至左中郎将。卓被诛后,邕为王允所捕,死于狱中。著作有《蔡中郎集》,已佚,后人有辑本。

又崔瑗《文学》,蔡邕《樊渠》[1],并致美于序,而简约乎篇[2]。(《颂赞》)

蔡邕铭思,独冠古今[3]。桥公之《钺》,吐纳典谟[4];朱穆之《鼎》,全成碑文[5],溺所长也[6]。(《铭箴》)

自后汉以来,碑碣[7]云起。才锋所断[8],莫高蔡邕。观《杨赐》之碑,骨鲠《训》《典》[9],《陈》《郭》二文,词无择言[10];周、乎众碑,莫非清允[11]。其叙事也该而要,其缀采也雅而泽[12]。清词转而不穷,巧义出而卓立[13]。察其为才,自然而至[14]。孔融所创,有慕伯喈[15]。《张》《陈》两文,辨给足采[16],亦其亚也[17]。(《诔碑》)

班彪、蔡邕,并敏于致语[18],然影附贾氏,难为并驱耳[19]。(《哀吊》)

自《对问》[20]以后,东方朔效而广之,名为《客难》[21];托古慰志,疏而有辨[22]。扬雄《解嘲》,杂以谐谑[23],回环自释,颇亦为工[24]。……蔡邕《释诲》,体奥而文炳[25];景纯《客傲》,情见而采蔚[26];虽迭相祖述,然属篇之高者也[27]。(《杂文》)

张衡指摘于史职[28],蔡邕铨列于朝仪[29]:博雅明焉[30]。(《奏启》)

自扬、马、张、蔡,崇盛丽辞[31],如宋画吴冶,刻形镂法[32],丽句与深采并流,偶意共逸韵俱发[33]。(《丽辞》)

至于崔、班、张、蔡⁽³⁴⁾，遒拽摭经史，华实布濩⁽³⁵⁾；因书立功，皆后人之范式也⁽³⁶⁾。(《事类》)

自安、和已下，迄至顺、桓⁽³⁷⁾，则有班、傅、三崔、王、马、张、蔡⁽³⁸⁾。磊落鸿儒，才不时乏⁽³⁹⁾；而文章之选，存而不论⁽⁴⁰⁾。(《时序》)

降及灵帝，时好辞制⁽⁴¹⁾，造《羲皇》之书，开鸿都之赋⁽⁴²⁾。而乐松之徒，招集浅陋⁽⁴³⁾；故杨赐号为"驩兜"，蔡邕比之"俳优"。⁽⁴⁴⁾其余风遗文，盖蔑如也⁽⁴⁵⁾。(《时序》)

张衡通赡，蔡邕精雅⁽⁴⁶⁾，文史彬彬，隔世相望⁽⁴⁷⁾。是则竹柏异心而同贞，金玉殊质而皆宝也⁽⁴⁸⁾。(《才略》)

注　释

（1）崔瑗：字子玉，东汉作家。《文学》：指崔瑗的《南阳文学颂》，见《艺文类聚》卷三十八。《樊渠》：指蔡邕的《京兆樊惠渠颂》，见《蔡中郎集》。

（2）致美于序：把序文写得很美。简约乎篇：谓精简了"颂"文本身的篇幅。

（3）铭思：即铭文的构思，此指铭文。独冠：超越。

（4）桥公：名玄，字公祖，汉桓帝时拜度辽将军，平定三边。《钺》：指蔡邕的《黄钺铭》，内容为歌颂桥玄的安定功。吐纳：吐词纳句，这里指模仿。典谟：指《尚书》，因《尚书》中有《尧典》《大禹谟》等篇，故以"典谟"代指《尚书》。

（5）朱穆：字公叔，汉桓帝时拜冀州牧，有政绩，征拜为尚书。《鼎》：指蔡邕的《鼎铭》，内容为歌颂朱穆之功绩。全成碑文：谓《鼎铭》已不用韵，完全写成碑文了。

（6）溺所长：沉溺于自己的擅长。蔡邕由于擅长写碑文，而把铭文写成碑文了。

（7）碑碣：通指石碑。《后汉书·窦宪传》注云，方者谓之碑，圆者谓之碣。

（8）才锋所断：谓才思敏捷，能应机立断。

（9）《杨赐》：指蔡邕的《太尉杨赐碑》。杨赐：字伯献，汉末文人。骨鲠：骨干，这里是使动用法，有模仿之意。《训》《典》：《尚书》中有《尧典》《伊训》等篇，这里是以《训》《典》代指《尚书》。

（10）《陈》：指蔡邕的《陈实碑》。陈实，字仲弓，汉末名士。《郭》：指蔡邕的《郭泰碑》。郭泰，字林宗，汉末名士。词无择言：文辞没有可以重新选择的话，谓言辞讲得恰如其分。

（11）周：指周勰，字巨胜，汉末文人。这里指蔡邕的《汝南周勰碑》。乎：唐写本作"胡"，指胡广，字伯始，汉末文人。这里是指蔡邕的《太傅胡广碑》。莫非清允：无不写得清晰恰当。

（12）该而要：完备而扼要。雅而泽：雅正而润泽。

（13）此句意为：文辞清丽而又变化无穷，内容巧出而又超然卓立。

（14）察其为才：考察其写碑文的才能。自然而至：自然而然达到了这种造诣。

（15）孔融：字文举，汉末文学家。慕：仰慕，这里有学习的意思。

（16）《张》：指孔融的《卫尉张俭碑铭》。张俭：字符节，汉末名士。《陈》：今亡佚无考。辨：通"辩"。辨给：口辩捷给，指能言善辩。足采：富有文采。

（17）其：指蔡邕。亚：次。谓孔文仅次于蔡文。

（18）班彪：字叔皮，东汉初史学家。语：唐写本作"诘"，敏于致语：犹长于提问。

（19）影附：依附，指模仿。贾氏：即贾谊。难为并驱：难与贾谊的作品并驾齐驱。

（20）《对问》：指宋玉的《对楚王问》。

（21）东方朔：字曼倩，西汉辞赋家。效而广之：仿效其写作而加以扩大。《客难》：即东方朔的《答客难》。

（22）托古慰志：借托古人来安慰自己的情志。疏而有辨：文字虽然粗疏而对思想却有较好的辨析。

（23）扬雄：字子云，西汉辞赋家。《解嘲》：载《汉书·扬雄传》。文中自设有人嘲笑扬雄官位不高，而忙于写《太玄经》，对此进行解答。谐谑：诙谐戏谑。

（24）回环自释：反复地为自己解释。工：工巧。

（25）《释诲》：载《后汉书·蔡邕传》。体奥而文炳：内容深刻而文辞漂亮。

（26）景纯：东晋学者郭璞字景纯。《客傲》：载《晋书·郭璞传》。情见而采蔚：情志鲜明而文采繁茂。

（27）此句：谓以上各家虽是互相模拟，然而都是优秀作品。

（28）张衡：字平子，东汉文学家。史职：《太平御览》卷三九四作"史谶"。张衡指摘司马迁、班固史书的疏奏有《表求合正三史》《条上司马迁、班固所叙不合事》；指摘谶书的疏奏有《请禁绝图谶疏》等。

（29）铨列：解释陈述。朝仪：朝廷纲纪。此指蔡邕在灵帝时陈奏整饬朝廷纲纪事，文见《后汉书·蔡邕传》。

（30）此句：谓张衡、蔡邕的疏奏写得渊博而又典雅是很明显的。

（31）扬、马：指扬雄、司马相如。张、蔡：指张衡、蔡邕。崇盛丽辞：崇尚骈体。

（32）宋画：谓宋人善于绘画，事见《庄子·田子方》。吴冶：谓吴人善于冶炼，事见《吴越春秋·阖闾内传》。刻形镂法：谓精雕细刻。

（33）丽句：骈偶的句子。深采：丰富的文采。偶意：相对的意义。逸韵：美妙的音韵。

（34）崔、班、张、蔡：指崔骃、班固、张衡、蔡邕，均为东汉文学家。

（35）捃摭：摘取、搜集。华实：指文章的内容与形式。布濩：散布。

（36）因书立功：谓凭古书取得成功。范式：典范。

（37）安、和：当作"和、安"，即汉和帝、汉安帝。已下：以后。顺、桓：即汉顺帝、汉桓帝。

（38）班、傅：指班固、傅毅。三崔：即崔骃、崔瑗、崔寔祖孙三人。王、马、张、蔡：指王延寿、马融、张衡、蔡邕。

（39）磊落：众多貌。鸿儒：大儒。才不时乏：每个时期人才都不缺乏。

（40）而文章之选：即所应选的优秀文章。存而不论：暂存放下而不一一列论。

（41）灵帝：即汉灵帝刘宏。时好辞制：时常爱好作赋。

（42）《羲皇》：即《皇羲篇》。《后汉书·蔡邕传》说，汉灵帝爱好作赋，曾"自造《皇羲篇》五十章"。鸿都：汉代藏羽之所，汉灵帝曾在此召集文士作赋。

（43）乐松：鸿都门招集文士的官吏。浅陋：浅薄鄙陋之士。

（44）杨赐：字伯献，灵帝时为司空。"驩兜"：尧时的凶人，为舜所流放。"俳优"：古代演滑稽杂耍的艺人，这里指弄臣。

（45）余风遗文：留下的文风与作品。蔑如：不足道。

（46）通赡：才学广博，文采丰富。精雅：学识精深，文辞雅正。

（47）文史彬彬：谓张衡、蔡邕在文学和史学上都很有成就。隔世相望：指张衡、蔡邕二人时隔三十年而遥遥相对。世：古代以三十年为一世。张衡于顺帝阳嘉年间专事东观，蔡邕于灵帝熹平初校书东观，恰好相隔一世。

（48）竹柏异心而同贞，金玉殊质而皆宝：谓竹、柏虽内心不同而同样坚贞；金、玉虽质地不同而同是宝物。

评 说

蔡邕是东汉末年著名的文学家，诗文赋作很多，今存五言诗有《翠鸟诗》《饮马长城窟行》。其中《饮马长城窟行》是其代表作。此诗写家中妻子思念远行丈夫之情，委婉曲折，描摹细腻，造语生动。前面极写相思之苦，因景生情，因情入梦，青草绵绵，情思悠远。中间以枯桑因寒风而凋落，海水因天寒而结冰，喻两人各在一方的孤苦凄凉。结尾写接到书信的心情。先是高兴，呼儿解书，长跪而读；后是失望，因为书中并没有写明丈夫归期，只言保重怀念而已。陈祚明曰："此篇流宕曲折，转掉极灵，抒写复快，兼乐府古诗之长，最宜诵读。子桓兄弟拟古，全用此法。"这句话说得不错，此诗在艺术创造上很有特点，从中亦可看到从东汉到魏晋文人创作五言乐府的发展轨迹。

蔡邕生在动乱时代，是一位多才多艺的人物。一生动荡不安，曾被诬下狱，后流亡江湖12年。献帝时，董卓召他为祭酒，又拜为左中郎将。他通晓经史、音律、天文，善书能画，为文长于辞赋，尤以碑文著称。《述行赋》是他的代表作。此赋的主要价值在于其内容上，他将历史与现实做了很好的交汇，揭露了统治者的骄傲和残酷，表达了对人民可贵的同情。对此，鲁迅先生有过很好的评价，他说："蔡邕，选家大抵只取他的碑文，使读者觉得他是典重文章的作手，必须看了《蔡中郎集》里的《述行赋》那些'穷巧变于台榭兮，下糠秕而无粒'句子，才明白他并非单单的老学究，也是有血性的人，明白那时的情形，明白他确有取死之道。刘勰说：'自后汉以来，碑碣云起，才锋所断，莫高蔡邕。'"认为他的碑文叙事"该而要"，文采"雅而泽"。这些评价都是正确的。同时，也指出了蔡邕在写作其他文体方面的不足。《哀吊篇》云："班彪、蔡邕，并敏于致语，然影附贾氏，难为并驱耳。"说明像蔡邕这样才华超群的作家，若为文蹈袭前人，亦难有佳制。刘勰指出此点，强调了文贵独创的重要性。

赵壹

赵壹（汉顺帝永建年间—汉灵帝中平年间），字符叔，汉阳西县（今天水市西南）人，东汉文学家，汉末名士。壹恃才倨傲，不为乡里所容，曾作《穷鸟赋》以自遣。灵帝时为上郡吏入京，为袁逢、羊陟等所礼重，名动京师。中国辞赋家、书法评论家。其代表作《刺世疾邪赋》直抒胸臆，对后世赋体的风格有很大影响。著有赋、颂、箴、诔、书、论及杂文16篇。原有集，已失传。《全后汉文》仅录其赋3篇。

刘向之奏议，旨切而调缓⁽¹⁾；赵壹之辞赋，意繁而体疏⁽²⁾；孔融气盛于为笔⁽³⁾，祢衡思锐于为文⁽⁴⁾：有偏美焉⁽⁵⁾。（《才略》）

注 释

（1）刘向：字子政，西汉著名的经学家和目录学家。旨切而调缓：内容深切而文辞舒缓。

（2）赵壹之辞赋：据《后汉书·赵壹传》载，有他的《穷鸟赋》和《刺世疾邪赋》两篇。意繁而体疏：内容丰富而体制松散。

（3）孔融：字文举，汉末文学家，"建安七子"之一。气盛：即气势很盛。据明代张溥《孔少尉集题辞》说："东汉词章拘密，独少府（孔融官至少府）诗文，豪气直上。"笔：指书、表一类的无韵之文。

（4）祢衡：字正平，汉末辞赋家。思锐：文思敏捷。文：指诗、赋一类的有韵之文。

（5）偏美：偏长于某一方面的优点。

评 说

赵壹流传下来较完整的赋只有《穷鸟赋》和《刺世疾邪赋》。他的代表作是《刺世疾邪赋》。此赋的价值在于，赵壹不把个人的不幸简单地归结为所谓黑白颠倒，而是深刻地揭露了社会上"情伪万方"的原因，从而对黑暗政治及其表象做了入木三分的分析。他说："原斯瘼之所兴，实执政之匪贤；女谒掩其视听兮，近习秉其威权。"这就深刻地指出了东汉后期政治混乱的原因，并将批判的矛头指向皇帝。他还将思想的利刃伸向了历史的深处，总结说："德政不能救世溷乱，赏罚岂足惩时清浊？春秋时祸败之始，战国愈增其荼毒。秦汉无以相逾越,乃更加其怨酷。"为何会如此呢?他总结道:"宁计生民之命,唯利己而自足。"这话深刻揭示了当时社会动乱、是非颠倒的原因就在于统治者的利己本性。在这样认识的基础上,赵壹对当时的社会表示了彻底否定和决裂:"宁饥寒于尧舜之荒岁兮,不饱暖于当今之丰年。乘理虽死而非亡,违义虽生而匪存。"这战斗的声音,反抗的声音,其思想之深刻,态度之坚决,为同时代的政论家王符、仲长统所不及。刘勰称"赵壹之辞赋,意繁而体疏",大概主要是指《刺世疾邪赋》内容充实而体制疏阔。今观其文,这个评价是正确的。

· 应劭

应劭(生卒年不详),字仲远。东汉汝南南顿(今河南项城西南)人。少笃学,博览多闻,灵帝时,举孝廉官,拜泰山太守。中平六年(189)至兴平元年(194)任泰山郡太守,后依袁绍,卒于邺。应劭博学多识,平生著作11种、136卷,现存《汉官仪》《风俗通义》《汉书集解音义》等。《风俗通义》存有大量泰山史料,如《封泰山禅梁父》篇记述泰山封禅轶事,《五岳》篇详载了岱庙,都有很高的史料价值。辑入《后汉书·祭祀志》,为应劭所引用的马第伯《封禅仪记》,是中国最早的游记文学作品之一。

汉世善驳[1],则应劭为首。晋代能议,则傅咸为宗[2]。然仲瑗博古,而铨贯有叙[3]。长虞识治,而属辞枝繁[4]。(《议对》)

若夫注解为书,所以明正事理[5],然谬于研求,或率意而断[6]。……《周礼》井赋,旧有"匹马"[7];而应劭释"匹",或量首数蹄[8],斯岂辩物之要[9]哉!(《指瑕》)

注 释

(1)驳:驳议。蔡邕《独断》:"凡群臣上书于天子者有四名:一曰章,二曰奏,三曰表,四曰驳议。"《后汉书·应劭传》说"劭凡为驳议三十篇,皆此类也。"善驳:善于写"驳议"这种文体。

(2)能议:能于写奏议。傅咸:字长虞,西晋文学家。今存《议立二社表》《重表驳成粲议太社》等文,见《全晋文》卷五十二。宗:即宗师。

（3）仲瑗：应劭的字。博古：博通古事。铨：衡量。叙：次序。此句谓应劭的驳议写得有条不紊。

（4）长虞：傅咸的字。识治：懂得治国之道。属：连缀。属辞：指写驳议文。枝繁：琐碎繁杂。

（5）注解为书：注释而成为书。刘勰认为给古书做注解，也是属于论著的书。《论说》云："若夫注释为词，解散论体，杂文虽异，总会是同。"明正：辩明。

（6）谬于研求：研究得不正确。率意而断：轻率地做出判断。

（7）井赋：把田划成井字形，按井田征收赋税。"匹马"：《周礼》注引《司马法》（战国时兵书）说："六尺为步，步百为亩，亩百为夫，夫三为屋，屋三为井，井十为通，通为匹马。"贾公彦疏曰："三十家使出马一匹，故云通为匹马。"

（8）释"匹"：应劭著有《风俗通义》，有对"匹"字的解释。量首数蹄：按照马头数计算马蹄。但现存的《风俗通义》也无这种说法。

（9）辩物之要：这难道是辩别名物的要义吗？

评 说

应劭《汉官仪》10卷，凡朝廷制度，百官典制，多为其所订立。后朝廷律令、制度多根据此书而定。又著《中汉辑序》，撰《风俗通义》《汉书集解音义》若干卷，皆传于世，内容以考释议论名物、时俗为主，对当时的社会风俗和迷信思想进行了批判。所以刘勰赞赏应劭博学多才，说他博通古事，故能把驳议写得铨贯有序，并认为"汉世善驳，则应劭为首"。这些看法都是正确的。但对于应劭给古书做注，轻率地做出判断，对"匹"字进行错误的解释，也提出了批评。可见，刘勰对应劭的评价，还是具有求实精神的。

· 孔融

孔融（153—208），东汉文学家，字文举，鲁国（今山东曲阜）人，曾任北海相，时称孔北海。他是"建安七子"之一，为人恃才负气。灵帝时，辟司徒杨赐府。中平二年（185），举高第，为侍御史，与中丞不合，托病辞归。后辟司空府为僚属，拜中军候，迁虎贲中郎将。献帝初平元年（190），因忤董卓，转为议郎，出至黄巾军最盛的青州北海郡为相。兴平二年（195），刘备表荐他领青州刺史。建安元年（196），袁绍之子袁谭攻青州，孔融只身出奔，妻子被俘。曹操迁献帝都许昌，征孔融为将作大匠，迁少府。在许昌，不满曹操雄诈，多所乖忤，被奏免官。后复拜太中大夫，退居闲职，好士待客，座上客满，奖掖推荐，声望甚高。终为曹操所忌，枉状构罪，下狱弃市。原有集，已散佚，明人辑有《孔北海集》。

　　自后汉以来，碑碣⁽¹⁾云起。才锋所断，莫高蔡邕⁽²⁾。……孔融所创，有慕伯喈⁽³⁾。《张》《陈》两文，辨给足采⁽⁴⁾，亦其亚也⁽⁵⁾。(《诔碑》)

　　至如张衡《讥世》，韵似俳说⁽⁶⁾；孔融《孝廉》，但谈嘲戏⁽⁷⁾；曹植《辨道》，体同书抄⁽⁸⁾；言不持正，论如其已⁽⁹⁾。(《论说》)

　　孔融之守北海，文教丽而罕于理⁽¹⁰⁾，乃治体乖⁽¹¹⁾也。(《诏策》)

　　至于文举之《荐祢衡》，气扬采飞⁽¹²⁾；孔明之《辞后主》，志尽文畅⁽¹³⁾：虽华实异旨，并表之英也⁽¹⁴⁾。(《章表》)

　　魏之元瑜，号称"翩翩"⁽¹⁵⁾；文举属章，半简必录⁽¹⁶⁾；休琏好事，留意词翰⁽¹⁷⁾：抑其次也⁽¹⁸⁾。(《书记》)

　　刘向之奏议，旨切而调缓⁽¹⁹⁾；赵壹之辞赋，意繁而体疏⁽²⁰⁾；孔融气盛于为笔⁽²¹⁾，祢衡思锐于为文⁽²²⁾：有偏美⁽²³⁾焉。(《才略》)

　　略观文士之疵⁽²⁴⁾：相如窃妻而受金⁽²⁵⁾，扬雄嗜酒而少算⁽²⁶⁾；……文举傲诞以速诛⁽²⁷⁾，正平狂憨以致戮⁽²⁸⁾；……诸有此类，并文士之瑕累⁽²⁹⁾。(《程器》)

注　释

（1）碑碣：通指石碑。《后汉书·窦宪传》注云："方者谓之碑，圆者谓之碣。"
（2）才锋所断：谓才思敏捷，应机而断。蔡邕：字伯喈，汉末文学家。
（3）慕：仰慕，这里有学习的意思。此句说，孔融所写碑文，有学习蔡邕的地方。
（4）《张》：指孔融的《卫尉张俭碑铭》，文已残缺，《全后汉文》卷八十三辑有片断。张俭：字符节，汉末名士。《陈》：今亡佚无考。辨：通"辩"。足采：富有文采。
（5）其：指蔡邕。亚：次。指孔文仅次于蔡文。
（6）张衡：字平子，东汉文学家。《讥世》：即张衡的《讥世论》，已散佚。韵：此指风格。俳说：优人的插科打诨。
（7）《孝廉》：即孔融的《孝廉论》，已不存。但谈嘲戏：只说一些嘲弄戏谑的话。
（8）曹植：字子建，建安文学的代表作家。《辨道》：即《辨道论》，见《续古文苑》卷九。体：体裁。书抄：或作"书钞"，是对古书材料的摘抄。
（9）言不持正：言辞不守正道。论如其已：刘永济校作"不如其已"，今从。已：停止。杨明照《文心雕龙校注拾遗》以"才不持论，宁如其已"为是。
（10）北海：献帝时，孔融任北海相，故曰"守北海"。文教丽而罕于理：言孔融所写的教令文辞虽然雅丽，没有什么思想内容，都不善于治理。

（11）治体乖：谓教令与治理体制不合。

（12）《荐祢衡》：指孔融的《荐祢衡表》，见《后汉书·祢衡传》。祢衡：字正平，汉末文学家。气扬采飞：意气高扬，文采腾飞。

（13）孔明：诸葛亮的字。《辞后主》：指诸葛亮的《出师表》。畅：刘永济校作"壮"，今从。此句谓意思详尽，文辞悲壮。

（14）华实异旨：指孔融的《荐祢衡表》华丽，孔明的《出师表》朴实，二者旨趣不同。并表之英：都是表文中的优秀作品。

（15）元瑜：阮瑀的字，"建安七子"之一。"翩翩"：鸟快飞的样子。形容文思敏捷，曹丕《与吴质书》说："元瑜书记翩翩，致足乐也。"

（16）属章：写文章，此指孔融所写作品。简：竹简，指孔融作品的残片。据《后汉书·孔融传》载，孔融死后，"魏文帝（曹丕）深好融文辞，叹曰：'扬、班俦也。'募天下有上融文章者，辄赏以金帛"。

（17）休琏：应璩的字，三国时魏国文学家。好事：喜欢缀集时事而写史书。留意词翰：注重写作。

（18）抑：连词，与"或"相同。抑其次也：犹言"或者已是次一些的作者了"。

（19）刘向：字子政，西汉学者。旨切而调缓：内容深切而文辞舒缓。

（20）赵壹：字符叔，东汉作家。意繁而体疏：《后汉书·赵壹传》载有他的《刺世疾邪赋》，将赋、诗、歌合为一体，故云"体疏"。意繁：内容丰富。

（21）气盛：气势很盛。孔融有《荐祢衡表》《论盛孝章书》等，都写得很有气势。笔：指书、表一类无韵之文。

（22）思锐：才思敏捷。《后汉书·祢衡传》说他写《鹦鹉赋》"览笔而作，文无加点，辞采甚丽"。文：指诗赋一类的有韵之文。

（23）偏美：偏长于某一些方面的优点。

（24）疵：病，这里指文人的毛病。

（25）相如：西汉大赋家司马相如。窃妻：指司马相如引诱卓文君私奔之事。受金：据《汉书·司马相如传》说司马相如使蜀时有人告他接受贿赂，因此失官。

（26）扬雄：字子云，西汉辞赋家。嗜酒：《汉书·扬雄传》说扬雄"家素贫，嗜酒"。少算：失算。扬雄有《剧秦美新》一文，赞美王莽新政，此指其美新之失。

（27）傲诞：高傲放诞。速诛：招致（曹操）诛杀。事见《后汉书·孔融传》。

（28）正平：祢衡的字。狂憨：狂痴。致戮：遭致（黄祖）杀戮。事见《后汉书·祢衡传》。

（29）瑕：玉的斑点。累：毛病。此喻人的过失。

评 说

孔融是东汉末年一代名儒，继蔡邕为文章宗师，亦擅诗歌。魏文帝曹丕悬赏征募他的文章（《后汉书·孔融传》），誉为建安七子之首，叹为扬（雄）、班（固）俦也（《典论·论文》）。他生性刚直不阿，政治态度也与其他六人不同，不仅不依附于曹操,而且常以诡词嘲讽曹操专权,终为曹操所忌恨杀害。他的文章恃才负气,敢怒敢骂,以气盛见长。文章以议论为主,内容大抵为申张教化,宣扬仁政,荐贤举能,评论人物,多针对时政直抒己见,颇露锋芒,个性鲜明。在艺术上,文句整饬,辞采典雅富赡,引古论今,比喻精妙,气势充沛。现存孔融的作品,以《荐祢衡表》较著名。《荐祢衡表》力荐青年才士祢衡,要求祢衡以褐衣召见,称赞祢衡忠果正直,志怀霜雪,见善若惊,疾恶若仇,盛夸他飞辩骋辞,溢气坌涌,解疑释结,临敌有余。从全文看,虽气势锐盛,文采斐然,却不免有些诠评失当,不切实际。如以祢衡比并贾谊,似嫌太高;以祢衡方之路粹,又未免过低。再就表文所荐,考之祢衡其人,本非曹操一路,却硬说"使衡立朝,必有可观",也算是"不识时务"的了。孔融在"建安七子"中是唯一在政治上不与曹操合作的人,他的文章往往"杂以嘲戏",以表示对曹操的轻蔑,但最后竟落了个"傲诞以速诛"的下场。如《与曹公论盛孝章书》引经据典,反复论证,从人情友道、宰相惜贤等方面讽谕曹操解救被孙权围困的盛孝章,义不容辞;至于讽刺曹丕纳袁熙妻为妾,比喻为武王伐纣,以妲己赐周公(《与曹公书》);嘲弄曹操远征乌桓,可以把从前肃慎氏不贡楛矢,丁零盗苏武牛羊一并查究;反对曹操禁酒,则发怪论说尧非千钟,无以建太平;孔非百觚,无以堪上圣(《难曹公表制酒禁书》)等;都可见文如其人,以才气取胜。所以曹丕论其文体气高妙,有过人者,然不能持论,理不胜词,以至乎杂以嘲戏(《典论·论文》)。然而,曹操之子魏文帝曹丕却对他的文辞特别推崇,以至于"半简必录"。刘勰在《文心雕龙》中也不止一次地指出孔融的作品富于文采,一则曰"辨给足采",二则曰"文教丽而罕于理",三则曰"气扬采飞"。

通观刘勰对孔融的评价,虽欣赏其文采,也指出了不足。对孔融"但谈嘲戏"的《孝廉》一文,以其"言不持正"而不屑一顾,对孔融为北海相时"文教丽而罕于理"也指出是"治体乖",在评价时都坚持了文质并重,讲求实际的标准。同时,刘勰还抓住了孔融"气盛于为笔"的特点,如实指出了他的风格。

·祢衡·

祢衡(173—198),汉末辞赋家,字正平。平原般(今山东临邑)人。汉末文学家,少有才辩,性格刚毅傲慢,好侮慢权贵。因拒绝曹操召见,操怀忿,因其有才名，不欲杀之，罚作鼓史，祢衡则当众裸身击鼓，反辱曹操。曹操怒，欲借人手杀之，遂遣送与荆州牧刘表。仍不合，又被刘表转送与江夏太守黄祖。后因冒犯黄祖，终被杀。原有集，后失传。今存《鹦鹉赋》1篇。

祢衡之《吊平子》，缛丽而轻清[1]；陆机之《吊魏武》，序巧而文繁[2]。降斯以下，未有可称者矣[3]。（《哀吊》）

至如陈遵占辞，百封各意[4]；祢衡代书[5]，亲疏得宜：斯又尺牍之偏才也[6]。（《书记》）

淮南崇朝而赋《骚》[7]，枚皋应诏而成赋[8]，子建援牍如口诵[9]，仲宣举笔似宿构[10]，阮瑀据案而制书[11]，祢衡当食而草奏[12]：虽有短篇，亦思之速也[13]。（《神思》）

刘向之奏议，旨切而调缓[14]；赵壹之辞赋，意繁而体疏[15]；孔融气盛于为笔[16]，祢衡思锐于为文[17]：有偏美[18]焉。（《才略》）

略观文士之疵[19]：相如窃妻而受金[20]，扬雄嗜酒而少算[21]；……文举[22]傲诞以速诛，正平狂憨以致戮[23]……诸有此类，并文士之瑕累[24]。（《程器》）

注　释

（1）《吊平子》：指祢衡的《吊张衡文》，见《太平御览》卷五九六，已不全。缛丽：辞采繁盛、华丽。轻清：内容空洞、浮浅。

（2）陆机：字士衡，西晋文学家。《吊魏武》：指陆机的《吊魏武帝文》，见《文选》卷六十。魏武：即魏武帝曹操。序巧：序文写得巧妙。文繁：文辞繁杂。

（3）此句谓：从此以后，就没有什么作品值得称道了。

（4）陈遵：字孟公，西汉人。占辞：口授下属写的信，事见《汉书·陈遵传》。颜师古注："占，隐度也，口隐其辞以授吏也。"百封各意：谓教百封信，各有不同用意。

（5）代书：指祢衡代黄祖作书。据《后汉书·弥衡传》说，祢衡为黄祖作书记，轻重疏密，各得体宜。

（6）斯：此，指陈遵和祢衡。尺牍：书信。偏才：擅长其一方面的才能。

（7）淮南：即淮南王刘安。崇朝：一个早晨。崇：通"终"。赋《骚》：刘安所写的《离骚赋》，已佚。据高诱《淮南子叙》说，汉武帝使刘安赋《骚》，早晨受诏，吃早饭时就完成了。

（8）枚皋：枚乘之子，西汉文人。应诏而成赋：《汉书·枚乘传》："上有所感，辄使（皋）赋之。为文疾，受诏辄成，故所赋者多。"

（9）子建：曹植的字。援牍：手持木简，此指书写。口诵：据杨修《答临淄侯笺》说，曾亲见曹植"握牍持笔，有所造作，若成诵在心"。

（10）仲宣：王粲的字，"建安七子"之一。宿构：早已构思好了的。据《三国志·魏书·王粲传》说，王粲作文"举笔便成，无所改定，时人常以为宿构"。

（11）阮瑀：字符瑜，"建字七子"之一。据案而制书：据《三国志·魏书·王粲传》注引《典略》说：曹操曾使阮瑀作书与韩遂，阮瑀于马上草成，曹操竟不能改动。案：当作"鞍"。

（12）当食而草奏：当食、草奏为两事合一。据《后汉书·祢衡传》载：在一次宴会上，有人献鹦鹉，"辞采甚丽"；黄祖让祢衡当场献赋，祢衡很快写成。又：刘表曾与诸文人共草章奏，祢衡不满意，另行执笔，"须臾立成，辞义可观"。

（13）此句谓：虽说是些短篇，但也算是构思的敏捷了。

（14）刘向：字子政，西汉学者。旨切而调缓：内容深切而文辞舒缓。

（15）赵壹：字符叔，东汉作家。《刺世疾邪赋》，将赋、诗、歌合为一体，故云："体疏。"意繁：内容繁杂。

（16）孔融：字文举，"建安七子"之一。气盛：气势很盛。孔融有《荐祢衡表》《论盛孝章书》等，都写得很有气势，故云"气盛于为笔"。笔：指书表一类的无韵之文。

（17）思锐：才思敏捷。《后汉书·祢衡传》说他写《鹦鹉赋》"览笔而作，文无加点，辞采甚丽"。文：指诗、赋一类的有韵之文。

（18）有偏美：各有所长。

（19）疵：瑕点，这里指文人的毛病。

（20）窃妻：指司马相如用琴声引诱卓文君私奔之事。受金：接受贿赂。相如使蜀回归，有人上书说他接受贿赂，失官。事见《汉书·司马相如传》。

（21）少算：失算。扬雄有《剧秦美新》一文，称美王莽新政，此指其美新之失。

（22）文举：孔融的字。

（23）正平：祢衡的字。狂憨：狂痴。致戮：招致（黄祖）杀戮。事见《后汉书·祢衡传》。

（24）瑕：玉的斑点。累：毛病。此喻人的过失。

评　说

祢衡，少有才辩，刚傲使气，骄时慢物。他仅有一篇《鹦鹉赋》却使他名传千古。此赋以鹦鹉为托意之物，寄寓着祢衡对险恶现实的真切感受，表达了他内心深深的忧惧。赋中描写具有"奇姿""殊智"的鹦鹉，却不幸被"闭以雕笼，剪其翅羽"，失去自由。赋中"顺笼槛以俯仰，窥户牖以踟蹰"，"顾六翮之残毁，虽奋迅其焉如"的不自由生活，显然是以鹦鹉自况，抒写才智之士生于乱世的愤闷心情，反映出作者对东汉末年政治黑暗的强烈不满。此赋全篇都是寄托之词，写法特别，寓意深刻，状物惟肖，感慨深沉，融咏物、抒情、刺世为一体，在汉末抒情赋中别具特色，最引人注目。它是咏物赋的变体，是抒情赋的创格，是汉末小赋中的优秀之作。刘勰说，祢衡"思锐于为文"，其文思之速，非常人可比。这虽和他的禀赋有关，但更重要的是他能"博而能一"，以及和他高度的文学修养也是分不开的。在这方面刘勰并未陷于唯心主义的"天才"论，他指出："难易虽殊，并资博练；若学浅而空迟，才疏而徒速，以斯成器，未之前闻。"这无疑是正确的。祢衡不仅才思敏捷，而且深谙文理，他代黄祖所作书记，就"轻重疏密，各得其宜"，刘勰称他是"尺牍之偏才"，却有失公允。实际上，祢衡也长于辞赋与杂文。

·仲长统

仲长统（180—220），东汉哲学家、政论家，字公理，山阳高平（今山东金乡）人。20多岁时游学青、徐、并、冀之间，倜傥敢言，行为不羁。常托病拒绝州郡召命，被称为"狂生"。建安十一年（206），尚书令荀悦举为尚书郎。曹操为丞相，他一度入幕参军事。后复为尚书郎。死时40岁。曾著《昌言》34篇，10万余字。此书久佚，在《后汉书·仲长统传》中仅存《理乱》《损益》《法诫》3篇，《群书治要》中亦有断章残篇。清代严可均《全后汉文》辑存2卷。

若夫陆贾《典语》、贾谊《新书》[1]，扬雄《法言》、刘向《说苑》[2]、王符《潜夫》、崔寔《政论》[3]、仲长《昌言》、杜夷《幽求》[4]，咸叙经典，或明政术[5]；虽标"论"名，归乎诸子[6]。何者？博明万事为子，适辨一理为论[7]。彼皆蔓延杂说[8]，故入诸子之流。（《诸子》）

注 释

（1）陆贾：西汉辞赋家。《典语》：当作《新语》，他有《新语》今存十二篇。贾谊：西汉初辞赋家，他有《新书》五十八篇。

（2）扬雄：字子云，西汉辞赋家。他的《法言》十三篇。刘向：字子政，西汉学者。著有《说苑》《新序》等。

（3）王符：东汉哲学家。《潜夫》：即《潜夫论》。崔寔：东汉末年的学者。《政论》：也作《正论》，已佚。

（4）仲长：即仲长统。他的《昌言》十二卷。杜夷：东汉初学者。《幽求》：即《幽求子》。

（5）咸：当作"或"。此句谓有的阐述儒家经典，有的说明政治方略。

（6）虽标"论"名：谓其中有的书名虽标明为"论"，但事实上属于诸子。

（7）适：仅。此句谓广泛地阐明各种事物的称为"子"，只辨明一种道理的叫作"论"。

（8）蔓延杂说：牵涉的问题广泛而又复杂。

评　说

　　仲长统生长于汉末乱世。有志不达，怀才不遇，愤世嫉俗，遍讥时弊，蔑视权贵。是东汉后期最著名的社会批判家，意欲高蹈，而终于不能忘世，"每论说古今及时俗行事，恒发愤叹息"（《后汉书·仲长统传》），因著《昌言》。这是一部思想政治杂论集，书中对汉末的黑暗现实做了深刻的揭露，特别是对亡国之主的荒淫误国做了大胆的抨击。《文心雕龙》归之"诸子"，《隋书·经籍志》列入"杂家"，而《新唐书·艺文志》则以为"儒家"。其思想复杂，大致论政治则出《荀子》而近法家，讲人生则趋老、庄而求逍遥，其锋芒主要指向汉末黑暗政治现实，尤其猛烈攻击昏君、外戚、宦官统治，可谓"其间陈善道，指诃时敝，剀切之忱，踔厉震荡之气，有不容摩灭者"（严可均《铁桥漫稿·〈昌言〉叙》）。其文风的特点是任气骋词，铺张扬厉，骈偶排比，形象鲜明。如指斥亡国昏君宠信宦官外戚说："使饿狼守庖厨，饥虎牧牢豚，遂至熬天下之脂膏，斫生人之骨髓，怨毒无聊，祸乱并起，中国扰攘，四夷侵叛，土崩瓦解，一朝而去。"其《理乱篇》中写道："彼后嗣之愚主，见天下莫敢与之违……遂至熬天下之脂膏，斫生人之骨髓，怨毒无聊，祸乱并起。"笔下点点滴滴都是血泪，字字句句都是控诉，表现出建安时代政论散文"渐尚通脱""颇慕纵横"的"骋词之风"（刘师培《中国中古文学史》）。刘勰认为仲长统的《昌言》属于"博明万事""适辨一理"的"蔓延杂说"，"故入诸子之流"是有道理的。他注意到了诸子散文的不同内容和风格，有的理懿辞雅，有的事核言练，有的气伟采奇，有的心奢辞壮，有的意显语质，有的泛采文丽……这样，从诸子散文里，就可以了解到多方面的内容，学到不同风格的表达方法。

▪ 曹操

曹操（155—220），字孟德，汉末沛国谯（今安徽亳县）人。三国时著名政治家、军事家，杰出诗人。建安十三年（208）进位丞相，后封魏王，曹丕称帝后，追尊为武帝。操精于兵法，著有《孙子略解》《兵法接受》等。操爱音乐，善诗歌，有《魏武帝集》。

至于魏之三祖，气爽才丽[1]；宰割辞调，音靡节平[2]。观其"北上"众引，"秋风"列篇[3]，或述酣宴，或伤羁戍[4]；志不出于淫荡，辞不离于哀思[5]，虽三调之正声，实《韶》《夏》之郑曲也[6]。（《乐府》）

魏武[7]称：作敕戒当指事而语，勿得依违[8]，晓治要[9]矣。（《诏策》）

昔晋文受册，三辞从命[10]，是以汉末让表，以三为断[11]。曹公[12]称："为表不必三让，又勿得浮华。"[13]所以魏初表章，指事造实[14]；求其靡丽，则未足美矣[15]。（《章表》）

若乃改韵从调，所以节文辞气[16]。贾谊、枚乘，两韵辄易[17]；刘歆、桓谭，百句不迁[18]：亦各有其志[19]也。昔魏武论赋，嫌于积韵，而善于资代[20]。陆云[21]亦称："四言转句，以四句为佳。"[22]观彼制韵，志同枚、贾[23]。（《章句》）

又《诗》人以"兮"字，入于句限[24]，《楚辞》用之，字出句外[25]。寻"兮"字成句，乃语助余声[26]。舜咏《南风》[27]，用之久矣；而魏武弗好，岂不以无益文义耶[28]！（《章句》）

表里相资[29]，古今一也。故魏武称："张子[30]之文为拙，然学问肤浅，所见不博，专拾掇崔、杜[31]小文；所作不可悉难，难便不知所出[32]。"斯则寡闻之病[33]也。（《事类》）

至如仲任置砚以综述[34]，叔通怀笔以专业[35]，既暄之以岁序，又煎之以日时[36]：是以曹公惧为文之伤命，陆云叹用思之困神[37]，非虚谈[38]也。（《养气》）

自献帝播迁，文学蓬转[39]；建安之末，区宇方辑[40]。魏武以相王之尊，雅爱诗章[41]；文帝以副君之重，妙善辞赋[42]；陈思以公子之豪，下笔琳琅[43]。并体貌英逸，故俊才云蒸[44]。（《时序》）

注 释

（1）三祖：指太祖魏武帝曹操，高祖文帝曹丕，烈祖明帝曹睿。气爽才丽：气质爽朗，才华美妙。

（2）宰割：分裂。辞调：指汉乐府。分裂汉乐府的辞调是说曹操等人用汉乐府旧调写与古题无关的新内容，即所谓以古题乐府写时事。

（3）"北上"：指曹操的《苦寒行》，因其首句为"北上太行山"。众引：众曲。引：乐曲。"秋风"：指曹丕的《燕歌行》，因其首句为"秋风萧瑟天气凉"。列篇：诸篇。

（4）述酣宴：描述酣饮盛宴。酣：痛饮。伤羁戍：哀伤征人远戍。

（5）志：情志，指内容。淫荡：过分放荡。哀思：哀怨。

（6）三调：指汉乐府中的《平调曲》《清调曲》《瑟调曲》。正声：即雅正之声。《韶》《夏》：皆为虞舜、夏禹时的古乐。此句谓曹操等人的作品，虽然形式上都本于古之三调，但内容上却像郑声一样不雅正。

（7）魏武：即魏武帝曹操。下面所引曹操语已无考。

（8）敕戒：文体的一种，是君对臣或臣对民的一种训诫之文。指事：谓根据事实。依违：不决断。

（9）晓治要：通晓治国的要略。

（10）晋文：即晋文公。受册：指周襄王命晋文公为诸侯伯的回封。三辞从命：三次辞让才接受任命。事见《左传·僖公二十八年》。

（11）让表：辞让表疏。以三为断：以写三次为限。古代帝王和大臣就封时以三让表示谦逊。表：即行三读之礼的表文。

（12）曹公：指曹操。下面所引曹操语已不传。

（13）此句谓：撰写让表不得超过三次，也不要文辞浮华。

（14）指事造实：依据事理，按实而书。

（15）此句谓：如果从辞采华丽的方面来要求它，那魏初的表章就说不上很美了。

（16）从调：铃木虎雄《校勘记》疑作"徙调"，即变调，当是。节文辞气：调节文中的语气。

（17）贾谊：西汉初文学家。枚乘：字叔，西汉初年辞赋家。辄：就。

（18）刘歆：字子骏，西汉学者。桓谭：字君山，东汉学者。不迁：不变化。

（19）各有其志：各人有不同的志趣。

（20）积韵：重复用韵。资：当作"贸"，即迁，变化。善于资代：看好更替换韵。

（21）陆云：字士龙，西晋文学家。下面所引陆云的话见《与兄平原书》。

（22）此句谓：四字的诗赋以四句一按韵为好。

（23）制韵：用韵。此句谓：用韵的志趣与枚乘、贾谊相同。

（24）《诗》人：指《诗经》的作者。入于句限：即把"兮"字用于句子之中，是构成句子的组成部分。

（25）字出句外：即把"兮"，用于句尾，除去语意之外，不构成句子的部分。

（26）语助余声：即语气助词。

（27）《南风》：即舜帝的《南风歌》，载《孔子家语·辨乐解》。其诗云："南风之熏（和暖）兮，可以解吾民之愠（怨恨）兮。南风之时（来得及时）兮，可以阜（丰富）吾民之财兮。"

（28）弗好：不喜爱。无益文义：对作品的内容无所补益。

（29）表里：指作家的内才外学。刘勰认为一个人的才能取决于先天（内部）的天资，而学识则是由后天（外部）积累的，即"才自内发，学以外成"。资：凭借。

（30）张子：据《三国志·魏志·邴原传》注引《邴原别传》，疑指张范。

（31）拾掇：拾取。崔、杜：所指不详。曹操之前崔、杜二姓同时文人有东汉崔骃、杜笃。

（32）不可悉难：不可一一考究。难：责难，这里有"追究"之意。不知所出：指不知本源所出。

（33）寡闻之病：谓这是疏陋寡闻的毛病。

（34）仲任：王充的字。置砚以综述：《初学记》卷二十一引谢承《后汉书》说，王充于室内"门墙屋柱，各置笔砚，著《论衡》八十五篇"。

（35）叔通：曹褒的字。怀笔以专业：《后汉书·曹褒传》载："褒少笃志有大度，结发传充（褒父曹充）业，博雅疏通，尤好礼事。常感朝廷制度未备，慕叔孙通为（汉初学者）汉礼仪，昼夜研精，沈吟专思，寝则怀抱笔札，行则诵习文书，当其念至，忘所之适（往）。"

（36）暄：暖，与下文的"煎"相对。均为煎熬之意。岁序：累月。日时：整天。

（37）曹公：指曹操。为文之伤命：语已无考。陆云《与兄平原书》说："兄文章已自行天下，多少无所在，且用思困人，亦不事复及，以此自劳役。"

（38）非虚谈：并非空话。

（39）播迁：流离迁徙。指董卓逼献帝由洛阳迁都长安，后来曹操又迁之于许都。蓬转：如蓬草随风飘转，比喻文人在动乱中的遭遇。

（40）辑：和。区宇方辑：指国内才开始安定。

（41）相王：曹操于公元208年为丞相，216年进爵魏王。雅爱诗章：一向爱好文学。

（42）文帝：指魏文帝曹丕。副君：太子。妙善辞赋：善于写作辞赋。

（43）陈思：指陈思王曹植。下笔琳琅：指曹植的作品美如珠玉。

（44）体貌：尊敬的意思。英逸：英才。俊才：指杰出的作家。云蒸：谓多得如云。

评 说

曹操对文学、书法、音乐等都有深湛的修养。他的文学成就，主要表现在诗歌上，散文也很有特点。曹操的诗歌，现存20多篇，全部是乐府诗体，其中又以四言诗最著名。内容大体上可分三类：一类是关涉时事的，一类是以表述理想为主的，一类是游仙诗。他的文多是应用性文字，大致可分表、令、书三大类。其代表作有《请追增郭嘉封邑表》《让县自明本志令》《与王修书》《祀故太尉桥玄文》等。

曹操在文学上的功绩，还表现在他对建安文学（见建安七子）所起的建设性作用上，建安文学能够在长期战乱、社会残破的背景下得以勃兴，同他的重视和推动是分不开的。刘勰在论述建安文学繁荣原因时，就曾指出"魏武以相王之尊，雅爱诗章"(《时序》)。事实上，建安时期的主要作家，无不同他有密切关系。曹丕、曹植是他的儿子，"七子"及蔡琰等，也都托庇于他的荫护。可以说，"邺下文人集团"就是在他提供的物质条件基础上形成的；而他们的创作，也是在他的倡导影响下进行的。

曹操的文章质朴平易，不加雕饰，鲁迅先生说曹操是"改造文章的祖师"。这一点，刘勰对他也有很高的评价。刘勰说："昔魏武论赋，嫌于积韵，而善于资（贸）代。"又说："寻'兮'字成句，乃语助余声。舜咏《南风》，用之久矣；而魏武弗好，岂不以无益文义耶！"(《章句》)从刘勰对曹操的这些论述，可以看出曹操确实是一个"改造文章的祖师"。刘勰还说："魏武称：'作敕戒当指事而语，勿得依违。'"(《诏策》)"曹公称：'为表不必三让，又勿得浮华。'"(《章表》)正因曹操在文学创作上有这些主张，所以他的文章大都写得质朴充实，简约明确，没有虚伪的感情和浮华的辞藻。可见，刘勰对曹操的评论是很中肯的。

曹丕

曹丕（187—226），魏文学家。即魏文帝，字子桓，他是曹操之妻卞氏所生长子。少有逸才，广泛阅读古今经传、诸子百家之书，年仅八岁，即能为文，又善骑射、好击剑。建安十六年（211），为五官中郎将、副丞相，二十二年，立为魏太子。二十五年正月，曹操卒，曹丕嗣位为丞相、魏王。同年十月，以"禅让"方式代汉自立，改元黄初。登极以后，在黄初三年（222）、六年曾两次亲征孙吴，皆未能过江，不果而还。七年五月，病卒于洛阳，在位七年崩。他生长于戎旅之间，自幼娴习弓马，但读书甚勤，并努力著述，在创作和理论上都有较大的成就。有《魏文帝集》2卷，是建安文坛的重要首领之一。

暨建安之初，五言腾踊(1)。文帝、陈思，纵辔以骋节(2)；王、徐、应、刘，望路而争驱(3)。并怜风月，狎池苑，述荣恩，叙酣宴(4)；慷慨以任气，磊落以使才(5)。造怀指事，不求纤密之巧(6)；驱辞逐貌，唯取昭晰之能(7)。此其所同(8)也。——《(明诗)》

至于魏之三祖，气爽才丽(9)；宰割辞调，音靡节平(10)。观其"北上"众引,"秋风"列篇⁽¹¹⁾,或述酬宴,或伤羁戍⁽¹²⁾;志不出于淫荡,辞不离于哀思⁽¹³⁾,虽三调之正声,实《韶》《夏》之郑曲也⁽¹⁴⁾。(《乐府》)

魏文九宝,器利辞钝。⁽¹⁵⁾(《铭箴》)

至魏文因俳说以著《笑书》⁽¹⁶⁾,薛综凭宴会而发嘲调⁽¹⁷⁾;虽抃笑推席⁽¹⁸⁾,而无益时用矣。(《谐隐》)

自魏代以来,颇非俳优⁽¹⁹⁾;而君子嘲隐,化为谜语⁽²⁰⁾。"谜"也者,回互其辞,使昏迷也⁽²¹⁾。或体目文字,或图象品物⁽²²⁾;纤巧以弄思,浅察以衒辞⁽²³⁾;义欲婉而正,辞欲隐而显⁽²⁴⁾。荀卿《蚕赋》,已兆其体⁽²⁵⁾。至魏文、陈思,约而密之⁽²⁶⁾;高贵乡公,博举品物⁽²⁷⁾,虽有小巧,用乖远大⁽²⁸⁾。(《谐隐》)

魏文帝下诏,辞义多伟⁽²⁹⁾,至于"作威作福",其万虑之一弊乎⁽³⁰⁾!(《诏策》)

故魏文称⁽³¹⁾:"文以气为主,气之清浊有体,不可力强而致!"⁽³²⁾故其论孔融,则云:"体气高妙。"⁽³³⁾论徐幹,则云:"时有齐气。"⁽³⁴⁾论刘桢,则云:"有逸气。"⁽³⁵⁾公幹⁽³⁶⁾亦云:"孔氏卓卓,信含异气⁽³⁷⁾;笔墨之性,殆不可胜⁽³⁸⁾。"并重气之旨⁽³⁹⁾也。(《风骨》)

魏文比篇章于音乐,盖有征矣⁽⁴⁰⁾。(《总术》)

自献帝播迁,文学蓬转⁽⁴¹⁾;建安之末,区宇方辑⁽⁴²⁾。魏武以相王之尊,雅爱诗章⁽⁴³⁾;文帝以副君之重,妙善辞赋⁽⁴⁴⁾;陈思以公子之豪,下笔琳琅⁽⁴⁵⁾。并体貌英逸,故俊才云蒸⁽⁴⁶⁾。(《时序》)

魏文之才,洋洋清绮⁽⁴⁷⁾,旧谈抑之,谓去植千里⁽⁴⁸⁾。然子建思捷而才俊,诗丽而表逸⁽⁴⁹⁾;子桓虑详而力缓,故不竞于先鸣⁽⁵⁰⁾,而乐府清越,《典论》辩要⁽⁵¹⁾,迭用短长,亦无懵焉⁽⁵²⁾。但俗情抑扬,雷同一响⁽⁵³⁾,遂令文帝以位尊减才,思王以势窘益价⁽⁵⁴⁾,未为笃论⁽⁵⁵⁾也。(《才略》)

故魏文称"文人相轻",非虚谈也⁽⁵⁶⁾。(《知音》)

《周书》论士,方之"梓材"⁽⁵⁷⁾,盖贵器用而兼文采也。是以朴斫成而丹雘施⁽⁵⁸⁾,垣墉立而雕杇附⁽⁵⁹⁾。而近代词人⁽⁴³⁾,务华弃实⁽⁶⁰⁾。故魏文以为"古今文人之类不护细行⁽⁶¹⁾"。韦诞所评,又历诋群才⁽⁶²⁾。后人雷同,混之一贯⁽⁶³⁾,呀⁽⁶⁴⁾可悲矣!(《程器》)

详观近代之论文者多矣:至于魏文述《典》、陈思序《书》⁽⁶⁵⁾、应玚《文论》、陆机《文赋》⁽⁶⁶⁾、仲洽《流别》、宏范《翰林》⁽⁶⁷⁾,各照隅隙,鲜观衢路⁽⁶⁸⁾:或臧否当时之才,或铨品前修之文⁽⁶⁹⁾,或泛举雅俗之旨,或撮题篇章之意⁽⁷⁰⁾。魏《典》密而不周,陈《书》辩而无当⁽⁷¹⁾,应《论》华而疏略,陆《赋》巧而碎乱⁽⁷²⁾,《流别》精而少巧,《翰林》浅而寡要⁽⁷³⁾。又君山、公幹之徒，吉甫、士龙之辈⁽⁷⁴⁾，泛议文意，往往间出⁽⁷⁵⁾，并未能振叶以寻根，观澜而索源⁽⁷⁶⁾。不述先哲之诰，无益后生之虑。⁽⁷⁸⁾（《序志》）

注　释

（1）建安：汉献帝年号（196—220）。五言腾踊：五言诗的创作空前活跃。

（2）文帝：即魏文帝曹丕。陈思：即陈思王曹植。纵辔以骋节：比喻曹丕和曹植像放开马缰绳纵性驰骋一样，在文坛上大显身手。节：一定的度数。

（3）王、徐、应、刘：即王粲、徐干、应玚、刘桢，此四人皆为"建安七子"之一。望路而争驱：谓争先恐后地驱驰于文坛。

（4）怜风月：爱好风月美景。狎池苑：漫游清池幽苑。述恩荣：讲述恩宠荣耀的优待。叙酣宴：记叙宴集畅饮的欢乐。怜：爱。狎：亲近。曹丕有《于谯作》诗："清夜延贵客，明烛发高光。"

（5）任：听凭。任气：任意抒发自己的志气。磊落：胸怀坦白。使才：施展自己的才能。

（6）造怀指事：描写情怀，陈述事理。求：追求。纤密之巧：细密的技巧。

（7）驱辞逐貌：遣词写景。昭晰：清楚明白。

（8）此其所同：谓上述这些都是建安诗人所共有的特色。

（9）三祖：曹操为太祖，曹丕为高祖，曹睿为烈祖，合称"三祖"。气爽才丽：意气豪爽，才华富丽。

（10）宰割：分割。辞调：指汉乐府。此句谓曹操等人分割汉乐府旧调写与古题无关的新内容。音靡节平：音调美妙、节奏和平。

（11）"北上"：指曹操的《苦寒行》，其首句为"北上太行山"。众引：众乐曲。"秋风"：指曹丕的《燕歌行》，其首句为"秋风萧瑟天气凉"。

（12）述酣宴：叙述宴饮。伤羁戍：伤感漂泊和出征。

（13）淫荡：放荡。哀思：哀怨的情思。

（14）三调：即《平调》《清调》《瑟调》，都是周代古乐，故称"正声"。《韶》《夏》之郑曲：谓三祖的作品虽出于古代雅乐，但与虞舜的《韶》乐和夏禹的《大夏》比起来，就像郑国的靡靡之音了。

（15）九宝：曹丕《典论·剑铭》中提到的九种宝器，即剑三把，刀三把，匕首两把，露陌刀一把，合称"九宝"。器利：指九宝非常锋利。辞钝：指《剑铭》写得很一般。钝：质直。

（16）俳说：诙谐之说。《笑书》：已失传。

（17）薛综：三国时吴国学者，为人机敏，善辞令。此句谓：薛综能在酒席上用笑谈的方法驳倒对方。据《三国志·吴志·薛综传》记载，西属使臣张奉，于宴会上，在孙权面前就吴大臣阚泽的姓名取笑阚泽，而阚不能答。薛综因劝酒曰："蜀者何也？有犬为獨，无犬为蜀。横目苟（勾）身，虫入其腹。"奉曰："不当复此君吴（犹言'贵国'）邪？"综应声曰："无口为天，有口为吴。君临万邦，天子之都。"于是众坐喜笑，而奉无以对。

（18）抃：鼓掌，表示欢欣。推席：当作"帷席"，即筵席。

（19）非：非难，不赞成。颇非俳优：即倡优很不为人们所喜欢。

（20）嘲隐：即"谐隐"，这里是复词偏义，其意在"隐"而不在"谐"，因此只作"隐语"解。化：变。

（21）回互：转变，替换。此句指：故意把话说得错综曲折，使其捉摸不透，迷惑对方。

（22）体目文字：即打文字谜语。如《世说新语·捷悟》记三国时杨修释曹娥碑背上"黄绢幼妇，外孙齑臼"八字为"绝妙好辞"等。图象品物：描绘事物的形状。

（23）纤巧：细小的技巧，指人的小聪明。弄思：卖弄文思。浅察：肤浅的见解。衒辞：炫耀文辞。

（24）此句意为：内容应当婉转而正确，文辞应当隐晦而确切。

（25）荀卿：名况，战国时赵国人。《蚕赋》：《荀子·赋篇》共五个部分，《蚕赋》是其中之一。兆：先兆，这里引申为开端。

（26）约而密之：简约而周密。曹丕与曹植写的谜语均不传。

（27）高贵乡公：即曹髦，曹丕之孙，他的谜语也不传。博举品物：广泛地描绘事物。

（28）此所谓：虽有点小技巧，但用处不大。乖：不合。

（29）辞义：文辞义理。伟：宏伟。

（30）作威作福：据《三国志·魏志·蒋济传》载，曹丕曾下诏征南将军夏侯尚，鼓励其部将"作威作福"，蒋济谏曰："夫作威作福，《书》之明诫。天子无戏言，古人所慎，惟陛下察之。"随后，曹丕遣之追回前诏。一弊：一点小毛病。

（31）称：称道。下列引语，见曹丕的《典论·论文》。

（32）气：指作者的气质个性在作品中所形成的特色。清浊：指阳刚与阴柔两种类型。有体：有别。强：勉强。致：达到。

（33）孔融：字文举。"建安七子"之一。体气高妙：原文见《典论·论文》，意为风格气质高操美妙。

（34）徐幹：字伟长，"建安七子"之一。时有齐气：原文见《典论·论文》。齐气：齐地之气。齐地人"舒缓阔达而足智"（见《汉书·地理志》），故齐俗文体舒缓。徐幹是齐国人，所以他的文风也有这种舒缓的特点。

（35）刘桢：字公幹，"建安七子"之一。有逸气：有超逸的才气。曹丕《与吴质书》云："公幹有逸气，但未遒耳。"谓刘桢虽有超逸的才气，但文章还有不严密的地方。遒：聚也。

（36）公幹：刘桢的字。下引刘桢的话，原文已失传。

（37）孔氏：指孔融。卓卓：卓越。信：确实。异气：独特的气质。

（38）笔墨：指作品。性：性质、特征，这里指优点。殆：几乎。

（39）重气之旨：这些都是看重作者气质的意思。旨：意旨。

（40）比篇章于音乐：用音乐比喻文学创作。曹丕《典论·论文》说："文以气为主，气之清浊有体，不可力强而致。譬诸音乐，曲度虽均，节奏同检，至于引气不齐，巧拙有素，虽在父兄，不能以移子弟。"征：证。

（41）献帝：即汉献帝刘协。播迁：指董卓逼汉献帝由洛阳迁都长安，后来曹操又迁于许昌。蓬转：比喻文人在战乱中遭受动荡，犹如蓬随风飘转。

（42）建安：汉献帝年号（196—220）。区宇：区域之宇，指国内。辑：和，指安定。

（43）魏武：即魏武帝曹操。相王：曹操于公元208年为汉丞相，公元216年进爵魏王。雅爱诗章：一向爱好文学。

（44）副君：太子。曹丕于公元217年被立为魏王太子。妙善辞赋：极善于写辞赋。

（45）陈思：即陈思王曹植。公子之豪：即豪华的公子。琳琅：美玉，比喻曹植的作品似珠玉。

（46）体貌：尊敬的意思，指有礼貌的接待。俊才：杰出的人才。云蒸：多得如云，喻人才多。

（47）才：文才。洋洋：盛大的样子，这里形容才气旺盛。清绮：清丽。

（48）旧谈：旧说。抑：压抑，贬低。植：指曹植。此句谓：过去的旧说贬低曹丕，说他与曹植比较起来相差千里。

（49）子建：曹植的字。思捷：文思敏捷。《三国志·魏志·陈思王植传》："太祖（曹操）尝视其文，谓植曰：'汝倩人（请人代作）邪？'植跪曰：'言出为论，下笔成章，顾当面试，奈何倩人？'时邺铜雀台新成，太祖悉将诸子登台，使各为赋。植援笔立成可观，太祖甚异之。"表逸：章表卓越。

（50）虑详：思虑周详。力缓：才力迟缓。不竞：不强。先鸣：名声居上。

（51）乐府：指曹丕的乐府诗，如他的《燕歌行》是魏七言诗的开创。清越：清新激越。《典论》：曹丕的《典论》已失传，这里指《典论·论文》。辩要：辨析扼要。

（52）迭：更迭。迭用短长：指曹丕与曹植各有优劣。憎：不明。

（53）俗情：世俗之情。雷同：雷之发声，各物同应，比喻人云亦云，随声附和。

（54）遂：于是。令：使。势窘：处境窘迫，指曹植与曹丕争立太子失败后的困境。

（55）笃论：确切的断论。

（56）"文人相轻"：原文见曹丕《典论·论文》，意为文人相互轻视。非虚谈：并非空话。

（57）《周书》：指《尚书》中的《周书》。论士：评述人才。"梓材"：梓人（木工）处理木材。《尚书·周书·梓材》说："若作梓材，既勤朴斫（砍削木材）。"传曰："为政之术，如梓人治材为器。"方：比。

（58）朴斫：砍削木材。丹臒：红色颜料。

（59）垣墉：低墙与高墙，泛指墙。雕杇：雕饰：涂抹。此句意为：木器做好后还要染上红色，墙垣筑好后还要粉饰。

（60）近代词人：包括汉至晋的作家。务华弃实：追求虚名，不顾实际。

（61）不护细行：谓古今文人大都不顾小节。曹丕《与吴质书》说："古今文人，类（大多）不护细行，鲜能以名节自立。"

（62）韦诞：字仲将，三国时著名书法家，他对王粲、陈琳、阮瑀等人都一一做过指责。诋：诽谤，这里指批评。

（63）雷同：喻人云亦云，随声附和。混之一贯：混为一同。

（64）吁：叹词。

（65）述《典》：指曹丕的《典论·论文》。序《书》：指曹植的《与杨德祖书》。

（66）《文论》：应场的《文论》今已不存，现存的《文质论》与文学没有什么关系。《文赋》：是陆机继曹丕《典论·论文》之后又一篇文学理论专著。

（67）仲洽：挚虞的字，西晋学者。《流别》：指他的《文章流别论》。宏范：李充的字，东晋学者。《翰林》：指他的《翰林论》，文已不全。

（68）隅隙：角落、孔穴，这里指次要的地方。衢路：大路，此指主要的地方。

（69）臧否：褒贬。铨品：衡量、品评。前修：前贤。

（70）泛举：泛泛指出。撮题：撮其题要，即摘取大要。撮：聚合。

（71）密而不周：细密而不周全。辩而无当：善辩而不恰当。

（72）华而疏略：文辞华丽而内容粗疏。巧而碎乱：讲得巧妙而琐碎杂乱。

（73）巧：当为"功"。精而少巧：讲得精辟而不切实用。浅而寡要：讲得肤浅而不得要领。

（74）君山：桓谭的字，东汉初学者。公幹：刘桢的字，"建安七子"之一。吉甫：应贞的字，西晋学者。士龙：陆云的字，西晋文学家。

（75）泛议文意：泛泛地议论写文章的用意。间出：偶然出现。

（76）振叶以寻根：从树的枝叶去寻找树的根本。观澜而索源：从水的波澜去探索水的发源。这里的枝叶和波澜比喻作品的辞藻，根和源比喻作品所依据的儒家学说。

（77）诰：教训。此句意为：不阐述先贤的教训，对后辈探讨文章的写作没有什么好处。

评 说

曹丕的青年时代，是在邺下文人集团中度过的。这个集团的领袖是曹操，曹丕（还有曹植）是这个集团的核心人物。他的文学成就，以诗歌和文学批评最为突出。曹丕今存诗歌，较完整的约40首，可以分两大类：一类是本人生活的写照，一类是拟作的征夫思妇词。前一类作品，如《芙蓉池作》《于玄武陂作》《夏日诗》等，描写了在邺城诗酒流连、优游宴乐的生活。后一类作品，如《燕歌行》二首、《清河见挽船士新婚与妻别作》《杂诗》二首等，以征夫或思妇的口气，写出了他们内心的苦楚。这些作品，尽管是以居高临下的姿势，代民立言，但从哀悯百姓在乱离中的痛苦这一角度看，它们还是可取的。曹丕写作这类诗的出发点，正是他在《令诗》中所说的："丧乱悠悠过纪，白骨纵横万里，哀哀下民靡恃，吾将以时整理。"

刘勰在《文心雕龙》中评曹丕"子桓虑详而力缓"，认为曹丕真正有"洋洋清绮"之才。

曹丕是建安文学的首领之一，他虽处尊位，但爱好文学，并努力于著述。《三国志·魏书·文帝纪》说："初、帝好文学，以著述为务，自所勒成垂百篇。"可见，他的作品是不少的。建安初年，五言诗创作空前活跃，曹丕和曹植在文坛上都大显身手。刘勰称他们："慷慨以任气，磊落以使才。造怀指事，不求纤密之巧；驱辞逐貌，唯取昭晰之能。"这确实是建安诗人所共有的特色。曹丕与曹植在诗歌创作上都深受汉乐府和古诗的影响，他们能用古题乐府写时事，反映现实生活，这在当时确实是一种进步，然而刘勰却批评他们"志不出于淫荡，辞不离于哀思"，实为"《韶》《夏》之郑曲"，就未免有些不妥了，正反映了刘勰儒家正统思想的局限性。

曹丕与曹植在文才上是有短长的,刘勰也说:"然子建思捷而才俊,诗丽而表逸;子桓虑详而力缓,……而乐府清越,《典论》辩要。"这些看法都是正确的。然而曹丕在文学上的成就不及曹植也是明显的。钟嵘在《诗品》中就把曹植的作品列为"上品",把曹丕的作品列为"中品"。但刘勰认为这是"旧谈抑之",批评世人都是随声附和,这种看法是不正确的。

建安时代,由于政治社会状况及时代思潮的变化,文学创作得到了很大的发展。随着作品的不断涌现,文学批评论著也随之产生了。曹丕的《典论·论文》,是中国文学理论批评的第一篇专著,他不像汉朝帝王把作家当作"倡优",把辞赋比为"博弈",而是把文学看作"经国之大业,不朽之盛事",从而把文学提到了最高的地位。《典论·论文》开了综合评论作家作品的风气。它论述了文学批评的态度问题,批判了文人相轻的风气,认为应当"审己以度人",克服那种"各以所长,相轻所短"的陋习。对"建安七子"逐个进行了简要的分析评论,既肯定各人的优点,也指出其不足。为后世的文学理论批评起了一个先导作用。然而刘勰却批评它"密而不周",是过于苛求了。曹丕提出"文以气为主"的命题,即文学创作要体现每个作者的气质,不应强求一律,气质"清浊"不同,作品的"巧拙"自然相异。他阐释文学的社会功能时说:"文章经国之大业,不朽之盛事。"这种重视文学的观点,是同以文学创作为"童子雕虫篆刻""壮夫不为"的传统观念相反的。曹丕的这些观点,对后世的一些文学批评家如挚虞、陆机、沈约等,包括刘勰,有较大的影响。

· 曹植

曹植(192—232),三国时魏诗人,字子建,曹丕同母弟,他是曹操之妻卞氏所生第三子,因封陈王,谥号"思",故称陈思王。曹植自幼颖慧,年10岁余,便诵读诗、文、辞赋数10万言,出言为论,下笔成章,是汉末魏初的著名作家,流传下来的诗作大约80余首。也善辞赋,《洛神赋》最为有名,著有《曹子建集》。

暨建安之初,五言腾踊(1)。文帝、陈思,纵辔以骋节(2);王、徐、应、刘,望路而争驱(3)。并怜风月,狎池苑,述恩荣,叙酣宴(4);慷慨以任气,

·曹植·

磊落以使才⁽⁵⁾。造怀指事，不求纤密之巧⁽⁶⁾；驱辞逐貌，唯取昭晰之能⁽⁷⁾，此其所同⁽⁸⁾也。(《明诗》)

若夫四言正体，则雅润为本⁽⁹⁾；五言流调，则清丽居宗⁽¹⁰⁾，华实异用，惟才所安⁽¹¹⁾。故平子得其雅，叔夜含其润⁽¹²⁾，茂先凝其清，景阳振其丽⁽¹³⁾。兼善则子建、仲宣⁽¹⁴⁾，偏美则太冲、公幹⁽¹⁵⁾。(《明诗》)

凡乐辞曰诗，诗声曰歌⁽¹⁶⁾；声来被辞，辞繁难节⁽¹⁷⁾。故陈思称李延年闲于增损古辞⁽¹⁸⁾，多者则宜减之，明贵约⁽¹⁹⁾也。……子建、士衡，咸有佳篇⁽²⁰⁾，并无诏伶人，故事谢丝管⁽²¹⁾。俗称乖调，盖未思也⁽²²⁾。(《乐府》)

及魏、晋辨颂，鲜有出辙⁽²³⁾。陈思所缀，以《皇子》为标⁽²⁴⁾；陆机积篇，惟《功臣》最显⁽²⁵⁾：其褒贬杂居，固末代之讹体也⁽²⁶⁾。(《颂赞》)

至如黄帝有祝邪之文⁽²⁷⁾，东方朔有骂鬼之书⁽²⁸⁾，于是后之谴咒，务于善骂⁽²⁹⁾。唯陈思《诰咎》，裁以正义矣⁽³⁰⁾。(《祝盟》)

陈思叨名，而体实繁缓⁽³¹⁾；《文皇》诔末，旨言自陈，其乖甚矣⁽³²⁾。(《诔碑》)

至于陈思《客问》，辞高而理疏⁽³³⁾；庾敳《客咨》，意荣而文悴⁽³⁴⁾。斯类甚众，无所取裁矣⁽³⁵⁾。(《杂文》)

陈思《七启》，取美于宏壮⁽³⁶⁾。(《杂文》)

自魏代以来，颇非俳优⁽³⁷⁾；而君子嘲隐，化⁽³⁸⁾为谜语。"谜"也者，回互其辞，使昏迷也⁽³⁹⁾。或体目文字，或图象品物⁽⁴⁰⁾，纤巧以弄思，浅察以炫辞⁽⁴¹⁾；义欲婉而正，辞欲隐而显⁽⁴²⁾。荀卿《蚕赋》，已兆其体⁽⁴³⁾。至魏文、陈思，约而密之⁽⁴⁴⁾；高贵乡公，博举品物⁽⁴⁵⁾，虽有小巧，用乖远大⁽⁴⁶⁾。(《谐隐》)

至如张衡《讥世》，韵似俳说⁽⁴⁷⁾；孔融《孝廉》，但谈嘲戏⁽⁴⁸⁾；曹植《辨道》，体同书抄⁽⁴⁹⁾；言不持正，论如其已⁽⁵⁰⁾。(《论说》)

陈思《魏德》，假论客主⁽⁵¹⁾，问答迂缓，且已千言⁽⁵²⁾；劳深绩寡，飙焰缺焉⁽⁵³⁾。(《封禅》)

陈思之表，独冠群才⁽⁵⁴⁾。观其体赡而律调，辞清而志显⁽⁵⁵⁾，应物掣巧，随变生趣⁽⁵⁶⁾；执辔有余，故能缓急应节矣⁽⁵⁷⁾。(《章表》)

淮南崇朝而赋《骚》⁽⁵⁸⁾，枚皋应诏而成赋⁽⁵⁹⁾，子建援牍如口诵⁽⁶⁰⁾，仲宣举笔似宿构⁽⁶¹⁾，……虽有短篇，亦思之速⁽⁶²⁾也。(《神思》)

桓谭⁽⁶³⁾称："文家各有所慕⁽⁶⁴⁾，或好浮华而不知实核，或美众多而不见要约⁽⁶⁵⁾。"陈思亦云⁽⁶⁶⁾："世之作者，或好烦文博采，深沈其旨者⁽⁶⁷⁾；或好离言辨白，分毫析厘者⁽⁶⁸⁾；所习不同，所务各异⁽⁶⁹⁾。"言势殊也。⁽⁷⁰⁾(《定势》)

若夫宫商大和，譬诸吹籥⁽⁷¹⁾；翻回取均，颇似调瑟⁽⁷²⁾，瑟资移柱，故有时而乖贰⁽⁷³⁾；籥含定管，故无往而不壹⁽⁷⁴⁾。陈思、潘岳，吹籥之调也⁽⁷⁵⁾；陆机、左思，瑟柱之和也⁽⁷⁶⁾。(《声律》)

至于扬、班之伦，曹、刘以下⁽⁷⁷⁾，图状山川，影写云物⁽⁷⁸⁾；莫不纤综"比"义，以敷其华⁽⁷⁹⁾，惊听回视，资此效绩⁽⁸⁰⁾。(《比兴》)

陈思，群才之英也，《报孔璋书》云："葛天氏⁽⁸²⁾之乐，千人唱，万人和，听者因以蔑《韶》《夏》矣⁽⁸³⁾。"此引事之实谬⁽⁸⁴⁾也。按葛天之歌，唱和三人而已⁽⁸⁵⁾。相如《上林》⁽⁸⁶⁾云："奏陶唐之舞，听葛天之歌⁽⁸⁷⁾，千人唱，万人和。"唱和千万人，乃相如接人⁽⁸⁸⁾。然而滥侈《葛天》，推"三"成"万"者，信赋妄书，致斯谬也⁽⁸⁹⁾。……夫以子建明练，士衡沈密⁽⁹⁰⁾，而不免于谬，曹仁之谬高唐，又曷足以嘲哉⁽⁹¹⁾！(《事类》)

及魏代缀藻，则字有常检⁽⁹²⁾，追观汉作，翻成阻奥⁽⁹³⁾。故陈思称⁽⁹⁴⁾："扬、马之作，趣幽旨深⁽⁹⁵⁾，读者非师传不能析其辞，非博学不能综其理⁽⁹⁶⁾。"岂直才悬，抑亦字隐⁽⁹⁷⁾。(《练字》)

陈思之文，群才之俊也，而《武帝诔》云："尊灵永蛰。"⁽⁹⁸⁾《明帝颂》云："圣体浮轻。"⁽⁹⁹⁾"浮轻"有似于胡蝶，"永蛰"颇疑⁽¹⁰⁰⁾于昆虫，施之尊极⁽¹⁰¹⁾，岂其当乎！(《指瑕》)

自献帝播迁，文学蓬转⁽¹⁰²⁾；建安之末，区宇方辑⁽¹⁰³⁾。魏武以相王之尊，雅爱诗章⁽¹⁰⁴⁾；文帝以副君之重，妙善辞赋⁽¹⁰⁵⁾；陈思以公子之豪，下笔琳琅⁽¹⁰⁶⁾。并体貌英逸，故俊才云蒸⁽¹⁰⁷⁾。(《时序》)

魏文之才，洋洋清绮⁽¹⁰⁸⁾，旧谈抑之，谓去植千里⁽¹⁰⁹⁾。然子建思捷而才俊⁽¹¹⁰⁾，诗丽而表逸；子桓虑详而力缓，故不竞于先鸣⁽¹¹¹⁾，而乐府清越，《典论》辩要⁽¹¹²⁾：迭用短长，亦无懵焉⁽¹¹³⁾。但俗情抑扬，雷同一声⁽¹¹⁴⁾，遂令文帝以位尊减才，思王以势窘益价⁽¹¹⁵⁾，未为笃论⁽¹¹⁶⁾也。(《才略》)

及陈思论才，亦深排孔璋⁽¹¹⁷⁾；敬礼请润色，叹以为美谈⁽¹¹⁸⁾；季绪好诋诃，方之于田巴⁽¹¹⁹⁾：意亦见矣。……才实鸿懿，而崇己抑人者⁽¹²⁰⁾，班、曹⁽¹²¹⁾是也。(《知音》)

详观近代之论文者多矣：至于魏文述《典》、陈思序《书》⁽¹²²⁾、应玚《文论》、陆机《文赋》⁽¹²³⁾、仲洽《流别》、宏范《翰林》⁽¹²⁴⁾，各照隅隙，鲜观衢路⁽¹²⁵⁾：或臧否当时之才，或铨品前修之文⁽¹²⁶⁾，或泛举雅俗之旨，或撮题篇章之意⁽¹²⁷⁾。魏《典》密而不周，陈《书》辩而无当⁽¹²⁸⁾，应《论》华而疏略，陆《赋》巧而碎乱⁽¹²⁹⁾，《流别》精而少巧，《翰林》浅而寡要⁽¹³⁰⁾。又君山、公幹之徒，吉甫、士龙之辈⁽¹³¹⁾，泛议文意，往往间出⁽¹³²⁾，并未能振叶以寻根，观澜而索源⁽¹³³⁾。不述先哲之诰，无益后生之虑。⁽¹³⁴⁾(《序志》)

注 释

（1）建安：汉献帝年号（196—220）。五言腾踊：五言诗的创作空前活跃。

（2）文帝：即魏文帝曹丕。陈思：即陈思王曹植。纵辔以骋节：比喻曹丕与曹植像放开缰绳的马纵情驰骋一样，在文坛上大显身手。

（3）王、徐、应、刘：即王粲、徐幹、应场、刘桢，此四人皆为"建安七子"之一。望路而争驱：谓争先恐后地驱驰于文坛。

（4）怜风月：爱好清风明月。狎池苑：漫游清池幽苑。述恩荣：讲述恩宠荣耀的优待。叙酣宴：记叙宴会后的欢乐。怜：爱。狎：亲近。

（5）任气：任意发挥自己的志气。磊落：胸怀坦白。使才：施展自己的才能。

（6）造怀指事：抒写情怀，描绘事理。求：追求。纤密之巧：细密的技巧。

（7）驱辞逐貌：遣词写景。昭晰：清楚明白。

（8）此其所同：谓上述这些都是建安诗人所共有的特色。

（9）四言：指四言诗。正体：正规体制。雅润为本：即以雅正润泽为主。

（10）流调：流行的格调。清丽居宗：即以清新艳丽为主。

（11）华实：这里是指风格上的华丽和朴实。用：运用。惟才所安：由作者的才华而定。

（12）平子：张衡的字，东汉文学家、科学家。得其雅：有雅正的一面。叔夜：嵇康的字，三国时魏末文学家。含其润：有润泽的一面。

（13）茂先：张华的字，西晋文学家。凝其清：凝，唐写本作"拟"，今从。即有清新的一面。景阳：张协的字，西晋文学家。振其丽：发挥了华丽的一面。

（14）兼善：指具备雅润、清、丽四个方面的特点。仲宣：王粲的字，"建安七子"之一。

（15）偏美：偏长某一方面。太冲：左思的字，西晋文学家。公幹：刘桢的字，"建安七子"之一。

（16）乐辞：音乐的文辞。诗声：诗词与声律，即指诗词配上乐曲就是歌。

（17）声来被辞：即根据诗词来配声（即配乐）。辞繁难节：文辞繁杂难以节制。

（18）李延年：据唐写本，当是左延年，三国时魏国音乐家。闲于增损古辞：擅长增减原作。闲：熟悉。

（19）明贵约：文辞太多了应当删去一些，说明歌词重在简练。

（20）士衡：陆机的字。咸：都。佳篇：优秀作品，这里指好的乐府诗。

（21）伶人：乐工。谢：辞谢。丝管：乐器。此句谓：没有诏命令乐师配乐，所以不能用乐器演奏。

（22）乖调：不合声调。未思：未经过仔细思考。

（23）辨颂：据唐写本，当作"杂颂"。出辙：越出车轮所碾的痕迹，这里指超出颂的正规写法。鲜：少。

（24）缀：连缀，指写作。《皇子》：指曹植的《皇太子生颂》，见《艺文类聚》卷四十五。标：标准，这里指为其代表。

（25）积篇：指众多颂篇。《功臣》：指陆机的《汉高祖功臣颂》，见《文选》卷四十七。最显：最有名。

（26）杂居：混在一起。末代：指汉代之后的魏晋时期。讹体：变体。

（27）祝邪之文：传为黄帝所作，今不存。据张君房《云笈七签》卷一百《轩辕本纪》所载，黄帝曾作《祝邪》之文，以祭东海之滨能说话的神兽白泽。

（28）东方朔：西汉文人，字曼倩。骂鬼之书：据《古文苑》卷六载，东汉王延寿在他的《梦赋》序中，说他梦见鬼怪跟他作战，"遂得东方朔与臣作骂鬼之书"。这是梦中之事，未必真有此作。

（29）谴咒：谴责诅咒之文。务于善骂：极力追求大骂。

（30）《诰咎》：据《艺文类聚》卷一百所载，曹植曾感于大风为害，而借"天帝之命"作《诰咎文》。咎：罪过。诰：一作"诘"，即问罪。裁以正义：才是正确的意义。裁：通"才"。

（31）叨名：享有美名。体实繁缓：指曹植的谏文在风格上繁杂而冗长。

（32）《文皇》：指曹植为其兄曹丕所写的《文帝诔》，诔文见《三国志·魏志·文帝纪》裴松之的注。旨言：据唐写本，当作"百言"，今从，指《文帝诔》最后的百余言。自陈：自我表白。乖：违背。

（33）《客问》：文已散佚，无考。辞高而理疏：文辞不错而义理粗疏。

（34）庾敳：字子嵩，西晋文人。他的《客咨》，文已不存。意荣而文悴：内容丰富而文辞枯燥。

（35）甚众：很多。取裁：据唐写本，当作"取才"，即没有什么成就可取的事。

（36）《七启》：曹植的《七启》，载《文选》卷三十四。取美于宏壮：以宏伟壮丽取胜。

（37）非：非难，不赞成。颇非俳优：即倡优很不为人们所喜欢。

（38）嘲隐：即"谐隐"，这里是复词偏义，其意在"隐"而不在"谐"，因此只作"隐语"解。化：变。

（39）回互：转变、替换。此句指：故意把话说得错综曲折，使其捉摸不透，迷惑对方。

（40）体目文字：即打文字谜语。如《世说新悟·捷悟》记三国时杨修释曹娥碑背上"黄绢幼妇，外孙齑臼"八字为"绝妙好辞"等。图象品物：描绘事物的形状。

（41）纤巧：细小的技巧，这里指人的小聪明。弄思：卖弄文思。浅察：肤浅的见解。炫辞：炫耀文辞。

（42）此句谓：内容应当婉转而正确，文辞应当隐晦而确切。

（43）荀卿：名况，战国时赵国人。《蚕赋》：《荀子·赋篇》共五个部分，《蚕赋》是其中之一。兆：先兆，这里引申为开端。

（44）约而密之：简约而周密。曹丕与曹植写的谜语均不传。

（45）高贵乡公：即曹丕之孙曹髦，他的谜语也不传。博举品物：广泛地描绘事物。

（46）此句谓：虽有点小技巧，但用处不大。乖：不合。

（47）张衡：字平子，东汉著名科学家、文学家。《讥世》：即他的《讥世论》，今不存。韵似俳说：其韵味如同优伶打诨。

（48）孔融：字文举，汉末文学家。《孝廉》：他的《孝廉论》，今不存。但谈嘲戏：只谈一些嘲弄戏谑的话。

（49）《辨道》：即曹植的《辨道论》，载《续古文苑》卷九。体同书抄：其体裁如同抄书。

（50）已：止。论如其已：刘永济《文心雕龙释》校作"不如其已"，今从。

(51)《魏德》：曹植的《魏德论》已残缺，《全三国文》卷十七辑得部分残文。假论客主：假借客主问答形式来发表议论。

(52)迂缓：文章写得冗长不紧凑。且已千言：长达千言。

(53)劳深绩寡：费力大而成效小。飙焰缺焉：缺乏力量和光芒。飙：大风，比喻作品的力量。焰：火焰，喻光芒。

(54)表：文体的一种。曹植的表文，今存有《求自试表》《求通亲志篇》等三十余篇，见《全三国文》卷十五、十六。独冠群才：独居众人之上。

(55)体赡而律调：体制宏丽而音律协调。辞清而志显：文辞清秀而志趣明显。

(56)掣：《太平御览》卷五九四作"制"。应物掣巧：随事物的需要来施巧技。随变生趣：随思想的变化来抒情趣。

(57)此句谓：曹植善为表文，得心应手，犹如驾驭千里马，轻重缓急掌握得十分恰当。

(58)淮南：指淮南王刘安，西汉前期的思想家和文学家。崇朝：终朝，一个早晨。赋《骚》：《汉书·淮南王传》："初，（刘）安入朝，……（武帝）使为《离骚传》，旦受诏，日食时上。"

(59)枚皋：西汉辞赋家。应诏而成赋：《汉书·枚皋传》说："上（武帝）有所感，辄使赋之。为文疾（快），受诏辄成，故所赋者多。"

(60)援牍如口诵：据《文选》卷四十载，杨修《答临淄侯笺》说：曹植"握牍持笔，有所造作，若成诵在心"。援：持。牍：木简。

(61)仲宣：王粲的字，"建安七子"之一。宿构：早先构思。《三国志·魏志·王粲传》说：王粲属文"举笔便成，无所改定，时人常以为宿构"。

(62)思之速：言其构思之快。

(63)桓谭：字君山，东汉初学者。下面引文无考，当是他《新论》中的佚文。

(64)慕：羡慕，指爱好。

(65)实核：核实，指朴实。美众多：喜好繁多。要约：简约。

(66)陈思亦云：下引曹植语，原文无考。

(67)烦文博采：即文采繁富。深沈其旨：即意义深隐。

(68)离言：明言。《周易·说卦》说："离也者，明也，万物皆相见。"辨白：分辨明白。分毫析厘：即剖析毫厘，指描写细微。

(69)此句：谓各人的习尚不同，致力于写作的手法也不一样。

(70)势殊：体势不同。体势：即文体的特点。

(71)宫商：指宫、商、角、徵、羽五宫。大和：非常和谐。篪：形似笛的管乐器。

(72)均：同"韵"。翻回取均：旋转弦柱以求音调和谐。瑟：比琴大的弦乐器。

(73)资：凭借。瑟资移柱：鼓瑟要依靠旋转弦柱来调整弦音。乖贰：指音律不协调。

(74)含定管：其管的孔是一定的，每孔发出的音也是一定的。壹：一致。

(75)潘岳：字安仁，西晋作家。吹篪之调：谓曹植、潘岳的作品如吹篪一样，自然协调。

(76)陆机：字士衡，西晋作家。左思：字太冲，西晋作家。瑟柱之和：谓陆机、左思的作品如鼓瑟一样，需要调整才能和谐。

(77)扬、班：指扬雄、班固。伦：类。曹、刘：指曹植、刘桢。

(78)图状：描绘。影写：摹写。

(79)纤综：王利器校作"织综"，即组织、运用的意思。以敷其华：以铺陈其辞藻，施展其文华。

（80）惊听回视：引起人们的重视。资：依靠。效绩：功绩，此指艺术效果。

（81）《报孔璋书》：曹植此书已不存。孔璋：陈琳的字，"建安七子"之一。

（82）葛天氏：传说中的古代帝王。

（83）蔑：轻视。《韶》：指舜时的《韶乐》。《夏》：指夏禹时的《大夏》。

（84）引事之实谬：即引用典故失实之错误。

（85）按：查。唱和三人：《吕氏春秋·古乐》说："昔葛天氏之乐，三人操牛尾，投足以歌八阕。"

（86）相如《上林》：即司马相如的《上林赋》。

（87）陶唐：即帝尧，史称陶唐氏。《上林赋》原文说："奏陶唐氏之舞（乐），听葛天氏之歌。"

（88）接人：黄叔琳校作"推之"，即推测之。

（89）滥侈：任意夸大。信赋妄书：相信赋中所言而乱写。致斯谬：以致造成这种错误。

（90）明练：精明熟练。沈密：深沉细密。

（91）曹仁：据范本，当作"曹洪"。谬高堂：据《文选》卷四十一载，陈琳《为曹洪与魏文帝书》云："盖闻过高唐者，效王豹之讴。"此典出于《孟子·告子下》："昔者王豹处于淇，而河西善讴；绵驹处于高唐，而齐右善歌。"据此，曹洪把"河西"误为"高唐"了。曷：即"何"。

（92）缀藻：连缀辞藻，指写作。常检：一定的法度。

（93）追观：回头看。翻：反。阻奥：阻碍艰深。

（94）陈思称：下引曹植说，原文已不存。

（95）扬、马：指扬雄、司马相如。趣幽旨深：意义幽深。

（96）此句意为：读者不经老师讲解就不能解释其词句，没有广博的学识就难于理解其内容。综：综合，这里有掌握之意。

（97）直：仅。才悬：才力相差悬殊。抑：或者。字隐：字义隐晦，指深奥。

（98）《武帝诔》：曹植《武帝诔》是为悼念魏武帝曹操的功德而写的，载《艺文类聚》卷三十。尊灵永蛰：尊贵的英灵永远蛰伏，像是昆虫冬眠一样蛰伏地下。

（99）《明帝颂》：指曹植向魏明帝曹叡所献的《冬至献袜颂》，载《艺文类聚》卷七十。圣体浮轻：圣王的身体轻轻浮飞，喻死者（曹叡）像蝴蝶飞翔一样轻盈曼舞。

（100）疑：通"拟"，即比拟，类似。

（101）尊极：最尊贵的人，指帝王。

（102）献帝：即汉献帝刘协。播迁：流离迁徙，指董卓逼汉献帝由洛阳迁都长安，后来曹操又迁之于许都。蓬转：如蓬草随风飘转，比喻文人在动乱中的遭遇。

（103）建安：汉献帝年号（196—220）。区宇：区域之宇，指当时整个北方。辑：和，指安定。

（104）魏武：即魏武帝曹操。相王：曹操于公元208年为汉丞相，公元216年进爵魏王。雅爱诗章：一向爱好文学。

（105）文帝：指魏文帝曹丕。副君：太子。妙善辞赋：极善于写辞赋。

（106）公子之豪：即豪华的公子。下笔琳琅：指曹植的作品美如珠玉。

（107）体貌：尊敬的意思，指有礼貌的接待。英逸：英才。俊才：杰出的人才。云蒸：谓人才多如云涌。

（108）才：文才。洋洋：盛大的样子，这里形容才气旺盛。清绮：清丽。

（109）旧谈：旧说。抑：压抑，贬低。植：曹植。此句说：过去旧说有意贬低曹丕，说他与曹植比起来相差千里。

（110）思捷：文思敏捷。《三国志·魏志·陈思王植传》说："太祖（曹操）尝视其文，谓植曰：'汝倩人（请人代作）邪？'植跪曰：'言出为论，下笔成章，顾当面试，奈何倩人？'时邺铜雀台新成，太祖悉将诸子登台，使各为赋。植援笔立成，可观，太祖甚异之。"才俊：才华俊秀。

（111）子桓：曹丕的字。虑详：思虑周详。力缓：才力迟缓。不竞：不强。先鸣：名声居上。

（112）乐府：指曹丕的乐府诗，如他的《燕歌行》是魏七言诗的开创。清越：清新激越。《典论》：指曹丕的《典论·论文》。辩要：辨析扼要。

（113）迭：更迭。迭用短长：指曹丕与曹植各有优劣。憒：不明。

（114）俗情：世俗之情。抑扬：褒贬。雷同：雷之发声，各物同应，以喻人云亦云，随声附和。

（115）遂：于是。令：使。势窘：处境窘迫，指曹植与曹丕争立太子失败后的困境。

（116）笃论：确切的断论。

（117）论才：评论作家的才干。排：排斥。孔璋：陈琳的字，"建安七子"之一。曹植《与杨德祖书》说："以孔璋之才，不闲（熟悉）于辞赋。"

（118）敬礼：汉末作家，是曹植的好友，常请曹植修改他的文章。润色：修改加工。美谈：说得好，说得恰当。曹植《与杨德祖书》引丁敬礼的话说："文之佳恶，吾自得之，后世谁相知定吾文者耶？"曹植赞赏地说："吾常叹此达言，以为美谈。"

（119）季绪：刘修的字，汉末作家。诋诃：诽谤。方：比。田巴：战国时齐国辩士，曾被鲁仲连所驳倒。曹植《与杨德祖书》说："刘季绪才不逮于作者而好诋诃文章、掎摭利病。昔田巴毁五帝、罪三王、訾五霸于稷下，一旦而服千人；鲁连一说，使终身杜口。刘生之辩，未若田氏；今之仲连，求之不难，可无叹息乎？"

（120）才实鸿懿：才华确实卓然。鸿：大。懿：美。崇己：抬高自己。抑人：贬低别人。

（121）班、曹：指班固、曹植。

（122）述《典》：指曹丕的《典论·论文》。序《书》：指曹植的《与扬汉祖书》。

（123）《文论》：应场的《文论》今已不存，现存的《文质论》与文学没有什么关系。《文赋》：是陆机继曹丕《典论·论文》之后的又一篇文学论专著。

（124）仲洽：挚虞的字，西晋学者。《流别》：指他的《文章流别论》。宏范：李充的字，东晋学者。《翰林》：指他的《翰林论》，文已不全。

（125）隅隙：孔穴、角落，这里指次要的地方。衢路：大路，这里指主要的地方。

（126）臧否：褒贬。铨品：衡量、品评。前修：前贤。

（127）泛举：泛泛指出。撮题：提其题要，即摘取大要。撮：聚合。

（128）密而不周：细密而不周全。辩而无当：善辩而不恰当。

（129）华而疏略：文辞华丽而内容粗疏。巧而碎乱：讲得虽巧妙而琐碎杂乱。

（130）精而少巧：指据杨明照著《文心雕龙校注拾遗》精而少巧，当作精而少功"。讲得精粹而不切实用。浅而寡要：讲得肤浅而不得要领。

（131）君山：桓谭的字，东汉初学者。公幹：刘桢的字，"建安七子"之一。吉甫：

应贞的字,西晋学者。士龙:陆云的字,西晋文学家。

(132)泛议文意:泛泛地论述文章写作的用意。间出:偶然出现。

(133)振叶以寻根:从树的枝叶去寻找树的根本。观澜而索源:以水的波澜去探索水的发源。这里的枝叶和波澜比喻作品的辞藻,根和源比喻作品所依据的儒家学说。

(134)诰:教训。此句意为:不阐述先贤的教训,对后辈探讨文章的写作没有什么好处。

评 说

建安时期,在我国文学史上是一个"俊才云蒸"的时代,在众多的作家中,历来最受人们推崇的作家当为曹植,他的辞赋和诗歌成就代表了当时最高的水平。曹植现存诗80多首,完整和较完整的散文、辞赋有40多篇,在汉魏作者中数量为第一。从内容来看大致可分为纪事、述志、咏物三类。后二类数量更多些。曹植的赋有三个特点:一是取材相当广泛,朝着日常化、生活化方向拓展;二是小型化,今存他的作品全是形制较短的小赋,一般只有几百字,最长的《洛神赋》也不过千字左右;三是抒情化,无论纪事或者咏物,他都摒弃了汉赋铺排堆砌的传统,而是渗透进强烈的主观情感。

五言诗在建安时期,已经成熟。曹植在汉乐府、古诗的基础上大大地发展了五言诗的创作。首先,汉乐府古辞多以叙事为主,至《古诗十九首》,抒情成分才在作品中占重要地位。曹植发展了这种趋向,把抒情和叙事有机地结合起来,使五言诗既能描写复杂的事态变化,又能表达曲折的心理感受,大大丰富了它的艺术功能。《赠白马王彪》就是出色的一例。其次,曹植在诗歌语言的提炼和修饰上,是远胜于汉乐府古辞及《古诗》的。例如他的《美女篇》,其描写手法比《陌上桑》更加工细,辞藻更加华丽。即使是他的游仙诗,也比汉乐府中的同类作品写得圆熟,二者相比,工拙不同,是相当显著的。由于刻意提炼的结果,曹植诗中有不少精彩的警句,如"瓜田不纳履,李下不整冠"(《君子行》)、"捐躯赴国难,视死忽如归"(《白马篇》)、"生存华屋处,零落归山丘"(《箜篌引》)等。曹植善于运用民歌传统的比兴手法而又加以创新,诗歌开篇的比兴所传达的某种情绪往往以居高临下之势笼罩全诗,一气贯注。所以,曹植的诗往往一开头就能给人以强烈的印象,所谓"陈思最工起调"(沈德潜《古诗源》卷五),正是指此而言。另外,曹植的五言诗还颇留意于文句的整饬和音韵的和谐。如《公宴》中"秋兰被长坂,朱华冒绿池。潜鱼跃清波,好鸟鸣高枝"等句,即已形成初步的对偶句了,有些诗句在音韵上也大致具有平仄相对的形式。曹植的创作承前启后,从当时诗坛的具体情况来看,他的创作既有建安时期慷慨悲凉的余韵,又开启了以后弥漫于诗坛的荒漠凄冷的诗风。从整个中国古典诗歌发展的脉络来看,曹植的创作既为五言古诗奠定了基石,又为近体诗的发展开辟了道路。

曹植的诗具有丰富的想象力,在他的笔下,五言诗得到了真正的扩大,达到了无所不写的程度。无论叙事、说理,还是写景、抒情等题材的诗,都为数不少。曹植不但对五言诗的发展做出了重要的贡献,他的辞赋也写得很好。他抛弃了汉赋那种堆砌奇字的恶习,用华美而不艰涩的文字抒发自己的感情。刘勰对曹植在文学上所取得的这些成就,做了充分的肯定。他指出"暨建安之初,五言腾踊。文帝、陈思,纵辔以骋节"(《明诗》);"陈思之表,独冠群才。观其体赡而律调,辞清而志显,应物掣巧,随变生趣,执辔有余,故能缓急应节矣"(《章表》);"子建援牍如口诵"(《神思》);"陈思,群才之英也"(《事类》);"陈思之文,群才之俊也"(《指瑕》);"陈思以公子之豪,下笔琳琅"(《时序》)。这些评价都是正确的。

对曹氏兄弟的评价,早在刘勰之前已基本有了公论。钟嵘在《诗品》推曹植为"建安之雄",把曹植的作品列为"上品",然而刘勰对曹植的评价却并不十分公允。他说:"魏文之才……旧谈抑之,谓去植千里。……但俗情抑扬,雷同一声,遂令文帝以位尊减才,思王以势窘益价,未为笃论也。"(《才略》)其事实是:曹植的一生,以曹丕称帝为界,明显地分为前后两个时期。他的后半生处于恶劣的环境中,曹丕、曹叡父子对他进行了多方面的迫害,这时他对人民的疾苦开始有了理解。他的作品在揭露迫害和抒写个人不幸的同时,开始反映人民的疾苦,写出了像《泰山梁父行》一类的作品。曹植"势窘益价",实为"笃论"。至于说帝王是尊者,不能用"永蛰""浮轻"等词语来形容,这在当时贵为帝王的曹丕、曹叡也并不介意的文学用语,却使得刘勰为之愤愤,"施之尊极,岂其当乎!"(《指瑕》)这只能表明刘勰对帝王的愚忠而已。

·刘桢

刘桢(?—217),字公幹,东平(今山东东平)人。汉末文学家,"建安七子"之一,曾为曹操丞相掾属。他的五言诗风格遒劲,语言质朴,在当时负有重名。但作品流传很少,内容多为酬答亲朋,抒写个人抱负。明人辑有《刘公幹集》。

暨建安之初，五言腾踊[1]。文帝、陈思，纵辔以骋节[2]；王、徐、应、刘，望路而争驱[3]。并怜风月，狎池苑[4]，述恩荣，叙酣宴[5]；慷慨以任气，磊落以使才[6]。造怀指事，不求纤密之巧[7]；驱辞逐貌，唯取昭晰之能[8]。此其所同也[9]。（《明诗》）

故铺观列代，而情变之数可监[10]；撮举同异，而纲领之要可明矣[11]。若夫四言正体，则雅润为本[12]；五言流调，则清丽居宗[13]，华实异用，惟才所安[14]。故平子得其雅，叔夜含其润[15]，茂先凝其清，景阳振其丽[16]。兼善则子建、仲宣，偏美则太冲、公幹[17]。然诗有恒裁，思无定位[18]；随性适分，鲜能通圆[19]。（《明诗》）

公幹笺记，丽而规益[20]，子桓弗论，故世所共遗[21]；若略名取实，则有美于为诗矣[22]。（《书记》）

公幹气褊，故言壮而情骇[23]。（《体性》）

公幹亦云[24]："孔氏卓卓，信含异气[25]；笔墨之性，殆不可胜[26]。"并重气之旨也[27]。（《风骨》）

刘桢云："文之体，指实强弱[28]；使其辞已尽而势有余，天下一人耳，不可得也[29]。"公幹所谈，颇亦兼气[30]。然文之任势，势有刚柔[31]；不必壮言慷慨，乃称势也[32]。（《定势》）

至于扬、班之伦，曹、刘以下[33]，图状山川，影写云物[34]；莫不纤综"比"义，以敷其华[35]；惊听回视，资此效绩[36]。（《比兴》）

陈思之《黄雀》、公幹之《青松》[37]，格刚才劲，而并长于讽谕[38]。（《隐秀》）

琳、瑀以符檄擅声[39]，徐幹以赋论标美[40]，刘桢情高以会采[41]，应玚学优以得文[42]。路粹、杨修，颇怀笔记之工[43]；丁仪、邯郸，亦含论述之美[44]；有足算[45]焉。（《才略》）

注　释

（1）建安：汉献帝年号。五言腾踊：指五言诗的创作特别活跃。

（2）文帝：即魏文帝曹丕。陈思：即陈思王曹植。纵辔：放开马的缰绳。骋节：驰骋而有节制。这里用纵马奔驰来比喻曹丕和曹植在文坛上充分展露自己的才干。

（3）王、徐、应、刘：指王粲、徐幹、应玚、刘桢。望路而争驱：望着文学创作的道路而争相驱进。

（4）怜风月：喜爱风花雪月。怜：爱。狎池苑：游玩清池幽苑。狎：亲近。

（5）述恩荣：叙述恩宠荣耀。叙酣宴：描绘畅饮盛宴。

（6）任气：尽情抒发志气。使才：施展才能。

（7）造怀：抒写情怀。指事：陈述事理。纤密之巧：细密的技巧。

（8）驱辞：运用文辞。逐貌：追逐形貌。昭晰之能：以清楚明白为贵。

（9）此句：谓以上这些都是建安诗人所共有的特色。

（10）铺观列代：总观历代（诗歌）。情变之数：情况演变的规律。可鉴：监，同"鉴"，可以看出来。

（11）撮举同异：概括地举出他们（指诗歌）同与不同。纲领之要：诗歌写作的纲要。

（12）正体：正规体式。雅润：典雅温润。

（13）流调：流行的格调。清丽居宗：清韵华丽为主。

（14）华实：这里指风格上的华丽与朴实。安：定。

（15）平子：张衡的字。得其雅：获得了其雅正的一面。叔夜：嵇康的字。含其润：具有了温润的一面。

（16）茂先：张华的字。凝其清：学得了其清新的一面。凝：唐写本作"拟"，有模仿、学习的意思。景阳：张协的字。振其丽：发挥了其华丽的一面。

（17）兼善：兼有各种长处（指上面所说的雅润、清丽等特点）。子建：曹植的字。仲宣：王粲的字。偏美：只偏长一个方面。太冲：左思的字。公幹：刘桢的字。

（18）恒裁：一定的体裁。思：指人的思想感情。位：框框。

（19）随性适分：指作家只能随着个性的偏长来进行创作。鲜能通圆：很少能兼长各体。

（20）笺记：文体名，《书记》篇解释说："记之言志，进己志也。笺者，表也，表识其情也。"刘桢的这类文章有《与曹植书》《谏曹植书》《答魏太子丕借郭落带书》等，均见《全后汉文》卷六十五。规益：有益于规劝。

（21）子桓：曹丕的字。弗论：指曹丕在《典论·论文》中没有论及刘桢的笺记。世所共遗：被世人所共同遗忘。

（22）略名取实：不计较文体名称而看实质。美于为诗：指刘桢的笺记胜于他的诗作。

（23）气褊：个性狭隘褊急。言壮而情骇：言辞雄壮而情思惊人。

（24）公幹亦云：所引刘桢的话，已无考。

（25）孔氏：指孔融。卓卓：高出一般。信：的确。异气：非凡的气质。

（26）笔墨：指文章。性：特性，此指孔文的优点。殆：几乎。

（27）并：都。重气：重视作家的气质和文章的气势。旨：意旨。

（28）文之体，指实强弱：此句研究者们认为有脱误。今从杨明照之说，"指"疑为"势"之误，草书二字形近。"实"下似脱一"有"字。原文当作"文之体势，实有强弱。"强：刚健。弱：柔弱。

（29）势有余：即气势很强。此句谓：话已说完而气势有余者，那算是天下独一无二的作家，是不可多得的。

（30）兼气：包括文气。

（31）任势：自然之势。势有刚柔：势必有刚有柔。

（32）此句谓：不一定要慷慨激昂的，才算文章有气势。

（33）扬、班：指扬雄、班固。伦：类。曹、刘：指曹植、刘桢。

（34）图状：描绘。影写：摹写。

（35）纤综：王利器校作"织综"，即组织、运用的意思。敷：铺陈。华：华丽。

（36）惊听：动听。回视：回头看，喻文章生动感。资：凭借。

（37）陈思：即陈思王曹植。《黄雀》：指曹植的《野田黄雀行》。《青松》：指刘桢的

《赠从弟》。因其第二首的首句是"亭亭山上松"故称。
　　（38）格：格式，这里有风格的意思。讽谕：婉转曲折地表达讽谏之意。
　　（39）琳、瑀：指陈琳、阮瑀。符檄：泛指章表檄移之类的文体。擅声：著称。
　　（40）标美：称美。
　　（41）情高以会采：情操高而兼有文采。
　　（42）学优以得文：学识广博而得以成文。
　　（43）路粹：字文蔚。杨修：字德祖，均为曹操属官。笔记：笔札书记。工：功力。
　　（44）丁仪：字正礼。邯郸：即邯郸淳，字子叔，均为东汉文人。含论述之美：具有论著的美才。
　　（45）足算：足以称数。

评　说

　　刘桢著有《谏平原侯植书》《答魏太子书》等。钟嵘《诗品》列他的诗为"上品"，称他"仗气爱奇，动多振绝，真骨凌霜，高风跨俗。但气过其文，雕润恨少"。刘勰《文心雕龙·书记》中称道说："公干笺记，丽而规益。"刘勰以曹丕的"文气说"为本，对刘桢的创作做了较为全面的论述，并给予了充分肯定。首先，指出刘桢虽不如曹植、王粲作诗兼善众体，而只长于五言，即所谓"偏美"，但"诗有恒裁，思无定位，随性适分，鲜能通圆"，所以不应当求全责备。其次，刘勰认为，刘桢褊狭的个性形成了他"情高以会采""言壮而情骇"的创作风格；这种创作风格又因文体不同而呈现出多样化：笺记华丽，诗则刚健雄劲。至于说其笺记"美于为诗"，这一论断就值得商榷了。但刘勰不因"子桓不论"，就避而不谈，他创新的胆识，却又是难能可贵的。

·陈琳

　　陈琳（？—217），字孔璋，广陵（今江苏扬州）人，汉魏间文学家，"建安七子"之一。生年无确考，惟知在"建安七子"中比较年长，约与孔融相当。初从袁绍，后归曹操，为司空军师祭酒，管记室，所草书檄甚多。陈琳著作，据《隋书·经籍志》载原有集10卷，已佚。明代张溥辑有《陈记室集》，收入《汉魏六朝百三家集》中。

· 陈琳 ·

陈琳之《檄豫州》，壮有骨鲠[1]，虽奸阉携养，章密太甚[2]；发丘摸金，诬过其虐[3]；然抗辞书衅，皦然露骨矣[4]。敢指曹公之锋，幸哉免袁党之戮也[5]。（《檄移》）

琳、瑀章表，有誉当时[6]；孔璋称健，则其标也[7]。（《章表》）

至于陈琳谏辞，称"掩目捕雀"[8]；潘岳哀辞，称掌珠伉俪[9]：并引俗说而为文辞者也[10]。（《书记》）

自献帝播迁，文学蓬转[11]；建安之末，区宇方辑[12]。魏武以相王之尊，雅爱诗章[13]；文帝以副君之重，妙善辞赋[14]；陈思以公子之豪，下笔琳琅[15]。并体貌英逸，故俊才云蒸[16]：仲宣委质于汉南，孔璋归命于河北[17]，……傲雅觞豆之前，雍容衽席之上[18]，洒笔以成酣歌，和墨以藉谈笑[19]。（《时序》）

琳、瑀以符檄擅声，徐干以赋论标美[20]，刘桢情高以会采，应玚学优以得文[21]。路粹、杨修，颇怀笔记之工[22]；丁仪、邯郸，亦含论述之美[23]：有足算[24]焉。（《才略》）

略观文士之疵[25]：……仲宣轻脆以躁竞，孔璋偬恫以粗疏；……诸有此类，并文士之瑕累[26]。（《程器》）

注 释

（1）《檄豫州》：指陈琳的《为袁绍檄豫州》，载《文选》卷四十四。豫州：泛指在河南，袁绍要向河南进兵攻曹操，特命陈琳作此檄文。壮有骨鲠：气壮理直。骨鲠：骨力，这里是正直之意。

（2）奸阉携养：奸臣宦官抚养。陈琳在檄文中骂曹操是"赘阉遗丑，本无懿德"，即骂曹操是宦官遗留下来的坏种，本来就没有什么美德。因操父是东汉大宦官曹腾的养子，所以陈琳这样骂他。章密太甚：揭露得太过分。

（3）发丘摸金：陈琳在散文中说曹操"又特置发丘中郎将，摸金校尉，所过隳突，无骸不露"，即说曹操专设发丘中郎将、摸金校尉这两个官职从事掘坟挖金，所到之处坟墓被毁，尸骨逼露。诬过其虐：谓对曹操的诬陷超过了他的暴虐。

（4）抗辞书衅：即能以抗直的文辞书写其罪过。抗：直。衅：罪过。皦然：明亮的样子。露骨：暴露。

（5）曹公：指曹操。锋：刀锋。袁党：袁绍的党羽。此句谓：陈琳敢于面对曹操的刀锋，幸而未被曹操当作袁绍的党羽而杀掉。

（6）琳：陈琳。瑀：阮瑀。章表：两种不同的文体，"章"是用来拜谢主恩的，"表"是用来陈述政事的。由于这两种文体都是直陈帝王的，往往都是文人的精心之作。有誉当时：即当时很有名气。

（7）称健：堪称刚健。标：显著，突出。

（8）谏辞：指陈琳的《谏何进召外兵》。"掩目捕雀"：比喻自欺欺人。据《后汉书·何进传》说，何进听信袁绍等人的意见，决定引兵进发京城，威逼太后，诛杀宦官。主簿陈琳入谏曰："谚有'掩目捕雀'。夫微物尚不可欺以得志，况国之大事，其可以诈立乎！"

（9）潘岳：字安仁，西晋文学家。哀辞：哀吊之作。潘岳哀辞甚多，如《金鹿哀辞》《阳城刘氏妹哀辞》。掌珠：掌上明珠，比喻极其珍爱。范文澜《文心雕龙注》："掌珠不见潘文（傅玄《短歌行》'昔君视我掌中珠'，盖当世常谚矣"）。伉俪：夫妻。潘岳《杨仲武诔序》中说："而子之姑，余之伉俪焉。"

（10）此句谓：陈琳的谏辞和潘岳的哀辞，都是引用民间俗语写成的文辞。

（11）献帝：即汉献帝刘协。播迁：流离迁徙。文学蓬转：比喻文人在动乱中如蓬草翻转。

（12）建安：汉献帝年号。区宇：国内。辑：和。此句谓：国内开始安定。

（13）魏武：即魏武帝曹操。相王：曹操于公元216年进爵魏王。雅爱诗章：一向爱好文学。

（14）文帝：即魏文帝曹丕。副君：太子。妙善辞赋：善于写作辞赋。

（15）陈思：即陈思王曹植。下笔琳琅：比喻曹植作品的美好。琳琅：精美玉石。

（16）体貌英逸：敬仰文人学士。云蒸：犹云涌。此句谓：杰出的作家，多得如云涌。

（17）仲宣：王粲的字。委质：归顺。汉南：汉水之南，即指刘表父子所统治的荆州，王粲曾在此避难。归命：归附。河北：黄河之北，即指袁绍父子所统治的冀州，陈琳曾在此避难。

（18）傲雅：潇洒自若的样子。雍容：从容不迫的样子。"觞豆之前"和"衽席之上"，都是指侍宴赋诗。

（19）"洒笔"与"和墨"，都是指写作。藉谈笑：助谈笑。

（20）琳、瑀：即陈琳、阮瑀。符檄：两种不同的文体。符，即符命，古代歌颂帝王功德的文体。檄，即檄文，在军事上用以晓谕敌方的文体。符檄擅声：以擅长写作符檄而著名。（按：陈琳、阮瑀无符命之作，故"符檄"疑为"移檄"。）徐幹：字伟长，"建安七子"之一。赋论：辞赋和论著。标美：享有美名。

（21）刘桢：字公幹，"建安七子"之一。情高以会采：高尚的情操与辞采相结合。应场：字德琏，"建安七子"之一。学优以得文：才学优秀而创作很多。

（22）路粹：字文蔚，汉末文人，曹操的军谋祭酒。杨修：字德祖，汉末文人，曹操的主簿。怀：具有。笔记：笔札书记。工：功力。

（23）丁仪：字正礼，汉末文人。邯郸：即邯郸淳，字子叔，汉末文人。此两人都是曹植的追随者。论述之美：善于论述。丁仪有《刑礼论》。（见《艺文类聚》卷五十四），邯郸淳有《受命述》。（见《艺文类聚》卷十）

（24）足算：足以称数。

（25）文士之疵：文人的毛病。疵：缺点，毛病。

（26）仲宣：王粲的字，"建安七子"之一。轻脆：疑为"轻脱"，即简易，不严肃。躁竞：性格急躁。偬侗：无知。粗疏：粗鲁。

（27）诸有此类：诸如此类。瑕累：缺点，毛病。

评 说

陈琳诗、文、赋皆能。诗歌今存多五言,代表作为《饮马长城窟行》,描写繁重的劳役给广大人民带来的苦难,颇具现实意义。诗中五、七言杂用,文辞古朴,颇有汉乐府古风,是建安前期的作品。全篇以对话方式写成,乐府民歌的影响较浓厚,是最早的文人拟作乐府诗作品之一。散文除《为袁绍檄豫州》外,尚有《为曹洪与世子书》等。他的散文风格比较雄放,文气贯注,笔力强劲,所以曹丕有"孔璋章表殊健"(《又与吴质书》)的评论。辞赋代表作有《武军赋》,颂扬袁绍克灭公孙瓒的功业,写得颇为壮伟,当时亦称名篇。又《神武赋》是赞美曹操北征乌桓时军容之盛的,风格与《武军赋》相类。陈琳在汉魏间动乱时世中三易其主,一定程度上表现了他对功名的热衷。这种热衷也反映在他的作品中。与"七子"其他人相比,他的诗、赋在表现"立德垂功名"一类内容上是较突出的。

陈琳与阮瑀一样,在"建安七子"中以书、檄著称。如他的《为袁绍檄豫州》,就颇具纵横家的特色。所以刘勰称他写得理直气壮,"抗辞书衅,嗷然露骨"。同时,刘勰对陈琳的"偬恫"与"粗疏"也提出了批评。如他对曹操的辱骂,显然就有些过分,所以刘勰批评他说:"虽奸阉携养,章密太甚,发丘摸金,诬过甚虐。"这些评价都是正确的。其次,陈琳在文学上的突出成就,理应是他的诗作,如《饮马长城窟行》,即使在"七子"全部诗作中,也堪称名篇佳作,而这却为刘勰所不提。这也表现了他的偏见。

·应场

应场(? —217),字德琏,汝南(今河南汝南)人。汉末文学家。"建安七子"之一。曹操征为丞相掾属,后为五官将文学。曹丕曾称其才学足以著书,但传世之作不多。原有集,已散失。明人辑有《应德琏集》。

暨建安之初,五言腾踊⁽¹⁾。文帝、陈思,纵辔以骋节⁽²⁾;王、徐、应、刘,望路而争驱⁽³⁾。并怜风月,狎池苑⁽⁴⁾,述恩荣,叙酣宴⁽⁵⁾;慷慨以任气,磊落以使才⁽⁶⁾。造怀指事⁽⁷⁾,不求纤密之巧;驱辞逐貌,唯取昭晰之能⁽⁸⁾。

此其所同也⁽⁹⁾。(《明诗》)

魏晋滑稽，盛相驱扇⁽¹⁰⁾。遂乃应场之鼻，方于盗削卵⁽¹¹⁾；张华之形，比乎握春杵⁽¹²⁾。曾是莠言，有亏德音⁽¹³⁾。岂非溺者之妄笑，胥靡之狂歌欤⁽¹⁴⁾！(《谐隐》)

自献帝播迁，文学蓬转⁽¹⁵⁾；建安之末，区宇方辑⁽¹⁶⁾。魏武以相王之尊，雅爱诗章⁽¹⁷⁾；文帝以副君之重，妙善辞赋⁽¹⁸⁾；陈思以公子之豪，下笔琳琅⁽¹⁹⁾。并体貌英逸，故俊才云蒸⁽²⁰⁾；……；德琏综其斐然之思，元瑜展其翩翩之乐⁽²¹⁾；文蔚、休伯之俦，于叔、德祖之侣⁽²²⁾，傲雅觞豆之前，雍容衽席之上⁽²³⁾，洒笔以成酣歌，和墨以藉谈笑⁽²⁴⁾。(《时序》)

琳、瑀以符檄擅声，徐幹以赋论标美⁽²⁵⁾，刘桢情高以会采，应场学优以得文⁽²⁶⁾。路粹、杨修，颇怀笔记之工⁽²⁷⁾；丁仪、邯郸，亦含论述之美⁽²⁸⁾，有足算⁽²⁹⁾焉。(《才略》)

详观近代之论文者⁽³⁰⁾多矣：至于魏文述《典》、陈思序《书》⁽³¹⁾、应场《文论》⁽³²⁾、陆机《文赋》，仲洽《流别》、宏范《翰林》⁽³³⁾，各照隅隙，鲜观衢路⁽³⁴⁾：或臧否当时之才，或铨品前修之文⁽³⁵⁾，或泛举雅俗之旨，或撮题篇章之意⁽³⁶⁾。魏《典》密而不周，陈《书》辩而无当⁽³⁷⁾，应《论》华而疏略，陆《赋》巧而碎乱⁽³⁸⁾，《流别》精而少巧，《翰林》浅而寡要⁽³⁹⁾。又君山、公幹之徒，吉甫、士龙之辈⁽⁴⁰⁾，泛议文意，往往间出⁽⁴¹⁾，并未能振叶以寻根，观澜而索源⁽⁴²⁾。不述先哲之诰，无益后生之虑⁽⁴³⁾。(《序志》)

注　释

（1）建安：汉献帝年号（196—220）。五言：五言诗。腾踊：空前活跃。

（2）文帝、陈思：即魏文帝曹丕、陈思王曹植。纵辔以骋节：纵马奔驰而有节制。

（3）王、徐、应、刘：即王粲、徐幹、应场、刘桢，皆为"建安七子"之一。望路而争驱：望着前路，而争先恐后。

（4）怜风月：爱好风花雪月。狎池苑：游玩清池幽苑。

（5）述恩荣：叙述恩宠荣耀。叙酣宴：描写畅饮盛宴。

（6）任气：任意抒发志气。磊落：光明磊落。使才：施展才能。

（7）造怀：抒写情怀。指事：陈述事理。

（8）驱辞：运用文辞。逐貌：描绘形貌。昭晰：清楚明白。

（9）此句谓：以上这些都是建安诗人共有的特色。

（10）驱扇：驱策扇动。此句谓：魏晋时期讲滑稽话的风气很盛行。

（11）应场之鼻：其事不详。方：比。盗削卵：把应场的鼻子比如像偷来的半个被削开的鸡蛋，形容其鼻子扁平。

（12）张华：字茂先，西晋文学家。春杵：在臼中春捣用的木棒。《世说新语·排调》注引《张敏集·头责秦子羽文》说："范阳张华，士卿刘许，义阳邹湛，河南郑诩。此数子者，或謇吃无宫商，……或口如含胶饴，或头如巾齑杵。"指张华头著巾，形如捣姜、蒜的木棒，上小下大。

（13）曾：乃。莠言：丑恶之言。亏：损害。德音：有德者之言。

（14）溺者：落水的人。妄笑：强颜作笑。胥靡：刑徒。狂歌：高歌。《吕氏春秋·大乐》中说："溺者非不笑也，罪人非不歌也。"因为是强笑强歌，所以"其乐非乐"。

（15）播迁：流离迁徙。文学蓬转：谓文人在动乱中如蓬草翻转。

（16）建安：汉献帝年号。区宇：全国。方辑：方才安定。

（17）魏武：即魏武帝曹操。相王：曹操于公元216年进爵为魏王。雅爱诗章：一向爱好文学。

（18）文章：即魏文帝曹丕。副君：太子。妙善辞赋：善于写作辞赋。

（19）陈思：即陈思王曹植。下笔琳琅：喻曹植作品的美好。

（20）体貌英逸：仰慕文人学士。云蒸：多得如云。

（21）综其斐然之思：运用其丰盛的文思。斐然：有文采的样子。元瑜：阮瑀的字，"建安七子"之一。展其翩翩之乐：施展其才华的乐趣。翩翩：美好的样子。

（22）文蔚：路粹的字。休伯：繁钦的字。于叔：应为"子叔"，邯郸淳的字。德祖：杨修的字。以上四人都是建安时期的作家。俦：侣。

（23）傲雅：潇洒自若的样子。雍容：从容不迫的样子。"觞空之前"与"衽席之上"，都是指侍宴赋诗。

（24）"洒笔"与"和墨"，都是指写作。藉谈笑：助谈笑。

（25）琳、瑀：即陈琳、阮瑀。符檄：即符命和檄文两种文体。符檄擅声：以擅长写作符檄而著名。徐幹：字伟长，"建安七子"之一。赋论标美：以写作辞赋和论著而享美名。

（26）刘桢：字公幹，"建安七子"之一。情高以会采：高尚的情操与辞采相结合。学优以得文：才学优秀而创作很多。曹丕《与吴质书》中说："德琏常斐然有述作之意，其才学足以著书。"应场现存赋十多篇；书论多篇，载《全后汉文》卷四十二。诗六首，载《全三国诗》卷三十。

（27）路粹：字文蔚。杨修：字德祖。东汉末文人。笔记之工：工于笔札书记的写作。

（28）丁仪：字正礼。邯郸：即邯郸淳，字子叔。皆曹植的追随者。论述之美：善于写作论述。丁仪有《刑礼论》，邯郸淳有《受命论》。

（29）足算：足以称数。

（30）论文者：讨论文章写作的人。

（31）述《典》：指曹丕的《典论·论文》。是我国古代文论最早的专篇之一。序《书》：指曹植的《与杨德祖书》。杨德祖：即杨修，曹植的好友。

（32）《文论》：应场的《文论》今不存。现存的《文质论》（载《艺文类聚》卷二十二）和文学没有什么关系。

（33）仲洽：挚虞的字，西晋学者。《流别》：即《文章流别论》，已残缺，张溥、严可均、张鹏一等均有辑本。宏范：李充的字，东晋学者。《翰林》：即《翰林论》，已残缺，今存严可均辑录部分残文，载《全晋文》卷五十三。

（34）隅隙：指次要的方面。隙：孔穴。衢路：大路，指主要的方面。

（35）臧否：褒贬。铨品：衡量与品评。前修：前贤，指前代作家。

（36）雅俗之旨：谓文章意旨的雅正或庸俗。撮题：扼要概括，这里是指对内容的摘要。

（37）密而不周：细密而不全面。辩而无当：有辩才而论点不恰当。

（38）华而疏略：文辞华丽而内容空疏。巧而碎乱：用词巧妙而内容琐碎杂乱。

（39）精而少巧：一作"精而少功"，谓讲得精到而用处不大。浅而寡要：见解浅薄而不得要领。

（40）君山：桓谭的字，东汉初年学者。公幹：刘桢的字，"建安七子"之一。吉甫：应贞的字，西晋学者。士龙：陆云的字，西晋文学家。

（41）间出：偶然出现。这里是说：桓谭、刘桢等人偶然也有泛论文章写作的意见。

（42）振叶以归根，观澜而索源：这里以枝叶和波澜比喻作品的辞藻，以根和源比喻作品所依据的儒家学说。

（43）先哲：古代圣贤。诰：教训。无益后生：对后生没有什么。

评 说

应玚在"建安七子"中是颇具才学的作家，所以刘勰称他"学优以深文"，但可惜死得太早，著书未成。曹丕在《与吴质书》中也说："德琏常斐然有述作之意，其才学足以著书，美志不遂，良可痛惜。"尽管如此，但他仍然"得文"不少，现在还存有10多篇赋和几篇书论，诗6首。他的作品很讲究文采，但内容却有些空疏，因而刘勰深有感触地说："应《论》华而疏略。"这些评价都是正确的。

·徐幹

徐幹（170—217），字伟长，北海（今山东寿光）人。汉末思想家、文学家，"建安七子"之一。官至五官将文学。善辞赋，能诗。后人辑有《徐伟长集》。

暨建安之初，五言腾踊(1)。文帝、陈思，纵辔以骋节(2)；王、徐、应、刘，望路而争驱(3)。并怜风月，狎池苑(4)，述恩荣，叙酣宴(5)；慷慨以任气，磊落以使才(6)。造怀指事，不求纤密之巧(7)；驱辞逐貌，唯取昭晰之能(8)。此其所同也(9)。（《明诗》）

及仲宣靡密，发端必遒⁽¹⁰⁾；伟长博通，时逢壮采⁽¹¹⁾；……彦伯梗概，情韵不匮⁽¹²⁾：亦魏晋之赋首⁽¹³⁾也。(《诠赋》)

建安哀辞，惟伟长差善⁽¹⁴⁾，《行女》一篇，时有恻怛⁽¹⁵⁾。(《哀吊》)

故魏文称⁽¹⁶⁾："文以气为主，气之清浊有体，不可力强而致。"⁽¹⁷⁾故其论孔融，则云："体气高妙。"⁽¹⁸⁾论徐幹，则云："时有齐气。"⁽¹⁹⁾论刘桢，则云："有逸气。"⁽²⁰⁾公幹亦云："孔氏卓卓，信含异气⁽²¹⁾；笔墨之性，殆不可胜。⁽²²⁾"并重气之旨也。⁽²³⁾(《风骨》)

自献帝播迁，文学蓬转⁽²⁴⁾；建安之末，区宇方辑⁽²⁵⁾。魏武以相王之尊，雅爱诗章⁽²⁶⁾；文帝以副君之重，妙善辞赋⁽²⁷⁾；陈思以公子之豪，下笔琳琅⁽²⁸⁾。并体貌英逸，故俊才云蒸⁽²⁹⁾：……伟长从宦于青土，公幹徇质于海隅⁽³⁰⁾；……傲雅觞豆之前，雍容衽席之上⁽³¹⁾，洒笔以成酣歌，和墨以藉谈笑⁽³²⁾。(《时序》)

琳、瑀以符檄擅声⁽³³⁾，徐幹以赋论标美⁽³⁴⁾，刘桢情高以会采⁽³⁵⁾，应玚学优以得文⁽³⁶⁾。路粹、杨修，颇怀笔记之工⁽³⁷⁾；丁仪、邯郸，亦含论述之美⁽³⁸⁾：有足算⁽³⁹⁾焉。(《才略》)

若夫屈、贾之忠贞⁽⁴⁰⁾，邹、枚之机觉⁽⁴¹⁾，黄香之淳孝⁽⁴²⁾，徐幹之沉默⁽⁴³⁾：岂曰文士，必其玷欤⁽⁴⁴⁾？(《程器》)

注 释

（1）建安：汉献帝年号（196—220）。五言：指五言诗。腾踊：特别活跃。此句谓：五言诗的创作特别活跃。

（2）文帝：即魏文帝曹丕。陈思：即陈思王曹植。辔：马缰绳。骋节：驰骋而有节制。这里用纵马奔驰来比喻在文坛上的大显身手。

（3）王、徐：即王粲、徐幹。应、刘：应玚、刘桢。以上四人均为"建安七子"之一。望路而争驱：望着文学创作的道路而争相驱进。

（4）怜风月：爱好风花雪月。狎池苑：游赏清池幽苑。

（5）述恩荣：叙述恩宠荣耀。叙酣宴：描绘畅饮盛宴。

（6）任气：任凭抒发自己的志气。使才：施展自己的才能。

（7）造怀指事：抒写情怀，陈述事理。纤密之巧：细密的技巧。

（8）驱辞：运用文辞。逐貌：追逐形貌。昭晰之能：清楚明白为贵。

（9）此句谓：以上这些都是建安诗人所共有的特色。

（10）仲宣：王粲的字，他的赋今存《登楼赋》等十余篇，见《全后汉文》卷九十。靡密：细密。发端必遒：文章一开头就显得刚健有力。

（11）伟长：徐幹的字，他的赋今存《齐都赋》等数篇，大都残缺不全，见《全后汉文》卷九十三。博通：广博通达。时逢壮采：时常可以见到壮丽的辞采。

（12）彦伯：袁宏的字，东晋作家，所作赋有《东征赋》等，今已不全，见《全晋文》

卷五十七。梗概：即慷慨。情韵不匮：情调韵味不乏。

（13）此句谓：以上这些人都是魏晋时期第一流的辞赋家。

（14）哀辞：哀悼死者之文。刘勰引《逸周书·谥法》说："短折曰哀"，即年幼而死才能是"哀"。差善：较好。

（15）《行女》：指徐幹的《行女哀辞》，今不存。恻怛：哀痛。

（16）魏文：即魏文帝曹丕，下面的引语，见他的《典论·论文》。

（17）此句的文意是：文章的气势应以作者的气质为主，气质的刚或柔的不同区分，是不能用人的力量可以勉强达到的。

（18）孔融：字文举，"建安七子"之一。体气高妙：风格气质高尚美妙。语见曹丕《典论·论文》。

（19）时有齐气：时常带有齐国的那种舒缓阔达之气。语见曹丕《典论·论文》。

（20）刘桢：字公幹，"建安七子"之一。有逸气：有超越的才气。语见曹丕《与吴质书》。

（21）公幹亦云：下面所引刘桢的话已失传。孔氏：指孔融。卓卓：卓越。信含异气：确实有不同的气质。

（22）笔墨：指文章。性：性质、特征，这里指孔文的优点。殆：几乎。

（23）此句谓：以上这些话都是重视作家气质和文章气势的意思。旨：意旨。

（24）献帝：即汉献帝刘协。播迁：指时局动乱。蓬转：如蓬草随风飘转。

（25）区宇：即区域之内，指北方。方辑：发集，指安定。

（26）魏武：即魏武帝曹操。相王：曹操既是丞相，又是魏王。雅爱诗章：一向爱好文学。

（27）文章：即魏文帝曹丕。副君：即太子。妙善辞赋：极善于写作辞赋。

（28）陈思：即陈思王曹植。豪：豪华。琳琅：美玉，这里喻作品的美好。

（29）体貌：尊敬。英逸：英才。俊才云蒸：杰出的作家多得如云。

（30）从宦：从仕。青土：指徐幹的原籍北海，即今山东寿光市。循质：即"委质"，归顺的意思。海隅：指刘桢的原籍东平，即今山东东平县。

（31）傲雅：啸傲风雅，有不受拘束的意思。觞豆：酒杯和盛肉器。雍容：从容不迫。衽席：坐席。此句谓：在一杯酒前吟咏赋诗，在坐席上从容谈笑。

（32）洒笔：挥笔。和墨：蘸墨，都指写作。藉谈笑：有助谈笑。

（33）琳：陈琳。瑀：阮瑀。符：符命，古代歌颂帝王功德的文体。檄：檄文，军事上晓谕敌方的文体。陈琳、阮瑀均无符命，这里的"符檄"是泛指章表檄符之类的文体。擅声：指以擅长章表檄移著称。

（34）赋：曹丕《典论·论文》说："幹之《玄猿》《漏卮》《圆扇》《橘赋》，虽张（衡）蔡（邕）不过也。然于他文，未能称是。"论：曹丕《与吴质书》说：徐幹"著《中论》二十篇，成一家之言，辞义典雅，足传于后，此子为不朽矣"。标美：称美。

（35）情高以会采：情操高尚而兼有文采。

（36）应场：字德琏，"建安七子"之一。学优以得文：学识广博而得以成文。

（37）路粹：字文蔚，汉末作家，曾为曹操军谋祭酒。杨修：字德祖，汉末作家，曾为曹操主簿。笔记：笔札书记。工：功力。

（38）丁仪：字正礼，汉末文人。邯郸：即邯郸淳，字子叔，汉末文人。含论述之美：具有论著的美才。

（39）足算：足以称算。《论语·子路》云："斗筲之人，何足算也。"

（40）屈、贾：指屈原、贾谊。忠贞：忠诚坚贞。

（41）邹：指邹阳。枚：即枚乘。都是西汉辞赋家。机觉：警觉，指邹阳、枚乘察觉吴王濞即将造反而离去。事见《汉书·邹阳传》。

（42）黄香：东汉文人。据《后汉书·黄香传》说："黄香，字文强，江夏安陆人也。年九岁失母，思慕憔悴，殆不免丧（终丧），乡人称其至孝。"淳孝：至孝。

（43）沉默：指徐幹沉静淡泊，不求富贵。曹丕《与吴质书》说："而伟长（徐幹字伟长）独怀文抱质，恬淡寡欲，有箕山之志，可谓彬彬君子矣。"

（44）玷：玉的斑点，引申为人的过失。

评 说

徐幹是"建安七子"中学识渊博的一位学者，论、赋都写得很好。他曾著《中论》20篇，抨击儒者之弊；又擅长写赋，从现存的《齐都赋》等残文看，就写得富丽而有文采。刘勰评他"以赋论标美"，甚为公允。他的爱情诗也写得不错，《室思》中的"思君为流水，何有穷已时"等名句，就常为后人所引用。只因刘勰受"宗经"思想的局限，视爱情诗篇为"郑曲"，所以他只字未提，未免太遗憾了。

・王粲

王粲（177—217），字仲宣，山阳高平（今山东邹县）人。汉末文学家，"建安七子"之一。王粲天资聪慧，博闻强记，言辞明辨。精于数学、棋艺，对前代典章礼仪，尤为熟悉，在魏多参与朝廷奏议及拟订制度，《太庙颂》等皆出自王粲手笔。先曾依刘表，未被重用，后才为曹操幕僚，官至侍中。其诗语言刚健，词气慷慨，《登楼赋》最为有名。《隋书·经籍志》著录有《王粲集》11卷，《去伐论集》3卷，《汉末英雄记》10卷，皆佚。明代张溥辑有《王侍中集》1卷，收入《汉魏六朝百三家集》。

暨建安之初，五言腾踊⁽¹⁾。文帝、陈思，纵辔以骋节⁽²⁾；王、徐、应、刘，望路而争驱⁽³⁾。并怜风月，狎池苑⁽⁴⁾，述恩荣，叙酣宴⁽⁵⁾；慷慨以任气，

磊落以使才⁽⁶⁾。造怀指事⁽⁷⁾，不求纤密之巧；驱辞逐貌，唯取昭晰之能⁽⁸⁾。此其所同也⁽⁹⁾。(《明诗》)

若夫四言正体，则雅润为本⁽¹⁰⁾；五言流调，则清丽居宗⁽¹¹⁾，华实异用，惟才所安⁽¹²⁾。故平子得其雅，叔夜含其润⁽¹³⁾，茂先凝其清，景阳振其丽⁽¹⁴⁾。兼善则子建、仲宣，偏美则太冲、公幹⁽¹⁵⁾。然诗有恒裁，思无定位⁽¹⁶⁾；随性适分，鲜能通圆⁽¹⁷⁾。(《明诗》)

及仲宣靡密，发端必遒⁽¹⁸⁾；伟长博通，时逢壮采⁽¹⁹⁾；……景纯绮巧，缛理有余⁽²⁰⁾；彦伯梗概，情韵不匮⁽²¹⁾：亦魏晋之赋首⁽²²⁾也。(《诠赋》)

胡、阮之《吊夷齐》，褒而无闻⁽²³⁾；仲宣所制，讥呵实工⁽²⁴⁾。然则胡、阮嘉其清，王子伤其隘⁽²⁵⁾，各志也⁽²⁶⁾。(《哀吊》)

自《七发》以下，作者继踵⁽²⁷⁾。观枚氏首唱，信独拔而伟丽矣⁽²⁸⁾。及傅毅《七激》，会清要之工⁽²⁹⁾；……仲宣《七释》，致辨于情理⁽³⁰⁾。自桓麟《七说》以下，左思《七讽》以上⁽³¹⁾，枝附影从⁽³²⁾，十有余家。(《杂文》)

魏之初霸，术兼名法⁽³³⁾；傅嘏、王粲，校练名理⁽³⁴⁾。迄至正始，务欲守文⁽³⁵⁾；何晏之徒，始盛玄论⁽³⁶⁾。于是聃、周当路，与尼父争涂矣⁽³⁷⁾。详观兰石之《才性》，仲宣之《去代》⁽³⁸⁾，叔夜之《辨声》，太初之《本玄》⁽³⁹⁾，辅嗣之《两例》，平叔之《二论》⁽⁴⁰⁾，并师心独见，锋颖精密⁽⁴¹⁾，盖人伦之英也⁽⁴²⁾。(《论说》)

淮南崇朝而赋《骚》⁽⁴³⁾，枚皋应诏而成赋⁽⁴⁴⁾，子建援牍如口诵⁽⁴⁵⁾，仲宣举笔似宿构⁽⁴⁶⁾，阮瑀据案而制书⁽⁴⁷⁾，祢衡当食而草奏⁽⁴⁸⁾：虽有短篇，亦思之速⁽⁴⁹⁾也。(《神思》)

仲宣躁锐，故颖出而才果⁽⁵⁰⁾。(《体性》)

仲宣《登楼》⁽⁵¹⁾云："钟仪幽而楚奏，庄舄显而越吟。"⁽⁵²⁾此反对之类⁽⁵³⁾也；……幽显同志，反对所以为优也⁽⁵⁴⁾。(《丽辞》)

自献帝播迁，文学蓬转⁽⁵⁵⁾；建安之末，区宇方辑⁽⁵⁶⁾。魏武以相王之尊，雅爱诗章⁽⁵⁷⁾；文帝以副君之重，妙善辞赋⁽⁵⁸⁾；陈思以公子之豪，下笔琳琅⁽⁵⁹⁾。并体貌英逸，故俊才云蒸⁽⁶⁰⁾：仲宣委质于汉南，孔璋归命于河北⁽⁶¹⁾，……文蔚、休伯之俦，于叔、德祖之侣⁽⁶²⁾，傲雅觞豆之前，雍容衽席之上⁽⁶³⁾，洒笔以成酣歌，和墨以藉谈笑⁽⁶⁴⁾。(《时序》)

仲宣溢才，捷而能密⁽⁶⁵⁾，文多兼善，辞少瑕累⁽⁶⁶⁾，摘其诗赋，则七子之冠冕乎⁽⁶⁷⁾！(《才略》)

略观文士之疵⁽⁶⁸⁾；相如窃妻而受金⁽⁶⁹⁾，扬雄嗜酒而少算⁽⁷⁰⁾；……仲宣轻脆以躁竞⁽⁷¹⁾，孔璋偬恫以粗疏⁽⁷²⁾；……诸有此类，并文士之瑕累⁽⁷³⁾。(《程器》)

注　释

（1）建安：汉献帝年号。五言：指五言诗。腾踊：即空前活跃。

（2）文帝：即魏文帝曹丕，曹操次子。陈思：即陈思王曹植，曹丕之弟。辔：马缰绳。节：一定的度数。此句以纵马奔驰来比喻在文坛上大显身手。

（3）王、徐、应、刘：指王粲、徐幹、应玚、刘桢。望路而争驱：谓王、徐、应、刘等人都争先恐后地驱驰于文坛。

（4）怜风月：爱好风月美景。狎：亲近。狎池苑：喜欢清池幽苑。

（5）恩荣：恩宠荣耀。酣宴：宴集畅饮。

（6）任气：任意抒发志气。磊落：胸怀坦白。使才：施展才能。

（7）造怀：抒写情怀。指事：陈述事理。

（8）驱辞：运用文辞。逐貌：描绘形貌。昭晰：清楚明白。

（9）此句谓：以上这些都是建安诗人所共有的特色。

（10）四言正体：四言诗的正规体制。雅润：雅正的温润。

（11）五言流调：五言诗的流行格调。清丽：清新华丽。居宗：为主。

（12）华实异用：华丽与朴实不同风格的运用。唯才所安：只据作者的才华而定。

（13）平子：张衡的字。得其雅：获得了四言诗雅正的风格。叔夜：嵇康的字。含其润：具有四言诗温润的风格。

（14）茂先：张华的字。凝其清：凝，唐写本作"拟"，学到了五言诗清新的风格。景阳：张协的字。振其丽：发挥了五言诗艳丽的风格。

（15）兼善：兼备各种文体的长处。子建：曹植。仲宣：王粲。偏美：偏于某一方面的长处。太冲：左思的字。公幹：刘桢的字。

（16）恒裁：一定的体裁。思无定位：思想感情没有一致的规定。

（17）随性适分：只能随着各自的个性来适应自己的偏好。鲜能通圆：很少有人能兼备各种文体的长处。

（18）靡密：细密。发端必遒：谓王粲作赋，一开头就显得刚健有力。

（19）伟长：徐幹的字。博通：博学通达。时逢壮采：谓在徐幹的赋中，常常可以见到壮丽的文采。

（20）景纯：郭璞的字。绮巧：谓郭璞的赋，绮丽巧妙。缛：繁盛。缛理：指道理丰富。

（21）彦伯：袁宏的字，东晋作家，今存《东征赋》残文。梗概：即慷慨。情韵不匮：情调韵味无穷。

（22）魏晋之赋首：谓以上这些人都是魏晋时期第一流的辞赋家。

（23）胡：即胡广，字伯始，东汉作家。阮：即阮瑀，字符瑜，汉末作家。《吊夷齐》：胡广有《吊夷齐文》，阮瑀有《吊伯夷文》，均残，见《艺文类聚》卷三十七。褒而无闻：只有赞扬而无批评。闻：唐写本作"间"，今从。

（24）仲宣所制：指王粲所作的《吊夷齐文》，尚存不全，残文见《艺文类聚》卷三十七。讥呵实工：批评得好。

（25）嘉其清：嘉奖伯夷、叔齐的清高。伤其隘：哀伤伯夷、叔齐的狭隘。

（26）各志也：唐写本作"各其志也"，今从。

（27）《七发》：西汉辞赋家枚乘撰，是最早的"七体"赋。继踵：一个接着一个。

（28）首唱：首创。独拔：超群出众。

（29）傅毅：字武仲，东汉辞赋家。《七激》：载《艺文类聚》卷五十七。会：会聚。清要：清新简要。工：功力。

（30）《七释》：文已不全，《全后汉文》卷九十一辑得残文十余条。致辨于情理：致力于阐明人生哲理。

（31）桓麟：字符凤，汉末文人。他的《七说》，见《全后汉文》卷二十七辑得残文数条。左思：字太冲，西晋文学家。他的《七讽》，已散失。

（32）枝附影从：如枝之附干，影之随形地进行模仿。

（33）初霸：初建王霸之业。术：统治方法。名法：指名家和法家的学说。

（34）傅嘏：字兰石，三国时魏国文人。校练：熟练。名理：辨名推理。

（35）正始：魏齐王曹芳的年号。务欲守文：想致力于坚守文治的方法。

（36）何晏：字平叔，三国时魏国玄学家。玄论：道家理论。

（37）聃：老子之名。周：庄子之名。老庄为道家学派的代表人物。当路：即当道、得势之意。尼父：指孔子。争涂：谓与儒家争夺思想阵地。

（38）《才性》：指傅嘏的《才性论》，今不存。《去代》：《太平御览》卷五九五作《去伐》，指王粲的《去伐论》，已佚。

（39）叔夜：嵇康的字，三国时魏国文学家。《辨声》：指嵇康的《声无哀乐论》，见《嵇康集》卷五。太初：夏侯玄的字，三国时魏国文人。《本玄》：当是《本无》，指夏侯玄的《本无论》，已散失。

（40）辅嗣：王弼的字，三国时魏国学者。《两例》：王弼的《易略例》旧分上下两篇，故称为《两例》。平叔：何晏的字。《二论》：据《晋书·王衍传》载，何晏有《无为论》，据《列子·仲尼》注说，何晏又有《无名论》。

（41）师心独见：不师法别人，有创见。锋颖：笔力锋锐，这里指论点。

（42）人伦：《太平御览》卷五九五作"论"无"人"字。此句谓：以上诸人的著作都是当时论文中比较精粹的。

（43）淮南：即淮南王刘安。崇朝：一个早晨。赋《骚》：指写《离骚传》，已失传。

（44）枚皋：西汉辞赋家。应诏而成赋：据《汉书·枚乘传》说："上有所感，辄使赋之。有文疾，受诏辄成，故所赋者多。"

（45）子建：曹植的字。援牍如口诵：《文选》卷四十载杨修《答临淄侯（曹植）笺》说，曹植"握牍持笔，有所造作，若成诵在心"。

（46）举笔似宿构：《三国志·王粲传》说，王粲作文"举笔便成，无所改定，时人常以为宿构"。

（47）阮瑀："建安七子"之一。据案而制书：《三国志·王粲传》注引《典略》曰："太祖尝使瑀作书与韩遂。时太祖适近出，瑀随从，因于马上具草，书成呈之。太祖揽笔欲有所定，而竟不能增损。"

（48）祢衡：字正平，汉末文学家。当食而草奏：当是两事概为一句。当食：《后汉书·祢衡传》说，祢衡在黄射的一次宴会上，有人献鹦鹉，黄射举杯谓衡曰："愿先生赋之，以娱宾客。"祢衡"揽笔而作，文无加点，辞采甚丽"。草奏：亦据《后汉书·祢衡传》说，刘表曾邀集文人共草奏章，当时祢衡外出，还见之，不乐，乃求笔札重写，"须臾立成，辞义可观"。

（49）思之速：谓以上诸人虽然只有一些篇幅短小的作品，但也算是构思的迅速。

（50）躁锐：范文澜《文心雕龙注》校作"躁竞"，谓王粲的性格急躁而好胜。颖出而才果：即锋芒外露而才思果断。

（51）《登楼》：即王粲的《登楼赋》，载《文选》卷十一。

（52）钟仪：春秋时楚国人。幽：囚禁。楚奏：弹奏楚国音乐。钟仪被囚事，见《左传·成公九年》。庄舄：春秋时越人，仕于楚。显：地位显要。越吟：谓庄舄在病中呻吟发越声。事见《史记·张仪列传》附《陈轸传》。

（53）反对之类：钟仪被囚、庄舄显达，处境相反，同怀故里，故为"反对之类"。

（54）此句谓：反差大的事物情理相对举，能给人深刻印象，故称"反对所以为优也"。

（55）献帝：即汉献帝刘协。播迁：流离迁徙，指董卓逼献帝由洛阳迁都长安，后曹操又迁之于许都。蓬转：如蓬草随风飘转，比喻文人在动乱中的遭遇。

（56）区宇方辑：谓国内才开始安定。辑：和。

（57）魏武：即魏武帝曹操。相王：曹操于公元208年为丞相，216年进爵魏王。雅爱诗章：一向爱好文学。

（58）文帝：即魏文帝曹丕。副君：太子。妙善辞赋：善于写作辞赋。

（59）陈思：即陈思王曹植。下笔琳琅：指曹植的作品美如珠玉。

（60）体貌：敬仰。英逸：英才。俊才：英俊之才。云蒸：犹云涌。此句谓：曹操等三人都敬仰文人学士，故杰出的作家多得如云。

（61）委质：归顺的意思。汉南：汉水之南，即刘表父子所统治的荆州，王粲曾在此避难。孔璋：陈琳的字。河北：黄河之北，即袁绍父子统治的冀州，陈琳曾在袁绍门下。

（62）文蔚：路粹的字。休伯：繁钦的字。于叔：应为"子叔"，邯郸淳的字。德祖：杨修的字。以上四人都是建安时期的作家。俦、侣：都是等同的意思。

（63）傲雅：潇洒自若。雍容：从容不迫。"筋豆之前"与"衽席之上"：都是指侍宴赋诗。筋：酒杯。豆：盛肉器。衽：床席，这里指坐席。

（64）"洒笔"与"和墨"：都是指写作。藉：助。

（65）溢才：高才。捷而能密：敏捷而精密。

（66）文多兼善：各种文体都写得很好。瑕累：毛病、缺点。

（67）摘：取。冠冕：帝王的帽子，这里是文学成就最高者。

（68）疵：毛病，这里指文人的缺点。

（69）相如：即司马相如，西汉辞赋家。窃妻：指司马相如在临邛以琴声挑逗卓文君私奔，事见《汉书·司马相如传》。受金：接受贿赂。据本传说，他使蜀回来后，"人有上书言相如使（蜀）时受金、失官"。

（70）扬雄：字子云，西汉辞赋家。嗜酒：据《汉书·扬雄传》说，扬雄"家素贫，嗜酒"，人希至其门。少算：失算，据《文选·剧秦美新》注引李充《翰林论》："扬子论秦之剧，称新（王莽篡汉建'新'）之美，此乃计其胜负，比其优劣之义。"此指扬雄美新之失。

（71）轻脆：据《三国志·魏书·王粲传》说："表（刘表）以粲貌寝而体弱通侻，不甚重也。"疑此处"脆"为"脱"字之误，"脱"与"侻"相通，即简易无威仪。躁竞：急于仕进。《三国志·魏书·杜袭传》说："粲性躁进。"

（72）孔璋：陈琳的字。偬恫：蒙昧无知。粗疏：粗鲁。

（73）瑕累：谓缺点、毛病。

评　说

　　王粲是邺下文人集团的代表作家之一,"建安七子"的诗歌中,以王粲之作最为杰出,他的诗歌所表现出来的那种强烈的忧患意识,最能震撼人心。他看重文学的社会功用,认为文学是有关"人伦之首、大教之本"的一项事业(《荆州文学记·官志》)。在创作上,他的成就在邺下文人中是比较出色的。在政治上始终和曹氏集团保持一致。由于"魏之初霸,术兼名法",所以王粲也本于法家学说写文章主张施行刑赏。他写的《七释》实为赋体,内容是开导隐士出仕,这和他热衷仕进、建功立业的抱负相一致。刘勰称此文"致辨于事理",从留下的残文看,这个评价是正确的。他随曹操西征马超过洛阳首阳山时写了《吊夷齐文》,对历来被奉为封建道德最高典范的伯夷、叔齐褒贬抑扬、颇为得体,比之胡广、阮瑀等人一味称扬赞美更独具特色,其中自不免也有欲为曹操建立大业的影响在。

　　王粲性情"躁竞",文思敏捷,刘勰说他"举笔以宿构",注意到了他的性情与作品风格之间的关系。这种看法虽有可取之处,但忽略了社会经历以及时代风气的影响。事实上,《王粲集》中的佳作,大多写于他前期的流寓时期。他在荆州依附刘表时写的《登楼赋》,与曹植的《洛神赋》一起代表了建安时期辞赋的最高成就。在这篇赋里,去国怀乡之思与怀才不遇之情得到了淋漓尽致的表达。

　　王粲的诗也写得相当出色,刘勰称他"兼善"四言之"雅润"和五言之"清丽",从其现存的大部分诗作来看,确实如此。王粲文才横溢,兼工各体,"著诗、赋、论、议垂六十篇",诗与赋尤胜一筹,所以刘勰评他"文多兼善,辞少瑕累,摘其诗赋,则七子之冠冕乎",这并非溢美之词。

　　从刘勰对"三曹七子"的评价来看,"情"之一字,呼之欲出,建安风骨的要义在于内在的情性与历史生存的遭际密合于文字之中,突显个性,这恰是中国古代文学发展的另一折点的开端。

·邯郸淳·

　　邯郸淳(约132—221),字子叔,一名竺,颍川(今河南禹县)人,三国时魏国文学家。初平中,客荆州,荆州内附,武帝素闻其名,召见,甚敬异之。

邯郸淳

时五官将博延英儒，因启淳欲使在文学，会临淄侯植亦求淳，琥帝遣淳诣植，黄初初为博士给事中。有集2卷。曾作《投壶赋》千余言，奏之，文帝以为工，赐帛千匹。有文集2卷，又著小说《笑林》3卷，均已佚亡。

  至于邯郸《受命》，攀响前声[1]，风末力寡，辑韵成颂[2]，虽文理顺序[3]，而不能奋飞。（《封禅》）

  自献帝播迁，文学蓬转[4]；建安之末，区宇方辑[5]。魏武以相王之尊，雅爱诗章[6]；文帝以副君之重，妙善辞赋[7]；陈思以公子之豪，下笔琳琅[8]。并体貌英逸，故俊才云蒸[9]：……文蔚、休伯之俦，于叔、德祖之侣[10]，傲雅觞豆之前，雍容衽席之上[11]，洒笔以成酣歌，和墨以藉谈笑[12]。（《时序》）

  琳、瑀以符檄擅声，徐幹以赋论标美[13]，刘桢情高以会采，应场学优以得文[14]。路粹、杨修，颇怀笔记之工[15]；丁仪、邯郸，亦含论述之美[16]：有足算[17]焉。（《才略》）

注 释

（1）《受命》：指邯郸淳的《受命述》，见《艺文类聚》卷十。攀响前声：攀附前代的名作。

（2）风末力寡：指缺乏风力。《史记·韩安国传》："（冲）风之末，力不能漂鸿毛；非初不劲，末力衰也。"辑韵：编写文稿。成颂：成为颂体。

（3）文理顺序：文理有条不紊。"顺"一作"颇"。

（4）播迁：流离迁徙，指董卓逼汉献帝由洛阳迁都长安，后来曹操又迁之于许都。蓬转：如蓬草随风飘转，比喻文人在动乱中的遭遇。

（5）区宇方辑：指国内才开始安定。辑：和。

（6）魏武：指魏武帝曹操。曹操于公元208年为丞相，216年进爵魏王。曹丕称帝后，追尊为魏武帝。雅爱诗章：一向爱好文学。

（7）文帝：指魏文帝曹丕。副君：太子。妙善辞赋：善于写作辞赋。

（8）陈思：指陈思王曹植。下笔琳琅：指曹植的作品美如珠玉。

（9）体貌：尊敬的意思。英逸：英才。此句谓曹操等三人都很尊重人才。俊才：指杰出的作家。云蒸：谓多如云涌。

（10）文蔚：路粹的字。休伯：繁钦的字。于叔：应作"子叔"，邯郸淳的字。德祖：杨修的字，他们都是建安时期的作家。

（11）傲雅：洒脱的样子。觞：酒杯。豆：盛肉器。觞豆之前：指侍宴赋诗。雍容：从容不迫。衽席：坐席。曹丕《与吴质书》中说："昔日游处，行则连舆，止则接席，何尝须臾相失，每至觞酌流行，丝竹并奏，酒酣耳热，仰而赋诗。当此之时，忽然不自知乐也。"此二句即指这种生活。

（12）"洒笔"与"和墨"：都是指写作。此二句谓：下笔而成高歌、挥毫而助谈笑。

（13）琳、瑀：指陈琳、阮瑀。符：符命，歌颂帝王功德的文体。檄：檄文，晓谕敌方的文体。陈琳、阮瑀均无符命。符檄：当指檄移之类的文体，不指符命。符檄擅声：指以擅长檄移著名。徐幹：字伟长，"建安七子"之一。赋论标美：以辞赋和论著显示其优美。

（14）刘桢：字公幹。应玚：字德琏。均是"建安七子"之一。情高以会采：以高远的情操来从事创作。学优以得文：以丰富学识来写成文章。

（15）路粹：字文蔚。杨修：字德祖。均是汉末文人。颇怀笔记之工：在笔札书记方面颇为精工。

（16）丁仪：字正礼，汉末文人。论述之美：擅写论述文章的美称。丁仪有《刑礼论》，见《艺文类聚》卷五十四，邯郸淳有《受命述》，见《艺文类聚》卷十。

（17）足算：足以算数。《论语·子路》："斗筲之人，何足算也。"

评 说

邯郸淳是汉末魏初的著名文人。元嘉元年上虞长度尚为孝女曹娥立碑，淳为尚之弟子，于席间作碑文，操笔而成。汉亡后，邯郸淳又是曹魏文人集团中的重要成员之一，常常"傲雅觞豆之前，雍容衽席之上，洒笔以成酣歌，和墨以藉谈笑"。可见，他还是一个比较得意的文人。但是，邯郸淳对封禅一类的文体写得并不好，所以刘勰批评他的《受命述》是"攀响前声，风末力寡"，由于没有一点创新精神，"虽文理顺序，而不能奋飞"。刘勰这个批评，是恰如其分的。刘勰在《文心雕龙》一书中两次提到邯郸淳的重要著作《受命述》，一方面认为《受命述》"风末力寡"，另一方面又认为"亦含论述之美"。就《受命述》全文而言，无非是歌功颂德，极力吹捧大魏一统，颂作刑清，而且行文也较繁缛芜杂，缺乏风力，无怪乎刘勰认为"不能奋飞"。但他既然认为《受命述》"亦含论述之美"，基本上还是予以肯定的。毋庸讳言，像《受命述》这类作品，政治上毫无价值可言，其文体与文学创作也无多大关涉。由于刘勰受到封建正统观念的束缚和对封建帝王的尊崇，对这类作品也居然给以肯定，因而表现了明显的局限性。

·刘劭

刘劭，或作刘邵、刘卲，字孔才，约生于汉灵帝建宁年间（168—172），卒于魏正始年间（240—249）。广平邯郸（今属河北）人，三国时魏国哲学家、文学家。官至尚书郎散骑侍郎，赐爵关内侯。曾受诏搜集五经群书，分门别类作成《皇览》一书。并著有《法论》《人物志》之类百余篇。刘劭的遗世著作，除《人物志》单行外，残存辑文均收入《全三国文》。《人物志》共3卷12篇。

刘劭《赵都赋》(1)云："公子之客，叱劲楚令歃盟(2)；管库隶臣，呵强秦使鼓缶(3)。"用事(4)如斯，可称理得而义要矣。(《事类》)

至明帝纂戎，制诗度曲(5)；征篇章之士，置崇文之观(6)；何、刘群才，迭相照耀(7)。(《时序》)

刘劭《赵都》，能攀于前修(8)；何晏《景福》，克光于后进(9)。休琏风情，则《百壹》标其志(10)；吉甫文理，则《临丹》成其采(11)。嵇康师心以遣论；阮籍使气以命诗(12)：殊声而合响，异翮而同飞(13)。(《才略》)

注 释

（1）《赵都赋》：残文见《全三国文》卷三十二。

（2）公子：指战国时赵国平原君赵胜。客：门客，指毛遂。叱：呵斥。劲楚：强劲的楚国。歃盟：歃血为盟。这里指赵、楚两国订立盟约。事见《史记·平原君列传》。

（3）管库隶臣：管仓库的小吏。这里指战国赵国的蔺相如，他初期曾当过宦者令缪贤的舍人。鼓：击。缶：秦国的一种打击乐器。蔺相如使秦王击缶之事，见《史记·廉颇蔺相如列传》。

（4）用事：引用典故。

（5）明帝：即魏明帝曹叡。纂戎：即缵戎，继承帝位，发扬光大。缵：接续、继承。戎：大、光大。度曲：创作曲词。曹叡诗今存十三首，均为乐府歌诗，见《全三国诗》卷一。

（6）崇文之观：即崇文观。《三国志·魏书·明帝纪》载：青龙四年"夏四月，置崇文观，征善属文者以充之"，可知崇文观即明帝召集文人学士的地方。

（7）何、刘：即指何晏、刘劭。迭：交替、轮流。此指何、刘等人的著作，相映生辉。

（8）《赵都》：即《赵都赋》。攀：即攀登，引申为接近、赶得上。前修：前贤，指前代优秀作家。

（9）何晏：字平叔，魏代玄学家及文学家。《景福》：即《景福殿赋》，见《文选》卷十一。克：能够。后进：后来的作家。

（10）休琏：应璩的字，魏末文学家。风情：即风度情趣。《百壹》：即应璩的《百壹诗》，见《文选》卷二十一。

（11）吉甫：应贞的字，西晋文学家。文理：为文之理。《临丹》：即应贞的《临丹赋》，见《艺文类聚》卷八。

（12）嵇康：字叔夜，魏末文学家。师心：以心为师，指独立思考，不借成法。遣论：

写作论文。阮籍：字嗣宗，魏末文学家。使气以命诗：任其志气而写诗。

（13）翩：鸟的翅膀。此句谓：刘劭、何晏、应璩、应贞、嵇康、阮籍等人，虽然各有特点，但其才情和志向相近。

评 说

刘劭是三国时魏国的哲学家，一生著述甚多，刘勰在《时序》与《才略》中都把他与当时著名的学者何晏等人并比，是很公允的评价。据《三国志·魏书·刘劭》说："劭尝作《赵都赋》，明帝美之。"刘勰在《事类》中也称赞《赵都赋》所引用的毛遂"叱劲楚令歃盟"和蔺相如"呵强秦使鼓缶"的典故，抓住了义理而又意义重大。由于此赋已残缺，无法见真貌。刘劭用这两个典故要说明什么道理，已不得而知，但就引文来看，刘劭对毛遂和蔺相如是很钦佩的。历史上的毛遂和蔺相如都曾面对强敌而不示弱，表现了大义凛然的气概和卓越的外交才能。其人其事被后人据以说明某种道理是顺道成章的，所以刘勰称赞刘劭用此典是"理得而义要"，也是很自然的。

·路粹

路粹（？—214），字文蔚，汉末陈留（今河南开封东南）人。建安初年尚书郎，后为曹操军师祭酒，典记室。孔融与曹操相忤，操使粹为奏。融诛，人无不畏其笔。后转秘书令，随军至汉中，坐违禁罪，为操所杀。

观孔光之奏董贤，则实其奸回（1）；路粹之奏孔融，则诬其衅恶（2）：名儒之与险士，固殊心焉（3）。（《奏启》）

自献帝播迁，文学蓬转（4）；建安之末，区宇方辑（5）。魏武以相王之尊，雅爱诗章（6）；文帝以副君之重，妙善辞赋（7）；陈思以公子之豪，下笔琳琅（8）。并体貌英逸，故俊才云蒸（9）：……文蔚、休伯之俦，于叔、德祖之侣（10），傲雅觞豆（11）之前，雍容衽席之上，洒笔以成酣歌，和墨以藉谈笑（12）。（《时序》）

琳、瑀以符檄擅声，徐幹以赋论标美（13），刘桢情高以会采，应玚学优以得文（14）。路粹、杨修，颇怀笔记之工（15），丁仪、邯郸，亦含论述之美（16）：有

足算⁽¹⁷⁾焉。(《才略》)

略观文士之疵⁽¹⁸⁾：……丁仪贪婪以乞货，路粹餔啜而无耻⁽¹⁹⁾；……诸有此类，并文士之瑕累⁽²⁰⁾。(《程器》)

王戎开国上秩，而鬻官嚣俗⁽²¹⁾，况马、杜之磬悬，丁、路之贫薄哉⁽²²⁾？(《程器》)

注 释

（1）孔光：字子夏，汉成帝、哀帝时丞相。董贤：字圣卿，汉哀帝的宠臣。哀帝死后，王莽弹劾董贤的罪状，罢归自杀。孔光上奏董贤说："父子专朝，兄弟并宠"，使"国为空虚"等罪恶。奏文载《后汉书·董贤传》。奸回：邪恶。

（2）路粹之奏孔融：据《后汉书·孔融传》说，路粹枉状奏融云："少府孔融，昔在北海，见王室不静，而招合徒众，欲规不轨（欲谋反）。……与白衣祢衡跌荡放言，云：父之于子，当有何亲？论其本意，实为情欲发耳。子之于母，亦复奚为？譬如寄物瓶中，出则离矣。……大逆不道，宜极重诛。"书奏，下狱弃市（指被杀）。衅恶：罪恶。

（3）名儒：指孔光，孔子十四世孙。险士：指路粹。殊心：不同的心，指用心不同。

（4）献帝：即汉献帝刘协。播迁：流离迁徙，指董卓逼献帝由洛阳迁都长安，后来曹操又迁之于许都。蓬转：如蓬草随风飘转，比喻文人在动乱中的遭遇。

（5）区宇方辑：指国内刚开始安定。辑：和。

（6）魏武：指魏武帝曹操。雅爱诗章：一向爱好文学。

（7）文帝：指魏文帝曹丕。副君：太子。妙善辞赋：善于写作辞赋。

（8）陈思：指陈思王曹植。下笔琳琅：指曹植的作品美如珠玉。

（9）体貌：尊敬的意思。英逸：英才。此句谓：曹操父子都很尊重人才。俊才：指杰出的作家。云蒸：谓多如云涌。

（10）休伯：繁钦的字。于叔：应作"子叔"，邯郸淳的字。德祖：杨修的字。他们都是建安时期的作家。

（11）觞豆：觞与豆，古代酒肴之具。

（12）"洒笔"与"和墨"，都是指写作。此二句谓：下笔而成高歌，挥毫而助谈笑。

（13）琳、瑀：陈琳、阮瑀。符：符命。古代歌颂帝王功德的文体。檄：檄文，军事上晓谕敌方的文体。陈琳、阮瑀均无符命，这里的"符檄"是泛指章表檄移之类的文体。擅声：指以擅长章表檄移著称。徐幹：字伟长，"建安七子"之一。标美：称美。

（14）刘桢：字公幹，"建安七子"之一。情高以会采：情操高尚而兼有文采。应场：字德琏，"建安七子"之一。学优以得文：学识广博而得以成文。

（15）路粹：字文蔚，汉末文人，曾为曹操军谋祭酒。杨修：字德祖，汉末文人，曾为曹操主簿。笔记：笔札书记。工：功。

（16）丁仪：字正礼，汉末文人。邯郸：即邯郸淳，字子叔，汉末文人。含论述之美：具备论著的美才。

（17）足算：足以称算。《论语·子路》云："斗筲之人，何足算也。"

（18）文士之疵：文人的毛病。疵：病。

（19）丁仪：字正礼，建安时文人。贪婪以乞货：所指不祥。餔啜：吃、喝。无耻：

当指他枉状害孔融。

(20) 诸有此类：诸如此类。瑕累：毛病，缺点。

(21) 王戎：字浚冲，魏末"竹林七贤"之一，西晋初灭吴国有功而封侯。秩：官位，上秩：高官。鬻官：卖官。《晋书·王戎传》：渡江之后，"南郡太守刘肇赂戎筒中细布五十端，为司隶所纠，以知而未纳，故得不坐，然议者尤之……由是损名"。嚣俗：为世人所怨尤。

(22) 马、杜：指司马相如、杜笃。磬悬：室空无物，只有椽梁如悬磬，指家贫。据《汉书·司马相如传》称："文君夜亡奔相如。相如与她归成都，家徒四壁立。"又据《后汉书·文苑传》说："杜笃，字季雅……少博学，不修小节，不为乡人所礼。"丁、路：指丁仪、路粹。贫薄：指丁、路二人贫贱，鄙薄。

评 说

路粹虽不在"七子"之列，但也有文采，常常"傲雅觞豆之前，雍容衽席之上"，是曹魏邺下文人集团的成员之一，他上奏弹劾孔融，完全是秉承曹操的旨意，其奏文多诬蔑不实之词，故刘勰斥之为"诬其衅恶"，是合情合理的。路粹此举固然是"险士"行为，但"孔光之奏董贤"，也是受了王莽的鼓动，与"路粹之奏孔融"并无二致，然而刘勰却说孔光所奏是"实其奸回"，称孔光为"名儒"，则未免失当。

刘勰在《才略》篇中，对作家擅长不同的体裁也分别予以论述，如说"路粹、杨修，颇怀笔记之工；……有足算焉"。路粹虽工于笔记，但大多是奏议书札之类，属于应用文，文学价值并不大。

· 繁钦

繁钦（？—218），字休伯，东汉颍川（今河南禹县）人。汉末文学家。少时以文章才辩得名，曾为曹操主簿。繁钦既长于书记，又善为诗赋。其《定情诗》较有名。《隋书·经籍志》著录《繁钦集》10卷，今已不存。

自献帝播迁，文学蓬转[1]；建安之末，区宇方辑[2]。魏武以相王之尊，雅爱诗章[3]；文帝以副君之重，妙善辞赋[4]；陈思以公子之豪，下笔琳琅[5]。

并体貌英逸,故俊才云蒸⁽⁶⁾:……文蔚、休伯之俦,于叔、德祖之侣⁽⁷⁾,傲雅觞豆之前,雍容衽席之上⁽⁸⁾,洒笔以成酣歌,和墨以藉谈笑⁽⁹⁾。(《时序》)

注　释

（1）播迁：流离迁徙。文学蓬转：谓文士像蓬草一样随风飘转。

（2）建安：汉献帝年号。区宇：宇内,指当时整个北方。辑：安集,安定。

（3）魏武：即魏武帝曹操。相王：曹操于公元208年为丞相,216年又晋爵为魏王。雅爱诗章：一向爱好文学。雅：平素。

（4）文帝：即魏文帝曹丕。副君：指太子。妙善辞赋：善于写作辞赋。

（5）陈思：即陈思王曹植。琳琅：即美玉,指美好的作品。

（6）体貌：礼敬,指有礼貌地接待文士。英逸：英俊的人才。云蒸：喻人才多。

（7）文蔚：路粹的字,建安时期作家。于叔：应作"子叔",邯郸淳的字。德祖：杨修的字。他们都是建安时的作家。俦：和"侣"意同,作"同类"解。

（8）傲雅：即"啸傲风雅",指吟诗。觞：酒杯。豆：盛肴之具。雍容：从容。衽席：酒席。

（9）酣歌：酣畅的歌。藉谈笑：有助于谈笑。

评　说

逯钦立辑校《先秦汉魏晋南北朝诗》留有繁钦四言诗3首,五言诗4首,七言诗一残句。这些诗篇托物言志,感时伤怀,文辞清新,自有特色。刘勰将他列入建安文学集团而予以张扬,看来是完全应该的。

· 诸葛亮

诸葛亮（181—234）,字孔明,琅琊阳都（今山东沂水）人,出身于世代官宦家庭。三国时蜀相,是当时著名的政治家和军事家。少时躬耕陇亩,刘备三次亲诣,遂出为佐辅。官至丞相,封武乡侯,领益州牧。诸葛亮的文学成就主要以散文著称。其代表作有《出师表》（又称《前出师表》）、《建兴六年上言》（又称《后出师表》）、《正议》等篇。陈寿集亮遗文为《诸葛丞相集》,凡34篇,10.4万余字。《出师表》一文最著名。

若诸葛孔明之详约⁽¹⁾，庾稚恭之明断⁽²⁾，并理得而辞中，教之善也⁽³⁾。(《诏策》)

至于文举之《荐祢衡》，气扬采飞⁽⁴⁾；孔明之《辞后主》，志尽文畅⁽⁵⁾，虽华实异旨，并表之英也⁽⁶⁾。(《章表》)

注 释

（1）详约：周详简朴。《三国志·诸葛亮传》载陈寿《上诸葛亮集表》中说："论者或怪亮文采不艳，而过于丁宁周至。"范文澜《文心雕龙注》认为："详，谓其丁宁周至（到）；约，谓其文彩不艳。"

（2）庾稚恭：即庾翼，东晋将领。他的教令今有《与僚属教》，载《太平御览》卷七百五十四。明断：严明果断。

（3）理得而辞中：说理正确，言辞中肯。教之善也：最好的教令。按：诸葛亮的教令有《答蒋琬教》《教与军师长史参军掾属》等，载《全三国文》卷五十八。

（4）文举：孔融的字，"建安七子"之一。《荐祢衡》：即孔融的《荐祢衡表》，载《后汉书·祢衡传》。气扬飞采：意气高昂，文采飞扬。

（5）《辞后主》：指诸葛亮的《出师表》，载《三国志·诸葛亮传》。它是诸葛亮向后主刘禅上的一封奏疏，因写于出兵北伐曹魏之前，故后人给它加上了这样的篇名。志尽文畅：倾尽情意，文辞畅达。

（6）表之英也：最优秀的表文。

评 说

诸葛亮，作为一代名臣，为文虽止于教令、章表之类，但因其内容详赡、饱含情意、文风朴实、语言流畅而成为佳作。其中《出师表》之一，更是我国古代散文园地里的一株奇葩，经久不衰。所以，刘勰称他的作品"理得而辞中""志尽文畅"，此乃千古称颂之定评。

· 阮瑀

阮瑀（约165—212），字符瑜，陈留尉氏（今河南开封）人。汉魏间文学家，"建安七子"之一。初受业于蔡邕，后为曹操司空军谋祭酒，管记室。善作书檄，又能诗。作品留存很少，《驾出北郭门行》较有名。原有集，已散佚。

《隋书·经籍志》著录阮瑀有集5卷,已佚。明代张溥辑有《阮元瑜集》,收入《汉魏六朝百三名家集》中。

胡、阮之《吊夷齐》,褒而无闻[1];仲宣所制,讥呵实工[2]。然则胡、阮嘉其清,王子伤其隘[3],各志也[4]。(《哀吊》)

琳、瑀章表,有誉当时[5];孔璋称健,则其标也[6]。(《章表》)

逮后汉书记,则崔瑗尤善[7]。魏之元瑜,号称"翩翩"[8]。(《书记》)

淮南崇朝而赋骚[9],枚皋应诏而成赋[10]。子建援牍如口诵[11],仲宣举笔似宿构[12],阮瑀据案而制书[13],祢衡当食而草奏[14]:虽有短篇,亦思之速也[15]。(《神思》)

自献帝播迁,文学蓬转[16];建安之末,区宇方辑[17]。魏武以相王之尊,雅爱诗章[18];文帝以副君之重,妙善辞赋[19];陈思以公子之豪,下笔琳琅[20]。并体貌英逸,故俊才云蒸[21]:……德琏综其斐然之思,元瑜展其翩翩之乐[22];……观其时文,雅好慷慨[23];良由世积乱离[24],风衰俗怨,并志深而笔长,故梗概而多气也[25]。(《时序》)

琳、瑀以符檄擅声[26],徐幹以赋论标美[27],刘桢情高以会采[28],应玚学优以得文[29]。路粹、杨修,颇怀笔记之工[30];丁仪、邯郸,亦含论述之美[31]:有足算[32]焉。(《才略》)

注 释

(1)胡、阮:指胡广、阮瑀。《吊夷齐》:指胡广的《吊夷齐文》,阮瑀的《吊伯夷文》。

(2)无闻:唐写作"间",即无批评之意。仲宣:王粲的字。所制:指他所写的《吊夷齐文》,残文见《艺文类聚》卷三十七。讥呵:讥刺斥责。实工:实在工整,指写得好。

(3)嘉其清:称赞伯夷、叔齐的清高。伤其隘:哀伤伯夷、叔齐的狭隘。

(4)各志也:唐写本作"各其志也",即各有自己的志趣。

(5)琳、瑀:指陈琳、阮瑀。他们所写章表今已不存。有誉当时:在当时享有声誉。曹丕《典论·论文》说:"琳瑀之章表书记,今之隽也。"

(6)孔璋:陈琳的字。称健:曹丕《与吴质书》说:"孔璋章表殊健。"标:显著。

(7)书记:即书信笺记一类的文体。崔瑗:字子玉,东汉文学家。尤善:最好。

(8)"翩翩":美好的样子。曹丕《与吴质书》说:"元瑀书记翩翩,致足乐也。"

(9)淮南:即淮南王刘安。崇朝:一个早上。赋骚:指他所写《离骚赋》,现已失传。

(10)枚皋:西汉辞赋家。应诏而成赋:《汉书·枚乘传》说:枚皋为文敏捷,"上有所感,辄使赋之。为文疾,受诏辄成,故所赋者多"。

(11)子建:曹植的字。援牍如口诵:《文选》卷四十载,杨修《答临淄侯笺》说,曹植"握牍持笔,有所述作,若成诵在心"。

(12)仲宣:王粲的字。举笔似宿构:《三国志·魏书·王粲传》说:王粲作文"举笔便成,无所改定,时人常以为宿构"。宿构:早已写好的。

(13)据案而制书:《三国志·魏书·王粲传》注引《典略》曰:"太祖(曹操)尝使瑀作书与韩遂,时太祖适近出,瑀随从,因于马上具草,书成呈之。太祖揽笔欲有所定,而竟不能增损。"

(14)祢衡:字正平,汉末文学家。当食而草奏:当是两事概为一句。当食:《后汉书·祢衡传》说,祢衡在黄祖的一次宴会上,有人献鹦鹉,黄祖举杯谓衡曰:"愿先生赋之,以娱宾客。"祢衡:"揽笔而作,文无加点,辞乐甚丽。"草奏:亦据《后汉书·祢衡传》说,刘表曾邀集文人起草奏章,当时祢衡外出,还见之。不乐,乃求笔札重写,"须臾立成,辞义可观"。

(15)此句谓:以上诸人虽只有一些篇幅短小的作品,但也算是构思得迅速。

(16)献帝:即汉献帝刘协。播迁:谓时局动乱,指董卓逼献帝迁都长安,后又由曹操迁都于许。蓬转:如蓬草随风飘传,喻文士所遭的动乱。

(17)区宇:宇内,国内,指北方。方辑:犹当集,指安定。

(18)魏武:即魏武帝曹操。相王:曹操既是丞相,又是魏王。雅爱诗章:一向爱好文学。

(19)文帝:即魏文帝曹丕。副君:太子。妙善辞赋:极善于写作辞赋。

(20)陈思:即陈思王曹植。豪:豪华。琳琅:美玉,喻作品的美好。

(21)体貌:礼貌。英逸:英才。云蒸:多得如云,喻人才之多。

(22)德琏:应场的字。斐然:有文采的样子。思:文思。翩翩:美好的样子。乐:乐趣。

(23)观其时文:观察即时的文学作品。雅:常常。

(24)良:确实。世积乱离:长时间的动乱分裂。

(25)志深:情志深远。笔长:笔力深长。梗概而多气:慷慨激昂而富有气魄。

(26)琳、瑀:陈琳、阮瑀。符:符命,古代歌颂帝王功德的文体。檄:檄文,军事上晓谕敌方的文体。陈琳、阮瑀均无符命,这里的"符檄"是泛指章表檄移之类的文体。擅声:指以擅长章表檄移著称。

(27)徐幹:字伟长,"建安七子"之一。标美:称美。

(28)刘桢:字公幹,"建安七子"之一。情高以会采:情操高尚而兼有文采。

(29)应场:字德琏,"建安七子"之一。学优以得文:学识广博而得以成文。

(30)路粹:字文蔚,汉末文人,曾为曹操军谋祭酒。杨修:字德祖,汉末文人,曾为曹操主簿。笔记:笔札书记。工:功力。

(31)丁仪:字正礼,汉末文人。邯郸:即邯郸淳,字子叔,汉末文人。含论述之美:具备论著的美才。

(32)足算:足以称算。《论语·子路》云:"斗筲之人,何足算也。"

评 说

阮瑀是一位文思敏捷的作家,尤其擅长章表书檄,所以刘勰说:"琳瑀章表,有誉当时。"章表虽复不见,但尚存的《为曹公作书与孙权》一文,确属写得酣畅淋漓,纵横驰骋,"翩翩"美称,受之无愧。同时,他也是一位诗人,写出了一些反映现实的诗篇,如《驾出北门行》一首,就对封建社会冷酷无情的家庭关系做了较为深刻的揭露。刘勰未曾论其诗作,不免令人遗憾。

• 应璩

应璩(190—252),字休琏,汝南(今河南汝南东县)人。应场之弟。三国时魏国文学家。官至会议中。应璩博学工文,善为书奏。曹爽秉政,多违法度,璩为诗多讽刺。其言谐合,多切时要,世共传之。今仅存《百壹诗》数篇。原有集已散佚。明人辑有《应休琏集》。

若乃应璩《百壹》,独立不惧[1];辞谲义贞,亦魏之遗直也[2]。(《明诗》)

魏之元瑜,号称"翩翩"[3];文举属章,半简必录[4];休琏好事,留意词翰[5];抑其次也[6]。(《书记》)

至明帝纂戎,制诗度曲[7];征篇章之士,置崇文之观[8];何、刘群才,迭相照耀[9]。少主相仍,唯高贵英雅[10];顾盼含章,动言成论[11]。于时正始余风,篇体轻澹[12];而嵇、阮、应、缪,并驰文路矣[13]。(《时序》)

刘劭《赵都》,能攀于前修[14];何晏《景福》,克光于后进[15];休琏风情,则《百壹》标其志[16];吉甫文理,则《临丹》成其采[17]。嵇康师心以遣论;阮籍使气以命诗[18]:殊声而合响,异翮而同飞[19]。(《才略》)

注 释

(1)若乃:至于。《百壹》:指《百壹诗》,篇名即百虑而有一失之意。孙盛《晋阳秋》说:"应璩作五言诗百三十篇,言时事颇有补益,世多传之。"逯钦立辑校的《先秦汉魏晋南北朝诗》有应璩《百壹诗》八首及残句若干。这些诗,其意均在劝统治者。独立不惧:巍然独立,无所畏惧。

（2）辞谲义贞：言辞婉讽，立意纯正。遗直：遗留下来的正直风气。

（3）元瑜：阮瑀的字，"建安七子"之一。"翩翩"：鸟疾飞的样子，形容轻快敏捷。曹丕《与吴质书》说："元瑀书记翩翩，致足乐也。"

（4）文举：孔融的字，"建安七子"之一。属章：写文章，这里指孔融的作品。半简必录：据《后汉书·孔融传》载，孔融死后，"魏文帝深好融文辞，募天下有上融文章者，辄赏以金帛"。这可能是"半简必录"的原因。

（5）好事：据陆侃如、牟世金《文心雕龙译注》，当指"缀集时事"。留意词翰：指擅长书记写作的。

（6）抑：然，则。其次：第二流作家。

（7）明帝：即魏明帝曹睿，曹丕之子。纂戎：指继承帝位。制诗度曲：写诗作曲。

（8）征：征召。篇章之士：即文学作家。置：安置。崇文之观：魏明帝召集文士的地方。据《三国志·魏书·明帝纪》载：青龙四年"夏四月，置崇文观，征善属文者以充之"。

（9）何、刘：指何晏、刘劭，都是三国时的作家。迭：轮流。照耀：发出光辉。

（10）少主：指齐王曹芳、高贵乡公曹髦、陈留王曹奂等人，他们即位时都很年幼，在位的时间也很短。相仍：相继。英雅：此句谓只有高贵乡公曹髦才有文才。

（11）顾盼合章：合章，应为"含章"，即一盼望间就孕育成文章。动言成论：一发言便成理论。

（12）正始余风：正始时期留下的风气。轻澹：轻浮淡薄。

（13）嵇、阮、应、缪：指嵇康、阮籍、应璩、缪袭，他们都是正始前后的作家。并驰文路：都活跃于当时的文坛。

（14）刘劭：字孔才，三国时魏国文人。《赵都》：即《赵都赋》，今存不全，见《全三国文》卷三十二。攀：依附，引申为"赶上"。前修：前贤，泛指前代作家。

（15）何晏：字平叔，三国时魏国的玄学家。《景福》：即《景福殿赋》，载《文选》卷十一。克：能。后进：后世作家。

（16）风情：指作家的怀抱、情趣。《百壹》：即应璩的《百壹诗》，载《文选》卷二十一。标其志：显示其情志。

（17）吉甫：应贞的字，西晋文学家。文理：即为文之理。《临丹》：即应贞的《临丹赋》见《艺文类聚》卷八。成其采：组成其文采。

（18）嵇康：字叔夜，魏末文学家。师心：指有独立的见解而不拘成法。遣论：写论文。阮籍：字嗣宗，魏末诗人。使气：任其志气。命诗：作诗。

（19）殊声：指嵇康以论，阮籍以诗。合响：共同的声响。翩：鸟翅。此句谓：嵇康、阮籍并肩战斗。

评 说

应璩博学多才，好属文，善为书记，他的文学活动主要在正始年间。曹爽专政，做事多违法度，应璩曾作《百壹诗》以讽，其语多切时要，对后进影响很大，故刘勰在《文心雕龙》中多次提到它，称它"辞谲义贞""休琏风情，则《百壹》标其志"。可见,刘勰是很赞赏应璩的写作态度和创作才能的。钟嵘《诗品》将应诗列入中品,称其"祖袭魏文,善为古语,指事殷勤,雅意深笃,得诗人激刺之旨。至于'济济今日所',华靡可讽味焉"。在应璩的诗文中,既有基于儒家思想的对于曹爽专权误国的劝谏与批评,也有基于道家思想倡导的无为尚俭、贵柔守弱、全身避祸的人生追求,只有何晏对应璩之诗"独无怪也"。

何晏

何晏(190—249),字平叔,南阳宛(今河南南阳)人。三国时魏国玄学家、哲学家、文学家。何晏乃汉末大将军何进之孙。何进被杀后,其母尹氏被曹操纳为夫人,晏亦被收养。娶魏公主。性骄矜,所以长期得不到任用。曹爽执政,何晏才被重用。累官侍中、尚书。后因附曹爽。正始十年(249),司马懿发动政变,何晏也作为曹爽党羽之一被杀。何晏少时即以才秀知名,好老庄,是魏晋玄学家代表人物之一,与王弼合称"王何"。著有《道德论》及诸文赋数十篇,传于今者有《论语集解》。

乃正始明道,诗杂仙心[1];何晏之徒,率多浮浅[2]。(《明诗》)

迄至正始,务欲守文[3];何晏之徒,始盛玄论[4]。于是聃、周当路,与尼父争涂矣[5]。详观兰石之《才性》,仲宣之《去伐》[6],叔夜之《辨声》,太初之《本玄》[7],辅嗣之《两例》,平叔之《二论》[8],并师心独见,锋颖精密[9],盖人伦之英也[10]。(《论说》)

至明帝纂戎,制诗度曲[11];征篇章之士,置崇文之观[12];何、刘群才,迭相照耀[13]。少主相仍,唯高贵英雅[14];顾盼合章[15],动言成论。于时正始余风,篇体轻澹[16];而嵇、阮、应、缪,并驰文路矣[17]。(《时序》)

刘劭《赵都》,能攀于前修[18];何晏《景福》,克光于后进[19]。休琏风情,则《百壹》标其志[20];吉甫文理,则《临丹》成其采[21]。嵇康师心以遣论;阮籍使气以命诗[22];殊声而合响,异翮而同飞[23]。(《才略》)

注　释

（1）乃：唐写本作"及"。正始：三国魏齐王曹芳年号（240—249）。明道：提倡道家学说。仙心：超脱世俗的道家思想。

（2）率多浮浅：谓何晏等人的作品大都浅薄。率：大概。

（3）务欲守文：继承崇尚文采浮华的风气。

（4）始盛玄论：开始盛行玄谈之风。

（5）聃、周：即老子和庄子。当道：指老庄思想充斥文坛。尼父：指孔丘。此句谓：道家与儒家争夺思想阵营。

（6）兰石：傅嘏的字，三国时魏国文人。《才性》：指傅嘏的《才性论》，今不存。仲宣：王粲的字。《去伐》：指王粲的《去伐论》，今不存。

（7）叔夜：嵇康的字，三国时魏国文学家。《辨声》：指嵇康的《声无哀乐论》。太初：夏侯玄的字，三国时魏国文人。《本玄》：应为《本无》，今不存。

（8）辅嗣：王弼的字，三国时魏国学者。《两例》：王弼的《易略例》旧分上下两篇。《二论》：据《世说新语·文学》中说："何平叔注《老子》始成，诣王辅嗣，见王注精奇，……因以所注为《道德二论》。"又说："何晏注《老子》未毕，见王弼自说注《老子》旨，……遂不复注，因作《道德论》。"可见，《二论》或指《道德论》。或其《道德论》即《无为论》《无名论》。

（9）师心：不以别人为师，指独创性。锋颖精密：谓文笔锋利，持论精密。

（10）人伦之英：《太平御览》卷五九五作"论"字，无"人"字，即论文中的精华。

（11）明帝：即魏明帝曹睿。纂戎：指继承帝位。度曲：制曲。现存曹睿诗十三首，载《全三国诗》卷一。

（12）崇文之观：魏明帝召集文士的地方。《三国志·魏书·明帝纪》说：青龙四年，"夏四月，置崇文观，征属届文者以充之"。

（13）何、刘：即何晏、刘劭。刘劭著有《赵都赋》《许都赋》《人物志》等。迭相照耀：互相照耀。

（14）少主：年轻的君主，指明帝之后的齐王曹芳、高贵乡公曹髦、陈留王曹奂等。他们即位时都很年轻，在位时间也很短。相仍：相继。高贵：即高贵乡公。英雅：英俊儒雅。谓有才学。

（15）顾盼合章：合章应作"含章"，即蕴藏着美，这里是指孕育成文章。

（16）正始余风：指正始期间的玄谈风气。篇体轻澹：文体轻浮淡薄。

（17）嵇、阮、应、缪：即嵇康、阮籍、应璩、缪袭。并驰文路：都活跃于文坛。

（18）刘劭：字孔才，三国时魏国文人。《赵都》：即《赵都赋》，今存不全。攀：即攀登，这里有"追赶"之意。前修：即前贤，这里指前代作家。

（19）《景福》：指何晏的《景福殿赋》，载《文选》卷十一。克：能。后进：后代作家。

（20）休琏：应璩的字，应场之弟。风情：指作者的怀抱、情趣。《百壹》：即应璩的《百壹诗》，载《文选》卷二十一。

（21）吉甫：应贞的字，应璩之子。文理：为文之理。《临丹》：即应贞的《临丹赋》，载《艺文类聚》卷八。

（22）嵇康：字叔夜，魏末文学家。遣论：写论文。阮籍：字嗣宗，魏末诗人。使气：

任其志气。命诗：写诗。

（23）殊声：不同的声音。指嵇康的论文和阮籍的诗。合响：全成声响。翮：鸟翅。同飞：一起高飞。

评 说

何晏的作品，主要是散文和赋，散文多是哲学、政治论文，如《无名论》《无为论》《韩白论》《冀州论》等。赋今仅存一篇，即《景福殿赋》，魏明帝曹睿在许昌建成景福殿，何晏受命而作此赋，分三部分，先述兴建缘起，中间一大段写宫殿规模、结构、环境、装饰，并从写政治、人事相结合的角度，解释其象征性含义，末尾则按照劝百讽一的传统写法，说了一些正面的道理。何晏亦能诗，刘勰评之为"浮浅"。何晏也是正始时期写玄言诗的代表作家。他的诗存世不多。何晏把诗当作"明道"的工具，常常在作品中掺杂着游道述仙的思想，使其诗作浮浅乏味。正如刘勰所说："正始明道，诗杂仙心；何晏之徒，率多浮浅。"这个批评是十分中肯的。钟嵘在《诗品序》中也说，玄言诗"理过其辞，淡乎寡味"，这都说明何晏所开创的玄言诗，在我国文学史上起了很坏的作用。当然，刘勰对何晏的文采也给予了肯定，说他的《景福殿赋》能光耀后世，也表现了他的文才。

统观何晏之诗，道家逸世情味很浓，确实杂有"仙心"；言辞平白质直，亦有"浮浅"之嫌。不过，何晏的地位与名望使得其不能真正做到逸世，其能言善辩的文才亦不该作诗直白，若此，何晏的"仙心"与"浮浅"可能有其深层次的原因。钟嵘《诗品》将何晏之作列入中品，称"平叔'鸿雁'之篇，风规见矣"。曹旭《诗品集注》："风规见矣：谓其诗之讽时自规之意，显现若揭矣。"委婉地指出时势严峻，用道家的深邃哲理自励自勉，是何晏之诗的深层用意，也是何晏之诗的高妙所在。

阮籍

阮籍（210—263），字嗣宗，陈留尉氏（今河南开封）人。三国时魏国文学家，思想家，是"建安七子"之一，阮瑀的儿子。少时，好学博览，尤慕老庄，与嵇康齐名，为"竹林七贤"之一。曾为步兵校尉，世称阮步兵。籍长于五言诗。其《咏怀》80余首,对当时黑暗现实多所讥刺,词语隐约。原有集,已散佚,后人辑有《阮步兵集》。

  乃正始明道,诗杂仙心[1];何晏之徒,率多浮浅[2]。唯嵇志清峻,阮旨遥深[3],故能标焉[4]。(《明诗》)
  嗣宗俶傥,故响逸而调远。[5](《体性》)
  至明帝纂戎,制诗度曲[6];征篇章之士,置崇文之观[7];何、刘群才,迭相照耀[8]。少主相仍,唯高贵英雅[9];顾盼合章,动言成论[10]。于时正始余风,篇体轻澹[11];而嵇、阮、应、缪,并驰文路矣[12]。(《时序》)
  刘劭《赵都》,能攀于前修[13];何晏《景福》,克光于后进[14]。休琏风情,则《百壹》标其志[15];吉甫文理,则《临丹》成其采[16]。嵇康师心以遣论;阮籍使气以命诗[17]:殊声而合响,异翮而同飞[18]。(《才略》)

注 释

  (1)乃:唐写本作"及"。正始:魏齐王曹芳年号。明道:阐明道家学说。仙心:即老庄思想。
  (2)何晏:字平叔,正始年间写玄言诗的代表人物。率:大抵的意思。
  (3)嵇:即嵇康,三国时魏末作家。清峻:清高。阮:即阮籍。遥深:深远。
  (4)标:显著。
  (5)俶傥:即倜傥,洒脱,不拘束。响逸而调远:音韵绝俗而格调高远。
  (6)明帝:即魏明帝曹睿。纂戎:继承大业,指继承帝位。度曲:作曲。
  (7)崇文之观:魏明帝召集文人学士的地方。
  (8)何、刘:指何晏、刘劭。迭:更迭,轮流。
  (9)少主:年轻的君主。相仍:相继。高贵:即高贵乡公曹髦。英雅:英俊儒雅,指有文才。
  (10)合章:应作"含章",谓孕育成文章。
  (11)正始余风:正始年间留下的玄谈风气。篇体轻澹:文体轻浮淡薄。
  (12)嵇、阮、应、缪:指嵇康、阮籍、应璩、缪袭。并驰文路:都活跃于文坛。
  (13)刘劭:字孔才,三国时魏国文人。《赵都》:即刘劭的《赵都赋》,今不全。攀:攀登。前修:指前代作家。
  (14)《景福》:指何晏的《景福殿赋》,载《文选》卷十一。克:能。
  (15)休琏:应璩的字。风情:风度情趣。《百壹》:指应璩的《百壹诗》,载《文选》卷二十一。标其志:显示其情志。
  (16)吉甫:应贞的字,应璩之子,西晋文学家。《临丹》:指应贞的《临丹赋》,载《艺文类聚》卷八。
  (17)师心:不以别人为师,谓有独创性。遣论:写论文。使气:任其志气。命诗:

作诗。

（18）殊声：不同的歌声。谓嵇康以论文的形式发表议论，阮籍以诗歌的形式抒发情怀。合响：合成声响。翮：鸟的翅膀。同飞：一起高飞。

评 说

阮籍这样的文人，在封建时代里有一定代表性。他的《咏怀诗》继承了建安诗歌的传统，在五言诗的领域里作了新的开拓，并形成了独特的艺术风格，受到后世的广泛重视。文学史上有不少诗人都仿效作《咏怀诗》。陶渊明、庾信、陈子昂、李白等优秀诗人，都从阮籍的诗歌作品中汲取养料，从而丰富了他们的诗歌风格。

《诗品》将阮籍诗列为上品，称"其源出于《小雅》。无雕虫之功（一作巧）。而《咏怀》之作，可以陶性情，发幽思。言在耳目之内，情寄八荒之表。洋洋乎会于《风》《雅》，使人忘其鄙近，自致远大。颇多感慨之词，厥旨渊放，归趣难求。颜延年注解，怯言其志"。

阮籍善于将宏大的艺术视野与内心的感情世界巧妙地结合起来，使其诗雄浑壮丽的整体美感同各篇委婉细腻的个人抒情相辉映；他善于将深刻的思想见解与娴熟的比兴手法巧妙地结合起来，使读者能够在体悟浓郁情思的同时，感受其高洁的个性与追求，故而全诗笔意深邃，很有艺术感染力。所以，《文心雕龙·明诗》称："阮旨遥深。"《沧浪诗话》云："黄初之后，惟阮籍《咏怀》之作极为高古，有建安风骨。"

阮籍的文章处于儒道之间，飘逸通脱。阮籍崇奉老庄。这一方面是鉴于当时险恶的政治情势，他需要采取谦退冲虚的处世态度，道家思想正好可以做他的精神依托，另一方面也是受了当时盛行的玄学的影响。阮籍也是魏晋玄学中的重要人物。他曾写过两篇著名的论文《通老论》《达庄论》。不过阮籍并非纯宗道家，他对儒学也并不一概排斥，如他在《乐论》一文中就充分肯定孔子制礼作乐对于"移风易俗"的必要性，认为"礼定其象，乐平其心，礼治其外，乐化其内，礼乐正而天下平"。在老庄思想的严重影响下，阮籍同嵇康，堪称正始文学的双子星座。正如刘勰所说："正始明道，诗杂仙心；何晏之徒，率多浮浅。唯嵇志清峻，阮旨遥深，故能标焉。"而阮籍则是建安以来第一个全力从事五言诗写作的诗人，对五言诗的发展起过重要的作用。其诗作的成就显然高于嵇康，但刘勰对他的评价不免失之疏漏，不如对待嵇康那样详尽得当。这是令人失望的。

·傅玄

傅玄（217—278），字休奕，北地泥阳（今陕西耀州区东南）人。晋初年著名思想家、文学家。仕魏，封鹑觚男。入晋历任御史中丞、太仆、司隶校尉。为官清峻，贵戚慑伏。为御史中丞时，曾上疏议改屯田二八分制，恢复曹魏旧制，缓和民困。傅玄博学能文，曾参加撰写《魏书》，又著《傅子》数十万言，评论诸家学说及历史故事。傅玄以乐府诗体见长。今存诗60余首，多为乐府诗。《隋书·经籍志》载有"晋司隶校尉《傅玄集》15卷"，今佚。明人张溥辑有《傅鹑觚集》1卷，收入《汉魏六朝百三名家集》中。又《傅子》已佚，今存辑本。

逮于晋世，则傅玄晓音(1)，创定雅歌，以咏祖宗(2)。（《乐府》）

或有同归一事，而数人分功(3)，两记则失于复重，偏举则病于不周，此又铨配(4)之未易也。故张衡摘史、班之舛滥，傅玄讥《后汉》之尤烦，皆此类也(5)。（《史传》）

晋虽不文，人才实盛(6)：……应、傅、三张之徒，孙、挚、成公之属(7)，并结藻清英，流韵绮靡(8)。前史以为运涉季世，人未尽才(9)；诚哉斯谈，可为叹息(10)！（《时序》）

傅玄篇章，义多规镜(11)；长虞笔奏，世执刚中(12)：并桢干之实才，非群华之韡萼也(13)。（《才略》）

略观文士之疵(14)：……傅玄刚隘而詈台(15)，孙楚狠愎而讼府。诸有此类，并文士之瑕累(16)。（《程器》）

注 释

（1）逮：到、及。晓音：通晓音律。

（2）据《晋书·乐志》载，晋武帝即位之初，百度草创。泰始二年（266），诏郊祀明堂礼乐权用魏仪，……但改乐章而已，使傅玄为之词云，凡十五篇。傅玄作的雅歌，祭祖宗的有《祠宣皇帝登歌》《祠景皇帝登歌》等，此外还有一些是祭天地、神灵的。

（3）归：属。分功：即分别参与其事。功：事工。《诗经·豳风·七月》："上入执宫功。"传曰："功，葺治（修缮）之事也。"

（4）铨配：衡量轻重，互相配合。

（5）张衡：字平子，东汉文学家。据《后汉书·张衡传》说，张衡曾上疏，指出司马迁、班固史书中的十多处错误。舛滥：差错。《后汉》：指《东观汉记》。据《晋书·傅玄传》载，傅玄在《傅子》中曾对《史记》《汉书》和《东观汉记》做过评论。

（6）不文：不提倡文学。人才实盛：指作家很多。

（7）应：应贞。三张：张载、张协、张亢三兄弟。孙：孙楚。挚：挚虞。成公：成公绥。他们和傅玄都是西晋作家。

（8）结藻清英：辞采清丽。流韵绮靡：韵味华美。

（9）前史：指前人所著晋史。运涉季世：世运处于衰世。人未尽才：未能人尽其才。西晋作家，生当八王之乱，左思、张载、张协都郁郁不得志而退归乡里，张华、陆机、陆云、潘岳、刘琨等都被杀，挚虞则在荒乱中饿死。

（10）此句谓：此论确实说得不错，令人悲叹。

（11）规镜：鉴戒。《晋书·傅玄传》："（玄）性刚劲亮直，不能容人之短。……数上书言便宜（指对国家有利的事），多所匡正。"

（12）长虞：傅玄之子傅咸的字，西晋文学家。世执刚中：世代坚持刚强正直。

（13）桢干：古代筑古墙先竖木板，在两头的叫桢，在两边的叫干。此处比喻国家的栋梁之材。韡萼：美好的花朵。

（14）疵：小病，这里指文人的过失、缺点。

（15）刚隘：刚愎狭隘。詈台：谩骂官府。台：台府。《晋书·傅玄传》：傅玄为司隶校尉时，"献皇后崩于崇训宫，设丧位。旧制，司隶于端门外坐，在诸卿上，绝席（独坐一席）以示尊显，其入殿，按本品秩在诸卿下，以次坐，不绝席。而谒者（掌礼官）以崇训宫为殿内，制玄位在卿下。玄恚（怨恨）怒，厉声色而责谒者。谒者妄称尚书所处（安排），玄对百僚而骂尚书以下。……坐免官"。

（16）瑕累：不好的毛病。瑕：玉的斑点，比喻人的过失。

评　说

傅玄的乐府诗存世很多，且典雅工丽。他精通音律，为朝廷"创定雅歌"，但这多为模拟之作，缺少艺术价值。真正有艺术价值的是他那些继承汉乐府民歌传统，反映社会问题，具有现实意义的诗篇。傅玄这类诗不追求华艳，不合于当时风尚，不合于齐梁人的口味，因而钟嵘《诗品》，把它贬为下品。而刘勰则不然，称他的作品为"结藻清英，流韵绮靡"，"义多规镜"。在这方面，《文心雕龙》对傅玄作品的评价则胜于《诗品》。但是，刘勰对于傅玄"谔谔当朝"，"使台阁生风，贵戚敛手"那种"刚劲亮直"的性格却并不称颂，指责他"刚隘而詈台"，这恰恰表现了刘勰的局限性。

嵇康

嵇康（223—263），字叔夜，三国时曹魏文学家、思想家、音乐家。谯国铚县（今安徽宿县）人。他博学多艺，崇尚老庄，喜欢清谈，善于辩论，与阮籍齐名，为"竹林七贤"之一。早年丧父，家境贫困，但仍励志勤学，文学、玄学、音乐等无不博通。他娶曹操曾孙女长乐亭主为妻。曾任中散大夫，史称"嵇中散"。司马昭曾想拉拢嵇康，但嵇康在当时的政争中倾向皇室一边，对于司马氏采取不合作态度，因此颇招忌恨。司马昭的心腹钟会想结交嵇康，受到冷遇，从此结下仇隙。嵇康的友人吕安被其兄诬以不孝，嵇康出面为吕安辩护，钟会即劝司马昭乘机除掉吕、嵇。当时太学生三千人请求赦免嵇康，愿以康为师，司马昭不许。临刑，嵇康神色自若，奏《广陵散》一曲，从容赴死。

乃正始明道，诗杂仙心[1]；何晏之徒，率多浮浅[2]。唯嵇志清峻，阮旨遥深[3]，故能标焉[4]。（《明诗》）

若夫四言正体，则雅润为本[5]；五言流调，则清丽居宗[6]，华实异用，惟才所安[7]。故平子得其雅，叔夜含其润[8]，茂先凝其清，景阳振其丽[9]。兼善则子建、仲宣，偏美则太冲、公干[10]。然诗有恒裁，思无定位[11]；随性适分，鲜能圆通[12]。（《明诗》）

详观兰石之《才性》，仲宣之《去伐》[13]，叔夜之《辨声》，太初之《本玄》[14]，辅嗣之《两例》，平叔之《二论》[15]，并师心独见，锋颖精密[16]，盖人伦之英也[17]。（《论说》）

嵇康《绝交》，实志高而文伟矣[18]。（《书记》）

叔夜俊侠，故兴高而采烈[19]。（《体性》）

刘劭《赵都》，能攀于前修[20]；何晏《景福》，克光于后进[21]。休琏风情，则《百壹》标其志[22]；吉甫文理，则《临丹》成其采[23]。嵇康师心以遣论；阮籍使气以命诗[24]：殊声而合响，异翮而同飞[25]。（《才略》）

注 释

（1）乃：唐写本作"及"。正始：魏齐王曹芳年号。明道：阐明道家学说。仙心：指道家思想。

（2）何晏：字平叔，魏末玄学家。率：大抵之意。

（3）嵇：即嵇康。志清峻：志趣清高。阮：即阮籍。旨遥深：意旨深远。

（4）标：显著。

（5）四言：指四言诗。正体：正常体制。雅润：典雅温润。

（6）流调：流行的格调。居宗：为主。

（7）异用：谓不同风格的运用。安：定。

（8）平子：东汉张衡的字。得其雅：获得了雅正的一面。叔夜：即嵇康。含其润：具有温润的一面。

（9）茂先：张华的字。凝其清：凝，唐写本作"拟"，即模仿和学习其清新的一面。景阳：张协的字。振其丽：发挥了其华丽的一面。

（10）兼善：兼有各种长处。子建、仲宣：即曹植、王粲。偏美：偏于一种长处。太冲、公幹：即左思、刘桢。

（11）恒裁：一定体裁。定位：规定方位，这里指框子。

（12）适分：适应。鲜能通圆：很少能兼善各种体裁的作品。

（13）兰石：傅嘏的字，三国时魏国文人。《才性》：指傅嘏的《才性论》，今不存。仲宣：王粲的字，"建安七子"之一。《去代》：据《太平御览》卷五九五作《去伐》，指王粲的《去伐论》，今不存。

（14）《辨声》：指嵇康的《声无哀乐论》，载《嵇康集》卷五。太初：夏侯玄的字，三国时魏国文人。《本玄》：应为《本无》，即夏侯玄的《本无论》，今不存。

（15）辅嗣：王弼的字，三国时魏国学者。《两例》：王弼的《易略论》旧分上下两篇。平叔：何晏的字。《二论》：疑指何晏的《道德论》。

（16）师心：不师法别人，指有创见。锋颖：笔尖，指立论。

（17）人伦：据《太平御览》卷五九五作"论"字，无"人"字。

（18）《绝交》：指嵇康的《与山巨源绝交书》。志高而文伟：志气高尚而文辞奇伟。

（19）俊侠：俊杰豪迈，指性格豪爽。兴高而采烈：兴致高超而文采壮烈。《晋书·嵇康传》说："康早孤，有奇才，远迈不群。"

（20）刘劭：字孔才，三国时魏国文人。《赵都》：即《赵都赋》，今存不全。攀：即攀登。前修：指前代作家。

（21）何晏：字叔平，三国时魏国玄学家。《景福》：指何晏的《景福殿赋》，载《文选》卷十一。克：能。后进：后代作家。

（22）休琏：应璩的字，三国时魏国文学家。风情：风度情趣。《百壹》：指应璩的《百壹诗》，载《文选》卷二十一。

（23）吉甫：应贞的字，西晋文学家。文理：为文之理。《临丹》：即《临丹赋》，载《艺文类聚》卷八。

（24）师心：不以别人为师，指独创。遣论：发表议论。阮籍：字嗣宗，魏末诗人。使气：任其志气。命诗：作诗。

（25）殊声：不同的声调，指嵇康的论文和阮籍的诗。合响：合成音响，谓一致。翮：鸟翅。同飞：一起高飞。

评 说

嵇康是正始文学的代表人物之一,在中国文学史上占有重要的地位。嵇康身当魏末玄学兴盛时期,他对玄理有自己的见解,称"老子、庄周,吾之师也"(《与山巨源绝交书》),表明他对老、庄的服膺。他又认为,神仙禀之自然,非修炼所能致,然而如导养得法,常人也能够长寿,与流行的服食飞升神仙之说有所不同。他著有《养生论》,强调"修性以保神,安心以全身"等精神上的自我修养功夫。并与向秀就这个问题进行过讨论。嵇康在文章里主张"心无措乎是非"(《释私论》),但是他的行动却是"刚肠疾恶,轻肆直言,遇事便发"。

嵇康的文学创作,主要是诗歌和散文。嵇康的诗歌,现存50余首,四言、五言、六言、乐府都有,以四言体为多,占一半以上,也最为出色。代表作有《赠秀才入军》18首以及《幽愤诗》。《赠秀才入军》为赠其兄嵇喜之作。诗中写对从军远征的哥哥的思念,表现了兄弟间的动人情谊。诗中大量使用比兴手法来渲染浓郁的别离气氛,它们大多由《诗经》中化出,可见嵇康四言诗所受《诗经》的影响。《幽愤诗》作于系狱临终之前。诗中回顾了自幼至长的经历,叙述了自己"托好老、庄,贱物贵身"的思想及其形成原因,认为自己终致图圄,是由于性格"顽疏",招来了谤议。诗中表示希望度过目前的厄难,然后去过超尘绝世生活,"无馨无臭,采薇山阿,散发岩岫,永啸长吟,颐性养寿"。这篇诗由于是在生命的最后时刻写的,所以沉至痛切。在写法上,它采取了回环往复的多层次结构,强调了诗人愧怨的心情和守朴全真的志向,充分表达了他内心的郁闷愤懑。

清远与峻烈,是嵇康诗的两个主要特色。嵇康往往在诗中抒发他强烈的愤世嫉俗心情,因此他的一些作品写得比较直露,语含讥刺,锋芒毕现,表现出清峻警峭的特点。而他的另一些诗作夹有谈玄的成分,如"俯仰自得,游心太玄,嘉彼钓叟,得鱼忘筌"之类。这些都在一定程度上减弱了他诗歌形象的生动性。《文心雕龙·明诗》云:"嵇志清峻。"《诗品》称嵇康诗"颇似魏文。过为峻切,讦直露才,伤渊雅之致。然托谕清远,良有鉴裁,亦未失高流矣"。《艺概·诗概》云:"叔夜之诗峻烈。"不过总的来说,嵇康的诗歌,特别是四言诗,在文学史上还是有相当地位的。刘勰说:"唯嵇志清峻,……故能标焉。"称他的诗作志趣高远,具有温润的一面,这都是比较正确的评价。

嵇康的散文成就超过诗歌。他的论说文、书信、传记写得都好。论说文今存9篇,多为长篇,以《养生论》《声无哀乐论》等最为著名。这些文章多是阐弘他的哲学、政治、伦理思想的,如《养生论》是宣传"无为自得,体妙心玄,忘欢而后乐足,遗生而后身存"的;《声无哀乐论》论证情感与声音的关系,认为哀乐之情的产生,"自以事会,先遘于心,但因和声,以自显发",文章批驳了声音本身具有哀乐的观点。刘勰赞他的《声无哀乐论》"师心独见，锋颖精密"；称他的《与山巨源绝交书》"志高而文伟"，这些评价都是颇为中肯的。嵇康也擅长于文章，其特点依然是师心使气，说理论辩。他善于围绕问题中心广引例证，反复辩难，层层剖析，使得这些文章舒展宏阔，纵横自如，文辞壮丽，析理绵密，真切地展现了作者的主体情思与鲜明个性，读起来既有思辨深度，又毫无雕琢矫饰的痕迹。

· 钟会

钟会（225—264），字士季，颍川长社（今河南长葛西）人。出身名门，父钟繇位三公。少时，博学多才，精于名理，三国时期魏国谋士、将领，官至司徒，为司马昭重要谋士。景元四年（263），与邓艾分兵灭蜀，后叛国谋反被杀。著有《道论》20篇，今佚。

钟会《檄蜀》，征验甚明[1]；桓公《檄胡》，观衅尤切[2]：并壮笔[3]也。（《檄移》）

故善附者异旨如肝胆，拙会者同音如胡越[4]。改章难于造篇，易字艰于代句，此已然之验也[5]。昔张汤拟奏而再却，虞松草表而屡谴[6]，并事理之不明，而词旨之失调也[7]。及倪宽更草，钟会易字[8]，而汉武叹奇，晋景称善者[9]，乃理得而事明，心敏而辞当也[10]。以此而观，则知附会巧拙，相去远哉[11]！（《附会》）

注 释

（1）《檄蜀》：即钟会的《移蜀将吏士民檄》，载《三国志·魏志·钟会传》。征验：论证。此指钟会在檄文中对魏强蜀弱形势的分析以及列举降魏的人受到重用等事理。

（2）桓公：指桓温，字符子，东晋大司马。《檄胡》：指桓温的《檄胡文》，文已残破不全，见《艺文类聚》卷五十八。胡：此指建立后赵的石勒。观衅：视其罪过。切：急切。

（3）壮笔：雄壮有力的文笔。

（4）善附者：善于安排文辞的人。异旨如肝胆：把不同的内容安排得如同肝和胆那样密切。拙会者：不善于安排内容的人。同音如胡越：即把相互联系的事物安排得如南北两地那样素不相干。

（5）此句谓：修改一段话比重写一篇更难，更换一个字比另写一句还苦，这是既有的经验。

（6）张汤：西汉大臣，汉武帝的廷尉（掌管司法）。再却：一再被退却。据《汉书·倪宽传》称："时张汤为廷尉，……（倪宽）会廷尉时有疑（拟）奏，已再见却矣，掾吏莫知所为。宽为言其意，掾吏因使宽为奏。奏成，……即时得可。异日，汤见上，问曰：'前奏非俗吏所及，谁为之者？'汤言倪宽。上曰：'吾固闻之久矣。'"虞松：三国时魏国的中书令（掌管机密文书）。屡谴：屡次遭谴责。据《三国志·魏书·钟会传》注引《世语》曰："司马景王命中书令虞松作表，再呈辄不可意，命松更定。以经（过）时，松思竭不能改，心苦之，形于颜色。会（钟会）察其有忧，问松，松以实答。会取视，为定五字。松悦服，以呈景王。王曰：'不当尔邪，谁所定也？'松曰：'钟会。'"

（7）事理：叙事说理。词旨：文辞和意旨。

（8）更草：重新起草。易字：改动文字。

（9）汉武：即汉武帝刘彻。晋景：即晋景王司马师。

（10）理得：说理得当。心敏：文思敏捷。

（11）附会巧拙：谓是否善于安排言辞与文意。相去远哉：相距遥远。

评 说

钟会善写"檄文"，今考《檄蜀》一文，能以历史事实作验证，使蜀人"深鉴成败"之理，这个评价还是中肯的。故刘勰称他的《檄蜀》为"壮笔"之文。其次，钟会是一个巧于安排文辞的作家，能做到"理得而事明，心敏而辞当"。他替虞松改换五字竟成佳作。而受到晋景王司马师的称善，说明钟会在这方面确实具有高超的能力。

· 王弼

王弼（226—249），字辅嗣，三国时玄学家。魏国山阳（今河南焦作）人。曾任尚书郎，少时即享高名，卒时年仅24岁。好谈儒道，辞才逸辩，与何晏、夏侯玄等同开玄学清谈之风，世称"正始之音"。著有《周易注》《老子注》等，传于世。

王弼

详观兰石之《才性》,仲宣之《去代》[1],叔夜之《辨声》,太初之《本玄》[2],辅嗣之《两例》,平叔之《二论》[3],并师心独见,锋颖精密[4],盖人伦之英也[5]。(《论说》)

若毛公之训《诗》,安国之传《书》[6],郑君之释《礼》,王弼之解《易》[7],要约明畅,可为式矣[8]。(《论说》)

注 释

(1)兰石:傅嘏的字,三国时魏国人。《才性》:指傅嘏的《才性论》,今不存。仲宣:王粲的字,"建安七子"之一。《去代》:《太平御览》卷五九五作《去伐》,指王粲的《去伐论》。去代:意为除去,文已不存。

(2)叔夜:嵇康的字,三国时魏国文学家。《辨声》:指嵇康的《声无哀乐论》。太初:夏侯玄的字,三国时魏国人。《本玄》:《三国志·夏侯玄传》注引《魏氏春秋》作《本无》,文已不存。

(3)《两例》:范注:"疑当作略例,《隋志》有王弼《易略论》一卷。"《易略例》旧分上下两篇。平叔:何晏的字。《二论》:清代孙诒让《札》十二载:"晏有《无为论》,见《晋书·王衍传》,又有《无名论》,见《列子·仲尼》篇注。'无为''无名'皆《道德语》语,殆即二论之细目欤?"《二论》疑即《道德论》)。

(4)师心:不师法他人,有创见。锋颖:笔锋锐利。

(5)人伦:《太平御览》卷五九五无"人"字,伦,作"论"今从。

(6)毛公:指毛亨,西汉学者,相传他曾为《诗经》作传注。训:训诂,即对古书文字的解释。安国:即孔安国,西汉学者,曾为《尚书》作传。不过,刘勰所看到的孔安国《尚书传》是后人伪托的,即现在所说的"伪孔传"。

(7)郑君:指郑玄,东汉经学家,曾为《周礼》《仪礼》《礼记》作注。解《易》:即对《易经》做解释。孔颖达《周易正义序》云:"唯魏世王辅嗣之注,独冠古今,所以江东诸儒,并传其学。"

(8)要约明畅:扼要简练,明白流畅。式:法式,谐模。

评 说

王弼认为"无"是宇宙万物的本体,"道者'无'之称也",天地虽大,"寂然至无,是其本矣"。又以为"凡有皆始于无",肯定名教(有)出于自然(无)。又"援老入儒",以玄学代替当时逐渐衰微的汉儒经学。其注《易》偏重哲理,扫除汉代经学烦琐之风。所著有《周易注》《周易略例》《老子注》《老子指略》等。王弼对"大音希声,大象无形"解释道:"听之不闻名曰希,不可得闻之音也。有声则有分,有分则不宫而商矣。分则不能统众,古有声者,非大音也。""大音"不可得闻,遂可促使你去想象全部最美的声音,这就是至美的境界,也就是"道"的境界。这种对没有任何人为痕迹的境界的提倡,也就成了后世意境理论的先声。刘勰主张为文要有创见,语言简明,是他写作观的一个重要内容。王弼注经不因袭旧说,论证严密而又"要约明畅",所以受到刘勰的好评。从创作实践来看,这个评价还是正确的。

・向秀

向秀(227—272),字子期,魏晋之际的玄学家和文学家,河内怀(今河南沁阳)人。官至黄门侍郎,散骑常侍。向秀是嵇康的好友,同为"竹林七贤"之一。嵇康被杀,他作《思旧赋》以寄哀。向秀好老庄之学。当时《庄子》一书虽颇流传,但旧注"莫能究其旨统",向秀作《庄子隐解》,解释玄理,影响甚大,对玄学的盛行起了推动作用。唯《秋水》《至乐》二篇未竟而卒。近世通行的郭象《庄子注》本,相传大半出自向秀所注,可视为向、郭二人合著,成为今日所见的《庄子注》。

若乎君子拟人必于其伦⁽¹⁾,而崔瑗之诔李公,比行于黄虞⁽²⁾;向秀之赋嵇生,方罪于李斯⁽³⁾;与其失也,虽宁僭无滥⁽⁴⁾,然高厚之诗,不类甚矣⁽⁵⁾。(《指瑕》)

注 释

(1)拟:比拟。伦:同类。《礼记・曲礼下》:"拟人必于其伦。"郑玄注:"拟,犹比也。伦,犹类也。"

(2)崔瑗:字子玉,东汉文人。诔李公:诔文今不存,李公指谁,尚难断定。与崔瑗同时姓李而为公者有三人,即李修、李郃、李固。据《后汉书・崔瑗传》称:"时李固为太山太守,瑗美文雅,奉书礼致殷勤。岁余,光禄大夫……"疑当是李固。黄虞:黄帝、虞舜。李固为东汉大臣,以正论忤梁冀,被害。用他来比黄帝虞舜,实非其伦。

(3)嵇生:即嵇康。赋嵇生:指向秀怀念嵇康的《思旧赋》,载《文选》卷十六。方:比。李斯:秦始皇时的丞相。李斯由于贪婪权位被赵高所害,嵇康由于不愿与司马氏合作被害,两者的人格高下决然不同,因此难以相比。

(4)宁僭无滥:古云:善为国者赏不僭,而刑不滥。宁僭无滥:就是多赏少刑,多褒少贬。刘勰认为,崔瑗诔李公失之过高,向秀赋嵇康失之重过。僭:过分。滥:越轨。

（5）高厚：春秋时齐大夫。不类：据《左传·襄公十六年》载："晋侯与诸侯宴于温，使诸大夫舞，曰：'歌诗必类。'齐高厚之诗不类。"这里借用高厚的故事，用"不类甚矣"来表示虽不得已时"宁僭无滥"，也不能把比拟弄得不伦不类。

评 说

向秀的《思旧赋》作于入洛途经嵇康故居时，赋中"昔李斯之受罪兮，叹黄犬而长吟；悼嵇生之永辞兮，顾日影而弹琴"。赋（及序）中描写了重睹故人旧庐时的感受，表达了对亡友深挚的怀念之情。此赋情景交融，充满了清凄悲怆的情调。由于当时的政治环境险恶，作者不能直抒胸臆，所以它仅限于写思念之情，而不及有关的事实。在刘勰看来，李斯是统治阶级内部争权夺利的牺牲品，而嵇康则是不愿与司马氏集团合作而被杀。一个是贪恋权位，一个是品德清高，其思想境界有高下之分，用李斯罪过的大小和嵇康相比附是不妥当的，所以感叹"不类甚矣"。但从向秀《思旧赋》看，无非是因李斯与嵇康临刑前的情形相类似才放在一起写的，并非同李斯之罪的大小来比嵇康。因此，这类比拟又未尝不可。

· 荀勖

荀勖（？—289），字公曾，西晋文学家、音乐家、目录学家，颍川颍阴（今河南许昌）人。初仕魏，累官侍中，入晋后拜中书监，进光禄大夫，官至尚书令。曾掌管乐事，考订律吕，精通音乐。又与中书令张华依刘向《别录》整理书籍。及得汲郡冢中古文竹书，又奉诏撰次之，以为《中经》。据《隋书·经籍志》载，著有文集三卷，已散佚。明人辑有《荀公曾集》。

然杜夔调律，音奏舒雅⁽¹⁾；荀勖改悬，声节哀急⁽²⁾；故阮咸讥其离声，后人验其铜尺⁽³⁾。和乐精妙，固表里而相资矣⁽⁴⁾。（《乐府》）

及魏代三雄，记传互出⁽⁵⁾。《阳秋》《魏略》之属，《江表》《吴录》之类⁽⁶⁾，或激抗难征，或疏阔寡要⁽⁷⁾。唯陈寿《三志》，文质辨洽⁽⁸⁾，荀、张比之于迁、固，非妄誉也⁽⁹⁾。（《史传》）

注　释

（1）杜夔：字公良，汉末音乐家，为曹操所赏识，让他从事于恢复古乐的工作。调律：调整音律。舒雅：舒缓雅正。

（2）改悬：改制乐器。据《晋书·律历志》载，荀勖曾考证出杜夔调乐之尺不合古制，于是就改用古尺来调整乐器。据下文阮咸的讥笑，其实杜尺与古尺是相符的，故刘勰称"音奏舒雅"，而荀尺"改悬"后却"声节重急"，恰好证明荀尺是不合古尺的。刘勰认为荀勖的"改悬"是错误的。声节哀急：即音节感伤急促。

（3）阮咸：字仲容，魏末"竹林七贤"之一，精音乐。讥：讥评、批评。离声：不合声律。验其铜尺：即验证古尺。此事有两种说法：《晋书·律历志》载，荀勖调整乐器后，有人掘得周代古尺，与荀勖考订的长度正好符合；而《世说新语·术解》注引《晋诸公赞》却说，荀勖之后又发现"周玉尺"和"古铜尺"比荀尺略长。阮咸认为荀尺是不确的，故"讥其离声"，刘勰是同意这种看法的。

（4）和乐精妙：精妙和谐的音乐。表里：泛指事物的两个方面。此处特指歌词和乐谱。相资：相互配合。

（5）三雄：指魏、蜀、吴三国。记传：记载三国历史的著作。互出：相继出现。

（6）《阳秋》：指东晋孙盛的《魏氏春秋》。《魏略》：魏国鱼豢所著。以上两书均佚，《三国志》注文中引有部分资料。《江表》：指西晋虞溥所著的《江表传》。《吴录》：西晋张勃所著。此二书今亦佚，《三国志》中保存有部分残文。

（7）激抗难征：文辞激切，难于令人信服。疏阔寡要：内容粗疏，没有抓住要点。

（8）陈寿：字承祚，西晋史学家。三志：指陈寿所著魏志、蜀志、吴志合称为《三国志》。文质辨洽：文辞和内容既清晰又和润。

（9）荀、张：即荀勖、张华。迁、固：指司马迁所著的《史记》和班固所著的《汉书》。妄誉：过誉。

评　说

荀勖是西晋文学家，据《晋书·律历志》载："武帝泰始九年，中书监荀勖校太乐，八音不和，始知后汉至魏，尺长于古四分有余。勖乃部著作郎刘恭依《周礼》制尺，所谓古尺也。依古尺更铸铜律吕，以调声韵。……得古周时玉律及钟、磬，与新律声韵暗同。……时人称其精密，惟散骑侍郎陈留阮咸讥其声高。"《晋书》认为荀勖所制古尺合于"古周时玉律及钟磬"，是正确的，阮咸"讥其声高"是不对的。刘勰为什么从阮咸说呢？黄侃在《文心雕龙札记》中说："彦和所言，盖亦《晋志》所云雷同臧否（好坏）者也。"黄侃的批评比较中肯。

张华

张华（232—300），字茂先，西晋文学家。范阳方城（今河北固安）人。少孤贫，曾以牧羊为生。《晋书·张华传》说他"学业优博，辞藻温丽，朗赡多通，图纬方伎之书，莫不详览"。他曾著《鹪鹩赋》以自喻。魏末，被荐为太常博士。晋武帝时，因力主伐吴有功，历任要职。惠帝时，被赵王司马伦和孙秀杀害。华以博学著称，其诗词藻华丽，后人评为"儿女情长，风云气少"。有文集10卷，已散佚，后人确有《张司空集》。另撰有《博物志》10卷，今存。

若夫四言正体，则雅润为本[1]；五言流调，则清丽居宗[2]；华实异用，惟才所安[3]。……茂先凝其清，景阳振其丽[4]。（《明诗》）

张华新篇，亦充庭《万》[5]。（《乐府》）

魏晋滑稽，盛相驱扇[6]。遂乃应玚之鼻，方于盗削卵[7]；张华之形，比乎握舂杵[8]。曾是莠言，有亏德音[9]。岂非溺者之妄笑，胥靡之狂歌欤[10]！（《谐隐》）

及魏代三雄[11]，记传互出。……唯陈寿《三志》，文质辨洽[12]，荀、张比之于迁、固，非妄誉也[13]。（《史传》）

自魏晋诰策，职在中书[14]，刘放、张华，互管斯任[15]；施命发号[16]，洋洋盈耳。（《诏策》）

逮晋初笔札，则张华为俊[17]。其三让公封，理周辞要[18]，引义比事，必得其偶[19]，世珍《鹪鹩》，莫顾章表[20]。（《章表》）

及张华论韵，谓士衡多楚[21]；《文赋》亦称知楚不易[22]，可谓衔灵均之声余，失黄钟之正响也[23]。（《声律》）

张华诗[24]称："游雁比翼翔，归鸿知接翮。"[25]刘琨诗[26]言："宣尼悲获麟，西狩泣孔邱。"[27]若斯重出，即对句之骈枝也[28]。（《丽辞》）

然晋虽不文[29]，人才实盛："茂先摇笔而散珠[30]，太冲动墨而横锦，……。并结藻清英，流韵绮靡。前史以为运涉季世[31]，人未尽才[32]；诚哉斯谈，可为叹息！（《时序》）

张华短章[33]，奕奕[34]清畅，其《鹪鹩》寓意，即韩非之《说难》也[35]。（《才略》）

注　释

（1）四言正体：正统的体裁。因为《诗经》以四言句为主，所以称四言为正体。雅润：雅正温润。

（2）五言流调：流行的格调。清丽：清新艳丽。居宗：为主。

（3）华实异用：指风格上的华丽与朴实的不同运用。惟才所安：由作者的才华而定。

（4）凝其清：凝，唐写本作"拟"，即学习和掌握了清新的一方面。景阳：张协的字，西晋作家。振其丽：发挥了绮丽的一面。

（5）张华新篇：指张华所作宫廷乐章。充庭《万》：充作宫廷舞曲。《万》：即万舞，古代舞乐名。《诗经·邶风·简兮》："公庭万舞。"

（6）滑稽：古代酒器，酒从壶中流出，长流不断，以喻人的能说会道，滔滔不绝，后指能言善辩、谈笑逗乐的言行。盛相驱扇：相互扇动的风气盛行。

（7）应场：字德琏，"建安七子"之一，其鼻子之事不详。方：比。盗削卵：把应场的鼻子比如为像偷来的被削平的半个鸡蛋，形容其鼻子扁平。

（8）舂杵：在臼中捣米的木棒。据《世说新语·排调》注引《张敏集·头责秦子羽文》说："范阳张华，头如巾杵。即头上著巾，形如捣姜、蒜的杵。"

（9）曾：乃。莠言：恶言。亏：损。德音：有德者之言。

（10）溺者：落水者。妄笑：假笑。胥靡：罪人。《吕氏春秋·大乐》中说："溺者非不笑也，罪人非不歌也。"因为是强笑强歌，所以"其乐不乐"。

（11）三雄：指魏、蜀、吴三国。

（12）陈寿：字承祚，西晋史学家。《三志》：即陈寿的《三国志》。辨洽：清晰和润。

（13）荀、张：荀勖、张华。比之于迁、固：据《华阳国志·后贤志》说："吴平后，（陈）寿乃鸠合三国史，著魏、吴、蜀三书六十五篇，号《三国志》。又著《古国志》五十篇，品藻典雅。中书监荀勖、令张华深爱之，以班固、史迁不足方也。"妄誉：过誉。

（14）诰策：诏策。中书：即中书省，魏晋以后，掌管诏策的机构在中书省。

（15）刘放：字子弃，三国魏国人。互管：应为"并管"，刘放和张华都先后做过中书监，担任过管理诏策的职务。

（16）施命放号：即发号施令。

（17）逮：及、到。笔札：即纸笔，这里是指章、表两种文体。俊：优。

（18）三让公封：指张华曾经三次辞让被封为壮武郡公的表文。他的《让公表》，已散佚。理周辞要：道理周详，文辞简要。

（19）引义：引申意义。比事：排比事类。必得其偶：都得对偶。

（20）《鹪鹩》：指张华的《鹪鹩赋》，见《晋书·张华传》和《文选》卷十三。鹪鹩：一种小鸟。这句是说：世人只珍视张华的《鹪鹩赋》，不注意他的章表。

（21）士衡：陆机的字，西晋作家。多楚：即多楚音。其弟陆云在《与兄平原书》中说："张公（指张华）语云云：兄文故自楚。"（见《全晋文》卷一百零三）

（22）知楚：当为衍文。不易：陆机《文赋》说："亮功多而累寡，故取足而不易"，指警句在作品中功多累寡，因此要攀用警句而不改变。

（23）灵均：屈原的字。声余：当作"余声"。黄钟：古乐十二律之一，这里泛指乐律。正响：指以《诗经》为代表的雅正之音。此二句是说：张华继承了屈原用韵的余响，但离开了《诗经》标准的音韵。

（24）张华诗：指张华的《杂诗》，见《玉台新咏》卷二。

（25）"雁"与"鸿"：都是大雁，是同一种鸟类。"比翼"与"接翩"：都是紧挨着飞，是同一意义。

（26）刘琨：字越石，西晋诗人。刘琨诗：指刘琨的《重赠卢谌》，见《文选》卷25。

（27）宣尼：指孔子。据《汉书·平帝纪》说："封……孔子后孔均为褒成侯，奉其祀。……追谥孔子曰褒成宣尼公。"悲获麟：《春秋·哀公十四年》："西狩获麟。"《公羊传》："西狩获麟，孔子曰：'吾道穷矣。'"孔子曰："'孰为来哉，孰为来哉！'反袂拭面，涕沾袍。"这里的"宣尼"与"孔邱"都是指孔子；"悲获麟"与"西狩泣"同义，所以也是重复。

（28）骈枝：指多余的、累赘的。

（29）晋虽不文：指西晋帝王不重视文学。

（30）散珠：比喻作品的美好。

（31）前史：指前人所著晋史，具体不详。季世：末世，衰世。

（32）人未尽才：指许多作家生逢西晋八王之乱，被害者不少，未能施展才华。如张华、陆机、潘岳、刘琨都是被杀的；左思、张载等都不得志。

（33）短章：指张华的赋篇幅都较短。陆云《与兄平原书》："张公（指张华）文无他异，正自情省无烦长，作文正尔自复佳。"

（34）奕奕：美盛貌。

（35）《鹪鹩》：指张华的《鹪鹩赋》。《说难》：韩非著。此句意为：张华的《鹪鹩赋》和韩非的《说难》，都有全身避害的寓意。

评 说

张华不仅写作了大量的诗歌，而且奖掖后进，成为太康诗坛的领袖人物。刘勰很赞赏张华写的"章表"，称"晋初笔札，则张华为俊"。说张华的《让公表》，不仅道理讲得周详，而且文辞也很简要。并批评世人只珍视张华的《鹪鹩赋》，却不注意他的"章表"。刘勰这个批评，表现他的局限性。因为这类作品的内容，一般都是颂扬朝廷、感恩戴德的，又因它是直陈帝王之制，所以往往也是文人的精心之作。刘勰的赞美，恰好暴露了他浓厚的封建意识。其次，张华在西晋作家中是以辞采艳丽著名的，而刘勰在评论中却看出了张华在诗歌创作中还有其清新的一面。并指出："华实异用，唯才所安。"认为作品的"华"与"实"，还与作家的才华有关。这个看法，对于今天探讨艺术的特点和规律，有其重要的意义。

·陈寿

陈寿(233—297),字承祚,西晋著名史学家、文学家,巴西郡安汉(今四川南充)人。自幼师从著名学者谯周,学习研究过许多古代文献典籍。成年后,在蜀汉任卫将军的属官主簿,管理军府中的文书,后来成为皇帝身边管理奏章的重要官员。蜀国后期,刘禅将其降为"书佐"(无级别的文书小吏)。建立晋朝后,晋武帝笼络人才,举他为孝廉,出任佐著作郎,负责编修国史。在任内撰写了《益部耆旧传》,受晋武帝赞赏,升为佐著作郎。不久调任平阳侯相,继续收集整理诸葛亮的史料,于泰始十年(274)编成《诸葛亮集》24卷,共10多万字。280年开始撰写三国史书,历时15年终于撰成《魏》《蜀》《吴》三书,后人合称《三国志》。一生中著作甚丰,多数散失,只有《三国志》保存完好,流传至今,被视为史学名著"四史"之一。

及魏代三雄,记传互出(1)。《阳秋》《魏略》(2)之属,《江表》《吴录》(3)之类,或激抗难征,或疏阔寡要(4)。唯陈寿《三志》,文质辨洽(5),荀、张比之于迁、固,非妄誉也(6)。(《史传》)

注 释

(1)三雄:指魏、蜀、吴三国。互出:交互出现。
(2)《阳秋》:指东晋孙盛的《魏氏春秋》,又称《魏氏阳秋》。《魏略》:魏国鱼豢著。两书均已散失。
(3)《江表》:西晋虞溥的《江表传》。《吴录》:西晋张勃著。两书均已散失。
(4)激抗:激烈的抗争,指观点激烈。难征:难以证实。疏阔:粗疏。寡要:很少抓住要点。
(5)《三志》:即《三国志》。文质辨洽:文辞和内容都清晰和润。
(6)荀、张:即荀勖、张华,都是西晋时文学家。迁、固:即司马迁、班固。《华阳国志·后贤志》说:"《三国志》……中书监荀勖、(中书)令张华深爱之,以班固、史迁不足方也。"妄誉:过誉。

评 说

陈寿是我国古代著名历史学家,他的《三国志》和司马迁的《史记》、班固的《汉书》并称为"三史",是历代正史中的杰作。刘勰认为在三国时代的史传书中"唯陈寿《三志》,文质辨洽",写得最好,这是正确的评价。

·傅咸

傅咸(239—294),字长虞,西晋文学家,北地泥阳(今甘肃宁县东南)人。傅玄之子。曾任太子洗马、尚书右丞、御史中丞等职。他为官峻整,疾恶如仇,直言敢谏。曾上疏主张裁并官府,唯农是务;并力主俭朴,说"奢侈之费,甚于天灾"(《晋书·傅咸传》)咸雅好属文,虽绮丽不足,而言多规戒。原有集,已佚,明人辑有《傅中丞集》。

若夫傅咸劲直,而按辞坚深(1);刘隗切正,而劾文阔略(2),各其志也(3)。(《奏启》)

汉世善驳,则应劭为首(4)。晋代能议,则傅咸为宗(5)。然仲瑗博古,而铨贯有叙(6)。长虞识治,而属辞枝繁(7)。及陆机《断议》,亦有锋颖(8),而谀辞弗剪,颇累文骨(9):亦各有美(10),风格存焉。(《议对》)

傅玄篇章,义多规镜(11);长虞笔奏,世执刚中(12);并桢干之实才,非群华之韡萼也(13)。(《才略》)

注 释

(1)劲直:刚正耿直。据《晋书·傅咸传》载,吴人顾荣《与亲故书》常称赞傅咸"劲直忠果,劾按惊人"。按辞:指检举罪过的奏文。坚深:指奏文证据确凿有力,分析深刻。

(2)刘隗:字大连,东晋元帝时为丞相司直。切正:严厉刚正。劾文:揭露罪状之文。阔略:粗略,不具体。

(3)各其志:各有自己的不同情志。

(4)驳:驳议,文体的一种。蔡邕《独断》:"凡群臣上书于天子者有四名:一曰章,二曰奏,三曰表,四曰驳议。"应劭:字仲远,汉末文人。

(5)议:奏议,文体的一种。宗:尊崇。《诗经·大雅·云汉》:"上下奠瘗,靡神不宗。"传曰:"宗,尊也。"

(6)仲瑗:即仲远,应劭的字。《汉官仪》作"仲瑗"。铨:衡量。叙:通"序"。

(7)识治:即是治国之道。枝繁:琐碎繁杂。

（8）陆机：字士衡，西晋文学家。《断议》：即陆机的《晋书限断议》，其残文见《初学记》卷二十一。锋颖：即锋芒。

（9）谀辞：《太平御览》卷五九五作"腴辞"，指文辞的繁杂。文骨：文章的骨力。

（10）美：优点。

（11）傅玄：字休奕，西晋文学家。规镜：规劝鉴戒。

（12）笔奏：指傅咸所写的奏议。世执刚中：谓世代都坚持刚直中正。

（13）桢干：骨干，比喻有用之才。鞿萼：鲜艳的花朵。

评 说

傅咸有赋30多篇，多为抒情咏物之作。其中《粘蝉赋》《青蝇赋》《萤火赋》等，咏物中寓有生活哲理，"物小而喻大"，含意深刻。如《萤火赋》说："不以姿质之鄙薄兮，欲增辉乎太清"，"进不竞于天光兮，退在晦而能明"。赞美了不竞虚荣的处世态度。傅咸为人刚正耿直，曾奉诏治狱，有《明意赋》，其中"吏砥身以存公，古有死而无柔"等句，语言明快，可以见到他耿直的个性。傅咸有"桢干之实才"，同他的父亲傅玄一样，为文不追求浮艳之词。他的奏文证据确凿，分析有力，所以刘勰称"晋代能议，则傅咸为宗"。从文章的内容与形式的关系来看，内容则是主要的。正是从这一角度出发，所以刘勰才肯定了傅咸的奏议。

阮咸

阮咸（生卒年不详），字仲容，西晋陈留尉氏（今属河南）人，"竹林七贤"之一，阮籍之侄，叔侄二人时人并称为"大小阮"。西晋著名音乐家，精通音律，善弹琵琶。性情放纵，不拘礼法，论著甚众。历任散骑侍郎，补始平太守。以孝终。

逮于晋世，则傅玄晓音(1)，创定雅歌(2)，以咏祖宗；张华新篇，亦充庭《万》(3)。然杜夔调律，音奏舒雅(4)；荀勖改悬，声节哀急(5)；故阮咸讥其离声，后人验其铜尺(6)。和乐精妙，固表里而相资矣(7)。（《乐府》）

注　释

（1）傅玄：字休奕，魏晋之间诗人。晓音：精通音律。
（2）雅歌：雅正的乐歌。
（3）张华：字茂先，西晋诗人。充庭《万》：用于宫廷中的一种大舞。
（4）杜夔：字公良，汉末音乐家。据《三国志·魏志·杜夔》载，他为曹操所赏识，让他从事恢复古乐的工作。音奏舒雅：节奏舒缓而雅正。
（5）荀勖：字公曾，晋初音乐家。改悬：改制乐器。故刘勰有"音奏舒雅"说，据下文阮咸的讥笑，其实杜尺与古尺是相管的，而荀勖"改悬"，荀尺短了四分多。后却"声节哀急"。哀急：感伤而急促。
（6）离声：不合声律。验其铜尺：即验证古尺。此事有两种不同的说法：《晋书·律历志》乐志：荀勖以杜夔所制律吕校太乐总章鼓吹八音，与律吕错，乃制古尺作新律吕以调声韵。勖又作新律，自谓宫商克谐。然论者犹谓勖暗解。时阮咸妙达八音，论者谓之神解。咸常讥勖新律声高，以为高近哀思，不合中和。后有田父耕于野，得周玉尺，勖以校己所治钟鼓金石泛竹，皆短校一米，于此伏咸之妙微归。刘勰之意，是取荀尺不符古尺的说法。
（7）表里：即内容与形式，这里指乐府诗句和声律。相资：相互配合。

评　说

古代乐府诗不仅起源于民间，而且乐府诗的优良传统也主要体现在乐府民歌中。刘勰在《文心雕龙》中以专篇论述"乐府"，说明他对民间创作还是有一定认可的，表现了他的进步性。但是，他对"乐府"的评价，却是以周王朝的雅乐作为标准的。阮咸讥荀勖"改悬"，意在证明雅乐之尊，这正符合刘勰的观点，所以他对阮咸的"讥笑"做了充分的肯定。然而，这也暴露了刘勰"宗经"思想的局限性。

·司马彪

司马彪（约246—306），字绍统，西晋史学家、文学家，河内温县（今河南温县）人。乃晋高阳王司马睦长子。自小好学，然好色而不得为嗣。后折节改志，闭门读书。晋武帝时，任秘书郎、秘书丞、散骑侍郎等职。因东汉史籍记述繁杂，汉安帝、汉顺帝以后史事亡佚颇多，汇集整理群书，著成《续汉书》

80卷。另有《庄子注》21卷，《兵记》20卷，文集4卷。均佚。今仅于《文选》中存《赠山涛》《杂诗》等。

至于后汉纪传，发源东观⁽¹⁾。袁、张所制，偏驳不伦⁽²⁾。薛、谢之作，疏谬少信⁽³⁾。若司马彪之详实，华峤之准当⁽⁴⁾，则其冠⁽⁵⁾也。(《史传》)

注　释

（1）纪传：本纪和列传，这里泛指史书。东观：东汉王朝藏书和编修史书的地方。刘珍、李尤等人的《东观汉记》就编于此。

（2）袁、张所制：指东晋袁山松所著《后汉书》，张莹所著《后汉南纪》，两书均已残缺不全。驳：杂乱。不伦：不类。

（3）薛、谢之作：指三国时吴国薛莹所著《后汉记》，谢承所著《后汉书》，两书均已不全。疏谬少信：粗疏谬误而不真实。

（4）司马彪之详实：指司马彪所著《续汉书》，纪、传部分也已佚，"志"的部分现存范晔所著《后汉书》之中。详实：详尽真实。华峤：字叔骏，西晋文人。曾著《后汉书》，今已不全。准当：准确而恰当。

（5）冠：位居第一，这里有"最优秀"之意。

评　说

司马彪既是西晋的文学家，又是著名的史学家，据《晋书·司马彪传》说："彪乃讨论众书，缀其所闻，起于世祖（光武帝刘秀），终于孝献（汉献帝），……为纪志传凡八十篇，号曰《续汉书》。"可见，他的《续汉书》原来纪、志、传是很完备的，虽然纪、传部分已亡佚，但志的部分尚存，北宋以后，已与范晔所著《后汉书》合刊，确实内容广博，记载翔实，刘勰称它为后汉史书之"冠"，评价是公正的。

·潘岳

潘岳（247—300），字安仁，西晋文学家。祖籍荥阳中牟（今属河南）。潘岳从小受到很好的文学熏陶，"总角辩惠，摛藻清艳"，被乡里称为"奇童"

·潘岳·

(《文选·藉田赋》李善注引)。曾任河阳令、著作郎、给事黄门侍郎等职。擅长诗赋骈文,与陆机齐名。作品长于抒情,文辞绮丽。《悼亡诗》为其代表作。据《隋书·经籍志》载,有文集10卷,传于世。

晋世群才,稍入轻绮[1]。张、潘、左、陆,比肩诗衢[2]。采缛于正始,力柔于建安[3],或析文以为妙,或流靡以自妍[4];此其大略也。(《明诗》)

及仲宣靡密,发端必遒[5];伟长博通,时逢壮采[6];太冲、安仁,策勋于鸿规[7];士衡、子安,底绩于流制[8];景纯绮巧,缛理有余[9];彦伯梗概,情韵不匮[10]:亦魏晋之赋首[11]也。(《诠赋》)

凡群言发华,而降神务实[12],修辞[13]立诚,在于无愧。祈祷之式,必诚以敬[14];祭奠之楷,宜恭且哀[15];此其大较[16]也。班固之祀濛山[17],祈祷之诚敬也;潘岳之《祭庾妇》[18],奠祭之恭哀也。(《祝盟》)

潘岳构意,专师孝山[19],巧于序悲,易入新切[20];所以隔代相望,能征厥声者也[21]。(《诔碑》)

建安哀辞,惟伟长差善[22],《行女》一篇,时有恻怛[23]。及潘岳继作,实踵其美[24]。观其虑善辞变,情洞悲苦[25],叙事如传,结言摹《诗》[26],促节四言,鲜有缓句[27];故能义直而文婉,体旧而趣新[28],《金鹿》《泽兰》,莫之或继也[29]。(《哀吊》)

至魏文因俳说以著《笑书》[30],薛综凭宴会而发嘲调[31];虽抃推席,而无益时用矣[32]。然而懿文之士,未免枉辔[33]。潘岳《丑妇》之属,束晳《卖饼》之类[34];尤而效之[35]。,盖以百数(《谐隐》)

至于陈琳谏辞,称"掩目捕雀"[36];潘岳哀辞,称"掌珠"、"伉俪"[37]:并引俗说而为文辞者也[38]。(《书记》)

安仁轻敏,故锋发而韵流[39]。(《体性》)

若夫宫商大和,譬诸吹籥[40];翻回取均,颇似调瑟[41]。瑟资移柱,故有时而乖贰[42];籥含定管,故无往而不壹[43]。陈思、潘岳,吹籥之调也[44];陆机、左思,瑟柱之和也[45]。(《声律》)

夫"比"之为义,取类不常[46]:……又安仁《萤赋》云:"流金在沙。"[47]季鹰《杂诗》云:"青条若总翠。"[48]皆其义者也。(《比兴》)

潘岳为才,善于哀文[49],然悲内兄,则云"感口泽"[50],伤弱子,则云"心如疑"[51]。《礼》文在尊极,而施之下流[52],辞虽足哀,义斯替[53]矣。(《指瑕》)

然晋虽不文,人才实盛[54]:……岳、湛曜"联璧"之华,机、云标"二俊"之采⁽⁵⁵⁾;……并结藻清英,流韵绮靡⁽⁵⁶⁾。前史以为运涉季世,人未尽才⁽⁵⁷⁾;诚哉斯谈,可为叹息⁽⁵⁸⁾!(《时序》)

潘岳敏给,辞自和畅⁽⁵⁹⁾,钟美于《西征》,贾余于哀诔⁽⁶⁰⁾,非自外⁽⁶¹⁾也。(《才略》)

略观文士之疵⁽⁶²⁾:……潘岳诡诗于愍怀,陆机倾仄于贾、郭⁽⁶³⁾;……孔光负衡据鼎,而仄媚董贤⁽⁶⁴⁾;况班、马之贱职,潘岳之下位哉⁽⁶⁵⁾?(《程器》)

注 释

（1）群才：指有才华的诗人。稍入轻绮：开始走上轻靡绮丽的道路。

（2）张：即张载、张协、张亢兄弟三人。潘：指潘岳、潘尼叔侄二人。左：指左思。陆：指陆机、陆云兄弟二人。比肩：并驾齐驱。诗衢：诗坛。

（3）采：文采。缛于正始：比正始时期繁多。力：指作品内容的感召力。柔于建安：比建安时期柔弱。

（4）枌文：指对字句的雕琢。为妙：为其精妙。流靡：指追求音韵的华丽。自妍：自道其美。

（5）仲宣：王粲的字。靡密：细密。遒：刚健有力。

（6）伟长：徐幹的字。博通：广博通达。壮采：富丽的文采。

（7）太冲：左思的字。策勋：指在赋作方面的功勋。鸿规：指大赋。

（8）士衡：陆机的字。子安：成公绥的字。底绩：取得成绩。流制：各种作品的写作。

（9）景纯：郭璞的字。缛理：丰富的内容。

（10）彦伯：袁宏的字，东晋作家。梗概：慷慨。情韵：情调韵味。不匮：不乏。

（11）赋首：最优秀的赋篇。

（12）群言：指各种文章。务实：要求朴实。

（13）修辞：这里指对祝词的写作。

（14）式：样式、格式。诚以敬：真诚而恭敬。

（15）楷：楷模，格式。恭且哀：恭敬的悲哀。

（16）大较：大略，大概。

（17）濛山：唐写本作"涿山"，今从。班固有《涿邪山祝文》，今存四句，见《全后汉文》卷二十六。

（18）《祭庚妇》：指潘岳的《为诸妇祭庚新妇文》，文已不全，见《全晋文》卷九十三。

（19）构意：唐写本作"构思"，今从。孝山：苏顺的字，东汉文人。

（20）序：通"叙"。序悲：叙述悲伤之情。新切：新颖亲切。

（21）隔代：不同时代。相望：大家仰望。征：唐写本作"徽"，今从，即美善。声：名声。

（22）伟长：徐幹的字，"建安七子"之一。差善：比较好。

（23）《行女》：指徐幹的《行女哀辞》，今已不存。恻怛：哀痛。

（24）踵：唐写本作"钟"，今从，聚集之意。

（25）虑善：唐写本作"虑赡"，即想象丰富。情洞：情深。悲苦：悲痛。
（26）如传：如写传记。结言：运用语言。
（27）促节：音节急促。缓句：音节舒缓的句子。
（28）义直：思想纯正。文婉：文辞委婉。趣新：新的情趣。
（29）《金鹿》《泽兰》：指潘岳的《金鹿哀辞》与《为任子咸妻作孤女泽兰哀辞》，均见《全晋文》卷九十三。莫之或继：再无人能够写出这样好的作品。
（30）魏文：王利器校作"魏人"。俳说：根据诙谐之说。《笑书》：疑指魏人邯郸淳之《笑林》。
（31）薛综：三国时吴国人。发嘲调：据《三国志·吴志·薛综传》记薛综嘲蜀使张奉说："蜀者何也？有犬为独，无犬为蜀，横目苟身，虫入其腹。"
（32）抃：拍手欢笑。推席：当作帷席，即酒席。无益时用：对当时政事没有好处。
（33）懿文：美文，善于作文。枉辔：枉道，走弯路，指仿效嘲笑的作品。
（34）《丑妇》，今已不传。束皙：字广微，西晋作家。《卖饼》：即束皙的《饼赋》，见《全晋文》卷八十七。
（35）尤而效之：知道其过错还要仿效之。
（36）陈琳：字孔璋，"建安七子"之一。谏辞：指陈琳的《谏何进召外兵》。"掩目捕雀"：据《三国志·魏志·王粲传》载，何进要杀太监，碍于太后的反对，"进乃召四方猛将，并使引兵向京城，欲以劫恐太后。琳谏进曰：《易》称'即鹿无虞'，……谚有'掩目捕雀'。夫微物尚不可欺以得志，况国之大事，其可以诈立乎？"
（37）哀辞：潘岳哀悼之作甚多，如《金鹿哀辞》《泽兰哀辞》和《阳城刘氏妹哀辞》等。掌珠：掌上明珠，当是潘岳辞中常用的"俗说"出处不详。伉俪：指夫妻。潘岳《杨仲武诔》的序中说："而子之姑，予之伉俪焉。"
（38）俗说：即俗语。为文辞：指写作。
（39）轻敏：轻率而敏捷。锋发：锐利。韵流：音韵流畅。
（40）宫商：指宫、商、角、徵、羽五音。大和：非常和谐。箫：形状似笛的管乐器。
（41）翻回取均：旋转弦柱以求音调和谐。均：同"韵"。瑟：比琴大的弦乐器。
（42）资：凭借。此句谓：鼓瑟要依靠旋转弦柱来调整弦音。乖贰：指音律不协调。
（43）含定管：谓箫的孔是一定的，每孔发出的音也是一定的。壹：一致。
（44）陈思：即陈思王曹植。此句谓：曹植、潘岳的作品，如吹箫一样，自然和谐。
（45）陆机：字士衡，西晋作家。左思：字太冲，西晋作家。瑟柱之和：谓陆机、左思的作品，像鼓瑟一样，需要调整，才能和谐。
（46）义：即"六义"之义，这里作"手法"讲。取类不常：用作比方的事情没有一定。
（47）《萤赋》：即潘岳的《萤火赋》，载《初学记》卷三十。流金在沙：形容萤虫飞翔的样子。《萤火赋》说萤虫"若流金之在沙，载飞载止"。
（48）季鹰：张翰的字，西晋作家。《杂诗》：载《文选》卷二十九。总翠：《杂诗》说："青条若总翠，黄华如散金。"总：聚合。
（49）为才：指文才。哀文：悼念死者的一种文体。
（50）悲内兄：文已不存。口泽：口中的津液。《礼记·玉藻》说："母没而杯圈不能饮焉，口泽之气有焉尔。"孔疏："谓母平生口饮润泽之气存焉，故不忍用之。"此句意思是："口泽"这个词是用来悼念母亲的，不能用来悲内兄。

（51）伤弱子：指潘岳的《金鹿哀辞》（金鹿，潘岳幼子名）。如疑：《礼记·问伤》说："故其往送也如慕，其反（返）也如疑。"郑注："慕者，以其亲之在前；疑者，不知神之来否。"此句意思是："如疑"这个词是用来指父母丧，不能用来哀悼孩子。

（52）《礼》：指《礼记》。尊极：与"至尊"义同，指父母、君主。下流：魏晋人对晚辈的称谓。

（53）替：废弃。

（54）不文：不重视文学事业。人才：这里指作家。

（55）岳、湛：即潘岳、夏侯湛，他们都是西晋作家。"联璧"：据《晋书·夏侯湛传》载：夏侯湛"与潘岳友善，每行止同舆接茵（坐褥），京都谓之连璧"。机、云：即陆机、陆云兄弟，都是西晋作家。"二俊"：据《晋书·陆机传》载："太康末，与弟云俱入洛，达（到）太常张华。华素重其名。如旧相识，曰：'伐吴之役，利获二俊。'"

（56）结藻清英：文采清丽。流韵绮靡：韵味华美。

（57）前史：指前人所著晋史。季世：末世。人未尽才：未能人尽其才。

（58）此句谓：这话确实说得不错，令人悲叹。

（59）敏给：敏捷。自：黄叔琳《文心雕龙辑注》云：疑作"旨"，今从。和畅：和谐畅达。

（60）钟美：聚美。《西征》：指《西征赋》。贾余：出售多余的才力，此指潘岳文才有余。

（61）非自外：意即由于内在的情感。

（62）疵：病，这里指文人的过失和缺点。

（63）诪：通"筹"。诡诪：阴谋策划。愍怀：即愍怀太子。据《晋书·愍怀太子传》载："贾后将废太子，诈称上（惠帝）不和，呼太子入朝。既至，后不见，置于别室，遣婢陈舞赐以酒枣，逼饮醉之。使黄门侍郎潘岳作书草，若祷神之文，有如太子素意，（太子）因醉而书之。……后以呈帝，……乃表免太子为庶人，诏许之。"倾仄：行为不正，指投靠权门。贾：即贾谧。郭：即郭彰。都是贾后当时的亲信，有权势。

（64）孔光：西汉成帝、哀帝时丞相。负衡据鼎：指处丞相位。仄媚：即侧媚，以不正当的方式向人献媚讨好。董贤：汉哀帝宠臣。孔光献媚董贤，事见《汉书·佞幸传》。

（65）班、马：指班固、马融。贱职：职位不高。下位：地位低下。

评 说

潘岳与陆机齐名，以词采华艳著称，更以"善为哀诔之文"鸣世。潘岳文辞浅净，长于写情。他的诗歌语言流畅却又锻炼精巧，善于言情，因此文辞绮丽而流靡。首先，刘勰认为他的诔文写得好，善于叙述悲伤之情，能很容易地写得新颖而亲切，故称他"隔代相望，能征（徵）厥声者也"。其次，特别赞许潘岳的"哀辞"写得好。说他想象丰富，文辞多变，感情深厚而悲痛，集中了哀辞写作的一切优点，这些评价都是中肯的。但是，说潘岳的《金鹿哀辞》和《泽兰哀辞》是"莫之或继"，就未免有些言之过誉了。再次，对潘岳追求那些

"无益时用"的谐辞,也提出了批评。即使从现在看,这些批评也还是正确的。钟嵘《诗品》将其列入上品,给予较高的评价。

· 张载

张载(生卒年不详),字孟阳,西晋文学家,安平(今河北安平)人。性格闲雅,博学多闻。曾任佐著作郎、著作郎、记室督、中书侍郎等职。西晋末年世乱,托病告归。张载与其弟张协、张亢,俱以文学著称,时称"三张"。其诗颇重辞藻,有《张孟阳集》。

晋世群才,稍入轻绮[1]。张、潘、左、陆,比肩诗衢[2]。采缛于正始,力柔于建安[3];或柝文以为妙,或流靡以自妍[4]:此其大略[5]也。(《明诗》)

唯张载《剑阁》,其才清采[6]。迅足骎骎,后发前至[7];勒铭岷、汉,得其宜矣[8]。(《铭箴》)

孟阳《七哀》[9]云:"汉祖想枌榆,光武思白水。"[10]此正对[11]之类也。……并贵共心,正对所以为劣也[12]。(《丽辞》)

然晋虽不文,人才实盛[13]:……应、傅、三张之徒,孙、挚、成公之属[14],并结藻清英,流韵绮靡[15]。前史以为运涉季世,人未尽才[16];诚哉斯谈,可为叹息[17]!(《时序》)

孟阳、景阳,才绮而相埒[18],可谓鲁卫之政,兄弟之文也[19]。(《才略》)

注 释

(1)群才:指有才华的诗人。稍入轻绮:开始走上轻浮绮丽的道路。

(2)张:即张载、张协、张亢兄弟三人。潘:即潘岳、潘尼叔侄二人。左:即左思。陆:即陆机、陆云兄弟二人。比肩诗衢:在诗坛上并驾齐驱。衢:大路。

(3)采:文采。缛:繁富。正始:魏齐王曹芳的年号。力:指作品的感染力。建安:汉献帝年号。

(4)柝文:柝,同"析",即讲究字句的雕饰。为妙:为其精妙。流靡:讲究音节的流利。自妍:自全其美。

(5)大略:大概。

(6)《剑阁》:即《剑阁铭》。剑阁:位于四川北部大小剑山之间。太康初,张载至蜀省父,途经这里,以为蜀人恃险好乱,因撰铭以作诫。益州刺史表上其文,晋武帝遣使镌之于剑阁山。清采:清新而有文采。

（7）骏骏:形容马的疾速奔驰。这里比喻张载文才超众。后发前至:后来居上。

（8）勒铭:唐写本作"武铭",今从。岷、汉:岷山、汉水,均为蜀地,此指剑阁山。得其宜:得到了适应的处置。

（9）《七哀》:今存张载《七哀诗》二首,均无引文二句,可能张载另有《七哀诗》一首,今不存。

（10）汉祖:即汉高祖刘邦。枌榆:在今江苏省丰县东北,是汉高祖的家乡。光武:即光武帝刘秀。白水:源出今湖北枣阳市东南,这里指刘秀的故乡。刘秀是河南南阳蔡阳人,蔡阳县治在今枣阳西南。

（11）正对:谓事虽有异而意义相同的对偶。

（12）并贵共心:杨明照《文心雕龙校注》:"意即高祖、光武俱为帝王,故云并贵,想枌榆、思白水,同是念乡,故云共心。"正对所以为劣:因是正对,所以是较差的。

（13）不文:不重视文学事业。人才实盛:指作家很多。

（14）应:应贞。傅:傅玄。三张:指张载、张协、张亢兄弟三人。孙:孙楚。挚:指挚虞。成公:指成公绥。他们都是西晋作家。

（15）结藻清英:辞采清丽。流韵绮靡:韵味华美。

（16）前史:指前人所著晋史。运涉季世:世运处于衰世。人未尽才:未能人尽其才。

（17）此句谓:此话说得不错,真令人悲叹。

（18）景阳:张协的字。相埒:相等。

（19）鲁卫之政:鲁国卫国的政治。《论语·子路》:"鲁卫之政,兄弟也。"兄弟之文:指张载张协兄弟的文学成就相当。

评 说

张载今存诗10余首。较可取的仅有《七哀诗》二首。其一"北芒何垒垒"描写汉代帝王陵寝被毁后的景象,慨叹世道乱离和沧桑变化。其二"秋风吐商气"写秋风扫林,满目凄凉的景色:"阳鸟收和响,寒蝉无余音","肃肃高桐枝,翩翩栖孤禽。仰听离鸿鸣,俯闻蜻蚓吟"。通过景物的描绘,寓情于景,表现了作者在黑暗现实中的孤独苦闷心情。张载实际上是一位平庸的作家,其创作成就远远不及张协。刘勰称誉他"迅足骏骏,后发前至",与协"才绮而相埒",是言过其实的。

左思

左思（约250—305），字太冲，西晋文学家。齐国临淄（今山东淄博）人。生卒年不详。他家世业儒学。少时曾学书法鼓琴，皆不成，后来由于父亲的激励，乃发愤勤学。左思貌丑口讷，不好交游，但辞藻壮丽，曾用一年时间写成《齐都赋》（全文已佚，若干佚文散见《水经注》及《太平御览》）。曾构思10年，写成《三都赋》，豪贵竞相传抄，洛阳为之纸贵。所作《咏史诗》8首，托古讽今，抨击门阀制度，笔力雄健，为其代表作。左思作品旧传有集5卷，今存者仅赋两篇，诗14首。《三都赋》与《咏史》诗是其代表作。

晋世群才，稍入轻绮[1]。张、潘、左、陆，比肩诗衢[2]。采缛于正始，力柔于建安[3]；或析文以为妙，或流靡以自妍[4]：此其大略也。（《明诗》）

若夫四言正体，则雅润为本[5]；五言流调，则清丽居宗[6]；华实异用，惟才所安[7]。……兼善则子建、仲宣，偏美则太冲、公幹[8]。（《明诗》）

及仲宣靡密，发端必遒[9]；伟长博通，时逢壮采[10]；太冲、安仁，策勋于鸿规[11]；士衡、子安，底绩于流制[12]；景纯绮巧，缛理有余[13]；彦伯梗概，情韵不匮[14]：亦魏晋之赋首[15]也。（《诠赋》）

自《七发》以下，作者继踵[16]。……自桓麟《七说》以下，左思《七讽》以上[17]，枝附影从，十有余家[18]。（《杂文》）

张衡研《京》以十年，左思练《都》以一纪[19]：虽有巨文，亦思之缓也[20]。（《神思》）

若夫宫商大和，譬诸吹籥[21]；翻回取均，颇似调瑟[22]。瑟资移柱，故有时而乖贰[23]；籥含定管，故无往而不壹[24]。陈思、潘岳，吹籥之调也[25]；陆机、左思，瑟柱之和也[26]。（《声律》）

左思《七讽》，说孝而不从[27]，反道若斯，余不足观矣[28]。（《指瑕》）

然晋虽不文，人才实盛[29]：茂先摇笔而散珠，太冲动墨而横锦[30]，……并结藻清英，流韵绮靡[31]。前史以为运涉季世，人未尽才[32]；诚哉斯谈，可为叹息[33]！（《时序》）

左思奇才，业深覃思[34]，尽锐于《三都》，拔萃于《咏史》[35]，无遗力矣[36]。（《才略》）

注 释

（1）群才：指有才华的诗人。稍入轻绮：开始走上轻靡绮丽的道路。

（2）张：即张载、张协、张亢兄弟三人。潘：即潘岳、潘尼叔侄二人。左：即左思。陆：即陆机、陆云兄弟二人。比肩：并驾齐驱。诗衢：诗坛。

（3）采：文采。缛于正始：比正始时期繁多。力：指作品的感召力。柔于建安：比建安时期柔弱。

（4）析文：析，同"析"，即讲究字句的雕饰。为妙：为其精妙。流靡：讲究音节的流利。自妍：自全其美。

（5）正体：正宗的体裁。因《诗经》是以四言为主，故称四言为正体。雅润：雅正温润。

（6）流调：流行的格调。清丽：清新艳丽。居宗：为主。

（7）华实异用：指风格上的华丽与朴实的不同运用。惟才所安：只随作者的才华而恰当地使用。安，此处作"善""恰当"解。

（8）兼善：擅长各种风格的诗。子建：曹植的字。仲宣：王粲的字。偏美：偏长于某一风格的诗。公幹：刘桢的字。

（9）靡密：细密。发端：开端。遒：刚劲有力。

（10）伟长：徐幹的字。博通：广博通达。壮采：富丽的文采。

（11）安仁：潘岳的字。策勋：指在赋作方面的功勋。鸿规：指大赋。

（12）士衡：陆机的字。子安：成公绥的字。底绩：致绩，取得成绩。流制：各种作品的制作。

（13）景纯：郭璞的字。缛理：丰富的内容。

（14）彦伯：袁宏的字，东晋作家。梗概：慷慨。情韵：情调韵味。不匮：不乏。

（15）赋首：最优秀的赋篇。

（16）《七发》：枚乘所作。它用问答的形式讲述七件事情。自此文出，仿效者众多，于是形成一种常用文体，即"七"体。继踵：接连不断。

（17）桓麟：字符凤，汉末作家。他的《七说》，已残缺，《全后汉文》卷二十七辑有数条。《七讽》：文已不存。

（18）枝附影从：比喻模仿、学习。十有余家：除刘勰已举出的傅毅、崔骃等六家外，还有桓彬、刘广世、崔琦、李尤、徐干等，都有"七"字体。

（19）张衡：字平子，东汉文学家。研《京》：指写《二京赋》。练《都》：构思写作《三都赋》。一纪：十二年。《文选·三都赋序》注引臧荣绪《晋书》云，左思"欲作《三都赋》，乃诣著作郎张华访岷邛之事。遂构思十稔（年），门庭藩溷，皆著纸笔，遇即疏之。……赋成，张华见而咨嗟，都邑豪贵，竞相传写"。

（20）巨文：指篇幅较长的文章。思之缓：构思的迟缓。

（21）宫商：指宫、商、角、徵、羽五音。大和：非常和谐。箎：形状似笛的管乐器。

（22）翻回取均：旋转弦柱以求音调和谐。均：同"韵"。瑟：比琴大的弦乐器。

（23）资：凭借。此句谓：鼓瑟要依靠旋转弦柱来调整弦音。乖贰：指音律不协调。

（24）此句谓：箎的孔是一定的，每孔发出的音也是一定的。壹：一致。

（25）陈思：即曹植。潘岳：字安仁，西晋作家。吹箎之调：谓曹植、潘岳的作品如吹箎一样，自然协调。

（26）陆机：字士衡，西晋作家。瑟柱之和：谓陆机、左思的作品，如鼓瑟一样，需要调整才能和谐。

（27）《七讽》：文已残缺。说孝而不从：此话无考。

（28）反道：违反圣道。余不足观：其余的就不值得看了。

（29）晋虽不文：指西晋王朝不重视文学发展。人才实盛：指作家很多。

（30）茂先：张华的字。摇笔：动笔。散珠：散落的珠子，比喻作品的美好。动墨：动笔。横锦：铺开的锦绣，比喻作品美好。

（31）结藻清英：辞采清丽。流韵绮靡：韵味华美。

（32）前史：指前人所著的晋史。运涉季世：世运处于衰世。人未尽才：未能人尽其才。

（33）此句谓：上述的话确实说得不错，令人悲叹。

（34）奇才：出奇的文才。业深覃思：创作熟练而思虑深远。

（35）尽锐：耗尽锐气。《三都》：指左思《三都赋》，即《蜀都赋》《吴都赋》《魏都赋》，载《文选》卷四至六。萃：草木丛生貌。拔萃：这里指才华卓越。《咏史》：左思有《咏史诗》八首，载《文选》卷二十一。

评　说

在"晋世群才"之中，其文学成就最高者当推左思。他擅长五言，以《咏史》8首而享誉诗坛；他"策勋于鸿规"，以《三都赋》而名噪一时。左思在《三都赋》序中批评前人作赋"侈言无验，虽丽非经"，提出作赋应"贵依其本""宜本其实"。在写作此赋过程中，他曾向到过蜀地的张载请教岷邛之事；又求为秘书郎，以便博览方志群书。因此《三都赋》体制宏大，事类广博。他那种强调征信求实的文学主张虽不免偏激，但也使《三都赋》在一定程度上反映了三国时期的社会生活状况。《三都赋》问世后，张华赞叹不已，皇甫谧为之作序，张载、刘逵作注，卫权作略解。一时间豪富人家竞相传写，以致"洛阳纸贵"。这除了《三都赋》本身的富丽文采及当时文坛重赋等因素外，更重要的是因为它包含了当时朝野上下关心瞩目的内容：进军东吴、统一全国。此赋的写作手法及风格虽与班固的《两都赋》及张衡的《二京赋》相似，但它的思想主题则不是传统的"劝百讽一"。因此《三都赋》在后期大赋中具有重要地位。但他的诗与赋相较，则不可同日而语。左思诗歌代表作品是《咏史》诗8首。《咏史》自班固以来大抵是一诗咏一事，在客观事实的复述中略见作者的意旨，而左思的《咏史》错综史实，融汇古今，连类引喻，"咏古人而已之性情俱见"（沈德潜《古诗源》）。左思早年有着强烈的用世之心，自认才高志雄，希望有所作为。但是在门阀制度的压抑下，他始终怀才不遇。在《咏史》诗第二首中，他以"郁郁涧底松，离离山上苗，以彼径寸茎，荫此百尺条"的艺术形象,深刻地揭露"世胄蹑高位,英俊沉下僚"的不合理现象;在第7首中他借咏古代贤士的坎坷遭遇,沉痛地指出:"何世无奇才,遗之在草泽。"对扼杀人才的黑暗现实进行了猛烈的抨击,其笔锋之尖锐,在两晋南北朝是不多见的。《咏史》诗还借咏古人,阐明自己的生活态度和志向,声称:"贵者虽自贵,视之若埃尘。贱者虽自贱,重之若千钧。"所以梁代评论家钟嵘说左思"文典以怨,颇为精切,得讽喻之致"(《诗品》)。左思的诗,不仅风清骨峻,气盛情激,而且富有创造精神;他的赋,虽系覃思之作,却因其"稽之地图""验之方志"(《三都赋序》),以科学的求真来写作,因而,文学价值不大。刘勰说左思"尽锐于《三都》、拔萃于《咏史》",在这些赞语之中,二者虽略有区别,但并未指出《三都》与《咏史》之高下,这不能不说是一种缺陷。

·潘尼

潘尼(约250—约311),字正叔,西晋文学家,荥阳中牟(今属河南)人。为潘岳侄,少有才,与潘岳俱以文章知名。性格恬淡,不喜交游,专心著述。太康年间,举秀才。历任尚书郎、著作郎、中书令。永嘉年间任太常卿。洛阳被刘聪攻破之前,潘尼携家还乡,中途病卒。《隋书·经籍志》载有"晋太常卿《潘尼集》十卷",今不存。明人张溥辑有《潘太常集》1卷,见《汉魏六朝百三家集》。

晋世群才,稍入轻绮[1]。张、潘、左、陆,比肩诗衢[2]。采缛于正始,力柔于建安[3];或析文以为妙,或流靡以自妍[4]:此其大略也[5]。(《明诗》)

至于潘勗《符节》,要而失浅[6];温峤《侍臣》,博而患繁[7];王济《国子》,引广事杂[8];潘尼《乘舆》,义正体芜[9]:凡斯继作,鲜有克衷[10]。(《铭箴》)

注 释

(1)群才:指有才华的诗人。轻绮:浮华绮艳。
(2)张、潘、左、陆:指张载、张协、张亢、潘岳、潘尼、左思、陆机、陆云等。比肩诗衢:在诗坛上并肩驰骋。

（3）采：文采。缛：繁富。正始：魏齐王曹芳的年号。力：作品的感染力。建安：汉献帝年号。

（4）枅文：即析文，指讲究字句的推敲。为妙：为其精妙。流靡：指音节的流畅。自妍：自逞其美。

（5）大略：大概。

（6）潘勖：字元茂，初名芝，后改名勖，汉末作家。《符节》：即《符节箴》，文已散失。要而失浅：内容简要而失之于浅陋。

（7）温峤：字太真，东晋初文人。《傅臣》：唐写本作"侍臣"，今从。他的《侍臣箴》，见《艺文类聚》卷十六。博而患繁：广博而毛病在于繁杂。

（8）王济：字武子，西晋文人。《国子》：即《国子箴》，已亡。引广事杂：唐写本作"引多而事寡"，即旁征博引多而内容却很贫乏，今从。

（9）《乘舆》：即《乘舆箴》，载《晋书·潘尼传》，旨在规劝君主。乘舆：天子所乘之舆，代指君主。义正体芜：思想雅正，文辞繁芜。

（10）继作：相继出现的作品。鲜有克衷：很少有恰到好处的（作品）。

评 说

潘尼为潘岳侄子，少有诗才，性静退不竞，唯以勤学著述为事。据《隋书·经籍志》载，尼有文集十卷行于世，所以刘勰把他列入"晋世群才"之一，这是正确的。他的《乘舆箴》，虽是从封建统治者的长治久安出发，但其中也讲到"天下非一人之天下，乃天下人之天下"；"故人主所患，莫甚于不知其过。而所美，莫美于好闻其过"。正是这个原因，所以刘勰评以"义正"。这种认识，颇有可取之处。

·张协

张协（？—307），西晋文学家，字景阳，张载弟。曾任秘书郎、中书侍郎、河间内史等官职。他为官清简寡欲。后见天下纷乱，遂弃官回乡，以吟咏自慰。永嘉初年（307），又征为黄门侍郎（皇帝近侍），张协托病不就。今存诗13首，以其《杂诗》为代表作。张协原有集4卷，已散佚，明人辑有《张景阳集》。

晋世辞才,稍入轻绮⁽¹⁾。张、潘、左、陆,比肩诗衢⁽²⁾。采缛于正始,力柔于建安⁽³⁾;或析文以为妙,或流靡以自妍⁽⁴⁾:此其大略⁽⁵⁾也。(《明诗》)

若夫四言正体,则雅润为本⁽⁶⁾;五言流调,则清丽居宗⁽⁷⁾,华实异用,惟才所安⁽⁸⁾。……茂先凝其清,景阳振其丽⁽⁹⁾。(《明诗》)

晋虽不文,人才实盛⁽¹⁰⁾:……应、傅、三张之徒,孙、挚、成公之属⁽¹¹⁾,并结藻清英,流韵绮靡⁽¹²⁾。前史以为运涉季世,人未尽才⁽¹³⁾;诚哉斯谈⁽¹⁴⁾,可为叹息!(《时序》)

孟阳、景阳,才绮而相埒⁽¹⁵⁾,可谓鲁卫之政,兄弟之文也⁽¹⁶⁾。(《才略》)

注　释

(1)群才:指有才华的诗人。稍入轻绮:开始走上轻浮绮丽的道路。

(2)张:即张载、张协、张亢兄弟三人。潘:即潘岳、潘尼叔侄二人。左:即左思。陆:即陆机、陆云兄弟二人。比肩衢路:在诗坛上并驾齐驱。

(3)采:文采。缛:繁富。正始:魏齐王曹芳的年号。力:指作品的感染力。建安:汉献帝年号。

(4)析文:析,同"析",即讲究字句的雕饰。为妙:为其精妙。流靡:讲究音节的流利。自妍:自全其美。

(5)大略:大概。

(6)正体:正统的体裁。因为《诗经》以四言为主,故称四言为正体。雅润:雅正温润。

(7)流调:流行的格调。清丽:清新艳丽。居宗:为主。

(8)华实异用:华丽与朴实的不同运用。惟才所安:只随作者的才华而定。

(9)茂先:张华的字。凝其清:凝,唐写本作"拟",即学习和掌握了清新的一面。振其丽:发挥了绮丽的一面。

(10)不文:不重视文学事业。人才实盛:指作家很多。

(11)应:应贞。傅:傅玄。三张:即张载、张协、张亢兄弟三人。孙:孙楚。挚:挚虞。成公:成公绥。他们都是西晋作家。

(12)结藻清英:辞采清丽。流韵绮靡:韵味华美。

(13)前史:前人所写晋史。运涉季世:世运处于末世。人未尽才:未能人尽其才。

(14)诚哉斯谈:此话说得不错。

(15)孟阳:张载的字。相埒:相等。

(16)鲁卫之政:鲁国和卫国的政治,这里指差不多。《论语·子路》:"鲁卫之政,兄弟也。"兄弟之文:指张协与其兄张载的文学成就相当。

评　说

张协少有才华,与兄张载齐名,在文学上又胜于其兄。张协与其兄张载、其弟张亢,均是西晋有名的文人,时称"三张"。钟嵘在《诗品》总论中把他们与陆机、陆云、潘岳、左思等并提,作为西晋文学的代表。他的《杂诗十首》或写闺中怀人之情和远宦思乡之感;或伤怀才莫展;或叹世路多艰;或高歌固守穷节;或自励及时努力。整体看,他的诗句比较清新,富于形象,有一定的艺术感染力。其文以《七命》较著名。

• 挚虞

挚虞(? —约311),字仲洽,京兆长安(今陕西西安)人,约卒于晋怀帝永嘉末年。历官至秘书监、卫尉卿。才学通博,撰述宏富,据《隋书·经籍志》载,有《文章志》4卷,《文章流别集》30卷,《三辅决录注》7卷及文集3卷,《文章流别论》2卷。其中《文章流别论》乃文体论。惜经荒历乱多所散佚,清严可均、张鹏一两家,虽有辑录,但与原著相较,百不存一。刘勰《文心雕龙》才略篇云:"挚虞品藻流别,有条理焉。"钟嵘《诗品》序亦云:"挚虞文志,详而博瞻,颇曰知言。"《隋志》以为"是后文集总钞,作者继轨,属辞之士,以为罩奥而取则焉"。足见其对后世总集之选配、文论之启发,由以上各家评述,亦可略知梗概矣。

挚虞品藻,颇为精核[1],至云"杂以风雅",而不变旨趣[2],徒张虚论,有似黄白之伪说矣[3]。(《颂赞》)

及迁《史》固《书》,托赞褒贬[4];约文以总录,颂体以论辞[5],又纪传后评,亦同其名[6]。而仲洽《流别》,谬称为"述"[7],失之远矣。(《颂赞》)

暨乎汉世,承流而作[8]:扬雄之诔元后,文实烦秽[9];"沙麓"撮其要[10],而挚疑成篇,安有累德述尊,而阔略四句乎[11]!(《诔碑》)

然晋虽不文,人才实盛[12]……应、傅、三张之徒,孙、挚、成公之属[13],并结藻清英,流韵绮靡[14]。前史以为运涉季世,人未尽才[15],诚哉斯谈[16],可为叹息!(《时序》)

挚虞述怀,必循规以《温雅》[17];其品藻流别[18],有条理焉。(《才略》)

详观近代之论文者多矣:……仲洽《流别》、宏范《翰林》[10],各照隅隙，鲜观衢路[20]：或臧否当时之才，或铨品前修之文[21]，或泛举雅俗之旨，或撮题篇章之意[22]。……《流别》精而少巧，《翰林》浅而寡要[23]。(《序志》)

注　释

（1）品藻：品评辞藻，此指挚虞《文章流别论》，中关于"颂"的评论。精核：确切。

（2）"杂以风雅"：《文章流别论》云："傅毅《显宗颂》，文与《周颂》相似，而杂以风雅之意。"变：唐写本作"辨"，今从。旨趣：基本意义。

（3）虚论：虚谈同论。黄白：指黄铜白锡。《吕氏春秋·别类》："相剑者曰：'白所以为坚也，黄所以为韧也。黄白杂则坚且韧，良剑也。'难者曰：'白所以为不韧也，黄所以为不坚也。黄白杂则不坚且不韧也。焉得为利剑！'"

（4）迁《史》：司马迁的《史记》。固《书》：班固的《汉书》。托赞褒贬：借助于"赞"类进行表扬与批评。"赞"，即《史记》各篇之后的"太史公曰"及《汉书》各篇之后的"赞曰"。

（5）约文：简约的文辞。总录：总结。颂体：即颂的体裁，此句谓："赞"是用颂体来进行议论。

（6）纪传后评：指《史纪》末篇《太史公自序》及《汉书》末篇《叙传》，都是用来说明全书各篇写作之意的。亦同其名：即与"赞"的名称相同。

（7）《流别》：指《文章流别论》。谬称为"述"：唐代颜师古注《汉书·叙传》说，挚虞曾称《汉书·叙传》之"赞"为"汉书述"。挚虞称"述"的原文已佚。

（8）暨：及。承流而作：继承前人来写作。

（9）扬雄：字子云，西汉文学家。元后：即汉元帝皇后王政君。扬雄的《元后诔》见《全汉文》卷五十四。烦秽：繁杂芜秽。

（10）沙麓：沙山脚下，指元后生长的地方。撮其要：摘取其要点。扬雄的《元后诔》原文很长，录了"沙麓之灵"四句。

（11）安有：岂有。累德述尊：累述尊贵者的德行。阔略：简略。

（12）晋虽不文：指西晋帝王不重视文学。人才实盛：即作家很多。

（13）应：应贞。傅：傅玄。三张：即张载、张协、张亢兄弟三人。孙：孙楚。挚：挚虞。成公：成公绥。他们都是西晋作家。

（14）结藻清英：辞采清丽。流韵绮靡：韵味华美。

（15）前史：指前人所著晋史。运涉季世：世运处于衰世。人未尽才：未能人尽其才。

（16）诚哉斯谈：此话说得不错。

（17）述怀：指挚虞作《思游赋》。循规以温雅：遵循天命而辞义温和雅正。《思游赋》序云："虞尝以死生有命，富贵在天。天之所佑者，义也；人之所助者，信也。履信思顺，所目延福；违此而行，所目速祸。……惟神明之应于视听之表，崇否泰之运于智力之外，目明信天任命之不可违，故作《思游赋》。"

（18）品藻流别：指《文章流别论》对各类文体的评论。

（19）《流别》：即挚虞的《文章流别论》。宏范：李充的字，东晋文人。《翰林》：指李充的《翰林论》，严可均《全晋文》卷五十三辑有部分残文。

（20）隅隙：角落中的孔穴，指次要的地方。衢路：大路，指主要的地方。
（21）臧否：褒贬。当时之才：当代作家。铨品：评论。前修：前贤。
（22）泛举：泛泛指出。撮题：概括题要。
（23）《流别》：即挚虞的《文章流别论》。巧：《梁书·刘勰传》作"功"，今从。精而少功：说的精到而用处不大。《翰林》：即李充的《翰林论》。浅而寡要：见解浅陋而不得要领。

评 说

挚虞在文学上的贡献主要在文学批评方面，据隋书经籍志载，有文章志4卷，《文章流别集》41卷，是分类编辑各家作品，以见其文体及风格；《文章流别论》2卷，则是探讨各类体裁的差异及流变。惜乎二书皆亡，只有后者存十余则于《艺文类聚》及《太平御览》之中。刘勰总评它讲的精刻而没有什么用处，看来较为得当。如它论及各类文体的起源时，不乏精当之语，但如何写作各类文章，就只字未提了。

·郭象

郭象（252—312），西晋哲学家，字子玄。河南洛阳人。官至黄门侍郎、太傅主簿。好老庄，善清谈，以文论自娱。曾注《庄子》，由向秀注"述而广之"，别成一书，"儒墨之迹见鄙，道家之言遂盛焉"。他是《庄子》的大注释家之一。他把《庄子》的比喻、隐喻变成推理和论证，把《庄子》诗的语言翻成他自己的散文语言。据《晋书·郭象传》载，著有碑论12篇，已佚。另有《庄子注》。

次及宋岱、郭象，锐思于几神之区[1]；夷甫、裴𬱟，交辨于有无之域[2]；并独步当时，流声后代[3]。然滞有者，全系于形用[4]；贵无者，专守于寂寥[5]，徒锐偏解，莫诣正理[6]；动极神源，其般若之绝境乎[7]！（《论说》）

注　释

（1）宋岱：晋代人，曾为荆州刺史。据《隋书·经籍志》载，他有《周易论》一卷，文已不存。几神之区：极精深的境界。

（2）夷甫：王衍的字，西晋文人，信奉老、庄思想。裴頠：字逸民，西晋思想家，信奉儒家学说。有无：裴頠曾著《崇有论》，认为"无"不能生"有"，"无"只能在"有"的条件下起作用，想以此来矫正当时盛行的"贵无"之风，却引起了王衍等人跟他进行了一场激烈的争论。

（3）独步：独自步行，引申为无与伦比之意。流声后代：流名后世。

（4）滞：凝滞。滞有者：即执着"有"的人。形用：形体的作用。

（5）贵无者：注重"无"的人。寂寥：《老子》："寂兮寥兮。"魏源《老子本义》第二十一章云："寂兮，无声；寥兮，无形也。"

（6）徒锐：徒然锐利。偏解：片面的解释。诣：达到、得到。正理：正确的。

（7）动极：探究到底。神源：神理的源泉，指最深奥的理论。般若：佛家术语，有"智慧"之意，这里指佛法。绝境：即最高的境界。

评　说

西晋玄学之风盛行，郭象、王衍都是当时有名的玄学家，提倡"贵无"，而信奉儒学的裴頠等人则与之相对立，提倡"崇有"。在这场大论战中，刘勰指出：这两种观点都有片面性，只有在佛学教义的统一中才能达到神理的最高境界。由此可以看出刘勰对佛教思想的明显崇拜。

·陆机

陆机（261—303），字士衡，吴郡吴县华亭（今上海松江）人。西晋著名文学家。曾任平原内史，世称"陆平原"。与其弟陆云合称"二陆"。当时任吴国牙门将。吴亡归家，闭门读书10年，著《辨亡论》2篇。太康末，与弟陆云同至洛阳，以文章盖世，轰动一时。官至平原内史。成都王司马颖讨长沙王司马乂，任陆机为前将军、河北大都督，兵败被谗，为司马颖所杀。著有《陆平原集》2卷，传于世。

· 陆机 ·

晋世群才,稍入轻绮⁽¹⁾。张、潘、左、陆,比肩诗衢⁽²⁾。采缛于正始,力柔于建安⁽³⁾;或析文以为妙,或流靡以自妍⁽⁴⁾:此其大略也。(《明诗》)

子建、士衡,咸有佳篇⁽⁵⁾,并无诏伶人,故事谢丝管⁽⁶⁾。俗称乖调,盖未思也⁽⁷⁾。(《乐府》)

及仲宣靡密,发端必遒⁽⁸⁾;伟长博通,时逢壮采⁽⁹⁾;太冲、安仁,策勋于鸿规⁽¹⁰⁾;士衡、子安,底绩于流制⁽¹¹⁾;景纯绮巧,缛理有余⁽¹²⁾;彦伯梗概,情韵不匮⁽¹³⁾:亦魏晋之赋首⁽¹⁴⁾也。(《诠赋》)

及魏、晋辨颂,鲜有出辙⁽¹⁵⁾。陈思所缀,以《皇子》为标⁽¹⁶⁾;陆机积篇,惟《功臣》最显⁽¹⁷⁾:其褒贬杂居,固末代之讹体也⁽¹⁸⁾。(《颂赞》)

陆机之《吊魏武》,序巧而文繁⁽¹⁹⁾。(《哀吊》)

自《连珠》以下,拟者间出⁽²⁰⁾。……唯士衡运思,理新文敏⁽²¹⁾,而裁章置句,广于旧篇⁽²²⁾。岂慕朱仲四寸之珰乎⁽²³⁾!(《杂文》)

至于晋代之书,繁系著作⁽²⁴⁾,陆机肇始而未备,王韶续末而不终⁽²⁵⁾,干宝述《纪》,以审正得序⁽²⁶⁾;孙盛《阳秋》,以约举为能⁽²⁷⁾。(《史传》)

至如李康《运命》,同《论衡》而过之⁽²⁸⁾;陆机《辨亡》,效《过秦》而不及⁽²⁹⁾,然亦其美矣。(《论说》)

凡说之枢要,必使时利而义贞⁽³⁰⁾,进有契于成务,退无阻于荣身⁽³¹⁾。自非谲敌⁽³²⁾,则唯忠与信。披肝胆以献主,飞文敏以济辞⁽³³⁾,此说之本也。而陆氏直称:"说炜晔以谲诳。"⁽³⁴⁾何哉?(《论说》)

陆机之《移百官》,言约而事显⁽³⁵⁾,武移之要者也⁽³⁶⁾。(《檄移》)

及陆机《断议》,亦有锋颖⁽³⁷⁾,而谀辞弗剪,颇累文骨⁽³⁸⁾:亦各有美⁽³⁹⁾,风格存焉。(《议对》)

刘廙谢恩,喻切以至⁽⁴⁰⁾;陆机自理,情周而巧:笺之为善者也⁽⁴¹⁾。(《书记》)

士衡矜重,故情繁而辞隐⁽⁴²⁾。(《体性》)

至如士衡才优,而缀辞尤繁⁽⁴³⁾;士龙思劣,而雅好清省⁽⁴⁴⁾。及云之论机,亟恨其多⁽⁴⁵⁾;而称"清新相接,不以为病"⁽⁴⁶⁾,盖崇友于耳⁽⁴⁷⁾。夫美锦制衣,修短有度⁽⁴⁸⁾,虽玩其采,不倍领袖⁽⁴⁹⁾。巧犹难繁,况在乎拙⁽⁵⁰⁾?而《文赋》以为"榛楛勿剪","庸音足曲"⁽⁵¹⁾,其识非不鉴,乃情苦芟繁也⁽⁵²⁾。(《熔裁》)

若夫宫商大和,譬诸吹籥⁽⁵³⁾;翻回取均,颇似调瑟⁽⁵⁴⁾。瑟资移柱,故有时而乖贰⁽⁵⁵⁾;籥含定管,故无往而不壹⁽⁵⁶⁾。陈思、潘岳,吹籥之调也⁽⁵⁷⁾;陆机、左思,瑟柱之和也⁽⁵⁸⁾。(《声律》)

又《诗》人综韵,率多清切⁽⁵⁹⁾;《楚辞》辞楚,故讹韵实繁⁽⁶⁰⁾。及张华论

韵，谓士衡多楚⁽⁶¹⁾。(《声律》)

《文赋》亦称知楚不易⁽⁶²⁾，可谓衔灵均之声余，失黄钟之正响也⁽⁶³⁾。(《声律》)

陆机《园葵》诗云："庇足同一智，生理合异端。"⁽⁶⁴⁾夫"葵能卫足"，事讥鲍庄⁽⁶⁵⁾；"葛藟庇根"，辞自乐豫⁽⁶⁶⁾：若譬"葛"为"葵"，则引事为谬⁽⁶⁷⁾；若谓"庇"胜"卫"，则改事失真⁽⁶⁸⁾：斯又不精之患⁽⁶⁹⁾。夫以子建明练，士衡沈密，而不免于谬⁽⁷⁰⁾；曹仁之谬高唐，又曷足以嘲哉⁽⁷¹⁾！(《事类》)

昔陆氏《文赋》。号为曲尽⁽⁷²⁾，然泛论纤悉，而实体未该⁽⁷³⁾。(《总术》)

然晋虽不文，人才实盛⁽⁷⁴⁾：……岳、湛曜"联璧"之华，机、云标"二俊"之采⁽⁷⁵⁾；……并结藻清英，流韵绮靡⁽⁷⁶⁾。前史以为运涉季世，人未尽才⁽⁷⁷⁾；诚哉斯谈，可为叹息⁽⁷⁸⁾！(《时序》)

陆机才欲窥深，辞务索广⁽⁷⁹⁾，故思能入巧，而不制繁⁽⁸⁰⁾。(《才略》)

略观文士之疵⁽⁸¹⁾：……潘岳诡诗于愍怀，陆机倾仄于贾、郭⁽⁸²⁾；……诸有此类，并文士之瑕⁽⁸³⁾累。(《程器》)

详观近代之论文者多矣：至于魏文述《典》、陈思序《书》⁽⁸⁴⁾、应玚《文论》⁽⁸⁵⁾、陆机《文赋》、仲洽《流别》、宏范《翰林》⁽⁸⁶⁾，各照隅隙，鲜观衢路⁽⁸⁷⁾：或臧否当时之才，或铨品前修之文⁽⁸⁸⁾，或泛举雅俗之旨，或撮题篇章之意⁽⁸⁹⁾。魏《典》密而不周，陈《书》辩而无当⁽⁹⁰⁾，应《论》华而疏略，陆《赋》巧而碎乱⁽⁹¹⁾，《流别》精而少巧，《翰林》浅而寡要⁽⁹²⁾。又君山、公幹之徒，吉甫、士龙之辈⁽⁹³⁾，泛议文意，往往间出⁽⁹⁴⁾，并未能振叶以寻根，观澜而索源⁽⁹⁵⁾。不述先哲之诰⁽⁹⁶⁾，无益后生之虑。(《序志》)

注　释

（1）群才：指那些有才华的诗人。轻绮：轻靡绮丽，谓诗歌的风格已开始不够厚重，不够朴实。

（2）张、潘、左、陆：即张载、张协、张亢兄弟三人；潘岳、潘尼叔侄二人；左思；陆机、陆元兄弟二人。他们都是西晋太康前后的著名作家。比肩：并驾齐驱。诗衢：诗坛。

（3）采：文采。缛于正始：比正始时期繁多。力：指作品内容的感召力。柔于建安：比建安时期柔弱。

（4）析文：析，同"析"，即讲究字句的雕饰。为妙：为其精妙。流靡：讲究音节的流利。自妍：自全其美。

（5）子建：曹植的字。佳篇：指好的诗作。

（6）无诏伶人：指朝廷并没有命令乐工制乐谱。谢：辞谢。丝管：泛指乐器。

（7）乖调：不合曲调。未思：未曾细想。

（8）仲宣：王粲的字。靡密：细密。发端：开端。遒：强劲有力。

（9）伟长：徐幹的字。壮采：富丽的文采。

（10）太冲：左思的字。安仁：潘岳的字。策勋：谓在赋作上的功绩。鸿规：指大赋。

（11）子安：成公绥的字。底绩：取得成绩。流制：各种作品的制作。这句是说，陆机、成公绥用赋的体裁来探讨文学创作都取得了成绩。陆机《文赋》和成公绥《啸赋》都分别讲到了各种文章的体制和声律等问题。

（12）景纯：郭璞的字。缛理：丰富的内容。

（13）彦伯：袁宏的字，东晋作家。梗概：慷慨。情韵：情调韵味。不匮：无穷。

（14）首：指最优秀的。

（15）辨颂：唐写本作"杂颂"，今从。出辙：越出车轮所碾的痕迹。这里指超出颂的正常写作方法。

（16）陈思：即陈思王曹植。《皇子》：指曹植的《皇太子生颂》。

（17）积篇：指陆机全部"颂"文。《功臣》：即《汉高祖功臣颂》。显：突出。

（18）末代：末世，即衰乱之世。讹体：指颂体已有所变化的作品。

（19）《吊魏武》：即《吊魏武帝（曹操）文》。序巧而文繁：谓此文的序写得精巧，而吊词却过于繁杂。

（20）《连珠》：作者扬雄，这种文体多用比喻来表达意旨。间出：有时出现。

（21）运思：构思写作。陆机有《演连珠》五十首，载《文选》卷五十五。理新文敏：道理新颖，文思敏捷。

（22）裁章置句：谋篇遣句。广：指扩大篇幅。

（23）朱仲：传说中的仙人。《列仙传》说："朱仲者，会稽人也。常于会稽市上贩珠。鲁元公主（刘邦女）以七百金从仲求珠。仲乃献四寸珠，送置于阙即去。"珰：为妇女戴在耳垂上的装饰品，此处即四寸的大珠。

（24）繁：范注："诸本作系。"系：统属，这里指隶属。著作：官职名，晋代设置著作郎，专掌史书编撰。

（25）肇始而末备：指陆机撰《晋纪》只写了晋史开头，还不完备。王韶：即王韶之，曾著《晋纪》。续末而不终：指撰写东晋末年的历史。因只写到义熙九年，未至晋亡，故称"不终"。此书已不存。

（26）干宝：字令升，东晋作家，曾著《晋纪》。今不全。审正得序：审视正确，条理井然。

（27）孙盛：字安国，东晋作家。《阳秋》：指孙盛的《魏氏春秋》，今不存。约举：叙事简洁。

（28）李康：字萧远，三国时魏国人。《运命》：即李康的《运命论》，载《文选》卷五十三。《论衡》：东汉学者王充著。过之：指在文采方面超过了《论衡》。

（29）《辨亡》：即陆机的《辨亡论》。《过秦》：指贾谊的《过秦论》。不及：赶不上。

（30）说：一种文体，相当于现存的论说文。枢要：意即关键。时利：时政之利。义贞：思想正确。

（31）契：契合。成务：即成功于务。此句谓：指有利于政务的成功。荣身：自身的荣誉。

（32）自：假如。谲敌：诳骗敌人。

（33）披肝胆：指说出隐藏在自己心灵深处的至诚之言。飞文敏：用极敏锐的文思。济：成。

（34）炜晔：光彩鲜明。陆机的话，见于《文赋》。

（35）《移百官》：文已不存。事显：叙事明显。

（36）武移：军事方面的移文。要：重要。

（37）《断议》：指《晋书限断议》。锋颖：锋芒毕露。

（38）谀辞：《太平御览》作"腴辞"，即文辞繁冗。累：影响。文骨：文章的骨力。

（39）美：优点。

（40）刘廙：字恭嗣，三国时魏国人。谢恩：指刘廙的《上疏谢徙署丞相仓曹属》。魏讽反，廙弟伟为讽所引，当相坐诛，太祖令曰："'叔向不坐弟虎，古之制也。'特原不问，徙署丞相仓曹属，上疏谢恩有起烟于寒灰之上，生华于已枯之木。物不答施于天地，子不谢生于父母，可以死效难用笔陈。"刘勰认为"喻切以至"。

（41）自理：自我表白。据《晋书·陆机传》说："（赵王）伦将篡位，以（陆机）为中书郎。伦之诛也，齐王冏以机职在中书，九锡文及禅诏，疑机与焉，遂收机等九人付廷尉。"陆机在《与吴王表》中辩解说："臣职在中书，诏令所出。臣本以笔札见知。"情周而巧：情理周全，文辞工巧。

（42）矜重：矜持庄重。《晋书》本传称陆机"伏膺儒求，非礼不动"。情繁：情思繁富。辞隐：文辞含蓄。

（43）才优：才能优秀。《晋书·陆机传》说："机天才秀逸，辞藻宏丽。"尤繁：特别繁杂。《世说新语·文学》："孙兴公云：'潘（岳）文浅而净，陆（机）文深而芜。'"

（44）士龙：陆云的字。思劣：文思低劣。清省：指文笔简净。

（45）亟：屡次。多：指文采甚繁。

（46）清新相接，不以为病：说陆机不断有清新的文句出现，所以不算毛病。原文见陆云《与兄平原书》。

（47）友于：兄弟之情。《尚书·君陈》："惟孝友于兄弟。"后用"友于"代指兄弟。

（48）美锦：美好的锦缎。修：长。

（49）玩：玩赏。不倍领袖：不能将衣领衣袖增大一倍。

（50）巧：灵巧，指善于写作的人。难繁：以文辞繁杂为难。拙：笨拙，指不善于写作的人。

（51）榛楛：丛生的杂木。《文赋》："彼榛楛之勿剪，亦蒙荣于集翠。"意思是说，丛生的杂木，无须剪去，有翠鸟集聚，会显出生气。榛楛，比喻拙文。翠鸟，比喻美辞。"庸音足曲"：用平庸之声凑成曲调。《文赋》："故踸于短垣，放庸音以足曲。"

（52）鉴：明白。芟：删除。情苦芟繁：难于割爱。

（53）宫商：指五音（宫商角徵羽）。大和：非常和谐。籥：形状似笛的管乐器。

（54）翻回取均：旋转弦柱以求音调和谐。均：同"韵"。瑟：比琴大的弦乐器。

（55）资：凭借。此句谓鼓瑟要靠旋转弦柱来调整弦音。乖贰：指音律不协调。

（56）籥含定管：籥的孔是一定的，每孔发出的音也是一定的。壹：一致。

（57）陈思：即陈思王曹植。潘岳：字安仁，西晋作家。吹籥之调：谓曹植、潘岳的作品如吹籥一样，自然协调。

（58）左思：字太冲，西晋作家。瑟柱之和：谓陆机、左思的作品像鼓瑟一样，需要调整，才能协调。

（59）《诗》人：指《诗经》的作者。综韵：用韵。率：都。清切：清楚确切，指合乎标准。

（60）辞楚：指《楚辞》是用楚语写成的。讹韵：错韵，指不合标准。实繁：实在很多。

（61）张华：字茂先，西晋作家。多楚：楚音甚多。

（62）知楚：黄侃《文心雕龙札记》认为此二字为衍文。不易：《文赋》论篇中警策时曾说："亮功多而累寡，故取足而不易。"意思是说"警策"在作品中功效多，毛病少，故不能随意改变。

（63）灵均：屈原的字。声余：即"余声"，指《楚辞》的继续。黄钟之正响：指标准音。黄钟，十二律名之一，这里泛指乐律。正响，指以《诗经》为标准的雅正之音。

（64）合异端：范本校作"各方端"。此二句意思是，庇护脚的智能是相同的，但生存的道理却不一样。

（65）"葵能卫足"：此典故出自孔子对鲍庄子的讥讽。《左传·成公十七年》："秋七月，壬寅，刖鲍牵（鲍庄，名牵）而逐高无咎。……仲尼曰：'鲍庄子（鲍牵谥号庄子）之知，不如葵，葵犹能卫其足。'"

（66）"葛藟庇根"：意即此典故出自乐豫对宋昭公说的话。《左传·文公七年》："（宋）昭公将去群公子。乐豫曰：'不可。公族，公室之枝叶也；若去之，则本根无所庇阴矣。葛藟犹能庇其本根，故君子以为比（指《诗经·王风·葛藟》），况国君乎！'"葛：葛藤。

（67）引事为谬：用错了典故。因"卫足"与"庇根"出自两个不同用意的典故，陆机将它们牵合起来，改为"庇足"，就显得不伦不类了。

（68）改事失真：如果认为"庇"字比"卫"字好，则又改变了史事而不真实。

（69）不精之患：不精确的毛病。

（70）子建：曹植的字。明练：指曹植精熟典故。沈密：深沉细密。不免于谬：谓曹植在《报孔璋书》中把葛天氏之乐的三人唱和谬引为"千人唱，万人和！"

（71）曹仁：应为曹洪。谬高唐：指曹洪在《与魏文帝书》中错用了"高唐"的典故。《文选》载陈琳《为曹洪与魏文帝书》说："盖闻过高唐者，效王豹之讴。"典故出自《孟子·告子下》："昔者王豹处于淇，而河西善讴；绵驹处于高唐，而齐右善歌。"据此，"高唐"应为"河西"。昌：何。此句意为，曹洪为武将，与"明练"的曹植和"沈密"的陆机比较起来，用错典故就不足以嘲笑了。

（72）曲尽：详尽。《文赋》："他日殆可谓曲尽其妙。"

（73）泛论纤悉：细小的问题讲得很详尽。实体未该：没有抓住根本。该：兼备。

（74）不文：不重视文学事业。人才实盛：作家很多。

（75）岳：潘岳，字安仁，西晋作家。湛：夏侯湛，字孝若，西晋作家。"联璧"：据《晋书·夏侯湛传》说，夏侯湛"与潘岳友善，每行止同舆接茵（坐褥），京都谓之连璧"。机、云：即陆机、陆云。"二俊"：《陆机传》："太康末，与弟云俱入洛，造（到）太常张华。华素重其名。如旧相识，曰：'伐吴之役，利获二俊。'"

（76）结藻清英：文采清丽。流韵绮靡：韵味华美。

（77）前史：指前人所著晋史。运涉季世：命运处于衰世。人未尽才：未能人尽其才。

（78）此句谓：这话确实说得不错，令人悲叹。

（79）才欲窥深：才力探求深奥。辞务索广：文辞力求繁富。

（80）思能入巧：思虑精巧。不制繁：不能控制繁杂。

（81）疵：病，这里指文人的过失和缺点。

（82）潘岳：字安仁，西晋作家。诡诪愍怀：指贾后和潘岳合谋陷害愍怀太子，事见《晋书·愍怀太子传》。倾仄：行为不正，指投靠权门。贾：即贾谧。郭：即郭彰。都是贾后当时的亲信，有权势。据《晋书·陆机传》说："（机）好游权门，与贾谧亲善，以进趣获讥。"

（83）瑕：玉的斑点，以喻人之过失。

（84）魏文述《典》：指魏文帝曹丕的《典论·论文》。陈思序《书》：指陈思王曹植的《与杨德祖书》。

（85）应玚：字德琏，"建安七子"之一。他的《文论》今不存，现存的《文质论》和文学的关系不大。《文赋》：是陆机关于创作论方面的一篇专著。

（86）仲洽：挚虞的字，西晋作家。《流别》：指《文章流别论》。宏范：李充的字，东晋作家。《翰林》：指他的《翰林论》。

（87）隅隙：边侧之地，这里指次要的方面。衢路：大路。这里指主要的方面。

（88）臧否：褒贬。铨品：评价。前修：前贤。

（89）泛举、撮：此处均为列举之义。

（90）周：全。无当：不恰当。

（91）华而疏略：文辞华丽，但内容空疏简略。巧而碎乱：讲得巧妙，但显得琐碎杂乱。

（92）巧：一作"功"。精而少巧：讲得精道，但用处不大。浅而寡要：见解浅陋，而又不得要领。

（93）君山：桓谭的字，东汉初年学者。公幹：刘桢的字，"建安七子"之一。士龙：陆云的字，陆机之弟。

（94）间出：偶然出现。这里指桓、刘、应、陆等人也偶然有论文的话。

（95）振叶以寻根，观澜而索源：用枝叶和波澜比喻作品的辞藻，用根和源比喻作品所应依据的儒家学说。

（96）先哲：指儒家圣人。诰：教训。

评　说

陆机是元康间最著声誉的文学家，被后人誉为"太康之英"。陆机的创作，南朝时期推举为典范。就其创作实践而言，他的诗歌"才高词赡，举体华美"（钟嵘《诗品》），注重艺术形式技巧，代表了太康文学的主要倾向；就其文学理论而言，他的《文赋》是中国文学理论发展史上第一篇系统的创作论，对后世的文学创作和理论发展，产生了重要影响。他的创作，总的说来，内容略欠深厚，但娴熟的技巧和华美的形式，则影响深远。他的创作实践，对后世文学的发展，既产生了一些积极作用，也产生了不少的消极作用。刘勰就陆机的各类代表作进行了分析，在充分肯定的基础上，指出了他"文繁"的严重缺点，论断较为公允。铺采摛文,号为繁缛。在刘勰看来,陆机的创作之繁,主要集中在三个方面:第一是著作之繁,第二是文情之繁,第三是辞藻之繁。但对《文赋》则颇多微词,就未免有"崇己抑人"之嫌了。刘勰著《文心雕龙》,受益《文赋》匪浅。章学诚在《文史通义》中指出:"刘勰氏出,本陆机说而昌论'文心'。"正确地评价了《文赋》对《文心雕龙》一书问世所起的奠基作用。钟嵘《诗品》将陆机与曹植、谢灵运并列,分别作为三个时期的代表,称陆机为"太康之英"。

· 陆云

陆云(262—303),字士龙,吴郡吴县华亭(今上海松江)人。西晋文学家。曾任清河内史等职。少以文才与陆机齐名,时称"二陆"。其兄陆机为司马颖所杀,云也同时被害。据《隋书·经籍志》载,有文集12卷行于世。

晋世群才,稍入轻绮[1]。张、潘、左、陆,比肩诗衢[2]。采缛于正始,力柔于建安[3];或析文以为妙,或流靡以自妍[4]:此其大略[5]也。(《明诗》)

又陆云自称[6]:"往日论文,先辞而后情[7],尚势而不取悦泽[8];及张公论文,则欲宗其言[9]。"夫情固先辞,势实须泽[10],可谓先迷后能从善矣[11]。(《定势》)

至如士衡才优,而缀辞尤繁[12];士龙思劣,而雅好清省[13]。及云之论机,亟恨其多[14];而称"清新相接,不以为病"[15],盖崇友于耳[16]。(《熔裁》)

陆云亦称[17]:"四言转句,以四句为佳。"[18]观彼制韵,志同枚、贾[19]。然两韵辄易,则声韵微躁[20];百句不迁,则唇吻告劳[21]。妙才激扬,虽触思利贞[22],曷若折之中和,庶保无咎[23]。(《章句》)

是以曹公惧为文之伤命,陆云叹用思之困神[24],非虚谈[25]也。(《养气》)

晋虽不文,人才实盛[26]:……岳、湛曜"联璧"之华,机、云标"二俊"之采[27];……并结藻清英,流韵绮靡[28]。前史以为运涉季世,人未尽才[29];诚哉斯谈,可为叹息[30]!(《时序》)

士龙朗练,以识检乱[31],故能布采鲜净,敏于短篇[32]。(《才略》)

又君山、公斡之徒，吉甫、士龙之辈⁽³²⁾，泛议文意，往往间出⁽³³⁾。并未能振叶以寻根，观澜而索源⁽³⁵⁾。不述先哲之诰⁽³⁶⁾，无益后生之虑。(《序志》)

注 释

（1）群才：指有才华的诗人。稍入轻绮：开始走上轻靡绮丽的道路。

（2）张：即张载、张协、张亢兄弟三人。潘：即潘岳、潘尼叔侄二人。左：即左思。陆：即陆机、陆云兄弟二人。比肩：并驾齐驱。诗衢：诗坛。

（3）采：文采。缛于正始：比正始时期繁多。力：指作品的感召力。柔于建安：比建安时期柔弱。

（4）析文：析，同"析"，即讲究字句的雕饰。为妙：为其精妙。流靡：讲究音节的流利。自妍：自全其美。

（5）大略：大概。

（6）自称：陆云《与兄平原书》说："往日论文，先辞而后情，尚洁（势）而不取悦泽。尝忆兄道张公父子论文，实自欲得。今日便欲宗其言。"

（7）先辞而后情：注重语言而忽视内容。

（8）尚势：崇尚体势。悦泽：指文辞的润色。

（9）张公：指张华。宗其言：谓应尊重张华的意见。宗：归往。

（10）情固先辞：情志本来先于文辞。势实须泽：体势实在需要润色。

（11）迷：迷惑。从善：指接受正确的意见。

（12）士衡：陆机的字。才优：才能优秀。尤繁：特别繁多。

（13）思劣：文思低劣。雅好清省：一向喜好简洁。陆云《与兄平原书》："云今意视文，乃好清省。"

（14）亟：屡次。多：指文采甚繁。

（15）"清新相接"二句：陆云《与兄平原书》中说："兄文章之高远绝异，不可复称言，然犹皆欲征多，但清新相接，不以此为病耳。"

（16）友于：指兄弟之情。《尚书·君陈》："惟孝友于兄弟。"后世以"友于"代指兄弟。

（17）亦称：陆云《与兄平原书》说："文中有于是、乃尔，于转句诚佳，然得不用之益快，有故不如无。又于文句中，自可不用之，便少亦常。云四言转句，以四句为佳。"

（18）此句谓：四字句的诗赋以四句一换韵为好。

（19）枚、贾：指枚乘、贾谊。这二句是说，陆云对用韵的意见，与枚乘、贾谊相同。

（20）两韵辄易：即两韵一换。微躁：稍微急促。

（21）百句不迁：即长篇作品一韵到底。唇吻告劳：读起来让人疲劳。

（22）激扬：情志高昂。触思利贞：运思顺畅。

（23）曷：何。中和：即中正和平，指用韵适中。庶：将近。咎：过失。

（24）曹公：指曹操。为文之伤命：原话不详。用思之困神：陆云《与兄平原书》："兄文章以自行天下，多少无所在，且用思困人，亦不事复及，以此自劳役。"

（25）非虚谈：意为并非空话。
（26）不文：不重视文学事业。人才实盛：指作家很多。
（27）岳、湛：指潘岳、夏侯湛，都是西晋作家。联璧：据《晋书·夏侯湛传》称：夏侯湛"与潘岳友善，每行止同舆接茵（坐褥），京都谓之连璧"。二俊：《晋书·陆机传》说陆机："太康末，与弟云俱入洛，造太常张华。华素重其名，如旧相识，曰：'伐吴之役，利获二俊。'"
（28）结藻清英：文采清丽。流韵绮靡：韵味华美。
（29）前史：指前人所著晋史。运涉季世：命运处于衰世。人未尽才：未能人尽其才。
（30）此句谓：这话确实讲得不错，真令人悲叹。
（31）朗练：明朗简练。识检乱：懂得控制繁乱。
（32）布采鲜净：运用文采鲜明洁净。敏于短篇：擅长写作短小的作品。
（33）君山：桓谭的字，东汉的学者。公幹：刘桢的字，"建安七子"之一。吉甫：应贞的字，西晋学者。
（34）间出：偶然出现。
（35）振叶以寻根，观澜而索源：用枝叶和波澜比喻作品的辞藻；用根和源比喻作品所应依据的儒家学说。
（36）先哲：指儒家圣人。诰：教训。

评　说

刘勰把陆云列为"晋世群才"之一，说他能够"先迷后能从善"，创作"朗练"，懂得控制繁乱。从这一点看，刘勰是很赞赏他的。其实，陆云与陆机虽并称"二俊"，但陆云的创作或理论则均不及其兄。他之所以备受重视，是因他的"雅好清省"及"情固先辞"的说法，恰好投合了刘勰的重情志、恶"文繁"的主张。刘勰对陆云的评价，既有他正确的一面，也有他偏见的一面。

·刘琨

刘琨（270—317），字越石，中山魏昌（今河北无极）人。刘琨少以雄豪著名，36岁为司隶从事。西晋将领、诗人，官至侍中太尉。惠帝时，封广武侯。愍帝初，任大将军，都督并州诸军事。据《隋书·经籍志》载，有文集9卷，别集12卷，今不传。《汉魏六朝百三家集》辑有《刘越石集》1卷。

若夫臧洪歃辞，气截云蜺⁽¹⁾；刘琨铁誓，精贯霏霜⁽²⁾；而无补于晋汉，反为仇雠⁽³⁾。故知信不由衷，盟无益也⁽⁴⁾。（《祝盟》）

刘琨《劝进》，张骏自序⁽⁵⁾，文致耿介，并陈事之美表也⁽⁶⁾。（《章表》）

张华诗⁽⁷⁾称："游雁比翼翔，归鸿知接翮。"⁽⁸⁾刘琨诗⁽⁹⁾言："宣尼悲获麟，西狩泣孔邱。"⁽¹⁰⁾若斯重出，即对句之骈枝也。⁽¹¹⁾（《丽辞》）

刘琨雅壮而多风，卢谌情发而理昭⁽¹²⁾，亦遇之于时势也⁽¹³⁾。（《才略》）

注　释

（1）臧洪：字子源，东汉文人。歃辞：指臧洪的《酸枣盟辞》。汉末董卓生乱，一些州郡首领在酸枣（今河南延津县）会盟，臧洪首先登坛，做了慷慨激昂的盟辞。气截云蜺：气贯长虹。截：直截。蜺：同"霓"，这里泛指虹霓。

（2）铁誓：钢铁般的盟誓。东晋初年，刘琨都督并、冀、幽三州，后被石勒击败，投奔段匹䃅，歃血盟誓："自今日既盟之后，皆尽忠竭节，以剪夷二寇（刘聪、石勒）。有加难于琨，䃅必救；加难于䃅，琨亦如之。……有渝此盟，亡其宗族，……。"（刘琨《与段匹䃅盟文》）精贯霏霜：形容精诚忠贞。

（3）晋汉：唐写本作"汉晋"，今从。反为仇雠：臧洪后被同时起来讨伐董卓的袁绍所杀；刘琨后来也被段匹䃅所害。仇雠：仇敌。

（4）此句谓：信誓之辞，如不出自真诚，订了盟也毫无用处。

（5）《劝进》：即刘琨的《劝进表》，西晋沦亡，元帝司马睿称制江东，刘琨使长史温峤劝进。张骏：字公庭，西晋末期据陇西称凉王。

（6）耿介：光明正大。陈事：陈述事理。美表：表之佳作。

（7）张华：字茂先，西晋作家。张华诗：这里指他的《杂诗》，见《玉台新咏》卷二。

（8）"雁"与"鸿"：都是大雁，是同一种鸟类。"比翼"与"接翮"：都是紧挨着的，是同一意义。所以说张华的诗是重复的。

（9）刘琨诗：指他的《重赠卢谌》，见《文选》卷二十五。

（10）宣尼：指孔子。汉成帝时追尊孔子为褒成宣尼公。悲获麟：据《公羊传·哀公十四年》载："西狩获麟……孔子曰：'孰为来哉，孰为来哉！'反袂拭面，涕沾袍。"孔邱：即孔丘。这里的"宣尼"与"孔邱"都是指孔子，"悲获麟"与"西狩泣"同义，所以也是重复。

（11）对句：对偶。骈枝：多余的枝指。枝：五指外的第六指。

（12）雅壮而多风：雅正雄壮而富有风力。卢谌：字子谅，东晋作家。情发而理昭：情志明显而道理清晰。

（13）遇之于时势：是由于遭遇当时的政治形势所致。这里指刘琨、卢谌均遭受过西晋末年动乱之苦。

· 郭璞 ·

> 评 说

  刘琨是稍后于左思的一位有成就的作家。他至诚的爱国热情和抗敌生涯，使其作品具有丰富的现实内容和清刚悲壮的特色。如其诗三首中的《扶风歌》《重赠卢谌》，均为感人之佳作。刘勰虽较准确地概述了他创作风格为"雅壮而多风"，称赞其《劝进》为"陈事之美表"，但总的说来，评价不够，尤其对他的诗作未能充分肯定，这与其他作家评价相比，是很欠公允的。

· 郭璞

  郭璞（276—324），字景纯，河东闻喜（今属山西）人。东晋著名文学家、训诂学家。曾任佐著作郎，迁尚书郎。后为王敦所杀。死后追赠弘农太守。在古文字学和训诂学方面有颇深的造诣，曾注释《周易》《山海经》《尔雅》《方言》及《楚辞》等古籍。郭璞诗文本有数万言，"词赋为中兴之冠"（《晋书·郭璞传》），多数散佚。今尚存辞赋10篇，较完整的诗18首。《隋书·经籍志》记载有"晋弘农太守《郭璞集》17卷"（今不存）。明张溥辑有《郭弘农集》2卷，收入《汉魏六朝百三家集》。

  江左篇制，溺乎玄风[1]；嗤笑徇务之志，崇盛亡机之谈[2]。袁、孙已下，虽各有雕采[3]，而辞趣一揆，莫与争雄[4]。所以景纯《仙篇》，挺拔而为俊矣[5]。（《明诗》）

  及仲宣靡密，发端必遒[6]；伟长博通，时逢壮采[7]；太冲、安仁，策勋于鸿规[8]；士衡、子安，底绩于流制[9]；景纯绮巧，缛理有余[10]；彦伯梗概，情韵不匮[11]：亦魏晋之赋首[12]也。（《诠赋》）

  及景纯注《雅》，动植必赞[13]，义兼美恶，亦犹颂之变耳[14]。（《颂赞》）

  自《对问》[15]以后，东方朔效而广之，名为《客难》[16]；托古慰志，疏而有辨[17]。扬雄《解嘲》，杂以谐谑[18]，回环自释，颇亦为工[19]。……景纯《客傲》，情见而采蔚[20]；虽迭相祖述，然属篇之高者也[21]。（《杂文》）

  元皇中兴，披文建学[22]；刘、刁礼吏而宠荣，景纯文敏而优擢[23]。（《时序》）

景纯艳逸,足冠中兴[24],《郊赋》既穆穆以大观[25],仙诗亦飘飘而凌云矣[26]。(《才略》)

注 释

(1)江左:泛指长江下游以东地区,这里指偏安江南的东晋。篇制:指诗歌创作。玄风:玄学之风。

(2)嗤笑:讥笑。徇务:勤于政务。崇盛:甚为推崇。亡机:亡,唐写本作"忘";机,指巧诈,即忘却人间的钩心斗角。

(3)袁、孙:指袁宏、孙绰,都是东晋玄言诗人。雕采:雕饰绘采。

(4)趣:趋向。揆:标准,尺度。与:指与"玄言诗"。

(5)《仙篇》:指郭璞的《游仙诗》共十四首。挺拔:特别突出。

(6)仲宣:王粲的字。靡密:细密。发端:开端。遒:刚劲有力。

(7)伟长:徐幹的字。博通:广博通达。壮采:富丽的文采。

(8)太冲:左思的字。安仁:潘岳的字。策勋:指在赋作方面的功勋。鸿规:指大赋。

(9)士衡:陆机的字。子安:成公绥的字。底绩:致绩,取得成绩。流制:各种作品的制作。

(10)绮巧:绮丽精巧。缛理:丰富的内容。

(11)彦伯:袁宏的字,东晋作家。梗概:慷慨。情韵:情调韵味。不匮:不乏。

(12)赋首:最优秀的赋篇。

(13)《雅》:指《尔雅》。赞:一种文体。郭璞注《尔雅》,另撰《尔雅图赞》二卷,对于动植物都各有赞词。此书隋代已亡。

(14)义兼美恶:谓内容兼有褒扬与批评。犹颂之变:意即赞体的变化同颂体一样,它们最初都是赞美,后来则褒美贬恶相混杂。

(15)《对问》:指宋玉《对楚王问》,载《文选》卷四十五。

(16)东方朔:字曼倩,西汉作家。《客难》:指东方朔的《答客难》,载《文选》卷四十五。

(17)慰志:《汉书·东方朔传》说,东方朔因职位低,久不被重用,便"设客难(驳)己,用位卑以自慰谕"。疏而有辨:虽然内容粗疏,但很有辩解能力。辨:通"辩"。

(18)扬雄:字子云,西汉文学家。《解嘲》:类似东方朔的《答客难》,属问答体,载《文选》卷四十五。谐谑:多指语言滑稽而带戏弄。

(19)回环自释:反复为自己解释。工:精巧。

(20)《客傲》:《晋书·郭璞传》曰:"璞既好卜筮,缙绅多笑之。又自以才高位卑,乃著《客傲》。"情见:即情现。采蔚:文采很盛的样子。

(21)此句谓:以上各家都是宗奉前人而作,但都属于优秀的作品。祖述:效法,继承。

(22)元皇:指晋元帝司马睿。中兴:由衰落而重新兴盛。这里指司马睿,建立东晋王朝。披文建学:从事文学事业的建设。

（23）刘、刁：指刘隗、刁协，都是晋元帝的近臣。礼吏：懂得礼法的官吏。文敏而优擢：谓郭璞文思锐敏而受到重用提拔。

（24）艳逸：绮艳俊逸。足冠中兴：堪称东晋第一流作品。《晋书·郭璞传》称郭璞"词赋为中兴之冠"。

（25）《郊赋》：指郭璞的《南郊赋》，见《初学记》卷十三，今不全。穆穆以大观：庄严而美好壮观。

（26）《仙诗》：郭璞有《游仙诗仙》七首，载《文选》卷二十一。飘飘而凌云：语出《史记·司马相如传》："相如既奏《大人》之颂，天子大说（悦），飘飘有凌云之气，似游天地之间意。"

评 说

两晋之际的诗坛，以郭璞《游仙诗》为代表。郭璞在文学创作方面，杂文、辞赋兼善，尤以《游仙诗》十四诗（见《郭弘农集》）最为著名。在玄言诗风激荡的东晋时期，他率先"变创其体"（钟嵘《诗品》序），借游仙以咏怀，"虽志在中区，而辞无俗累"（《文选》李善注）。郭璞的创作，更多地注入了个人的身世之感，赋予游仙题材以新的意义，作品具有一定的现实内容。同时，其中部分篇章也写得鲜明生动，"彪炳可玩"（钟嵘《诗品》），与那种"理过其辞，淡乎寡味"的玄言之作是迥然有别的，刘勰称其"挺拔而为俊"。"足冠中兴"充分肯定了郭璞在当时诗坛上的应有地位。钟嵘在《诗品》中称他"词多慷慨，乖远玄宗。……乃是坎壈咏怀非列仙之趣也"。

·干宝

干宝（？—336），字令升，新蔡（今属河南）人。东晋史学家和文学家。少时，勤学博览，并好阴阳术数。元帝时以佐著作郎领修国史，撰《晋纪》20卷，时称良史。又编辑志怪小说集《搜神记》，以明神道之不诬。又尝为《春秋左氏传义》，注《周易》《周官》等数十篇。今仅存《搜神记》，余均亡佚。今存本为后人辑录，是我国魏晋志怪小说代表作。

干宝述《纪》，以审正得序[1]。（《史传》）

至孝武不嗣，安恭已矣⁽²⁾。其文史则有袁、殷之曹，孙、干之辈⁽³⁾；虽才或浅深，珪璋足用⁽⁴⁾。(《时序》)

孙盛、干宝，文胜为史⁽⁵⁾，准的所拟，志乎《典》《训》⁽⁶⁾；户牖虽异，而笔采略同⁽⁷⁾。(《才略》)

注　释

（1）述《纪》：指干宝撰写的《晋纪》。《晋书·干宝传》云："宝，字令升，著《晋纪》，自宣帝讫于愍帝，五十三年，凡二十卷。其书简略，直而能婉，咸称良史。"审正得序：审视正确，而有次序。

（2）孝武：指东晋孝武帝司马曜。不嗣：没有继承人。当时有一种迷信的预言，说孝武是东晋的最后一代皇帝，司马氏的天下结束。安恭：指晋安帝司马德宗、晋恭帝司马德文，他们都是孝武帝之子。已：终止。指东晋灭亡。

（3）文史：指文学家和史学家。袁、殷：即袁宏、殷仲文。孙、干：即孙盛、干宝。"曹"与"辈"同。

（4）才或浅深：才学有浅有深。珪璋：古人佩带的名贵玉器，这里是用以比喻人的才德。足用：足以够用。

（5）文胜为史：胜于文辞而为史学家。

（6）准的：标准。拟：仿效，学习。此句谓：学习的标准。《典》《训》：指《尚书》中的《尧典》和《伊训》之类，泛指《尚书》。

（7）户牖：即门户，比喻途径。笔采略同：文笔辞采大体相同。

评　说

干宝是东晋文史兼善的作家，其《搜神记》对后世文学发展产生了深远影响。但是，由于刘勰囿于"征圣""宗经"，对当时萌芽的小说持有偏见，故只字不提干宝这一功绩，这表现了刘勰文艺思想的局限性。

·李充

李充（生卒年不详），字宏范（《晋书》作弘度），江夏（今湖北武昌）人，大致与王羲之同时。东晋文学批评家、诗人。晋成帝时丞相王导召他为掾，转记室参军。又曾任剡县令、大著作郎，奉命整理典籍。后迁中书侍郎，

·李充·

逝世于任上。著有文学论集《翰林论》3卷,已残缺。据《隋书·经籍志》载,李充还有《尚书》及《周易旨》6篇,《释庄论》2篇,诗赋表颂等文集14卷,并行于世。

详观近代之论文者多矣:……仲洽《流别》、宏范《翰林》(1),各照隅隙,鲜观衢路(2)。或臧否当时之才,或铨品前修之文(3),或泛举雅俗之旨,或撮题篇章之意(4)。……《流别》精而少巧,《翰林》浅而寡要(5)。(《序志》)

注 释

(1)仲洽:挚虞的字。《流别》:指挚虞《文章流别论》。《翰林》:指李充的《翰林论》。

(2)隅隙:角落中的孔穴,这里是指次要的地方。鲜:少。衢路:大路,这里是指主要的地方。

(3)臧否:褒贬。当时之才:即当代作家。铨品:品评。铨:衡量。前修:前贤。

(4)泛举:泛泛指出。撮题:摘要概括。

(5)精而少巧:巧,《梁书·刘勰传》作"功",今从。即说得精到而用处不大。浅而寡要:见解浅陋而不得要领。

评 说

李充好刑名之学,深抑虚浮之士,曾著《学箴》,以针砭当时人"越礼弃学而希无为之风"。不过他对老庄学说并无贬斥之意。自称要"引道家之弘旨,会世教之适当"。他的文学思想主要见于《翰林论》,此书本是总集。《翰林论》已残缺,共54卷,《全晋文》辑得残文八条。从这些佚文看来,他只是较简略地论说各种文体的不同要求,并举出某些作家为典范。他比较注重文采,对孔融、曹植、潘岳、陆机等人均甚赞赏;只是对"表"与"驳",认为"不以华藻为先"。大约因为他的议论较简略,所以《文心雕龙·序志篇》批评他说"《翰林》浅而寡要",当是至切之语。

· 孙绰

孙绰（314—371），字兴公，太原中都（今山西平遥）人。东晋文学家。官至廷尉卿，领著作郎。少好隐居，以文才著称，游放10年，尝作《遂初赋》，以示其志。其《游天台山赋》是他名噪一时的佳作，文辞美丽，有名于时。据《隋书·经籍志》载，有文集15卷，已佚。明人辑有《孙廷尉集》，收入《汉魏六朝百三名家集》中。

江左篇制，溺乎玄风[1]；嗤笑徇务之志，崇盛亡机之谈[2]。袁、孙[3]已下，虽各有雕采，而辞趣一揆，莫与争雄[4]。所以景纯《仙篇》，挺拔而为俊矣[5]。（《明诗》）

及孙绰为文，志在碑诔[6]，《温》《王》《郄》《庾》，辞多枝杂[7]，《桓彝》一篇，最为辨裁[8]。（《诔碑》）

孙绰规旋以矩步，故伦序而寡状[9]。（《才略》）

注　释

（1）江左：泛指长江下游以东地区，这里专指偏安江南的东晋。篇制：指诗歌创作。玄风：玄学之风。

（2）嗤笑：讥笑。徇务：勤于政务。崇盛：甚为推崇。忘机：亡，唐写本作"忘"；机，指巧诈。忘记人世间的钩心斗角之事。

（3）袁、孙：指袁宏、孙绰。

（4）趣：趋向。揆：标准，尺度。与：指与"玄言诗"。

（5）景纯：郭璞的字。《仙篇》：指郭璞的《游仙诗》，共十四首。挺拔：特别突出。

（6）为文：作文。碑诔：文体的两种。碑：记取死者功德之文。诔：哀悼死者之文。

（7）《温》《王》《郄》《庾》：指孙绰的《温峤碑》（今不存）、《丞相王导碑》《太宰郄鉴碑》（原文"郄"唐写本作"郗"）及《太尉庾亮碑》（三文均已不全）。枝杂：琐碎杂乱。

（8）《桓彝》：即《桓彝碑》，文已散佚。辨裁：明辨、剪裁。

（9）规旋以矩步：即循规蹈矩之意。这里指孙绰严格遵循玄言诗的写作原则。伦序：条理分明。寡状：缺乏形象描绘。

· 颜延之 ·

评 说

孙绰是东晋玄言诗作家的代表人物之一。他的诗作不仅被称为"平典似《道德论》"（钟嵘《诗品》序），而且他的《游天台山赋》亦"多用佛圭之语，不甚状貌山水，与汉赋穷形尽貌者颇异"（范文澜《文心雕龙注》）。刘勰即指出了他的诗赋"溺乎玄风"，不能自拔，作品缺乏形象性，又肯定了他写作条理清晰的长处。对于他的碑诔，亦有肯定与否定。刘勰这种批评态度是公允的。

· 颜延之

颜延之（384—456），字延年，琅琊（今山东临沂）人，南朝宋代文学家。官至金紫光禄大夫。少孤贫，好读书，无所不览。东晋末，官江州刺史刘柳后军功曹。刘裕代晋建宋，官太子舍人。少帝时，出为始安太守，文帝时，官至金紫光禄大夫，所以后世也称他为颜光禄。文章之美，冠绝当时。其诗与谢灵运齐名，世称"颜谢"。颜延之的存世作品，明代张溥辑为《颜光禄集》，收在《汉魏六朝百三名家集》中。

颜延年以为："笔"之为体，"言"之文也[1]；经典则"言"而非"笔"[2]，传记则"笔"而非"言"[3]。请夺彼矛，还攻其楯矣[4]。何者？《易》之《文言》，岂非"言"文[5]？若"笔"不[6]"言"文，不得云经典非"笔"矣。将以立论，未见其论立[7]也。（《总术》）

自明帝以下，文理替矣[8]。尔其[9]缙绅之林，霞蔚而飙起：王、袁联宗以龙章，颜、谢重叶以凤采[10]；何、范、张、沈之徒，亦不可胜也。盖闻之于世，故略举大较[11]。（《时序》）

注 释

（1）体：文体。"言"之文：有文采的"言"。
（2）经典：指儒家经书。此句谓：经书文采较少，故属"言"而不属"笔"。
（3）传记：即解释经文的"传"。此句谓：传记文采较多，故属"笔"而不属"言"。颜延之以上之见解，原文不存。

（4）彼：指颜延之。楯：即盾。此句谓：以颜延之的矛来攻他的盾。

（5）《易》：指《周易》。《文言》：《周易》中的一部分，相传为孔子阐释《易经》而作。岂非"言"文：难道不是有文采的"言"吗？

（6）不：黄侃以为是"为"字之误，王利器则校作"果"。

（7）论立：建立新的论点。

（8）明帝：指南朝宋明帝刘彧，也是文帝之子。文理：为文之理，这里指文学创作事业。替：衰落。

（9）尔其：犹言尔时，此指刘宋时期。

（10）王、袁：疑指王韶之、袁淑等人。联宗：宗族的联合。颜、谢：即颜延之、谢灵运等人。重叶：世代。"龙章"与"凤采"，都是赞美文采之盛。

（11）何、范、张、沈：指何承天、范晔、张敷、沈怀文等。胜：疑"胜"字下有"数"字。即"不可胜数"。闻之于世：即闻名于世。大较：大概。

评 说

颜延之在刘宋时代诗人之中，有名冠其首之称，实则成就不高，难与谢灵运并提。他的诗铺排典故，雕琢字句，注重形式，缺乏感情。只有《五君咏》五首，较有特色。他对文学特征的认识，做出了一定的贡献。"文""笔"对举之说，即肇端于他。据《南史·颜延之传》记载："（宋文）帝尝问延之以诸子才能，延之曰：'峻得臣笔，测得臣文。'"明确区分了"文"与"笔"的界限。《文心雕龙·总术》转述颜延之的意见，又把"笔"分为"言""笔"两类。这样，颜延之实际提出了"文""笔""言"的三分法。文，即有文采而押韵的诗赋；"笔"，即有文采而不押韵的传记；"言"，即既无文采而又不押韵的经书。这一分法不仅符合实际，而且为后来人们深入认识文学特性以有益的启示。刘勰站在"宗经"的立场上，批评颜延之，指出"未见其论立也"。总的说来，就诗歌创作而言，颜延之的成就远不能与谢灵运、鲍照相比，他擅长的是庙堂应制之作，最喜欢使用典故，且讲究对仗。虽然凝重典雅，终不免"雕绘满眼"之弊，但他这种诗风在当时颇受上层统治者的欣赏，后来许多文人诗"竞须新事"，多少和他有一定的关系。

·谢灵运

谢灵运（385—433），小名客儿，陈郡阳夏（今河南太康）人。谢玄的孙子，袭爵康乐公，世称谢康乐，南朝宋代著名诗人。幼时好学，博览群书，工书画，文章之美，与颜延之齐名。官至侍中。性好山水，喜出游，每到之处皆有题咏，以述心中不平之志。元嘉十年（433）获罪，弃市广州，年仅49岁。有文集传于世。

自宋武爱文，文帝彬雅[1]；秉文之德，孝武多才，英采云构[2]。自明帝以下，文理替矣[3]。尔其缙绅之林，霞蔚而飙起[4]：王、袁联宗以龙章[5]，颜、谢重叶以凤采[6]；何、范、张、沈之徒，亦不可胜也[7]。盖闻之于世，故略举大较[8]。（《时序》）

注 释

（1）宋武：指宋武帝刘裕。爱文：爱好文学。文帝：指宋文帝刘义隆，武帝之子。彬雅：文雅。

（2）秉文之德：秉承文帝文质兼备的德行。孝武：指宋孝武帝刘骏，文帝之子。多才：《南史·宋孝武帝纪》说，刘骏"少机颖，神明爽发。读书七行俱下，才藻甚美"。云构：众多貌。

（3）明帝：指宋明帝刘彧，也是文帝之子。文理：为文之理。替：衰。

（4）尔其：犹言尔时，此指刘宋时期。缙绅：赤色带，指士大夫。霞蔚：谓云霞之盛；飙起：如狂风吹起，都是形容人才之盛。

（5）王：王家有王韶之、王淮之等人；袁：袁家有袁淑、袁粲等人，他们在文学上都有一定的成就。联宗：指王、袁两家宗族的联结。龙章：赞文采之盛。

（6）颜：颜家有颜延之、颜竣、颜测等人。谢：谢家有谢灵运、谢惠连、谢庄等人，他们都是当时世家大族，垄断当时文坛。重叶：一代接一代。

（7）何、范、张、沈：指何承天、范晔、张敷、沈怀文。胜：疑"胜"字下有"数"字。胜数：数得清。

（8）闻：著名。大较：大概。

评 说

谢灵运是南朝刘宋时期的著名诗人。他的诗作多描写会稽、永嘉、庐山等地的山水名胜，勾画自然景物，细致精巧，颇多佳句，是一种很接近游记的诗篇。无论在当时，还是在后世，影响都很大。刘勰称他"闻之于世"，是很公正的评价。另外，"元嘉体"是从东晋以来的玄言诗中解脱而来。"庄老告退，而山水方滋。"这个变化开始于东晋晚期的庾阐、殷仲文和谢混等人，而完成于谢灵运。

补 记

书稿送出版社，责编建议将目录的数字标号改为按朝代顺序来标注和区分这些人物，这样更精致一些。此时我旅居崖州手头无书，便委托本书编著者之一、博士生导师李志忠教授代劳，他做完写了一则说明，现摘录于下：

遵照责编建议，对目录格式的调整，严格遵循中国历代纪元表的相关划分规则来做。有几个情况做个说明。

关于"史前"问题。我们国家从夏朝开始，有大致清楚的"史"，司马迁《史记》也是从夏本纪开始当作信史写的。但是，此前是不是该叫史前时期？按照司马迁的写法是叫五帝。这种说法，我觉得更符合中国传统知识分子的表述。

西汉以前的朝代，传承有序，但是其中周代分为西周和东周，只好采取一个变通的办法，将整个西周（从武王开始，上推至周文王）算到幽王为止，东周按照公元前476年的这个节点分成春秋、战国，对东周两段分别在括号里注上春秋和战国。东周孔子和老子的先后顺序，多数人认为老子与孔子同时代而略先，此处按《文心雕龙》排序不变。

从西汉末东汉初开始，一些作家跨越朝代，存在交叉，这都难以对部分作家排序，只好从宽处理，灵活安顿，"宜粗不宜细"了。

是为记！

王佑夫
2019年5月2日